# 爱与黑暗的故事

[以色列]
阿摩司·奥兹 著

钟志清 译

译林出版社

## 中文版自序

　　假如你一定要我用一个词形容我书中所有的故事，我会说：家庭。要是你允许我用两个词形容，我会说：不幸的家庭。要是你耐住性子听我用两个以上的词来形容，那就请你坐下来读我的书。

　　在我看来，家庭是世界上最为奇怪的机构，在人类发明中最为神秘，最富喜剧色彩，最具悲剧成分，最为充满悖论，最为矛盾，最为引人入胜，最令人为之辛酸。因此，我主要描写单一的主题，不幸的家庭。

　　我写《爱与黑暗的故事》以揭示一个谜：聪慧、慷慨、儒雅、相互体谅的两个好人——我父母——怎么一同酿造了一场悲剧？怎么竟是如此怪诞的方程式，也许好和好相加等于坏？

　　我在《爱与黑暗的故事》里没有找到谜底。《爱与黑暗的故事》的读者，若是你希望在读过六百多页之后发现究竟是谁犯下罪愆，那么最好去读别的书。

　　有些人撰写回忆录或自传为自己开脱，证明自己的敌人有罪；或者证明作家本人一贯正确，其反对派永远错误；或证明作家是一个出色的人，倘若他并不出色，便会归咎于可怕的童年及其令人生厌的双亲，那么无人可以期待从他那里得到更多的东西。

这种痕迹，你在《爱与黑暗的故事》中丝毫也找不到。我写书并非跟我的父母清算，也不是为了驱除我家庭和童年时代的恶魔。我来告诉你某些充满悖论的东西：我的童年是悲剧性的——但一点也不悲惨；相反，我拥有一个丰富、迷人、令人满足而又完美的童年，尽管为此我付出了高昂的代价。

我写书并非跟父母告别。相反，当我觉得看见父母仿佛看见子女，看见祖父母仿佛看见孙儿孙女时，我才开始写。确实，在家庭悲剧发生之际，我父母比我现在的两个女儿还要年轻。因此我能以父母之父母的身份写这部书，怀着怜悯、幽默、哀伤、讽刺，以及好奇、耐心和同情。

我写此书，把死者请到家中做客。此次，我是主人，而他们，死者，则是客人。请坐。请喝杯咖啡。吃蛋糕吗？也许吃片水果？我们必须交谈。我们有许多话要说。我有许多问题要问你们。毕竟，在那些年，在我的童年时代，我们从来没有交谈过。一次也没有。一个字也没有。没有谈论过你们的过去，也没有谈论过你们单恋欧洲而永远得不到回报的屈辱；没有谈论过你们对新国家的幻灭之情，没有谈论过你们的梦想和梦想如何破灭；没有谈论过你们的感情和我的感情、我对世界的感情，没有谈论过性、记忆和痛苦。我们在家里只谈论怎样看待巴尔干战争，或当前耶路撒冷的形势，或莎士比亚和荷马，或马克思和叔本华，或坏了的门把手、洗衣机和毛巾。

那么请坐下，亲爱的死者，跟我说说以前你们从未向我说起的东西，我也会讲述以前不敢向你们讲述的东西。之后，我将把你们介绍给我的夫人和孩子，他们从来也没有真正了解你们。他们和你们相互之间了解一些或许是件好事。而后你们结束来访，将会离去。你们不会和我们生活在一起，只是要常来看看，坐上一会儿，而后离去。

不，《爱与黑暗的故事》既非回忆录，又非传记，它是一个故事。比如，当我写父母，写我父母的父母，甚至父母、祖父母的卧室，我当然不能以研究为依据进行写作。我只能问询我的基因和染色体：亲爱的基因，请把死者的秘密告诉我。基因向我讲述了一切，事无巨细——毕竟我的基因与他们的相同。

我的家人在 20 世纪 30 年代来到以色列。《爱与黑暗的故事》反映了他们在新家园的生活情形，同当时统治那片土地的英国人、同后来试图毁灭以色列国家的阿拉伯人抗争。它并非一部黑白分明的小说，而是将喜剧与悲剧、欢乐与渴望、爱与黑暗结合在了一起。

他们对欧洲充满失望的爱。如果要我们评判希伯来文学，便可以得出这样一个结论：以色列全然充满了渴望、创伤、侮辱、梦魇、历史性的希望和单恋——单恋欧洲，或单恋东方，单恋《圣经》时代的乌托邦，或空想社会主义乌托邦，或小资产阶级乌托邦。我父母和我全部家人都是欧洲人，他们是热诚的亲欧人士，可以使用多种语言，倡导欧洲文化和遗产，推崇欧洲风光、欧洲艺术、文学和音乐。

我父亲总是苦涩地打趣：三种人住在捷克斯洛伐克，一种是捷克人和斯洛伐克人，一种是捷克斯洛伐克人，第三种就是我们，犹太人。在南斯拉夫有塞尔维亚人、克罗地亚人、波斯尼亚人，也有南斯拉夫人——然后是我们，犹太人。

许多年过去后，我才理解在这连珠妙语的背后，隐藏着多少悲哀、痛苦、伤心和单恋。

我父亲可以读十六种语言，讲十一种语言，我母亲讲四到五种语言，但他们非常严格，只教我希伯来语。在20世纪40年代，他们不想让我懂任何欧洲语言。也许他们害怕，即使我只懂一门欧洲语言，一旦长大成人，欧洲致命的吸引力就会诱惑我，使我如中花衣魔笛手的魔法般前往欧洲，在那里遭欧洲人杀害。

整个童年，父母都在告诉我，我们的耶路撒冷成为真正城市的那一天将会来临，不是在他们的有生之年，而是在我的有生之年。我不理解，也不能理解，他们所说的"真正城市"是什么意思。像我这样的小孩不知道其他城市，甚至特拉维夫对我来说也是一个遥远的童话。

而今，我理解了，家人所说的"真正城市"是指城中央有小河潺潺，各式小桥横跨其上：巴洛克式小桥，或哥特式小桥，或新古典式小桥，或诺曼式小桥，或斯拉夫式小桥。

我将告诉死去的人和活着的人，犹太人和欧洲人的对话尚未结束，万万不能结束。我们有许多东西要探讨，我们确实有许多东西需要争论。我们有理由痛心，有理由愤怒，但是更新我们和欧洲谈话的那一刻已经来临——并非在政治层面。我们需要谈论现在与未来，也应该深入谈论过去，但有个严格条件：我们始终提醒自己，我们不属于过去，而是属于未来。

我非常高兴能把这部作品奉献给中国读者。中国和以色列位于亚洲大陆的两端，代表着两种古老而深邃的文明，拥有许多共同之处，相互之间应该进一步加强了解。希望此书能够对以色列人—中国人之间进行的一场深层次谈话尽一点绵薄之力。

阿摩司·奥兹

# 译 序

　　当今以色列最富影响力的作家阿摩司·奥兹出版于 2002 年的自传体长篇小说《爱与黑暗的故事》一向被学界视为奥兹最优秀的作品，短短五年间就被翻译成二十多种文字。尤其是英国剑桥大学尼古拉斯·德朗士教授的英文译本在 2004 年面世后，这部作品更广泛地引起了东西方读者的兴趣，促使奥兹一举夺得 2005 年歌德文化奖，于 2007 年入围布克国际奖，并荣获阿斯图里亚斯亲王奖。

　　这部六百多页的长篇小说把主要背景置于耶路撒冷，以娓娓动人的笔调向读者展示出百余年间一个犹太家族的历史与民族叙事，抑或家族故事与民族历史：从主人公"我"的祖辈和父辈流亡欧洲的动荡人生、移居巴勒斯坦地区后的艰辛生计，到英国托管时期耶路撒冷的生活习俗、以色列建国初期面临的各种挑战、形形色色犹太文化人的心态、学术界的钩心斗角、邻里阿拉伯人一落千丈的命运、大屠杀幸存者和移民的遭际、犹太复国主义先驱者和拓荒者的奋斗历程，等等。内容繁复，思想深邃。它蕴积着一个犹太知识分子对历史、家园、民族、家庭、受难者命运（包括犹太人与阿拉伯人）等诸多问题的沉重思考。家庭与民族两条线索在《爱与黑暗的故事》中相互交织，既带你走进一个犹太家庭，了解其喜怒哀乐，又使你走近一个民族，窥见其得失荣辱。

在 20 世纪二三十年代，欧洲墙壁涂满"犹太佬，滚回巴勒斯坦"时，作品中的小主人公"我"（以作家为原型）的祖父母、外公外婆、父亲母亲就分别从波兰的罗夫诺和乌克兰的敖德萨来到了贫瘠荒芜的巴勒斯坦。这种移居与迁徙，固然不能完全排除传统上认定的犹太复国主义思想影响的痕迹，但通过作品中人物的心灵轨迹不难看出，流亡者回归故乡的旅程有时是迫于政治、文化生活中的无奈。这些在大流散中成长起来的犹太人，受到过欧洲文明的洗礼，他们心中的"应许之地"也许不是《圣经》中所说的"以色列地"（巴勒斯坦古称），而是欧洲大陆。在奥兹父母的心目中，"越西方的东西越有文化"，德国人——尽管有了希特勒——比俄国人和波兰人更有文化；法国人比德国人有文化，而英国人在他们心中占据了比法国人更高的位置；至于美国人，他们说不准……他们所敬仰的耶路撒冷，不是在古老民族文明的象征地——哭墙赫然、大卫塔高耸的老城，更不是在自己所生活的贫寒阴郁的世界，而是在绿荫葱茏的热哈维亚。那里花团锦簇、琴声悠扬、灯红酒绿、歌舞升平，宽宏大度的英国人与阿拉伯、犹太文化人共进晚餐，文化生活丰富。他们可以大谈民族、历史、社会、哲学问题，但难以表达私人情感，而且面临着巨大的语词缺失，因为希伯来语不是他们的母语，难免在表述时似是而非，甚至出现滑稽可笑的错误。

就是在这种充满悖论的两难境地中，老一代犹太人，或者说经历过大流散的旧式犹太人（Old Jew）在巴勒斯坦生存下来。迫于生计，他们不得不放弃旧日的人生理想，不再耽于做作家和学者的梦幻，去务实地从事图书管理员、银行出纳、店铺老板、邮局工作人员、家庭教师等职业，并把自己的人生希冀转移到儿辈的肩头。

儿辈，即作品中的"我"及其同龄人，出生在巴勒斯坦，首先从父母——旧式犹太人那里接受了欧洲文化传统的熏陶。布拉格大学文学系毕业的母亲经常给小主人公讲述充满神奇色彩的民间故事与传说，启迪了他丰富的文学想象；父亲不断地教导他要延续家庭传承的链条，将来做学者或作家，因为"我"的伯祖父约瑟夫·克劳斯纳乃著名的犹太历史学家、文学批评家。父亲本人通晓十几种语言，一心要像伯父那样做大学教授，但小主人公本人在时代的感召下，向往的却是成为一名拓荒者，成为新型的犹太英雄——他们皮肤黝黑、坚忍顽强、沉默寡言，与大流散中的犹太人截然不同。这些青年男女是拓荒者，英勇无畏、粗犷强健。这类新型的犹太英雄，便是以色列建国前期犹太复国主义先驱者们所标榜的希伯来新人（New Hebrew）。

根据近年来社会学家、文学家、史学家的研究成果，犹太复国主义被认作是以色列的内部宗教（civil religion）。犹太复国主义的目的不仅是要给犹太人建立一个家园和基地，还要建立一种从历史犹太教和现代西方文化的交互作用下发展起来的"民族文化"。不仅要从隔都（ghetto）即隔离区的束缚中解放出来，而且要从"西方的没落"中解放出来。一些理想主义者断言，以色列土地上的犹太人应该适应在当地占统治地位的中东文化的需要。因此，一切外来文化均要适应新的环境，只有那些在与本土文化的相互作用中生存下来的因素才可以生存下来。为实现这种理想，犹太复国主义先驱者从以色列还没有正式建国之时便对新犹太国的国民提出了较高要求，希望把自己的国民塑造成以色列土地上的新人，代表着国家的希望。以色列建国前，这种新型的犹太人被称为"希伯来人"（实乃犹太复国主义者的同义语），以色列建国后，被称作"以色列人"。

在这种文化语境下，"大流散"不光指犹太人散居在世界各地这一文化、历史现象，而且标志着与犹太复国主义理想相背离的一种价值观念。否定大流散文化的目的在于张扬拓荒者——犹太复国主义者文化。在否定大流散的社会背景下，本土以色列人把自己当作第三圣殿——以色列国的王子，在外表上崇尚巴勒斯坦土著贝督因人、阿拉伯人和俄国农民的雄性特征：身材魁梧、强健、粗犷、自信、英俊犹如少年大卫，与大流散时期犹太人苍白、文弱、怯懦、谦卑、颇有些阴柔之气的样子形成强烈反差。并且，他们应具有顽强的意志力和坚韧不拔的精神，面对恶劣的自然环境英勇无畏，有时甚至不失为粗鲁，在战场上则勇敢抗敌，不怕牺牲。相形之下，大流散时期的犹太人，尤其是大屠杀幸存者则被视作没有脊梁、没有骨气的"人类尘埃"。

要塑造一代新人，就要把当代以色列社会当成出产新型的犹太人——标准以色列人的一个大熔炉，对本土人的行为规范加以约束，尤其是要对刚刚从欧洲移居到以色列的新移民——多数是经历过大屠杀的难民，进行重新塑造。熔炉理念要求青年一代不仅热爱自己的故乡，还要和土地建立一种水乳交融的关系，足踏大地。他们即使讲授《圣经》，也不是传授信仰或者哲学，而是要大力渲染《圣经》中某些章节里的英雄主义思想，讴歌英雄人物，使学生熟悉以色列人祖先的辉煌和不畏强暴的品德。这样一来，犹太民族富有神奇色彩的过去与犹太复国主义先驱者推重的现在，便奇迹般地结合起来了。在当时的教育背景下，有的以色列年轻人甚至把整个人类历史理解成"令犹太人民感到骄傲的历史，犹太人民殉难的历史，以及以色列人民为争取生存永远斗争的历史"。

《爱与黑暗的故事》中就有这样一个教育之家，那里也讲授《圣经》，但把它当成时事活页文选集。先知们为争取进步、社会正义和穷人的利益而斗争，而列王和祭司则代表着现存社会秩序的所有不公正。年轻的牧羊人大卫在把以色列人从腓力士人枷锁下解救出来的一系列民族运动中，是个勇敢的游击队斗士，但是在晚年他变成了一个殖民主义——帝国主义者国王，征服其他国家，压迫自己的百姓，偷窃穷苦人的幼牡羊，无情地榨取劳动人民的血汗。但是，在许多经历流亡的旧式犹太人眼中，尤其是一心想让儿子成为一名举世闻名的学者、成为家族中第二个克劳斯纳教授的父亲，把这种教育视为一种无法摆脱的危险，他决定把儿子送到一所宗教学校。他相信，把儿子变成一个具有宗教信仰的孩子并不可怕，因为无论如何，宗教的末日指日可待，进步很快就可以将其驱除，孩子即使在那里变成一个小神职人员，但很快就会投身于广阔的世界中，而如果接受了前一种教育，则会一去不返，甚至被送到基布兹[1]。

生长在旧式犹太人家庭，又蒙受犹太复国主义新人教育的小主人公在某种程度上带有那个时代教育思想的烙印。即使在宗教学校，他们也开始学唱拓荒者们唱的歌，如同"西伯利亚出现了骆驼"。他们对待欧洲难民，尤其是大屠杀幸存者的态度也折射出以

---

1　基布兹，其希伯来语词根有"聚集""团体"之意，指以色列所特有的一种集体合作社区，人们在那里一起劳动，财产共有。基布兹建立于20世纪初期，在以色列国家建设中起到了重要作用，而今逐渐衰微。

色列当时霸权话语的影响：我们对待他们既怜悯，又有某种反感。这些不幸的可怜人，他们选择坐以待毙等候希特勒而不愿在时间允许之际来到此地，这难道是我们的过错吗？他们为什么像羔羊被送去屠宰却不联手奋起反抗呢？要是他们不再用意第绪语大发牢骚就好了，不再向我们讲述那边发生在他们身上的一切就好了，因为那边所发生的一切对他们、对我们来说都不是什么荣耀之事。无论如何，我们在这里要面对未来，而不是过去，倘若我们重提过去，那么从《圣经》和哈斯蒙尼时代，我们肯定有足够的鼓舞人心的希伯来历史，不需要用令人沮丧的犹太历史去玷污它，犹太历史不过是堆沉重的负担。

否定流亡、否定历史的目的是为了重建现在。在祖辈的故乡建立家园，这便触及以色列犹太人永远无法回避的问题，即伴随着旧式犹太人的定居与新希伯来人的崛起，尤其是伴随着以色列的建国，众多巴勒斯坦人流离失所、踏上流亡之路，阿以双方从此干戈不断。借用美国学者吉姆拉斯-劳赫的观点，以色列犹太人具有深深的负疚感：为在两千年流亡和大屠杀时期听任自己遭受苦难负疚；为即使失去了古代信仰仍旧回到先祖的土地上负疚；为将穆斯林村民从他们的土地上赶走负疚。

作为一部史诗性的作品，《爱与黑暗的故事》演绎出以色列建国前后犹太世界和阿拉伯世界的内部冲突与两个民族之间的冲突，再现了犹太民族与阿拉伯民族从相互尊崇、和平共处到相互仇视、敌对、兵戎相见、冤冤相报的错综复杂的关系，揭示出犹太复国主义者、阿拉伯民族主义者、超级大国等在以色列建国、巴以关系上扮演的不同角色。文本中的许多描写，均发人深省。限于篇幅，笔者不可能在此将此问题逐层展开，只想举些形象的例子：小主人公在三岁多时曾经在一家服装店走失，长时间困在一间黑漆漆的储藏室里，是一名阿拉伯工友救了他，工友的和蔼与气味令他感到亲切与依恋，如同父亲；另一次是主人公八岁时，到阿拉伯富商希尔瓦尼的庄园做客，遇到一个阿拉伯小姑娘，他可笑地以民族代言人的身份自居，试图向小姑娘宣传两个民族睦邻友好的道理，并爬树抡锤展示所谓新希伯来人的风采，结果误伤小姑娘的弟弟，可能使后者终身残疾。数十年过去，作家仍旧牵挂着令他铭心刻骨的阿拉伯人的命运：不知他们是流亡异乡，还是身陷某个破败的难民营。巴勒斯坦难民问题就这样在挑战着犹太复国主义话语与以色列人的良知。

希伯来教育模式也在倡导培养新人和土地的联系，对通过在田野里劳作而取得的成就予以奖励与表彰，那么令中国读者熟知的基布兹则成为新人与土地之间的桥梁之一。早在 20 世纪 60 年代到 80 年代，奥兹的基布兹小说（《胡狼嗥叫的地方》《何去何从》《沙海无澜》等）中的许多人物，尤其是老一代拓荒者，他们坚定不移地把给大地带来生命当作信仰，甚至反对年轻人追求学术，不鼓励他们读大学。但是受教育程度较高的欧洲犹太人具有较高的精神追求，对以色列建国前后恶劣的生存环境和贫瘠的文化生活感到不适。奥兹的父亲虽然不反对基布兹理念，认为它在国家建设中很重要，然而，他坚决反对儿子到那里生活："基布兹是给那些头脑简单身强体壮的人建的，你既不简单，也不强壮，你是一个天资聪颖的孩子，一个个人主义者。你当然最好长大后用你的才华来建设我们亲爱的国家，而不是用你的肌肉。"而父亲的一个朋友，虽然对基布兹及新型农场坚信不疑，主张政府把新移民统统送到那里，彻底治愈大流散与受迫害情结，通过在田间劳作铸造新希伯来人，然而却因自己"对阳光过敏"、妻子"对野生植物过敏"，永远地离去。理想与现实的矛盾不仅困扰着旧式犹太人，也在考验着新希伯来人。

作品中的小主人公后来违背父命，到基布兹生活，并把姓氏从克劳斯纳改为奥兹（希伯来语意为"力量"），表明与旧式家庭、耶路撒冷及其所代表的旧式犹太文化割断联系的决心，但是却难以像基布兹出生的孩子那样成为真正的新希伯来人："因为我知道，摆脱耶路撒冷并痛苦地渴望再生，这一进程本身理应承担苦痛。我认为这些日常活动中的恶作剧和屈辱是正义的，这并非因为我受到自卑情结的困扰，而是因为我本来就低人一等。他们，这些经历尘土与烈日洗礼、身强体壮的男孩，还有那些昂首挺胸的女孩，是大地之盐，大地的主人，宛如半人半神一样美丽，宛如迦南之夜一样美丽。"而"我"，"即使我的皮肤最后晒成了深褐色，但内心依然苍白"。从这个意义上说，主人公始终在旧式犹太人与新型希伯来人之间徘徊，也许正是这种强烈的心灵冲突，令他柔肠百转，不断反省自身，如饥似渴地读书，进而促使他成为一名伟大的作家。

正如书中所言，奥兹弃家去往基布兹，在20世纪50年代可被视作耶路撒冷孩子反叛家庭的极致。造成他彻底反叛家庭的另一个重要原因是母亲自杀，父子反目。母亲是《爱与黑暗的故事》中着墨最多的人物，奥兹通过对母亲悲剧命运的细腻描写与分析，从又一个侧面展示了旧式犹太人在巴勒斯坦生存的艰辛。

奥兹的母亲生于波兰，是个家道殷实的磨坊主的女儿，住在有着林荫大道的宅邸之中，那里有果园，有厨师，有女佣。她美丽优雅，才华横溢，多愁善感，在欧洲读书时虽然受到犹太复国主义思想的影响，向往圣地，但算不上真正的犹太复国主义者。母亲以及与她年龄相仿的女孩抵达耶路撒冷后，很快就发现，自己竟然处在无法忍受的黑暗人生边缘。这里有尿布，丈夫，偏头疼，排队，散发着樟脑球和厨房渗水槽的气味，与欧洲大陆形成强烈反差，更与自己的青春梦想相去甚远。用奥兹的话说，母亲在带有朦胧美的纯洁精神氛围里长大，但是在热浪袭人、贫穷、充满恶毒流言的耶路撒冷，"其护翼在石头铺就的又热又脏的人行道上撞碎"。母亲在奥兹的生命里占据着至关重要的位置，她的猝然消逝，对当时只有十二岁的主人公幼小的心灵造成难以愈合的创伤。尽管在过去的数十年间，作家从未向任何人提起过她，但在心中"经常一幅画面接一幅画面，构筑她人生的最后岁月"。书中用大量篇幅描写母亲在自杀前几年，每逢秋日将至之时，身体状况便逐渐恶化的情状，令人不禁联想到中国传统文学中的"悲秋"主题。"悲落叶于劲秋"，小主人公透过泪眼，注视着母亲的生命之花在抑郁中一片片凋零，并隐约暗示父亲出门"采摘新蕊"，其间夹杂着幼子永远无法化解的痛与悔，不解与追问，令人不胜唏嘘。

钟志清

# 1

　　我在楼房最底层一套狭小低矮的房子里出生，长大。父母睡沙发床，晚上拉开的床从墙这头摊到墙那头，几乎占满了他们的整个房间。早上起来，他们总是把床上用品藏进下面的床屉里，把床垫翻过来，折拢，用浅灰色的床罩罩得严严实实，上面放几只绣花靠垫，于是夜间睡觉的所有痕迹荡然无存。他们就是这样把自己的房间用作卧室、书房、阅读间、餐厅和客厅。

　　对面是我的小绿屋，一个大肚子的衣橱占去了房间的一半。过道昏暗、狭仄而低矮，有点弯曲，像监狱里的逃跑地道，将两个小房间之间的简易厨房和厕所连接起来。一只囚禁在铁笼里的光线暗淡的灯泡，即使白天也向走廊投射出阴郁的微光。两个房间的前部都只有一扇窗子，窗子由金属遮帘护卫着，眯起眼睛使劲要看看东边的风景，然而看到的只是一棵布满尘埃的柏树，还有粗石垒就的矮墙。透过厨房和厕所后墙上的小窗口，可窥见一座小型监狱的院落，院子为高墙环绕，铺着水泥地面。一棵栽在锈迹斑斑的橄榄罐中的没有神采的天竺葵，见不到一丝阳光，正渐渐死去。小天窗的窗台上，长年累月放着密封的腌黄瓜罐，还有一只有裂缝的花盆被用作花瓶，里面是棵顽强的仙人掌。

实际上，这是一间地下室，是从小石山坡上挖出来的，是楼房的第一层。小山是紧挨着我们的邻居，一个沉重、内向、安静的邻居，苍老、忧郁的小山，具有单身男子的习性，总是一言不发。昏昏欲睡、孤高冷漠的小山，从来不吱吱拖动家具，不招待客人，不发出响声，不打扰我们，但这阴郁的邻居总通过它和我们的共用墙渗透过来阴冷暗淡的沉寂和潮湿，如一股轻微而执拗的霉味。

这样一来，即使在盛夏，我们家也会领略到一丝冬意。

客人们会说，在热浪中，你们这里向来蛮舒服的，这么凉爽、清新，凉飕飕的，但你们冬天怎么受得了呢？潮气不会从墙上渗进来吗？冬天在这里不会觉得有点抑郁吗？

家里到处是书。父亲能读十六七种文字，能说十一种语言（都带有俄语口音）。母亲讲四五种语言，能看懂七八种。不想让我听懂他们的谈话时，他们便用俄语或波兰语交谈。（这样的情况居多。母亲偶尔当着我的面用希伯来语提到大仲马时，爸爸便会愤怒地用俄语冲她咆哮：你这是怎么啦？没看见孩子就在那里吗？）出于文化方面的考虑，他们大多读德语和希伯来语书，大概用意第绪语做梦。但是他们只教我希伯来语。也许他们害怕懂多种语言会使我受到奇妙而富有杀伤力的欧洲大陆的诱惑。

按照父母的价值标准，越西方的东西越被视为有文化。虽然托尔斯泰和陀思妥耶夫斯基非常贴近他们的俄国人心灵，但我认为，德国人——尽管有了希特勒——在他们看来比俄国人和波兰人更文明；法国人——比德国人文明。英国人在他们眼中占据了比法国人更高的位置。至于美国人——他们还拿不准，毕竟那里在屠杀印第安人、抢劫邮政列车、淘金、骚扰女孩。

欧洲对他们来说是一片禁止入内的应许之地,是人们所向往的地方,有钟楼,有用古石板铺设的广场,有电车轨道,有桥梁、教堂尖顶、遥远的村庄、矿泉疗养地、一片片的森林、皑皑白雪和牧场。

在我整个童年时代,"农舍""牧场""养鹅女"等词语一直对我有着诱惑力,让我兴奋不已。它们具有真正舒适世界里的感官韵味,远离布满灰尘的白铁皮屋顶,远离满是废铁、蓟草的城市荒地,远离承受炎炎夏日重压的耶路撒冷那焦渴的山坡。我无数次喃喃自语"牧场"——我就能听到脖子上挂着小铃铛的母牛们的哞哞叫声,听到小溪的汩汩流水;我闭上双眼,就能看到赤脚的牧鹅女,在我什么都还不懂时,她的性感就让我落泪。

一年年过去,我逐渐意识到 20 世纪三四十年代,英国人统治下的耶路撒冷是一座迷人的文化城市,有着伟大的商人、音乐家、学者和作家,例如马丁·布伯[1]、格肖姆·肖勒姆[2]和阿格农[3],以及许许多多杰出的研究者和艺术家。有时,当我们经过本-耶胡达街或者本-梅蒙大道时,爸爸会悄声对我说:"瞧,那是国际知名的大学者。"我不知道他是什么意思。我认为国际知名与两条瘦腿有关,因为被谈及的人大多上了年纪,用拐杖探路,两只脚跌跌撞撞,甚至在夏天也穿着厚毛衣毛裤。

---

1 马丁·布伯(1878—1965),生于德国,1938 年移居耶路撒冷,著名犹太神学家,哲学家。
2 格肖姆·肖勒姆(1897—1982),生于德国,1923 年移居耶路撒冷,著名历史学家和犹太神秘主义学者。
3 施穆埃尔·约瑟夫·阿格农(1888—1970),生于波兰,1908 年移居巴勒斯坦,1913 到 1924 年居住在德国,后定居在耶路撒冷,著名希伯来语小说家,1966 年获诺贝尔文学奖。

我父母所景仰的耶路撒冷离我们的居住区十分遥远，是在绿荫葱茏的热哈维亚，那里花团锦簇，琴声悠扬；是在雅法或者本-耶胡达街上的三四家咖啡馆，那里悬挂着镀金枝形吊灯；是在基督教青年会[1]或大卫王酒店里的大厅。在那里，追求文化的犹太人和阿拉伯人与富有教养的英国人举止得体；在那里，梦幻一般、脖颈颀长的女子身穿晚礼服，在着藏青色笔挺西装的绅士怀中翩翩起舞；在那里，宽宏大度的英国人和犹太文化人或受过教育的阿拉伯人共进晚餐；在那里，举行独奏会、舞会、文学晚会、茶话会，以及赏心悦目的艺术座谈会。也许这样的耶路撒冷，和枝形吊灯与茶话会一道，只能出现在凯里姆亚伯拉罕居民——图书管理员、教师、职员和装订工人——的梦中。无论如何，它没有和我们在一起。我们居住的凯里姆亚伯拉罕区，属于契诃夫。

多年后，我阅读契诃夫时，确信他就是我们当中的一员：万尼亚舅舅就住在我们楼上，萨莫连科医生在我发烧或得白喉时弯下腰，用宽大有力的双手为我做检查，患有习惯性偏头疼的拉耶夫斯基是妈妈的二表哥，我们在星期六晚上一起到民族宫礼堂听特里格林。

的确，我们周围有着各色各样的俄国人，有许多托尔斯泰式人物。有些人甚至长得就和托尔斯泰一模一样。在某本书的封底看到一幅棕色的托尔斯泰画像时，我确信自己已经在我们当中看见他很多次了：他沿着马拉哈伊大街闲逛，要么就是顺着俄巴底亚大街走去，头上没戴帽子，微风吹乱了他银白的胡须，如同先祖亚伯拉罕那样令人敬畏，他目光炯炯，用手里的树枝做拐杖，一件

---

1 基督教青年会，全球性的基督教青年社会服务团体，已有一百七十余年的历史。

俄式衬衫罩在灯笼裤外，用根长绳系住腰身。

我们附近的托尔斯泰式人物（父母称之为"托尔斯泰式奇科姆"）无一例外，都是虔诚的素食主义者，对自然怀有深厚情感的世界改革派，追求符合道德准则的生活，热爱人类，热爱世上一切生灵，长期向往乡村生活，向往在田野和橘园从事简朴农耕。然而，他们连自己的盆栽植物都种不好：也许会把植物浇死，也许会忘记浇水。要不就归咎于可恶的英式管理，在我们的水里放氯气。

他们中有一些则仿佛是直接从陀思妥耶夫斯基笔下走出来的托尔斯泰式人物：饱尝折磨，喋喋不休，欲望备受压抑，对理念着迷。但是所有的人，无论是托尔斯泰式还是陀思妥耶夫斯基式的人物，所有人都居住在凯里姆亚伯拉罕，为契诃夫工作。

世界的其余部分都被笼统地看作一个"大世界"。不过这个大世界也另有修饰词：开明，外在，自由，虚伪。我几乎只能从集邮册上认识这个大世界：但泽、波希米亚和摩拉维亚，波斯尼亚和黑塞哥维那，乌班吉—沙里河[1]、特立尼达和多巴哥岛，肯尼亚、乌干达和坦噶尼喀湖。那个大世界是如此遥远、醉人、美轮美奂，但对于我们来说非常危险，充满了威胁。它不喜欢犹太人，因为犹太人虽然聪明、机智、成功，但喧闹、粗鲁。它也不喜欢我们在以色列土地上所做的一切，因为它就连给我们这样一个由沼泽、卵石和沙漠组成的狭长地带都很勉强。在那个大世界里，所有的墙壁爬满涂鸦："犹太佬，滚回你的巴勒斯坦去！"于是我们回到了巴勒斯坦，而现在整个大世界又朝我们叫嚷："犹太佬，滚出巴

---

1 乌班吉—沙里河，即中非共和国，当时仍为法属领地。

勒斯坦！"

　　不光整个世界是那么遥远，就连以色列土地也十分遥远。在那里，在山那边，一种新型的犹太英雄正在涌现。他们皮肤黝黑，坚忍顽强，沉默寡言，与大流散中的犹太人截然不同，与凯里姆亚伯拉罕的犹太人也完全不一样。这些青年男女是拓荒者，英勇无畏，粗犷强健，在漫漫黑夜中交好，超越了所有的界限，在青年男女关系上也没有任何界限。他们对任何事情都满不在乎。亚历山大爷爷有一次说："他们认为将来这样的事情会很简单，小伙子只是到一个姑娘那里提出要求就行了，或许姑娘甚至连等都不等小伙子提出要求，自己就会向小伙子提出要求，就像讨杯水。"缺乏想象力的贝茨阿勒尔伯伯则带着克制的愤怒说道："这些十足的布尔什维主义就这样把所有的神秘感都毁了？就这样把所有的情感都抹杀了？就这样把我们的整个生活变成了温吞水？"尼海米亚大叔从角落里突然冒出两句歌词儿，听起来像走投无路的野兽在咆哮："啊，道路是如此的漫长曲折，越过高山，越过平原，啊，妈妈，我在热浪中、在风雪中寻找你，我思念你，可你越来越遥远，嗨勒嗨……"接着，琪波拉用俄语说："行了，行了。你们发疯了吗？孩子会听见你们说话的！"就这样他们说起了俄语。

　　拓荒者们生活在加利利、沙龙平原和山谷里，不在我们的视野中。那些小伙子粗犷热心，少言多思，姑娘们高大强壮，坦率自律，他们看起来什么都懂，什么都理解。他们了解你，了解你为何羞怯不安，他们依然深情、严肃，满怀敬意地待你，不把你当孩子，而是把你当作成人，尽管是小一号的成人。

　　在我眼中，这些男男女女的拓荒者强悍，认真，老成持重，他们会围坐在一起唱令人心碎的渴望之歌，唱讥讽嘲弄的歌，唱肆无忌惮的贪欲之歌；或者疯狂地跳舞，仿佛超越了肉体。但是他们也能够享受孤独与内省，能够露宿户外，睡帐篷，从事艰苦的劳作，唱着"我们总是整装待发""你的小伙子曾用犁铧带给你和平，而今他们用枪杆子带来和平""把我们派往哪里，我们就走向哪里"。他们能骑烈马，或者驾驶履带宽宽的拖拉机。他们讲阿拉伯语，了解每个山洞和每个幽谷，会打枪，会投手雷，还阅读诗歌和哲学。他们勤学好问，含而不露，就连夜晚躺在帐篷里那短短的时间里，也会借着烛光低声地谈论着生活，谈论着在爱情与责任、民族利益与普遍正义之间所做的严酷抉择。

有时，我和朋友一起去塔努瓦发货场看他们乘坐装满农产品的货车，远远地从山那边来到这里，"身着工作服，脚蹬笨重的胶鞋"，我通常走到他们的近旁，呼吸干草的气息和远方飘来的醉人芬芳——那里，的确发生着巨变。那里，土地正在开垦，世界正在改革，那里正在建造着一个新型的社会。那里他们正在自然景观和史册上留下自己的痕迹，他们正在耕耘田地，种植葡萄园，他们正在谱写新的诗篇，他们正拿起枪支，骑上马背，还击进犯者，是他们把我们这些可怜的躯体铸成了战斗的国民。

我悄悄地梦见，他们有朝一日会把我一起带走。把我也铸造成战斗的国民。我的人生也变成了一首新歌，那人生纯净直白又简单，就像热天里的一杯水。


在群山后的远方，是激动人心的城市特拉维夫。从那个地方给我们送来了报纸和关于戏剧、歌剧、芭蕾、卡巴莱的种种传闻，还有关于现代艺术、党派政治、激烈争端的反响，以及含含糊糊的流言蜚语。在特拉维夫有了不起的运动健将。那里有大海，大海里满是会游泳的古铜色皮肤的犹太人。在耶路撒冷谁又会游泳呢？谁听说过游泳的犹太人？这些都是完全不同的基因。是一种突变，"像蝴蝶从蛹中奇妙地再生"。

特拉维夫这个名字有一种特殊的魔力。我一听到"特拉维夫"这个词，脑海里就立刻浮现出这样一幅画面：一个身穿藏蓝色男式背心、强健鲁莽的小伙子，古铜色皮肤，肩膀宽阔，一个诗人——劳动者——革命家，一个无所畏惧的小伙子，那种他们称之为"哈维尔曼"（非常容易相处的人）的人，拳曲的头发上戴着一顶破帽子，样子随意但撩人，嘴上叼着烟，在世界上无拘无束；白日，他要么在田野里勤奋务农，要么搅拌沙子和泥浆，晚上，他拉小提琴，夜间，他和姑娘们跳舞或者为她们唱深情的歌，皎洁的月光映衬着沙丘，黎明时分，他带上手枪或者轻机枪从掩体走出，潜入夜色之中，守护着房屋和田野。

特拉维夫是那么的遥远！在我整个童年时代，我至多去过特拉维夫五六次，我们偶尔到那里和姨妈们一起过节。那时不光是特拉维夫的日光与耶路撒冷的日光同今天相比大为不同，就连万有引力定律也截然不同。在特拉维夫，人们走路的方式都不一样，他们健步如飞，如尼尔·阿姆斯特朗[1]在月球上飘浮。

在耶路撒冷，人们走路的方式倒像是参加葬礼，或者像听音乐会迟到，先踮起脚尖，测试地面，一旦放下脚，他们就不急着前行了。我们等了两千年才在耶路撒冷找到了立足之地，实在不愿立刻离开。我们一抬脚，别人就会立刻把我们那一小块地方夺

---

1 尼尔·阿姆斯特朗（1930—2012），美国宇航员，1969 年 7 月乘宇宙飞船登上月球，成为人类登上月球的第一人。

走。另一方面，你一旦把脚抬起，就不要急急忙忙地落下——谁知道你是不是有踩到蛇窝的危险呢。几千年来，我们为自己的冲动鲁莽付出了血的代价，一而再再而三地落入敌人的魔爪，因为我们没看地方就落了脚。这多少就是耶路撒冷人的脚步吧。但是在特拉维夫，呵！整座城市就像只大蚱蜢。人在腾腾跳动，房屋、街道、广场、海风、黄沙、林荫大道，甚至连天上的云彩都在跳动。

一次，我们到特拉维夫去庆祝逾越节[1]之夜。第二天早早起来，大家都在睡觉，我穿上衣服，走出家门，独自到一个小广场去玩。小广场上有一两把长椅，一架秋千，一个沙坑，三四棵小树，鸟儿已经在上面叽叽喳喳了。几个月后过新年，我们又到特拉维夫旅行，那个小广场已经挪地方了。它同小树、长椅、沙坑、飞鸟和秋千一起被搬到了街道的另一头。我大吃一惊，我搞不懂本-古里安[2]和适时组成的行政管理机构怎么会允许这种事情发生。怎么回事？谁一下子把整个广场给搬走了？明天是不是该搬橄榄山？搬大卫塔？会不会把哭墙搬走？

耶路撒冷人带着嫉妒、骄傲、羡慕和稍许一点信心谈论特拉维夫，仿佛特拉维夫是犹太民族一个至关重要的秘密规划，一个最好不宜过多谈论的规划，似乎隔墙有耳，处处潜伏着敌方间谍和特工人员。

特拉维夫，大海、日光、蓝天、沙地、脚手架、林荫大道两旁的电话亭，一座正在兴建的新城，线条简单，在柑橘园和沙丘间崛起。不仅是你买票乘坐埃格德公司公共汽车去旅行的地方，而

---

1 逾越节，犹太人重要节日之一，纪念摩西率领以色列人出埃及。
2 即大卫·本-古里安（1886—1973），以色列第一任总理。

且是一片不同的大陆。

我们多年来和特拉维夫的亲戚通过电话定期联系。我们每隔三四个月给他们打一次电话，尽管我们和他们都没有安装电话。首先我们给哈娅姨妈和茨维姨父写信，信中写道，本月19日星期三，星期三那天茨维三点钟从健康诊所下班，因此我们五点钟会从我们这里的小药房往他们那里的小药房打电话。信提前许久就发出了，我们等着回复。哈娅姨妈和茨维姨父让我们放心，本月19日星期三那天对他们绝对合适，他们当然会在五点钟之前就在小药房里等，要是我们五点钟没打成电话也不要着急，他们不会走开。

我不记得我们是不是穿上最好的衣服去小药房给特拉维夫打电话，但要是穿了也不足为奇。那是一项隆重的使命。早在星期天，爸爸就对妈妈说：范妮娅，你记得这星期要给特拉维夫打电话吗？星期一妈妈会说，阿里耶，后天可别回来晚了，别把事情搞砸了。星期二，他们二人对我说，阿摩司，千万别给我们弄出什么意想不到的事情来，你听见了，不要生病，你听见了，别冻着，明天下午之前别摔跟头。头天晚上他们会对我说：早点睡吧，这样明天打电话时才会有力气，我不想让你被那边听上去像没吃饱饭似的。

兴奋之情就这样酝酿出来。我们住在阿摩司街，离泽弗奈亚街上的小药房有五分钟的路，但是三点钟时，爸爸对妈妈说：

"现在你别再做什么新活计了，这样就不会把时间搞得紧巴巴的。"

"我一点事也没有，可你，在读书呢，你可别忘得一干二净。"

"我？我会忘？我一会儿就看一下表。阿摩司会提醒我的。"

你瞧，我只有五六岁，已经承担了重大责任。我没有手表，也不可能有，所以每隔一会儿我就奔向厨房看看挂钟，接着我就会宣布，就像发射宇宙飞船倒计时那样：还有二十五分钟，还有二十分钟，还有十五分钟，还有十分半钟——那时我们就会起身，仔细地把前门锁好，走出家门。我们一行三人左转走到奥斯特先生的杂货店，右转到泽卡赖亚街，左转到马拉哈伊街，右转到泽弗奈亚街，径直走进小药房说："您好啊，海涅曼先生，您怎么样？我们是来打电话的。"

他当然知道，星期三我们会打电话给远方的特拉维夫，他也知道茨维在健康诊所上班，哈娅在劳动妇女同盟担任要职，伊戈尔长大要当运动员，他们是果尔达·迈耶森（即后来的果尔达·梅厄[1]）和米沙·阔罗德尼的挚友，后者在这里被称作摩西·库勒[2]，但我们还是会提醒他："我们来给特拉维夫的亲戚打电话。"海涅曼先生会说："行，当然可以。请坐。"接下来，他会给我们讲经常讲的一个有关电话的笑话："一次，在苏黎世的犹太复国主义大会上，旁屋里突然传来震耳欲聋的可怕响声。伯尔·洛克[3]问哈兹菲尔德[4]出什么事了，哈兹菲尔德解释说，是鲁巴晓夫[5]同志在对耶路撒冷的本-古里安讲话。'对耶路撒冷讲话，'伯尔·洛克说，'他怎么不用电话呢？'"

爸爸会说："我现在拨号。"妈妈说："还早呢，阿里耶。离

---

1 果尔达·梅厄（1898—1978），以色列政府第一位女总理。以色列建国初期相继任劳工部部长和外交部部长。
2 摩西·库勒（1911—1989），以色列内阁部长，政界领袖。
3 伯尔·洛克（1887—1972），犹太复国主义领袖之一。
4 哈兹菲尔德，1888 年生于俄国，1914 年移居巴勒斯坦，热衷于购买土地与定居事业。
5 鲁巴晓夫（1889—1974），即以色列第三任总统扎勒曼·夏扎尔。

约定的时间还有好几分钟呢。"他会说:"没错,可接通也需要时间。"(那时还没有直拨电话。)妈妈说:"是啊,可要是我们一下子就接通了,怎么办?他们还没到呢。"爸爸回答:"若是那样的话,我们过会儿再试一次不就得了。"妈妈说:"不行,他们会担心的,他们会认为没接到我们的电话。"

就在他们争论不休的当口,时间差不多就五点钟了。爸爸拿起电话听筒,站在那里,在对接线员说:"下午好,女士。请接特拉维夫 648。"(要么就是诸如此类的话,我们还是处在三位数字的世界。)有时接线员会说:"请等几分钟,先生,邮电局长正在打电话。"或者是西顿先生,或者是纳沙什维先生。我们有些紧张,因为不知道会出什么事,他们在那边会怎么想呢?

我能够想象,这样一条单线把耶路撒冷和特拉维夫连接在了一起,又通过特拉维夫与世界相连。倘若这条单线占线,实际上它总在占线,我们同世界的联系则被切断。这条线蜿蜒而去,穿越荒野和岩石,穿越小山和峡谷,我想这是一个伟大的奇迹。我颤抖起来——要是野兽夜里来咬线会怎么样呢?要是坏人把电话线切断会怎么样呢?要是雨水渗进去会怎么样呢?要是着火会怎么样呢?天晓得。这条线弯弯曲曲,那么脆弱,没有人把守,被日头晒,天晓得。我对架设这条线的人充满了感激,那么勇敢无畏,动作那么灵巧,从耶路撒冷往特拉维夫架条线,可不是件容易的事。我从自己的体会中得知这件事有多难:一次我们从我住的房间向爱里亚胡·弗里德曼家拉条线,中间只隔着两家住户和一个花园,那是一个怎样的工程啊,要经过树、邻居、棚屋、篱笆墙、台阶、灌木。

等了一会儿之后,爸爸确信邮电局局长或者纳沙什维先生一定说完话了，于是再次拿起听筒对接线员说："请原谅，女士，请再给我接特拉维夫 648。"她会说："我记下来了，先生。请等一等。"（或者："请耐心一点。"）爸爸说："我等了，女士，等很正常，可别人也在电话那头等着呢。"他这样来对她加以礼貌的暗示，尽管我们是真正的文化人，但我们的忍耐也是有限度的。我们很有修养，但我们不是好欺负的。我们不是任人宰割的羔羊。那种谁都能对犹太人为所欲为的想法，已经彻底结束了。

接着，药房里的电话突然响了起来，这响声总是那么激动人心，那是个奇妙的瞬间，谈话基本是这样的：

"嗨，茨维？"

"讲话。"

"这是阿里耶，耶路撒冷的。"

"是的，阿里耶，我是茨维，你们好吗？"

"我们一切都好。我们在药房里给你们打电话。"

"我们也是。有什么新情况吗？"

"没什么新鲜的。你们那边呢，茨维？有什么情况吗？"

"一切都好。没什么特别的。就那样呗。"

"没有消息就是好消息。我们这里也没有新情况。我们都挺好。你们呢？"

"也挺好的。"

"太棒了。现在范妮娅要和你们说话了。"

还是那套："你好吗？有什么新情况吗？"接着："现在阿摩司要说几句。"

那就是整个谈话。你好吗？挺好！这样的话，我们很快再聊天。很高兴跟你们聊聊。我们也很高兴。我们写信约定下次打电话的时间。我们再聊。好啊。肯定要聊的。再见。希望不久的将来。再见。好好照顾自己。一切顺利。你们也是。

但这不是开玩笑：生活靠一根细线维系。我现在明白，他们一点也不知道能否真的可以再次交谈，或许这就是最后一次，因为天晓得将会出什么事，可能会发生骚乱，集体屠杀，血洗，阿拉伯人可能会揭竿而起把我们全部杀光，可能会发生战争，可能会出现大灾难，毕竟希特勒的坦克从北非和高加索两面夹击，几乎要抵达我们的门口了，谁知道等待我们的会是什么。空洞无物的谈话实则并不空洞，只是笨拙罢了。

那些谈话现在显示给我的则是，当时对他们——对所有的人，不光是对我的父母来说，表达个人情感多么艰难。对他们来说表达公共情感没有丝毫困难——他们都是有情人，他们知道如何说话。啊哈，他们多会说话啊！他们能够连续三四个小时用充满激情的语调谈论尼采、斯大林、弗洛伊德、杰伯廷斯基 [1]，能将所知道的一切倾囊相告，掬同情之泪，抑扬顿挫地论证殖民主义、反犹主义、正义、"农业问题"、"妇女问题"、"艺术对生活问题"；但是一旦要表达私人情感时，他们总是把事情说得紧张兮兮，干巴巴，甚至诚惶诚恐，这是一代又一代遭受压抑与否定的结果。事实上是双重否定，双重约束，欧洲资产阶级的规矩强化虔诚犹太社群的限制。似乎一切均遭到"禁锢"，或"不得如此"，或"不雅"的否定。

除此之外，还有语词的巨大缺失。希伯来语仍旧不算足够自然的语言，它当然不是一门亲密的语言，讲希伯来语时，你难以

---

1 杰伯廷斯基（1880—1940），生于乌克兰敖德萨，早期犹太复国主义代表人物之一，中文亦译作雅伯汀斯基。

知道说出之后的真正含义。他们从来不能确保说出来的事情不滑稽可笑，滑稽可笑是他们日里夜里所惧怕的。怕滑稽可笑真是怕死了。即使像我父母那样希伯来语好的人，也不能说完全掌握了希伯来语。为追求准确，他们讲话时放不开。他们经常改变主意，再次系统阐述刚刚说过的话。大概近视眼的司机就是这种感觉，深夜开着陌生的车子在陌生的城市里试图驶出弯弯曲曲的小路。

一个星期六（安息日），妈妈的一个朋友前来看望我们，她是老师，名叫莉莉亚·巴-萨姆哈。每当客人在谈话时说"我胆怯"或者说"他处在胆怯状态"时，我就放声大笑。在日常希伯来文俚语里面，她所用"胆怯"一词意为"放屁"。他们不知道我干吗要笑，也许知道，却佯装不知。爸爸在说"军备竞赛"或者抗议北约国家决定重新武装德国以威慑斯大林时，也是一样。他不知道他所使用的书面语"军备"在时下希伯来俚语里是"性交"的意思。

爸爸在我说"搞定"，一个绝对无辜的词汇时，总是把脸一沉，我总也不明白这个词干吗让他那么紧张。他当然从来没有解释过，我也不可能问。多少年过去，我知道了在30年代，那时我还没有出生，"搞定"是指使一个女子怀孕又不跟她结婚。有时习语"搞定她"似乎就是指睡了她。"深夜在货仓里，他把她搞定了，早晨某某人方知他与她素不相识。"于是，要是我说"乌里姐姐给搞定了"什么的，爸爸便会噘起嘴唇，耸耸鼻梁。他当然不会向我解释什么——能怎么解释呢？

他们私下相处时，从来不讲希伯来语。大概在最私密的时刻，他们什么话也不说。一言不发，因为害怕看上去滑稽可笑或者听上去滑稽可笑，这给一切蒙上了阴影。

# 2

表面看来，在那些日子，拓荒者站在声望之梯的最高端，然而拓荒者住得离耶路撒冷非常遥远，住在山谷，加利利，以及死海岸边的荒野里。犹太民族基金会海报上他们那吃苦耐劳、忧心忡忡的影像，镇定自若地站在拖拉机和犁过的土地间，令我们钦佩不已。

站在拓荒者下面一级云梯上的是其"隶属成员"，他们穿着背心在夏日阳台上看社会主义报纸《达瓦尔》，是劳动者同盟、先锋队和健康基金会成员，身穿卡其布服装，自愿为公共资金交款，吃沙拉配炒鸡蛋和酸奶，严格约束自己，有责任感，生活方式扎扎实实，是土生土长的产品，工人阶级，恪守党规，在别具特色的一罐产品里，是颗温和的橄榄，"天蓝蓝，海蓝蓝，我们在这里建港湾，建港湾"。

与这一既定团体相抗衡的是"不隶属者"，别称恐怖主义者，以及住在梅施阿里姆的虔诚的犹太人、仇视-锡安的极端正统派犹太人群体，还有一群混杂的乌合之众，包括行为古怪的知识分子、野心家，以及以自我为中心、见多识广的浪迹天涯之人，还有各种各样的弃儿、个人主义者和犹豫不决的虚无主义者、没能摆脱德国作风的德国犹太人、亲英的势利小人、富有的法国式黎凡特人，他们有我们看来像是盛气凌人的男总管的夸张行径。接着是也门人、格鲁吉亚人、北非人、库尔德人和萨洛尼卡人，他们绝对都是我们的兄弟，他们绝对都是大有可为的人类资源，可是有什么办法呢，你需要在他们身上投入大量的耐心和努力。

　　除去这些，还有难民、幸存者，我们对待他们既怜悯，又有某种反感。这些不幸的可怜人，他们选择坐以待毙等候希特勒而不愿在时间允许之际来到此地，这难道是我们的过错吗？他们为什么像羔羊被送去屠宰却不联手奋起反抗呢？要是他们不再用意第绪语大发牢骚就好了，不再向我们讲述那边发生在他们身上的一切就好了，因为那边所发生的一切对他们、对我们来说都不是什么荣耀之事。无论如何，我们在这里要面对未来，而不是过去，倘若我们重提过去，那么从《圣经》和哈斯蒙尼时代，我们肯定有足够的鼓舞人心的希伯来历史，不需要用令人沮丧的犹太历史去玷污它，犹太历史不过是堆负担。（他们总是用意第绪语词汇 Tsores 来形容，脸上流露出厌恶之情，于是孩子们意识到这些 Tsores 是某种痼疾，属于他们，而不属于我们。）在幸存者中，有利赫特先生，周围的孩子们管他叫作"百万孩子"，他在马拉哈伊街上租了一个小房子，夜间睡在床垫上，白天卷起铺盖做"干洗和蒸汽熨烫生意"，总是耷拉着嘴角，露出轻蔑和厌恶的神情。他习惯性地坐在小店门口等候顾客上门，每当邻居家的孩子经过时，他总是朝一旁吐口唾沫，噘起的双唇间挤出几句话："百万孩子被他们杀了！你们这样的小崽子！屠杀了他们！"他说此话时，并非含着悲伤，而是带着仇恨、憎恶，仿佛在诅咒我们。

在拓荒者和麻烦制造者之间的天平上，我的父母没有清晰界定的位置。他们一只脚踏在隶属团体里（他们是健康基金会成员，为社区基金捐款），另一只脚则悬在空中。爸爸从心底里接近"不隶属者"的观念，从杰伯廷斯基分裂出来的新犹太复国主义思想，尽管他离这些人的枪炮非常遥远。顶多，他用他的英语知识为地下工作服务，为不定期出版的富有煽动性的非法小册子《背信弃义的阿尔比恩》撰稿。热哈维亚区的知识分子对我的父母具有强烈的吸引力，但是马丁·布伯倡导的和平主义理想，即在犹太人和阿拉伯人之间建立一往情深的密切关系，完全摒弃建立希伯来国家的梦想，以便阿拉伯人能够怜恤我们，恩准我们在这里住在他们脚下，这样的观念在我父母看来是一种没有骨气的抚慰，一种怯懦的失败主义，表现出犹太人在漫长的大流散过程中所体现出来的性格特征。

我妈妈原来在布拉格大学读书，在耶路撒冷的希伯来大学完成学业，给准备考试的学生上家教课，讲述历史和文学。我父亲在维尔纳（今天的维尔纽斯）大学获得到了学位，又在耶路撒冷希伯来大学守望山校园获得硕士学位，但他在希伯来大学没有机会获得教职。当时耶路撒冷有资格的文学专家的数量远远超过学生人数。更为糟糕的是，许多任课教师拥有真正的学位，即从著名的德国大学获得的光灿灿的文凭，而不是像父亲那样拿的是波兰人／耶路撒冷人的蹩脚文凭。他于是在守望山[1]的国家图书馆谋到了一个图书管理员的职位，夜晚坐在那里撰写希伯来中篇小说论和简明世界文学史。我父亲是一位颇富教养、彬彬有礼的图书管

---

1 此处根据希伯来文意译，据英文音译则为斯克普斯山。

理员，表情严肃而羞怯，他系着领带，戴着一副圆框眼镜，身穿一件有些破旧的西服。他对比自己地位高的人点头哈腰，跳上前去为女士开门，执着地行使着那么一点点权利，充满激情地用十种语言引用诗歌，总是表现出友善并好玩的样子，不住重复一模一样的玩笑曲目（他称之为"趣闻逸事"或者"插科打诨"）。然而他的这些玩笑一般说来讲得比较费劲，不是日常生活中的幽默，而是我们在艰难时世里有义务取悦他人所做的积极表态。

　　每当父亲面对身穿卡其布衣服的拓荒者、革命者或由知识分子变成的劳动者时，就有一些迷惘。在其他地方，在维尔纳或者华沙，怎样对无产者说话是非常清楚的事情。大家都知道他的确切位置，尽管如何向这个劳动者清清楚楚地证明你有多民主、多不俯就，要看你自己，但是在这里，在耶路撒冷，一切都那么模糊不清。一方面，父亲绝对属于中产阶级，只是有点中产偏下，但他受过教育，撰写过文章和图书，在国家图书馆有个不起眼的职位，而他的对话者是个汗流浃背的建筑工人，身穿工作服，脚踏笨重的胶鞋；另一方面，也是这同一个工人，据说有化学文凭，同时又是坚定的拓荒者，大地之盐，希伯来革命英雄，体力劳动者。相形之下，爸爸却感到自己——至少在心灵深处——没有根基，是有两只左手的目光短浅的知识分子，有点像家园建设前线的弃儿。


　　我们的多数邻居是小职员、小店零售商、银行出纳、电影院售票员、学校老师、家庭教师，还有牙医。他们不是笃信宗教的犹太人，只在赎罪日[1]那天才去犹太会堂，偶尔也会在举行"希姆哈

---

1　赎罪日，犹太民族最为重要的节日之一，为每年提斯利月第 10 日（公历约 10 月）。虔敬的犹太人这天严格"禁食"，停止一切工作，到犹太会堂祈祷。在以色列国内，只有赎罪日这天电台、电视台停止所有节目。世界各地的犹太人通常也会到犹太会堂祈祷。

《托拉》[1]"仪式时去,然而在安息日夜晚点燃蜡烛,保存一丝犹太人的痕迹,或许也是为了安全起见,以防万一。他们多多少少受过良好的教育,但是在这方面又有点不舒服。对于英国托管,对于犹太复国主义的未来,对于工人阶级,对于当地的文化生活,对于杜林对马克思的攻击,对于克努特·哈姆孙的长篇小说,他们都有明确的看法。那里有形形色色的思想家和布道者,比如说,号召正统派犹太教信徒解除对斯宾诺莎的禁令,或者是全力以赴向巴勒斯坦的阿拉伯人解释,他们并非真正的阿拉伯人,而是古代希伯来人的后裔,或者是把康德和黑格尔的理念、托尔斯泰和犹太复国主义教义一股脑地综合起来,这种综合将会使一种纯粹而健康的绝妙生活方式在阿里茨以色列诞生,或者提高羊奶产量,或者同美国甚至斯大林结盟,目的是要将英国人驱赶出去,或者要大家每天早晨做简单的运动,那样才不会心情郁闷,还能净化灵魂。

这些在星期六下午聚到我们小院里啜饮俄式茶的邻居,几乎都是错了位的人。每当有人需要修保险丝、换水龙头或是在墙上钻个小洞,大家都愿意找巴鲁赫,他是左邻右舍中唯一能做这样奇事的人,所以人们都管他叫"金手指巴鲁赫"。其他人则知道怎样用激烈的言辞来分析犹太人民回归农业生活和体力劳动的重要性。他们声称,我们这里的知识分子已经过剩,但是我们缺乏普通劳动者。可是我们的左邻右舍,除"金手指巴鲁赫"之外,几乎看不到一个劳动者。我们也没有举足轻重的知识分子,大家都

---

1 希姆哈《托拉》,又称"转经节"或"欢庆圣法节",时间为住棚节最后一天,犹太人在这一天里结束为期一年的诵读《托拉》,又学习《托拉》的第一部分内容,开始新一年的诵读。《托拉》指《摩西五经》,即《创世记》《出埃及记》《利未记》《民数记》《申命记》。

看大量报纸，大家都喜欢谈天说地。其中一些人可能什么都玩得转，另一些可能比较机智，但多数人只是在不同程度上慷慨激昂地朗诵他们从报纸上、各种小册子里和党派宣言中所看到的一切。

作为孩子，我只能朦朦胧胧地猜测到，他们在接受上茶时摆弄帽檐，或者要是母亲欠身（只是微微）给他们加糖时，她端庄得体的领口比平时多露出一点肌肤，他们就会羞红脸颊，非常局促不安，手指慌乱，试图缩回去不要了。这些举动与在他们改变世界的愿望之间存在着鸿沟。

所有这一切出自契诃夫——也让我感到有些乡野土气。在世上有些地方正在出现真正的生活，那些地方离这里特别遥远，是在希特勒上台之前的欧洲。在那里每个夜晚都要点燃数百支蜡烛，女士们和先生们在用桉木隔板装潢的房间里喝漂着一层奶油泡沫的咖啡，或者舒适地坐在悬有镀金枝形吊灯、富丽堂皇的咖啡屋，手挽手去听歌剧或看芭蕾，从近旁观察伟大艺术家的生活、撼人心魄的风流韵事、破碎的心，画家的女朋友突然爱上了画家最好的朋友——作曲家，半夜三更走出家门，任雨水打着头顶，独自站在古桥上，桥影在水中颤抖。

我们住的地方从来也不会发生这样的事情，这样的事情只能发生在山那边的远方，出现在人们生活随意的地方。比如在美国，那里的人们淘金，抢劫邮政火车，惊得一群群牲畜在无边无垠的原野上四处逃窜，谁在那里杀的印第安人多，谁就会赢得漂亮姑娘。这是我们在爱迪生影院所看到的美国：漂亮姑娘要奖给最优秀的射手。这样的奖品有什么用？我一点概念也没有。要是我们在电影中看到的是一个相反的美国，谁射杀女孩子多，谁到最后就可以得到一个英俊的印第安人当作奖品，我也只得相信有这么回事。无论如何，这就是远方的世界。在美国，还有在我集邮册里出现的其他奇妙的地方，在巴黎，在亚历山大，在鹿特丹，在卢加诺，在比阿里茨，在圣莫里兹，神圣之人钟情那些地方，彬彬有礼地你争我夺，失败、放弃挣扎、漂泊，在大雨滂沱的城市，他坐在林荫大道旅馆那昏暗的酒吧里独酌，纵情度日。

就连在托尔斯泰和陀思妥耶夫斯基的长篇小说里，大家也总在探讨主人公生活纵情，为爱而死，或者是为某种崇高的理想而死，或者是心力交瘁而死。这些皮肤晒得黝黑的拓荒者也是一样，在加利利的某座山岭，纵情生活。我们这地方，无人为耗尽体能、单恋或理想主义而死，人们不是纵情地生活——不光我的父母，而是所有人。


我们有一条铁律，要是能够买到相应的本地产品就不买外国货，就不买任何进口商品。但是，当我们来到坐落在俄巴底亚和阿摩司街交界处奥斯特先生家开的商店时，我们得选择是买犹太合作社塔努瓦做的基布兹奶酪，还是买阿拉伯奶酪。阿拉伯奶酪是附近小村庄利夫塔自制的还是进口货，可就难说了。的确，阿拉伯奶酪便宜一点。但是你要是买阿拉伯奶酪的话，是不是就有点背叛犹太复国主义了呢？有时，在某基布兹或者是莫沙夫[1]，在耶兹里埃尔谷地或者是加利利山峦，一个超负荷劳作的拓荒者姑娘坐在那里，或许眼中含泪，给我们包着希伯来奶酪——我们背弃她去买异族人的奶酪？我们有心肝吗？另一方面，要是我们抵制阿

---

1 莫沙夫，以色列的一种合作农场，与基布兹不同的是，农地与农产品私有，只不过共同经营。

拉伯邻居的产品，我们便会加深并将永远持续两个民族之间的仇恨。我们将要为日后的流血冲突负有部分责任，天理不容。确实，谦卑的阿拉伯农民，质朴，诚实，在土地上耕作，其心灵尚未遭到城市生活不良习气的污染，堪称托尔斯泰笔下淳朴而心地高尚的农民们的黑肤兄弟！我们岂能没有心肝背弃他粗制的奶酪？我们岂能如此冷酷地去惩罚他？为了什么？因为不老实的英国人和邪恶的上流社会人士派些农民来反对我们吗？不是的。这次我们决定买阿拉伯村庄里产的奶酪，顺便提一句，其味道确实比我们合作社的奶酪味道好，价钱也便宜一点。但是，另一方面，谁知道阿拉伯奶酪会不会不够干净呢？谁知道他们那里的奶制品店是个什么样子？要是得知——太迟了——他们的奶酪有病菌怎么办？

病菌是我们最可怕的梦魇之一。就像反犹主义，你从未真正把目光投在反犹主义或者是病菌上，但是你非常清楚地知道它们在四面八方等待着你，看是看不到的。确实，我们谁都未曾看到病菌的说法不确切，我就看到过。我曾有意长时间地盯住一块旧奶酪，直至突然开始看见数以千计的小东西在上面蠕动。就像耶路撒冷的引力，那时的引力比现在大多了，病菌也又大又壮。我看到它们了。

在奥斯特先生的杂货店里，顾客之间可能会爆发小小的争论：买还是不买阿拉伯农民的奶酪？一方面，"慈爱自家中始"，所以只买合作社的奶酪是我们的责任；另一方面，"这律法是为你们和你们当中的寄居者"，所以我们又购买阿拉伯邻居的奶酪，"因为你们在埃及地做过寄居的"。[1] 不管怎么说，想一想托尔斯泰怀着蔑

---

1 语出《圣经·出埃及记》第 23 章第 9 节。

视来看待这些人，他们买这种奶酪而不买那种奶酪，只是因为宗教、民族或者是种族有别！那么普遍价值呢？人道主义呢？兄弟情义呢？但是，就为了少花两毛钱去买阿拉伯奶酪，而不去买为我们的利益奋斗的拓荒者们做的奶酪，何等的可悲，何等的软弱，何等的心胸狭隘！

可耻！可耻而丢脸！不是可耻，就是丢脸！

整个生活充斥着诸如此类的可耻与丢脸。


还有另一个典型悖论：人们该不该送花庆祝生日？要是该送，送哪种花？唐菖蒲价格昂贵，但是有文化韵味，有贵族气派，能够传情达意，不是带有野生气的亚洲杂草。我们可以随意挑选许多银莲花和仙客来，可是过生日，或者庆祝图书出版送银莲花和仙客来都不合适。唐菖蒲拥有独奏会、盛大宴会、话剧演出、芭蕾舞、文化活动那种韵味，表达出深沉、纤细的情感。

于是，我们就送唐菖蒲。不问价钱。但问题是送七枝，是不是有些过？五枝是不是有点少？或许送六枝？或许干脆就送七枝好了。不问价钱。我们可以在唐菖蒲周围放一圈文竹，送六枝。另一方面，这样做是不是有些过时？唐菖蒲？而今哪儿还有送唐菖蒲的？在加利利，拓荒者相互送唐菖蒲吗？在特拉维夫，谁人操心唐菖蒲？这样做有什么好处？它们浪费钱财，四五天就枯萎了。那么我们该送什么呢？送盒巧克力怎么样？一盒巧克力？那甚至比唐菖蒲更为滑稽可笑。或许最妙的主意是拿些纸巾，或者一套小杯托之类刻有花纹的银制品，把手挺可爱，上热茶时用，这倒不是虚饰的礼品，它们既美观又非常实用，人们不会扔掉，而是会用上几十年，每当使用它们时，也许会在刹那间想到我们。

# 3

　　到处可见欧洲那个应许之地的各种使者。比如说小矮子，我指的是白天支撑百叶窗使之敞开的小个子男人，那些小小的金属造型。每当你想关上百叶窗，你就旋转它们，于是整个夜晚它们都倒悬着头。墨索里尼和他的情妇克拉拉在第二次世界大战结束时就是这样被倒挂在那里的。那是恐怖的一幕，可怕的一幕，恐怖和可怕的并非他们被绞死的事实，他们罪有应得，恐怖和可怕的是他们倒悬着。我有点同情他们，尽管我不该如此。你发疯了吗？同情墨索里尼？与同情希特勒几乎一模一样！可是我试验过，我用双腿夹住墙上的一根管子，大头朝下，几分钟过后，血液全部涌向头部，我感到犯晕。墨索里尼及其情妇被那样倒挂在那里不仅仅是几分钟，而是三天三夜，是在他们被处决之后！我认为那是极其严酷的惩罚。即便是对刽子手。即便是对情妇。

　　并非我对情妇这一概念一无所知。在那年月，整个耶路撒冷一个情妇也没有。有"女伴"，有"伴侣"，有"具备双重含义的女性朋友"，甚至有各种各样的风流韵事。有这样小心的传言，比如说，车尔尼安斯基先生和鲁帕汀的女友之间有一腿，我的心怦怦直跳，意识到"有一腿"是个神秘致命的表达方式，将甜蜜、可怕、丢脸的东西隐藏起来。可情妇呢？全然是《圣经》上的东西，比生活伟大的东西。不可思议。也许在特拉维夫有这样的东西，我认为，他们总是拥有我们这里不存在或者被禁止的东西。

我差不多是自己开始读书的，那时我还很小。我们还有什么可做的呢？那时的夜晚比现在的漫长，因为地球自转速度比较缓慢，银河系比现在自在。电灯光惨淡昏黄，经常因停电而中断。直至今日，冒烟的蜡烛或煤油灯的气味还会让我产生读书的愿望。由于英国人在耶路撒冷实行宵禁，晚上七点我们就被限制在家里。即使没有宵禁，在那时的耶路撒冷，谁愿意摸黑出去？一切关闭得严严实实，石街分外空寂，每个经过那狭窄街道的路人都要拖上三四个影子。

即便没有停电，我们也总是生活在黯淡的灯光下，因为节约至关重要。父母把四十瓦的灯泡全部换成了二十五瓦的，不光是为了节约，主要是因为灯光明亮造成一种浪费，浪费是不道德的。我们这套小房子里总充斥着人权的痛苦：为了印度饥饿的孩童，我得把我盘子里的东西吃得一干二净；从希特勒地狱里活过来的幸存者，被英国人运送到了塞浦路斯的拘留营；衣衫褴褛的孤儿，仍旧在饱受蹂躏的欧洲大陆那白雪皑皑的森林里流浪。爸爸惯于就着二十五瓦电灯泡的惨淡灯光伏案工作到凌晨两点，损伤了眼睛，因为他认为使用光线强的灯泡不对。拓荒者在加利利的基布兹夜复一夜地坐在帐篷里，借着摇曳的烛光撰写诗集和哲学专著，你怎能将他们遗忘而像罗斯柴尔德[1]一样坐在明晃晃的四十瓦灯泡

---

1 罗斯柴尔德，犹太银行世家，在19世纪欧洲几乎成为金钱与财富的代名词。

下？邻居们要是看到我们家突然亮得像舞厅，会说些什么？他宁愿损伤自己的视力，也不愿意吸引旁人的注意。

我们还算不上最贫穷的。爸爸在国家图书馆工作，拥有一份微薄但固定的收入。妈妈教些家教课。我每周五在泰勒阿扎给科恩先生浇花园挣一先令，周三我在奥斯特先生的杂货店后面，把空瓶子放进板条箱，又挣四个皮阿斯特，我还教芬斯特太太的儿子看地图，每节课两个皮阿斯特（可这是赊账，直到今天芬斯特一家也没给我钱）。

尽管有这些收入来源，我们还是每天省钱，省钱。小住房里的生活与我在爱迪生影院里曾经看到过的潜艇上的生活类似，每当海员们从一个水密舱到另一个水密舱去，就得把舱门关在身后。我用一只手打开厕所的灯时，就用另一只手把走廊里的灯关掉，为的是不浪费电。我轻轻地拉动链子，因为光是小便就把储水器里尼亚加拉大瀑布似的流水倾泻而空是错误的。还有其他生理功能需要（从来没有命名）时而要用大量水冲洗，可小便要用整个尼亚加拉？此时内盖夫沙漠的拓荒者正把刷过牙的水节省下来浇灌植物吧？此时在塞浦路斯的临时难民营，整家人要把一桶水用上三天吧？我离开厕所时，用左手把灯关掉，与此同时，右手打开走廊里的灯，因为大屠杀仿佛昨日，因为依旧有无家可归的犹太人在喀尔巴阡山脉和多洛米提斯山漂泊流浪，在临时难民营和禁不住风吹浪打的大船上遭受苦难，像骷髅一样瘦骨嶙峋，衣衫褴褛，因为在世界上的其他地方，还有困苦与贫穷：中国苦力、密西西比拾棉人、非洲儿童、西西里渔夫。我们有责任不浪费。

此外，谁知道每天会发生什么？我们的烦恼尚未结束，最好相信最坏的事情将要来临。纳粹或许已被消灭，但在波兰，集体屠杀仍在继续,讲希伯来语的人在俄国正遭受迫害,这里的英国人尚未做出最后的决定,大穆夫提正在讨论屠宰犹太人问题,谁知道阿拉伯国家将要对我们做些什么,而玩世不恭的世界考虑到石油市场和其他利益,支持阿拉伯人。我们在这里的日子不会好过。

我们只有大量的书。到处都是书,从这面墙到那面墙,排满了书。过道、厨房、门口和窗台,到处是书。几千本书,遍布整套住房的每个角落。我总感觉,人们来来往往,生生死死,但书是不朽的。小时候我希望自己长大后成为一本书,而不是成为作家。人可以像蚂蚁那样被杀死,作家也不难被杀死,但是书呢,不管你怎样试图要对其进行系统的灭绝,也会有一两本书伺机生存下来,继续在雷克雅内斯梅岭、巴利亚多利德或者温哥华等地,在某个鲜有人问津的图书馆的某个角落享受上架待遇。

要是有那么一两次,买安息日食品的钱不够,妈妈会看看爸爸,爸爸知道该做出牺牲了,就会朝书架转过身去。他是一个理智的人,知道面包比书重要,孩子的健康比什么都重要。我记得他佝偻着后背,穿过走廊,胳膊底下夹着两三本珍爱的书,走向梅亚先生的旧书店,仿佛是驼着的后背让他走不快似的。我们的先祖亚伯拉罕一大早从帐篷里把以撒扛在肩上走向摩利亚地时,就是这样弓着身子吗?[1]

我可以想象他的忧伤。爸爸和书具有一种感官上的联系。他喜欢感受、抚摸、闻嗅他的书。他对书动手动脚,以此为快:他控制不住自己,他得过去触摸书,连别人的书也是一样。那时的书

---

1 指上帝考验亚伯拉罕要他献以撒作为燔祭之事,见《圣经·创世记》第22章。

确实比现在的书要性感：适于闻嗅、轻抚和抚弄。有些书是用有点粗糙的皮装订而成，上有烫金字体，散发着香气，触摸时让你起鸡皮疙瘩，好像你在触摸什么隐秘而不可接近的东西，某种在你的触摸下耸起并颤抖的东西。还有一些书用布面卡纸板装订而成，用散发着奇妙芳香的胶水粘住。每本书都有自己独特而富有挑逗性的气味。有时布面从卡纸板上脱落，像调皮的裙，令人难以抵挡诱惑去窥视肉体和衣装间的黑暗空间，闻嗅那些令人眩晕的气味。

一般情况下，爸爸会在一两个小时后回来，书没有了，满载装有面包、鸡蛋、奶酪的牛皮纸袋，有时甚至有腌牛肉罐头。但有时他献祭归来，笑逐颜开，没有了心爱的书，也没有吃的：他确实把书给卖了，但立刻买了另外的书取而代之，因为在旧书店发现这样的奇珍异宝，他平生也许只有这样一次机会，他无法控制自己。妈妈宽恕了他，我也宽恕了他，因为除了甜玉米和冰激凌，我几乎什么也不喜欢吃。我痛恨炒鸡蛋和腌牛肉。坦白地说，我有时甚至嫉妒印度饥饿的孩子，因为从没有人告诉他们要把盘子里的东西吃光。

快六岁时，我的人生中发生了一件大事：爸爸在他的书架上腾出一小块地方，让我把自己的书放在那里。确切地说，他给予我书架最后一格的四分之一。我怀抱着自己所有的书——这些书以前一直放在我床边的一条凳子上——把它们拿到爸爸的书架上，井井有条地放在那里，让它们背对世界，面朝墙壁。

这是某种启蒙仪式，一种成年礼：一个人的书若是站立起来，他就不是一个孩子，而已经是大人了。我已经和爸爸一样了。我的书已经站立在那里了。

我犯了个严重的错误。爸爸出去工作时，我可以自由自在地整理我的图书角，但做这些事情时又非常孩子气。我按照高度来排列书。最高的书确实有损我的尊严，那是儿童文学作品，用韵文写成，附有图片，我蹒跚学步时他们就给我读这些书。我把它们放在那里，是因为我想把分配给我的书架全部填满。我想要我的领地满满当当，拥挤，溢出，像爸爸的书架那样。爸爸下班后，我尚处于亢奋状态，他吃惊地瞥了一眼我的书架，随即一言不发，死死盯住我，那目光让我终生难以忘怀：那是蔑视的目光，无法用语言描述的痛苦失望的目光，近乎绝望的目光。最后，他噘起嘴唇朝我嘘了一声："你发疯了吗？按照高度来排列？你错把书当成士兵了吗？你以为它们是某种荣誉卫士？是消防队接受检阅吗？"

他不再说话。爸爸那边是漫长、可怕的沉默，某种格里高尔·萨姆沙[1]式的沉默，仿佛我在他面前变成了昆虫。我这边是负疚的沉默，仿佛我真的一直就是某种可怜的昆虫，现在秘密揭穿了，从现在开始，一切都失去了。

爸爸打破沉默，继续说话，在大约二十分钟的时间里，爸爸向我揭示出所有的人生真谛。他对任何事情都不加隐瞒。他开始引我探究图书馆迷宫的内在秘密：暴露出主要交通干线，也暴露出条条林中小道，令人头晕目眩的风光。它们千变万化，差别微妙，想象奇特，像颇具异国情调的大街，有大胆的组合，甚至异常古怪之念。书籍可以按照主题分类，可以按照作家名字顺序排列，按照系列或者出版商排列，按照年代顺序、语言、主题、领

---

1 格里高尔·萨姆沙，卡夫卡小说《变形记》中的主人公。

域，甚至出版地点排列。不胜枚举。

于是我学到了各种各样的秘密。生活中有各种不同的道路。任何事情均可根据不同的乐谱和逻辑，以其中某种形式发生。这些并行逻辑按照自己的途径保持和谐，自我臻美，与众不同。

在接下来的日子里，我一连花费几个小时重新整理我的小图书馆，我把这二三十本书像一包卡片那样颠来倒去，按照各种各样的方式来重新组合。

我从书里学到了布局艺术，它并非出自书中所写内容，而是出自书本身，出自书的外表。我学到了在允许与禁止之间，在合乎常规与异乎寻常之间，在标准与古怪之间存在着令人困惑的无人地带和灰色地带。这一教谕从此一直陪伴着我。当找到爱时，我已经不再是生手，我已经懂得有各色各样的菜肴，有高速公路和风景线，还有人迹罕至的偏僻小路。有些允许做的事情几乎成为禁忌，有些禁忌又近乎允许。不胜枚举。

偶尔，父母允许我把书从爸爸的书架上拿到院子里掸掉灰尘。每次不得超过三本，这样才不至于把位置搞乱，因此每本书会回到其合适的所在。这项任务艰巨而惬意，因为我发现书尘气息让人如此心醉神迷，令我有时忘却了自己的任务、职责和责任，在门外一直待到妈妈焦急起来，打发爸爸执行营救任务，查明我有没有中暑，有没有被狗咬伤。他总是会看到我蜷缩在院子里的一个角落，沉浸在书中，双腿蜷曲，头歪向一旁，嘴半张着。爸爸半生气半慈爱地问我怎么又这个样子，我过了会儿才缓过神来，像溺水者和眩晕者那样，缓慢而勉强，从无法想象的遥远之地，来到这满是日常杂务的尘世中来。

整个童年，我都喜欢排列东西，把它们打乱，再重新排列，每次排列都有一点区别。三四个空蛋杯能够变成一座座堡垒，或是一群潜水艇，或是雅尔塔会议上超级大国的首脑会议。我有时会搞个迅雷不及掩耳的突然袭击，闯进没有秩序的混乱领地。这当中有某种无畏，令人振奋不已。我喜欢把一盒火柴倒在地板上，试图找到一切无限可能的组合。

整个世界大战期间，走廊墙壁上挂着一幅大型欧洲战区示意图，上边别有别针，并插有五颜六色的小旗。每隔一两天，爸爸就会按照无线电新闻广播移动这些别针和小旗。我则建造着类似的私人现实世界：我在草垫子上布下我自己的战区示意图，我的虚拟现实世界，我把军队分布在四周，施行夹击和声东击西的战略，攻克桥头堡，侧翼包抄敌军，签署战术撤退命令，而后举行战略突围。

我是个对历史着迷的孩子。我尝试纠正将领们过去犯下的种种错误。我重新打起犹太人反抗罗马人的战役，从提图斯[1]军队的魔爪下解救耶路撒冷，把战役推向敌人的土地，把巴尔·科赫巴[2]的军队带到罗马城墙，迅猛拿下古罗马圆形剧场，把希伯来人的旗帜插向朱庇特神庙。这一切完成后，我把英国军队中的犹太旅搬到公元1世纪和第二圣殿时期，两挺机枪竟然把哈德良[3]和提图斯那可诅咒的精锐军团打得落花流水，我陶醉其中。一架轻型飞机，一架派珀[4]，就能使不可一世的罗马帝国屈服。我把马萨

---

1 提图斯，即公元 70 年率兵攻克耶路撒冷的罗马大将军提多。
2 巴尔·科赫巴（65—135），132 年领导犹太人发动第二次反对罗马人统治的起义，后遭到镇压。
3 哈德良（76—138），罗马皇帝（117—138）。
4 美国派珀飞机公司（Piper Aircraft）产品。

达[1]卫士注定失败的战斗，转变为犹太人借助一门迫击炮和几枚手雷而取得决定性胜利。

实际上，我小时候具有一种奇怪的冲动——愿意赋予某件事情第二次机会，而它不可能拥有这次机会。至今，这一模一样的冲动仍驱动着我前行，不管我何时坐下来写小说。

耶路撒冷发生了许许多多的事情。城市遭到毁灭，重建，再毁灭，再重建。征服者接踵而至，统治一段时期，留下几座城墙和高塔，在石头上留下几道裂缝、些许陶器碎片和文献，而后不见了踪影，如同薄薄晨雾在山坡上消失。耶路撒冷是个上了年纪的慕男狂，她把情人们一个接一个榨干至死，而后打着哈欠把他们从身上抖掉；是黑寡妇球腹蛛，当配偶还在和它交配时就将其吞噬。

与此同时，在世界另一边发现了新大陆和岛屿。妈妈经常说，你生得太晚了，孩子，算了吧，麦哲伦和哥伦布已经发现了面积最大的岛屿。我和她争辩。我说：你怎么能够那么肯定？毕竟，早在哥伦布之前，人们就以为已经了解了整个世界，没有什么好发现的了。

我在草垫、桌子脚和床之间的空当，有时不只发现不知名的岛屿，还会发现一颗颗新星、太阳系、整个银河系。要是我进了监狱，我将失去自由和一两样什么东西，但只要允许我拥有一盒多米诺骨牌、一包纸牌、一盒火柴或是一把扣子，我就不会因无

---

1 马萨达，濒临死海，原是古代希律王（或许更早）修筑的堡垒要塞，难以攻破。公元70年耶路撒冷沦陷后，近千名犹太人及其眷退守马萨达，坚守两年多，遭到罗马兵团围困，寡不敌众，在要塞将被攻破之际，"宁死不愿沦为奴隶"，选择集体自杀，成为犹太文化史上一个永恒的悖论。犹太复国主义领袖强调"马萨达精神"中的英雄主义因素，教育百姓。

聊而受煎熬。我会终日排列、再排列，将其分开，再聚合到一起，组合成一件小作品。这一切或许是因为我是家中唯一的孩子。我没有兄弟姐妹，朋友寥寥无几，他们很快就会对我感到厌倦，因为他们要打斗，适应不了我游戏中史诗般的节奏。

　　有时，我星期一开始做新游戏，星期二整个上午在学校想出下一次行动，哪天下午来那么一两次行动，其余的留给星期三或者星期四。我的朋友们对此颇为反感，出去到后院玩追人游戏，而我则日复一日地继续在地板上从事我的历史游戏，运送部队，包围城堡或城池，大破敌军，势如破竹，在山区展开抵抗运动，袭击堡垒和防御工事。解放，接着重新征服，用火柴棍儿延伸或者缩小边界。要是大人误闯我的小领地，我就会宣布绝食或是停止刷牙。但是最终审判日将会来临，妈妈无法忍受越来越多的灰尘，会把一切统统清除，轮船、部队、都城、山峦和海岸线，整个大陆，如同核弹大屠杀。

　　九岁那年，有一次，一个名叫尼海米亚的大叔教给我一句谚语，"恋爱如同打仗"。我那时一点也不懂爱情，只是在爱迪生影院看到爱情与被杀害的印第安人之间有种模模糊糊的联系。但从尼海米亚大叔的话中，我得出这样一个结论：欲速则不达。随着岁月的流逝，我意识到，我大错特错了，至少从交战角度想：在战场上，速度据说绝对至关重要。我的错觉大概来自尼海米亚大叔本人行动迟缓、不好变化这一事实。他一站起身，就几乎不可能让他再次坐下，一旦就座，就不能让他站起身。他们会说，起来吧，尼海米亚，求你了，真的，你这是干什么呀，已经很晚了，起来吧，你还要在这里坐到何时呢？坐到明天早晨？坐到明年（下个赎罪日）？坐到弥赛亚来临吗？

他会回答说：至少。

接着他有所反省，挠挠自己，羞怯地暗自微笑，好像摸透了我们的把戏，加了一句：一切都逃不过我的眼睛。

他的体态，仿佛尸体，总保持着最后的自然状态。

我和他不同。我绝对非常喜欢变化，喜欢不期而遇，喜欢旅游。但我也喜欢尼海米亚大叔。不久以前我找过他，但在吉瓦特肖尔墓地没有找到。墓地扩大了，渐渐远去，很快将与贝特尼库法湖接壤，或者与莫茨阿毗连。我在长凳上坐了大约半个钟头，一只执拗的黄蜂在柏树枝丫间嘤嘤嗡嗡，小鸟把一个词重复了五六遍，我目光所及只有墓碑、树木、山丘和云朵。

一个身材苗条的黑衣女子头戴黑色头巾从我面前走过，一个五六岁的小男孩依偎在她的身边。孩子的小手指紧紧抓住她的裙边，两人都在哭泣。

# 4

　　一个冬天的傍晚，我独自一人待在家中。时间大概是晚上五点或者五点半，外面又冷又黑，狂风夹杂着雨水抽打着紧闭的百叶窗。爸爸妈妈去了钱塞勒大街和玛拉、斯塔施克·鲁德尼基一起喝茶，是在先知街的拐角。他们向我保证在八点钟之前回到家中，最晚不超过八点一刻或者八点二十。即使他们晚回来一会儿，也没有什么可担心的，毕竟他们只是和鲁德尼基一家在一起，离家不过十五分钟路程。

　　玛拉和斯塔施克·鲁德尼基没养孩子，却养了两只波斯猫，名叫肖邦和叔本华。客厅一角还有个笼子，里面装着只老鸟儿，都快要瞎了。为免鸟儿感到孤独，他们又往笼子里放了一只鸟，那只鸟是玛拉·鲁德尼基做的，在上了油彩的松果上插两根木棍当作鸟腿，再加上彩纸翅膀，并点缀着真正的羽毛。妈妈说，孤独酷似沉重的铁锤，打碎着玻璃，锻造着钢铁。爸爸则循循善诱，给我们从词源学角度讲述"铁锤"一词，以及它在不同语言中的衍生品。

　　爸爸喜欢对我讲述语词之间的各种联系。出处、关联，仿佛语词来自东欧一个错综复杂的家庭，有许多二堂弟三表兄之类，婶子大娘姑姑姨妈们，姑表姐妹们，姻亲们，孙儿重孙儿们。就连姑姑、表兄弟也有自己的家史，自己的裙带关系网。比如说，"姑姑"指爸爸的姐妹，"舅舅"指妈妈的兄弟。希伯来语舅舅"多德"一词，也指情人，尽管我并不确定它们最初是否为同一个词。爸爸说，你必须提醒我查一下大词典，准确地查出这些词的出处，其用法怎样一代代发生变化。或者，不要提醒，现在就去把词典拿来，我们一起学，请顺便把杯子拿到厨房。

在院子里和大街上，黑沉沉一片岑寂，无边无垠，你可听见流云在屋顶间低飞，轻抚着柏树梢头。可听见浴室里水龙头的滴水声，沙沙声，或是抓挠声，声音轻得几乎听不到，只能凭脖颈后的毛发稍感觉，那声音来自衣柜和墙壁之间。

我打开父母房间里的灯，从爸爸的书桌上拿起八九枚回形针、一把削笔刀、两本小笔记本、一个装满黑墨汁的长颈墨水瓶、一块橡皮、一包图钉，用这些建造一个位于边境上的基布兹。在小地毯上砌起沙漠深处的一堵墙和一座高塔，把回形针摆成半圆形，把铅笔刀和橡皮分立在高大墨水池的两侧，墨水池是我的水塔，在这些建筑周围是用铅笔、钢笔圈成的围墙，以及用图钉营造的堡垒。

不久就会来一场突然袭击：一伙嗜血成性的强盗（两打扣子）将从东南方向袭击定居点，但是我们要略施小计。我们把大门敞开，让他们长驱直入农场大院，那里将要发生血洗，大门将会关闭，他们插翅难逃，接着我将下令开火，就在那一刻，从所有建筑物顶上，还有用作水塔的墨水瓶顶上，我的白色象棋棋子代表的拓荒者将会开火，他们将用一阵激烈的炮火，消灭自投罗网的敌人兵力，唱起那荣誉的赞歌，高吟血腥惨烈的故事。而后，我会唱起赞美之歌，把草垫子提升为地中海，用书架代表欧洲海岸线，沙发代表非洲，直布罗陀海峡横穿椅脚，散落的纸牌表示塞浦路斯、西西里和马耳他，笔记本可以是航空母舰，橡皮和铅笔刀是驱逐舰，图钉是水雷，环形针将是潜水艇。

屋子里很冷。我没有像他们吩咐我的那样加一件毛衣，不浪费电，我会点十来分钟电炉。电炉有两组电阻丝，但是有个节电旋钮，总是使一组电阻丝，即电量低的那组电阻丝发光。我目不转睛，看线圈怎样变红。它逐渐发亮，开始你什么也看不到，只听见噼噼啪啪的声音，就像走在砂糖上，随后淡紫色的微光在电阻丝两端出现，随后淡红色的微光开始向中心散发，像羞答答面颊上的红晕，随后变成深红，随后迅速不顾任何体面地撒野，从赤裸裸的明黄到淫荡的酸橙绿，直至线圈中央发亮，不可阻挡地炽烈燃烧，通红滚烫的火光如同透过反光镜的亮晶晶的金属盘看到的野蛮太阳，让你不得不觑起眼睛。现在电阻丝炽热，炫目，无法控制自身，随时都会熔化，朝我的地中海倾泻而来，像爆发了的火山喷涌出滔滔熔岩，把我的驱逐舰队和潜水舰队一并摧毁。

此时，它的伙伴，上面的电阻丝，冷冰冰地静止不动，无动于衷。另一组电阻丝越亮，这组电阻丝越是无动于衷。它耸耸肩膀，坐在台边区将一切尽收眼底，但纹丝不动。我突然一震，仿佛自己的皮肤感受到线圈之间那被禁锢的张力，意识到我有个简单而迅速的办法来确保那组无动于衷的电阻丝别无选择，只能燃烧，于是它也颤抖着迸发出热情洋溢的红光——但那是绝对不允许的。绝对禁止点燃第二组电阻丝，不单是因为那是可耻的浪费，还因为会造成电路超负荷的危险，烧断保险丝，使整座房子陷于一片黑暗，谁能在半夜把"金手指巴鲁赫"给我找来呢？

第二组电阻丝只有当我丧失理智，完全丧失理智，完全不计后果的情况下，才会点燃。但要是我还没把它关上父母就回来了怎么办？或者我及时把它关掉，但线圈没有时间冷却下来，躺在那里装死，我该怎么为自己辩护呢？所以我必须抵住诱惑，不把它点燃。我也得收拾一下，把一切都安排得井然有序。

# 5

事实往往对真相产生威胁。我曾写下奶奶的真正死因。施罗密特在 1933 年一个炎热的夏日从维尔纳直接来到耶路撒冷，吃惊地看了眼人们汗流浃背的市场，看了眼颜色各异的牲口棚，人来人往的人行道上到处传来小贩的叫卖声、驴叫声、山羊咩咩声、被捆住双腿挂在那里的母鸡发出的咯咯声，屠宰后的鸡脖子上鲜血淋漓，她看见东方男人的肩膀和手臂，看见水果、蔬菜的刺眼颜色，她看见周围的山峦和石坡，立刻发出了终极裁决："黎凡特到处是细菌。"

奶奶在耶路撒冷住了约莫二十五年，她深谙岁月之艰辛，很少有快乐时光，但直到生命的最后时刻，她也没有弱化或更改自己的裁决。据说，他们刚在耶路撒冷落脚，她就命令爷爷早晨六点或六点半起来，向家中各个角落喷洒福利特，清除细菌，朝床底下，朝衣柜后面，甚至向浴室储藏物品的地方、餐具柜腿中间喷洒，继之拍打所有的床垫、床罩和鸭绒被。他们在耶路撒冷的每一天，她都这样做，无论冬夏。我从童年时代，便记得亚历山大爷爷一大早便站在阳台上，他身穿背心和居家拖鞋，像堂吉诃德猛击酒囊那样敲打枕头，拿地毯掸子，用尽可怜而绝望的气力，一遍遍地敲打。施罗密特奶奶会站在离他几步远的地方，比他还高，身穿一件花丝绸晨衣，扣子扣得严严实实，头发用绿色的蝴蝶结系住，宛如年轻女子寄宿学校的女校长那样硬邦邦直挺挺的，指挥战场，直至赢得每日一次的胜利。

在不断进行的反细菌战大背景下，奶奶在煮水果和蔬菜时也绝不妥协。她把一块布浸泡在略呈粉红色、名叫卡里的消毒液里，擦两遍面包。每次吃过饭，她不洗碗，而是让它们享有为过逾越节夜晚才可能有的待遇：被煮上好长时间。施罗密特奶奶也把自己一天"煮上"三次：无论冬夏，她几乎每天用开水洗三次澡，为的是清除细菌。她活到高龄，臭虫和病毒远远地看见她走来，都跑到大街的另一边。她八十多岁时犯过两次心脏病，科罗姆霍尔茨医生警告她说：亲爱的女士，要是你不停止这些热水澡，我无法为任何可能出现的不幸和令人遗憾的后果负责。

但施罗密特奶奶不能放弃洗热水澡。她太惧怕细菌了。她在洗澡时死去。

她患有心脏病这是事实。但真相则是我奶奶死于过于讲究卫生，而不是心脏病。事实有模糊真相的倾向。洁癖害了她，尽管她生活在耶路撒冷的箴言是"黎凡特到处是细菌"，或许可以证实早先的一个真相，一个比卫生魔鬼更为深入的真相，一个受到压抑的看不见的真相。毕竟，施罗密特奶奶来自东北欧，那里的细菌和耶路撒冷的一样多，更不用说其他的有害物质了。

这里一个窥孔或许能让我们稍稍看到东方景象、颜色和气味对我奶奶，或者对像她那样的其他难民和移民的心理影响。这些人来自东欧阴郁的犹太乡村，黎凡特人普遍追求感官享受令其感到困扰，乃至通过建立自己的隔离居住区抵御其威胁。

威胁？也许真相是，并非黎凡特人的威胁使我奶奶住在耶路撒冷时，每天早晨、中午和晚上用滚烫的热水浴来苦行净身，而是其富有诱惑的感官魅力，以及她个人的身体，还有那一个个人头攒动的市场上的有力吸引，用丰富的陌生蔬菜、水果、加有香料的奶酪、刺鼻的气味和难以下咽的食品，折磨她，刺激她，令其呼吸急促，双腿发软，那些淫荡之手摸索并钻进蔬菜和水果的最隐秘所在，探进红辣椒、辣橄榄以及所有裸露着的食品，红肉鲜血淋漓，恬不知耻一丝不挂地吊在屠夫的挂钩上，调味品、香草、粉末，令人目不暇接地排在一起，以及那个辛辣、佐料浓郁的世界所具备的一切色彩缤纷的猥亵诱惑，更别说刚烘焙好的咖啡豆散发出小豆蔻香味，玻璃容器里五颜六色的饮料，还放有冰块和柠檬片，市场上的搬运工身体强健有力，黝黑发亮，毛发浓密，上身赤裸，后背上的肌肉在灼热的皮肤下有力地凸显出来，闪闪发光，一排排汗珠流淌下来在太阳底下黝黑发亮。或许奶奶所有的清洁膜拜仪式不过是一件密封的无菌航天服？一条消过毒的贞操带，她从第一天来到这里，就自愿把带子扣在身上，用七把锁锁住，并毁坏所有的钥匙？

最后她死于心脏病，这是事实。但害她的不是心脏病，而是过于讲究卫生。也许害她的不是讲究卫生，也非欲望，也非对欲望的内在恐惧，而是对这种恐惧持续的秘密愤怒，那是种压抑着的愤怒，非常有害的愤怒，像个没有切除的疖子，对她自己的身体愤怒，对她自己的渴望愤怒，而且也是深沉的愤怒，对这些渴望所引起的急剧的愤怒，一种不可告人的恶毒愤怒，既冲着犯人又冲着看守，年复一年秘密悲悼流逝而去的荒废光阴，悲悼身体的萎缩和体内的欲望，那欲望经受了上千遍的洗涤、去污、刮落、消毒和烹煮，这种黎凡特人的欲望肮脏，汗涔涔，缺乏理性，在昏厥的那一刻达到亢奋状态，但满是细菌。

# 6

几乎过去了六十年，我还能记得他的气味。我召唤那气味，它就重新回到我身边。那气味有些粗糙、带着土腥，但却强烈而惬意，令我回想起触摸粗麻袋布的感觉，近似于忆及触摸他的皮肤、松散的头发、浓密的胡须摩擦我的脸颊，让我感到惬意，就像冬日待在温暖、昏暗的旧厨房里。诗人沙乌尔·车尔尼霍夫斯基[1]死于1943年秋天，那时我只有四岁多，于是乎这种感官记忆只能通过几个阶段的传播与扩大才能够存留下来。爸爸妈妈经常使我忆起那些瞬间，因为他们喜欢向熟人炫耀孩子曾经坐在车尔尼霍夫斯基的腿上，玩弄他的胡须。他们总是朝我转过头来请我确认那段故事："你还记得那个安息日下午沙乌尔伯伯把你放在他腿上，叫你小淘气包，对吧？"

我的任务是给他们背上一再重复的话："对。我记得清清楚楚。"

我从来没有跟他们说过，我记起的那幅画面与他们的版本有些

---

1　沙乌尔·车尔尼霍夫斯基（1875—1943），生于俄国，20世纪20年代移居旧巴勒斯坦，做过医生，30年代定居耶路撒冷，是最重要的希伯来诗人之一。

不同。

我不想毁坏他们的画面。

我父母有重复这个故事的习惯，并让我予以确认，确实为我强化并保留了对那些瞬间的记忆。倘若不是由于父母的虚荣，这记忆恐怕早已淡漠或消失。但是他们的故事与我记忆中的画面有别，我所保存的记忆并非只是父母故事的反映，而是直接的生活，父母扮演的伟大诗人与小孩子的形象与我脑海里的画面不同，证明我的故事并非一味从父母那里继承而来。按照父母的版本，帷幕拉开，一身短打的金发男孩坐在希伯来诗歌巨匠的膝头，抚弄并拉扯他的胡子，而诗人则给小家伙一个赏赐，叫他"小淘气包"，而孩子呢——哎呀，童言无忌！——则一报还一报，说："你自己是淘气包！"对此，按照爸爸的版本，创作了《面对阿波罗神像》的人回答说"也许我们两人说得都对"，甚至亲吻我的脑袋，爸爸将其解释为某种先兆、某种膏油仪式，仿佛可说是普希金弯腰亲吻托尔斯泰的脑袋。

但在我的记忆中，父母那不断重现的探照灯光或许可以帮助我保存那幅画面，但绝不是镂刻下那幅画面。我脚本中的画面并非像他们的那样甜美，我没有坐过诗人的膝头，也没有揪过他那著名的胡须，但我的确在约瑟夫伯伯[1]家里摔了一跤，摔倒时咬破了舌头，流了点血，我哭了起来，诗人也是个儿科医生，比我父母早一步来到我面前，用他那双巨大的手把我扶起来。我甚至现在还记得，他抱起我时，我背对着他，哭号的脸冲着房间，他把我在怀中掉了个方向，说了些什么，接着又说了些什么，当然不是

---

1 指著名的犹太历史学家、希伯来文学家约瑟夫·克劳斯纳（1874—1958）。他是奥兹家族链条上的一个重要人物，是他父亲的伯伯，但奥兹在叙述时，习惯将其称作"伯伯"。

把普希金的桂冠献给托尔斯泰。我在他怀里挣扎时，他强行掰开我的嘴，让人拿来些冰块，察看一下我的伤口，说：

"没关系，只是擦伤，我们现在哭鼻子，我们一会儿就开怀大笑。"

大概是因为诗人说话时把我们二人都包括在内，或者因为他两颊蓬乱的胡须碰到我的脸，像条粗糙温暖的厚毛巾，或者真的是因为他身上散发出强烈熟悉的气味，那气味我至今还能想象得到。（那不是剃须水或肥皂的气味，也不是烟草味，而是绝对的体味，非常浓烈，像冬日鸡汤的气味。）我很快便平静下来，显然，我和平时一样，惊吓胜于疼痛。毛茸茸的尼采胡蹭在我脸上，有些发痒。接下来，我只记得沙乌尔·车尔尼霍夫斯基小心翼翼把我放到约瑟夫伯伯（即约瑟夫·克劳斯纳教授）的沙发上，没有大惊小怪，诗人医生，要么就是妈妈把琪波拉伯母急急忙忙拿来的冰块塞进我的嘴里。

我只记得这些，在那一瞬间，业已形成的"民族复兴一代"诗人巨匠，与正哭哭啼啼、日后所谓"以色列国家一代"作家的微不足道的代表，没有交流名垂千古的妙语。

这件事过了三四年后，我会说车尔尼霍夫斯基的名字了。当听说他是个诗人时，我并不吃惊，那时候，耶路撒冷几乎人人都是诗人，要么就是作家，要么就是研究家，要么就是思想家，要么就是学者，要么就是改造世界的人。博士头衔也不会给我留下什么深刻的印象，在约瑟夫伯伯和琪波拉伯母家里，所有的男客不是教授，就是博士。

但是，他不只是一位老博士或教授。他是儿科医生，一个头发蓬乱的人，目光含笑，两只大手毛茸茸的，胡须浓密，脸颊粗糙，身上散发着独特的气味，强烈、柔和的气味。

直到今日，每当看到诗人沙乌尔·车尔尼霍夫斯基的照片或者画像，或者是看到放在作家车尔尼霍夫斯基故居入口处的头部雕像，我都会立刻被他那令人舒适的气味裹挟，那气味像冬天的毛毯。

与我们时代许多犹太复国主义者一样，爸爸有点秘密迦南人支持者的味道。东欧犹太村庄及其一切，以及当代文学创作中比阿里克[1]和阿格农对它进行的表现，令他感到窘迫难堪。他想让我们脱胎换骨，像满头金发、有男子气概、晒得黝黑的希伯来欧洲人，而不是犹太东欧人。他一向憎恨意第绪语，称之为"胡言乱语"。他把比阿里克视为受难者诗人，"永恒死亡者"诗人，而沙乌尔·车尔尼霍夫斯基则是冲破新黎明的先锋，标志着以"风暴之势征服迦南"的黎明。他能带着极大的热情，将《面对阿波罗神像》倒背如流，然而没有注意到诗人自己依旧膜拜阿波罗，不愿意向狄俄尼索斯唱赞美诗。

在我见过的人中，他比谁都能背诵车尔尼霍夫斯基的诗歌，也许比车尔尼霍夫斯基自己还能背。他在背诵时声情并茂，这样一位深受缪斯启迪的诗人，因此堪称音乐诗人，没有典型的犹太村庄情结，无所顾忌地描写爱情，甚至描写感官享乐。爸爸说，车尔尼霍夫斯基从未沉湎于各种各样的烦恼和痛苦之中。

每逢这样的时刻，妈妈都会略带疑惑地看着他，似乎从内心深处为他不加掩饰的快乐本性感到震惊，但她克制住自己，没有

---

1 比阿里克（1873—1934），生于乌克兰，1921年定居特拉维夫，素有"以色列民族诗人"之称。

说话。

爸爸拥有显著的"立陶宛人"气质。他非常喜欢使用"显著"一词。（克劳斯纳一家来自敖德萨，但在这之前住在立陶宛，在立陶宛之前显然住在马特斯多夫，今日奥地利东部的马特斯堡，靠近匈牙利边境。）他是个多愁善感、满怀热情的人，然而大半辈子憎恨所有形式的神秘主义与幻术。他把超自然现象视为江湖骗子和魔术师营造的产物。他认为，哈西德主义[1]故事只不过是民间传说，在说出这个词时，他总是做出愤怒的怪相，同使用"胡言乱语"、"陷入迷狂"、"麻醉剂"或"直觉"等词的表情一样。

妈妈一贯倾听他讲话，她不接他的话茬，却向我们报以忧伤的微笑，有时对我说："你爸爸是个聪明而有理性的人，甚至在睡觉时都具有理性。"

妈妈过几年去世后，他的乐观明朗有些渐渐减退，除了不再口若悬河之外，情趣也发生了变化，变得接近妈妈的志趣。他在国家图书馆的一间地下室发现了伊萨克·洛伊夫·佩雷茨[2]以前鲜为人知的一份书稿，是作家青年时代的一个练习本，里面包括了各种各样的速写、信手涂抹之作、诗歌习作，以及不为人知的短篇小说《报复》。爸爸到伦敦去了几年，在那里就这一发现撰写博士论文，通过与具有神秘色彩的佩雷茨的邂逅，他同早年车尔尼霍夫斯基的狂飙突进相去渐远。他开始学习远方民族的神话和民族传奇，浏览意第绪语文学，如同某人把拉住

---

1 哈西德主义，指18世纪出现在东欧的犹太教虔修派运动。
2 伊萨克·洛伊夫·佩雷茨（1852—1915），生于波兰，现代著名意第绪语和希伯来语小说家。

扶手的手松开，逐渐迷恋上小到佩雷茨短篇小说、大到哈西德故事的神秘魅力。

但是，在那些年，我们常常星期六下午步行去塔拉皮尤特大街的约瑟夫伯伯家，爸爸仍然试图教导我们像他那样开明。父母经常谈论文学。爸爸喜欢莎士比亚、巴尔扎克、托尔斯泰、易卜生和车尔尼霍夫斯基。妈妈则偏爱席勒、屠格涅夫和契诃夫、斯特林堡、格涅辛[1]、比阿里克，也谈论住在塔拉皮尤特大街约瑟夫伯伯家对面的阿格农先生。然而我形成了这样一个印象：约瑟夫伯伯和阿格农先生之间并没有伟大的友谊。

当约瑟夫·克劳斯纳教授和阿格农先生二人碰巧相遇时，那小路上刹那间有了礼貌而冰冷的感觉。他们会把帽子举到一尺来高，微微欠身，大概都在从内心深处希望对方永远消失，湮没在深渊。

约瑟夫伯伯不觉得阿格农先生多了不起，认为阿格农先生的创作长篇大论，有股乡村野气，用各种各样伶俐过头的领诵者的装饰音点缀。阿格农先生则对此耿耿于怀，但最终报了一箭之仇，在塑造长篇小说《希拉》中那个荒唐可笑的巴赫拉姆教授这一形象时，把讽刺矛头直指约瑟夫伯伯。幸亏约瑟夫伯伯死在《希拉》出版之前，因而免除了巨大的精神痛苦。而阿格农先生多活了几年，一举获得诺贝尔文学奖，拥有世界声誉，不过他也深受其苦，眼睁睁看着塔拉皮尤特大街两人一同住过的那条死胡同被重新命名为克劳斯纳街。从那时到去世，他不得不忍受屈辱，做克劳斯纳街上著名的阿格农。

---

1 即尤里·尼桑·格涅辛（1879—1913），希伯来语小说家，生于乌克兰，后辗转欧洲。

于是乎直到今朝，命运故意作对，决意让阿格农之家伫立在克劳斯纳大街中央。

　　而克劳斯纳之家则注定被拆毁，命运还是故意作对，在那里造了一幢普普通通的方形公寓楼，俯瞰一群群游人经过阿格农之家。

7

每隔两三个星期，我们就会朝觐塔拉皮尤特大街，朝觐约瑟夫伯伯和琪波拉伯母的小别墅。我们在凯里姆亚伯拉罕的家离塔拉皮尤特有六七公里远，那是一个遥远而有些危险的希伯来人郊区。热哈维亚和克里亚特·施穆埃尔南方，蒙蒂菲奥里风车之南，延伸出一个陌生的耶路撒冷：塔里比耶、阿布托尔和卡特蒙、德国人居住区、希腊人居住区和巴卡阿。（我们老师阿韦沙厄曾解释说，阿布托尔以一名老武士的名字命名，意为"公牛之父"，塔里比耶曾经是一位叫塔里比的人的庄园，巴卡阿的意思是平原或者山谷，《圣经》时期的巨人谷，而卡特蒙的名字是希腊文"卡塔蒙尼斯"的阿拉伯文讹误，意为"修道院旁"。）再往南，在所有这些异国世界之外，在黑黝黝群山的那边，在世界的尽头，孤寂的犹太居民区星星点点，若隐若现，梅库尔哈伊姆、塔拉皮尤特、阿诺纳，以及快要与伯利恒接壤的拉玛特拉海尔基布兹。从我们的耶路撒冷，塔拉皮尤特看上去只像挂在远方山巅布满尘埃的树木上的一个灰团。有天夜里，邻居弗里德曼工程师从我们的屋顶指着远方地平线，天地之间悬浮着一簇簇摇曳的微光，说那边是阿伦比兵

51

营，再那边你们看到的可能是塔拉皮尤特或者是阿诺纳的灯光。要是再有暴力事件发生，他说，那里的日子会很不好过。更不用说爆发真正的战争了。

我们午饭后出发，那时城市把自己关在紧闭的百叶窗后，沉浸在安息日午后的小憩中。瓦楞铁单坡顶石屋间的街道和院落陷于一片沉寂，仿佛整个耶路撒冷笼罩在一个透明的玻璃球里。

我们穿过盖乌拉大街，走进阿哈瓦一条破败不堪的极端正统派犹太教徒居住区那拥挤的小巷，经过拴在年久失修的阳台和外面楼梯护栏上，挂满黑、黄、白色衣服的洗衣绳，沿兹克龙摩西街而上，那里总是散发着贫穷的阿什肯纳兹犹太人[1]做饭时飘出的味道，像霍伦特安息日炖品、罗宋汤、大蒜、洋葱和泡菜。然后我们继续穿过先知街。安息日下午两点，在耶路撒冷大街上看不到一个活人。我们从先知街走向斯特劳斯街，这条街总是掩映在古松阴影里，两面高墙为古松遮阴护挡，一面是女执事开的新教徒医院那长满苔藓的灰墙，另一面则是犹太人医院比库尔霍里姆那阴森森的墙壁，庄严的铜门上雕饰着以色列十二部落的象征。两所医院里飘出药香，还有刺鼻的陈年来苏尔气味。接着，我们穿过名服装店玛阿延施图伯旁边的雅法街，在阿西亚萨夫兄弟开的书店前面逗留片刻，允许爸爸对橱窗里大量的希伯来文新书一饱眼福。从那里，我们走过整条乔治王第五大道，经过琳琅满目的店铺、高高悬挂着枝形吊灯的咖啡馆，以及价格昂贵的商店，这些都在安息日空空荡荡上了锁，但是通过橱窗上一道道铁护栏朝

---

1 阿什肯纳兹犹太人，中世纪时期指法国北部、德国西部的犹太人，后来其中心向波兰、立陶宛等地蔓延，主要指欧洲犹太人。

我们示意，用另一个世界富有诱惑的魅力朝我们眨眼，散发着遥远大陆的财富气息，以及无忧无虑坐落在宽广河岸边的灯火通明的喧闹城市的芬芳。那里有仪态优雅的女士和前程远大的绅士，他们没有生活在一次次的袭击或政令中，不知何为艰辛，用不着一个一个数硬币，用不着遭受拓荒者和自我牺牲条条框框的压制，用不着承担社区基金、医疗资金和配给券义务，悠然自得地在漂亮的住房房顶或具有现代色彩的宽敞单元楼安装上多烟道烟囱，地板上铺有地毯，身穿蓝色制服的门卫守护门口，身穿红制服的侍童开电梯，仆人、厨子、男管家、杂工唯命是从。女士们先生们享受着舒适的生活——不像我们。

这里，乔治王街，还有在德国犹太人的热哈维亚，在希腊和阿拉伯富人的塔里比耶，现为另一种寂静所笼罩。它有别于贫穷而无人问津的东欧犹太人小巷在安息日里的虔诚寂静——迥然不同、激动人心的秘密寂静在乔治王大街上徘徊不去。眼下安息日下午两点半，大街上空空荡荡，那是一种带有异国风情、实际上尤为英国风情的寂静，因为乔治王街——不仅是因为名字——在我一个孩子的眼里，永远像电影中看到的奇妙伦敦城的延伸。乔治王街拥有一排排高大正规的建筑，以清一色的外观顺着道路两旁延伸开去，不像我们居住区，住户和住户之间隔着可怜的无人照管的院落，垃圾和碎铁愈加损坏了其外观。在乔治王街这里没有破旧失修的阳台，不会看到窗户上有断裂的百叶窗像张着没牙的瘪嘴，不会看到把可怜家当暴露无遗的穷人窗口，不会看到补丁摞补丁的床垫、花里胡哨的地毯、一堆堆挤在一起的家具、黑乎乎的炒锅、发霉的水壶、奇形怪状的搪瓷炖锅，以及一排五颜六色锈迹斑斑的罐头盒。这里，街道两旁是不间断的建筑物那自豪的外观，一扇扇屋门，一张张饰有窗纱的窗子，都谨慎地讲述着财富和尊贵，声音轻柔，织品考究，地毯柔软，玻璃雕花，举止优雅。这里，楼房门口饰有黑色玻璃门牌，写着律师、经纪人、医生、法律文书起草人以及被著名外国公司正式认可的代理人等字样。

当我们途经塔里塔库米楼时，爸爸喜欢解释名字的来由，好像他在两星期前或是一个月前没这么做过似的。妈妈喜欢说，够了，阿里耶，我们听过了，你又来解释塔里塔库米了。我们经过施伊拜尔大坑，一个从未建起建筑的地基，经过后来成为议会临时栖居地的甫鲁民楼，经过哈马阿洛特大厦那半圆形的包豪斯派建筑，它保证所有进来的人都能领略到迂腐的德国犹太人美学那苛刻的快感。我们停了一下，仔细看看老城城墙，与马米拉穆斯林墓地相交，互相催促快点赶路（已经两点四十五分了！路还很长呢！），继续走过耶舒龙犹太会堂，来到犹太代办处粗笨的圆弧形建筑前。（爸爸会压低声音，仿佛在向我透露国家机密："那里是我们的政府所在地，魏茨曼博士、卡普兰、施尔托克，有时甚至是大卫·本-古里安本人。这里跳动着希伯来人政府的心脏。很遗憾这不是比较威严的民族内阁！"）接下来他会给我解释何为"影子内阁"，倘若英国人终于离开，我们这里会发生什么，他们离去究竟是好还是坏。

我们从那里下行，向塔拉桑塔学院走去。（爸爸在那里工作有十年之久，"独立战争"后，或说耶路撒冷遭到围困后，通往守望山校园的道路遭到封锁，国家图书馆期刊部在这里三楼的一个角落找到了临时避难所。）

从塔拉桑塔走上十来分钟便是弧线形的大卫楼，城市在那里戛然而止，展现在面前的是空旷的田野，位于埃麦克来法伊姆的火车站就在近旁。左边可见耶民摩西的风车翼板，右上方斜坡上，是塔里比耶区的最后几座住宅。当我们走出希伯来城市的疆界时，感受到一种无言的紧张，仿佛我们正在跨越一条看不见的国境线，走进异国他乡。

三点钟过一点，我们会沿一条大路行走，这条路将古代奥斯曼朝觐者客栈废墟（其上方是一座苏格兰教堂）与废弃了的火车站分隔开来。这里的风光大不一样，比较浑浊，古旧陈腐。这地方突然令我想起乌克兰西部小城边上一条穆斯林小街上的妈妈，小城是她的故乡。爸爸呢，则不可避免地开始谈论土耳其时期的耶路撒冷，谈论杰玛尔·帕夏 [1] 的政令，谈论就在火车站前铺砌的广场上当着聚拢的人群进行的斩首与鞭刑。火车站，正如我们所知，是一个名叫约瑟夫·拜伊·纳翁的耶路撒冷犹太人从奥斯曼帝国那里得到特许后，于 19 世纪末期修建的。

我们从火车站前面的广场沿希伯伦路而下，从英国军事防御设施前面经过，还经过圈起来的一串硕大的燃料容器，上面用三种语言标着"真空油料"字样。希伯来文标记有些奇怪，滑稽，缺乏元音。爸爸哈哈大笑着说，这又一次证明，引进单独的元音字母，实现希伯来语书写现代化，势在必行。他说元音字母是阅读时的交通指挥。

我们左侧，有几条岔路通往山下阿布托尔阿拉伯人居住区，而我们右侧则是德国人居住区一条条迷人的小巷，一个静谧祥和的巴伐利亚人村庄，处处鸟儿欢歌，鸡鸣犬吠，苍松翠柏之间时不

---

1 杰玛尔·帕夏（1872—1922），曾任奥斯曼土耳其帝国海军部长，亚美尼亚种族屠杀的策划者之一。

时点缀着鸽房和红瓦屋顶，枝繁叶茂的树木遮蔽了小石墙内的一座座花园。这里的每一座房屋都建有地窖和顶楼，其特有含义让像我这样的孩子——生在脚下没有黑漆漆的地下室，头上没有幽冥的顶楼，没有衣柜，没有五斗橱，没有落地式大摆钟，院子里没有辘轳水井的地方——心生感伤的痛苦。

我们继续沿着希伯伦路前行，经过粉红色的石砌官邸，那里住着富有的上流社会人士、笃信基督教的阿拉伯专业人士、政府管理部门的高级职员和阿拉伯高等委员会成员，马德姆·贝·阿里-马特纳维、哈吉·拉什迪·阿里-阿非非、埃米利·阿德万·阿里-布斯塔尼博士、亨利·塔维尔·图塔赫律师，以及巴卡阿郊区的富有居民。这里所有的商店都是敞开的，咖啡馆里欢声笑语，乐声洋溢，仿佛我们把安息日抛到身后，使其在也门莫西和苏格兰救济院间一堵挡住去路的想象中的墙壁前止步。

在宽大的人行道上，在咖啡屋前两棵古松的阴影下，三四个已不年轻的男子围坐在一张低矮木桌旁的几条柳条凳上，一律身着棕色制服，配有金链，金链从扣眼中露出，绕过腹部，消失在一个衣兜里。这些先生喝着玻璃杯里的茶，或啜饮小雕花茶杯里的咖啡，在十五子棋板上掷骰子。爸爸乐颠颠地用阿拉伯语和他们打着招呼，那语言从他嘴里说出像是俄语。先生们半晌没说话，略微吃惊地看着他，其中一人含混不清地咕哝着什么，或许只有一个词，或许真的在回应我们的问候。

三点半，我们经过阿伦比军营的带电铁丝网，那是英国在南耶路撒冷的军事基地。我在地毯上做游戏时经常以迅雷不及掩耳之势攻入这座军营，攻克、慑服、清洗，让希伯来人的旗帜飘扬在它的上空。从这里我将直捣外国入侵者的心脏，派遣一队队突击队员冲到恶意山庄最高司令长官的围墙，我的希伯来人武装在壮观的钳形运动中一次次攻克恶意山庄，一支全副武装的纵队从西面，从军营里闯入住宅，而另一支部队从东部，从通往朱迪亚沙漠的东部斜坡出其不意地切断后路。

我八岁多一点时，是英国托管巴勒斯坦的最后一年，两个同谋和我一道在屋后院子里造了一枚火箭。我们的目的是将其对准白金汉宫发射（我在爸爸的地图集里，找到 张人幅的伦敦中心地图）。

我用爸爸的打字机打了一封彬彬有礼的书信，向温莎王朝的英国国王乔治六世陛下发出最后通牒（我用希伯来语写作，那里一定会有人给他翻译的）：你要是不在六个月内离开我们的国家，那么我们的赎罪日就会成为大不列颠帝国的审判日。但是我们的工程从来没有结果，因为我们无法展开精密的导航设计（我们计划袭击白金汉宫，而不是无辜的英国路人），因为我们难以设计出一种燃料，可以把我们的火箭从凯里姆亚伯拉罕区的阿摩司和俄巴底亚大街射向伦敦中心。正当我们投身于技术研究和发展之际，英国人改变了主意，匆匆忙忙离开了这里，伦敦就这样从我的民族热情和致命的火箭中幸存下来。火箭是用被人扔掉的一台冰箱和破自行车零件制作而成的。

快四点钟时，我们终于离开了希伯伦路，来到塔拉皮尤特外围。两边长满黑漆漆柏树的林荫道上，从西向东吹起一阵微风，飒飒作响，在我心中掀起了奇妙、屈辱和肃然起敬之感。那年月的塔拉皮尤特静谧安宁，花团锦簇，位于沙漠边缘，远离城市中心和商业喧扰。塔拉皮尤特计划以精心照管的中欧住房规划模式为榜样，为追求宁静的学者、医生、作家和思想家而建。道路两旁，令人惬意的单层小型住房坐落在美丽的花丛之中，正如我们所料想的那样，每座住房里，居住着杰出的学者，或者是像我们的约瑟夫伯伯那样著名的教授，尽管他没有子嗣，但在整个国家闻名遐迩，甚至通过著作翻译将声名播向遥远的异国。

我们向右拐进考拉哈多洛特大街，一直走到松林边，而后左拐，来到了伯伯家门外。妈妈会说，离四点还差十分呢，他们还在休息吧？我们干吗不安安静静地在花园长椅上坐等几分钟呢？或者，我们今天有点晚了，已经四点一刻了，俄式茶炊一定弄好了，琪波拉伯母一定摆上水果了。

两棵华盛顿蒲葵如同哨兵立于大门两侧，再过去是一条铺平的小路，小路两侧的金钟柏树篱从大门通向宽阔的台阶，我们从台阶走向前面的门廊，门上方精美的铜盘上镌刻着约瑟夫伯伯的箴言：

**犹太教和人文主义**

门上有个更小更亮的铜盘，上面用希伯来文和罗马字母写着：

**教授约瑟夫·克劳斯纳博士**

再下面，是一张用图钉钉上去的小卡片，琪波拉伯母用浑圆的笔迹写着：

*两点至四点请勿打电话。谢谢。*

## 8

已经到了前厅，我被一种敬畏之情攫住，仿佛心脏本身受命般地脱掉鞋子，穿袜子走路，踮起脚尖，礼貌地呼吸，紧闭双唇，适度得体。

在前厅里，除了一个带弯曲枝杈的棕色衣帽架立在前门口，还有一面小墙镜，一块黑色编织地毯，其他空间都被一排排的书占满：从地面直通天花板的一个个架子上放满了书。我从字母上认不出这些书是用哪种语言写成的，书直立摆放，还有一些书躺在它们的头顶，丰满而灿烂夺目的外国图书自如地舒展着身子，而其他可怜巴巴的图书则局促地挤在一起窥视着你，躺在那里，像非法移民挤在外国轮船的上下铺里。厚重体面的图书用烫金皮革封面装订，稍薄一点的书籍用薄纸，俨然光彩照人气度庄严的绅士和蓬头垢面衣衫褴褛的乞丐。在它们周围、中间和身后的是一本本汗流浃背的小册子、传单、活页印刷品、选印本、期刊、日报和杂志，犹如总是聚集在随便哪个广场和市场的嘈杂人群。

前厅里有扇窗子，透过令人想起隐居者小屋的铁把手，观看着花园里忧郁的叶子。琪波拉伯母在厅里接待我们，也在这里接待所有的客人。她是位可人的老太太，神采奕奕，笑容可掬，身穿一条银灰色长裙，肩披一条黑色披肩，非常俄国化，一头白发挽在脑后，梳成整整齐齐的小髻，迎上双颊依次接吻，和蔼的圆脸朝你露出欢迎的微笑，总是先向你问好，通常不等你回答，就直接切入我们亲爱的约瑟夫的情况，要么说他又是彻夜未眠，要么就是旧病复发后胃又恢复了正常，要么就是刚从宾夕法尼亚一位赫赫有名的教授那里收到了一封特别好的来信，要么就是明天以前得给拉维多维奇的杂志完成一篇重要的长文，要么就是决定对希伯来文学批评家艾西格·希尔伯施拉格的再次伤害不予理睬，要么就是终于决定对"和平契约"[1]那些领袖的谩骂予以毁灭性还击。

消息公告发布后，琪波拉伯母甜美地一笑，带我们去见伯伯本人。

"约瑟夫正在客厅等着你们呢。"她向我们宣布时会发出一阵笑声；不然就是"约瑟夫已经和科鲁泊尼克、内塔尼亚胡夫妇、约尼特赫曼先生和肖赫特曼一家待在客厅里了，还有一些贵客正在赶来"。有时她说："从早晨六点他就囚在书房里，我甚至得把饭给他送过去，可没关系，没关系，你们现在尽管去，去找他，他肯定会高兴的。他看见你们总是那么高兴，我也高兴，让他稍微停一下工作，休息一会儿对他比较好，他在毁自己身体哩！他一点也不在意自己。"

前厅开有两扇门。一扇直通向客厅兼饭厅，窗格玻璃上有花纹

---

1 和平契约，一个和平主义组织，成立于 20 世纪 20 年代，在希伯来大学教授们中间引起强烈争论。

雕饰；另一扇沉重而阴暗，把我们引向教授的书房，有时书房又被称作图书馆。

约瑟夫伯伯的书房在我这个孩子的眼中，像通往某座智慧之宫的前厅。爸爸一次悄悄对我说，在伯伯的私人图书馆里，有两万五千多册藏书，其中包括无价的古代巨著，我们最伟大作家和诗人的手稿，为他个人签名的首版书，采用各种手段偷运出苏维埃敖德萨的经卷，价值连城的收藏品，宗教与世俗书籍，近乎所有的犹太文学作品和大量的世界文学作品，伯伯在敖德萨购买的图书，或者是在海德堡得到的图书，他在洛桑发现或在柏林和华沙所找寻到的图书，他从美国订购的图书，以及只在罗马教廷图书馆才有的图书；其语言包括希伯来语、阿拉米语、叙利亚语、古希腊语、现代希腊语、梵语、拉丁语、中世纪阿拉伯语、俄语、英语、德语、西班牙语、波兰语、法语、意大利语，以及我甚至听都没有听说过的语言和方言，比如说乌加里特语、斯洛文尼亚语、马耳他语以及古教会斯拉夫语。

图书室有某种庄严肃穆之气，数十个书架那笔直的黑线条从地面伸向天花板，甚至伸向门道和窗户，某种沉静庄重的辉煌，不允许草率和轻浮，对我们大家都有一种压迫感，就连约瑟夫伯伯本人，在这里说话也总是轻声细语。

伯伯那巨大图书室里的气味将会伴随我整个人生：七种隐藏智慧那散发泥土气的诱人气味，献身学术而与世隔绝的恬静的生活气味，神秘的隐士生活，从最深的智慧之井里滚滚涌出的幽灵般的沉寂，已逝先贤们的窃窃私语，埋没已久的学者们的秘密思想的迸发，对前代人欲望的冷峻抚慰等气味。

也是从书房，透过三个高高的窄窗，可以看到过于繁茂的幽暗花园，花园墙外便是满目荒凉的朱迪亚沙漠，嶙峋的石丘滚滚泻向死海。花园外围柏树参天，青松瑟瑟，苍松翠柏中不时长有欧洲夹竹桃、野草，未经修剪的玫瑰花丛，布满尘埃的金钟柏，昏暗的沙石小径，一张花园木桌历经多次冬雨后已经腐烂，一棵弯弯曲曲的老楝树已经半枯。即便是在夏季最炎热的日子，这座花园里也有几许俄罗斯式的冬意，令人沮丧。没有子嗣的约瑟夫伯伯和琪波拉伯母用厨房里的残羹剩饭喂养园中的猫，但是我从来没有见过他们出来到哪里漫步，也没看见他们谁会在徐徐晚风中坐在那两把褪色的长椅上。

在那些安息日的午后，只有我在花园中漫步，总是孤身一人，躲避客厅里学者们那索然无味的谈话，在矮树林里猎豹，在石头下挖掘，寻找贮存的古老羊皮卷，梦想着用我部队的猛烈炮火征服墙外光秃秃的山丘。

图书室四面高大宽阔的墙壁被拥挤而错落有致的书占据，一排排蓝、绿、黑色珍贵的书籍饰有金银雕花。有些地方的书放得特别挤，两排书被迫一前一后站在承受重负的同一格书架上。有些部分带有华丽的哥特式字母，令我想起尖塔和移动塔车，有些部分是犹太圣书、塔木德著述、祈祷书、律法大纲和密德拉西汇编。一架是西班牙出的希伯来语图书，一架是意大利出的，还有一部分是柏林或什么地方的希伯来启蒙运动图书，还有望不到边际的犹太思想、犹太历史、早期近东历史、希腊罗马历史、古今教会历史，以及各式各样的异教徒文化：伊斯兰教思想、东方宗教、中世纪历史，还有令我感到神秘的大片斯拉夫区域、希腊区域，再有一片是灰棕相间的四眼活页夹、卡纸板文件夹，鼓鼓胀胀夹满选印本和手稿。就连地板也让一堆堆的书覆盖了，有些书翻开来放在那里，有些书里夹满小书签，而另一些则像惊恐的绵羊在为客人准备的高背椅上甚至窗台上挤作一团。一架小黑梯子可以沿着金属轨道在图书室里移来移去，好够到上面紧挨着高高天花板的书架。偶尔，我被允许小心翼翼地推着橡胶轱辘上面的它从一个书架到另一个书架，没有图片、植物或者装饰品，只有书，许许多多的书和沉寂盈满了房间，还有股奇妙的气味，那是皮革封面、发黄的纸张、霉菌散发出来的，有点怪异，像海草和旧胶水的气息，智慧、秘密和尘埃的气息。

在图书室中央，伫立着克劳斯纳教授的书桌，仿佛一艘黑漆漆的大驱逐舰在高山环绕的崖湾内抛锚，整个书桌堆满了一堆堆的参考文献、笔记本、各种各样的钢笔，蓝的、黑的、绿的、红的，铅笔、橡皮、装满回形针的盒子，橡皮圈和订书钉，暗黄色的信封、白色信封，以及上面贴有好看的彩色邮票的信封，纸张、散页印刷品、笔记和索引卡片，打开的希伯来文书上堆放着外文书，时不时插入从螺圆活页本上撕下来的纸张，上面是我伯伯那密密麻麻的细长字迹，到处涂涂抹抹修修改改，像黑色的死苍蝇，到处是小纸片，约瑟夫伯伯的金边眼镜放在一堆东西上边，仿佛在天空中飞翔，而另一副眼镜则放在椅子旁边小推车上的另一堆书上，第三副眼镜则在黑沙发旁小箱子上，透过一本打开了的小册子的书页偷看你。

约瑟夫伯伯本人就待在这张沙发上，以一种灾难性的姿势蜷缩在那里，肩上披一条苏格兰裙似的红绿格毯子，不戴眼镜，他的脸显得光秃秃的，充满了稚气。他身材瘦削，像孩子那样纤巧，那双细长的棕色眼睛看上去既喜悦，又有几分失落。他用那只几乎透明的白手和我们微微握手，咧开八字须和山羊胡子，露出淡粉色的微笑，说些诸如此类的话："请进，亲爱的们，进来，进来呀！"（即使我们已经走进房间，已经站在他面前，然而依旧靠近房门，爸爸妈妈和我挤作一团，像一小群迷失在陌生牧场里的牲畜。）"请原谅我没有站起来迎接你们，不要对我过于苛刻，因为我已经三天两夜没有离开写字台了，没有合眼，问问克劳斯纳夫人，她会为我做证，我没吃没睡，甚至没有溜一眼报纸，只想把这篇文章写完，它的发表会在我们的国土上引起强烈反响，不光是在这里，整个文化世界将会屏息注视这场争论，这一次我相信我会让蒙昧主义者永远哑口无言！这一次迫使他们表示赞同说阿门，或者至少承认他们无话可说，他们大势已去，他们的游戏结束了。你们怎么样？我亲爱的范妮娅？我亲爱的罗尼亚？还有可爱的小阿摩司？你们好吗？你们有什么新情况？你们给亲爱的小阿摩司读几页我写的《当民族为自由而战》了吗？我亲爱的人，在我看来，在我写的所有东西中，《当民族为自由而战》最适合给亲爱的阿摩司和我们整个杰出的一代希伯来青年做精神食粮，或许还包括我的《第二圣殿史》中对英雄主义和反叛的描述。

"亲爱的们，你们呢？你们一定是走着来的。路是不是太远了？从你们凯里姆亚伯拉罕的家里？我现在想起来了，三十年前我们还年轻时，住在风景如画、真诚的布哈拉人居住区，我们经常在安息日从耶路撒冷走到贝特拉或是阿那托特，有时会走到先知撒母耳墓地。亲爱的克劳斯纳夫人现在要给你们拿些吃的喝的，请你们跟随她去，我把这段难写的话写完就过去。沃伊斯拉夫斯基家和诗人尤里·兹维，以及埃文－扎哈夫今天可能也来。亲爱的内塔尼亚胡和他迷人的妻子差不多每个安息日都来看我们。现在过来一下，我亲爱的人们，过来亲眼看看，我亲爱的小阿摩司你也过来，看看我写字台上的草稿——我死后，应该让一拨拨、一代代学生到这里参观，让他们亲眼看看作家为艺术奉献所遭受的痛苦，我平生的奋斗，不遗余力追求简约、流畅和明晰的风格，看看我每行字中删去了多少，我打了多少草稿，有时甚至有六遍以上的不同草稿，此后仍觉自己的东西不尽如人意。成功来自汗水，灵感来自勤奋。古语说得好，祝福既卜自天堂，又下至万丈深渊。当然，我只是开个小玩笑，女士们，请原谅。现在，我亲爱的们，跟克劳斯纳夫人去解解渴，我不耽误你们了。"

从图书馆，你可以出去，来到又窄又长的走廊，那是住房的结肠地带。走廊右边是浴室和贮藏室，而照直走则是厨房、食品贮藏室和可说是厨房分支的用人住的房间（尽管从来就没有过用人）。你也可以立即左拐走进起居室，而照直走到走廊尽头，则是我伯伯、伯母那装饰华丽的洁白卧室，里面有一面镶铜边的大梳妆镜，两边则放有装饰性的蜡烛架。

因此你可以通过三种途径来到起居室：当你走进家门时从前厅左转，或者径直走进书房，出来后进走廊，立即左转，就像约瑟夫伯伯通常在安息日里所做的那样，或者直接走到几乎有整个起居室那么长的黑餐桌头上的贵宾席。此外，在起居室一角有一低矮的拱形门道通向休息室，休息室的一面是圆形的，像座角楼，休息室的窗子俯瞰着前花园、华盛顿蒲葵和安静的小街。阿格农先生的住宅就耸立在街道对面。

休息室也被称作吸烟室。（在安息日，克劳斯纳家里禁止吸烟，然而安息日并非能永远阻止约瑟夫伯伯写文章。）这里有几把沉重、柔软的扶手椅，有铺着绣有东方风格图案坐垫的沙发，一条软绵绵的大地毯，一大幅油画（波兰画家莫里西·格特里夫画的？），画的是一个上了年纪的犹太人，佩戴经匣，肩上披着祈祷披肩，手上拿着本祈祷书，但这个犹太人并没有读祈祷书，因为他双眼紧闭，嘴张开，脸上流露出痛苦的虔诚和精神亢奋。我总是有这样一种感觉：这位虔诚的犹太人了解我所有见不得人的秘密，非但没有指责我，反而默默地请求我修正我的道路。

那时，整个耶路撒冷到处是一居室半的住房，或者是两居室的住房，由相互争斗的两个家庭合住。克劳斯纳教授的宅邸在我看来成了苏丹或罗马皇帝皇宫的样本，我经常在入睡之前，躺在床上幻想大卫王国复辟，希伯来部队为塔拉皮尤特的宫殿站岗放哨。1949 年，议会反对派领袖梅纳赫姆·贝京[1]以自由运动的名义提名约瑟夫伯伯为候选人，和哈伊姆·魏茨曼[2]竞争以色列总统，我罗织出这样的意象：伯伯在塔拉皮尤特的总统府四周是希伯来士兵，每一入口的黄铜牌下，两名浑身闪光的哨兵分立两侧，令所有的走近者确信，犹太人和人道主义价值将会永远联合在一起，彼此不会发生冲突。

"那个神经病孩子又在住宅里跑来跑去了。"他们说，"你们看看他，没完没了地跑，上气不接下气，脸涨得通红，浑身是汗，好像吞了水银。"他们责骂我："你怎么回事？你吃红辣椒了吗？你在追赶自己的尾巴吗？你当自己是哈努卡节[3]的陀螺吗？是飞蛾

---

1 梅纳赫姆·贝京（1913—1992），犹太复国主义领袖，以色列总理（1977—1983）。
2 哈伊姆·魏茨曼（1874—1952），化学家，犹太复国主义先驱，以色列国家的奠基人之一，以色列第一任总统。
3 哈努卡节，有光明节、净殿节等多种译法，为的是纪念公元前 165 年犹太民族在犹大·马加比领导下反抗异族统治、捍卫民族信仰的起义。陀螺是过此节时儿童玩的一种玩具。

吗？是螺旋桨吗？你把自己的漂亮新娘给丢了？你的轮船沉了？你让我们大家头疼。你净给琪波拉伯母捣乱。你干吗不坐下来安静一会儿？你干吗不找本好书看看？要不我们给你拿来纸笔，你安安静静地坐在那里给我们画张好看的画？不干？"

　　但我已然如此，从客厅疯跑到走廊，到用人房间，再到花园，再跑回来，充满了幻想，摸摸墙壁，敲一敲，以找到隐匿的寝室、看不见的空间、秘密通道、地下走道、隧道、地道、秘密夹层，或者是伪装起来的门。直至今天我仍然没有放弃。

# 9

在起居室装有黑玻璃面的餐具柜里，陈列着一套华丽的餐具，长颈玻璃壶、陶瓷和水晶杯子，一套古老的哈努卡灯具，以及逾越节专用器皿。在陈列橱上面，放着两座青铜塑像：愠怒的贝多芬面对着双唇紧闭沉着镇定的弗拉基米尔·杰伯廷斯基，后者经小心翼翼的抛光，身穿华丽军装，戴一顶军官们戴的尖顶帽，一条官方皮带挎在胸膛。

约瑟夫伯伯坐在桌子上座，说话声音尖厉，女里女气，恳求、甜言蜜语，有时几近呜咽。他会讲述民族状况、作家和学者身份、文化人的责任，或者说同事们不够尊重他的研究、他的研究发现、他的国际地位，而他本人对他们则不怎么在意，实际上鄙夷他们的狭隘心胸，鄙夷他们那乏味而自私的观念。

有时他会把话题转向国际政治，对斯大林代理人四处活动忧心忡忡，对道貌岸然的英国人的伪善鄙夷不屑，惧怕罗马教廷玩弄诡计，罗马教廷从来没有接受，从来不会接受让犹太人小到掌管耶路撒冷大到掌管以色列土地，对开明民主国家的重重顾忌表现出审慎的乐观，对美国则深怀羡慕，但并非没有保留，在我们时代美国居于民主国家之首，然而受到庸俗行为和物质至上主义的浸染，缺乏文化与精神底蕴。总的来说，19世纪的英雄人物，如加里波第、亚伯拉罕·林肯、格拉德斯通等人，堪称伟大的民族解放者，文明与启蒙价值的杰出的阐释者，而新世纪[1]则处在那两个人的统治之下，一个是住在克里姆林宫的格鲁吉亚鞋匠之子，一个是那个控制了歌德、席勒和康德家园的疯狂乞儿。

客人们满怀尊敬静静地听，或者用几个安静的字眼表示赞同，以防打断他滔滔不绝的演说。约瑟夫伯伯的餐桌谈话不是聊天，而是感人至深的独白。克劳斯纳教授会从餐桌上座指责、痛斥、怀旧，或就一系列事件发表见解、主张，做情感表白，如犹太代办处领导那平庸的不幸，总是讨好异教徒；希伯来语的地位，一方面受到意第绪语的不断威胁，另一方面又受到欧洲语言的不断威胁，腹背受敌，职场上一些同事的狭隘嫉妒，年轻作家和诗人们的浅薄，尤其是那些本土出生的人，既没有掌握一门欧洲文化语言，就连希伯来语也疲软了；要么就是欧洲犹太人理解不了杰伯廷斯基的预言性警告，即使现在已经出现了希特勒，美国犹太人依然沉迷于物质享受，而不到故乡定居。

偶尔有位男客提问或发表评论，犹如有人把青蛙扔到篝火上，他们鲜有人敢展开某种次要的详细议题，或是介入主人的谈话，大多数时间，都满怀敬意地坐在那里，发出礼貌的赞同之声，或是在约瑟夫伯伯采用嘲讽或者幽默的口气时放声大笑，在这种情况下，约瑟夫伯伯不可避免地加以解释：刚才说的只不过是开开玩笑。

---

1 指20世纪。

至于女士们，她们不参与谈话，其角色仅限于充当点头听众。约瑟夫伯伯慷慨地在她们面前散发连珠智慧，期待她们适时报以微笑，通过面部表情露出喜色。我不记得琪波拉伯母在桌子旁边就座过。她总是在厨房、贮藏室和起居室之间来回奔忙，装满饼干碟和果盘，给大银盘里的俄式茶炊加上热水，总是急急忙忙，腰上系条小围裙。当她不需要倒茶，也用不着添加蛋糕、饼干、水果或者是一种叫作瓦伦液的甜味调制品时，就站在起居室和走廊之间的门口，站在约瑟夫伯伯的右手后边两步远的地方，双手放在肚子上，等着看是否需要什么，或者是哪位客人需要什么，从湿抹布到牙签，或者是约瑟夫伯伯礼貌地冲她指出她应该从他图书室写字台右上角取来最新一期《来守乃奴》[1]或者是伊扎克·拉马丹[2]的新诗集，他想从中引用一些东西支持自己的论证。

这是那段年月一条不成文的规矩：约瑟夫伯伯坐在餐桌上座，滔滔不绝地高谈阔论，而琪波拉伯母系着白围裙站在那里，服侍，或等待，招之即来。然而，伯伯、伯母绝对彼此忠贞不渝，相亲相爱，这一对身患慢性疾病没儿没女的年迈伴侣，他待妻子如同对待婴孩，极尽甜美深情，她待丈夫如同对待娇惯的孩子，给他穿衣服，系围巾，万一他感冒，就打个鸡蛋，调上牛奶和蜂蜜，缓解他喉咙的疼痛。

一次我碰巧看见他们并肩坐在床上，他一只半透明的手放进她的双手中，而她则小心翼翼地给他修剪指甲，用俄语悄声向他倾诉各种爱慕之情。

---

1 《来守乃奴》，希伯来语杂志。
2 伊扎克·拉马丹（1899—1954），出生于乌克兰，1920 年移居巴勒斯坦，希伯来语诗人。

约瑟夫伯伯酷爱在书上题写情意绵绵的字句。从我九岁或十岁起，他每年都要送我一卷《儿童百科全书》，在其中一卷中，他采用后缩式格式书写，有点像是在退缩：

致我勤奋而聪颖的

　小阿摩司

　　衷心祝愿

　　　他成长为民族栋梁

　　　约瑟夫伯伯

　　　　耶路撒冷—塔拉皮尤特，犹太历 5710 年 8 月

现在，五十多年过去后，当我凝视这题字时，我不知道他真正了解我什么。我的约瑟夫伯伯，通常把一只冰凉的手放在我的脸颊上，银白色的须髯下露出温和的微笑，盘问我最近读了哪些书，读过他写的什么书，现在犹太孩子在学校学些什么，比阿里克和车尔尼霍夫斯基的哪首诗我会背诵，谁是我所喜欢的《圣经》英雄。没顾上听我答话，他就告诉我说，我应该通晓他在《第二圣殿史》里所写的马加比家族，有关国家前途，我应该读读他昨天在《观察者》上发表的一篇措辞严厉的文章，或者他在本周《早晨》杂志上的访谈录。在题字中，他小心翼翼地在容易造成模棱两可的地方给元音加上音标，而他名字的最后一个字母则像风中之旗在飘动。

在大卫·弗里希曼[1]译作的扉页上，他又一次题字，以第三人

---

1 大卫·弗里希曼（1859—1922），生于波兰，曾经在德国、俄国等地辗转，著名希伯来语诗人。

称的形式希望我：

愿他在人生路上取得成功

学本书翻译妙处之用词，

人须遵循人己之所思

而非人类大众——本时代芸芸众生之所想，

爱他的

约瑟夫伯伯

耶路撒冷—塔拉皮尤特，犹太历 5714 年 8 月

在一次安息日聚会上，约瑟夫伯伯说过类似这样的话：

"女士们，先生们，我毕竟没儿没女，我的书就是我的孩子，我在其中倾注了全部心血，我死后，它们，只有它们将会把我的精神、我的梦想传给未来的一代。"

对此琪波拉伯母回应说：

"嗨，欧西亚，打住。嘘，欧辛卡，打住，打住。你知道大夫告诉过你不要激动。现在你的茶凉了，冰凉冰凉的。别，别，我亲爱的，别喝了，我要去给你倒杯新的。"

对手们的伪善和卑鄙令约瑟夫伯伯义愤填膺，有时会提高嗓门，但声音从来不是吼叫，而是高分贝的咩咩羊叫，与其说像嘲弄、痛斥的先知，不如说像抽泣的女人。有时，他用脆弱的手指敲击着桌面，但那样子与其说是打击，不如说是抚摸。一次，在针对布尔什维克主义或同盟会[1]或是那些建议讲犹太—德国人粗俗

---

1 同盟会，立陶宛、波兰和俄国的犹太工人联盟，始创于 1897 年 10 月，主张接受社会主义理念。

黑话（他定义为意第绪语）的人的长篇激烈演说中，他打翻了一罐冰镇柠檬水，水流到他腿上，系着围裙站在门边的琪波拉伯母刚好站在他身后，她弯腰用围裙擦拭他的裤子，说对不起，扶他起来，带他去了卧室。十分钟后，她把衣着干爽、光彩照人的他带回到朋友中间，大家围坐在桌前礼貌地等候他，低声谈论着男女主人，他们像一对信鸽：他待她如同一位上了年纪的女儿，而在她看来，他就像可爱的孩子，如珠如宝。有时她会把胖胖的手指和他透明的手指交叉在一起，那一刻二人会交换眼神，接着垂下眼帘，腼腆地相视而笑。

有时，她轻轻解下他的领带，帮他脱鞋，让他躺下休息一会儿。他忧伤的头颅靠在她的前胸上，单薄的身体偎依着她丰满的身躯。要么就是她在厨房里洗刷，无声地流泪，他会来到她身后，把粉色的双手放在她的双肩上，发出一连串的唧唧、咯咯、吱吱声，仿佛在哄婴儿，或者自愿做她的婴儿。

# 10

　　作为孩子，我最钦佩约瑟夫教授的是，我听说他给我们创造了几个简单的希伯来日常词语，那些词语看来已经家喻户晓并得到永久性的使用，包括"铅笔""冰山""衬衫""温室""吐司""货物""单调""色彩缤纷""官能的""起重机""犀牛"。（试想，要是约瑟夫伯伯没给我们创造"衬衫""多彩外套"，我每天早晨穿什么？没有他的"铅笔"，我用什么写字？铅制尖笔？更不用说"官能的"了，那可是这个恪守道德规范的伯伯创造的一个特殊礼物了。）

　　约瑟夫·克劳斯纳 1874 年出生于立陶宛的奥尔凯尼基，1958年逝世于耶路撒冷。在他十岁那年，克劳斯纳一家从立陶宛移居到敖德萨，在敖德萨，他从传统的犹太宗教小学到具有现代风格的经学院，行进摸索，之后投身"热爱锡安"[1]的运动，成为阿哈德·哈阿姆[2]圈子里的一员。十九岁那年他发表了第一篇文章，题

---

1　"热爱锡安"，又译作"热爱圣山"，或"锡安之爱"，指始于 19 世纪 80 年代倡导在以色列土地上复兴犹太人生活的一场运动。
2　阿哈德·哈阿姆（1856—1927），生于俄国，1921 年定居在特拉维夫，著名犹太思想家，作家。

为《新词和优秀写作》。他在这篇文章里论证道,希伯来语言范围有待扩展,甚至要引入外来语,这样才能使之成为一门鲜活的语言。1897年夏天,他到德国海德堡求学,因为在沙皇俄国禁止犹太人上大学。在海德堡的五年间,他跟随库诺·费舍尔[1]教授研习哲学,深为勒南[2]版本的东方历史所吸引,受卡莱尔[3]影响深远。他在海德堡五年间学习领域从哲学、历史到文学、闪语和东方学(他掌握了十几门语言,包括希腊语和拉丁语,梵语和阿拉伯语,阿拉米语、波斯语和阿姆哈拉语)。

当时,他在敖德萨时期的友人车尔尼霍夫斯基也在海德堡攻读医学,二人的友谊进一步深化,变成一种诚挚而有益的亲和力。"一位激情澎湃的诗人!"约瑟夫伯伯会这样说他,"雄鹰般的希伯来语诗人,一只翅膀触及《圣经》和迦南风光,而另一只在整个现代欧洲展开!"有时他称车尔尼霍夫斯基拥有"孩子般简单纯净的灵魂,哥萨克般强健结实的体魄!"

约瑟夫伯伯当选为代表,代表犹太学生出席在巴塞尔召开的第一届犹太复国主义大会,在接下来的会议中,他有一次甚至和犹太复国主义之父西奥多·赫茨尔[4]做过简短交流。("他人很英俊!像上帝的一个天使!他的脸焕发着内在的神采!在我们看来,他像亚述王,蓄黑胡子,流露出受到神灵启迪的梦幻神情!他的眼神,我将至死记得他的眼神,赫茨尔拥有年轻恋爱诗人的眼神,灼热、忧伤,令所有凝视它的人着迷。他高高的前额也赋予了他

---

1 库诺·费舍尔(1824—1907),德国著名哲学家。
2 勒南(1823—1892),法国作家和历史学家,著有《科学的未来》《以色列史》等。
3 即托马斯·卡莱尔(1795—1881),英国19世纪著名史学家,文坛怪杰。
4 西奥多·赫茨尔(1860—1904),犹太复国主义之父,1897年巴塞尔第一届犹太复国主义大会的发起者和组织者。

崇高的神采！"）

　　回到敖德萨后，克劳斯纳写作，教书，投身于犹太复国主义运动。在二十九岁那年，他从阿哈德·哈阿姆那里继承了现代希伯来文化的核心月刊《哈施罗阿赫》的编辑工作。更为精确地说，约瑟夫伯伯从阿哈德·哈阿姆那里继承的是一份"文学期刊"，克劳斯纳立即通过发明希伯来词语"每月一次"，把它变成了月刊。

　　一个人有能力创造新词并将其注入语言的血流中，这在我看来只是比创造光明与黑暗的人稍逊一筹。要是你写一本书，你可足以幸运地让人们读上一阵子，直到其他更好的书问世，取而代之，但是创造一个新词，则几乎不朽。直至今天，我有时闭上眼睛，想象那位干枯孱弱的老人，尖尖的白山羊胡子很突出，须髯柔软，双手纤细，戴着俄式眼镜，心不在焉地独自拖着细碎的脚步，像格列佛身处大人国，而大人国里那一群五光十色的冷漠的巨人、高大的鹳鸟、威猛的犀牛都满怀感激地朝他彬彬有礼地鞠躬。


　　他和妻子范妮·沃尼克（自结婚之日起，她就不可避免地以"我亲爱的琪波拉"著称，或者是在客人面前以"克劳斯纳夫人"著称）把他们在敖德萨里米斯里纳亚的家变成某种社交俱乐部和聚会场所，招待犹太复国主义者和文人墨客。

　　约瑟夫伯伯总是流露出酷似孩子般的喜悦。即便他谈及他的忧伤、他深深的孤独、他的敌人、他的痛楚和疾病、非墨守成规者的悲剧命运、他整个人生中不得不遭受的不公和屈辱，也在两片圆眼镜片后潜藏着压抑的快乐。他的一举一动，他明亮的眼睛，他粉红色的婴儿面颊发散出兴高采烈、乐天达观的活力，那是一种对人生的肯定，近似于快乐论。"我又是一夜没有合眼，"他对每一位客人都这么说，"为我们民族忧心忡忡。为我们未来的恐惧。我们有些头脑发育不全的领导人那狭隘的视角，在黑暗中压在我心头，比我本人的问题更沉重，更别说我的痛苦，我气短，我患有可怕的偏头疼。"（要是你把他的话当真，那么他至少在 20 世纪早期到 1958 年去世为止没有一刻会闭上眼睛。）

1917 年到 1919 年，克劳斯纳在敖德萨大学当讲师，后成为那里的教授。列宁的十月革命后，红白双方的血腥内战使得敖德萨易主。1919 年，约瑟夫伯伯和琪波拉伯母加上伯伯年迈的母亲，即我的曾祖母拉莎－凯拉·布拉兹，从敖德萨启程到雅法，乘坐的是"鲁斯兰"号。那是战后第三代回归潮（战后移民高峰时期）犹太复国主义者的"五月花"号。那年的哈努卡节，他们就住在耶路撒冷的布哈拉人居住区。

然而，我祖父亚历山大和祖母施罗密特以及我爸爸和他的哥哥大卫却没有前往巴勒斯坦，尽管他们也是热情的犹太复国主义者。巴勒斯坦土地上的生活条件在他们看来非常亚洲化，于是他们动身去了立陶宛的首都维尔纳。爸爸及其父母 1933 年抵达耶路撒冷，那时，维尔纳的排犹主义已经升至对犹太学生采取暴力行动的程度。

我的亲伯伯大卫是个执着的欧洲人，他迟迟没有行动，那时的欧洲似乎只剩下我的家人和他们那样的犹太人。其他的人都是泛斯拉夫人、泛日耳曼人，或者只是拉脱维亚人、保加利亚人、爱尔兰人或者是斯洛伐克爱国主义者。20 世纪二三十年代整个欧洲的唯一欧洲人就是犹太人。我爸爸经常说：在捷克斯洛伐克有三个民族，捷克人、斯洛伐克人和捷克斯洛伐克人，即犹太人；在南斯拉夫，有塞尔维亚人、克罗地亚人、斯洛文尼亚人和门的内哥罗人（黑山人），但即使在那里，也居住着一群明显的南斯拉夫人；甚至在斯大林统治下的国家里，有俄国人，有乌克兰人，有乌兹别克人和楚克奇人和鞑靼人，在他们当中也有我们的同胞，苏维埃民族里的真正成员。

而今欧洲彻底改变了模样，而今的欧洲从这面墙到那面墙满是欧洲人。顺便提一句，在欧洲，墙壁上的涂鸦也发生了变化。爸爸年轻时待在维尔纳，欧洲的每面墙壁上都写着"犹太人滚回巴勒斯坦去"，五十年后他到欧洲旅行，墙壁都在呐喊："犹太人滚出巴勒斯坦。"

约瑟夫伯伯花费多年时间撰写论拿撒勒耶稣的巨著。令基督徒和犹太人均为震惊的是，约瑟夫伯伯在这部巨著中，声称耶稣生为犹太人，死为犹太人，从未打算开创一种新教。而且，他把耶稣视为最出类拔萃的犹太道德主义者。阿哈德·哈阿姆恳请克劳斯纳把类似的句子删去，避免在犹太世界里酿成巨大丑闻。此书 1921 年在耶路撒冷出版时，在犹太人和基督徒当中委实引起了轩然大波：极端主义者指控他"从传教士那里收取了贿赂，为彼人大唱赞歌"；而基督教圣公会在耶路撒冷的传教士却要求大主教将《拿撒勒的耶稣》一书的英文译者丹比博士解职，因为该书"受到异端邪说污染，把我们的救世主描绘成某种改革拉比，描绘成凡人，描绘成与基督教没有一点关系的犹太人"。约瑟夫伯伯主要因这本书以及几年后与之相应的续篇《从耶稣到保罗》赢得了国际声誉。

一次，约瑟夫伯伯对我说："宝贝儿，我想象得到，在学校他们教你们憎恨可悲又杰出的犹太人，我只希望，他们没教你们每次经过背负着十字架的他时都要吐唾沫。等你长大后，宝贝儿，读读《新约》，不管老师怎么说，你会发现此人乃我们肉中之肉，骨中之骨，他是某种行神迹奇事之人，是犹太人的虔诚派教徒，尽管他确实是个梦想家，缺乏任何政治领悟，然而，他在犹太名人圣殿中拥有一席之地，与同样被开除教籍的斯宾诺莎[1]不相上下。你知道吗，谴责我者乃昨日犹太人，目光狭隘，没用的可怜虫。可你呢，我的宝贝儿，万万不可像他们那样一事无成，一定得读好书，读书，读书，再读书！现在，请你去问问克劳斯纳夫人、亲爱的琪波拉伯母，我的护肤霜、擦脸油在什么地方，请告诉她是旧擦脸油，因为新的连喂狗都不合适。你知道吗，我的宝贝儿，非犹太人语言中所说的'救世主'和我们所说的弥撒亚之间的巨大区别是什么？弥撒亚只是受膏油者，《圣经》中的祭司和国王都是弥撒亚，希伯来语单词'弥撒亚'完全是个平凡的日常词语，与擦脸油一词密切相关——不像异族人语言，把弥撒亚称为'救世主'和'耶稣基督'。可你是不是太小，理解不了这些？若是这样，现在就跑去问你伯母我让你找她要什么。是什么东西？我又不记得了。你记得吗？若是记得，让她仁慈地给我泡杯茶，正如拉夫·胡纳在《巴比伦塔木德》的《逾越节》篇里所写的那样，'无论主人命你做什么，除非命你出去'，我的版本则是'除非茶叶'。我当然只是在开玩笑。快去吧，我的宝贝儿，不要再窃取我的时间了，大家都来占用我的时间，没有意识到每时每刻都是我个人的财富，它就这样消失了。"

到耶路撒冷后，约瑟夫伯伯在希伯来语言委员会做秘书，1925

---

[1] 斯宾诺莎（1632—1677），17世纪最重要的哲学家之一，生于荷兰一个犹太商人之家，二十四岁时被开除教籍。

年希伯来大学建立后，他被任命为希伯来文学系主任。在这之前他希望并且期待获派执掌犹太历史系，或者至少去主管第二圣殿时期历史的教学，但是"大学里的大人物，从其德意志高处，小瞧我"。在希伯来文学系，用约瑟夫伯伯自己的话说，他感觉到自己像厄尔巴岛的拿破仑，因为他受到阻碍，不能推动整个欧洲大陆前进，在遭到放逐的小岛上，他肩负着推动某种进步和井然秩序的使命。过了约莫二十年，才设立了第二圣殿时期（公元前536年到公元70年）历史系的主任一职，约瑟夫伯伯终于前去执掌这一学科，也没有放弃希伯来文学系主任的职位。"吸取异族文化，将其融入吾民族与人类之血肉，"他写道，"这是我平生为之奋斗的理想，至死不会放弃。"

他带着拿破仑式的激情，在别处写道："要是我们民族渴望统治自己的国土，那么我们的子孙需要钢铸铁炼！"他经常指着起居室餐具柜上的两座青铜塑像——盛怒而充满激情的贝多芬和身穿庄严制服、紧闭坚毅双唇的杰伯廷斯基——对客人们说："个体精神确如民族性格——二者均蓬勃向上，均桀骜不驯，摒除虚幻。"他非常喜欢丘吉尔式的表达方式，像"我们的血肉""人类的与民族的""理想""我把最好的年华都用于奋斗""我们不让步""以弱抗强""与同龄人格格不入""后来者""到我生命的最后一息"。

1929年，塔拉皮尤特遭到阿拉伯人袭击，他被迫逃离。他的家，与阿格农家一样，遭到抢劫与焚烧，他的图书室，像阿格农家的图书室一样，遭到严重毁坏。"我们必须对年轻一代进行再教育，"他在《当民族为自由而战》一书中写道，"我们必须赋予其一种英雄主义精神，一种坚定不移的反抗精神……我们的多数老师尚未克服大流散时——无论流亡欧洲还是流亡阿拉伯国家时——

那种卑躬屈膝的失败者精神。"

在约瑟夫伯伯的影响下，我祖父母也成了新犹太复国主义者杰伯廷斯基，我爸爸实际上更接近于准军事地下组织的理想及其相关的政治派系，梅纳赫姆·贝京的自由党。然而贝京实际上令心胸宽大、世俗化了的敖德萨杰伯廷斯基产生了较为复杂的情感，且夹杂有某种严加控制的优越感：由于贝京出生于波兰的一个小村庄，易动感情，所以在人们眼中显得有几分庸俗或者说土气，但他无疑是位勇敢而坚定的民族主义者。尽管他也许称不上世界级的人物，不太具有足够魅力，缺乏诗意，缺乏伟人气质，但他精神高尚，有几分悲剧性的孤独性格，颇具雄狮与苍鹰特征的领袖风范。杰伯廷斯基在谈到民族复兴后以色列和各民族的关系时写道："如同一只雄狮面对群狮。"贝京看上去不太像雄狮。就连我爸爸，尽管叫阿里耶，在希伯来语中是雄狮的意思，也不是雄狮。他是个目光短浅、笨拙的耶路撒冷学者。他没有能力成为一名地下战士，但是通过偶尔为地下工作撰写英文宣言，为抗争做贡献，在宣言中对"背信弃义的阿尔比恩人"的狡诈虚伪极尽讨伐之功。这些宣言秘密印刷成铅字，由动作敏捷的年轻人夜间贴到周围居住区的墙上，甚至贴在电话线杆上。

我也是儿童地下工作者。我曾不止一次用自己的部队左右包抄，把英国人赶走；经过英勇的海上伏击战，把英王陛下的军舰击沉；绑架最高司令官甚至国王本人，对他进行军事审判；我亲手把希伯来旗帜在恶意山总督府邸的旗杆上升起（如同美国邮票上那些士兵在硫黄岛上升起星条旗）。将英国人驱除后，我会和被征服的背信弃义的英国人签署协议，建立所谓的文明而富有启蒙色彩的民族阵线，抵挡（野蛮的）东方浪潮，他们有弯来拐去的古老文字和短弯刀，他们冲出沙漠，发出令人毛骨悚然的粗嘎叫声、屠杀、抢劫、焚烧我们。我想长成贝尼尼塑造的大卫像那样，英俊潇洒、头发拳曲、双唇紧绷，约瑟夫伯伯的《当民族为自由而战》中的扉页上再次沿用了这尊雕像。我想长成坚强、沉默的男人，声音缓慢、深沉。不要像约瑟夫伯伯那样声音尖厉，带着哀怨。我不想让自己的双手长成他那双老太太似的柔软的手。

我的约瑟夫伯伯是个绝妙坦诚的人，满怀自爱与自怜，精神脆弱，渴求认知，充满孩子般的兴高采烈，一个总是佯装可怜的幸福人。他带着某种快乐满足，喜欢没完没了地谈论他的成就、他的发现、他的失眠、他的诋毁者、他的经历、他的书籍、文章和讲座，所有这些无一例外地引起了"世界轰动"；还谈论他的会谈、他的工作计划、他的伟大之处、他的重要性，以及他的高尚精神。

他曾经是个心地善良的人，自我中心，娇宠成性，像婴儿一样甜美，像神童一样桀骜不驯。

在那里，在曾打算成为柏林花园郊区古耶路撒冷复制品的塔拉皮尤特，一座树木繁茂的宁静小山，红瓦屋顶在绿叶中若隐若现，每座别墅均给著名作家或学者提供了一个平静舒适的家。克劳斯纳伯伯有时会在轻柔的晚风中沿着小街漫步，小街后来便以克劳斯纳的名字命名，他纤细的手臂与琪波拉伯母丰满的臂膀缠绕在一起，琪波拉伯母是他的母亲、妻子、上了年纪的女儿和得力助手。他们迈着小碎步，走过建筑师科恩博格的门口，科恩博格偶尔会招租有文化讲礼貌的房客。死胡同的尽头也是塔拉皮尤特的尽头，耶路撒冷的尽头，定居地的尽头——朱迪亚沙漠那令人生畏的贫瘠山丘从这里延伸开去。远方的死海波光粼粼，如同一盘熔化的钢水。

我看见他们站在那里，站在世界尽头，荒野边缘，两人都很纤弱，像两只玩具熊，手挽着手，任耶路撒冷晚风吹拂着他们的头。松涛阵阵，干爽洁净的空气中飘浮着天竺葵花的苦味，约瑟夫伯伯身穿西装外套（他建议"西装外套"一词的希伯来语说法应该是"夹克拜特"），系着领带，脚穿拖鞋，花白的头发在风中飘逸，伯母身穿一条深色花丝绸长裙，肩上披着一条灰色披肩。死海上方，蓝蓝的摩押山岭覆盖了整个宽阔的地平线，脚下是通往老城城墙的老罗马路，就在他们眼前，圆顶清真寺变成了金色，基督教堂尖塔上的十字架和清真寺旁光塔上的新月旗沐浴在落日余晖下。城墙本身正变得灰暗沉重，他们可以看见老城上方的守望山，令约瑟夫伯伯感到如此亲切的大学建筑占据了它的顶端。还可看见橄榄山，琪波拉伯母将会葬在橄榄山山坡上，约瑟夫伯伯本人虽希望也葬在那里，但没有得到允许，因为他死的时候东耶路撒冷将被约旦管辖。

薄暮时分的光把他那孩子般的面颊和高高的前额照得更加粉红。他双唇上浮动着一丝困惑、有些不知所措的微笑，仿佛一个人敲开一家房门，他本是那里的常客，通常受到热情的款待，但房门打开后，一个陌生人突然打量他，吃惊地退缩，仿佛在问，你究竟是谁，先生，你究竟来这里干什么？

爸爸、妈妈和我会让他们在那里多站一会儿。我们不声不响地告别，走到 7 路公共汽车站，汽车肯定几分钟后就会从拉马特拉海尔和阿诺纳开过来，因为安息日已经结束了。7 路公共汽车拉着我们开往雅法路，从那里我们乘 3 路汽车支线到泽弗奈亚大街，离家还有五分钟的路，妈妈会说：

"他没有变化。总说一样的话、一样的故事和奇闻逸事。从我认识他之日起，他就在每个安息日重复自己。"

爸爸会说：

"你有时有点太挑剔了。他已经不是年轻人了，我们有时都在重复自己。你也是。"

我淘气地加上杰伯廷斯基的一句诗：

"用鲜血和 zhelezo，我们将升起 gezho。"（约瑟夫伯伯能够滔滔不绝地详细讲述杰伯廷斯基怎样遣词造句。显然，杰伯廷斯基在希伯来语中找不到 geza（种族）一词的合适音韵，于是他暂时用俄文词汇 zhelezo（钢铁）代替。因此就有了："用鲜血和 zhelezo/我们升起一个民族 / 骄傲，慷慨，强悍"，直等到朋友巴鲁赫·克鲁夫尼克出现，把 zhelezo 变成了希伯来文词汇 yeza（汗水）："用鲜血和汗水 / 我们将升起一个民族 / 骄傲，慷慨，强悍。)

爸爸会对我说：

"真的。有些事情可开不得玩笑。"

妈妈说：

"实际上，我想不会有这样的事情。不该有的。"

爸爸会插嘴说：

"行了。我们不说了。今天就到此结束。阿摩司，记住今天晚上你要洗个澡。洗洗头发。不洗，我不会饶过你的。干吗要饶过你？你能给我说出不洗头发的理由吗？不能？既然这样，要是你没有任何理由，最好永远也不要犟嘴，从现在开始永远记住这一点：'我愿意'和'我不愿意'不是理由，只能将其定义为自我放纵。顺便说一句，'定义'一词来自拉丁文'结束'，'限定'，每下一次定义表示在两者之间划一条界线，把界线里面和界线外面的东西区分开来。实际上它或许和'防护'一词有关，希伯来词汇也反映出这一特征，'定义'（哈盖代尔）源于'隔离墙'一词。现在请把手指甲剪一剪，把所有脏衣服扔进洗衣筐。你的内裤、衬衣，还有袜子。然后呢，穿上睡衣，喝杯可可，上床睡觉。今天就这么着了。"

# 11

有时，离开约瑟夫伯伯和琪波拉伯母家后，倘若时间不是太晚，我们会逗留二十来分钟或半个小时，拜访一下小街对面的邻居。我们像做贼似的潜入阿格农的住宅，没有告诉伯父母我们要去哪里，免得他们不舒服。我们去 7 路公共汽车站时，有时会邂逅从犹太会堂出来的阿格农先生。他会使劲儿拉住爸爸的胳膊，警告他说，要是他，即我爸爸，拒绝拜访阿格农的家，不让它一睹女士芳容，它，也就是说阿格农的家，则无缘享见她的风采。这样阿格农就给妈妈的双唇带来了微笑，爸爸会答应，说："好啊，但只去几分钟，请阿格农先生原谅，我们不能久留，我们得回凯里姆亚伯拉罕，孩子累了，明天早晨还要上学。"

"孩子一点也不累。"我说。

阿格农先生说：

"请博士先生听听，乳臭未干的孩童口中证明了力量。"

阿格农的住宅坐落在柏树环抱的一个花园里，但为了安全起见，它背向街道而建，仿佛把面庞藏在了花园里。你在路上可看见四五个狭长的窗子。从掩映在柏木中的大门走进去，沿屋旁一条铺设的小径行走，攀上四五级台阶，在白色屋门前按响门铃，等候主人开门，等候邀请你右转登上半黑的台阶，走进阿格农先生的书房。从书房可去铺就而成的巨大屋顶平台，它俯视着朱迪亚沙漠和摩押山；或者左转，走进一个狭小而凌乱的卧室，卧室的窗子凝视着空旷的花园。

阿格农住宅从来不会充满日光，总是笼罩在某种黄昏暮霭中，飘着淡淡的咖啡和奶油茶点的气味。也许是因为我们只在安息日结束之前的傍晚才去拜访，至少直至三星出现在窗前他们才开灯。或许灯是开着的，但是耶路撒冷的电灯光是如此昏黄，有些吝啬，也许是阿格农先生在节约用电，也许是停电了，那光是煤油灯光。我至今仍然记得那种忽明忽暗，实际上我几乎可以触摸到它，窗子护栏似乎将它囚禁起来，使之更加突出。造成忽明忽暗的原因现在难以说明，甚至那时就难以说明。不管是什么原因，无论阿格农何时起身从书架上抽出一本书，那书，仿佛一群拥挤的崇拜者，身着破旧的黑色衣裳，而阿格农的形体投下不止一个影子，是两三个甚至更多的影子。这就是他在我的孩提记忆里所留的印象，至今他在我心目中就是这个样子：一个人在忽明忽暗中摇摆，走路时身边有三四个分离开的影子晃来晃去，那影子在他前面，右面，身后，头顶，或是脚下。

偶尔，阿格农太太用一种威严尖厉的声音说些什么，有一次，阿格农先生把头微微歪向一边，露出一丝嘲讽的微笑，对她说："有客人在场时，请允许我在自己家里做一家之主。一旦他们走了，你立刻就做女主人。"我清清楚楚记得这句话，不只因为它所包含着令人意想不到的中伤（而今我们将其界定为颠覆性的），还主要由于他所使用的"女主人"一词在希伯来文中非常罕见。多年后读他的短篇小说《女主人和小贩》时，我再次偶遇此词。除阿格农先生，我从来没有遇到任何人使用"女主人"一词表达"家庭主妇"，尽管在说"女主人"时，他的意思不是指家庭主妇，而是略有不同。

难以知晓，毕竟，他是位拥有三个或者三个以上影子的人。

妈妈敬仰阿格农先生，我该怎么说呢，仿佛总是踮着脚尖。就连坐在那里时，她似乎也是坐在脚尖上。阿格农本人几乎不和她说话，他似乎只和我爸爸讲话，但他和我爸爸讲话时，目光似乎在妈妈的脸上停留片刻。奇怪的是，在罕见几次和妈妈说话时，他的眼睛似乎总在回避她，转而看我，要么就是看着窗子，要么当时情形并非如此，只是以这种方式镌刻在我的想象里。活生生的记忆，像水中涟漪，抑或像瞪羚跳跃前皮肤在紧张地抖动，这活生生的记忆突如其来，瞬间以几种节奏或几个焦点在颤动，而后凝固起来，化作记忆之记忆。

1965 年春天，我的第一本书《胡狼嗥叫的地方》问世，我战战兢兢送给阿格农先生一本，并在扉页上签名。阿格农给我写了封措辞优美的回信，谈了我的书：

"你就你作品写给我的话，使我想起已经谢世的令堂。记得她曾在十五六年前从令尊那里拿了一本书给我。你大概和她一同前来。她站在门口的台阶上，话不多。但是她的脸庞优雅圣洁，多日在我眼前挥之不去。阿格农谨上。"

我爸爸按照阿格农的要求，在他撰写《包罗万象的城市》时，把波兰文百科全书中《布克扎克兹》一文翻译过来。他把阿格农界定为"大流散作家"时，会扭动双唇。他的故事缺乏羽翼，爸爸说，缺乏悲剧深度，甚至没有健康的笑，有的只是连珠妙语和嘲笑挖苦，即便他时而有些优美的描绘，但并不就此辍笔休憩，非得将其淹没在冗长的插科打诨和加利西亚人的机智中不可。在我看来，爸爸把阿格农的小说视为意第绪语文学的一部分。他并不喜欢意第绪语文学。他具备立陶宛人理性至上的天性，憎恨魔法、超自然和汪洋恣肆的感情主义、任何披上朦胧的浪漫主义或者神秘主义外衣的东西以及蓄意令感觉混乱并剥夺知性的东西。直到他生命的最后几年，他的品味才发生变化。应该承认，就像我奶奶施罗密特的死亡证明将一个死于洁癖的人记载为死于心脏病，我爸爸的简历上因而只声明他最后致力于研究佩雷茨一部不为世人所知的手稿。这些是事实。真实情况是什么我不得而知，因为爸爸几乎没有和我讲过真实情况。他几乎没有对我说过他的童年，他的爱情，一般意义上的爱情，他的父母，他哥哥的死，他自己的疾病，他的痛苦，或者一般意义上的痛苦。我们甚至从来没有谈过母亲的死。一个字也没谈过。我也没有让他好过，我从来不想发起可能会导致终极启示问题的谈话。倘若我开始在此写下我们——爸爸和我——没有谈及的所有事情，我能够填满两本书。爸爸留给我许多工作要做，我依然在做。


妈妈通常这样说阿格农：

"那个人见多识广。"

有一次她说：

"他为人也许不是很好，但至少明辨是非，他也知道我们没有太多的选择。"

她几乎每逢冬天都一遍又一遍地读《锁柄》集中的短篇小说。

或许在里面她找到了共鸣，看见自己的忧伤和孤独。我有时也会重读《她在盛年之际》开头贝特民茨的绛尔扎·玛扎拉说过的话：

> 母亲在盛年之际去世。母亲三十岁那年离开了人间。母亲在世间时日不多且痛苦。她终日坐在家里，大门不出……寂静笼罩着我们不幸的家；家门从来不向生人打开。母亲躺在床上，话不多。

这些话与阿格农在给我的信中谈到我妈妈的话基本相同："她站在门口的台阶上，话不多。"

我自己呢，许多年后当我写题为《谁来了》的文章时，我总是想着阿格农《她在盛年之际》开篇中明显赘述的句子："她终日坐在家里，大门不出。"

我母亲并非终日坐在家里，她出去的时候不少。然而她在世间时日也不多且痛苦。

"世间时日？"有时我在这些话中听到我母亲人生的二重性，绛尔扎母亲利亚人生的二重性，以及贝特民茨的绛尔扎·玛扎拉人生的二重性。仿佛她们也在墙上投下了不止一个影子。

多年后，基布兹胡尔达的学校需要一位文学老师，因此委员会派我到大学读文学。我鼓足勇气，按响阿格农家的门铃。（或者用阿格农的话说："我提着自己的心去见他。"）

"可是阿格农不在家。"阿格农夫人彬彬有礼而气呼呼地说，她答复前来抢劫她丈夫宝贵时间的一群群强盗土匪时，用的都是这种方式。阿格农女主人并没有骗我，阿格农先生的确没在家里，他在外面，在屋后的花园里，他突然出现了，穿着拖鞋和一件无领无扣的背心，跟我打招呼，接着满怀疑惑地询问，可先生你是谁呢？我报上自己和父母的名字，就在那里，站在他家门阶旁。（阿格农夫人没说一句话就走进了屋里。）阿格农先生记得几年前耶路撒冷的风言风语，他把一只手放在我的肩膀上说，你不就是那个孩子，他可怜的妈妈弃他而去，他和爸爸又相处不好，离家到基布兹生活了吗？你不就是那个经常挑蛋糕里的葡萄干，在这里遭到父母斥责的孩子吗？（我不记得这些，也不相信他说的挑葡萄干这回事，但我选择了不反驳他。）阿格农先生请我进屋，问了一会儿我在基布兹里做什么，我的读书情况（现在大学里读我的什么东西？你喜欢我哪一本书？），还打听我和谁结婚了，我妻子的家庭背景。当我告诉他，从她爸爸那边算，她是 17 世纪《塔木德》[1] 学者和喀巴拉 [2] 学者以赛亚·霍洛维茨 [3] 的后裔时，他眼睛一亮，给我讲了两三个故事，与此同时，他已经不太耐烦了，显然是在想办法把我给打发了。但我鼓足勇气，告诉他我的问题所在，尽管我踮着脚尖坐在那里，与母亲以前所为如出一辙。

　　我之所以来，是因为格尔绍恩·谢克德教授 [4] 让他学希伯来文学的一年级学生比较布伦纳 [5] 和阿格农以海法为背景的短篇小说。我读过短篇小说，还读了我在图书馆所能找到的描写他们在第二

---

1 《塔木德》，约成书于公元前 500 年到公元前 200 年，是继《旧约》后又一部重要的犹太文化经典、口传律法汇编，包括《密西拿》和《革马拉》两部分。
2 喀巴拉，犹太教神秘主义学派，约在公元 12 世纪于法国和西班牙等地确立，后逐渐发展，16 世纪在以色列土地上的萨法德地区产生重大影响。
3 以赛亚·霍洛维茨（约 1555—1630），生于布拉格，卒于萨法德。《塔木德》和喀巴拉学者。
4 格尔绍恩·谢克德（1929—2006），著名希伯来文学批评家，希伯来大学教授。
5 即约瑟夫·哈伊姆·布伦纳（1881—1921），生于乌克兰，1909 年移居巴勒斯坦，是他那个时代巴勒斯坦地区最杰出的希伯来语小说家。

次阿里亚时期[1]在雅法的友谊的文章，我感到非常震惊，这两个如此不同的人怎么竟然成了朋友。约瑟夫·哈伊姆·布伦纳是个俄国犹太人，痛苦、情绪不稳、体格粗壮、马虎、暴躁易怒，一个陀思妥耶夫斯基式的人，在热情与绝望、怜悯与暴怒之间不断摇摆。他那时已经在现代希伯来文学领域占据了中心位置，也在拓荒者运动中举足轻重，而阿格农那时不过是腼腆的加利西亚小伙子，比布伦纳小几岁，差不多仍是个文学新人，一个由拓荒者转换成的文书，一个文雅而敏锐的《塔木德》学生，穿着整洁，一个小心翼翼的严谨作家，身材瘦削，富于梦幻并好挖苦人的年轻人。究竟什么使二人在第二代阿里亚时期相互吸引，关系那么密切，在第一次世界大战爆发之前，他们几乎像一对恋人？而今，我觉得我可以猜出其中的某些奥妙，但是在阿格农家里的那一天，我是那么天真，我向主人讲述了自己的作业，天真地打听，他是否能告诉我他和布伦纳走得近的秘密。

阿格农先生皱起双眉，看着我，或者说仔细地看了我一阵子，目光斜瞥，表情愉快，面带微笑。那种微笑——我后来懂了——是扑蝶者在觊觎一只可爱的小蝴蝶。他审视我之后说：

"我和约瑟夫·哈伊姆·布伦纳，愿上帝为他复仇，在那年月关系密切，是基于一种共同的爱。"

我竖起耳朵，相信自己就要听到一个将要终止所有秘密的秘密，我就要了解某种刺激而瞒得严严实实的爱情故事，我可以将其写成一篇轰动性的文章，让我这个无名小卒在希伯来文学研究领域一举成名。

---

1 第二次阿里亚时期，即第二次移民高峰，指 1904 年到 1913 年犹太拓荒者从俄国移居到巴勒斯坦。

"你们都爱的是谁？"我问，怀着年轻人的天真，心怦怦直跳。

"这可得严守秘密，"阿格农先生微笑起来，不是朝我微笑，而是朝自己微笑，微笑时几乎朝自己挤眼，"对，严守秘密，要是你发誓不会告诉任何人，我只透露给你。"

我激动得说不出话，我多蠢啊，一个劲儿向他做口头保证。

"那好，你知我知，我可以告诉你我们住在雅法时，约瑟夫·哈伊姆·布伦纳和我都疯狂地爱上了施穆埃尔·约瑟夫·阿格农。"

没错，阿格农自嘲性的讽刺令其苦恼，也令他单纯的拜访者，一个前来拉阿格农袖子的人苦恼。尽管也有些微真实隐藏于斯，它仍然朦胧地暗示着一个秘密：一个外表强大感情充沛的人为一个外表纤弱的年轻人深深吸引，而一个文质彬彬的加利西亚年轻人也依恋一个令人敬重的暴躁易怒的人，后者可以将其置于父亲般的羽翼下，或者给他提供一副兄长的肩膀。

然而，将阿格农和布伦纳的短篇小说联系在一起的不是某种共同的爱，而是某种共同的恨。所有虚假的，修辞上的，或者是第二次阿里亚时期世界里的妄自尊大所造成的浮夸，犹太复国主义现实中所有不真实或是自命不凡的东西，在那一时代犹太生活中所有舒适安逸的、佯装圣洁的中产阶级的自我放纵，均遭到阿格农和布伦纳同样的憎恨。布伦纳在创作中用愤怒的锤子将所有这一切打得粉碎，而阿格农用辛辣尖刻的讽刺将谎言与伪装戳穿，释放了使之膨胀的恶臭。

诚然，布伦纳笔下的雅法，和阿格农笔下的雅法一样，在虚伪和口若悬河的人们中，偶然有几个单纯真实的人物闪烁着微光。

阿格农本人是个严守宗教戒律的犹太人，他守安息日，戴无檐小帽，用文字表述，是惧怕上帝的人。在希伯来语中，"害怕"和"信仰"是同义词。在阿格农的小说中，有些角落采用了非直接、高超的掩饰方式，害怕上帝被描绘成可怕地敬畏上帝。阿格农相信上帝，害怕上帝，但是他不爱上帝。"我是个心平气和的人。"长篇小说《宿夜的客人》中丹尼尔·巴赫说："我不相信全能的上帝想要他的子民好。"此乃一个充满悖论和悲剧性甚至绝望的神学立场，对此，阿格农从来没有进行推理性的表达，但是允许作品中的次要人物吐露端倪，通过降临在主人公身上的遭际加以暗示。我在撰写论阿格农的著作《天国的沉默：阿格农害怕上帝》时探讨了这一主题。好几十个犹太教徒写私信给我，他们多数来自极端正统派，其中包括年轻人和妇女，甚至宗教教师和公务员。有些信属名副其实的告白。他们用各种各样的方式对我说，他们在自己的灵魂深处看到了我在阿格农身上所看到的东西。但是我在阿格农创作中所看到的东西，有那么一刻，我在阿格农本人，在他那富于嘲讽的犬儒主义——濒临绝望和打趣的虚无主义中有所窥见。"上帝无疑怜悯我。"他曾在没完没了地抱怨公共汽车服务时说，"倘若上帝不怜悯我，我们地区的政务委员会或许会怜悯我们，但是我害怕公共汽车合作组织比他们二者都强大。"

我在耶路撒冷大学读书的两年间，到塔拉皮尤特朝觐过两三次。我最早的短篇小说在《达瓦尔》（《事》）周末增刊和《开晒特》（《箭》《彩虹》）季刊上刊登，我计划把它们留在阿格农先生那里，听听他的想法，可阿格农先生却道歉说："我很遗憾这些天读不了东西。"他让我改天拿来。而我再次去找他时两手空空，把登有我作品的《开晒特》放在衣服里的肚子前，像个不好意思的孕妇。最后，我没有了在那里生产的勇气，我害怕自己让人讨厌，我像来时那样挺着个大肚子或者是鼓鼓囊囊的毛衣离开了他的家。只是过了几年，当短篇小说结集成书（《胡狼嗥叫的地方》，1965）时，我鼓起勇气把书送给他。收到阿格农先生的友好来信后，我围着基布兹欢跳了整整三天三夜，沉浸于欢乐中，充满幸福默默地歌唱吼叫，从内心里吼叫，哭泣，尤其是他在信中写道："我们会面时，我口头上给你讲的会比这里写的更多。我将在逾越节期间把其他小说读完，因为我喜欢你所写的那些短篇小说，在小说中，主人公完全是现实生活中的人。"

我在大学读书时，有一次国外一份杂志刊登了一位比较文学巨匠（大概是瑞士的埃米尔·斯泰格）的一篇文章，按照他的观点，20世纪上半期中欧三位最为重要的作家是托马斯·曼、罗伯特·穆齐尔和施·约·阿格农。文章发表在阿格农获得诺贝尔文学奖的前几年。我非常激动，便从阅览室里把杂志偷了出来（那时候大学里还不能复印），急急忙忙揣着它来到塔拉皮尤特，让阿格农高高兴兴地阅读。他委实非常高兴，站在自家门阶上，狼吞虎咽地一口气把通篇文章读完，才让我进门，重新读了一遍又一遍，大概还舔舔嘴唇，之后用那种有时用来看我的目光看着我，天真地问："你也觉得托马斯·曼是这样一位重要的作家吗？"

一天夜里，我错过了从雷霍沃特开往基布兹胡尔达的末班车，不得不坐出租车。电台里一整天都在谈论阿格农和诗人奈利·萨克斯并列获得诺贝尔奖，出租车司机问我是不是听过有个作家叫作，叫什么，伊格农来着。"你看看这叫什么事，"他惊愕地说，"我们以前从来没有听说过他，突然一下子带我们打进世界决赛。遗憾的是，他最后和一个女人打了个平手。"

有那么几年，我努力从阿格农的阴影中摆脱出来。我挣扎着把我的创作和他的影响，他那密集、装饰性的、有时平庸的语言，他有节奏的韵律，某种密德拉西式的自鸣得意，铿锵作响的意第绪语格调，哈西德传说那生动有趣的轻柔之音，拉开距离。我努力摆脱他的影响，摆脱他的讽刺与睿智，他巴罗克式的象征主义，他神秘迷宫般的游戏，他的双重语义，以及他复杂而渊博的技巧。

尽管我为摆脱他的影响而付出了巨大努力，但是我从阿格农那里所学到的东西，无疑仍在我的创作中回响。

我从他那里真正学到了什么？

也许是：不只投下一个影子，不从蛋糕里挑拣葡萄干，克制自己，不断磨砺。还有一件事，我奶奶常用比我所发现的阿格农表达法还要尖锐的方式说："要是你已经哭得再没有眼泪，那么就不要哭，放声笑吧。"

## 12

有时我被留在爷爷奶奶家里过夜。我奶奶经常会突然指着家具、衣服或人，对我说：

"那么丑，简直接近美了。"

有时她说：

"那么聪明，聪明极了，简直什么都不知道了。"

或者就是："好疼啊，好疼，疼得我都要笑了。"

她整天自己哼着小曲，那曲子来自她曾经居住的地方，显然那里不用害怕细菌，也没有粗野，她抱怨说粗野同样污染了这里的一切。

"像畜生一样！"她突然憎恶地嘶嘶尖叫，原因并不明显，没有挑衅的事端或者任何来由，也没有烦劳自己向我们解释她把谁比作畜生。就连晚上我坐在公园凳子上，坐在她身边，公园里看不到别人，微风轻轻触摸着树梢，或许用看不见的指尖通过非真实的触摸使之颤抖，奶奶会突然爆发，充满厌恶，声音颤抖，震惊，怒不可遏：

"真是这样！怎么会呢！禽兽不如。"

过了一会儿，她又轻轻哼唱起我不熟悉的曲调。

她总是自己哼唱，在厨房，在镜子前，在阳台的折叠帆布躺椅上，甚至在夜晚。

有时，我洗完澡，刷过牙，并用包上棉球的橙木棒掏了耳朵，被放到她宽大的床上。（我出生前，奶奶就把双人床扔掉或者驱逐了。）奶奶给我讲一两个故事，抚摸我的脸颊，亲吻我的额头，随即用香水润湿的小手帕擦拭我的额头。她总把手帕放在左衣袖里，用它擦拭或碾碎细菌，接着把灯关掉。即便那时，她在暗中仍继续低声哼唱，毋宁说是从内心深处驱逐一种遥远梦幻般的声音，一种栗色的声音，一种幽暗而惬意的声音，那声音逐渐净化为一种回声，一种颜色，一种气味，一种轻柔的粗糙，一种棕红色的暖流和不冷不热的羊水——整个夜晚。

但是她为你带来的夜间的所有这些愉悦，早晨首先就要被残酷地擦洗掉，甚至在你尚未喝杯带皮可可之前。

爷爷敲打毯子的声音把我从床上惊醒，那时他已经在和寝具进行常规的黎明之战了。甚至你的眼睛还没有睁开，热气腾腾的热水浴已经在等待你了，水里因为加进了抗菌溶液，闻起来好像是在卫生所。浴盆上已经放好了一把牙刷，象牙色的牙膏像条蜷缩的白虫，已经躺在鬃毛上了。你的责任是浸泡自己，浑身上下打一遍肥皂，用丝瓜瓤子擦拭自己，用清水漂洗自己。然后奶奶来了，把跪在浴缸里的你拎出来，紧紧抓住你的胳膊，用令人生畏的长毛马刷给你擦拭周身，从头到脚，接着又来一遍。那马刷令人想起缺德的罗马人的铁梳，他们用铁梳将阿基瓦拉比以及巴尔·喀巴赫起义中其他烈士的肉体撕裂。直至皮肤红得像生肉，接着奶奶让你紧紧地闭上双眼，而她则向你头上倒洗发水，连续击打你的头，用尖指甲挠你的头皮，像约伯用瓦片挠他自己。[1] 她一直用阴郁而好听的声音向你解释，睡觉时身体的腺体组织分泌出污物和淤泥，如黏糊糊的汗液、各种各样的油脂分泌物，再加皮肤屑、掉的头发、成千上万的死细胞，以及许许多多你最好不要知道的污浊分泌物，你睡着的时候，所有这些渣滓和流出的废物抹遍你全身，混合在一起，招致，对，的确是主动地招致细菌，招致卡介菌，也招致病毒，云集在你的全身，更不用说那些科学尚未发现的所有事物，那些用倍率最高的望远镜也看不见的事物。可是即使看不见，它们也在夜晚迈着无数只可怕的毛茸茸的小腿爬满你的身体，就像蟑螂的腿，但小得让你看不见，就连科学家也还看不见，在这些小腿上，布满了讨厌的刺毛，它们通过鼻子和嘴爬回我们的身体里，还通过一些我不需要告诉你的地方爬进去，尤其是人们在那些不好的地方，不洗澡，只是擦擦身上，擦拭一点也不干净，相反，正好把肮脏的分泌物散布到我们皮肤上的成千上万的小孔中，越来越脏，越来越令人厌恶。尤其是身体日日夜夜不断分泌出来的脏物和因触摸不卫生之物而滋生的外在脏物混合到了一起，你不知道谁在你之前弄过这些物品，如钱币、报纸、楼梯扶手、门把手，甚至买来的食品，毕竟你摸这些东西时，天晓得谁曾经朝上面打过喷嚏，甚至，对不起，擦鼻子，甚至把鼻涕流到了这些漂亮的包装纸上，你在街上把它们拿起来，后来竟直接放到床上人们睡觉的地方，更别说你直接在垃圾箱里捡来的瓶塞，不用说你妈妈，上帝保佑她，直接从什么人手中买来的玉米了，那个人在解手后可能连手都没有洗，我们又怎么能知道

---

1 见《圣经·约伯记》第 2 章第 8 节，说的是约伯在接受试炼时浑身长满毒疮，用瓦片刮身体。

他是否健康？他有没有得过结核或者霍乱，或是斑疹伤寒，或是黄疸病，或是痢疾？或是脓肿，或是肠炎，或是湿疹，或是牛皮癣，或是脓包病，或是疖子？他甚至连犹太人都不是。你知道这里有多少疾病吗？有多少黎凡特人的瘟疫？我说的只是人所共知的疾病，不是那些大家尚未知晓、医学科学尚未发现的疾病，长期以来，黎凡特的人们像飞蝇一样死于寄生生物或杆菌或微生物或连医生也不认识用显微镜方可看见的蠕虫，尤其是在这个酷热的国家，到处是飞蝇、蚊子、飞蛾、蚂蚁、蟑螂、蠓蚊，还有那些认不出来的东西，这里的人们没完没了地出汗，他们总是从另一个人身上碰到或者是蹭到炎症、分泌物、汗水以及体内排泄物，你这个年龄最好不要对所有这些臭烘烘的排泄物了如指掌，任何人都能轻而易举地把别人弄湿，另一个人在这地方这么拥挤的人群中甚至感觉不到粘上了什么，握一次手就足以把所有的疾病传上，甚至用不着接触，只通过呼吸空气，别人就能够把癣、沙眼和血吸虫中所有的细菌、杆菌吸入肺里。这里的公共卫生一点不像欧洲，至于卫生健康，这里有一半的人甚至听都没有听说过，空气中弥漫着各种各样的亚洲昆虫，令人作呕的有翅飞虫直接从阿拉伯村庄甚至从非洲径直来到这里，谁知道它们一直带有什么怪异的疾病、炎菌和分泌物。黎凡特充满着病菌。现在你可以把自己好好擦干，像个大孩子，任何地方都不要湿，然后扑些爽身粉，你知道先扑哪里，再扑哪里，哪里也别落下，我要你往脖子上擦一些这支管里的鹿茸霜，然后穿上我放在这里的衣服，这是你妈妈给你准备的，上帝保佑她，我只是用滚烫的熨斗熨了一下，可以消毒，把在那里繁殖的东西都杀死，比洗衣房做得要好，然后到厨房里来找我，头发要梳好，我给你一杯好喝的可可，然后你吃早饭。

她离开浴室时会喃喃自语，不是生气，而是带着某种深深的悲哀：

"像畜生一样。甚至禽兽不如。"


一扇门，镶着饰有几何形花纹的磨砂玻璃，隔开了奶奶的卧室和爷爷那称作"亚历山大爷爷书房"的小房间。爷爷在这里拥有自己的私人通道，从那里走进花园，走到外面，走进城市，走进自由。

在这间小屋的一个角落，放着从敖德萨运来的沙发，像厚木板那样狭窄坚硬，爷爷夜里就睡在上面。在这张沙发底下，七八双鞋像列队行进的新兵，整整齐齐排列在一起，清一色的黑，亮闪闪的，就像施罗密特奶奶收集起来的帽子，绿的、棕的、褐紫红的，她把这些帽子视为奖品，放进一个圆帽盒里保存起来，而亚历山大爷爷喜欢掌管整个鞋舰队，他把这些鞋擦得光亮，如同水晶，有的坚硬，底子很厚，有的圆头，有的尖头，有的是粗皮的，有的系着鞋带，有的带着固定夹，有的带着扣子。

沙发对面，放着他的小书桌，一向整整齐齐，上面放着墨水池和橄榄木的吸墨台。吸墨台在我眼中总像一辆坦克，或者是笨重的烟囱船（漏斗船），驶向由三个银光闪亮的容器组成的三件套，一个装满回形针，一个装满图钉，第三个则像蜷蛇窝，橡皮筋蜷缩在一起，挤作一团。书桌上有一套长方形的金属文件盘，一个放接收信件，一个放寄出信件，第三个放剪报，还有一个放城市管理部门和银行的文件，再有一个放自由派运动耶路撒冷分部的书信。也有一个橄榄木盒子，里面装满了面值不同的邮票，特快专递、挂号和航空标签分别放在不同的格子里。还有一个格子装信封，另一个装明信片，后面放着的是造型为埃菲尔铁塔的旋转银架，分门别类，装着不同颜色的钢笔和铅笔，包括一支奇妙的有两色头的铅笔，一头红一头蓝。

在爷爷书桌的一角，一摞摞文件旁边总放着一只高高的黑瓶子，里面装着外国酒，旁边有三四只绿高脚杯，样子像水蛇女人。爷爷喜欢美，憎恨一切丑陋的东西。他喜欢偶尔一个人喝上一口樱桃白兰地，振奋他激情澎湃的孤寂心灵。世界不了解他。妻子也不了解他。没有人真正了解他。他的心灵总是向往着某种崇高，但是众人共同密谋要砍断他的翅膀：他的妻子，他的朋友，他的商业伙伴，所有的人都在密谋迫使他一头扎进七七四十九种各式各样的养家糊口、打扫卫生、收拾整理、洽谈生意，以及上千种小负担和义务中。他性情平和，容易上火，也容易平息。无论他何时看见任何责任，不管是家庭责任，还是社会责任，还是道德责任，他总是弯腰肩负起来，但之后又会发出叹息，抱怨负担沉重。所有的人，尤其是奶奶，利用他的好脾气，让他负载着扼杀了他诗人火花的一千零一项使命，把他当成供差遣的童仆一样使唤。

当时，亚历山大爷爷做服装行业的商务代表和推销员，是洛德兹亚纺织厂和其他几家德高望重的商号在耶路撒冷的代理。爷爷书房里的墙壁几乎摆满了架子，他把五颜六色的布料样品保存在架子上的小箱子里，有罗纹和华达呢衬衫、裤子、袜子、各种毛巾、餐巾和窗帘。我可以使用这些样品箱，用它们来建造塔楼、堡垒和防护墙，但不能把它们打开。爷爷坐在椅子上，背靠书桌，伸出双腿，他粉红色的脸，通常闪烁着和蔼而满足的光，朝我欣喜地微笑，仿佛在我手下一点点增高的箱子塔很快就要让金字塔、巴比伦的空中花园和中国的万里长城黯然失色。是亚历山大爷爷给我讲述中国的万里长城，讲金字塔，讲空中花园以及人类精神奇观，比如说帕台农神庙，古罗马圆形剧场，苏伊士和巴拿马运河，帝国大厦，克里姆林宫教堂，威尼斯运河，凯旋门和埃菲尔铁塔。

深夜时分，在孤独书房里的书桌旁，面对着高脚杯里的樱桃白兰地，亚历山大爷爷是位多愁善感的诗人，他用俄语为一个疏离的世界撒下爱、快乐、热情和渴望的诗章。他的好友约瑟夫·科罕－才迪克把这些诗歌翻译成希伯来语，例如："沉睡多年后 / 仁慈的神，我崛起了 / 我的眼帘含着爱恋睁开 / 再活三天 / 从一端到另一端 / 让我踏遍先祖的土地 / 让我漫步每座山丘峡谷 / 领略她的美好 / 每个人将安全地居住在此 / 在无花果和蔓藤下 / 大地赐予礼物 / 快乐遍及我故乡的土地……"

他写赞美之诗，歌颂弗拉基米尔·杰伯廷斯基、梅纳赫姆·贝京或者是他著名的兄长，我的约瑟夫伯祖父[1]，也写诗歌奋起反抗德国人、阿拉伯人、英国人，以及其他所有仇恨犹太人的人。我在所有这些诗歌中，也发现三四首描写孤独与悲伤的诗，有这样的句子："如此阴郁的思想包围着我 / 在我人生的夜晚 / 告别了年轻人的生机 / 告别了阳光下的希冀——/ 留下的是冰冷的冬季……"

但困扰着他的通常并非冰冷的冬季。他是位民族主义者，爱国主义者，酷爱武装、胜利和征服，一个热情澎湃心地纯正的鹰派人物。他坚信，要是我们犹太人赋予自己勇气、魄力和钢铁般不可动摇的决心等等，要是我们终将奋起不再担心异族人，我们

---

1 按照辈分，约瑟夫·克劳斯纳是小主人公的"伯祖父"，但如前注中交待，小主人公通常称之为"伯伯"。

就能打败所有的敌人，从尼罗河到伟大的幼发拉底河，建立起大卫王国，整个残酷邪恶的异族人世界，会来到我们面前顶礼膜拜。他嗜好崇高，强大，光彩照人之物——军服，黄铜号角，在阳光下闪闪发光的旗帜和长矛，皇家宫殿和武器装备。他是19世纪的产儿，纵然他活得很长，看到了四分之三个20世纪。

我记得，他身穿浅米黄色法兰绒西装，或者是一套笔挺的细条西装。他有时在套装下面惹人注目地穿上内包缝的马甲，腰部缠一条细银链，一端伸进那件马甲的口袋里。夏天，他头上戴顶编织得松松散散的草帽，冬天戴顶系黑丝带的博尔撒利诺帽。他暴躁易怒，有突然动雷霆之怒的危险，但很快又喜笑颜开，道歉，请求原谅，表示痛悔，仿佛他的愤怒只是阵发性剧烈的咳嗽。你老远就可以一下子了解他的情绪，因为他的脸色就像信号灯一样变来变去：粉，白，红，又回到粉。多数情况下，他双颊露出心满意足的粉色，但他被人冒犯后，就会变得惨白，要是生气了，就变得通红，但一会儿过后，就又恢复到粉色，等于向全世界宣布雷雨风暴已经结束，冬天已经过去，花开大地，爷爷习惯性的喜悦在短暂中止后又熠熠生辉。他会一下子完全忘记是谁又是为什么激怒了他，风暴到底是怎么回事，就像一个孩子哭过一阵后立即平息下来，绽开微笑，又高高兴兴地玩儿去了。

# 13

　　霍罗德诺（当时在俄国，后来在波兰，而今在白俄罗斯）的拉夫·亚历山大·吉斯金德逝世于 1794 年。他是位神秘主义者，喀巴拉学者，苦修者，创作了几部富有影响力的伦理学著作。据说，"他终生把自己隔绝在一个小房间，研习《托拉》；他从来不亲吻或管教孩子，从来不和他们进行非宗教话题的谈话"。他的妻子独自支撑着家庭，抚养子女。然而，这位杰出的苦行者教导说，一个人应该"怀大喜悦和热诚崇拜上帝"。（布拉茨拉夫的纳哈曼拉比说他是一个哈西德派的先行者。）但是喜悦也好，热诚也罢，都无法阻止亚历山大·吉斯金德拉比摒弃这样一个愿望，那就是他死后，"丧葬协会将委托犹太教公会对吾之遗体进行四次死亡惩罚，直至一切肢体均被粉碎"。比如说，"命之把我举到屋顶，使劲将我扔到地上，勿放床单或麦秸，命之如此重复七次，我庄严告诫丧葬协会，受被开除教籍之痛苦，以七死来折磨我，勿免除吾之屈辱，因屈辱乃吾之荣幸，可免除些许上天之大罚"。所有这些能够赎罪或者纯化"为女子利百加[1]所生亚历山大·吉斯金德的精神或心灵"。他另一件著名

---

1　利百加，《圣经》中的人物，以撒之妻。见《圣经·创世记》第 24、25 章。

逸事是，漫游德国一个个小镇，为犹太人定居圣地筹钱，甚至因此遭到监禁。他的后人姓布拉兹，乃为"亚历山大·吉斯金德拉比所生"的缩写。

他的儿子拉夫·约塞勒·布拉兹，父亲从未吻过、管教过的孩子中的一个，被视为绝顶义人，此人终日研习《托拉》，工作日期间从未离开过书房，甚至连睡觉也没有离开过。他让自己坐在那里，头枕着胳膊，胳膊放在桌子上，每天夜里睡上四个小时，手指间夹着一根蜡烛，蜡烛燃烧殆尽时，火苗会将他唤醒。就连他的快餐也被送到书房，只有在安息日来临之际他才离开书房，安息日一结束，就立即赶回来。他和父亲一样，也是个苦修者。他的妻子开了家布料店，一直养活他和他的孩子，直至他去世，同时在他母亲的有生之年也供养他的母亲，因为拉夫·约塞勒为人谦逊，不允许自己担任拉比一职，但是他给穷孩子教授《托拉》，不收分文。他也未著书立说，因为他认为自己庸碌无为，不宜讲前人未在他面前讲过的新东西。

拉夫·约塞勒的儿子拉夫·亚历山大·吉斯金德·布拉兹（我爷爷亚历山大的祖父）是个成功的生意人，经营谷物、亚麻，乃至猪鬃生意，到哥尼斯堡、但泽和莱比锡等地做生意。他是个一丝不苟遵守戒律的犹太人，但大家都知道，他与祖父和父亲的过于狂热拉开了距离。他并非背离社会，不仰仗妻子额头上的汗水度日，不憎恨时代精神和启蒙运动。他允许孩子们学习俄文、德文，以及一点"异族智慧"，甚至鼓励他的女儿拉莎-凯拉·布拉兹学习、读书，做个知识女性。他当然没用可怕威胁告诫丧葬协会在他死后把他的尸体粉碎。

门纳哈伊姆·门德勒·布拉兹，亚历山大·吉斯金德之子，拉夫·约塞勒之孙，亚历山大·吉斯金德拉比、《崇拜的基础和根源》作者之曾孙，19世纪80年代定居敖德萨，与妻子帕尔拉一起开了一家小玻璃厂。在这之前，在他年轻之际，他在哥尼斯堡当公务员。门纳哈伊姆·布拉兹富有，英俊，讲究吃喝，意志坚强，不墨守成规，即使以19世纪末期犹太人敖德萨非常宽容的标准来看仍如此。身为不加掩饰的无神论者，著名的享乐主义者，他既憎恶宗教，也憎恶宗教狂热，其全心全意之程度与他祖父和曾祖父连丝毫律法都要恪守的程度如出一辙。门纳哈伊姆·布拉兹在表现自我方面是个自由思想家。他在安息日当众抽烟，狂放不羁大吃禁吃食品，出于人生苦短的阴郁观点，也出于对来生和神明审判的激烈反对，他追求快乐。这位伊壁鸠鲁和伏尔泰的崇拜者相信，人应该伸手拿取生活赋予他的一切，纵情于心中憧憬的无拘无束的快乐，只要这样做，他既不会遭受伤害和非正义的痛苦，也不会给别人带来苦难。他的姐姐拉莎–凯拉，拉夫·亚历山大·吉斯金德·布拉兹那位受过教育的女儿却和立陶宛奥尔凯尼基乡村（离维尔纳不远）一个淳朴的犹太人订了婚，那个人名叫耶胡达·莱夫·克劳斯纳，耶海兹凯尔·克劳斯纳之子，一个佃农。[1]

奥尔凯尼基的克劳斯纳一家，可不像附近特拉凯镇上他们那博

---

1 名字在家族中沿用。我大女儿取了我母亲的名字范妮娅，我的儿子叫丹尼爱拉·耶胡达·阿里耶，用的是我年龄最大的堂兄丹尼爱拉·克劳斯纳和我父亲耶胡达·阿里耶·克劳斯纳的名字。丹尼爱拉·克劳斯纳比我大一岁，三岁那年和父亲大卫、母亲玛卡在维尔纳被德国人杀害。我父亲耶胡达·阿里耶·克劳斯纳用的是出生于立陶宛奥尔凯尼基乡村的他的祖父耶胡达·莱夫·克劳斯纳的名字，耶胡达·莱夫·克劳斯纳乃莱夫·耶海兹凯尔之子，莱夫·耶海兹凯尔乃莱夫·卡第什之子，莱夫·卡第什乃莱夫·杰达利亚·克劳斯纳–奥尔凯尼基之子，后者是亚伯拉罕·克劳斯纳拉比、《风俗习惯书》作者的后裔。亚伯拉罕·克劳斯纳拉比在14世纪末期居住在维也纳。我弟弟大卫用的是大卫伯兄，即我父亲哥哥，那个被德国人杀死在维尔纳的人的名字。我的三个孙儿用的分别是他们的祖父（马加比·萨尔兹伯格）、祖母（洛特·萨尔兹伯格、莉娃·祖克尔曼）的名字。——原注

学多才的堂兄弟们，基本是纯朴的乡村犹太人，固执而天真。埃兹耶凯尔·克劳斯纳饲养牛羊，种植水果蔬菜，先是在一个名叫泊皮书克（或者是帕皮施基）的村里，继而到鲁德尼克村，最后到了奥尔凯尼基村。三个村子都离维尔纳很近。耶胡达·莱夫与父亲耶海兹凯尔一样，只从乡村教师那里学到了一点点《托拉》和《塔木德》，遵守戒律，然而他不喜欢解经的精微。他热爱户外生活，痛恨被禁锢在室内。

他试图经营农产品，但没有成功。这是因为其他生意人很快便发现并利用了他的天真，把他挤出市场。耶胡达·莱夫用剩下的钱买了一匹马和一辆马车，欣欣然一村接一村地运送乘客和货物。他是个为人随和、性情温和的马车夫，满足于现状，喜爱佳肴，喜欢在安息日和节日坐在桌前唱歌，喜欢在冬夜喝杯荷兰烈酒。他从来不打他的马，不畏艰难险阻。他喜欢独自旅行，步履缓慢而轻松。他的马车载着树木和一袋袋粮食穿过黑黝黝的森林、空旷的平原，穿过狂风暴雪，穿过冬天覆盖河面的一层薄冰。一旦冰在沉重的马车下碎裂（因此亚历山大爷爷喜欢一遍遍地提到冬天的夜晚），耶胡达·莱夫就会跳入冰水中，用他那强壮有力的双手抓住马辔，把马和车拉到安全的地方。

拉莎-凯拉为她的马车夫丈夫生了三儿三女。但是1884年她身染重病，克劳斯纳一家决定离开立陶宛偏僻的乡村，辗转数百里来到敖德萨，拉莎-凯拉就出生在那个地方，她富有的哥哥就住在那个地方。门纳哈伊姆·门德勒·布拉兹肯定会照顾他们，确保生病的妹妹得到最好的医治。

1885年，克劳斯纳一家定居敖德萨的那年，他们的长子、我的约瑟夫伯祖父十一岁，是个神童，天性勤奋，酷爱希伯来语，渴求知识。他似乎更像特拉凯那些头脑敏锐的克劳斯纳堂兄弟，而不像其先祖奥尔凯尼基的农民和马车夫。他的舅舅，崇拜伊壁鸠鲁和伏尔泰的门纳哈伊姆·布拉兹宣称，小约瑟夫注定要成为大人物，并资助他读书。可他弟弟亚历山大·吉斯金德在他们搬到敖德萨时只有四岁左右，有些难于管教，是个情绪化的孩子，很快便显示出与祖父和爸爸那些乡野克劳斯纳相像的倾向。他的心思不在读书上，自幼喜欢长时间待在外面，观察人们的举止，体会并感受世界，一个人待在草地树林里，陷入重重幻想。他活泼，慷慨，善良，人见人爱，大家都称之为祖西亚或者兹赛尔。那就是亚历山大爷爷。

他们还有一个小弟弟，我叔祖比扎莱尔，以及三姐妹索菲亚、安娜和达丽亚，他们都没有来成以色列。我目前能够确信的是，俄国十月革命后索菲亚是文学老师，后来做了列宁格勒一所中学的校长。安娜在第二次世界大战之前就已经去世，而达丽亚，或者说达沃拉，试图在革命后与丈夫米沙去往巴勒斯坦，但由于达丽亚怀孕，被"扣"在了基辅。[1]

克劳斯纳一家刚到城里时，尽管有兴旺发达的门纳哈伊姆舅舅，还有布拉兹家族在敖德萨的其他亲戚帮忙，但一度非常艰难。马车夫耶胡达·莱夫，一个身强力壮、热爱生活、好开玩笑的坚忍之人，不得不用尽积蓄购买了一个不通风的小杂货店，来维持不牢靠的家庭生计，之后身体渐衰。他思念开阔的平原、森林、雪

---

1 达丽亚的女儿伊维塔·拉多夫斯卡娅，一位八十多岁的妇女依旧和我通信。伊维塔姑妈，爸爸的堂妹，在苏联解体后离开圣彼得堡，定居在美国俄亥俄的克里夫兰。她唯一的女儿玛丽娜和我年龄相仿，在圣彼得堡早逝。玛丽娜的独子尼基塔与我的孩子属于同代人，和外祖母一起去了美国，但很快改变主意，回到俄罗斯或者乌克兰，在那里结婚，现在做乡村兽医。他的女儿们与我孙儿们年龄相仿。——原注

原，思念他的马和车，思念他所离开的立陶宛的乡村客栈和河流。几年以后，他一病不起，不久死在他蹩脚的小店里，年仅五十七岁。他的遗孀拉莎-凯拉在他死后活了二十五年，最后于1928年死在耶路撒冷的布哈拉区。

正当约瑟夫伯祖父在敖德萨、后来在海德堡追求辉煌的学业时，亚历山大爷爷十五岁那年辍学，做了点小生意，在这里买点什么，又到那里贩卖，夜里写下激情澎湃的俄文诗歌，贪婪的目光投向商店的橱窗，投向一堆堆瓜果、葡萄和西瓜，投向放荡的南方女人，匆匆赶回家中写下另一首感情充沛的诗，而后又在敖德萨的大街上转一圈，小心翼翼打扮得十分入时，像成年人那样抽烟，黑胡子仔细地打过蜡。他有时到港口尽情观赏轮船、装卸工和廉价的娼妓，不然就激动地观看一队士兵伴着军乐列队走过，有时他会在图书馆待上一两个小时，不管拿到什么都如饥似渴地阅读，决意不去和长兄的手不释卷较劲。与此同时，他学会了怎样和知书达理的年轻女子跳舞，怎样喝上几杯白兰地却依然不乏睿智，怎样在咖啡馆与人结识，怎样讨好小狗，为的是取悦女士。

他在敖德萨阳光明媚的大街上转悠，好几个民族的风格使这个港口城市带着浓烈的异国情调。他结识了各种各样的朋友，向女孩子献殷勤，做点小买卖有时也赢利，坐到咖啡馆的角落或者公园的长凳上，拿出笔记本写首诗（四节，八韵），接着又开始闲晃，在尚无电话的敖德萨，不计报酬帮热爱锡安协会领袖们跑腿——从阿哈德·哈阿姆那里拿来急件，送到门德勒·莫凯尔·塞佛里姆 [1] 处，或

---

1 门德勒·莫凯尔·塞佛里姆（1835—1917），生于白俄罗斯，死于敖德萨，现代希伯来文学之父。

从门德勒·莫凯尔·塞佛里姆那里送到爱说俏皮话的比阿里克先生或者是门纳哈伊姆·尤西施金[1]先生那里，或者是从尤西施金先生那里送到利连布鲁姆[2]那里。当他在休息室或者大厅里等待答复时，反映热爱锡安运动精神的俄文诗便在他的心中涌起：耶路撒冷的街道，铺上了素玛瑙和碧玉，雄鹰兀立在街道的每个角落，天空在头上闪烁着七重天的光彩。

他甚至写致希伯来语言的爱情诗，赞美它的优美和乐感，阐明他永恒的信仰，但都是用俄语。（甚至后来他在耶路撒冷住了四十余年，也不能完全掌握希伯来语，直至临终之际，他讲的都是打破各种韵律的个人希伯来语，在写希伯来语诗时犯可怕的错误。他去世前不久，在给我们寄到胡尔达基布兹的最后一张明信片上写道："我非常亲爱的孙儿重孙儿们，我非常非常念你们。我非常非常你们大家看！"）


1933 年，当他终于和痛苦万状的施罗密特奶奶一起抵达耶路撒冷时，他不再写诗，专心致志地经商。几年间，他把从维也纳进口的上上年流行的服装成功地卖给向往欧洲情趣的耶路撒冷妇女。但是最后，另一个比爷爷精明的犹太人出现了，开始从巴黎进口上年流行的服装，爷爷的维也纳服装生意于是告败。他被迫抛弃生意，抛弃对服装的爱，开始为耶路撒冷供应霍伦洛德兹亚生产的针织品，还有拉马特甘一个小商号的毛巾。

---

1 门纳哈伊姆·尤西施金（1863—1941），犹太复国主义领袖，热爱锡安运动的领导人之一。
2 即摩西·莱夫·利连布鲁姆（1843—1910），犹太复国主义者，俄国希伯来语作家、哲学家。

失败与贫困，使在他生意兴隆时期弃他而去的缪斯女神重新回到他的身旁。他又一次在深夜把自己关进"书房"，用俄语撰写热情澎湃的诗章，赞美希伯来语言的辉煌，赞美耶路撒冷的魅力——它不是贫困、乌烟瘴气、热得令人窒息的狂热者们的城市，而是街上散发着没药与乳香气息的耶路撒冷，上帝的天使在它每座广场上飘动。这里我以《皇帝的新装》故事里那个勇敢的小男孩的身份，走入一幅画面，用金刚怒目的现实主义攻击爷爷所写的诗："你现在在耶路撒冷住了多年，你清清楚楚地知道街道是用什么铺的，锡安广场上飘着的究竟是什么，那么你为什么总写不存在的东西？你为什么不写一个真实的耶路撒冷？"

亚历山大爷爷对我莽撞的话语大为光火，脸色一下子从令人愉快的粉红变得通红锃亮，用拳头敲着桌子，吼道："真实的耶路撒冷？像你这样的尿床娃娃知道什么真正的耶路撒冷？真正的耶路撒冷就是我诗中所写的那样！"

"你还要用俄语写到什么时候，爷爷？"

"你什么意思，傻瓜，你这个尿床的小家伙？我用俄语算术！我用俄语骂我自己！我用俄语做梦！我甚至——"（可施罗密特奶奶确切地知道他下面该说什么了，便打断他："你怎么回事？你疯了吗？你瞧瞧孩子就站在那里呢！"）

"你还想回俄国吗，爷爷？去拜访一下？"

"已经没了！"

"什么已经没了？"

"什么已经没了，什么已经没了——俄国已经没有喽！俄国死了。有斯大林，有捷尔任斯基，有叶卓夫，有贝利亚，有座大监狱！"

"但是你肯定还是有点爱敖德萨的吧？"

"咳。爱，不爱——有什么区别。鬼知道！"

"你不想再看见它吗？"

"咳，嘘，尿床的小东西，不说了，啊？"

一天，一桩举国皆惊的挪用公款和腐败丑闻曝光，在他的书房里喝茶吃蛋糕的当儿，爷爷给我讲了他十五岁那年在敖德萨时，把"自行车骑得飞快"："我有一次拿着一份急件，一份通知，送到热爱锡安委员会成员利连布鲁姆那里。"（利连布鲁姆不仅是个著名的希伯来文作家，还在敖德萨热爱锡安组织里担任财务主管这一荣誉职位。）"他，利连布鲁姆，的确是咱们的第一任财政部部长。"爷爷向我解释说。

在等候利连布鲁姆写回信时，这个经常出没游乐场所、年仅十五岁的年轻男子拿出香烟，随手拿客厅桌上的烟灰缸和火柴盒。利连布鲁姆迅速抓住爷爷的手，拦住他，接着走出房间，一会儿回来时，手上是从厨房里拿来的火柴盒。他解释说客厅里的火柴是用热爱锡安组织的经费买的，只在委员们开会时用，只能给委员们使用。"因此，你瞧，在那时候，公家的东西就是公家的，不是谁都可以用的。不像我们国家现在这个样子，我们等了两千年终于建立了一个国家，让人家去偷。在那时候，每个孩子都懂得什么能做，什么不能做，什么是无主财产，什么不是，什么是我的，什么不是我的。"

然而不总是这样。一次，大概是 50 年代末期，发行了一张面值十里拉的精美钞票，上面印有诗人比阿里克[1]的照片。我攥着我

---

1 即哈伊姆·纳赫曼·比阿里克（1873—1934），俄裔希伯来语诗人，公认的以色列民族诗人，不过他未能活到看见以色列建国的那一天。——原注

的第一张比阿里克钞票径直走到爷爷家里，给他看看国家如何尊敬他在年轻时代就认识的人。爷爷确实非常激动，双颊染上了喜悦的红晕，他把钞票翻过来掉过去，举到灯泡底下，仔细查看比阿里克的照片。（在我看来他似乎是在朝爷爷顽皮地眨眼，似乎在说"咳？！"）爷爷眼里闪动着小小的泪花，可是他沉醉于精神快乐时，顺手把新钞票折起来，塞进了夹克衫的内兜里。

十个里拉那时是笔不小的数目，尤其是对像我这样的基布兹人来说。我惊呆了："爷爷，你在干什么呢？我只是把它拿来给你看看，让你高兴高兴。你过一两天，肯定会有自己的。"

"咳，"爷爷耸耸肩膀，"比阿里克欠我二十二个卢比。"

# 14

回到当年的敖德萨，爷爷还是个十八岁的少年时，爱上了一位令人敬重的姑娘，叫施罗密特·列文。施罗密特喜欢舒适的东西，喜欢上层社会。她热衷于款待社会名流，与艺术家交友，过"文化生活"。

那是场可怕的恋情：她比她的小型卡萨诺瓦[1]大八九岁，而且她碰巧是他的嫡表姐。

最初，惊愕不已的家庭不愿听到成熟女子和小男孩之间有什么婚姻联系。不光是二人年龄差距大，有血缘关系，而且，小伙子没有受过可赢得功名的教育，没有固定职业，除倒买倒卖之外没有固定收入。除这些灾难之外，还有一点尤为重要，沙俄法律禁止嫡表亲通婚。

根据照片，施罗密特·列文——拉莎-凯拉·克劳斯纳（娘家姓布拉兹）姐姐的女儿，是个身材结实肩膀宽阔的年轻女子，不是特别漂亮，但是文雅，高傲，并保持得体的严肃和克制。

---

1 卡萨诺瓦，18 世纪意大利人，一生风流，其名字成为情圣的代名词。

她头戴软毡帽，精致地在额头上分出一条线，右帽檐耷在整齐的头发和右耳上，左帽檐的翘起部分像船尾，亮晶晶的女帽饰针把一小束水果别在帽前，左边插着的一根羽毛骄傲地在水果上、帽子上，以及所有这一切之上舞动，像傲慢自大的孔雀尾巴。女士左臂上戴一只时髦的山羊皮手套，拎着个长方形的皮包，右臂紧紧地和年轻的亚历山大爷爷的胳膊交织在一起，而她的手指，也戴着手套，轻轻地在他黑大衣袖子上盘旋，不加掩饰地触摸他。

他站在她右边，衣着整洁、笔挺，打扮得漂漂亮亮，尽管厚鞋底增加了他的高度，尽管他头上戴着顶霍姆堡毡帽，但他还是显得比她瘦小。他年轻的面庞严肃，坚毅，近乎忧郁。他悉心修饰的胡子驱不掉脸上孩子般的稚嫩。他的眼睛狭长，忧郁。他身穿一件文雅宽大带垫肩的半长大衣，上过浆的白衬衫，戴一条丝领带，右胳膊上夹着甚至摆动着一根时髦的拐杖，杖柄上雕着花纹，金属包头发着光，在旧照片里，它像剑锋一样闪亮。

震惊了的敖德萨对这对罗密欧与朱丽叶持反对态度。两位母亲，她们是一对姐妹，投身于一场世界大战之中，它以指控犯罪开始，又以无尽的沉默宣告结束。于是爷爷把他那一点点积蓄提取出来，四处倒卖货物，一个卢比一个卢比地攒，两个家庭都愿意出点血，只要把丑闻从眼前和心中驱走。我的爷爷奶奶，一对为情所困的表姐弟，像成百上千的俄国犹太人和东欧犹太人那样，启程前往美国。他们打算在纽约结婚，获得美国国籍，要是那样的话，我可能会出生在美国布鲁克林，或新泽西州的纽瓦克，撰写洋洋洒洒的英文小说，反映戴高顶黑色大礼帽的移民们的感情和压抑，以及他们饱尝痛苦的后代那神经质的苦难经历。

但是，在纽约和敖德萨之间某地，在黑海或是西西里海岸线，要么就是当他们在黑夜中平稳地向直布罗陀海峡那闪烁的灯火行进时，又或许当他们的爱之船正驶过消失了的亚特兰蒂斯时，在轮船甲板上，发生了又一幕戏剧，情节陡转，爱情又抬起了令人生畏的龙首：春日里，少年之心，为爱思悠悠。

长话短说。我爷爷，那个尚未满十八岁的准新郎又一次坠入爱河，如醉如痴，惊心动魄，死去活来，就在轮船的舱房里，他爱上了另一个女人，另一名船客，据我们所知，也比他大上十来岁。

但是施罗密特奶奶，我们家就是有这样一个传统，从未产生放弃他的念头。她立即揪住他的耳垂，握紧拳头，夜以继日毫不放松，直至纽约的拉比按照摩西和以色列律法为他们主持了婚礼。（"揪住耳朵，"我们大家会兴高采烈地叽叽咕咕，"她一直揪住他的耳朵，直至举行了婚礼。"有时他们说："直至举行婚礼？她从未放开过他。直至她生命的尽头，甚至比尽头还要长，她紧紧抓住他的耳朵，有时拽拽。"）

接着，巨大的谜团随之而至。一两年之内，这对怪异的伴侣再次支付旅费——或许他们的父母又帮了他们——登上另一艘轮船，头也不回地回到了敖德萨。

简直是闻所未闻。从 1880 年到 1917 年，两百万名犹太人从东方移民到西方，在不到二十年的时间里定居美国，除了我的祖父母返程外，其他人做的都是单程旅行。可以想象，他们是唯一的乘客，因此我感情充沛的爷爷无人可爱，在整个回返敖德萨的路上，他的耳朵安然无恙。

为什么回去？

我从来没有从他们那里索取到清楚的答案。

"奶奶，美国怎么那么不好呢？"

"没什么不好。只是太拥挤了。"

"拥挤？美国拥挤？"

"那么多人生活在那么小的一个国家里。"

"谁决定回去的，爷爷，是你还是奶奶？"

"咳，这是什么话？你问什么呢？"

"你们为什么决定离开？你们不喜欢什么？"

"我们不喜欢什么？我们不喜欢什么？我们什么都不喜欢。咳，怎么，到处是马，还有红色印第安人。"

"红色印第安人？"

"红色印第安人。"

除此之外，我从他那里什么都掏不出。

这里是爷爷另一首诗的译文，也是用俄语写的，叫作《冬天》：

> 春天已远，只有冬日，
> 风暴狂怒，黑天沉沉，
> 我阴郁的心没了欢乐与喜悦，
> 我想哭，但泪已干。

> 我灵魂疲惫，精神凄然，
> 心如头顶上苍天看不到光线，
> 我韶华已逝，春天和爱的欢乐，
> 去而不返。

1972 年我第一次来到纽约，我寻找并找到一个样子像美国印第安人的妇女。记得她正站在列克星敦和第五十三街的拐角散发传单。她既不年轻，也不老，颧骨宽大，身穿一件老头穿的外衣，披着件披风抵御刺骨的寒风。她递过来一张传单微笑着，我接过来谢谢她。"爱情在等待着你。"它承诺，在单身酒吧地址下写着，"不要再耽搁了。现在就来。"

在 1913 年或 1914 年摄于敖德萨的一张照片里，我爷爷打着领结，灰色帽子上飘着亮闪闪的丝带，三件套西装，从敞开的西装外套里，露出一道闪亮的银线，穿过扣得紧紧的马甲，显然是条怀表链。黑丝结贴在华丽的白衬衫上，皮鞋油黑发亮。他时髦的手杖刚好夹在胳膊肘下，像平时一样悬在那里。他右手拉着一个六岁的男孩，左手牵着一个四岁的漂亮女孩。男孩长着一张圆脸，一缕精心梳理过的头发令人喜爱地从帽下探出头，沿额头形成一条线。他身穿一件高贵的双排扣外套，类似军服，扣子又白又大。外套底下露出短裤，一窄条雪白的膝盖隐约可见，随即被似乎用袜带吊着的白色长裤覆盖。

小姑娘朝摄影师微笑。那神态好像意识到了自己的魅力，故意对着照相机镜头表现自己。她柔软的长发披到肩膀，舒服地散落在大衣上，整整齐齐地右分。圆圆的脸庞丰满而快乐，双眼细长，有点斜视，像中国人的样子，圆润的嘴唇微笑着。她在洋装外面穿一件双排扣的小外套，在各方面都与哥哥相像，只是小了一号。脚上的鞋子引人注目地装着可爱的蝴蝶结。

照片里的男孩是我的伯伯大卫，人们总管他叫兹尤兹亚或者兹尤兹因卡。女孩呢，那个迷人而卖弄风情的小女人、小姑娘，是我的爸爸。

从婴儿到七八岁——尽管有时他告诉我们说直至他九岁——施罗密特奶奶经常给他穿有领连衣裙，或者她亲自做的百褶裙或者直筒裙，还经常穿女孩穿的红鞋。他那一头迷人的长发泻到肩头，系着一只红、黄、浅蓝或者粉色的蝴蝶结。每天晚上，母亲用香气扑鼻的溶液给他洗头，有时早晨再洗一遍，因为夜间油脂出了名地损害头发，剥夺头发的活力、光泽，成为孕育头皮屑的温床。她给他的手指戴上小戒指，给他胖乎乎的小胳膊戴上手镯。当他们前去游泳时，兹尤兹因卡——大卫伯伯——和亚历山大爷爷到男更衣室去换衣服，而施罗密特奶奶和小利欧尼赫卡——我爸爸——径直走进女浴室，在那里浑身上下打一遍肥皂，是啊，那里，也是在那里，请专门到那里，洗两遍澡。

是施罗密特奶奶生下兹尤兹因卡后，铁了心要生个女儿。她得知没生下女孩后，立即决定，她自然有不容置疑的权利把这个孩子，她骨中之骨、肉中之肉，随心所欲，按照自己的选择和品味抚养，这世上任何力量也没有权利干预并就罗尼亚或者利欧尼赫卡的教育、打扮、性别和举止对她发号施令。

亚历山大爷爷显然没有找到理由反叛。关在小房间里，置身于自己的小天地，爷爷享受着一种相对的自治，甚至被允许去追求个人志趣。与摩纳哥和列支敦士登王子一样，他从未想过干蠢事而遭人耻笑，不想因干预他的小人国强大邻国的内政而影响自己岌岌可危的主权。

至于我爸爸，他从来没有抗议。他很少回忆和女人一起洗澡以及其他的女性体验，除非他打算和我们开玩笑时才这么做。

可是他的玩笑在我看来永远像目的宣言：瞧一瞧，看一看，像我这样严肃认真的人是如何为了你们而乱了方寸，主动逗你们发笑。

母亲和我通常冲他微笑，仿佛在感谢他的付出。而他，激动，几乎感人地把我们的微笑解释成继续逗我们乐的邀请，他会主动给我们讲两三个我们已经听过上千遍的笑话，讲犹太人和非犹太人在火车上的故事，讲关于斯大林和叶卡捷琳娜女皇会晤的故事，我们都已经笑出了眼泪，而爸爸为把我们逗乐了而沾沾自喜，又人讲斯大林在公共汽车上坐在本-古里安和丘吉尔对面，讲关于比阿里克和另一个希伯来语诗人史龙斯基在天堂相会。当他讲史龙斯基和一个女孩幽会时，母亲温柔地对他说：

"你今天晚上不做点工作吗？"

或者：

"别忘了你答应要在孩子睡觉前和他一起贴邮票。"

一次他对客人们说：

"妇人之心！伟大的诗人们尝试反映其内在秘密的努力算是白费了。瞧，席勒曾在哪儿写过，万物中没有比妇人之心更为深邃的秘密了，没有女人曾经或将要向男人显露整个女性的神秘世界。其实他尽管问我好了——毕竟，我曾在那里待过。"

有时他用某种并不可笑的方式开玩笑："当然，我有时追逐裙钗，像多数男人那样，甚至更甚，因为我自己过去拥有足够多的裙钗，忽然间它们都离我而去。"

有一次他这样说："要是我有女儿的话，她一定会是个美人。"他还加了一句："将来，在未来的一代，性别差异将会缩小。这一差异总的来说是个悲剧，但有朝一日它可能蒸散而去，只成了段错误的喜剧。"

# 15

正是施罗密特奶奶，一位酷爱书、理解作家的杰出女性，把敖德萨的家变成了一个文学沙龙——或许是有史以来第一个希伯来文学沙龙。她凭自己特有的敏感意识到，孤独与渴求认知，羞怯与狂放，内心深处的不安全感与陶醉自我的自大狂妄，这些别别扭扭的组合驱动着诗人和作家走出书斋，你找我我找你，你挨我我靠你，找乐，调笑，放下架子，互相感受，手搭着肩，或胳膊搂着腰，谈天说地，争论不休，有点唠叨，有些好奇地查看别人的隐私，阿谀逢迎，意见不一，串通勾结，纠正偏误，生气见怪，道歉，修补，互相回避，再次寻找同伴。

她是完美的女主人，她在招待客人时朴实无华，然而优雅大方。她向众人呈上倾听的耳朵，承受的肩膀，好奇羡慕的眼神，同情的心灵，自己用鱼做的佳肴，冬天晚上一碗碗热气腾腾有滋有味的烩菜，入口即化的罂粟籽蛋糕，从俄式茶炊里倒出的一碗碗滚烫的热茶。

爷爷的工作是以专业水平倒利口酒，给女士们供应巧克力和甜蛋糕，给男士们供应呛人的俄国烟。时年二十九岁的约瑟夫伯伯从阿哈德·哈阿姆那里接手《哈施罗阿赫》的编辑工作。《哈施罗阿赫》乃现代希伯来文化的一份重要刊物（诗人比阿里克本人曾做过编辑），从敖德萨时期就开始裁定希伯来文学，按照自己的标准来褒贬作家。琪波拉伯母陪他去参加他弟弟、弟媳家里的"社交聚会"，用羊毛围巾、温暖的大衣和耳套把自己裹得严严实实。门纳哈伊姆·尤西施金，犹太复国主义先驱，热爱锡安运动领袖，装束整齐地亮相了，他的胸脯像野牛一样挺得高高的，嗓音像俄国总督一样粗哑，像沸腾的俄国式茶炊那样兴高采烈。随着他的到来，整个房间一片沉静：大家出于尊重不再说话，有人会站起身给他让出座位，尤西施金会以将军般的步态大踏步穿过房间，他叉开双腿，豪爽地坐在那里，用手杖敲两下地板，表示允许沙龙谈话继续进行。甚至切尔诺维茨拉比（人称拉夫·扎伊尔）也是个常客。还有个胖乎乎的青年历史学家，曾经向我奶奶求爱。（"但高雅女子难以同他接近——他非常睿智，有趣，但衣领上总有各种各样令人讨厌的污渍，他的袖口满是污垢，有时你可以看到一块块食物残渣夹在他的裤线里，他是个彻头彻尾的邋遢鬼！"）

　　偶尔，比阿里克会在晚上来串门，他脸色苍白中带着忧郁，不然就是颤抖中含着冷峻与愤怒——或与之截然相反，他也能成为晚会的生命和灵魂。"而那时！"奶奶说，"他怎么竟像个孩子！一个真正的无赖！没遮没拦！那么有伤风化。有时他会用意第绪语和我们开玩笑，直至让女士们面红耳赤，乔尼·罗尼茨斯基会朝他叫喊：'咳，嘘！比阿里克！你怎么回事！啊！够了！'"比阿里克好吃好喝，他喜欢快快乐乐，他用面包和奶酪填饱肚皮，接着又干掉一块蛋糕，一杯热茶，一小杯利口酒，而后他会开始一首接一首用意第绪语唱小夜曲，表达希伯来语言的奇妙以及他对希伯来语的深爱。

诗人车尔尼霍夫斯基也闯进沙龙，光彩照人却显腼腆，充满激情而敏感易怒，能征服人心，用孩子般的纯真感动人，像蝴蝶一样脆弱，但也令人痛苦，甚至毫不自知便把左中右的人都给伤了。而真实情况呢？"他从不蓄意伤人——他那么纯真！心眼好！一颗不知何谓罪恶的童心！不像一个忧伤的犹太孩子，不像！像个异族人的孩子。充满生存之乐，淘气顽皮，精力充沛！有时他刚好像个初生牛犊！如此一头快乐的初生牛犊在四周跳来跳去。在众人面前扮演滑稽角色！但只是有时候这样。有些时候他来时痛苦不堪，立即使每个女人都想去关心他！所有的女人！老老少少，已婚的，未婚的，相貌平平的，漂亮可爱的，都感到有种隐隐的冲动去关心他。这就是他的力量所在。他甚至不知道他拥有这种力量——如果他知道，就不会这样来对待大家了！"

车尔尼霍夫斯基喝下一两杯白兰地后，情绪高涨起来。有时他会开始读自己创作的诗，诗中洋溢着欣喜与忧伤，使房间里的每个人与之一同伤心，或者为他伤心。他狂放不羁的举动、浓密的鬈发、杂乱的胡须，他所带来的女伴，这些女孩并不都特别聪明，甚至不全是犹太人，但都很美丽，秋波荡漾，没少引起人们品头论足，激起了作家们的羡慕之情——"身为女人，我跟你说，"奶奶又发话了，"女人在这样的事情上不会错，比阿里克惯于坐在那里这样看他……看他带来的异族姑娘……倘若比阿里克能够像车尔尼霍夫斯基这样生活上一个星期，他情愿少活一年！"

激烈争论涉及希伯来语言和文学的复兴、革新之局限、犹太文化遗产与民族文化之关系、同盟会会员、意第绪主义者（约瑟夫伯伯以争辩的语调称意第绪语为"胡言乱语"，平静下来后称之为

"犹太德语"）、朱迪亚和加利利地区的定居点、赫尔松或哈尔科夫犹太农民的老问题、克努特·哈姆孙和莫泊桑、强权与社会主义、女人和农业等诸多问题。

1921 年，也就是十月革命四年后，敖德萨在红与白的血腥战争中历经数次权力交替，我爸爸也终于从女孩变成男孩有两三年之久，奶奶和爷爷以及两个儿子飞往维尔纳，当时维尔纳一部分领土归波兰所有（尚未属于立陶宛）。

爷爷不喜欢共产主义者。"别和我谈论他们，"他经常嘟哝，"咳，有什么呀，即使在他们掌权之前，在他们走进人家的房子之前，在他们梦想成为国家机器成员和人民委员之前，我就对他们了如指掌。我记得他们以前的模样。咳，有什么呀，他们差不多都是犹太人，形形色色的犹太人，你有什么办法。但他们不过是出身于最纯朴家庭的犹太人——咳，有什么呀，市场上贩鱼的，我们一般称他们是紧紧粘在锅底上的沉渣。托洛茨基[1]——什么托洛茨基，哪个托洛茨基，列夫·布隆施泰因，亚诺夫卡一个名叫多维多的扒手的儿子——这群人变身革命者，咳，有什么呀，穿皮靴，腰带上别着左轮手枪。他们就这样走上大街，把财产充公。咳，有什么呀，当然有一两个异族人跟他们干，也是底层出身，来自海港，他们就是这样一帮人，咳，有什么呀，一群穿臭袜子的人。"

布尔什维克革命五十年后，他的这一态度也没有改变。以色列

---

1 托洛茨基（1879—1940），苏联共产党领袖，革命家、军事家、政治理论家、作家。生于沙俄赫尔松省（属于乌克兰）亚诺夫卡村一个犹太富农家庭。

军队在"六日战争"[1]中征服了耶路撒冷老城,几天后,爷爷建议国际社会现在应该协助以色列,"非常尊敬,毛发无损,秋毫无犯",让黎凡特阿拉伯人回归到他们的历史家园,他称之为"阿拉伯家园":"就像我们犹太人回到咱们的故乡一样,他们应该荣归故里,回到他们出生的阿拉伯家园。"

简而言之,我询问,要是俄国人攻打我们,以使他们的阿拉伯盟友免遭返回故里的艰难困苦,他认为该怎么办。

他淡粉色的面庞气得通红,盛气凌人地吼道:

"俄国!你说的是哪个俄国?俄国已经不存在了,尿床的小东西!俄国不存在了!或许你在谈论布尔什维克?咳,有什么呀,从布尔什维克还在敖德萨港口地区,尚且无足轻重的时候,我就对他们了如指掌了。既然我们已经看到我们有多么奇妙的希伯来人飞机,枪支,咳,有什么呀,我们应该派这些年轻小伙子和我们的飞机穿过彼得堡,大概来去各用两个星期,一枚干净利索的炸弹——我们以前就该对他们这样!"

"你认为以色列该轰炸列宁格勒吗,爷爷?发动一场世界大战?你听说过原子弹吗?听说过氢弹吗?"

"都在犹太人的掌控之下,咳,有什么呀,美国人,布尔什维克们,他们所有的新式武器都出自犹太科学家之手,他们必然知道什么该做,什么不该做。"

"那么和平呢?有实现和平的途径吗?"

"有。我们得打败我们所有的敌人。我们得痛打他们,这样他们才会来向我们祈求和平——然后呢,咳,有什么呀,我们给他

---

1 "六日战争",指 1967 年 6 月 5 日爆发的第三次中东战争,因为战争历时六天而得此名。

们和平。我们为什么要拒绝呢？毕竟，我们是个热爱和平的民族。我们甚至有这样的一诚，追求和平——咳，有什么呀，倘若需要，我们和巴格达讲和平，倘若需要，我们甚至和开罗讲和平。难道不应该吗？这样如何？”

十月革命、内战和红色胜利后的困惑、贫困、审查和恐惧，使敖德萨的希伯来语作家们和犹太复国主义者四处逃散。约瑟夫伯伯和琪波拉伯母和他们的许多朋友一道在1919年年底乘坐“鲁斯兰”号前往巴勒斯坦，他们抵达雅法港口宣告了第三代阿里亚的开端。其他人从敖德萨逃往柏林、洛桑和美国。

亚历山大爷爷、施罗密特奶奶和他们的两个儿子没有移居巴勒斯坦——尽管在亚历山大爷爷的诗歌中跳动着犹太复国主义的激情，但是那片土地在他们眼里太亚洲化，太原始，太落后，缺乏起码的卫生保障和基本文明。于是他们去了立陶宛，那里是克劳斯纳一家，爷爷、约瑟夫伯伯和拜茨阿里勒的父母，二十五年前离开的地方。维尔纳依旧在波兰的统治之下，激烈的反犹主义在那里从未间断，一年年愈演愈烈。民族主义和恐外症在波兰、立陶宛一直起支配作用。庞大的犹太少数民族对于被征服得服服帖帖的立陶宛人来说，仿佛是压迫者体制的代言人。边境那边，德国正遍布着新的、冷酷凶残的仇犹纳粹。

在维尔纳，爷爷也是个生意人。他期待不高，从这儿买点什么到那里去卖，这中间有时候会赚些钱。他把两个儿子先是送进希伯来语学校，继而送进传统的中学。大卫和阿里耶兄弟，或叫作兹尤兹亚和罗尼亚，从敖德萨带来了三种语言：他们在家里讲俄语和意第绪语，在街上讲俄语，在犹太复国主义者们办的幼儿园不得不讲希伯来语。这里，在维尔纳传统的中学里，他们又加学了希腊语和拉丁语、波兰语、德语和法语。后来，在大学的欧洲文学系，学习了英语和意大利语，在闪语语文学系我爸爸又学了阿拉伯语、阿拉米语和楔形文字。大卫伯伯不久找到了一份教文学的工作，而我爸爸耶胡达·阿里耶 1932 年在维尔纳大学获得了学士学位，希望追随哥哥的脚步，但是这时的反犹主义已经变得无法忍受。犹太学生不得不遭受屈辱、人身攻击、歧视和施虐狂虐待。

"但确切地说，他们向你们做了什么？"我问我爸爸，"什么是施虐狂虐待？他们打你们了吗？撕你们的练习本了吗？你们为什么不申诉呢？"

"你无法理解这些，"爸爸说，"不理解更好。我高兴，尽管你也不能理解这点，也就是说，你无法理解我为什么为你不理解那种情形而高兴。我当然不愿意让你了解。因为不需要了解。就是因为已经不需要了解了。因为它已经结束了。永远地结束了。也就是说，它在这里不会发生。现在我们谈谈别的，我们谈谈你的行星相册好吗？当然我们仍然有敌人，有战争，有围困，伤亡不小。那是肯定的，我不否认。但这不是迫害。这——不是。既不是迫害，也不是侮辱，也不是集体屠杀。不是我们在那里得要遭受的虐待。那将一去不复返了。不是这里。要是他们袭击我们，我们就一报还一报。我觉得你把火星插在土星和木星中间了。错了。不，我不告诉你。你可以自己查一查看什么地方错了，你也可以自己把位置放对。"

维尔纳时期保存下一本已经磨损了的相册。这是爸爸，他的哥哥大卫，两人都在上学，神情都很严肃，苍白，尖顶帽下露出他们的两只大耳朵，二人都身穿西装，系着领带，衬衣领子笔挺。这是亚历山大爷爷，开始有点谢顶，胡须浓密，装束整齐，样子有点像沙皇时代的一个小外交官。这是一些集体照，也许是毕业班。毕业的是爸爸还是大卫伯伯已难以知晓，他们的脸很是模糊。男孩子戴着帽子，女孩子戴着扁圆的贝雷帽。多数女孩都是一头黑发，一些露出蒙娜丽莎似的微笑，那微笑了解你极想知道的东西，但你不会知道，因为它注定不是对你的。

那么是对谁的呢？几乎确定的是，这些集体照中的年轻人实际上都被剥光衣服，被迫奔跑，遭到鞭打，被恶犬追逐，挨饿受冻，进了波那森林大坑。除我爸爸之外，他们当中还有谁幸存？我对着强光细看集体照，试图在他们脸上看出点什么：某些狡猾或者果敢，某种内在的坚忍，这坚忍或许使第二排左边的男孩猜测出等待他的将会是什么，不相信所有安慰话语，在时犹未晚之时爬到隔离区下面的阴沟里，参加了森林游击队。或者，中间那个漂亮女孩怎么样了，她显得聪明而玩世不恭，不是我之所爱，不能欺骗我，我虽然比较年轻，但我已经什么都懂了，我甚至知道你做梦都想不到的事情。她或许幸存下来了？她是逃出来参加鲁德尼克森林中的游击队了吗？她是由于外表像雅利安人，设法藏到隔离区外面的一个区了吗？她躲进修道院了吗？或者在时犹未晚之际设法躲开德国人及其立陶宛亲信，溜到了俄国境内？或者她在时犹未晚之际移民到了巴勒斯坦，过沉默寡言的拓荒者生活，一直活到七十六岁——在耶兹里尔峡谷的一个基布兹管理蜂箱或鸡舍？

这是我年轻的爸爸，长得很像我的儿子丹尼爱拉（中间名是耶胡达·阿里耶，和爸爸名字一样），像得令人毛骨悚然，十七岁，又瘦又高，像根玉米棒子，打着领结，纯真的双眼透过圆圆的镜片在看着我，有些不好意思，又有些骄傲，一个聊天大王，然而非常腼腆，这并不矛盾，黑油油的头发整齐地梳到脑后，脸上露出一种欣喜的乐观：朋友，千万别着急，一切都会好的，我们会战胜一切，把一切置之度外，不管发生什么，也没关系，一切都会好的。

照片中的爸爸比我儿子年轻。如果可能，我会走进照片，向他和他快乐的朋友发出警告。我会试图向他们解释将会发生什么。几乎可以肯定，他们不会相信我说的话，是不是在取笑我们呢？

这又是我的爸爸，一副参加舞会的打扮，头戴裘皮无檐帽，一顶俄式帽子，划着一只小船，两个女孩子冲他微笑，有些卖弄风情。这张他穿的是有点滑稽可笑的灯笼裤，露着袜子，从身后拥抱一个头发中分、面带微笑的女孩。女孩正要把一封信投进标有"邮政服务"字样（照片中的字迹清清楚楚）的信箱。这封信是寄给谁的？收信人怎么样了？照片里另一个女孩，那个身穿条纹长裙，胳膊上挎着黑色小包，穿白鞋白袜的女孩又将命运如何？照片拍过之后，女孩子还有多长时间能继续微笑？

这是我的爸爸，也在微笑，突然令人想起他在年幼之时被母亲装扮而成的甜美小姑娘，与之在一起的还有五个男孩，三个女孩。他们在森林里，却穿着他们在城里穿的最好的衣服。然而男孩子脱掉了外衣，穿着衬衣打着领带，站在那里，摆出既勇敢又孩子气的架势向命运挑战，或者是向女孩子们挑战。在照片里，他们叠罗汉搭成一座小型金字塔，两个男孩肩扛着一个胖女孩，第三个男孩亲热地举着她的大腿，另两个姑娘仰头看着，开怀大笑。

朗朗天空，连同河桥上的栏杆也显得非常欢快。只有周围的森林没有笑，它密密层层，威严，黑漆漆的，从照片这头延伸到照片那头，大概还会延伸。维尔纳附近的森林，鲁德尼克森林，还是波那森林？不然就是波皮舒克或奥尔凯尼基森林，我爸爸的爷爷耶胡达·莱夫·克劳斯纳喜欢坐在他的马车上穿过奥尔凯尼基森林，在一片漆黑甚至大雨滂沱、风雨交加的夜晚，也信赖他的骏马、强壮的臂膀和好运。

爷爷在精神上向往着经历两千年不幸、正在重建的阿里茨以色列[1]。他思念加利利、沙龙平原、吉拉德、吉尔伯阿山谷，思念撒玛利亚山、以东山脉，"奔流，约旦河水在奔流，你波涛汹涌"。他捐款给犹太民族基金会，支付谢克尔给犹太复国主义者，热切地阅读点点滴滴的阿里茨以色列信息，为杰伯廷斯基的演讲如醉如痴。杰伯廷斯基有时经过犹太人居住的维尔纳，聚集起热情的听众。爷爷一向全力以赴地支持杰伯廷斯基那妄自尊大毫不退让的民族主义政治，认为他是军事复国主义者。然而，即使维尔纳大地的火舌快烧到他和家人的脚下时，他还是倾向于——也许是施罗密特奶奶使之倾向于——到某地寻找不像巴勒斯坦那么亚洲化、比总是暗无天日的维尔纳略微欧洲化的新家园。1930 年到 1932 年，克劳斯纳想移民法国、瑞士、加拿大、美国（尽管有红色印第安人）、斯堪的纳维亚某国和英国。但这些国家没有一个愿意接纳他们，他们的犹太人已经够多了。（"一个都多。"加拿大和瑞士的公使们那时说，其他国家嘴上不说但也这么办。）

---

1 阿里茨以色列，希伯来语音译，也就是我们平时说的巴勒斯坦。

约在德国纳粹执政前的十八个月，我那位犹太复国主义爷爷竟然无可救药地对维尔纳的反犹主义视而不见，甚至申请德国国籍。让我们幸运的是，德国也拒绝接受他。这就是他们，这些满怀热情的亲欧派人士，能讲如此多的欧洲语言，吟诵欧洲诗歌，坚信欧洲道德水准至高无上，欣赏欧洲的芭蕾和歌剧，培育着欧洲传统，梦想着它实现民族主义后的安定，仰慕它的行为举止、衣着和时尚，自犹太启蒙以来无条件无拘无束地热爱了它几十年，尽人之最大努力取悦它，以各种方式为它做出各种贡献，成为它的一个组成部分，用狂热的取悦打破它的冷漠与敌视，与之交友，使自己得到它的欢心，为它所接受，为它所拥有，为它所爱……

因此在1933年施罗密特和亚历山大·克劳斯纳，那两位已对欧洲失望透顶的恋人，与他们刚刚完成波兰文学和世界文学学士学位的幼子耶胡达·阿里耶兴味索然，几乎是不太情愿地移民到亚洲化的亚洲，移民到爷爷年轻时代写下的感伤诗歌中一直向往的耶路撒冷。

他们从的里雅斯特乘坐"意大利"号轮船去往海法，途中和船长合影，船长的名字写在照片旁边，他叫本尼阿米诺·乌姆伯托·斯坦德勒。千真万确。

在海法港，留下了这样一个家族传说。英国托管时期的一个穿着白大褂的医生或者是卫生官员正等待着他们，往所有乘客身上喷洒消毒水。轮到亚历山大爷爷时，就有了我们的故事。他非常生气，从医生手里抓过喷头把医生喷了个透，好像在说，谁要是在这里胆敢像在大流散中那样对待我们，就这么对付他。两千年了，我们默默地忍受一切，但是在这里，在我们自己的土地上，我们决不能默默忍受新的流亡，我们的尊严不能遭到践踏——或者是消毒。

他们的长子大卫，那位忠诚而勤恳的亲欧人士留在了维尔纳。在那里，起先，尽管身为犹太人，他还是在大学里得到了教授文学的职位。他无疑一心追寻约瑟夫伯伯那值得称道的生涯，如同我爸爸终生所追寻的那样。在维尔纳，他将会娶一个名叫玛尔卡的年轻姑娘，在那里，1938 年，他的儿子丹尼爱拉会出生。我从来没有见过这个比我大一岁半的孩子，也未能找到他的一张照片。只有一些明信片和玛尔卡（玛西亚）伯母用波兰语写的几封来信。"1939 年 2 月 10 日：第一个夜晚，丹努什从晚上九点睡到早上六点。他夜里睡觉没有问题。白天，他睁着眼睛躺在那里，胳膊和腿的姿势不变。他有时候会叫……"

小丹尼爱拉·克劳斯纳不会活到三岁。很快他们就会来把他杀死，以使欧洲免遭他的破坏，以便预防希特勒"梦魇般的幻觉：令人憎恶、两腿向外弯曲的犹太杂种引诱成百上千的姑娘……黑头发的犹太青年脸上挂着撒旦似的笑，埋伏在那里，等待没有提防的姑娘，用他的血来玷污她……犹太人的最终目的是要消除国籍……通过使其他民族退化不纯，降低最高人种水平……怀揣毁灭白种人的秘密目的……倘若将五千名犹太人运往瑞典，他们会在极短时间里占据所有的重要位置……毒化所有人种、国际化的犹太人"。[1]

但是大卫伯伯却想得不一样。他对诸如此类的痛恨观点鄙夷不

---

1 引自费斯特：《希特勒》（伦敦，企鹅丛书，2000）中"希特勒的自白"；又见饶施宁格：《希特勒说话了：与阿道夫·希特勒系列对话》（伦敦，1939）。——原注

屑，对庄严的高大教堂拱顶下回荡着的反犹声浪，或残酷危险的新教徒反犹主义，德国种族主义，奥地利的蓄意谋杀，波兰对犹太人的痛恨，立陶宛、匈牙利或法国的残酷，乌克兰、罗马尼亚、俄国和克罗地亚的集体屠杀，比利时、荷兰、英国、爱尔兰和斯堪的纳维亚对犹太人的不信任，一概不予计较。凡此种种，在他看来乃野蛮愚昧时代的朦胧遗风，昨日残余，气数将尽。

作为比较文学教授，欧洲文学对他来说是一个精神家园。他未曾意识到，为什么应该离开自己的居住国移居到西亚，一个奇异生疏之地，以便让愚昧的反犹主义和心胸狭隘的民族主义暴徒心花怒放。因此他坚守岗位，挥动进步、文化、艺术和未开拓领域的精神旗帜，直至纳粹来到维尔纳。热爱文化的犹太人、知识分子和世界主义者不符合他们的口味，于是乎他们就杀害了大卫、玛尔卡和我那昵称为丹努什或丹努什可的丹尼爱拉小堂兄。在日期为 1940 年 12 月 15 日的倒数第二封来信中，丹努什的父母写道："他最近已经开始走路了……他记忆力惊人。"

大卫伯伯把自己当作时代的产物，一位卓尔不群、自如运用多种文化、多种语言、富于启迪的欧洲人，一位明白无误的现代人。他蔑视偏见和民族仇恨，他决意永不向缺乏文化素养的民族主义者、沙文主义者、蛊惑民心的政客和愚昧无知的为偏见所左右的反犹主义者屈服，这些人用粗嘎之音保证"让犹太人去死"，从墙上向他狂吠："犹太佬，滚回巴勒斯坦去！"

去巴勒斯坦？绝对不行。他这种人不会携带年轻的新娘和幼子，临阵脱逃，躲到某个饱尝干旱侵袭的黎凡特省份，远离喧闹的乌合之众所发动的暴力，在黎凡特，几个孤注一掷的犹太人试图亲手建立起一个种族隔离主义者的武装国家，富有反讽意味的是，他们显然从他们的敌人那里学到了最坏的东西。

不，大卫伯伯当然是待在维尔纳，坚守岗位，待在富有理性、心胸豁达、宽容而自由的欧洲启蒙运动中最重要的前沿战壕之一，而现在那里又在为生存而战，抗击欲将其吞没的野蛮狂潮的威胁。他需要站在这里，因为他别无他路。

直至最后。

## 16

奶奶惊愕地朝四周看了一眼，立即迸出一句名言，在她日后居住在耶路撒冷的二十五年间，这一名言化作箴言：黎凡特到处是细菌。

于是，爷爷不得不每天早晨六点或者六点半起床，拿着地毯拍子使劲地给她敲打床垫和寝具，晾晒被罩和枕头，给整个家里喷洒杀虫剂，帮助她无情地用开水煮蔬菜、水果、毛巾和厨房器皿。每隔两三个小时，他不得不用氯消毒液给厕所和洗涤槽消毒。这些洗涤槽的出水口总是用塞子堵上，底下洒些氯液或者是来苏尔水，像中世纪城堡的护城河，以阻挡净想从阴沟钻到房间里的蟑螂和其他有害物质。就连洗涤槽的溢流孔，也用肥皂挤扁而成的临时塞子堵住，以防敌人试图从那里渗透。窗子上的纱窗总是有股杀虫剂味，屋子里始终飘散着消毒气味。空中弥漫着消毒灵、肥皂、乳膏、喷剂、毒饵、杀虫剂和爽身粉的浓雾，有些是从奶奶皮肤上飘出来的。

然而，偶尔也会在傍晚时分邀请两三个知识分子型的商人或是大有可为的青年学者。应该承认，再没有比阿里克、车尔尼霍夫斯基，再没有盛大的晚宴聚会。有限的资金，拥挤的环境，以及日常艰辛迫使奶奶的目光变得短浅了。汉娜和哈伊姆·托伦，埃斯特和以色列·扎黑，杰尔塔和雅可夫－大卫·阿布拉姆斯基，偶尔有一两个在敖德萨和维尔纳时期的朋友，以赛亚街上的申德莱维茨，大卫·耶林街上的店铺老板卡察夫斯基，他的两个儿子已经成为著名科学家，在哈加纳[1]中担任令人费解的职务，要么就是梅库尔巴鲁赫大街上的巴尔－伊兹哈尔（伊茨莱维茨）夫妇，他是个忧郁的零星服饰用品商，她为顾客制作女人假发和紧身胸衣。二人都是忠心耿耿的右翼犹太复国主义修正主义者，从骨子里仇恨工党[2]。

奶奶把吃的东西一一排列在厨房桌子上，好像在做军事指挥，一遍又一遍派遣爷爷投入战斗，端盘子，送冰镇罗宋汤，汤上漂着一大块酸奶油，剥新鲜的克来门氏小柑橘、时令水果、胡桃、杏仁、葡萄干、无花果干、水果蜜饯、陈皮、各种各样的果酱和罐头、罂粟籽巧克力、果冻、苹果馅卷饼，以及她用奶油面团制作的精美果馅饼。

他们在这里再次讨论时政，讨论犹太人和世界的未来，痛斥腐败的工党，痛斥工党中那些持失败主义和合作主义观点的领袖，为讨好异族压迫者而逢迎拍马。至于基布兹，从这里感觉就像是危险的小牢房，是无政府虚无主义者，放荡不羁，无法无天，到处泛滥，有损于国家一切神圣的事物，花大家钱肥了自己的寄生虫，掠夺民族土地的吸血鬼……那年月，对耶路撒冷我奶奶家里的客

---

1 哈加纳（1920—1948），犹太复国主义者在巴勒斯坦组建的地下武装组织。
2 以色列工党成立于 20 世纪 30 年代，1948 年至 1977 年执政，1984 年后多次同利库德党派联合执政。

人们来说，日后激进中东犹太人中的敌对势力对基布兹的大肆攻击已经"铸成事实"了。[1] 显然这些讨论并没有给参加者带来多少乐趣，不然为什么他们经常一看见我就陷于沉默，或者就用俄语，或者把客厅和我在爷爷书房里造的样品箱城堡之间的门关上呢？

他们在布拉格小巷的那套小型住房是这样的：有一个俄式风格非常突出的客厅，塞满了笨重的家具，各式各样的物件和箱子；散发着浓烈的煮鱼、煮胡萝卜和馅饼味，与杀虫剂和来苏尔水的味道混杂在一起；墙壁四周挤满了箱子，凳子，一个黑色大衣柜，粗腿桌子，一个装满装饰品和礼品的餐具柜；白色平纹衬垫、网眼纱帘、绣花垫子、礼品充斥着整个房间。在每个可利用的表面，甚至在窗台上，都是一堆堆的小玩意儿，比如说有条银制鳄鱼，你扬起它的尾巴，它就会张开嘴巴，咬碎一颗坚果；如同真狗般大小的白色卷毛狗，一个黑鼻子、圆眼圈、温和安静的动物，总是卧在施罗密特奶奶的床下，从不叫唤或者要人放它出去，到黎凡特人那里去，从那里没准儿会带来昆虫、臭虫、跳蚤、虱蝇、蠕虫、虱子、湿疹、杆菌，还有其他致命的瘟疫。

这个和蔼可亲的动物名叫斯达克或斯达谢克或斯达申卡，是最为温和、最为顺从的狗，因为它是羊毛做的，体内塞满了碎布片，忠实地追随克劳斯纳一家从敖德萨移居维尔纳，又从维尔纳移居到耶路撒冷。考虑它的健康，这条可怜的狗每隔几个星期就得吞下几个樟脑丸。每天早晨，它得任凭爷爷向它喷洒消毒剂。夏天，它不时地被放在敞开的窗前，透气，晒太阳。

---

1 东方犹太人（来自伊朗、伊拉克、北非等地）谴责"阿什肯纳兹"（欧洲犹太人）侵吞公有土地。

斯达克会一连几个小时坐在窗台上，一动也不动，凄楚的黑眼睛带着某种不可名状的渴望俯瞰着下面的大街，耸起鼻子，徒劳地闻着小街上的母狗气味，竖起毛茸茸的耳朵，试图捕捉邻里间各种各样的声音、发情的猫嚎、叽叽喳喳的鸟叫、嘈杂的意第绪语说话声、收破烂人那令人毛骨悚然的叫喊、到目前为止运气比它好得多的自由狗们的叫声。它的脑袋若有所思地翘向一边，短尾巴夹在两条后腿中间，目光悲戚。它从来不对过往的行人汪汪叫，不向大街上的狗们叫喊求助，从来不狂吠，但当它坐在那里时，脸上露出某种默默的绝望，牵动着我的心弦，那无声的顺从比最为可怕的号叫更撕心裂肺。

一天早晨，奶奶连想也不想，就把斯达申卡包在报纸里，把它扔进了垃圾箱，因为她突然怀疑它带有泥土和细菌。爷爷无疑十分难过，但不敢发出任何抱怨。我不原谅她。

这间非常拥挤的客厅，气味与颜色都是深棕色的，有爷爷的两个卧室那么大，通往爷爷那苦行者的小书房，那里有坚硬的沙发、办公架、一堆堆样品箱、书架和一张小书桌，永远那么干净整洁，就像奥匈帝国的轻骑兵在早晨列队行进，光彩照人。

在耶路撒冷这里，他们也是靠爷爷不稳定的收入聊以度日。他又一次从这里买来货物，又卖到那里，夏天把货物储存起来，秋天拿出来卖，携带他的样品箱在雅法路、乔治王街、阿格里帕街、伦兹街和本-耶胡达街的布店里出没。差不多每月去一次霍隆、拉马特甘、纳塔尼亚、皮塔提克瓦，有时甚至去海法，与毛巾工厂主人交谈，要么就是和内衣制造商或成衣供应商讨价还价。

一个又一个早晨，爷爷在出去巡回之前，给各个交易站弄好一包包衣服或者布匹。有时他给一些批发商或工厂当地区业务代表，这一职位得而复失，失而复得。他不喜欢做贸易，也不是很成功，只不过能够让他和奶奶生活罢了，他真正喜欢的是在耶路撒冷的大街上走来走去，始终穿着那套沙俄外交官西装，举止优雅，上衣口袋里露出三角形的白手帕，系着银色袖口链扣。他喜欢一连几个小时坐在咖啡馆里，表面看来是为做生意，实则是为了与人谈天说地，争论不休，喝杯热茶，草草浏览一下报纸和杂志。他也喜欢在饭馆里吃饭，对待侍者们，始终像个极其特别而又宽宏大量的绅士。

"请原谅。这茶凉了，请你立即给我拿来热茶，热茶，也就是说其香气本质应该是非常非常热的。不光是水。非常非常感谢你。"

爷爷最乐意出城做长途旅行，在沿海城市的商号办公室里谈生意。他有一张非常引人注目的商业名片，烫有金边，印有两个互相交织的菱形六面体作为标志，像一小堆钻石。名片上写着："亚历山大·兹·克劳斯纳，耶路撒冷及周边地区进口商、指定代表、总代理和指定批发商。"他会怀着歉意掏出名片，孩子似的微微一笑：

"咳，那什么，人总得生存吧。"

可是他的心思与其说放在生意上，不如说放在天真而不正当的风流韵事和浪漫渴望上，像个七十岁的中学生，怀着朦胧的渴望和梦想。要是让他重新活一次，按照他的个人选择和心中真正倾向，他肯定会选择爱女人，被女人所爱，深入理解她们，与之乐游于大自然怀抱中的避暑胜地，泛舟于雪山下的湖泊，抒写激情澎湃的诗歌，容颜俊美，一头鬈发，热情奔放，有男子气，让大家所喜爱。做车尔尼霍夫斯基，要不就做拜伦。要不，最好还是做弗拉基米尔·杰伯廷斯基，融崇高诗人和杰出政治领袖于一身的奇妙人物。

他终生向往爱情和情感恣肆的世界。（他从未把爱和崇拜区分开来，渴望得到充足的爱与崇拜。）

有时，他不顾一切地摇动锁链，打碎嚼子，在孤独的书房里喝下白兰地，尤其是在苦涩无眠的夜晚，他喝上一杯伏特加，忧伤地抽烟。有时他独自一人，在天黑后走出家门，在空寂的大街上溜达。出门对他来说并非易事。奶奶拥有高度发达、超灵敏的雷达屏幕，她从那上面追寻到我们大家的行踪。她在任何情况下都可以查看详细记载，准确地了解到我们每个人的去处：罗尼亚坐在塔拉桑塔楼四层国家图书馆的书桌旁，祖西亚坐在阿塔拉咖啡馆，范妮娅坐在巴奈巴里特图书馆，阿摩司正和最好的朋友爱里亚胡在邻居弗里德曼工程师家玩，弗里德曼住在右边一楼。只有在她屏幕的边缘，在消失了的银河系后面，在某个角落，她的儿子兹尤兹亚，还有玛尔卡和她从未见过、从未清洗过的小丹尼爱拉，可能会隐约出现，无论白天还是夜晚，她看见的都是一个黑洞。

爷爷头戴帽子，在埃塞俄比亚大街上溜达，倾听脚步的回音，在干燥的夜空中呼吸，浸透在松树与岩石中。回到家后，他会坐在书桌旁，稍微喝些东西，抽一两支烟，作一首情真意切的俄文诗。自从他在去纽约的船上恋上别人，有过羞耻的失足以后，奶奶不得不把他拖到拉比那里，他从来没有想过要反叛：他站在奶奶面前，像站在女主人面前的农奴，带着无尽的谦恭、崇拜、敬畏、忠诚和耐心，为她效劳。

她呢，管他叫祖西亚，偶然也满怀无限的温柔与怜悯叫他杰希尔，那时他脸上会突然一亮，好像七重天朝他敞开了大门。

# 17

施罗密特奶奶在洗澡时死去后，爷爷又活了二十年。

有那么几个星期或者几个月，他继续黎明即起，把床垫和床罩拖到阳台的栏杆上，狠狠地击打它们，打碎夜里潜到寝具里的细菌或小妖怪。也许他感到难以打破自己的习惯，也许他是在用这种方式对逝者致敬，也许他是在对他的女王表达思念，也许他怕一旦自己停下来，就会招致她的报复。

他也没有立即停止给抽水马桶和洗涤槽消毒。

但是随着时光流逝，爷爷微笑着的面颊逐渐露出以前从未有过的粉红，总是显得很快乐。尽管直到生命尽头，他也保持着特别整洁的习惯，保持活泼敏捷的天性，然而暴力离他而去：不再狂暴地击打，不再发疯似的喷洒来苏尔水或氯液。奶奶死后几个月，他的爱情生活开始以迅猛奇妙之势绽放花蕾。几乎与此同时，我觉得七十七岁的爷爷找到了性的欢愉。

埋葬奶奶时落在鞋子上的灰尘尚未及擦去，爷爷家里便满是女人，她们献上吊唁、鼓励、孤独的自由和同情。她们从来没有将他独自抛下，与之共进热气腾腾的饭菜，用苹果蛋糕来安慰他，他显然不愿意被她们抛下不管。他总是对女人怀有好感……对所有的女人，包括漂亮的女人和拥有其他男人发现不了的美的女人。"女人，"我爷爷曾经宣称，"都非常非常美丽，无一例外。只有男人，"他微笑着说，"是瞎子！十足的瞎子！咳，有什么呀。他们只看到自己，甚至连自己也看不到。瞎子！"

奶奶死后，爷爷花在生意上的时间少了。但他有时还是会脸上闪烁着骄傲和喜悦，宣布"到特拉维夫做重要的商业旅行，到古鲁森博格大街"，或者是"拉马特甘举行的一个极其重要的会议，和公司所有的头头脑脑一道"。他仍然喜欢给所有他见到的人奉上一张他那令人难忘的商业名片："亚历山大·兹·克劳斯纳，耶路撒冷及周边地区进口商，指定代表，总代理和指定批发商"，等等，等等。但是现在，他多数时日都在忙碌着令之心旌摇荡的事情：签署或收讫请柬，互邀喝茶，或是到某家精心挑选但价格不算太贵的饭馆举行烛光晚宴（和茨特林夫人，不，和沙珀施尼克夫人！）。

他在本-耶胡达街阿塔拉咖啡馆不显眼的楼上一坐就是几个小时，身穿海军蓝西装，系着圆点花纹领带，模样粉嘟嘟的，微笑，容光焕发，打扮得整整齐齐，浑身散发着洗发水、爽身粉和剃须水的气味。赫然映入眼帘的是他那浆洗过的白衬衣，塞在胸前口袋里耀眼的白手帕，银光闪闪的袖扣，总是让一群五六十岁保养得很好的女人包围着——身穿紧身胸衣和后接缝尼龙长袜的寡妇，浓妆艳抹的离婚女子，戴着许多戒指、耳环和手镯，指甲、玉足修整得恰到好处、烫着头发、有身份的已婚妇女，希伯来语中夹杂着匈牙利语、波兰语、罗马尼亚语或保加利亚语。爷爷喜欢让她们陪伴，她们为他的魅力着迷。他是个引人入胜、妙趣横生的健谈者，一个具有 19 世纪作风的绅士，他亲吻女士的手背，急急忙忙前去给她们开门，上台阶或上坡时伸出自己的胳膊，从来不会忘记任何人的生日，送去一束束鲜花或一盒盒糖果，留意甚至会稍许赞美一下衣服的剪裁、新换的发型、雅致的鞋子和新式手提包，玩笑开得颇有品位，适时引用一首诗，聊天时热情而幽默。一次我打开屋门，看见我九十二岁的爷爷正跪在一个兴高采烈、身材矮胖、头发皮肤均为褐色、某位公证人的遗孀面前。女士隔着陷于迷恋中的爷爷的脑袋，朝我挤挤眼睛，喜气洋洋地微笑，露出两排完美得有些发假的牙齿。我在爷爷尚未意识到我的存在之前走了出去，轻轻关上屋门。

爷爷魅力之谜究竟何在？这一点我大概过了多年后才开始理解。他拥有男人身上罕见的品质，对许多女人来说，那是男人一种最为性感的奇妙品质。

他注意倾听。

他不是一味有礼貌地佯装倾听，不耐烦地等待她把话说完，闭上嘴巴。

他并不打断谈话人的话，替她把话说完。

他并不插嘴归纳她所说的话，以便引入另一个话题。

他不让他的谈话人跟空气说话，进而在脑海里盘算为她说完后自己如何作答。

他不是装出饶有兴趣或感到愉悦的样子，而是真的这样。咳，有什么呀，他有用之不竭的好奇心。

他不是没有耐心。他没有尝试着把谈话从她那微不足道的小事转向自己的重要话题。

相反，他喜欢她谈的小事。他总是喜欢等着她，要是她需要慢吞吞的，他以此为乐。

他不慌不忙，也不催促她。他将等着她结束，即使她结束了，他也不会猛然抓住话题，而是喜欢等候，以防再有什么需要补充的，万一她要发表另一通感慨呢。

他喜欢让她拉住自己的手，领他去她的所在，她自己的所在。他喜欢做她的陪伴者。

他喜欢认识她。喜欢理解她，了解她，抵达她的内心深处，再多一些。

他喜欢奉献自己。他喜欢把自己奉献给她，而不是喜欢从她那里得到些什么。

咳，那什么，她们不住地向他诉说心灵絮语，甚至诉说最不易公开、最为隐秘、最为敏感的事，而他则坐在那里倾听，明智，温柔，满怀同情和耐心。

不然就带着喜悦和情感。

这里有许多男人，喜欢性，但憎恨女人。

相信我爷爷二者都喜欢。

满怀柔情，他从来不算计，从来不攫取，从来不强迫。他喜欢扬帆远航，但从不急着抛锚。


他在奶奶死后二十年间的甜蜜岁月中，从他七十七岁起到生命的终结，有许许多多浪漫故事。他会隔三岔五和这个或那个女朋友到太巴列某家旅舍，盖戴拉的某家客房，或是纳塔尼亚海边的"假日圣地"住上几天。（"假日圣地"一词，显然是爷爷从俄文翻译过来的某个短语，暗示着契诃夫笔下克里米亚海岸的夏日别墅。）有一两次，我看见他和某女士手挽着手，走在阿格里帕或者是贝茨阿勒尔大街，我没有走上前去。他既没有刻意向我们掩饰自己的风流韵事，也不大吹大擂。他从来没带女朋友来我们家里，或是把她们介绍给我们，他很少提及她们。但有时，他爱得像十几岁孩子那样可笑，眼神扑朔迷离，喃喃自语，嘴唇上挂着心不在焉的微笑。有时他把脸一沉，孩子般的粉红从脸上消失，像阴沉的秋日，他会愤怒地站在房间里，一件接一件地熨烫衬衫，甚至熨烫内衣，拿着一个小瓶子冲自己喷洒香水，偶尔他会用俄语半严厉半温柔地自言自语，要么就是哼唱某个悲戚的乌克兰小调，我们由此可以推断出，大概某扇门冲他关闭了，或者截然相反，像那次去美国的奇妙旅行一样，他又一次陷于同时爱上两人的极度痛苦之中。

八十九岁那年，他有一次竟向我们宣布，他正想着做一两天"重要的旅行"，我们绝对不会担心。但是一星期后他还没有回来，我们忧心忡忡。他去哪儿了？他怎么没有打电话？倘若出事，但愿不要这样，可怎么办？毕竟，他是那把年纪的人了……

我们感到极度不安，我们应该让警察介入吗？要是他正躺在某家医院里，但愿不要这样，或是遇到了什么麻烦，要是我们没有照顾他的话，我们永远不会原谅自己。另一方面，要是我们打电话通知警察，而他安安全全健健康康地回来了，我们怎么能够面对他火山爆发般的愤怒？我们犹豫了一天一夜后决定，要是爷爷星期五下午不回来，我们就得给警察打电话。别无选择。

他在星期五下午出现，比最后期限提前了半个小时，粉嘟嘟的脸上挂着满足，人非常幽默、有趣、热情，像个小孩子。

"你去哪儿了，爷爷？"

"咳，那什么，我旅游去了。"

"可是你说只去两三天。"

"我说了。可说了又怎么样？咳，我和赫尔斯考维茨太太一起去的，我们在那里很开心，没有意识到时间怎么过得这么快。"

"可是你去了哪里？"

"我说过了，我们去散了散心。我们找到了一家很棒的家庭旅馆，一家非常文化气的旅馆，像瑞士的家庭旅馆。"

"家庭旅馆？在哪儿？"

"在拉马特甘那边山上。"

"你至少能给我们打个电话吧？我们就用不着为你担心了。"

"我们在房间里没找到电话。咳，那什么，那家家庭旅馆有很棒的文化气息！"

"但是你可以用公共电话给我们打吧？我把自己的代币都给你了。"

"代币，代币，咳，代币是什么玩意儿？"

"打公用电话的代币。"

"噢，你那些金属代币。在这儿呢，咳，拿去吧，尿床的小家伙，把你的金属代币连同它们中间的窟窿一起拿走，只是要数一数。永远不要不仔细清点就接受别人的东西。"

"可是你干吗不用呢？"

"金属代币？咳，那什么，我不相信金属代币。"

他九十三岁那年，我父亲已经去世三年了，爷爷认定，和我进行坦诚交谈的时刻已经来临。他把我召唤到他的小屋，关上窗子，锁上房门，庄严而正式地坐在他的书桌旁，示意我坐到书桌另一侧，面对着他。他没有叫我"尿床的小家伙"，他双腿交叉，双手托着下颚，沉吟片刻说：

"是我们该说说女人的时候了。"

他立刻又解释说：

"咳。是一般意义上的女人。"

（我那时三十六岁，我已经结婚有十五年之久，有两个十多岁的女儿。）爷爷叹了口气，手捂嘴轻轻咳嗽了一下，正正领带，清了两下嗓子，说：

"咳，那什么，我一向对女人感兴趣。也就是说，一向。你不会把这理解为有什么不好吧！我说的事情完全是两码事，咳，我只是说我一向对女人感兴趣。不，不是'女人'问题！是作为人的女人。"

他咯咯一笑，又纠正自己：

"咳，在任何方面都让我感兴趣。我一辈子都在观察女人，甚至当我还是个孩子时，咳，不，不，我从来没有像某种流氓那样看女人，不，只是深怀敬意地看着她。边看边学。咳，我以前所学到的，现在也想从你这里学到。所以你会知道。所以你现在，请仔细听我说，是这样的。"

他停下来思索片刻，也许在脑海里编织出一组意象，脸上漾出孩子般的微笑，他这样结束他的教诲：

"可是你知道吗？女人在哪方面恰好与我们一样，在哪方面非常非常不同……咳，"他从椅子上起身，总结说，"我依然在探讨。"

他九十三岁了，他也许会继续"探讨"这一问题，直至生命终结。我自己也还在探讨这一问题。


亚历山大爷爷的希伯来语别具一格，拒绝接受别人的纠正。他总是坚持管理发师叫水手，管理发店叫船坞。精确地说，这个勇敢的水手每月一次阔步走向本-亚卡尔兄弟的船坞，坐在船长的位置上，提交详尽、严格的下次航海规程和指示。他有时这样告诉我："咳，你该出去航海了，那将是什么样子！海盗！"他总是把架子一词的复数形式说错，尽管他说单数时非常准确。他从来不叫开罗的希伯来语叫法，而总是叫开罗的俄语叫法；总是用俄语叫我"好孩子"，或者是"你这个笨蛋"；管汉堡包叫丁堡包；说"习惯"一词时总用复数；要是问他睡得怎么样，爷爷总是回答"好极了"，因为他并不完全信任希伯来语，会欣欣然用俄语加上"好，很好！"

在他去世前两年，有一次，他向我讲起他的死："倘若，但愿不要这样，一些年轻的士兵战死在疆场，十九岁，或者二十一岁的小伙子，咳，那是一场可怕的灾难，但不是一场悲剧。在我这个年龄上死去……那是场悲剧！像我这样的人，九十五岁，快一百了，多少年总是早晨五点钟起床，天天早晨天天早晨冲冷水澡，做了快一百年，即便在俄国也在早晨冲冷水澡，即便在维尔纳也冲，一百年来天天早晨天天早晨吃夹咸鲱鱼面包片，喝茶，天天早晨天天早晨走出家门，一如既往在大街上溜达半个小时，无论冬夏，清晨漫步，这是为了运动，周而复始循环得这么好！天天在这之后立即回到家里，稍稍读读报纸，与此同时，再喝另一杯茶，咳，总之，就是这样，亲爱的孩子，这是 19 世纪的习惯，要是他被杀死，但愿不要这样，他尚未来得及拥有各种各样的正常习惯。他什么时候才会拥有呢？但是到我这个年龄，很难停止了，非常非常困难。每天早晨在街上漫步……对我来说是积习了。冲冷水澡……也是习惯。甚至连活着……对我来说也是种习惯，咳，有什么呀，谁可以在过了一百年后突然改变所有这些习惯呢？不再早晨五点钟起床？不再清洗，不再吃夹咸鲱鱼面包片？不再看报不再漫步不再喝杯热茶？这是悲剧！"

# 18

1845年，新任英国领事詹姆斯·芬携夫人伊丽莎白·安抵达奥特曼统治的耶路撒冷。他们都懂希伯来语，领事本人甚至撰写过论犹太人的书，一向对犹太人怀有同情。他属于在犹太人中推广基督教的伦敦协会，尽管众所周知，他没有直接参与在耶路撒冷的传教工作。芬领事及妻子坚信，犹太人民返回家园会加速世界的救赎。他在耶路撒冷不止一次地保护犹太人免遭土耳其当局的骚扰。詹姆斯·芬也相信需要让犹太人过上"有效的"生活……他甚至帮助犹太人成为熟练的建筑工人，适应农耕需要。为达到这一目的，他于1853年花了二百五十英镑，购买了离耶路撒冷几英里远的一座荒芜的石山，它坐落在老城西北，是一片无人居住、无人耕耘的土地，阿拉伯人称之为"亚伯拉罕的葡萄园"。詹姆斯·芬在这里建造了自己的家，建起了一个"工业种植园"，打算为贫穷的犹太人提供工作，并培养他们过上"有效的生活"。农场方圆有四十德南或者说十亩。詹姆斯和伊丽莎白·安妮·芬在山峰建造了他们自己的房屋，周围分布着个农业种植园、农场场房和车间。双层楼房的厚墙壁由整整齐齐的石头砌成，屋顶建得有些东方特色，有十字形拱顶。屋后，在靠墙的花园边上，挖有水井，建有马厩、羊圈、粮仓、仓库、葡萄压榨机、地窖，以及橄榄油榨汁机。

芬的"工业种植园"里雇用了大约两百个犹太人，主要搬运石头，砌墙，修筑篱笆，种植果园，培育水果和蔬菜，还开采了一个小型的采石场，并做建筑贸易。许多年后，领事去世，他的遗孀建造了一家肥皂加工厂，在那里仍旧雇用犹太工人。几乎与此同时，在亚伯拉罕葡萄园不远的地方，德国新教传教士约翰·路德维希·施内勒给笃信基督教的阿拉伯孤儿建立了一座教育院，这些阿拉伯儿童从黎巴嫩山脉的德鲁兹和基督徒之间的交战中逃脱出来。那是一大片石墙环绕之地。施内勒叙利亚孤儿院与芬夫妇的工业种植园，基本初衷是，培训居住在那里的人们，使其通过手工劳作和农业种植过上充实高效的生活。芬和施内勒这两个迥然不同的虔诚基督徒，为犹太人和阿拉伯人在圣地的贫穷、苦难与落后所打动。两人都深信，培养居住者过上有效的工作生活、建筑和农业会使"东方"努力摆脱倒退、绝望、贫困和冷漠的魔爪。他们或许以自己特有的方式坚信，他们的乐善好施将会照亮犹太人和穆斯林人步入教会内部的途径。

1920 年在凯里姆亚伯拉罕边上，"亚伯拉罕的葡萄园"在芬家的农场脚下落成，其拥挤的小房子盖在了植物园和农场果园当中，一点点向内侵蚀。领事的房子在他的遗孀伊丽莎白·安妮·芬去世后转了几次手，先是成为英国的少年犯管教所，接着变成英国管理部门的财产，最后成了军队指挥部。

第二次世界大战结束前夕，芬家花园围上了高高的带刺铁丝网，被俘意大利军官被关进住宅和花园里。我们经常在夜幕降临之际偷偷到那里嘲弄囚犯。意大利人朝我们打招呼，嚷道："小孩！小孩！"我们尖叫着予以回应："小孩！小孩！"有时我们叫着"盖比特[1]万岁！"越过语言隔离墙和障碍，那里的战争和法西斯主义似乎总是重复某个古代口号的下半截，叫道："Gepetto! Gepetto! Viva Gepetto!"

我们隔着带刺铁丝网篱笆向他们扔糖果、花生、橘子和饼干，就像在动物园向猴子扔东西。作为交换，他们给我们意大利邮票，或远远地向我们展示家庭照，照片上有笑容可掬的女人，鼓鼓囊囊穿西装的小孩子，打领带的小孩子，穿西装外套的小孩子，与我们年龄相仿的小孩子，黑发梳得整整齐齐，涂着发油的额发闪闪发光。

为报答我送的一块黄纸包着的阿儿马口香糖，有个俘虏曾经在铁丝网后面给我看一张身材丰满的女人照，那女人除长筒袜和吊袜带外，身上一丝不挂。刹那间，我愕然地站在那里，在恐惧中睁大眼睛，说不出话，仿佛在赎罪日那天有人在犹太会堂中央突然站起身，大声叫出一个犯忌讳的名字。接着我转身便逃，惊恐，抽噎，几乎辨不清路。我那时有五六岁，我跑啊跑，仿佛有狼在追赶我，我跑啊跑，直到十一二岁才从照片的影像中逃脱出来。

1948 年以色列建国后，芬家老宅依次被地方军、边境巡逻队、民防组织和准军事青年运动使用，后来成为名叫贝特布拉哈的犹太女子宗教学校。我偶尔漫步在凯里姆亚伯拉罕地区，从盖乌拉大街，后被重新命名为玛尔凯以色列大街，拐进马拉哈伊大街，然后再左拐进入泽弗奈亚大街，在阿摩司大街上上下下几次，接着走到俄巴底亚大街的尽头，在芬领事家门前站立几分钟，凝视着

---

1 盖比特，《木偶奇遇记》中，木匠盖匹特制作了一个小木偶并为它取名"匹诺曹"。

它。随着岁月的流逝，老宅已经缩小，仿佛遭到巨斧袭击后把头挤进了肩膀。它已经被犹太化了。树和灌木已经被挖掘出来，整个花园地区涂上了一层沥青。匹诺曹和意大利人已经消失，准军事青年运动也无影无踪。去年住棚节[1]遗留下来的破碎棚舍的旧框架立在前院。有时，几个头戴发套身穿黑衣的女人站在门口，见我看着她们便不再说话。她们没有再看我一眼。我走远后，她们又开始了交谈。

1933年父亲抵达耶路撒冷后，在守望山上的希伯来大学注册读硕士。起初他和父母一起住在凯里姆亚伯拉罕一带阿摩司街上的一套黯淡的房子里，离芬领事家大约有两百米。后来，他的父母搬到了另一套住房。一对姓扎黑的夫妻搬进了阿摩司街上的房子，可那个青年学生的父母对他寄予了厚望，继续支付房租，让他住在自己那可通过游廊单独出入的房间里。

凯里姆亚伯拉罕仍旧属于新区，多数街道未曾铺上柏油，令这一地区得名的葡萄园遗迹在新住宅花园里依稀可见，蔓藤和石榴丛，无花果和桑树一旦遇到微风便窃窃私语。夏初，打开窗子，青葱的草木味流泻到小房子里。从屋顶和弥漫着灰尘的街道尽头，你可以看到环绕耶路撒冷的小山。

普普通通方石砌成的房子一座接一座，两三层的楼房分隔成许多两间小房的拥挤不堪的单位。花园和游廊上的铁栏杆很快便生锈了，锻铁门上焊接着大卫六角星或者是锡安字样。黑压压的松柏逐渐取代了石榴树和葡萄藤。到处是撒开欢儿生长的石榴，可

---

1 住棚节，犹太人主要节日之一，时间在犹太新年之后，公历约9月或10月。既是农业节日，也具有宗教含义。因为上帝"领以色列人出埃及地的时候，曾使他们住在棚里"。

孩子们在果实尚未成熟时就将其消灭了。有人在花园里荒疏的树木和亮晶晶的石头尖当中种上了欧洲夹竹桃或天竺葵花丛，但是花圃很快便被遗忘，上面横七竖八架起了晾衣绳，花圃被人踩来踩去，要么就满是荆棘和玻璃碴。倘若没渴死，欧洲夹竹桃和天竺葵花就会像灌木一样恣意生长。花园里营造了一个接一个的仓库、棚屋、瓦楞铁棚屋、用包装箱板临时搭起来的棚屋，居民们把自己的东西放到里面，仿佛模制出波兰、乌克兰、匈牙利或者立陶宛的犹太人小村。

有人在旗杆上放了个空橄榄罐子，做得像鸽房，等待鸽子来临……直到希望破灭。零零星星有人试图养几只鸡，另一些人照料小块菜地，种上萝卜、洋葱、花椰菜、欧芹。多数人梦想从这里出去，搬到某些更富有文化气息的地方，如热哈维亚、克里亚特·施穆埃尔或者是贝特凯里姆。他们都竭力相信，最坏的时日将会过去，希伯来国家将会建立，一切均会有好转——可不是嘛，他们的苦杯已经盈满。施耐欧尔·扎尔曼·鲁巴绍夫，后更名为扎尔曼·夏扎尔[1]，并当选为以色列总统，那时曾在报纸上写下这样的话："当自由的希伯来国家终于建立后，任何事情都将不同于以往！就连爱情也不同从前！"

与此同时，凯里姆亚伯拉罕诞生了第一批孩子。几乎不可能向他们解释其父母是哪里人，为何来到此地，他们都在等待着什么。住在凯里姆亚伯拉罕的人都是犹太代办处身份低微的小官员，或是老师、护士、作家、司机、速记员、世界改革者、翻译、售货员、理论家、图书管理员、银行出纳或是电影院的售票员、空

---

1 扎尔曼·夏扎尔（1889—1974），学者，作家，以色列第一任教育部部长，第三任总统。

想家、小店铺老板、靠微薄积蓄度日的孤独的老光棍。晚上七点，阳台上的护栏已经关闭，房间已经上锁，百叶窗已经插好，只有幽暗昏黄的街灯，洒向空荡荡街道的角落。夜晚，你能听见夜鸟声声凄厉，听到远方的犬吠，稀稀落落的枪声，果园中风吹树木的声音，因为夜晚，凯里姆亚伯拉罕重新成为一座葡萄园，无花果树、桑树，还有橄榄树、苹果树、葡萄树、石榴树在各自的花园里沙沙作响，石墙将月光反射到树的枝头，苍白，惨淡。

阿摩司大街，在我父亲相册里的一两张照片里，酷似一幅尚未完成的街道素描。方石楼房上装着焊铁百叶窗，游廊上带有防护栏。窗台上，零零散散摆放着腌黄瓜和腌辣椒罐，花盆里开着没精打采的天竺葵花。楼群中没有路，只有一个建筑工地，泥地上的脚印七零八落，与建筑材料，沙砾，一堆堆半加工的石头，一袋袋水泥，铁鼓，瓷砖，沙堆，修建围墙用的一盘盘线圈，一大堆搭脚手架的材料混杂在一起。一些多刺的木豆树还是在建筑材料里冒了出来，上面蒙上了一层发白的灰尘。石匠们坐在小道中央，打着赤脚，光着膀子，头上扎着的布冉拉下来，裤子破破烂烂，锤子打在凿子上以及石头沟槽上的声音在空中响起，与某种莫名其妙顽强的无调音乐交织在一起。街那头不时传来粗哑的叫喊，"爆破了，爆破了"，接着便是雷鸣般的碎石雨。

在另一张比较正式的照片里，好像是舞会之前拍的，一辆长方形酷似灵车的黑色汽车刚好停在阿摩司大街中央。是出租还是租来的车子？从照片上看不出来。那是 20 世纪 20 年代亮闪闪的抛光车，车轮轮胎像摩托车一样窄，金属辐条，铬合金的带子沿着引擎罩下来，引擎罩一侧有散热器，可使空气流进来，在车头翼梢，铬合金散热器帽像小脓包那样探出头去。前头两个圆圆的车灯垂在银把下，车前灯也是银色的，在阳光的映衬下闪闪发光。

相机拍到了气派的汽车旁边的亚历山大·克劳斯纳，总代理人。他喜气洋洋，身着一套米白色的热带西装，打着领带，头戴一顶巴拿马草帽，样子像某部关于欧洲飞行员在赤道非洲或是缅甸的电影中的埃罗尔·弗莱因。在他身边，站着比他强壮高大、威风凛凛、举止文雅的一个人物，那是施罗密特，他的夫人、表姐和女主人，一位贵妇人，像战舰一样壮观，身穿短袖夏季连衣裙，佩戴着项链和一顶豪华的浅顶软呢凉帽，平纹细布面纱恰到好处地放在她那无懈可击的发式上，手里紧紧攥着一把阳伞。他们的儿子罗尼亚，利欧尼赫卡，站在他们身边，犹如婚礼上神情紧张的新郎官。他的样子有点喜剧色彩，嘴微微张开，圆眼镜顺着鼻子滑落下来，几乎像风干的木乃伊一样被囚禁在一套紧身西装里，一顶硬挺的黑帽似乎像被硬扣在了他的头上，帽子遮住了半个额头，像把蒸布丁的盆倒扣过来，好像只是他那双硕大无比的耳朵才阻止帽子滑到下巴上将整个面颊吞噬。

究竟是什么庄严的事件使三人身着盛装，并订了一辆特别的轿车？不得而知。通过相册同页的其他照片判断，时间是1934年，他们当时已经到了这个国家，仍然住在阿摩司大街扎黑家的小房子里。我可以不费吹灰之力，便弄清楚车牌号码，M1651。我父亲才二十四岁，在照片里却装扮成一位令人尊敬的中年绅士，样子有五十岁。

最初从维尔纳到达这里时，三位克劳斯纳在阿摩司大街一套两间半的公寓里住了约莫一年之久。后来，奶奶和爷爷找了个小屋租下来，一个普通房间，外加用作爷爷"书斋"的小房间，爷爷在那里躲避夫人震怒，躲避大搞灭菌战役时的保健鞭挞。新房子就在以赛亚街和钱塞勒街（现命名为斯特劳斯街）之间的布拉格小巷里。

阿摩司大街那套旧住房的前屋，现在变成了我爸爸的卧室兼起居室。他在这里安放了第一个书架，装他随身带来的维尔纳学生时代的书籍，一张陈旧、桌脚细长的胶合板桌子立在那里做书桌，他在这里把衣服挂在帘后用作衣橱的包装箱上。在这里，他邀请朋友高谈阔论，谈论人生、文学、世界和当地政治。在一张照片里，我爸爸舒适地坐在书桌后面，他身材纤细，人年轻而且严肃，头发向后梳着，戴着那副威严的黑框眼镜，身穿白色长袖衬衫。他坐在桌子一角，姿势随意，双腿交叉，身后是双层窗户，半个窗子朝里开着，但百叶窗依然关着，于是，只有微弱的光线透过了百叶窗。照片中的父亲全神贯注，在看放在面前的一本大书，书桌上另一本书敞开着，还有一件东西背对着相机，那是一个圆形的铁皮闹钟，腿是斜的。爸爸左边放着一个装满图书的小书架，在厚厚图书的重压下，躬下身子，显然，这些外国图书是从维尔纳运来的，在这里明显地感到更加拥挤、浮躁和不舒服。

书架上方挂着一张相框，相框中的约瑟夫伯伯显得专断而威严，稀疏的头发和雪白的山羊胡使他看上去更似先知，仿佛他正居高临下窥视着我的父亲，用富有洞察力的眼睛凝视他，以便确定他在专心读书，大概没有因学生生活中那无把握的快乐而分散注意力，大概没有忘记犹太民族的历史状况，不忘记几代人的希望，大概——但愿不会这样！——不要低估那些细微之处，毕竟是这些微小的细部组合成一幅伟大的作品。

约瑟夫伯伯照片下面的钉子上，挂着犹太民族基金会的募捐箱，上面画着一个醒目的大卫之星。我父亲显得轻松随意，对自己感到满意，但是像个僧侣一样严肃而坚定：他左手正拿着一本打开的书，而右手放在了他已经读过的页码上，从中可以推断出他正在阅读一本希伯来语书，从右到左阅读。从袖口处可看见自手肘到指关节覆盖着浓密的黑毛。

我父亲看上去像个小伙子，知道自己的责任是什么，打算承担要赋予他的责任。他决定追随著名伯伯和大哥的足迹。就在那里，在紧紧关闭着的百叶窗之外，工友们在灰尘弥漫的公路上挖沟铺设水管。在沙里黑塞德和纳哈拉特施伊瓦那弯弯曲曲的小巷里，某栋旧犹太建筑的地下室，耶路撒冷哈加纳组织里的青年正在秘密集训，拆卸并重新组装一支非法的旧式手枪。在形势险峻的阿拉伯村庄里面绕来绕去的山路上，爱格德和塔努瓦汽车公司的司机们正在驾驶车辆，他们放在方向盘上的双手强健有力，被太阳晒得黝黑。在通往朱迪亚沙漠的干河床上，年轻的希伯来侦察员一身卡其布短打装束，卡其布裤，身系军用皮带，头戴阿拉伯人的白头巾，学着用双脚识别故乡的秘密通道。在加利利和平原上，在贝特施爱安山谷和耶兹里尔峡谷，在沙龙和海非尔山谷，在朱迪亚洼地，在内盖夫沙漠和死海附近的荒野，拓荒者正在耕耘着土地，他们体格强壮，沉默寡言，英勇顽强，皮肤呈古铜色。与此同时，从维尔纳来的如饥似渴的学生，在这里耕出自己的犁沟。

有朝一日，他自己也会成为守望山上的一位教授，他会帮助扩展智慧与知识，排除人们心目中的流亡沼泽。如同加利利和山谷里的拓荒者使沙漠绽开花蕾一样，他也会全力以赴地劳作，带着热情与献身精神，耕出民族精神的犁沟，让希伯来文化开花。这一切都在照片之中。

# 19

　　每天早晨，耶胡达·阿里耶·克劳斯纳在盖乌拉大街乘坐9路公共汽车，经过布哈拉人居住区、先知撒母耳大街、义人西蒙街、美国人居住区和甲拉酋长区，到守望山上的大学楼，他在那里勤奋地攻读学位。他去听从未很好掌握希伯来语的库夫纳教授开设的历史课程，汉斯·雅考夫·泊洛斯基教授开设的闪语语言学，乌巴托·摩西·大卫·卡苏陀开设的《圣经》研究课，以及约瑟夫伯伯，即约瑟夫·克劳斯纳博士、教授、《犹太教和人文主义》的作者开设的希伯来文学课。

　　约瑟夫伯伯肯定鼓励我的父亲，他最好的学生之一，然而有机会时，他从来没有选他做助教，故而没有给那些恶语嚼舌根的人以任何口实。对克劳斯纳教授来说，避免其令名遭受诽谤尤为重要，于是乎可能对弟弟的儿子，自己的血亲，表现出不公。

　　在某本书的扉页上，无子嗣的伯伯写下这样的献词："献给我的爱侄，与我情同父子。爱他犹如爱自己灵魂的约瑟夫伯伯。"爸爸曾经苦涩地调侃说："倘若我们没有关系，倘若他少爱我一些，天晓得，我现在可能会是文学系的一个讲师，而不是一名图书管理员了。"

那些年，这件事就像我爸爸灵魂深处的一个脓疮，因为他确实应该像他的伯伯，像在维尔纳教文学并死在那里的哥哥大卫。父亲拥有令人惊叹的渊博知识，是记忆力超群的优等生，世界文学和希伯来文学专家，自由运用多种语言，精通《托塞夫塔》[1]、密德拉西[2]文献、西班牙犹太人的宗教诗歌，以及荷马、奥维德、巴比伦诗歌、莎士比亚、歌德和亚当·密茨凯维奇，像蜜蜂一样辛勤劳作，绝对诚实，是一位才华横溢的教师，可以言简意赅地讲解蛮族入侵、《罪与罚》、潜水艇的工作原理，或者是太阳系。然而他从来没有得到机会站在一班学生面前，或者拥有自己的弟子，而以图书管理员和编目员的身份终其一生。他写了三四部学术著作，主要在比较文学和波兰文学领域，为《希伯来百科全书》撰写了几个辞条。

1936年，他在国家图书馆报刊部谋到了一个小职位，在守望山工作了约有二十年，1948年后转到塔拉桑塔楼，先做单纯的图书管理员，最后给部门主管普费弗曼做副手。当时的耶路撒冷到处是波兰和俄国移民，以及从希特勒魔爪下逃脱出来的难民，其中不乏著名大学的杰出泰斗，教师和学者的数量比学生还要多。

在50年代末期，爸爸从伦敦大学获得博士学位后，也未能在希伯来大学文学系谋得特聘教师的职位。克劳斯纳教授掌控时期，若是聘用了自己的侄子，恐怕别人会说三道四。克劳斯纳的继任、诗人西蒙·赫尔金教授试图通过根除克劳斯纳的文学遗产、教学方法乃至其风气的方式另起炉灶，当然不想任用克劳斯纳的侄子。

---

1 《托塞夫塔》，指犹太教经典《密西拿》的评注汇编。
2 密德拉西，犹太拉比对《圣经》的解释汇编。

在 60 年代早期，父亲到新建的特拉维夫大学碰运气，但在那里也不受欢迎。

在他生命的最后岁月，他在当时比尔谢巴正在兴建的学院即后来的本–古里安大学成功谋到一份文学教职。父亲去世十六年后，我自己成了外聘文学教授，一两年后成为全职教授，最后被任命为阿格农研究中心主任。在这当中，耶路撒冷和特拉维夫大学均向我发出聘我做全职文学教授的慷慨邀请。我，既不是专家，也不是学者，也不是移山者，未曾有过做研究的天赋，一看到脚注就一头雾水。[1] 爸爸的一根小手指头就比我这样的空头教授专业十几倍。

扎黑家的那套住房有两间半小屋，位于三层小楼的一层。那套房子的后屋由以色列·扎黑、他的夫人埃斯特和扎黑年迈的父母居住。我爸爸住在那套房子的前屋里，开始是和父母住，后来单独住，最后和我妈妈一起住。房门单开，通往游廊，接着下几级台阶，走进窄小的前花园，出去便是阿摩司大街。那时的阿摩司大街不过是条泥泞小道，没有车道，没有人行横道，仍然是这一堆那一堆的建筑材料和拆得七零八落的脚手架，饿得无精打采的猫在里面游荡，几只鸽子在那里啄食。这条路每天会来三四趟驴车或骡车，拉建筑用的金属杆，要么就是卖煤油人的车，卖冰人的车，卖牛奶人的车，收破烂人的车，他们沙哑的叫卖声总是令我

---

1 我父亲的著作含有大量注释。而我，只在《天国的沉默：阿格农对上帝的恐惧》一书中把注释运用自如。我在那本书的希伯来文版第 192 页注释 19 中介绍了我父亲，也就是说，我向读者提及了他那本《希伯来文学中的中篇小说》。在他去世后近二十年，我写那则注释，希望给他些许快乐，与此同时，我又害怕他不高兴，反而朝我挥动训诫意味的小手指头。——原注

血液凝固。整个童年我都在想象中遭受警告，不要生病、衰老和死亡，尽管死亡离我还很遥远，但逐渐会不可阻挡地来临，如同蝰蛇秘密爬过黑油油乱糟糟的草木，准备从背后袭击我。意第绪语中的呐喊"各种药物"在我听来像希伯来语词汇"不要衰老"。直至今日，这叫声仍让我脊梁骨冒凉气。

燕子在花园里的果树上栖居，而蜥蜴、壁虎和蝎子在岩石的缝隙间穿来穿去。偶尔我们甚至可以看见乌龟。孩子们在篱笆下面打洞，开辟出一张遍布邻居后院的捷径网络，或者是爬上房顶观察施内勒兵营里的英国士兵，或是遥望周围山坡上的阿拉伯村庄：以萨维亚、淑阿法特、贝特伊克萨、利夫塔、尼比萨姆维尔。


今天，以色列·扎黑的名字几乎已为人们遗忘，可那时，他是一位多产的年轻作家，作品畅销。他和我父亲年龄相仿，但是在1937年，二十八岁左右时，他已经出版了至少三本书。我崇敬他，是因为我听说他和其他作家不同，整个耶路撒冷的人们都在创作学术著作，从注释，从其他的书，从书单，从字典，从卷帙浩繁的外国巨著和墨迹斑斑的索引卡片中汇整着一本本书，但是扎黑先生却撰写"出自大脑的书"。（我父亲经常说："倘若剽窃一本书，人们谴责你为文抄公；然而倘若你剽窃十本书，人们会认为你是学者；倘若你剽窃三十本书，则是位杰出的学者。"）

冬天的夜晚，我父母圈子里的一些人经常聚会，有时在我们家，有时在对面的扎黑家里。有哈伊姆和汉娜·托伦、施穆埃尔·维尔塞斯、布来曼一家人、夸夸其谈的大侃家沙龙-施瓦多伦先生、红头发的民俗学者施瓦茨鲍姆、在犹太代办处工作的以色列·哈纳尼及其夫人埃斯特。他们吃过晚饭后，七点或者七点半钟前来，九点半离开，那时间已被视为晚的了。在这段时间里，他们喝着热乎乎的茶，轻轻咬着蜂蜜蛋糕或新鲜水果，义愤填膺地谈论我无法理解的话题，可是我知道，有朝一日我会理解的，我将参加讨论并发表令他们意想不到的决断性论证。我甚至可以设法让他们刮目相看，我可以像扎黑先生那样也用自己的头脑写作，或者是像比阿里克、亚历山大爷爷、列文·吉普尼斯和车尔尼霍夫斯基博士，那位体味令我永远铭记的医生一样——发表诗集。

扎黑不仅是父亲的前房东，也是挚友，尽管在我那位修正主义父亲和"红色"扎黑之间的争论已经习以为常。爸爸喜欢谈论，喜欢解释，扎黑喜欢倾听。我母亲会时不时插上一两句话。埃斯特·扎黑喜欢问问题，我父亲愿意向她做出广博详尽的答复。以色列·扎黑有时会把脸转向我的母亲，低垂眼帘，询问她的看法，仿佛用代码语言请求她在争论中支持他。母亲知道如何进一步阐发某事。她做这些时言简意赅。之后，谈话有时采用愉快轻松的语调，一种新的平静，一种小心翼翼或踟蹰不定的语调融进争论中，直至又一次大发火，嗓门在彬彬有礼的愤怒中提高，在惊叹号中激化。

1947 年，特拉维夫的出版商约书亚·查持克出版了父亲的第一本书——《希伯来文学中的中篇小说：从起源到哈斯卡拉[1]的终结》。这本书以父亲的硕士论文为基础。扉页上声明，本书获得特拉维夫市政府的克劳斯纳奖，蒙市政府和琪波拉·克劳斯纳纪念基金资助。约瑟夫·克劳斯纳博士、教授亲自为本书撰写了前言：

---

[1] 哈斯卡拉，即 18 世纪始于欧洲的犹太启蒙运动。

看到论希伯来中篇小说专著问世，倍感欣喜。值鄙人任吾等唯一之希伯来大学教授时，一贯支持余之弟子、贤侄耶胡达·阿里耶·克劳斯纳将其提交于余，作为现代希伯来文学之毕业论文。该作非同寻常……其研究涉猎广泛而包罗万象……即使风格亦显丰富而明晰，与重要论题珠联璧合……因此鄙人不禁十分高兴……《塔木德》说："弟子如同儿子"……

在扉页之后，另起页，父亲把书献给他的哥哥大卫以示纪念：

献给我文学史的启蒙老师……

我唯一的兄弟

大卫

我在暗无天日的流亡中失去了他

他在哪里？

连续十天或两个星期，爸爸一从守望山的图书馆下班回到家里，就急急忙忙跑到盖乌拉大街的东端，梅施阿里姆入口对面的邮电局，焦急地等待着他第一本书的到来。他已经接到了出版通知，有些人已经在特拉维夫的书店看到书了。于是他每天冲到邮局，每天两手空空而归，每天他都对自己信誓旦旦，要是西奈印刷厂格鲁伯先生的包裹第二天还不到，他就去药店，打电话催促特拉维夫的查持克先生——简直令人无法接受！要是书在星期天还到不了，这个星期当中还到不了，最迟到星期五……但是包裹确实到了，不是寄来的，而是私人投送而来，由一个笑容可掬的也门姑娘送到我们家里，不是从特拉维夫送来，而是径直从西奈

165

印刷厂送来。

包裹里装有五本《希伯来文学中的中篇小说》，刚印出来，新鲜纯洁，用优质白纸包了几层（上面印刷着某种图画书的清样），用细绳绑着。父亲谢过姑娘，尽管他激动不已，他并没有忘记付给她一个先令。（在那年月可不是一笔小数目，足够在塔努瓦餐馆吃上一顿素餐。）接着他要求我和我母亲走进他的书房，陪他打开包裹。

我记得父亲怎样控制住自己澎湃的激情，没有劳神把捆包裹的绳子揪断，或用剪子剪断，而是——我将永远不会忘记——把绳子上的结一一解开，极其耐心，并使用了他坚硬的指甲、裁纸刀尖、曲别针针尖。做完这一切后，他没有扑向自己的新作，而是慢慢拿开绳子，挪开光纸包装，像羞答答的恋人，轻轻用手指甲触摸最上面一册书的封面，温柔地将它贴在脸庞，有点急速地翻动书页，闭上眼睛，轻轻闻着，深深吸入新鲜的墨香，新纸的芬芳，令人欣然陶醉的糨糊气息。到那时，他才开始翻阅自己的作品，首先翻看索引，仔细查看补遗和勘误表，一遍又一遍地阅读约瑟夫伯伯写的前言，还有他本人的序言，在扉页上流连忘返，再次轻抚封面，接着，担心母亲可能会暗暗地嘲笑他，抱歉地说：

"刚出版的新书，第一本书，就像我刚刚又有了个孩子。"

"什么时候给它换尿布，"妈妈说，"希望你招呼我一声。"

说着，她转身离开了房间，但一会儿工夫过后，她手拿圣餐葡萄甜酒和三个小酒杯走了回来，说我们应该举杯庆贺父亲的第一本书。她给他们二人倒了一些酒，给我倒了有一滴，她甚至可能亲吻了他的额头，他则抚摸她的头发。

那天晚上，我妈妈在厨房的餐桌上铺上了一块白桌布，仿佛在过安息日或是节日，做了父亲最喜欢吃的饭菜，热气腾腾的罗宋汤，上面漂着一大块洁白的奶油。爷爷和奶奶也来和我们一起简单庆贺。奶奶对妈妈说，罗宋汤确实非常非常好，味道近乎鲜美，但是……上帝保佑她做些忠告，但是大家知道，每个小姑娘都知道，甚至连在犹太人家里做饭的异族女子都知道，罗宋汤应该是酸的，只有一点点甜，当然不是甜，只是略微发酸，波兰人把所有的东西都弄得甜甜的，无缘无故，要是你不看着，他们会用糖来腌鲱鱼，甚至在辣根酱中放进果酱。

妈妈呢，则感谢奶奶与我们分享她的体验，许诺说将来只给她做适合她口味的苦酸食品。父亲则喜出望外，注意不到这些小事。他把一本书送给父母，另一本书送给约瑟夫伯伯，第三本书送给他亲爱的朋友埃斯特和以色列·扎黑，另外一本我不记得是送给谁了，最后一本他保存在自己图书室里的一个显眼的书架上，舒适地靠近他那位约瑟夫·克劳斯纳伯伯教授的著述。

父亲的幸福持续了三四天之久，之后脸便阴沉下来。正如他在包裹到来之前整天冲向邮局一样，现在他每天冲向乔治王街的阿西亚萨夫书店，那里陈列了三本《希伯来文学中的中篇小说》，等着出售。第二天三本书原封不动地摆放在那里，一本也没有卖出去。第三天还是如此，接下来的日子依旧。

"你，"父亲脸上挂着凄然的微笑对朋友以色列·扎黑说，"每六个月写一部新长篇小说，所有漂亮姑娘立刻把你从书架上一把抓下来，径直拿到她们的床上；而我们这些学者，多年殚精竭虑，逐一核实细节，逐一查对引文，一个脚注都要花上一个星期，谁会劳神去读我们的东西呢？倘若幸运，我们这一领域的两三位难友会阅读我们的著作，之后将其驳得体无完肤。有时甚至连批驳都没有。我们完全被忽略了。"

　　一星期过去了，阿西亚萨夫书店里的书还是没有卖出去。父亲不再诉说自己的悲哀，但是整个房子似乎充斥着一种味道。他刮脸刷碗时不再哼唱跑了调的小曲，他不再给我背诵吉尔伽美什事迹、《神秘岛》中的尼摩船长或是塞勒斯·史密斯工程师的历险记，而是愤然潜心于散落在书桌上的参考文献，他的第二本学术性著作将会由此诞生。

　　突然，过了两个星期后，他在星期五晚上喜气洋洋地赶回家中，浑身发抖，像小男孩当众被班上最漂亮的小女孩吻了一下。"它们都卖出去了！都卖出去了！一天之内都卖出去了！不是卖一本！不是卖两本！三本全卖了！全部！我的书卖出去了……沙科纳·阿西亚萨夫将从特拉维夫的查持克那儿再订几本！他已经订了！今天早晨！通过电话！订的不是三本，而是五本！他认为这还不是最后一次！"

　　我母亲再次离开房间，回来时拿着令人作呕的圣餐葡萄甜酒和三只小酒杯。不过此次，她没有劳神做上面漂着奶油的罗宋汤，也没有铺白桌布，而是建议他们二人明晚去爱迪生影院，看他们都崇拜的嘉宝领衔主演的名片首映。

　　我则被留给了小说家扎黑和他的夫人，在那里吃晚饭，规规矩矩地，直至他们在九点或九点半时归来。规矩点，听见了吗？不要让我们听到一丝一毫的不满！当他们布置桌子时，别忘了帮忙。晚饭后，但只有大家都起身后，把你的碟子清理干净，小心翼翼地放在沥水板上。小心点，听见了没有？不要把那里的东西打碎。像在家里一样拿块洗碟布，等桌子收拾干净后把桌布好好擦擦。只有别人对你说话时才开口讲话。要是扎黑先生在工作，你就自己找个玩具，或者找本书，像小老鼠似的安安静静地坐在那里！但愿不要这样，但要是扎黑太太又抱怨说头疼，千万别给她添任何麻烦。别添任何麻烦，听见了吗？

于是他们走了。扎黑太太大概会把自己关在房间里，不然就是去邻居家串门，扎黑先生建议我去他的书房，书房和我们家里的一样，也是卧室、客厅，什么都在一起。那曾经是我父亲学生时代的房间，也是我父母的房间，显然也是孕育我的地方，因为直到我出生前一个月，他们一直住在那里。

扎黑先生让我坐在沙发上，和我说了几句话，我不记得说些什么了，但是我将永远不会忘记，我怎么突然注意到沙发旁边的小咖啡桌上不多不少四本一模一样的《希伯来文学中的中篇小说》，一本摞一本，像在书店一样，我知道有一本是父亲送给扎黑先生的，上面有父亲的签名，另外三本我无法理解，我话到嘴边正要问扎黑先生，但在最后一刻，我蓦然想起那三本是今天才买的。它们在阿西亚萨夫书店里经过了漫长的等待。感激之情从我的内心深处油然而生，眼泪快要流下来了。扎黑先生看见我注意到了这几本书，他没有笑容，但微微眯着的眼睛斜觑了我一下，仿佛默默地接受我做他的同谋，他没说一句话，弯腰捡起咖啡桌上四本书里的三本，悄悄地放进书桌的抽屉里。我也秘而不宣，从未向他或我的父母提起此事，直至扎黑先生英年早逝，直至父亲离开人间，我从未向任何人说起过此事，直至多年以后才把这件事告诉了他的女儿努里特·扎黑，她似乎并未对我所说的事情留下过多印象。

我数遍自己两三个最好的朋友，他们几十年来和我关系密切，友情深笃，然而我不确定自己是否能够为他们做扎黑为我父亲做过的事。谁能说这种慷慨的诡计会不会展现在我的脑际。毕竟，在那年月，他和其他人一样，日子过得紧巴巴的，三本《希伯来文学中的中篇小说》至少花去了他买急需衣装的费用。

扎黑先生离开房间，回来时端了一杯不结皮的热可可，因为他到我们家做客时得知，我晚上要喝这个。我照父母吩咐的那样向他表示感谢，彬彬有礼，我真想再说点什么，但又无能为力，就一味坐在他房间的沙发上，一声不吭，不使他在工作中分心，然而他实际上那天晚上并没有工作，只是来回浏览报纸，直至我父母从电影院归来，他们向扎黑夫妇致谢，匆忙道晚安，带我回家，因为时间太晚了，我得刷牙，立即睡觉。


也一定是在同一个房间，若干年前，1936年的一个晚上，父亲第一次把某位矜持寡言非常漂亮的女学生带到家中，她橄榄色皮肤，眼睛乌黑，说话不多，但她的出现却引得男人滔滔不绝。

她几个月前离开了布拉格大学，来耶路撒冷守望山上的大学攻读历史和哲学。我不知道阿里耶·克劳斯纳在何时何地如何与范妮娅·穆斯曼相识，她在这里注册时用的是希伯来文名字利夫卡，尽管有些文件称之为琪波拉，还有一处称之为菲佳，但是家人和朋友都叫她范妮娅。

他非常喜欢说话，解释，分析；她则知道如何倾听，甚至听出言外之意。他博学多才；她目光敏锐，能够看穿他人的心思。他心地坦率，为人正派，是个兢兢业业的完美主义者；而她总能理解为何有人尤为固执己见，为何强烈反对他的人感到有这个必要。她对衣服感兴趣，只是因为那是透视穿衣服者内在世界的一个窥孔。她坐在朋友家里时，经常用赞赏的眼光打量家具、装饰、窗、沙发、窗台上的礼品，以及书架上的小摆设，而其他的人则忙于说话，仿佛她肩负着间谍使命。人们的秘密总是令她着迷，但是每当传播流言蜚语时，她多数情况下总是在倾听中露出一丝微笑……那丝犹疑不定的微笑似乎表明它即将逝去，一句话也不说。她经常是沉默寡言。但不管什么时候，她打破沉默说上几句话，谈话就会大有改观。

当父亲对她说话时，有时声音中带有几分胆怯，并夹杂着距离、爱慕、尊敬和畏惧，仿佛他家里有个隐瞒了身份的算命先生，要么就是有个千里眼。

# 20

　　在我们铺有印花桌布的厨房餐桌周围，放着三只柳条编的圆凳。厨房本身很小，低矮而阴暗，地面有点凹陷，厨房的墙壁给烧煤油的炊具和普莱默斯便携式煤油炉上飘出的油烟熏得乌黑，一扇小窗子俯瞰着灰色混凝土围墙内的地下院落。有时当爸爸出去上班时，我习惯于坐在他的凳子上，和妈妈面对面坐着。她一边给我讲故事，一边削皮切菜，要么就是拣豆子，把黑豆拣出来，放进茶碟里。而后，我将用黑豆喂鸟。

　　母亲的故事颇为奇怪，和那时别人家里讲的故事都不一样，与我讲给自己的孩子们听的故事也不一样，而是有些扑朔迷离，仿佛它们并非始于开端，也并非结束于终了，而是从灌木林底下冒了出来，暴露一段时间，引起疏离和剧烈的恐惧，在我眼前活动几个瞬间，像墙上扭曲的影子，令我愕然，有时令我脊骨战栗，在我尚未明白究竟发生了什么之前又回到了他们原来的森林。直至如今，我几乎可以一字不落地记住母亲的故事。比如，其中一个故事讲的是个非常老的人阿莱路耶夫：

从前，在高高的山峦那边，在深深的河流和不见人烟的平原那边，有一个偏僻的小村庄，小茅屋摇摇欲坠。在村边漆黑的森林里，住着一个贫穷的聋哑人。他独自生活，没有家人，没有朋友，名叫阿莱路耶夫。老阿莱路耶夫比村里所有的老人年龄都大，比山谷里平原上的所有老人年龄都大。他不光老，简直是个老古董。他老得驼背上都开始长出苔藓了。头上长的不是乌黑的头发，而是蘑菇，凹陷的面颊上覆盖了一层地衣。脚上开始钻出了棕色的根，亮晶晶的萤火虫落在他塌陷的眼窝里。这个老阿莱路耶夫比森林的年龄还大，比冰雪还老，比时间本身的年龄还大。一天，谣言传开了，说在他那间窗子紧闭的小屋里面，还住着另一个老人车尔尼霍尔钦，年龄比老阿莱路耶夫大得多得多，甚至比他更瞎，更穷，更沉默，更驼背，更聋，更不动弹，磨得像鞑靼人的硬币那样光滑。据说在村子里，在冬天漫漫长夜里，那位年老的阿莱路耶夫寻找着古老的车尔尼霍夫钦，为他清洗伤口，为他布置桌子，为他铺床，喂他吃从森林里采来又用井水或者融雪洗净的浆果。有时他在夜里唱歌给他听，像大人对婴儿那样：鲁拉，鲁拉，鲁拉，宝贝莫害怕，鲁拉，鲁拉，鲁拉，乖乖莫哆嗦啦。于是他们睡着了，两个人，相互偎依，老人和甚至更老的人，而外面只有风和雪。要是他们没有让狼给吃了，他们，那两个人，直到今日还会生活在那里，在他们一贫如洗的茅屋里，与此同时，狼在森林里嚎叫，风在烟囱里怒吼。

我在睡熟之前，孤零零地躺在床上，一遍又一遍地对自己悄声说"年龄大""古老""比时间本身的年龄还大"。我闭上眼睛，怀着甜美的恐惧勾勒出这样一幅景象，苔藓怎样慢慢地爬上了老人的后背，黑油油的蘑菇和地衣，还有那些贪婪的像虫子一样的棕色的根怎样在黑暗中生长。我试图紧闭双眼想象出"像鞑靼人的硬币那样光滑"一话的意义。于是我迫使自己在烟囱里传出的呼啸风声和其他听不到的声音中睡去，那风从来不可能靠近我们家，那烟囱我从来没有真正见过，只是在小人书中看到每座房子都有墁瓦的屋顶和烟囱。

我没有兄弟姐妹，我父母几乎买不起玩具给我，电视机和电脑还没有出现。我在耶路撒冷的凯里姆亚伯拉罕度过了整个童年，但我没有生活在那里，我真正生活的地方，是妈妈故事中讲到的或是床头柜上那一摞图画书中描述的森林边，茅屋旁，平原，草地，冰雪上，我身在东方，却心系遥远的西方，或者是"遥远的北方"，就像那些书中所描绘的那样。我在想象中的森林中，在语词的森林中，在语词的茅屋里，在语词的草地上头晕目眩地行走。语词的现实把令人窒息的后院、石屋顶上铺着的瓦楞铁、堆放脸盆并拉满洗衣绳的阳台都挤到了一旁。我周围的这些都不算。由词语构成的才算数。

我们在阿摩司大街上有年纪比较大的邻居，可是当他们缓慢地行走，痛苦地经过我家门前时，那样子俨然是老而古老的阿莱路耶夫那令人毛骨悚然的现实生活的一个苍白、忧伤、笨拙的翻版。就像特里阿扎丛林，乃是对无法逾越的原始森林所做的一种可怜而外行的素描。妈妈挑的豆子，令人失望地想起她故事里的蘑菇和森林果实、黑刺莓和蓝莓。整个现实世界只是徒劳模仿语词世界的尝试。这是妈妈给我讲过的一个关于女人和铁匠的故事，她没有选择语词，而是未曾考虑到我年幼，便把远方那色彩斑斓的语言赤裸裸地展现在我眼前，以前很少有孩子的脚步踏过那个地方，那是天堂里语言鸟的所在：

很多年前，在爱努拉力亚岛一个宁静的小镇上，在幽谷深处，住着三兄弟。他们是铁匠米沙、阿里尤沙和安通沙。他们个个长得粗壮结实，毛茸茸的，是样子像熊的人。他们整个冬天都在睡觉，只有到了夏天才锻铸耕犁，给马钉蹄铁，磨镰刀，用金属工具打磨刀刃和锤子。一天，大哥米沙动身去了特罗施班地区。他一去就是很多天，回来时不再是孤身一人，而是随身带回一个笑吟吟的女人，这个像是女孩的姑娘名叫塔提阿娜，塔恩亚或者是塔尼赫卡。她是个漂亮女人，在整个爱努拉力亚地区还找不出像她这样的女子。米沙的两个弟弟终日咬牙切齿，默不作声。要是他们当中的某个人盯着她看，这个塔尼赫卡会发出行云流水般的笑声，直至男人垂下眼帘。不然就是她看他们当中的某位，那个被她看的兄弟就会颤抖着垂下眼帘。在兄弟们住的茅棚里，只有一间大屋，大屋里住着米沙和塔尼赫卡，放有炉子、风箱、铁砧，还住着粗野的弟弟阿里尤沙和沉默寡言的弟弟安通沙，周围放有沉重的铁锤、斧头、凿子、支杆、锁链以及金属线圈。就这样出事了。一天米沙被推进了火炉，阿里尤沙把塔尼赫卡据为己有。美丽的塔尼赫卡给粗野的弟弟阿里尤沙做了七七四十九天的新娘，直到一只沉重的铁锤砸在他身上，砸扁了他的脑壳。沉默寡言的弟弟安通沙埋葬了哥哥，占据了他的位置。又是七七四十九天过去了，两人正在吃蘑菇派，安通沙突然脸色苍白，发青，他噎死了。从那时起到现在，漫游的年轻铁匠们从爱努拉力亚岛各处来到这里，并在茅屋住下，但是他们都不敢在那里住满七个星期。一个铁匠待上一个星期，另一个铁匠待上两个晚上。那么塔尼赫卡呢？嗯，整个爱努拉力亚岛上的铁匠们都知道，塔尼赫卡喜欢来上一个星期的铁匠，来上几天的铁匠，来上一天一夜的铁匠，他们半裸着身子给她干活，吭哧吭哧，抡锤铸铁，但若是某位铁匠忘记起身离去，她则忍无可忍。一两个星期就够了，七个星期又怎么受得了呢？

赫尔茨和萨拉·穆斯曼19世纪初居住在靠近乌克兰罗夫诺镇的特洛普，或是特里普村，有个漂亮的儿子名叫埃弗莱姆。家里人这么说，埃弗莱姆从小就喜欢玩水车抽水。埃弗莱姆·穆斯曼十三岁那年，在举行成年礼二十天后，邀请并招待更多客人，这一次埃弗莱姆和一个时年十二岁名叫哈娅·杜芭的女孩结了婚。在那时，男孩子娶纸上新娘为妻，以使自己免于被抓到沙皇军队里服役，一去不返。[1]

我姨妈哈娅·沙皮洛（名字取自她奶奶，那位儿童新娘）许多年前给我讲述了婚礼上所发生的一切。下午在特洛普村拉比家对面举行了结婚仪式与欢乐的晚宴，之后，小新娘的父母站起身带她回家睡觉。天色已晚，孩子经历了激动人心的婚礼，有些疲倦，加上别人让她喝了些酒，有些微醉，头靠在妈妈腿上睡着了。新

---

1 这个故事及以下所讲的故事，乃我幼年之际从我母亲那里听来，还有一部分从我外祖母以及母亲的堂兄弟施姆逊和米海尔·穆斯曼那里听来。1979年我写下关于哈娅姨妈的一些童年回忆，1997年和2001年，我偶尔记下索妮娅姨妈给我讲述的许多东西。我也从堂舅施姆瞬·穆斯曼撰写的《摆脱恐惧》（希伯来文版1996年出版于特拉维夫）一书中获益。——原注

郎，在客人当中跑来跑去，汗流浃背，和学校里的小朋友玩捉迷藏。于是客人们起身离去，两家人开始告别，新郎的父母告诉儿子快点上车回家。

但是年轻的新郎有别的想法。孩子埃弗莱姆站在院子中央，突然像只小公鸡，趾高气扬，跺着脚，执意要求带走新娘。不是在过了三年，甚至过了三个月后，而是就在现在。就在今晚。

还没走掉的客人一阵大笑，他气愤地转过身去，昂首阔步穿过马路，使劲敲打拉比家的房门，与龇牙咧嘴的拉比面对面地站在门口，开始引用《圣经》、《密西拿》、律法以及评注者的话。男孩显然已经准备了连珠炮，发射一通。他要求拉比立即在他和整个世界之间做出判决，指明一条时下的道路。《托拉》上是怎么写的？《塔木德》和法学家们又是怎么说的？这是不是他的权利？她是不是他的妻子？他是不是得按照律法与她成亲？这样，二者必居其一：要么立刻把新娘带走，要么必须把凯图巴（婚姻契约）收回，使婚姻无效。

故事是这样的，拉比哼哼哈哈，支支吾吾，清了清嗓子，捋捋胡须，抓了几次脑袋，拽拽两边的头发，拉拉络腮胡子，最后深深叹了口气，裁定说，简直没有办法，男孩不但精于整理他的文字和论证，而且完全正确：年幼的新娘别无选择，只能跟随他，没有别的途径，只能服从他。

一切审议结束后，小新娘便在半夜时分被唤醒，人们得陪同新婚小夫妇到他父母家里。新娘整整哭了一路。母亲紧紧抓住她，和她一起哭泣。新郎一路上也在哭，这是因为客人们在嘲笑奚落他。新郎的母亲和其他家人则羞愧难当，也哭了一路。

夜行队伍行进了一个半小时。那既是涕泪涟涟的丧葬队列，又是闹腾腾的宴会，因为有些参加者让这幕丑闻逗得喜不自胜，一直扯着嗓子描述关于少男少女的著名笑话，或者是如何以线穿针，边喝荷兰烈酒，边发出下流的呼哧声、嘶嘶声和叫喊声。

与此同时，小新郎的勇气开始离他而去，他开始为自己的胜利感到后悔。于是乎这对年轻的小情侣，稀里糊涂，哭哭啼啼，睡不了觉，像待宰的绵羊，在人们的引领下走向临时凑起的洞房，进了洞房，已经是后半夜了，人们几乎是用力在推他们。据说，门从外面锁上。接着，婚宴人员踮着脚尖退去，在另一间屋子里度过了整个夜晚，喝茶，吃筵席上剩下来的残羹剩饭，努力互相安慰。

早晨，天晓得，母亲们可能会冲进房屋，拿着毛巾和脸盆，急迫地去查看孩子们是否在摔跤角逐中存活下来，他们给对方造成了什么损伤。

但是几天过后，人们看见夫妻俩欢快地在院子里跑来跑去，打着赤脚吵吵嚷嚷地一起玩耍。丈夫甚至为妻子的玩偶娃娃造了间小树屋，而他自己又玩起了水车和水道，院子里溪流、湖泊和瀑布纵横交错。

他的父母赫尔茨和萨拉·穆斯曼一直资助这对年轻人到十六岁。"凯斯特-金德"是当年意第绪语对靠父母资助的年轻人的称呼。埃弗莱姆·穆斯曼长大后，把自己对水车的热爱与对引水的热爱之情结合起来，在特洛普村开设了一家面粉厂。水车轮在流水力量的作用下旋转。他的生意从来没有红火起来，他耽于梦幻，像孩子一样天真，游手好闲，挥霍无度，喜好争论，然而从来不坚持己见。他倾向于沉迷从早晨持续到晚上的闲散谈话。哈娅-杜芭和埃弗莱姆过着穷困的生活。这位小新娘给埃弗莱姆生了三子两女。她受训做了一位助产士和家庭护士，私下里常不收穷病人一文钱。她英年早逝，死于痨病。我曾外祖母去世时年仅二十六岁。

容貌英俊的埃弗莱姆迅速娶了另一位儿童新娘，她与自己的前任一样也叫哈娅。这位新哈娅·穆斯曼很快便把丈夫与前妻生的孩子从她家中赶走。软弱的丈夫并未试图阻止她。他似乎在英勇无畏地敲开拉比家门、以《托拉》和所有法学家的名义要求完婚的那个晚上，一次性用尽了自己微薄的勇敢与果决。从鲜血滴落的那个夜晚，到生命终结，他总是显得腼腆谦逊。他逆来顺受，性情温和，总是对妻子们百依百顺，愿意听从任何违背他意志的人的话，然而与陌生人在一起时，他多年形成一个男人不可捉摸的习惯，具有深藏不露的神秘与虔诚。他的举止显示出某种裹在谦恭中的高傲，像出身乡野的创造奇迹者，抑或是俄国东正教的老圣人。


于是他的长子，我外公纳弗塔里·赫尔茨十二岁时就在罗夫诺附近的维尔克霍夫庄园里当了学徒。庄园的主人是位性情古怪的未婚女贵族，拉夫佐娃公主。在三四年间，公主发现这个简直白送上门的年轻犹太人灵活、机智、迷人而有趣，而且学到了一两手关于面粉加工的技能，因为他是在磨坊里长大的。也许他身上还有其他什么东西，在形容枯槁而无子嗣的公主心中唤起了母性情感。

于是她决定在罗夫诺边上、都宾斯卡大街尽头的墓地对面购买一块土地，盖一座磨坊。她让自己的一个侄子和继承人、工程师康斯坦丁·塞姆扬诺维奇·斯泰来斯基去管理这座磨坊，派十六岁的赫尔茨·穆斯曼做他的助手。我外公很快便显示出组织才能、圆通的交际手腕，以及令人感到亲近的移情，与人交往非常敏锐，能够猜度人们的所思所想和所求。

十七岁那年，我外公当上了磨坊真正的经理。（"于是他很快便蒙得那位公主的深深喜爱！就像故事中讲的义人约瑟在埃及那样，那个女人叫什么来着？波提乏夫人[1]，对不对？那位工程师斯泰来斯基，在酒醉之时把他所建造的东西亲自毁掉。他是个可怕的嗜酒狂！我依然能够记得他一边狂怒地鞭打自己的马，一边出于对不能说话的动物们的怜悯而哭号，他哭时泪珠像葡萄一样大，但仍然不住地打他的马，就像斯蒂文森一样。他拥有某种天才的火花。但是那个斯泰来斯基，他一旦发明了什么东西，就会勃然大怒，会彻底将其毁灭掉！"）

于是年轻的犹太人养成一种习惯：保养和维修机械，与携带小麦和大麦前来的农民们洽谈，支付工人工资，与商人和顾客讨价还价。这样一来，他成了类似父亲的磨坊主。然而，与他那位好吃懒做颇有几分孩子气的父亲埃弗莱姆不同，他聪明、勤奋、雄心勃勃。因此获得了成功。

与此同时，日薄西山的拉夫佐娃公主变得越来越虔诚。她只穿黑色衣衫，越来越虔敬吃斋，总是在悲悼，悄悄地和耶稣交谈，从一所寺院走到另一所寺院，寻找某种精神启示，挥霍财富奉献给教堂和神殿。（"一天她拿起一只大锤子，把根钉子钉进了自己的手掌，因为她想拥有和耶稣一模一样的感觉。后来他们赶来把她捆上，包好她的手，把她的头发剃光，把她关进图拉附近的一座修道院度过余生。"）

---

1　波提乏夫人，《圣经》中的人物。见约瑟容貌秀雅俊美，就诱惑他，遭到拒绝后，便诬陷他。见《圣经·创世记》第 39 章。

公主的侄子，那位可怜的工程师康斯坦丁·斯泰来斯基在姑妈死去后沦为酒鬼。妻子伊里娜·马特维耶夫纳和赶车人菲利普的儿子安东私奔了。（她也是个大酒鬼。但是是他，斯泰来斯基，把她变成了酒鬼。他有时会在打牌时把她输掉，也就是说，他输掉她一个晚上，第二天一早再把她弄回来，到了夜里再把她给输掉。）

斯泰来斯基就这样在伏特加和打牌中排遣忧伤。（"可是他也创作优美的诗歌，这些奇妙的诗歌充满着感情，充满着悔恨与怜悯！他甚至撰写哲学论文，用的是拉丁文。他通晓所有伟大哲学家的著作，亚里士多德、康德、索洛维耶夫，他经常独自到森林里去。为使自己变得谦卑，他有时把自己装扮得像个乞丐，凌晨时分走街串巷，像个饥饿的乞丐，在垃圾堆里搜寻。"）

渐渐地，斯泰来斯基把赫尔茨·穆斯曼变成了他在磨坊的得力助手，最终成为他的合伙人。我外公二十三岁那年，大概"卖身为奴"给拉夫佐娃公主十年之久后，购买了斯泰来斯基拥有的磨坊股份。

他的生意不久便扩大了，在所获得的成就中，还包括吞并了自己父亲的小磨坊。

年轻的磨坊主人并未因被逐出父母家门而心存芥蒂。相反，他宽恕了此时已第二次成了鳏夫的生父，把他安置在办公室，即所谓的康托拉，甚至支付他一份说得过去的月薪，直至寿终正寝。相貌堂堂的埃弗莱姆在那里坐了许多年，蓄着惹人注目的长长的白胡子，无所事事。他慢慢地打发时光，喝茶，与到磨坊来的商人和代理人高高兴兴啰啰唆唆地聊个不停。他喜欢平静而漫无边际地向他们发表演说，谈论长寿的秘密，把俄国人的性格特征与波兰人和乌克兰人的性格特征进行比较，谈论犹太教的神秘之处，世界的起源，或者谈他自己对改善森林、改善睡眠、保留民间传说，或是用自然方法强化视力的独创性见解。

妈妈记得她的祖父埃弗莱姆·穆斯曼，令人难忘的家长式人物。在她看来，他长长的雪白胡子像先知的那样高贵地飘拂着，浓密的白眉毛赋予了他几分《圣经》的神采，故而令他的脸显得庄严崇高。他那双蓝眼睛像雪域风光里的池塘，闪闪发光，闪烁着幸福的孩子般的微笑。"埃弗莱姆爷爷的样子就像上帝。我说的是每个孩子都把上帝想象成那个样子。他逐渐显现在整个世界面前，像斯拉夫圣人，在乡村行奇迹者，介乎老托尔斯泰和圣诞老人形象之间的某种东西。"

埃弗莱姆·穆斯曼五十多岁时变成一个令人激动但是有点模棱两可的先知。他越来越无法区分神人与神本身。他开始洞察他人心扉，占卜，滔滔不绝进行道德说教，释梦，准予赦免，表现出虔敬与慈悲。从早到晚，他坐在磨坊办公室桌旁对着一杯清茶，一味施加怜悯。除此之外，终日无所事事。

他身上总是散发出名贵香水的气味，双手柔软温暖。（"可是我，"索妮娅姨妈在八十五岁那年带着装得不太像的欢欣说，"我是他最宠爱的孙女！他特别喜欢我！那是因为我是这样一个小美人儿，如此一个卖弄风情的小女人，像个法国小女人，我懂得如何任意摆布他。不过，实际上任何女孩子都能任意摆布他漂亮的脑袋，他是那么可爱，那么心不在焉，那么天真无邪，那么容易动情，区区小事竟然能够让他热泪盈眶。我是个小姑娘时，经常一连几个小时坐在他的腿上，一遍遍梳起他那庄严的白胡子，我总是有足够的耐心，倾听他滔滔喷涌出的废话。此外，我用的是他母亲的名字。因此埃弗莱姆爷爷最疼爱我，有时甚至叫我'小妈妈'。"）

他性情安静温和，是个温柔和蔼的男人，尽管喋喋不休，但是因为在布满皱纹的脸上总是不断闪烁着逗人、童稚、迷人的微笑，所以人们喜欢注视着他。（"爷爷就是这副样子：你一看他，就会微笑！埃弗莱姆爷爷一走进房间，大家都会开始微笑，不管愿不愿意。埃弗莱姆爷爷一走进房间，连墙上的画像都会开始微笑！"）幸运的是，他的儿子纳弗塔里·赫尔茨无条件地爱他，每逢他把账目弄混，或者是未经批准便擅自打开办公室里的现金柜，拿出两张支票，像哈西德故事里所讲述的那样，在给感激万分的农民算过命并进行一番道德训诫后把支票分给他们时，也总是宽恕他，要么就是佯装不知。

老人通常会连续几天坐在办公室里，凝视着窗外，心满意足地观看儿子的磨坊在运作。也许他看上去"就像上帝"，所以他实际上在晚年把自己视为某种全能的上帝。他为人谦卑，但骨子里自高自大，也许是年龄大了脑子有些愚笨的缘故（始于五十多岁），他有时把自己的指导和建议对儿子倾囊相授，期冀改进并扩展生意，但多数情况下，过了一两个小时他便忘记了自己刚刚说过的话，又提出新的建议。他一杯接一杯地喝茶，心不在焉地瞟一眼账目，要是陌生人错把他当作老板，他也并不纠正，反而是欣欣然和他们聊起罗斯柴尔德家的财富，或者是中国苦力的悲惨境遇。一般而言，他的谈话要持续七八个小时。

儿子迁就他。纳弗塔里·赫尔茨明智、谨慎、耐心地拓展自己的生意，在各处开设分公司，赢取薄利。他把一个姐妹撒拉嫁了出去，收留了另一个姐妹詹妮，最后也设法把她给嫁了出去。（"嫁给了一个木匠，亚沙！一个好小伙，尽管他头脑简单！但是对詹妮又有什么办法呢？毕竟，她是快四十岁的人啦！"）他用可观的工资雇用了自己的侄子施姆逊，也雇用了詹妮的亚沙，那个木匠，他慷慨援助兄弟姐妹父老乡亲。他生意兴隆，他的乌克兰和俄国顾客脱下帽子，手抚前胸满怀敬意地向他鞠躬行礼，管他叫戈尔茨·耶弗里莫维茨（埃弗莱姆之子，赫尔茨）。他甚至还有了个俄国助手，一个身患溃疡无比贫困的年轻贵族。在他的帮助下，我外公甚至进一步拓展了自己的事业，在远及基辅、莫斯科和圣彼得堡等地开设了分公司。

1909 年或者是 1910 年，二十一岁的纳弗塔里·赫尔茨·穆斯曼娶了伊塔·吉达耶夫纳·舒斯塔，吉达利亚·舒斯塔和妻子波阿尔（尼·吉伯尔）生的性格乖张的女儿。关于我的曾外祖母波阿尔，我从哈娅姨妈那里听说，她是个坚忍顽强的女性，"精明犹如七个商人"，对付村民们的手腕圆熟，说话刻薄，热衷于金钱与权力，绝对吝啬。（"据说，她总是将理发店里的每绺头发都收集起来填装垫子。她用小刀把每小方块糖都切成均等的四小块。"）至于外曾祖父吉达利亚，据他外孙女索妮娅的记忆，是个脾气暴躁的大块头男人，食欲旺盛。他的胡子乌黑蓬乱，举止一点也不安定，盛气凌人。据说他打嗝时会震得窗玻璃直晃荡，他的吼声犹如水桶滚动。（但是动物的死，包括狗和宠猫，甚至孩子和牛犊都能让他害怕。）

他们的女儿伊塔，我的外祖母，言谈举止总是像生活未得到应有关照的女人。她年轻时人长得漂亮，有很多追求者，她似乎是被宠坏了。她用一根铁条来管束自己的三个女儿，可其举动，仿佛是想让她们把她当作小妹妹或是可爱的小孩子看待。即使上了年纪，她对孙辈继续表现出各种小新娘和卖俏的姿态，仿佛祈求我们对她体贴备至，为她的魅力着迷，向她大献殷勤。与此同时，她能够表现出彬彬有礼的残忍。

伊塔和赫尔茨·穆斯曼的婚姻经历着令人咬牙切齿的苦难：六十五年的伤害、冤屈、屈辱、休战、耻辱、克制以及相互噘起嘴唇时的礼貌。我外祖父母彼此之间有着天壤之别，关系疏远，然而这一绝望总是被妥善储藏着。在我们家任何人也不会提起此事，我在童年曾设法察觉到它像墙那边飘过来一股略微烧焦的淡淡肉味。

他们的三个女儿，哈娅、范妮娅和索妮娅，看到了其中一些眉目，设法减轻父母婚姻生活中的苦恼。三人毫不犹豫一致站到了父亲一边，与母亲针锋相对。三人对母亲既恨又怕；她们为她感到羞愧，将其视为极其粗俗、盛气凌人的挑事者。她们吵架时，会彼此指责说："你瞧瞧你！你越来越和妈妈一模一样了！"

哈娅姨妈只有在父母年迈，自己也逐渐上了年纪时，才终于把父母分开，把父亲送到了吉瓦特伊姆的一家敬老院，把母亲送进了耐斯茨用纳附近的一家私人疗养院。索妮娅姨妈对此拼命反对，认为这种强行分离大错特错，哈娅姨妈却执意这么做。但是那时，两位姨妈间的分裂不管怎么说也达到了白热化。从 20 世纪50 年代末期到 1989 年哈娅姨妈去世，二人几乎有三十年没说一句话。（索妮娅姨妈确实出席了姐姐的葬礼，她在葬礼上伤心地对我们说："我宽恕她所做的一切。我在内心深处祈祷，上帝也将宽恕她……这对她来说绝非易事，因为要他宽恕的事情实在太多太多。"这和哈娅姨妈在去世前一年，在谈到妹妹索妮娅时对我说的话几乎一模一样。）

事实上，穆斯曼的三个女儿均以各自不同的方式深爱着她们的父亲。我的外公纳弗塔里·赫尔茨（我们大家，他的女儿女婿和孙儿们，都叫他爸爸），是个热心肠的人，充满父爱，心地善良，非常有趣。他肤色黝黑，声音温和，继承了父亲那双明澈的蓝眼睛，那富有洞察力的敏锐目光中暗含着一丝微笑。每当他和你说话时，你就会觉得他能够探究到你的情感深处，推测字里行间的意思，立即明白你所说的话，明白你为什么要这么说，与此同时，觉察出你正在设法隐瞒他的一切。他有时会冲你露出意想不到的不怀好意的微笑，差不多还用眼睛示意，好像是把你弄得有些局促不安，并为你局促不安，但还是宽恕了你，因为人毕竟是人。

在他眼里，所有人都是马马虎虎的孩子，彼此失望，相互忍受，我们大家都陷于一场没完没了、技艺不精、基本上没有好结果的喜剧里。条条道路都通往痛苦。因此，在外公眼里，几乎每个人都应受到怜悯，他们的多数行动都值得宽恕，包括各种各样的阴谋诡计、恶作剧、欺骗、虚荣、操纵、无理要求和借口。他会用不怀好意的微笑将你这些恶行赦免，好像在（用意第绪语）说：咳，有什么呀。

只有残酷的行为可以检验外公顽皮的耐力。他对这些深恶痛绝。一听到做坏事，他快乐的蓝眼睛便蒙上了一层乌云。"恶兽？但它是什么意思？"他会用意第绪语表示，"兽类没有是恶的。兽类不可能恶。兽类一点也不恶。恶是我们人类的专利。也许我们毕竟在伊甸园里错吃了苹果？也许在伊甸园里，在生命树和智慧树中间，还长着另一棵树，圣书里没有提到的一棵毒树，邪恶树。

我们偶然间吃的就是那棵树上的果子吗？那条邪恶的蛇欺骗了夏娃，向她保证这肯定是智慧树上的果子，但带她吃的却是邪恶树上的果子。也许要是我们坚守生命树和智慧树，就从来不会被逐出伊甸园？"

接着，他的眼睛又恢复到快乐的亮晶晶的蓝色，用缓慢温和的声音和生动洪亮的意第绪语清晰地解释让-保罗·萨特数年后的发现："但是地狱是什么？天堂又是什么？当然都是在事物内部。在我们家里。你可以在每间屋子里都发现地狱和天堂。在每扇门后。在每条双人毛毯下。是这样。一点邪恶，人与人之间就像在地狱里一样。一点点怜悯，一点点慷慨，人与人之间就像在天堂一样。"

"我说的是一点点怜悯和慷慨，但我没有说爱，我不是相信泛爱的那种人。人人爱人人，这或许该留给耶稣。爱毕竟是另一回事。与慷慨和怜悯截然不同。恰恰相反。爱是对立事物的奇妙混合，是极端自私与完全奉献的混合。一个悖论！此外，爱，大家一直在谈论爱，爱，但是爱并非你所能选择，你抓住了爱，像患上疾病，你陷入爱，像陷于一场灾难。所以我们所选择的是什么呢？人类时时刻刻所选择的是什么？慷慨，还是邪恶？每个小孩子都对此了如指掌，然而邪恶没有尽头。对此你将如何做出解释？仿佛所有这一切都是我们从那时吃的那只苹果里得来的：我们吃了一只有毒的苹果。"

# 21

　　罗夫诺城是重要的铁路枢纽，在卢波米尔斯基王侯家的宫殿和沟壑环绕的公园周围发展起来。乌斯梯河从南到北横贯整座城市。在河流与沼泽之间耸立着一座城堡，在俄国人执政时期，那里还有一个美丽的湖泊，天鹅在湖上漂来漂去。城堡、卢波米尔斯基宫殿以及天主教和东正教的许许多多教堂组合成罗夫诺城市空中轮廓线，其中一座教堂上饰有一对双子座塔。第二次世界大战前，这座城市容纳了约六万人口，在这些人口中，犹太人占多数，其他居民有乌克兰人、波兰人、俄国人以及一些捷克人和德国人，还有数千犹太人居住在附近的村镇里。村庄周围是一片片果园和菜地、牧场、小麦和黑麦田，麦田有时在微风中抖动，细浪翻腾。火车的轰鸣不时会打破田间的沉寂。偶尔你可以听见乌克兰农家女在花园里歌唱。远远听去，那声音像在抽泣。

　　目之所及，是一望无际的平原，平缓的小山不时隆起，与河流池塘相互交错，湿地森林星星点点。城市里有三四条"欧式"大街，街上矗立着几幢新古典风格的公务楼，还有一排中产阶级居住的二层小楼，小楼几乎你靠着我我挨着你，清一色的外观，带有锻铁阳台。这些商人之家的第一层给一排小商店占据了，但是多数旁路都是没有铺设的小道，冬天泥泞，夏天灰尘泛起。有些旁路上不时铺着不牢固的木板路面。你一拐上一条旁路，就会置身于低矮的斯拉夫式房屋之间，这些房屋墙厚，屋檐突出，周围是个人经营的小块园地，以及无数摇摇欲坠的棚屋，有些棚屋的窗子陷到了地里，屋顶上杂草丛生。

1919 年，犹太教育组织塔勒布特在罗夫诺开设了一所希伯来语中等学校、一所小学，以及几所幼儿园。我母亲和她的姐妹们在塔勒布特学校受的教育。在二三十年代，罗夫诺出版了希伯来语和意第绪语报纸，十个或十二个犹太政党相互之间斗争激烈，希伯来文学俱乐部、犹太教、科学和成人教育生机勃勃。二三十年代，反犹主义在波兰愈演愈烈，犹太复国主义和希伯来教育则变得越来越强大，与此同时（并不矛盾），宗教与世俗分离论和非犹太文化的吸引力越来越大。[1]

每天晚上十点整，夜行快车驶出了罗夫诺站，开往兹多伯诺沃、利沃夫、卢布林和华沙。星期天和基督教节日，所有教堂里的钟声鸣响。冬天暗无天日，白雪飘飘，夏日暖雨降落。罗夫诺的电影院由一个名叫布兰德特的德国人所有。有位药商是捷克人，名叫玛哈奇克。医院里的头号外科医生是犹太人，叫赛戈尔博士，他的竞争对手谑称他为疯人赛戈尔。他在医院里有个同事叫约瑟夫·考皮伊卡，是个矫形外科医师，激进的修正派犹太复国主义者。摩西·罗坦伯格和希姆哈-赫尔茨·玛雅菲特是镇上的拉比。犹太人经营木材、谷物、磨坊生意，从事纺织、家用物品、黄金

---

1 门纳哈伊姆·格勒尔特《罗夫诺的塔勒布特希伯来语学校》（希伯来文，耶路撒冷，1973）。塔勒布特学校宣传犹太复国主义思想，是世俗化的学校。——原注

和白银加工、皮革、印刷、服装、食品杂货、缝纫用品、贸易和银行业。一些年轻的犹太人在社会良知驱使下加入无产阶级的行列，当印刷工人、学徒、普通劳动者。皮栖尤克家族有家啤酒厂。特维斯科尔家族是远近闻名的工匠。斯特罗奇家族制作肥皂。金德尔家族承租了森林。斯泰恩伯格家族拥有火柴厂。1941年7月，德国人从两年前接管罗夫诺的苏联军队手中将城市拿下。1941年11月7日到8日两天里，德国人及其帮凶屠杀了城中两万三千名犹太人。幸存下来的五千人后来在1942年7月13日遇害。

我母亲有时用平静的声音——那声音在语词结束后还有些拖延——怀着悠悠怀旧之情，向我讲述她已然离开的罗夫诺。仅用六七个句子，就能给我绘制出一幅画面。我一再推迟前去罗夫诺的时间，这样一来母亲送给我的图画就不会被替代。


20世纪20年代任罗夫诺市市长的古怪的莱比代夫斯基从来没有子女。他住在都宾斯卡大街14号的一所大房子里，四周有一亩多地，一个花园，一个家庭菜园和一个果园。和他住在一起的有个单身女仆，还有女仆的小女儿，据传这个孩子是他自己的女儿。还有位他的远房亲戚柳波娃·尼吉提奇娜，一个身无分文的俄国贵族，声称自己也在某种程度上是时下罗曼诺夫家族的远亲。她和她同母异父的两个女儿住在莱比代夫斯基家里，两个女儿分别叫作塔西亚，或安娜斯塔西亚·萨尔季耶夫娜，和尼娜，或者安东尼娜·波莱斯拉沃夫娜。三人挤在一个小房间里，那实际上是走廊的一头，用窗帘隔开。这三位女贵族和一件富丽堂皇的18世纪体积庞大的家具共享这块小地方，家具是桃木的，上面雕有花纹和装饰图案。在家具里面，在它光滑的门后，塞着一件件古玩、银器、瓷器和水晶制品。她们还有一张宽大的床，上面放着色彩鲜艳的绣花靠垫，显然三个人躺在一起。

房子里有个宽敞的储藏室，但在储藏室下面有个大地窖，既用作车间，又用作食品储藏室、仓库、酒窖，散发着各种浓烈的气味，那气味怪怪的，有点可怕，但也混杂着五花八门的迷人气味：干果，黄油，香肠，啤酒，谷类食品，蜂蜜，各色果酱，一桶桶泡菜、黄瓜和各种调料，一串串横穿酒窖挂起来的干果，装在口袋和缸里的豆子，混杂着柏油、煤油、人造沥青、煤和木柴的气味，还散发着轻微的霉味和腐烂味。从天花板上的一个小口射进来一缕灰尘弥漫的斜光，它似乎强化了黑暗，而不是驱散了黑暗。我从母亲所讲的故事中，了解了这个地窖，即便现在，当我提笔写作时，闭上眼睛，也能走到那里，呼吸到那令人头晕目眩的气味。

1920 年，就在马沙尔·毕苏斯基[1]的波兰军队攻克了俄国人占领的罗夫诺和整个西乌克兰地区的前夕，莱比代夫斯基市长失宠，被从办公室赶了出来。他的继任是个愚钝的恶棍和酒鬼，名叫波加尔斯基，他是个不折不扣的残酷的反犹主义者。莱比代夫斯基在都宾斯卡大街的房子，被我外公，即开磨坊的纳弗塔里·赫尔茨·穆斯曼低价买下。他携妻子伊塔和三个女儿一同搬了进去。三个女儿是 1911 年出生的大姐哈娅，或妮玉斯娅，两年后出生的瑞夫卡-菲佳，或范妮娅，以及老疙瘩，出生于 1916 年的撒拉，或索妮娅。我最近得知房子至今犹存。

都宾斯卡大街的名字被波兰人改成卡扎莫娃（军营），大街一

---

1 马沙尔·毕苏斯基，即约瑟夫·毕苏斯基（1867—1935），波兰军事独裁者，政治家，曾任波兰元首。

侧林立的是城中较富有阶层的宅邸，而另一侧则被军营占据。春天，街道上弥漫着从花园和果园里飘来的阵阵香气，有时夹杂着烘烤新鲜面包、蛋糕、饼干、果派的气味，还有从住宅厨房里飘来的浓浓菜香。

在那套有许多房间的宽敞住房里，穆斯曼一家从莱比代夫斯基那里"继承"下来的各种房客继续住在那里。爸爸不忍心把她们赶出去。因此，老仆人卡西尼亚·德米特里夫娜，谢尼特奇卡继续住在厨房后面，和她同住的还有女儿多拉，她也许是，也许不是莱比代夫斯基本人的种，大家都只叫她多拉，不挂父亲的姓。在走廊尽头，在沉重的帘幕背后，仍然称自己是皇亲的一贫如洗的女贵族里柳芭，柳波娃·尼吉提奇娜和女儿塔西亚和尼娜不受任何干扰留在她们的小领地。三人都非常瘦弱，挺拔，高傲，总是精心打扮，"如同孔雀群"。

在房子正面一间光线充足按月收取租金的宽敞房间，人称"卡比尼特"里，住着一位名叫詹·扎克尔杰夫斯基的波兰军官。他五十多岁，好吹牛，懒惰，多愁善感，身材结实，有男子汉气概，肩膀宽阔，相貌不错。姑娘们叫他潘尼·波尔考夫尼克。每个星期五，伊塔·穆斯曼会派某个女儿端上一盘刚刚出炉的香喷喷罂粟籽蛋糕，彬彬有礼地敲开潘尼·波尔考夫尼克的房门，行屈膝礼，代表全家祝他安息日快乐。军官会身体前倾，抚摸小姑娘的头发，有时抚摸她的后背或者肩膀，他一律管她们叫吉卜赛人，向每个人许下诺言，说要忠实地等待她，等她长大后娶她为妻。

取代莱比代夫斯基的反犹主义市长波加尔斯基有时会来和退休了的扎克尔杰夫斯基一起打牌。他们一起饮酒，抽烟抽得"天昏地暗"。几个钟头过去，他们的声音变得沙哑粗嘎，狂笑中夹杂着呻吟和喘息。每当市长来到这里，姑娘们便被送到住宅后部，或者花园里，免得听到教养良好的女孩子不宜听到的话。仆人时不时会给男人们端上热茶、香肠、鲱鱼，或是一盘水果蜜饯、饼干和坚果。每次她都会满怀敬意地转达住宅女主人的要求，要他们压低嗓门，因为她患有"剧烈的头疼"。先生们怎样对仆人做出回答，我们永远不得而知，因为仆人"聋如十堵墙"（或者有时称之为"聋如全能的上帝"）。她会在自己身上画十字，行屈膝礼，拖着疲惫痛苦的双脚离开房间。

一个星期天，黎明时分，第一束光尚未升起，住宅里的人仍然在沉睡，扎克尔杰夫斯基长官决定试试他的手枪。他先是隔着关闭着的窗户朝花园射击。碰巧，或是以某种神秘的方式，他在暗中竟然射中一只鸽子，第二天早晨人们发现鸽子受了伤，但仍然活着。而后，他出于某种原因，近距离朝桌子上的酒瓶射击，朝自己的大腿射击，朝枝形吊灯射击两次，但没有打中，他用最后一粒子弹打碎了自己的脑壳，死去。他是个多愁善感唠唠叨叨的人，心胸坦荡，经常冷不丁放声歌唱，或放声哭泣，为自己民族的历史悲剧伤心，为让邻居们用棍棒打死的可爱小猪仔伤心，为冬天来临之际鸣禽们的痛苦命运伤心，为钉上十字架的耶稣所遭受的苦难伤心，他甚至为遭受五十代迫害、依然没有看到光明的犹太人感到非常伤心，他为自己莫名其妙逝去的人生伤心，不顾一切地为某个叫瓦西丽莎的女孩伤心，许多年前，他曾允许她离开了自己，为此他永远也不会停止咒骂自己的愚蠢，咒骂空虚而无价值的人生。"我的上帝，我的上帝，"他经常用波兰人的拉丁语慷慨陈词，"你为何将我抛弃？你为何将我们大家抛弃？"

那天早晨，他们把三个女孩从后门带出家，穿过果园和马厩的门，女孩子们回来时，前面的屋子已经空空荡荡，收拾得又干净又整洁，并通了风，军官的所有物品被打包塞进袋子里运走了，只有酒味从打碎的瓶子里散发出来，哈娅姨妈记得，那酒味几天滞留不去。

一次，那个要成为我妈妈的女孩找到藏在衣柜缝里的一张纸条，纸条出自一位女性之手，上面写着相当简单的波兰语，写给她的小幼童军宝贝，说她有生以来，从来没有碰到过比他更好更慷慨的男人，她不配亲吻他的脚掌。小范妮娅注意到有两处波兰语拼写错误。纸条用大写字母"努恩"签名，作者在字母上画着两片饱满的嘴唇，意为亲吻。"没有人，"母亲说，"没有人能了解别人的事情，甚至连近旁的邻居也不了解，甚至连你的伴侣也不了解。也不了解你的父母和孩子。一点也不了解。甚至连自己都不了解。什么都不了解。要是我们有时有那么一刻想象自己了解些什么，这种情形甚至更为糟糕，因为在浑然不觉中生活比在错误之中生活要好。然而，实际上，谁又知道呢？转念一想，或许在错误中生活比在黑暗中生活要容易得多。"


索妮娅姨妈住在特拉维夫维塞里大街，那是个沉闷、阴郁、干净、整洁，家具过多，窗子一直紧闭的两室套房（外面潮湿闷热的九月天特征越来越浓），她从那里带我去游览罗夫诺西北沃尔亚区的高楼大厦。卡扎莫娃大街，即以前的都宾斯卡大街，与罗夫诺的主街相交，这条街以前叫作绍塞伊纳，波兰人来了之后更名为捷克杰戈玛雅，"五三大街"，以纪念波兰的国庆节。

索妮娅姨妈向我做了精确而详尽的描述。你从路上向房里走去，先要穿过前面的小花园，花园名叫帕里萨得尼克，里面长着整整齐齐的茉莉花丛（"我仍然记得左边一株极小的灌木散发出浓烈刺鼻的气息，因此我们称它在'热恋'……"）。有花名叫马加里特基，现在叫作雏菊。有玫瑰花丛，罗斯奇基。我们经常把玫瑰花瓣做成某种康菲图拉，那是种又香又甜的果酱，你会想象它会趁人不备自己舔舐自己。玫瑰生长在两个用小石头和砖头圈起来的圆形苗圃里，苗圃卧在那里呈对角形，用石灰水粉刷一新，看上去像一排相互偎依的天鹅。

花丛后面，有一把绿色长椅，从长椅边上左拐，便是主要入口，有四五级台阶，棕色大门上点缀着各种装饰和雕刻，遗留下莱比代夫斯基市长的巴罗克品位。进了主入口，便是摆放着桃木家具的大厅，高大的窗子上挂着落地窗帘。右边第一个门内住着波尔考夫尼克·潘尼·詹·扎克尔杰夫斯基。他的男仆是个农家孩子，宽大通红的甜菜般脸膛上长满粉刺，你要是有不雅之念也会长，男仆夜晚铺个垫子睡在他的门前，早晨再把垫子搬走。这位男仆看我们这些女孩子时，眼神会突然熄灭，仿佛就要饿死。我不是说没有面包挨饿，实际上我们一直从厨房里给他拿面包，要多少给多少。那个波尔考夫尼克经常无情地毒打他的男仆，而后又悔恨交加，给他零花钱。

你可以通过房子右翼走进去——有条红石铺砌的道路，冬天非常滑。沿路长有六棵大树，俄语里称之为赛林，我不知道希伯来语怎么说，也许现在树已经不在了。这些树有时开有一簇簇紫花，散发出醉人的芳香，我们有时故意停在那里，深深吮吸其芬芳，直至有时觉得头都发晕了。我们眼前能够看到各种各样的亮点，五颜六色，叫不上名字。总之，我认为颜色与气味远远多于语词。这一侧的路过去是六级台阶，拾级而上是一条开阔的小游廊，游廊里有把长椅……我们称之为爱的长椅，因为有些不太雅观的事他们不想让我们知道，但我们知道它与仆人有关。仆人入口与这个游廊连在一起，我们叫它朝尔尼克胡得，意思是黑门。

要是你不从前门或是朝尔尼克胡得走进住宅，你可以顺着屋旁的小径走进花园。花园特别大，至少有从维塞里大街到迪赞高夫大街那么大。甚至到本-耶胡达街那么大。在花园中间有条大路，路的一边有许多果树，各种各样的李子树和两棵樱桃树鲜花盛开，像婚礼礼服，它们的果实用于制作烈酒和饮料。另一边则有更多的果树，鲜美多汁的桃子，还有我们称之为"举世无双"的苹果，还有翠绿的小梨，男孩子对它的称呼令我们女孩子用手紧紧捂住耳朵，免得听见。用来做果酱的长李子，果树中还有树莓丛、黑莓和茶藨子矮丛。我们有专门冬天吃的苹果，我们把苹果埋在阁楼上的草里，慢慢熟透，以备冬天食用。他们也经常把梨放在那里，包在草里，在那里多睡上几个星期，只有在冬天醒来，通过这种方式，我们冬天能吃上好的水果，而其他人只有土豆吃，有时甚至连土豆也吃不上。爸爸常说财富是种罪恶，贫穷是种惩罚，但是上帝显然不愿意把罪与罚联系在一起。一个人犯罪，另一个人遭受惩罚。世界就是这样组成的。

爸爸，你的外公，近乎是个共产主义者。他总是习惯于把他父亲埃弗莱姆扔在那里，让他独自一人在磨坊办公室的桌旁铺上洁白的餐巾用刀叉吃饭，而他总是和工人们一起坐在烧木柴的火炉旁，和他们一起用手抓着吃黑麦面包、腌鲱鱼、一片洋葱蘸盐和带皮土豆。他们习惯于在地上铺张报纸，坐在那里吃，他们大口大口吞下伏特加酒。每次过节的前一天，父亲都会给每个工人一袋面、一瓶酒和几个卢比。他常常指着磨坊说……咳，这些都不是我的，是我们大家的。你的外公，就像席勒笔下的威廉·退尔，那位社会主义者首领，和最普通的士兵同饮一杯酒。

一定是这个原因，1919年共产党来到城里，马上就把所有的资本家和工厂主当作罪犯，爸爸的工人们打开发动机的盖子，我不记得它叫什么名字了，就是给轮子动力碾碎谷物的主要发动机，他们把他藏在里面，把他锁了进去，然后向红色领导人派了一个代表团，对他说，请好好听我们说，长官先生，我们的戈尔茨·耶弗里莫维奇·穆斯曼，你可不许碰啊，甚至连脑袋上的一根头发都不许碰！赫尔茨·穆斯曼，是我们的爹。

罗夫诺的苏维埃政权确实让你的外公当磨坊老板，他们没有难为他，相反，他们来找他，对他说了这样的话：亲爱的穆斯曼同志，请听我说，从现在开始，要是有人干活偷懒，或者是蓄意破坏，你只管把他送到我们这里，我们立刻让他靠墙，毙了他。你外公做的肯定截然相反，他机智灵活地从工人政府手中保护工人，同时给我们地区的红军供应全部面粉。

有一次发生了这样的事情，苏维埃长官显然征集了大量完全霉变的谷物，他惊恐万状，因为这足以让上级把他立即推到墙边：这是怎么回事，你怎么不检查就把货收下？那么长官该怎么办才可以保全自己？深夜，他命令把所有的货物卸在爸爸的磨坊附近，命令他们凌晨五点之前将其磨成面粉。

爸爸和工人们在黑暗中甚至没有注意到谷子已经发霉，他们开始投入工作，整整忙了一夜，天亮时分，他们磨出了臭烘烘长了蛆的面粉。爸爸立刻明白他现在要对面粉负责了。他可以选择承担责任，也可以选择在没有任何证据的情况下，指控送来霉变谷物的苏维埃长官——每种抉择都是在玩火。

他还有什么办法？把所有的罪责都归咎于他的工人？于是，他只把所有发霉生蛆的面粉扔掉，从自己的粮仓里搬出一百五十袋质量上乘的面粉，不是军用面粉，而是用于烘烤面包和哈拉[1]的白面，第二天早晨，他没说一句话，就把这些面粉送给了长官。长官也没说一句话，纵然在他内心深处，或许因把一切归咎于你外公而感到几分愧疚。可是他现在能怎样呢？毕竟，头头们从来也不接受任何人的解释或者致歉，他们只会把他们送到墙边枪毙。

当然长官明白爸爸给他的绝对不是臭烘烘的谷物，因此爸爸牺牲自己保全了他们二人，也保全了他的工人。

故事还没有就此了结。爸爸有个弟弟，米克海尔，米海尔，他有幸聋如上帝。我说他有幸，是因为米海尔叔叔有个恶妻拉克希尔，非常邋遢，习惯于用粗鲁沙哑的嗓子整日整夜地冲他叫骂，可他什么也听不见，他默默地冷静地生活，就像天上的月亮。

那些年米克海尔在爸爸的磨坊前来回转悠，什么事情也不做，和爷爷埃弗莱姆一起在办公室喝茶，由于这个原因，爸爸每月支付他一份还算说得过去的月薪。霉变面粉风波过去几个星期后，一天，苏维埃突然把米克海尔带走，征募他去参军。但是当天夜里，米克海尔忽然在梦中见到了自己的母亲哈娅，她在梦里对他说，快点，我的孩子，快点逃吧，因为明天他们计划将你杀害。于是他早早起来，逃离了军营，仿佛军营里着了火。但是军队很快将这个逃兵抓住，对他进行军事审判，命令他站到墙角。正像母亲在梦中所警示的那样，只是她在梦中忘记告诉他绝对不该逃跑当逃兵。

---

1　哈拉，安息日吃的面包。

爸爸去往广场，与弟弟诀别，在广场中央，士兵们已经把子弹推上膛……突然制造霉变面粉事件的长官冲着将被行刑之人叫喊：告诉我，你是戈尔茨·耶弗里莫维奇的弟弟吗？你有没有可能就是埃弗莱姆之子赫尔茨的弟弟？米克海尔回答说：是啊，将军同志！长官转身朝爸爸问：他是你的兄弟吧？爸爸也说：是啊，是啊，将军同志！他是我弟弟！千真万确是我的弟弟！于是将军转身对叔叔说：咳，回家去吧！你没事了！他凑近爸爸，其他的人听不见他在说什么，他悄悄地对他说："咳，那什么，戈尔茨·耶弗里莫维奇，你认为你是唯一知道怎样把粪土变为纯金的人吗？"

你外公从内心里是个共产主义者，但是他不属于布尔什维克。他本人，我怎么说呢，是某种主张和平的共产主义者，一个民粹派，一个托尔斯泰式的共产主义者，反对流血。他非常惧怕渗透在人们灵魂深处，渗透在各种身份人中的邪恶。他总是习惯于对我们说，有朝一日，应该有个适用于世上所有正派之人的大众化体制，但首先有必要消灭所有的国家、军队和秘密警察，只有在这之后才有可能逐渐创造贫富平等，从一些人那里收税，交给另一些人，不过不是一日之功，因为那样做会酿成流血事件，而是要缓慢推进。他经常说：滑坡，走下坡路，即便是要经历七八代，要富人们几乎没有意识到就慢慢地不再富有了。在他看来，主要就是得开始让世界终究会相信非正义和剥削是人类疾患，正义是唯一良药。真的，苦口良药，他经常对我们说，险药，药劲很大，你得一点一点地吃，直至身体开始习惯。任何想一口吞下它的人只会导致灾难，流出一条条血河。就看看那些人对俄国和整个世界所做的一切！确实，华尔街是吸血鬼，吸吮了世界的鲜血，但是你永远也不能通过流血消灭吸血鬼，相反，那只会使之更强壮，用越来越多的鲜血来喂养它！

你外公认为，有些领袖试图一举按照伟大思想家们的书来整顿整个生活。他们可能非常熟悉一座座图书馆，但是他们既不了解恶意，也不了解嫉妒、羡慕、邪恶，幸灾乐祸地看待他人的不幸！从来就不可能。不可能按照一本书来整顿人生。爸爸总是对我们说，最好少一点组织和整肃，多一点互相帮助，或者也多一点宽容。你外公坚信两件事：怜悯与正义。但是他认为你总是要在两者之间建立联系：没有怜悯的正义不是正义，只是一个屠场；另一方面，没有正义的怜悯或许对耶稣合适，但是不适合吃恶苹果的普通人。这是他的观点：少一点整肃，多一点同情。

在黑门朝尔尼克胡得的对面，长有一棵漂亮的、样子有点像李尔王的器宇轩昂的栗树。爸爸在栗树下为我们姐妹三人放了一把长椅……我们称之为"姐妹椅"。风和日丽的日子，我们经常坐在那里想入非非，梦想着长大以后的情形。我们当中谁可以当工程师、诗人，或者是像居里夫人那样的著名发明家。我们所幻想的就是这些。我们没有像同龄女孩那样幻想自己嫁给一位富有而有名气的丈夫，因为我们生于富有的家庭，对和甚至比我们更富的人结婚一点也不感兴趣。

我们要是谈论坠入爱河，那么不是爱恋某位贵族或者著名演员，而只是爱恋某个具有高尚情感的人，比如说某位伟大的艺术家，即便他身无分文也没有关系。那时我们懂什么呀！我们怎能知道伟大的艺术家是怎样的无赖和野蛮？（并非所有的艺术家……绝对不是所有的艺术家！）只有今天，我才真正感到，高尚情感，以及诸如此类的东西并非生活中的主要东西。绝对不是。感情不过是麦子收割后田野里的一把火：它燃烧了一会儿，剩下的只有灰烬。你知道主要的东西是什么……一个女人应该在她的男人身上追寻什么？她应该追寻一种品德，这品德一点也不激动人心，但是比金子还要珍贵：那就是正派，或许还有善良。而今，你应该知道这点，我认为正派比善良更为重要。正派是面包，善良是黄油，或者是蜂蜜。

在公路之间的果园里，有两把长椅相对而立，每当思考中的你，在鸟声啾啾或微风在枝头窃窃私语的寂静中感到孤独时，那倒是个好去处。

再走过去，在田野边上，有个我们称之为奥菲茨纳的小建筑，在第一间屋子里，有个洗衣房用的黑色锅炉。我们扮演邪恶巫婆芭芭·雅嘎的囚犯，芭芭·雅嘎把小姑娘放到锅炉里烹煮。接着有个园丁居住的小后屋。在奥菲茨纳后面有个马厩，停着爸爸的四轮马车，还住着一匹高大的棕红马。在马厩旁边，放着带有铁滑板的雪橇，车夫菲利普和他的儿子安东在冰雪封冻的日子用雪橇拉着我们去理发店。有时海米会和我们一起去，海米是非常富有的鲁哈和阿里·莱夫·皮栖尤克之子。皮栖尤克开了家啤酒厂，向整个地区供应啤酒和酵母。啤酒厂很大，由海米的爷爷赫尔茨·梅厄·皮栖尤克经营。前来访问罗夫诺的著名人士总是和皮栖尤克待在一起——比阿里克、杰伯廷斯基、车尔尼霍夫斯基。我想那个男孩海米是你母亲的初恋。范妮娅可能已经十三岁，要么就是十五岁了，她总想和海米一起乘坐马车或者雪橇，但带上我，我总是故意来到他们中间。我那时有九到十岁，我不让他们单独待在一起，我是个小傻丫头。那时他们就这么称呼我。每当我想惹恼范妮娅时，就当着大家的面，叫她哈姆奇克，是海米这么叫的。尼海米亚·海米·皮栖尤克到巴黎读书，他们在那里将他杀害。是德国人。

爸爸，你的外公，喜欢车夫菲利普，他也非常喜欢马，他甚至喜欢前来给马车上油的铁匠，但是他确实恨乘坐马车，恨身穿镶狐皮领子的皮大衣，像个乡绅，坐在他那位乌克兰车夫身后。他宁愿走路。不知怎的，他不喜欢做富有的人。在他的马车里，或者是在他的扶手椅里，被快餐和水晶枝形吊灯包围着，他觉得有点像个喜剧演员。

许多年过去，当他失去了所有的财产，当他几乎赤手空拳来到以色列，他实际上并不觉得特别可怕。相反，他感到周身轻松。他并不在乎身穿一件灰色背心，背上背着一袋三十公斤的面粉，在烈日下汗流浃背。只有妈妈痛苦万分，她咒骂他，冲他大喊大叫，恣意侮辱他，为什么他会一落千丈？扶手椅哪里去了，水晶饰品和枝形吊灯哪里去了？她这把年纪怎么就该活得像个农民，像个农妇，没个厨子，也没个理发师或女裁缝？他什么时候能够重新振作起来，在海法建个新型的面粉厂，使我们可以恢复失去的地位？妈妈就像故事里讲的渔夫的妻子。但是我宽恕她所做的一切。愿上帝也宽恕她。有许多事情需要宽容！愿上帝也宽恕我这样来谈论她，愿她安息。愿她安息，别像她待父亲那样从未给过他片刻安宁。他们在这个国家住了四十年，她每天从早到晚什么也不做，只是破坏他的生活。他们在克里亚特莫兹金后面长满蓟草的田野里找了间摇摇欲坠的棚屋，没有水，没有厕所，屋顶铺了层沥青油脂……你记得爸爸妈妈的棚屋吗？记得。唯一的水管在屋外蓟草中间，水中净是铁锈，厕所就是在地上挖一个坑，爸爸用木板把它临时遮住。

也许，妈妈让他生活得痛苦，并非完全是妈妈的过错。毕竟，她在那里过得实在是不开心。绝对不开心！她总之是个不开心的女人。她生来就不开心。就连枝形吊灯和水晶也没有使她开心。但是她这种不开心的人把别人也弄得非常痛苦，这就是你外公的不幸了。

他一来到以色列，就在海法找到了工作，是在一家面包房。他习惯于赶着马车到海法海边溜达。他们见他了解一些关于谷物、面粉和面包知识，就没有让他做磨面或者烘烤的活，而是让他用自己的马和车运送面粉袋和面包。在这之后，他在维勒冈生铁铸造厂工作多年，为建筑工地运输各式各样的圆的长的铁块。

有时他习惯于用车拉着你，在海法港湾旁行走。你还记得吗？记得？等到上了年纪，你外公为了生计运输搭脚手架用的长木板，或者从海边把沙子运送到新的建筑工地。

我仍然能够记得，你坐在他身边，一个瘦骨嶙峋的孩子，像橡皮筋那样绷得紧紧的。爸爸常常让你拿着缰绳。我眼前依旧能够清晰地浮现出那幅画面：你是个白白净净的孩子，苍白得像张纸，你外公总是让太阳晒得黝黑黝黑的，他是个壮汉，甚至七十岁上仍然身体健壮，像个印第安人一样黝黑，某种印第安人王子，一个土邦主，湛蓝的眼睛里闪烁着笑意。你身穿小白背心坐在木板上，那是赶车人坐的位子，他身穿工人穿的灰背心汗流浃背地坐在你身边。他确实开心，满足现状，他喜欢阳光，喜欢体力劳动。他尤其喜欢当个车夫，他一直拥有无产者意识，在海法再次成为无产者令其感觉良好，就像在他人生旅程的起点，在他仍然只是维尔克霍夫庄园的一个木匠时那样。也许他喜欢过马车夫的生活甚于在罗夫诺做富有的磨坊主和有产者。你是个如此认真的小孩，一个不能忍受阳光炙烤的小孩，太认真了，直挺挺地坐在他旁边车把式的位子上，为马缰绳忧心忡忡，忍受着飞蝇和热浪，害怕让马尾巴扫着。可是你表现得很勇敢，没有抱怨。这一切仍然历历在目，仿佛近在今天。灰色的大背心和小白背心。我那时思忖，你将来肯定会更像克劳斯纳，而不是像穆斯曼。时至今日，我已经不再对此深信不疑。

　　我记得我们总是争论，与我们的女孩朋友争论，与男孩争论，在家里我们之间也在争论，探讨诸如什么是正义，什么是命运，什么是美，什么是上帝。当然我们也争论巴勒斯坦问题、同化问题、政党问题、文学问题、社会主义问题，或者是犹太人的不幸。哈娅、范妮娅和她们的朋友特别好争论。我争论得少一些，因为我是小妹妹，她们总是对我说：你只管听着。哈娅是犹太复国主义青年运动中的一个重要人物。你母亲是青年卫士的一员，三年后我也加入了青年卫士的行列。在你们家，克劳斯纳家，最好只字不提青年卫士。那对他们来说太左倾了。克劳斯纳一家甚至不愿意听到青年卫士的名字被提起，因为他们非常非常害怕你会从中接受些星星点点的红色。

　　一次，可能是在冬天，在过哈努卡节时，我们就遗传与自由意志问题有过一次大争论，断断续续了几个星期。我记得清清楚楚，仿如昨日，你母亲如何突然进出这个奇怪的句子，说要是你打开人的脑袋取出大脑，就会立即发现我们的脑子只是花菜形的东西。就连肖邦或莎士比亚，他们的头脑也只是花椰菜。

我已经想不起来范妮娅在什么样的语境里说这样的话，但是我记得我们止不住放声大笑，我笑得太过，哭了起来，但是她连笑也没笑。范妮娅有这种习惯，极其热切地说出令人捧腹大笑的事情，她知道她们会笑，而她却不笑。范妮娅只有在适合自己的时候才笑，不和其他人一起笑，只有在人们觉得谈话无任何可笑之处的情况下……你妈妈才会突然爆发出大笑。

　　不过是花椰菜形的东西，她说着，用双手向我们比画花椰菜的大小，真是个奇迹，她说……就是这个花椰菜，能够让你上天入地，进入到太阳与所有的星辰之中，进入到柏拉图理念，贝多芬音乐，法国革命，托尔斯泰小说，但丁的《地狱篇》，所有的沙漠和海洋，那里有恐龙和鲸鱼的领地，一切都可以进入到那个花椰菜里，人类所有的希望、渴望、错误和幻想，所有的事物都可以在那里占据一席之地，就连那个长在巴什卡·杜拉什卡下巴上带黑毛的圆鼓鼓的瘊子也是。范妮娅谈及柏拉图和贝多芬时引入巴什卡那令人作呕的瘊子，我们再次放声大笑，只有你的妈妈只是惊愕地看着我们，仿佛可笑的不是花椰菜，而是我们自己。

　　后来范妮娅从布拉格给我写了一封富有哲学含义的信。我那时大概十七岁，她则是个十九岁的学生了，她的来信对我来说有点高深，因为我一向被认为是个小傻丫头，但我依旧清楚地记得，那封长信详尽地探讨了遗传与环境、自由意志的对立问题。

　　现在我试着告诉你她是怎么说的，可当然是用我自己的话，不是范妮娅的原话，我认识的人中很少有人具有范妮娅那样的表达能力。范妮娅基本上就是这么写的：遗传，以及养育我们的环境，还有我们的社会阶层……这些就像做游戏前随意分给人的纸牌，在这方面没有任何自由——世界给予，你只是拿上给予你的东西，没有机会选择。但是，她从布拉格给我写道，问题是大家都在处理分给他的牌。有些人技高一筹打出分给他的一手坏牌，另一些人则截然相反，他们浪费一切，失去一切，即使拿着一手好牌。这就是我们所说的自由的意义：如何用分给我们的牌自由出手。但是，就连出牌好坏时的自由，她写道，也富有讽刺地要依靠个人的运气，依靠耐心、智慧、直觉和冒险。在没有其他办法时，这些当然也只是游戏开始前分给我们或没有分给我们的纸牌。即或如此，我们最后还有什么选择的自由呢？

并不为多，你妈妈写道，在没有其他办法之际，或许留给我们的只有自由地随意大笑或悲叹，参加游戏或弃之而去，多多少少试图理解有什么没有什么，或放弃，不去理解……简而言之，是清醒地度过这样的人生，还是麻木不仁地度过这样的人生，要在这两者之间做出抉择。你妈妈范妮娅大体上说的就是这些，但这是用我的话表达出来的。不是用她的话。我无法用她的话表达。

现在我们正在谈论命运与选择的自由，既然我们说到了牌，我还有个故事要讲给你听。菲利普，穆斯曼家里的乌克兰车夫，有个皮肤黝黑相貌英俊的儿子叫安东，乌溜溜的眼睛像黑钻石一样熠熠生辉，嘴角微微向下，仿佛流露出蔑视与力量，宽肩膀，声音低沉，像头公牛，安东吼叫时，多屉柜上的玻璃杯叮当作响。每次上街从女孩子身边经过，安东故意放慢脚步，女孩子无意识地加快了步伐，呼吸也变得有些急促了。我记得我们经常互相开玩笑，我们姐妹和女孩朋友们，是谁为了安东稍稍整理了自己的衬衫？是谁为了安东头上戴花？是谁为了安东穿上百褶裙和雪白的短袜出去到大街上溜达？

在都宾斯卡大街，与我们毗邻的是工程师斯泰来斯基，拉夫佐娃公主的侄子，你外公十二岁上便被送去和他一起工作。正是这个可怜的工程师建起了磨坊，爸爸开始为他干活，最终买了他的全部产权。一天，他的妻子伊拉，伊里娜·马特维耶夫纳起身离开了他和两个孩子。她只是拎着一只蓝色的小皮箱直接私奔到对面的棚屋，那棚屋是马车夫菲利普的儿子安东在我们前花园外的建筑群边上为自己造的，实际上是在奶牛吃草的野地里。她从自己的丈夫那里逃跑，确实事出有因——他可能是有几分天才特征的人物，但是他是个醉醺醺的天才，有时他打牌时把她输掉，也就是他把她交出去一夜，代替输掉的钱，你明白我说的是什么意思吗？

我记得自己曾就这件事情问过我的母亲，她脸色惨白，对我说，索尼奇卡！你真不害臊！别说了，听见了没有？从现在开始，不要想这样令人不快的事情，去想一想美好的事情！因为大家都知道，索尼耶奇卡，一个女孩子即便只在心里想想那样的事，也会浑身上下长毛，她开始像男人一样声音丑陋深沉，这之后没有人愿意娶她。

那些年我们就是在这样的教育中长大。那么真实情况呢？我本人一点也不愿意想这样的事情，想一个女人不得不在深夜被某个醉醺醺的家伙带到一个肮脏的棚屋充当奖品，想被丈夫输掉的许许多多女人的命运。因为还有其他输掉女人的方式，不只是在打牌的时候！但是思想与电视不同，看电视时如果看到不愉快的东西，你只是按一下按钮，逃到另一个节目，令人不快的思想就像花椰菜里的虫卵！

索妮娅姨妈记得伊拉·斯泰来斯基是个体弱娇小的女人，长着张甜甜的有些令人惊讶的脸蛋。

她在安东的棚屋里住了几个月，也许有半年，她的工程师丈夫禁止孩子们去她那里，甚至她打招呼时孩子们也不许回答，但是他们每天可以从远处看见她，她也可以看见他们。她的丈夫斯泰来斯基也一直可以从远处看见她在安东的棚屋。安东喜欢把伊拉从地上提起来，虽然生了两个孩子，她仍然拥有十六岁少女般苗条优美的身材，他喜欢把她像只小狗那样托在手上，一圈一圈地抡她旋转，把她抛出去而后抓住，单腿跳，单腿跳，再来一个，伊拉常常害怕得尖叫，用小拳头连连击打他，几乎都算不上给他挠痒痒。安东像公牛一样强壮，要是咱家马车上的辕杆弯了，他可以赤手空拳把它扳直。真是一场没有语词的活生生的悲剧。伊拉·斯泰来斯基每天可以看见对面的家，孩子和丈夫，他们每天也能从远处看见她。

一次这个不幸的女人喝酒过量，她从一大早就开始喝了，唉，她又一次藏在家门后面，等候着小女儿吉拉放学回家。

我碰巧路过那里，从近处看到吉鲁奇卡不愿意让母亲抱自己，因为父亲禁止她们之间有任何接触。孩子害怕父亲，她甚至不敢向母亲说一句话，她推她，踢她，大喊救命，直到卡西米尔、工程师斯泰来斯基的男仆听到她的呼喊声来到台阶上。他立刻开始向她挥动双手，就是这个样子，像轰赶鸡群那样发出嘘的声音。我永远也不会忘记伊拉·斯泰来斯基怎样哭着离去，她不像一位女士那样默默地哭，不，她哭得像个女仆，哭得像个农民，发出可怕野蛮的号叫，像狗崽被人抢走并当着她的面杀死的母狗。

托尔斯泰笔下有类似的东西，你肯定记得。在《安娜·卡列尼娜》中，一次安娜悄悄走进家里，而卡列宁此时正坐在办公室，她想办法溜进一度属于她的家，甚至想办法看看儿子，但是仆人们把她赶走了。只是托尔斯泰的描写不如我看到的那幕场景残酷，当伊里娜·马特维耶夫纳从卡西米尔仆人那里跑开时，她经过我身边，和坐在这里的你离我一样近……我们毕竟是邻居……可她没有和我打招呼，我听见她时断时续的哭号，嗅到她的呼吸，我从她的脸上看出，她已经神志不清了。从她的神态，她哭叫的样子，她走路的姿势，我能够清清楚楚地看到某种死亡迹象。

过了几个星期或几个月，安东把她扔了出来，或更确切地说，安东自己去了别的村子。伊里娜回到家里，她向丈夫下跪，显然工程师斯泰来斯基可怜她，重新收留了她，但没过多久，他们把她送到医院，最后，几个男护士把她的眼睛和胳膊用绷带缚住，强行送进考维尔的一家精神病院。我能够想见她的眼睛，就连现在我对你讲话时我都可以看见她的眼睛，真是奇怪，八十年过去了，大屠杀都发生了，这里也发生了所有的战争，发生了我们自己的悲剧和疾病，除我之外大家都死了，即便如此，她的眼睛仍然像一副尖利的织针刺穿着我的心房。

伊拉一次次地回到斯泰来斯基的家里，她已经平静下来。她照顾孩子，甚至在花园里栽种玫瑰，喂鸟，喂猫，但有一天她再次逃跑，跑到了森林里，他们把她捉回后几天，她拿了一罐汽油，去了安东在牧场里为自己造的那间棚屋。棚屋顶铺着柏油纸，安东很长时间不住在那里了，她点燃一根火柴，把棚屋连同他的破衣烂衫以及她本人一同化为灰烬。在冬天，白雪覆盖了一切，烧毁了的棚屋那黑漆漆的房梁钻出白雪，像沾满煤灰的手指指向白云和森林。

过了一段时间，斯泰来斯基工程师精神失常，做了件不折不扣的大蠢事：他再次结婚，失去了所有的金钱，最后竟然把磨坊股份卖给了爸爸。你外公在这之前已经设法买下了拉夫佐娃公主的股份。试想他最初在她家里当学徒，只是个农奴，一个失去生母又被继母赶出家门的男孩，年仅十二岁半。

现在，你自己瞧瞧命运为我们勾勒出多么奇怪的圆周，你失去母亲时不也恰恰是十二岁半吗？正像你的外公。尽管他们没有把你租给某个半疯狂的地主，但你被送到了基布兹。别觉得我不知道对于一个没出生在基布兹的孩子来说来基布兹意味着什么，那里不是天堂。你外公在十五岁那年已经真正为拉夫佐娃公主掌管磨坊了，你在同一年龄里写诗。几年后整个磨坊归爸爸所有，而他在心底里一直鄙视财富。他不光鄙夷财富，也为财富感到窒息。我父亲，你外公，执着，有眼光，慷慨，甚至有一种独特的人生智慧。他只缺少运气。

# 23

在花园四周，索妮娅姨妈说，我们有尖桩篱栅，每年春天都要粉刷成白色。树木的根部每年也要涂上白色防虫。篱栅有一个小门可以出去，通向广场。每星期一吉卜赛女人会来。她们经常把上了油彩、轱辘巨大的大篷车停在那里，靠广场一边支起油布帐篷。漂亮的吉卜赛女人赤着脚挨家挨户走，她们到厨房用纸牌算命，清洁厕所，唱歌，为的是挣得几个戈比，也会趁你不注意，小偷小摸。她们从仆人入口朝尔尼克胡得——我跟你说过，在住宅一侧——来到我们家。

后门径直通向我们的厨房，厨房很大，比这套房子都大，厨房中央有张桌子和十六把椅子。有个带十二个大小不一搁架的厨灶，安有黄门的碗橱，以及大量的瓷器和水晶器皿。我记得我们有只长长的大盘子，你可以把一整条鱼用叶子包上放在里面，周围再放上米饭和胡萝卜。那只盘子怎么样了？天晓得！它也许正在装饰着某个胖农民的餐具柜。角落里有个看台，旁边放有带软垫的扶手椅和一张小桌子，那里总放有一杯香甜的水果茶。这是妈妈……你外祖母……的宝座，她会坐在那里，有时会手扶椅背站在那里，像站在船头的船长，向厨子、女佣以及任何走进厨房里的人发号施令。她的小看台安排得不仅能够鸟瞰厨房，还可以对左边一目了然，通过房门看到走廊，进而可以观察到通往所有房间的门，右边也可以通过小窗口看到侧面的餐厅和女佣的房间，卡西尼亚和她漂亮的女儿多拉就住在女佣的房间里。用这种方法，她可以从她的有利地形——我们都管那里叫作拿破仑山——来指挥她的整个战场。

有时，妈妈站在那里把鸡蛋打碎放进一个小盆里，让哈娅、范妮娅和我吞下生蛋黄，数量多得让我们生厌，因为那时有这样一种理论，说蛋黄可以预防各种疾病。也许是正确的。谁知道呢？实际上我们都很少生病。那时候没人听说过胆固醇。让范妮娅，你妈妈，吞下的蛋黄最多，因为她一直是最弱最苍白的孩子。

在我们三姐妹中，你妈妈受我们母亲的气最多。我们母亲是个说话尖声刺耳、有点军事化的女性，就像个军士。她从早到晚不住地啜饮水果茶，下达指示与命令。她有些吝啬的习惯令爸爸大光其火，她确实过于吝啬，但多数情况下爸爸只是提防她，不和她计较，这让我们很生气，因为我们站在他一边，因为他是正确的。妈妈经常用满是灰尘的布单把扶手椅和精制的家具盖上，这样一来，我们的客厅仿佛总是幽灵密布。妈妈连一丁点儿灰尘都非常害怕。她做过这样的噩梦：孩子们穿着脏兮兮的鞋子进来，走在她漂亮的扶手椅上。

妈妈把瓷器和水晶器皿藏起来，只有当我们邀请重要的客人或过新年、过逾越节时才全部拿出来，撤去客厅里沾满灰尘的布单。我们对此也深恶痛绝。你妈妈尤其痛恨虚伪：有时我们按照犹太教规准备食品，有时则不；有时我们去犹太会堂，有时则不；有时我们炫耀我们的财富，有时又把财富藏在白裹尸布下。范妮娅甚至比我们更支持爸爸，反抗妈妈的专横。我认为他，爸爸，也尤其喜欢范妮娅，然而我无法证明，他是个具有强烈公平意识的男人，从没有过任何偏袒。我从来没有看到过像你外公这样如此憎恨伤害他人感情的人。即使是对恶棍，他也总是尽量不去伤害他们的感情。在犹太教里，使人苦恼甚至比令人流血更为糟糕，他是个从不伤人的人。从不。

妈妈用意第绪语和爸爸争论。多数情况下他们用俄语和意第绪语两种语言交谈，但是吵架时只用意第绪语。对我们这几个女儿，对爸爸的生意伙伴，对房客、女仆、厨子和马车夫，他们只讲俄语。他们和波兰官员讲波兰语。（在罗夫诺被波兰吞并后，新政权坚持让大家讲波兰语。）

在我们的塔勒布特学校，几乎只讲希伯来语。我们三个姐妹，在家里讲希伯来语和俄语。多数情况下讲希伯来语，于是父母听不懂我们的谈话。我们之间从来不讲意第绪语。我们不愿像妈妈那样，我们把意第绪语和她的抱怨、发号施令与争吵联系在一起。爸爸在磨坊里用额头上的汗水换来的所有利润，都被她勒索过来，花在聘请要价昂贵的裁缝为她置办奢华的服装上。但是她又非常吝啬，舍不得穿，她把衣服储存在衣橱里，多数情况下她身穿一件灰褐色的家常服在家里走来走去。每年只有两次装扮自己，如乘上皇家马车前去犹太会堂，或者参加某种慈善舞会，于是全城都会满怀羡慕地看着她；而她则冲我们咆哮，说我们正在让父亲倾家荡产。

范妮娅，你妈妈，想要在人们和自己说话时安安静静，合情合理，不要横遭呵斥。她喜欢解释，也喜欢听人解释。她无法忍受命令。即使在卧室里，她也有自己排列东西的独特方式……她是个爱整洁的姑娘……要是有人扰乱那种井然有序，她会非常心烦意乱。然而她保持沉默。有时甚至沉默得有些过分。我不记得她曾经提高嗓门，也从来不呵斥人，她总是以沉默回应，即便有些事情不该沉默。

在厨房一角，有个大烤箱，有时允许我们做件有趣的事，就是可以用长木铲把要烤的安息日麻花式面包放进烤箱。我们假装把邪恶的巫婆芭芭·雅嘎和黑鬼朝尔尼车尔特放到了火上。也有小一点的炊具，带有四个搁架和两个都克霍夫基[1]，用来烤饼干和烤肉。厨房有三扇巨大的窗户，俯视着花园和果园，它们几乎总是蒙着一层蒸汽。浴室入口开在厨房旁边。那时罗夫诺几乎没有家庭有室内浴室。富有的家庭在院里屋后有个小屋，有个烧木头的锅炉，既用于洗澡又用于洗衣。只有在我们家里有个正经的浴室，我们那儿所有的小朋友都非常妒忌。他们习惯于把它叫作"苏丹的乐趣"。

我们想洗澡时，经常把一些大木头和锯屑放进大锅炉口，把火点燃，等上一个或一个半小时把水烧开。水足够六七个人洗的。水是哪里来的？在邻居家的院子里有一口水井，我们想把锅炉灌满时，他们关掉自己家的流水口，菲利普或安东或瓦西亚用吱吱作响的手动水泵把水抽出来。

我记得有一次，在赎罪日那天晚上，吃过饭后，还有两分钟就要禁食了，爸爸对我说，请给我一杯直接从水井里打上来的水。我把水给他端来，他往水里放了三四块糖，用手指搅拌，把水喝

---

1 作家在为希伯来语版注释时，说不知此为何物，但通过上下文可知是炉子上某种特殊的分隔容器。

了，然后他说：现在谢谢你，苏里莱，现在禁食该比较容易了。（妈妈叫我索尼奇卡。老师们叫我撒拉，但是对爸爸来说，我总是苏里莱。）

爸爸喜欢用手指搅拌，或者用手抓东西吃。我那时是个小姑娘，大概有五六岁。我无法向你解释……我甚至无法向自己解释……他向我道谢时说"禁食比较容易了"的寥寥话语带给我怎样的快乐，怎样的幸福！即便现在，八十年过去了，无论何时想起此话，我都依然像当时一样幸福。

但是也有一种颠倒了的幸福，黑色幸福，来自对人行恶。爸爸经常说我们被逐出伊甸园，并非因为我们吃了智慧树上的果子，而是因为我们吃了邪恶树上的果子，否则，你该如何解释黑色幸福呢？是我们所感受到的幸福并非因为我们拥有了什么，而是因为我们拥有了别人没有的东西吗？是别人将会嫉妒吗？是感觉不好吗？爸爸经常说，任何悲剧都有几分喜剧色彩，任何灾难对旁观者均有一丝愉悦。跟我说，英语中没有幸灾乐祸一词吗？

在浴室对面，厨房另一边的一扇门通往卡西尼亚和她女儿多拉的房间。多拉的父亲可能就是住宅的前主人、市长莱比代夫斯基。多拉确实是个美人，脸长得像麦当娜，身材丰满，但腰身纤细，一对深棕色的大眼睛，酷似雌鹿的眼睛。可是她有些弱智。在她十四岁或十六岁时，她突然爱上了一个上了年纪的异族人，名叫克来尼基，此人据说也是她母亲的情人。

卡西尼亚每天只给她的女儿多拉做一顿饭，一顿晚饭，而后会给她讲连载故事，我们三人会跑到那里去听，因为卡西尼亚懂得如何讲述这样的奇特故事，它们经常令你毛发竖立。我从来没有见过像她那样能讲故事的人。我还记得她讲过的一个故事。很久以前，有个乡下的傻子，伊凡努奇卡，伊凡努奇卡·杜拉考可，他母亲每天送他过桥给地里干活的哥哥送饭。伊凡努奇卡本人既愚蠢又迟钝，母亲一整天只让他吃一片面包。一天，桥上，或是大坝上突然出现一个窟窿，水开始冒出来，有淹没整个山谷的危险。伊凡努奇卡拿着妈妈给他的那片面包，用它堵住了窟窿，于是山谷没被淹没。老国王碰巧从这里经过，被这幕场景惊呆了，他问伊凡努奇卡他为什么这么做。伊凡努奇卡说，你什么意思，陛下？我这么做，就不会有洪水，不然，人们就会被淹死，但愿不会这样！那是你唯一一片面包吗？老国王问，那么你一整天吃什么呢？咳，要是我今天不吃，陛下，又怎么样？其他的人会吃，我明天再吃！国王没有子嗣，伊凡努奇卡的所作所为和答话给他留下了深刻的印象，于是当场决定让他做王子。他成了杜拉克王，即傻瓜国王，甚至在伊凡努奇卡做国王时，他所有的国民都在嘲笑他，他甚至自己也在嘲笑自己，他终日坐在御座上，拉长着脸。但是在傻瓜伊凡努奇卡的统治下，从来没有发生过任何战争，因为他不懂得见怪，也不懂得复仇。当然，最后，将军们把他杀死，攫取了权力。当然，随风飘来的邻国牛栏里的气味立即令他们大怒，他们宣战，他们全部被杀，伊凡努奇卡·杜拉考可国王曾用一片面包堵住的大坝也被毁坏，人们在洪水中统统被淹死了，两个王国都没了。

日期。我外公纳弗塔里·赫尔茨·穆斯曼生于 1889 年。我外祖母伊塔生于 1891 年。哈娅姨妈生于 1911 年。范妮娅，我母亲，生于 1913 年。索妮娅姨妈本人生于 1916 年。三个穆斯曼姑娘上了罗夫诺的塔勒布特学校。后来，哈娅和范妮娅相继被送到一所签署大学入学资格证书的私立波兰学校学习一年，这使得哈娅和范妮娅能够在布拉格上大学，因为在20年代反犹的波兰，几乎任何犹太人都得不到进大学的许可。我姨妈哈娅1933年来到巴勒斯坦，在犹太复国主义劳工党和工作母亲组织特拉维夫分部谋到了职位。通过这项活动，她遇到了一些犹太复国主义领袖。她有许多热切的追求者，包括劳工代表联席会中正在升起的新星，但是她嫁给了一位天性快乐、心地善良的波兰工人茨维·沙皮洛，此人日后成为健康基金会的一位管理人员，最后在雅法冬诺罗—茨阿哈龙医院做行政院长。哈娅和茨维·沙皮洛在特拉维夫本-耶胡达大街175号一层两居室住房中的一间转租给哈加纳各类高级指挥员。1948年"独立战争"[1]期间，作战总指挥兼新建立的以色列军队副总参谋长伊戈尔·亚丁少将在那里住过，深夜在那里召开过会议，参加者有以色列·加利利、伊扎克·撒代、雅考夫·多里、哈加纳领袖、顾问和官员。三年后，在同一个房间里，我母亲结束了自己的生命。

　　甚至在小多拉爱上了她母亲的情人潘·克来尼基后，卡西尼亚仍然没有停止做晚饭，没有停止给她讲故事，但是她所做的食物浸透了泪水，她所讲的故事也是一样。她们二人晚上会坐在那里，一个边哭边吃，另一个只哭不吃。她们从不争吵，相反，她们相

---

[1] "独立战争"，即第一次中东战争（1948年5月—1949年3月），以色列在1948年5月宣布建国后，立即遭到阿拉伯国家的联合进攻，阿以之间爆发大规模战争。以色列最终打败阿拉伯联军，联合国分治方案提出的"阿拉伯国"土地被以色列、埃及、约旦瓜分，约一百万居住在那里的巴勒斯坦人沦为难民。后文中对这段历史还有进一步描述。

拥而泣，仿佛她们都患上了不治之症。或者仿佛是母亲无心地传染了女儿，现在她正在怀着挚爱、怜悯和无尽的忠诚来照料她。夜晚我们会听见花园篱笆墙上的小门嘎吱作响，我们知道多拉回来了，很快她的母亲就会悄悄走进同一家房门。爸爸总说任何悲剧都有几分喜剧成分。

　　卡西尼亚一丝不苟地观察自己的女儿，确信她没有怀孕。她不住地向她解释说，这么做，不要那么做，要是他这么说，你就那么说，要是他坚持这个，你就坚持那个。用这种方式我们也听到了些什么，并学到些东西，因为从未有人向我们解释过这么不雅的事情。但是一点用也没有，小多拉怀孕了，据说卡西尼亚去找潘·克来尼基要钱，他什么也不给，佯装不认识她们二人。上帝就是这样创造了我们——财富是种罪恶，贫穷是种惩罚，尽管惩罚的不是罪人，而是惩罚没有钱逃避惩罚的人。女人，自然不能否认她怀孕了。男人只要愿意，就可以否认，你有什么办法？上帝给男人快乐，给我们以惩罚。他对男人说，你靠自己辛勤劳动食用面包，那是一种奖赏，而不是惩罚，不管怎么说……解除男人的工作，他会忘得一干二净……给我们女人，他赐予靠近闻嗅他们脸上汗水的特权，这不是什么很大的乐事，他也加上了一句承诺："你在生产儿女时必多受苦楚。"[1]我知道也许能看出些微的差别。


　　可怜的多拉，当她怀孕九个月时，有人把她带到一个村子，带到卡西尼亚的某个侄子家里。我想爸爸给了她们一些钱。卡西尼亚

---

1　姨妈关于上帝对待男人、女人的论述，显然受到《圣经·创世记》第 3 章第 16—17 节的影响。

和多拉一起去了村子，几天后，她面色苍白、一脸病态地回来了。卡西尼亚，不是多拉。多拉一个月以后回来，既没有生病，脸色也不苍白，而是脸色红晕，胖乎乎的，像个多汁的苹果。她回来时没带孩子，样子一点也不伤悲，只是似乎有点比以前更为孩子气了。她以前就很孩子气。但从村子里回来后，多拉只跟我们说孩子话，她玩玩偶娃娃，她哭叫时，听起来就像一个三岁的孩子。她也开始像婴儿睡得那么长，那个姑娘一天睡上二十个小时。

那个孩子呢？谁知道呢。让我们不要问，我们都是听话的女儿，我们什么也不问，没有人告诉我们什么。只有一次，在深夜，哈娅把我和范妮娅叫醒，说她清清楚楚地听到黑暗中花园里传来……那是冬天的一个雨夜……婴儿的哭声。我们想穿好衣服出去，但非常害怕。等哈娅把爸爸叫醒后，婴儿的声音就听不见了，但是爸爸还是拿了个大灯笼走进花园，检查每个角落，他回来时伤心地说，哈尤尼亚，你一定是在做梦。我们没有和父亲争论，争论有什么用？但是我们都清清楚楚地知道她没有做梦，而是真的有个孩子在花园里哭，这种细高音的哭声如此撕人心肺，如此让人胆寒，不像一个饥饿的孩子想要吃奶，也不像一个感到寒冷的孩子，而是像个极度痛楚的孩子。

之后，美丽的小多拉患上一种罕见的血液病，爸爸再次付钱，让她去华沙找一个大教授做检查，那位教授和路易士·巴斯德[1]一样有名气，她再也没有回来。卡西尼亚·德米特里夫娜晚上继续讲着故事，但是她的故事结局都很走板，也就是说，不是非常合适。偶尔，她故事里面的词语不是那么优美，我们不想听。也许我们

---

1 路易士·巴斯德（1822—1895），法国化学家、微生物学家和免疫学家。

想听，但不想否定自己，因为我们是受过良好教育的年轻女子。

　　小多拉呢？我们再没有提起过她。甚至卡西尼亚·德米特里夫娜也从来没提过她的名字，仿佛她宽恕她抢走了自己的情人，但没有宽恕她消失在华沙。卡西尼亚在多拉住过的走廊，用笼子养了两只可爱的小鸟，它们在冬天来临之前都很健壮，但冬天时冻僵了，双双死去。

# 24

　　为罗夫诺塔勒布特高等中学著书的门纳哈伊姆·格勒尔特本人也是一名教师。他教授《圣经》、文学和犹太历史。我在他的书中，还发现20世纪20年代母亲及其姐妹和友人学习希伯来语课程的某些记载。它们包括拉比故事、西班牙犹太黄金时代诗歌选、中世纪犹太哲学、比阿里克和车尔尼霍夫斯基作品集，以及其他现代希伯来作家选集，也包括世界文学翻译作品，包括托尔斯泰、陀思妥耶夫斯基、普希金、屠格涅夫、契诃夫、密斯凯维支、席勒、歌德、海涅、莎士比亚、拜伦、狄更斯、奥斯卡·王尔德、杰克·伦敦、汉姆森等作家的作品和车尔尼霍夫斯基翻译的史诗《吉尔伽美什》，等等。关于犹太历史方面的书则包括约瑟夫·克劳斯纳的《第二圣殿史》。

　　每天（索妮娅姨妈继续说），我在一大早，六点钟甚至更早，慢慢走下楼梯，把垃圾倒到外面的垃圾箱。我再次上楼之前，得在那里休息一阵子，我得坐在垃圾箱旁边的石阶上，因为爬楼梯让我喘不上气。有时我会碰见一个俄国来的新移民，叫瓦丽亚，她每天早晨在维塞里大街上打扫人行道。在那里，在俄罗斯，她是个大老板；这里……她打扫人行道。她几乎没有学过希伯来语。有时我们二人会在垃圾箱旁坐上一阵子，用俄语稍微聊聊。

她为什么扫大街？为了供两个才华横溢的女儿念大学，一个学化学，另一个修牙科。丈夫……没有。在以色列也没有家庭。她们必须节衣缩食。住房……她们住在一个房间里。所有这一切都是为了保证她们读书，拥有足够的学习用品。犹太家庭向来如此，他们相信教育是在为未来投资，是任何人都无法从你孩子那里剥夺的东西，即便，但愿不会这样，有战争，有另一场革命，有另一场移民浪潮，有更多的歧视法，你也能迅速地卷起文凭，藏到衣服夹缝里，逃向任何允许犹太人生活的地方。

异族人习惯于这样说我们：文凭……那是犹太人的宗教。不是钱财，不是黄金，是文凭。但是在信仰文凭的背后，有其他的东西，有些更为复杂，更为秘密的东西，那是那年月的姑娘，甚至像我们这样先上中学后上大学的现代姑娘，都经常得到的训诫，女人有权利接受教育，在公众生活中赢得一席之地——但是只能在生孩子之前。你的人生属于自己的时间很短，从你离开父母家到第一次怀孕。从那一刻起，从第一次怀孕起，我们的人生就开始围着孩子转。就像我们的母亲们。甚至为了我们的孩子去扫大街，因为你的孩子是小鸡，你自己呢……是什么？你就像鸡蛋的蛋黄，小鸡吃了你之后就会长大，变得强壮起来。你的孩子长大后……就算到那时你也无法变回从前的你，你只是从母亲变成了祖母，你的任务还是帮助孩子养育他们的孩子。

当然，即便那时，还是有很多女人热衷于自己的事业，投身于外面的世界。但是大家都在背后对她们议论纷纷：你瞧那个自私的女人，她出席各种会议，而她可怜的孩子在街上长大，付出着代价。

现在是新世界。现在女人终于得到更多的机会过自己的生活。或者那不过是一种虚幻？或许在年轻一代人里，女人也仍然在夜深之际抱着枕头哭泣，而她们的丈夫睡梦正酣，因为她们感到难以做出抉择？我不想做出判决：这个世界已经不属于我了。为了进行比较，我得挨家挨户检查有多少母亲在夜间泪洒枕头，而丈夫们正在沉睡，比较那时的眼泪和此时的眼泪。

有时我在电视里看到，有时我甚至在这里，在我的阳台上看到，年轻的伴侣在工作一天后一起做些什么……洗衣服，晾衣服，换尿布，做饭。一次我甚至在杂货铺里听见一个青年男子说明天他和妻子明天……他是这么说的，明天我们去做……羊膜穿刺术。我听到此话时，不禁喉咙哽咽：或许这世界毕竟变了？

政治上的怨恨当然没有减退，宗教、民族，或者阶级之间的怨恨当然也没有减退，但是伴侣之间的怨恨，年轻家庭里的怨恨似乎有所减退？或许我只是在欺骗自己。或许一切都是在演戏，实际上世界仍在继续，一如既往……母猫在舔自己的幼崽，而穿靴子的猫先生把自己浑身上下舔了一遍，抽动自己的胡须，出门到院子里找乐？

你还记得《箴言》中是怎么写的吗？智子令父亲喜悦，而愚子令母亲沉重！[1] 儿子要是明智，父亲则无比喜悦，吹嘘自己的儿子，赢得满分；但要是，但愿不要这样，儿子最后没有成为成功人士，或变得愚蠢，或有问题，或道德沦丧，或成为罪犯……咳，

---

1　语出《圣经·箴言》第 15 章第 20 节，略有变动。

那么一定是母亲的过错，所有的忧虑与痛苦就会降临到她的身上。一次你母亲对我说：索妮娅，只有两种东西……不，我喉咙又哽咽了，我们以后再说。我们谈点别的吧。

有时，我不是特别确信我记得很清楚，那位公主，柳波娃·尼吉提奇娜，在我们家与两个女儿塔西亚和尼娜一起住在帘后，和她们一起睡在一张古老的床上，她真是她们的母亲吗？或者只是两个姑娘的监护人？她们显然不是同一个父亲所生吧？因为塔西亚是安娜斯塔西亚·萨尔季耶夫娜，而尼娜是安东尼娜·波莱斯拉沃夫娜。有些东西有点模糊。有些东西我们谈得不多，仿佛那是个令人不快的话题。我记得两个姑娘都管公主叫"妈妈"或"玛曼"，但那也许是她们不记得谁是自己真正的母亲。我无法确切地告诉你，是这样还是那样，因为已经有了某种掩饰。在两三代人之前，生活中有许多掩饰，而今这种掩饰有所减少。或许是掩饰本身刚刚发生了变化？新的掩饰出现了吗？

掩饰究竟是好还是坏，我并不真正知晓。我没有资格评判今天的习惯，因为我可以好好地洗脑，像我那一代所有的女孩。仍然，我有时想"在他和她之间"，据说，也许在我们的时代变得比较简单。当我是个姑娘时，当我还是个人称出身于好人家的年轻女子时，"在他和她之间"满是刀光、毒药和令人恐怖的黑暗。像光着脚丫在毒蝎肆虐的地下室里摸黑行走。我们完全处在黑暗中。把一切掩饰起来。没有谈及。

但是他们确实一直在说……聊天，嫉妒和怨恨，恶毒的饶舌……他们谈论金钱，谈论疾病，他们谈论成功，谈论好家庭和与之相对的天晓得是哪种类型的家庭，这是一种没完没了的话题，他们也没完没了地谈论性格特征，这个人有这种这种特征，那个人有那种那种特征。思想。他们是怎样谈论思想的，而今已经是无法想象！他们谈论犹太教、犹太复国主义、同盟会、共产主义，他们谈论无政府主义和虚无主义，他们谈论美国，他们谈论列宁，他们甚至谈论"女性问题"，妇女解放问题。你的哈娅姨妈在我们三人当中最热心于谈妇女解放问题……但是只有当她们开始自然地交谈和争论时……范妮娅也有点主张妇女参政，但有些疑虑。我是个傻姑娘，总是听人教诲，索妮娅别插嘴，你得等到长大以后才会明白。于是我闭上嘴巴倾听。

那时所有的年轻人漫不经心地谈论自由，这类自由，那类自由，另一类自由。但是在谈到"他和她之间"时则没有自由，只有光着脚丫在毒蝎肆虐的地下室里摸黑行走。我们没有一个星期不听说恐怖的谣言，讲一个年轻女子承担因不慎而造成的后果，或是一个令人尊敬的女人坠入爱河，丧失了理智，或是一个女仆被人引诱，或是一个女厨和主人的儿子私奔，自己一人抱着孩子归来，或是一个令人尊敬的已婚老师爱上并拜倒在某人的脚下，横遭抛弃与嘲弄。你说嘲弄吗？不说？我们当姑娘那会儿，贞洁既是笼子，也是你和深渊之间的唯一横杆。它像三十公斤的石头压在一个姑娘的胸口。即使在深夜里所做的梦中，贞洁依然醒着，站在床边，仔细查看她，于是她在早晨醒来之际会羞愧难当，即便无人知晓。

"他和她之间"的所有事宜也许在今天看来不那么黑暗了，也比较简单了。在那时所涉及的黑暗事宜中，男人虐待女人比较容易。另一方面，事情现在看来已经不那么神秘了——这是好事吗？这不是太丑陋了吗？

跟你说这些话，让我自己对自己感到吃惊。当我还是个小姑娘时，我们有时会说悄悄话儿。但是和男孩子呢？我有生以来从没有跟男孩子说这些话。甚至和布玛也没有，现在我们结婚快六十年了。我们怎么竟然会这样呢？我们正在谈论柳波娃·尼吉提奇娜和她的塔西亚和尼娜。要是有朝一日你到罗夫诺去，你可以进行一次侦探冒险。或许你可以在市政厅查查看他们是否依然有任何关于掩饰的新发现。发现那位女伯爵，或者女公主，是不是她两个女儿的亲妈。她本人真的是公主还是女伯爵。或者莱比代大斯基市长是否是塔西亚和尼娜的亲爹，就像据说他是可怜的多拉的父亲一样。

但是再一想，当我们不断被征服时，当他们不由分说将我们带走在沟壑中将我们射杀，又用黄土将我们掩埋时，那里存有的任何文献迄今已经焚烧了十次。罗夫诺就像一只小狗不断在俄国—波兰—俄国—德国—俄国中转手。现在它已经不属于波兰或俄国了，而是属于乌克兰，或是白俄罗斯？或者是某种地方帮派势力。我自己反正不知道它现在属于谁。我甚至并不真的在乎。那里曾经有过的东西已经一去不复返了，现在那里所存在的一切几年后也将化为乌有。

整个世界，如果你从远方观察，将不会有人知道它能持续多久。他们说有朝一日太阳会隐去，一切将陷于黑暗之中。那么为什么整个历史人与人之间会互相残杀？谁统治克什米尔，或是希伯伦的先人墓，又有什么关系？我们似乎没吃生命树或是智慧树上的果子，吃的是邪恶树上的果子，我们吃它时带着乐趣。于是天堂结束了，地狱开始了。

有如此众多的或者、要么，你甚至连与你住在同一个屋檐下的人都不了解。你认为你了解许多……而终将证明你一无所知。你母亲，比如说……不，对不起，我只是不想直接提起她，只想用一种兜圈子的方式，不然伤口会开始作痛，我将不说范妮娅，只说她身边的一切。范妮娅身边的一切或许也有点是范妮娅。我们曾有某种箴言，即当你真爱某人时，你甚至爱她的手帕。在希伯来语中，这话已经打了折扣。但是你能知道我的本意。

请看一看，我这里有些事情可以告诉你，你可以用手指去感受，这样你就会知道我所告诉你的一切不光是故事。请看这个……不，它不是一块桌布，它是一只枕套，绣着旧时好人家女孩所学到的绣花式样。那是公主……或女伯爵……柳波娃·尼吉提奇娜给我绣的礼物。这里绣的人头，她本人告诉我说，是红衣主教黎塞留的头像侧影。他是谁，那个红衣主教黎塞留，我已经不记得了。也许我从来就不知道，我不像哈娅和范妮娅那么聪明，她们被送去注册入学，后来去了布拉格，在大学读书。我有一点简单。人们总是这样说我：那位索尼奇卡，那么可爱，但是有些简单。我被送到波兰军事医院，学习如何做个合格的护士。但是我仍然清清楚楚地记得，在我离开家之前，公主告诉过我那是红衣主教黎塞留的头像侧影。

也许你知道红衣主教黎塞留是谁？没有关系，下次再告诉我，或者不用劳神。在我这个年龄，临死时未能荣幸地得知红衣主教黎塞留是谁并不重要。有许许多多"卡尔迪纳尔"[1]，多数不喜欢我们民族。

我在内心深处是个无政府主义者。像爸爸。你妈妈打心里也

---

1 "卡尔迪纳尔"是"红衣主教"的谐音。

是个无政府主义者。当然，在克劳斯纳们当中，她从来也不能表达出来，若是表达出来他们会认为她特别奇怪，尽管他们总是对她彬彬有礼。总体来说，对克劳斯纳家族的人们来说，礼貌是最重要的。你的祖父，亚历山大爷爷，要是我不把手迅速拿开的话，就被吻上了。有个少儿故事讲的是穿靴子的猫，在克劳斯纳家里，你母亲就像关在笼子里的一只鸟儿，挂在穿靴子猫的客厅里。

　　我是个无政府主义者，原因很简单，红衣主教黎塞留那儿没有发生过什么好事。只有伊凡努奇卡·杜拉考可，你记得，我们女仆故事里说的那个傻村夫，他同情普通人，不吝惜自己的一点点面包，用它堵住大坝的窟窿，正因为如此，他成了国王……只有像他那样的人或许偶尔也同情我们。其他的人，国王和统治者不同情任何人。实际上，我们普通人互相之间也不怎么同情，我们并不真正同情阿拉伯小女孩，她死于送往医院的路上，路封了，因为那里显然有红衣主教黎塞留的某些士兵，没有心肝。一个犹太士兵……可仍然是红衣主教黎塞留！他只想把路封上后回家，于是那个小女孩死了，她那双眼睛应撕裂我们的灵魂，因此我们夜里谁也无法入睡，尽管我连她的眼睛都没有见过，因为在报纸上他们只登我们受害者的照片，不登阿拉伯受害者的照片。

　　你认为普通人是这么伟大吗？一点也不！他们只像他们的统治者一样愚蠢和残酷。那正是汉斯·克里斯蒂安·安徒生故事里讲述的皇帝的新衣，普通百姓与国王与弄臣与红衣主教黎塞留一样愚蠢。但是伊凡努奇卡·杜拉考可并不在乎他们是否嘲笑他，他只关心他们应该活下去。他对人抱有怜悯，所有的人无一例外地都需要得到怜悯。甚至红衣主教黎塞留。甚至教皇，你一定在电视上见过他病得多么严重，多么虚弱，在这方面我们都缺乏怜悯，我们让他撑着两条病腿在太阳底下一站就是几个小时。他们对一个年迈多病的老人毫无怜悯,你在电视上甚至看到他只能痛苦地直挺挺地站在那里,然而他付出了巨大努力,默默地在大屠杀纪念馆前顶着热浪一站就是半个小时,为的是不给我们带来耻辱。这一幕让我有些不忍。我为他感到难过。

尼娜和你母亲范妮娅是很好的朋友,她们同年出生,我和那个年龄小的塔西亚交朋友。她们和公主一起在我们家里住了几十年,她们叫她玛曼。玛曼在法语里是妈妈的意思,但天晓得她是不是她们的生身之母!或许只是她们的保姆?她们非常贫穷,我想她们连一个戈比的租金也没给我们。允许她们进家时不通过仆人入口朝尔尼克胡得,而是通过主要入口,我们管它叫帕勒得尼克胡得。她们如此贫穷,玛曼公主常常坐在灯下给有钱人家学跳芭蕾的女孩缝制纸裙,往纸裙上粘贴许许多多亮晶晶的星星,星星是用金纸做的。

直到一个晴朗的日子,公主,或女伯爵,柳波娃·尼吉提奇娜丢下两个女儿,突然去了突尼斯,在那里四处寻找一位失散多年的亲戚耶利扎维塔·弗兰佐夫娜。现在就请看看我的记性,就像个白痴!我刚才把手表放在哪里了?我一点也想不起来了。但是与我素昧平生的某位耶利扎维塔·弗兰佐夫娜的名字,大概在八十年前我们柳波娃·尼吉提奇娜去突尼斯到处寻找的某位耶利扎维塔·弗兰佐夫娜,我记得清清楚楚,如同天上的太阳!也许我把手表也丢在突尼斯了?

我们房间里挂着一幅镶在镀金框中的绘画,出自某位身价不菲的艺术家之手。我记得你可以在照片里看到一个漂亮的金发男孩,衣冠不整,样子更像被宠坏的女孩儿,不像一个男孩,有点分不出男女。我不记得他的脸，但是我清清楚楚记得，他身穿一件袖子宽大的绣花衬衫，一顶系带的黄帽子垂在肩膀……也许那毕竟是个小姑娘……你可以看见她的三条裙子，一条压着一条，因为一边有点微微翘起，网眼花边从下面露了出来，先是一条黄色衬裙，像凡·高绘画中的黄那么强烈，再里面是一条洁白的网眼花边衬裙，最底下她的双腿显然由第三条天蓝色的衬裙遮住。那样一幅绘画，看似谦逊，实则不然。那是幅真人大小的绘画。那个颇有男孩子气的女孩正站在田野中央，牧草和白羊环绕着她，空中飘着几朵薄云，远方可见带状森林。

我记得，一次哈娅说像她那样的美人不应去牧羊，而是应该待在宫殿的院墙内；我说最下面的衬裙涂成天空一样的颜色，仿佛裙子直接裁自蓝天。范妮娅突然对我们勃然大怒说，闭嘴，你们两个人都给我闭嘴，你们怎么能这么胡说八道，那是一幅不真实的画，包含了极为道德沦丧的东西。她多多少少用了这样的话，但是并不确定，我不能重复你母亲是怎么说的了，无人能够重复……你有点记得范妮娅是怎么说话的了吗？

我忘不了她是怎样爆发的，或是那一刻她的脸是什么样子。她那时大概有十五六岁。我之所以牢牢记得，是因为那不太像她的方式。范妮娅从来不大声嚷嚷，甚至连她受到伤害时也不抬高声音，她只会自我逃避。不管怎么说，和她在一起时，你总得猜度她的感受，她不喜欢什么。这里突然……我记得那是星期六夜晚，或者是某个节日结束之际，大概是住棚节吧？要么就是七七节……她突然勃然大怒，冲我们大喊大叫。不关我的事，我这一辈子只是个小傻瓜，她朝哈娅大叫。那是我们的大姐！青年组织的领袖！具有领袖气质！整个学校都羡慕的哈娅。

但是你母亲，仿佛突然间正在反叛，突然间开始向那些年一直挂在我们饭厅的那幅艺术作品报以蔑视。她嘲笑它粉饰现实！不真实！在现实生活里，牧羊女身着破敝的衣衫，不是绫罗绸缎，她们的脸因挨饿受冻而恐惧，而不是有张天使般的脸，肮脏的头发上长着虱子和跳蚤，而不是那样的一头金发。忽略痛苦与遭受痛苦几乎一样糟糕，那幅画把现实生活变成了某种瑞士巧克力盒子上的风光。

　　你母亲对饭厅这幅画大光其火，也许因为这幅画的作者造成这样一种印象，仿佛世界上不再有苦难。我想这是她生气的原因。这次发作，她一定比任何人所想象的还要可怜。原谅我流眼泪了。她是我姐姐，她非常爱我，她横遭毒蝎的蹂躏。够了，我不哭了。对不起。每当我想起那幅美化了的画，每当我看见一幅画有三条衬裙和轻柔的天空，我就看见蝎子在蹂躏我姐姐，我就开始痛哭。

## 25

十八岁的范妮娅追随大姐哈娅的脚步，1931年被送往布拉格的大学读书，因为在波兰，大学实际上是对犹太人关闭的。妈妈学习历史和哲学。当时在波兰邻居、乌克兰人和德国人、天主教和东正教派基督徒当中，反犹主义情绪逐渐高涨，她的父母，赫尔茨和伊塔像罗夫诺的所有犹太人一样，见证了反犹主义、乌克兰街头恶棍的暴力行为，以及波兰当局不断增加的不公平标准，并深受其害。希特勒统治的德国大肆煽动对犹太人施行暴力与迫害，其回响如远方一阵隆隆的雷声抵达罗夫诺。

外公的生意也发生了危机，30年代早期的通货膨胀，委实在一夜之间使他失去所有的积蓄。索妮娅姨妈告诉我说："爸爸给我的许多面值百万、万亿的波兰银行钞票，被我用来糊墙。他为我们三姐妹积攒十年的嫁妆在两个月间顺阴沟流走了。"哈娅和范妮娅不久不得不因为钱而放弃她们在布拉格的学业，她们父亲的钱几乎光了。

于是磨坊、都宾斯卡的住宅和果园、马车、马匹和雪橇，都在仓促中廉价卖掉。伊塔和赫尔茨·穆斯曼在1933年抵达巴勒斯坦时，几乎身无分文。他们租了一间可怜的小棚屋，顶上盖着沥青纸。爸爸一直喜欢待在面粉附近，设法在帕特面包店里找到了一份工作。后来，索妮娅姨妈对我回忆说，快五十岁时，他购买了一匹马，一辆马车，在海法港口附近运输面包，再后来运输建筑材料，聊以度日。我可以清清楚楚地看见他，晒得黑黑的，一个沉思的男人，身穿工作服，一件洒满汗水的灰背心，他目光羞怯，但蓝眼睛里闪烁着笑意，缰绳在手中悠闲自在，仿佛坐在垫在马车上的木板上，他发现海法湾风光、卡麦尔山脉、炼油厂、远方港口的起重机高杆以及工厂烟囱，具有某种迷人而有趣之处。

既然他不再是个富人，回到了无产者的行列中，他似乎恢复了青春活力。某种长期遏制着的快感似乎降临到了他身上，其中闪烁着某种无政府主义的火花。正像立陶宛乌里金尼基的耶胡达·莱夫·克劳斯纳，我祖父亚历山大的父亲一样，我的外公纳弗塔里·赫尔茨·穆斯曼喜欢车夫生活，喜欢漫长缓慢旅程中那孤独平静的节奏，喜欢触摸着马，闻嗅它身上刺鼻的气味，喜欢马厩、马草、挽具、辕杆、燕麦袋、鞭绳和马嚼子。

在父母移民到巴勒斯坦、姐姐们在布拉格读书时，索妮娅还是个十六岁的小姑娘，在罗夫诺住了五年，直至她在隶属于波兰军事医院的护士学院取得了护士资格。她来到特拉维夫港口，而她的父母，她的姐姐和茨维·沙皮洛，哈娅"富有活力"的丈夫，正在那里等她，那是在1938年结束前两天。几年后，她在特拉维夫嫁了她在罗夫诺参加青年运动时的一位领导人，一个严格、迂腐、武断的男人，名叫亚伯拉罕·金德尔伯格·布玛。

1934年，比父母和大姐哈娅来到阿里茨土地大约晚一年，比小妹妹索妮娅早来四年，范妮娅也来到了这里。认识她的人说，她在布拉格经历了一场痛苦的恋爱，但他们无法告诉我详细情况。在访问布拉格、连续几个夜晚漫步在大学附近拥挤不堪的古老石板路街道时，我任思绪驰骋，编织着意象和故事。

妈妈到耶路撒冷一年左右，在守望山上的希伯来大学注册，继续学习历史和哲学。四十八年后，显然没有外祖母年轻时学习什么的概念，我女儿范妮娅决定在特拉维夫大学学习历史和哲学。

我不知道母亲在查尔斯大学中断学业是否只因为父母的钱已经用光。30 年代中期，充斥欧洲大街小巷、遍布大学校园的激烈仇视犹太人的情绪究竟怎样迫使她去巴勒斯坦，抑或究竟何种情况使之在塔勒布特学校接受教育并成为犹太复国主义青年运动成员后来到这里？她希望在这里找到什么，她找到了什么，没有找到什么？对于一个在罗夫诺宅邸里长大，从布拉格哥特式的美丽中直接来到此地的人来说，耶路撒冷和特拉维夫是什么样子？一个听觉敏感的年轻女士，操一口从塔勒布特学校书本上学来的高雅希伯来语，对于语言学上的纤细韵律拥有敏锐的感受力，在她听来，希伯来口语会是什么样子？我年轻的母亲，对沙丘，对橘园中的电动抽水机，对岩石嶙峋的山坡，对现场考古旅行，对《圣经》遗迹和第二圣殿时期的遗迹，对报纸标题，对合作社的每日产品，对干涸的河床，对热浪，对高墙环绕的女修道院的圆顶，对陶罐里倒出的冰凉的清水，对响起手风琴和口琴音乐的文化之夜，对身穿卡其布短裤的合作社司机、说英语的声音、国家统治者的语言、漆黑一片的果园、宣礼塔、运输建筑沙子的骆驼身上的驼铃、希伯来警卫、基布兹里被太阳晒得黝黑的拓荒者、头戴破帽子的建筑工人，是什么反应？对于展开暴风雨般争论的夜晚、意识形态冲突以及求爱、星期六下午的远足、党派政治的热情、各种地下组织及其同情人士的秘密阴谋、不时被胡狼嚎叫和远方战火打破宁静的湛蓝色夜晚，她是反感，还是被深深吸引？

等到我到了母亲能够为我讲述她的童年、讲述她早期到达这片土地上经历的年龄，她的脑子已想着别处，对别的事情感兴趣。她在床上给我讲的故事里，主人公尽是巨人、精灵、巫婆、农夫的妻子和磨坊主的女儿、森林深处的演员棚屋。她若是讲述过去，讲述她父母的住宅或是磨坊或者是泼妇普利马，某种苦涩与绝望就会悄悄进入她的声音中，那是某种充满矛盾或含混不清的讽刺，某种压抑着的嘲讽，某种对我来说太复杂或说太朦胧而无法捕捉的东西，某种挑衅和窘迫。

或者正因为如此，我不喜欢她讲述这些事情，乞求她给我讲些简单的和我接近的故事，如马特维水泵和他六个着魔的妻子，或者死去的骑马人，但他的骨骼穿盔甲戴耀眼马刺继续穿越大陆和城市。

关于我妈妈抵达海法，她在特拉维夫和耶路撒冷最初的日子，我几乎一无所知。于是，我还是把你交给索妮娅姨妈，让她讲述她为何到此，怎样到此，她希望找到什么，又真正找到了什么。

在塔勒布特学校，我们不仅学习读写和说一口漂亮的希伯来语——我后来的生活已经把它给毁了——而且学习《圣经》与《密西拿》和中世纪希伯来语诗歌，还学习生物、波兰文学和历史、文艺复兴艺术和欧洲史。更重要的，我们学到，在地平线升起的地方，在河流和森林的那一边，有一片土地，我们大家很快就会去往那里，因为欧洲犹太人，至少东欧犹太人的日子已经朝不保夕了。

我们父母一代比我们更为清醒地意识到，时不我待。即便那些赚钱的人，像我们的父亲，或那些在罗夫诺建造现代化工厂或投身于医药事业、法律或者机械工程的人，那些和当地权力机构和知识分子阶层建立了良好社会关系的人，也都感觉到我们正生活在火山上。另一方面，波兰人对犹太人的态度也有些令人作呕，就像有人咬了一口臭鱼，吞也吞不下，吐也吐不出。他们不想当着凡尔赛协约国的面置身于少数民族权利的氛围中，在美国总统伍德罗·威尔逊和国际联盟面前把我们给吐出来。在20年代，波兰人仍旧有一些羞耻，他们热衷于摆出一副良好的姿态，就像一个醉汉试图直立行走，这样就没有人看出他在来回摆动。他们依然希望表面上多多少少显得像其他国家，但是在背地里他们又压迫我们，令我们备受屈辱，于是我们渐渐都会去巴勒斯坦，他们就再也不会看见我们了。因此，他们甚至倾向于鼓励进行犹太复国主义教育，办希伯来语学校，使用各种手段让我们成为一个民族，为什么，主要是我们应滚到巴勒斯坦去，谢天谢地总算摆脱了。

恐惧降临到每个犹太家庭，那恐惧几乎从来没有被谈起过，但它无意地渗入到我们的体内，像毒药一滴一滴地侵入，使我们毛骨悚然：也许我们真的不够干净，也许我们闹闹哄哄，强迫别人，太精明，追逐金钱。也许我们的行为真的不得体。最怕的就是我们可能给非犹太人留下不好的印象，他们会大光其火，反过来向我们做些想都不敢想的可怕事情。

千百遍向每个犹太孩子脑海里灌输，对他们要行为规范，彬彬有礼，即使他们举止粗鲁，醉醺醺的，在任何情况下也不要冒犯他们，在任何情况下都不要和非犹太人争论，喋喋不休，不能惹他们发火，不能高昂着头，和他们讲话时语气要轻，面带微笑，这样他们就不会嫌我们乱了，总是要用准确典雅的波兰语和他们讲话，这样他们就不会说我们污损了他们的语言，但是千万别把波兰语讲得太艰深，这样他们就不会觉得我们怀有提高地位的野心，我们不能给他们制造任何借口指责我们贪婪成性，但愿不要这样，说我们的裙子脏了。总之，我们需要费尽心机留下好印象，任何孩子都不能破坏这一印象，因为就连某个孩子头发不干净，比如长了虱子，也会损害整个犹太民族的声誉。他们无法忍受我们，所以要是再制造出其他让他们受不了的理由，就更加天理难容了。

你们这些出生在以色列的人，永远也搞不懂这一点一滴如何慢慢地扭曲你所有的情感，像铁锈一样慢慢地消耗你的尊严，慢慢地使你像一只猫那样摇尾乞怜，欺骗，耍花招。我非常不喜欢猫。也不喜欢狗。但是倘若要我做出选择的话，我宁愿喜欢狗。狗像一个非犹太人，你一下子就可以看出它的所思所想。大流散中的犹太人就像猫，这是从不好的方面看，不知你是否明白我的意思。

更重要的是他们吓倒了暴民。他们怕政府在换届时发生的一切，比如，教皇会不会被废黜，共产党会不会取而代之；他们怕乌克兰或白俄罗斯帮派，或气势汹汹的波兰群众，或更北一些的立陶宛人，会在这中间东山再起。那确实是座一直滴着熔岩的火山，可以闻到烟火的气味。"他们在黑暗中为了我们而磨刀霍霍。"人们说，但没有说是谁，因为可能是他们当中的任何一人。暴民。即使在以色列，犹太暴民也有点怪兽的味道。

只有德国人不让我们觉得那么可怕。记得在 1934 年或者 1935年，全家人都搬走了，只有我独自留在罗夫诺完成护士培训的学习，许多犹太人说倘若希特勒真的来了，至少在德国有法律和规章制度，大家都知道自己该做什么，希特勒说什么并不重要，重要的是他强令执行德国章程，暴民们都怕他。重要的是在希特勒的德国大街上没有暴乱，没有无政府状态——我们那时仍然认为无政府状态是最为恶劣的状态。我们的噩梦就是，有朝一日神职人员会布道说耶稣会因为犹太人流一次血，他们会开始敲起这可怕的钟，农民们肚子里装满荷兰烈酒，拿起斧头和干草叉，总是这样开始。

　　没有人预料到将会发生什么，但是在 20 世纪，几乎所有人都深深知道无论是在斯大林统治之下，还是在波兰，或是东欧的任何国家，犹太人都不会有前途可言，于是巴勒斯坦的吸引力越来越大。当然并非对所有的人都是这样。宗教人士对此坚决反对，同盟派成员、讲意第绪语的人、共产主义者，以及那些认为自己比波兰人还波兰人的被同化了的犹太人也反对。但是 20 世纪罗夫诺有许多普普通通的犹太人，渴望自己的孩子学会希伯来语，去上塔勒布特学校。那些经济宽裕的人送孩子到海法的理工学院，或是特拉维夫的高级中学，或是巴勒斯坦的农业学校读书，他们从那里传来的消息非常奇妙……青年人都在等候，什么时候轮到你？与此同时，大家都在看希伯来语报纸，争论，唱巴勒斯坦的歌，朗诵比阿里克和车尔尼霍夫斯基的诗，分裂成对立的宗派和党派，匆匆缝制制服和旗帜，对于一切有关民族的事务都非常激动。与今天你所看到的巴勒斯坦人非常非常相像，只是不像他们那样偏爱流血。在我们犹太人当中，你几乎看不到今天这种民族主义。

　　当然，我们知道在巴勒斯坦有多么艰难，我们知道那里酷热难当，到处是荒地沼泽，我们知道村子里有穷困的阿拉伯人，但是我们在教室墙壁的大地图上看到没有多少阿拉伯人，大概只有五十万人口，肯定不到一百万，完全能够再容纳几百万犹太人，或许阿拉伯人听信蛊惑憎恨我们，像波兰的普通百姓，但是我们肯定能够向他们解释，让他们相信我们回到那片土地只表示给他们带来繁荣，在经济、医疗、文化等诸多方面。我们认为，再过几年犹太人人口会在这里占大多数，一旦发生此类事，我们将会向世人展示如何对待少数民族……我们的少数民族，阿拉伯人。我们，一直是受压迫的少数民族，对待我们的阿拉伯少数民族一定会公正、公平、慷慨，和他们共享我们的故乡，和他们分享一切，我们无论如何也不会把他们变成群猫。我们的梦想是美好的。

在塔勒布特幼儿园、小学和中学的每间教室，都悬挂着西奥多·赫茨尔的照片，一张从达恩到比尔谢巴的大地图，地图标示出了拓荒者居住的村庄，还有犹太民族基金会的募捐箱，正在劳动的拓荒者画像，各种各样的标语和一段段诗歌。比阿里克曾经两次探访罗夫诺，车尔尼霍夫斯基也来了两次，阿舍·巴拉什[1]我想也是，或者还有别的作家。杰出的犹太复国主义者差不多每月都从巴勒斯坦来到此地，他们当中有扎尔曼·鲁巴绍夫、塔本京、雅可夫·杰鲁鲍威尔、弗拉基米尔·杰伯廷斯基。

我们通常是给他们举行一个大型列队仪式，敲锣打鼓，旗帜飘飘，各种各样的装饰品、纸灯笼、激情、标语、袖章混杂在一起，还有阵阵歌声。市长亲自到广场与他们见面，这样我们有时开始感到我们也是个民族，而不是一堆社会渣滓。对你来说，这些可能有点不可思议，但是在那年月，所有的波兰人在波兰语中陶醉，

---

1 阿舍·巴拉什（1889—1952），出生于加利西亚，1914年移居巴勒斯坦，著名希伯来语作家。

乌克兰人在乌克兰语中陶醉，更不用说德国人、捷克人，大家都陶醉，甚至连斯洛伐克人、立陶宛人和拉脱维亚人都是这样，在那样的欢宴上没有我们犹太人的容身之地，我们谁都不属于，谁都不要我们。我们也希望成为一个民族，像大家一样，那该是怎样一种奇迹。他们还留给我们别样的选择了吗？

但是我们的教育不是沙文主义的。塔勒布特的教育确实充满着人文主义色彩，进步，民主，而且是艺术的，科学的。他们努力给男孩女孩平等的权利。他们总是教育我们要尊重其他的民族——所有的人都按照上帝的形象创造出来，纵然他总是将此遗忘。

我们从年幼之际就想着巴勒斯坦。我们对每个新建村庄里的情况了如指掌，比尔土维亚出产什么，兹克龙雅考夫有多少居民，是谁从太巴列到宰迈赫修建了一条碎石公路，拓荒者何时攀登吉尔伯阿山。我们甚至知道那里的人们吃什么、穿什么。

也就是说，我们认为我们了解。实际上，我们的老师并不了解实情，因此即使他们想给我们讲述不好的方面，也不可能——他们一无所知。从那片土地来的任何人，使者、青年领袖、政治家，所有去往那里又回来的人，给我们描绘出一幅绚烂的图画。倘若有人回来后给我们讲些不太愉快的事，我们听都不想听。我们让他们免开尊口。我们蔑视他们。

我们的校长是个让人喜欢的人，有魅力，是个一流教师，头脑敏锐，有一颗诗人之心。他叫莱斯，伊撒哈尔·莱斯博士。他是加利西亚人，很快便成了年轻人的偶像。女孩子们暗恋他，这当中有我的姐姐哈娅和范妮娅，哈娅投身于公共活动中，天生是个领导人，范妮娅，你母亲，受到莱斯博士的神秘影响，被引导走向文学艺术之路。他非常英俊，有男子气概，有点像艺人鲁道夫·瓦伦蒂诺或雷蒙·诺瓦罗，满怀热情，自然让人产生共鸣，他几乎就没有发过脾气，一旦发火，事后毫不犹豫像派人去请那个学生并道歉。

整座小城都为他着迷。我想母亲们夜里会梦见他，女儿们白天看见他就眩晕。男孩子们一点也不比女孩子示弱，尽量模仿他，像他那样讲话，像他那样咳嗽，像他那样话只说一半便打住到窗前站上几分钟，沉思。他肯定能够成功地引诱别人，可他却不，就我所知，他不是特别幸福，娶了一个根本配不上他的女人，成了个模范丈夫。他也能够当一个伟大的领袖，他拥有令人渴望追随、赴汤蹈火以博得他含笑的赏识和日后赞赏的品格。他想我们所想。他的幽默成了我们的风格。他相信以色列土地是犹太人唯一能够在那里治愈精神疾病，并向自己和世人证明他们拥有某些优点的地方。

我们也有其他很棒的老师，门纳哈伊姆·格勒尔特教我们《圣经》，仿佛亲临埃拉干河、亚拿突或加沙的非利士圣殿。门纳哈伊姆每周带我们到"圣地旅行"，一天在加利利，另一天在朱迪亚新建的村庄，又一天在杰里科平原，还有一天在特拉维夫的街道。他会带来照片，报纸上剪下来的纸片，以及一些诗歌和散文，《圣经》上的例子，地理、历史和考古学资料，直到你快乐地感到疲倦，仿佛你真正去了那里，不只是在脑海里，而是仿佛你真的走在阳光下、尘埃里，在橘子树、葡萄架、一簇簇仙人掌和山谷里拓荒者的帐篷之间。于是远在我真正抵达这片土地之前，就已经来过此地了。

　　你妈妈范妮娅在罗夫诺有个男朋友，名叫塔尔拉或者塔尔洛，是个深沉而多愁善感的学生。他们有个小小的犹太复国主义学生联合会，其中包括你妈妈、塔尔洛、我姐姐哈娅、伊斯塔卡·本·梅厄、范妮娅·魏茨曼，也许也包括范妮娅·松达尔，后改名叫作莉·巴-萨姆哈的莉莉亚·卡利什，还有各种其他的人。哈娅在去布拉格之前是一个有人情味儿的领袖。他们坐在那里讨论制订各种各样的计划，他们如何在以色列圣地生活，如何在那里工作，恢复艺术生活和文化生活，如何在那里同罗夫诺保持联系。其他姑娘们离开罗夫诺，或到布拉格读书，或移居到了圣地后，塔尔洛开始追求我。他每天晚上会在波兰军事医院的门口等我。我身穿绿裙子，头戴白发带走出来，我们一起沿着大街行走——那条大街已经被命名为毕苏斯基大街——漫步在宫殿花园、格拉夫尼公园，有时我们一起走向奥斯提亚河和古老的居民区，漫步在矗立着犹太大会堂和天主教大教堂的塞塔迪尔区。我们只是说说话。顶多拉两次手。为什么会这样？我很难向你解释清楚，因为你们这代人根本就不懂这些。你甚至可以嘲笑我们。我们有种可怕的贞节观。我们被埋藏在耻辱与恐惧的深渊之下。

塔尔洛是个坚定的革命者，但是对任何事情都感到难为情：要是他碰巧说出"女人"或者"喂奶"或者"裙子"，甚至"大腿"，脸都要红到耳根，像是出了血，他会开始道歉，结结巴巴。他没完没了地跟我谈论科学和技术，谈论它们是造福于人类，还是给人类带来灾难，抑或二者兼而有之。他会热情地谈论对未来的憧憬，没有贫穷，没有犯罪，没有疾病，甚至没有死亡。他有点是共产主义者，但这几乎无济于事，斯大林在 1941 年到来之际，不由分说便把他带走，从此他便消失了。

在罗夫诺的犹太人，没有一个活下来……除了那些尚来得及移居到圣地的人，少数逃到美国的人，以及不知怎么在屠刀下生还的人。屠杀之后，剩下的人都被德国人杀得精光。不，我不想故地重游，干吗去呢？从那里开始重新思念不再存在、只存在我们青年人梦想中的以色列土地？是为了伤心？我要是想伤心的话，用不着离开维塞里大街，甚至待在家里就行。我坐在这里的扶手椅上，每天伤心几个小时。要么就是望着窗外伤心。不是为了已经失去的东西伤心，而是为尚未发生的事情伤心。我现在没有理由为塔尔洛伤心，那已经是七十年前的事情了，他现在不管怎么说已经离开人世了，要是当时他们没有把他杀了，他也会死在这里，死于战争，死于恐怖主义者的炸弹，或者死于癌症或糖尿病。我只为从未发生过的事情伤心。只为我们为自己拍的那些漂亮照片，而今已然褪色的照片伤心。

我在的里雅斯特登上一艘罗马尼亚货船，货船名叫"康斯坦塔"，我记得尽管我没有任何宗教信仰，但也不想吃猪肉……不是因为上帝，毕竟是上帝创造了猪，不讨厌它，他们杀小猪时，小猪吱吱大叫，用遭受折磨的小孩的声音祈求，上帝看到并听到咕咻声，像怜悯人一样怜悯受罪的小猪。他对小猪的怜悯，与对遵守戒律终生崇拜他的拉比们和哈西德教徒的怜悯一模一样。

因此不是因为上帝，只是因为在去以色列土地的路上，在那艘船的甲板上大吃大嚼熏猪肉、腌猪肉、猪肉香肠，显得不合时宜。于是我便吃很棒的白面包，面包那样精致，营养丰富。夜里我睡在甲板下面三等舱的寝室里，旁边住着一个带小孩的希腊姑娘，小孩顶多三个星期大。晚上我们二人经常把孩子放在床单里摇，这样她便止住哭声睡着了。我们谁也不和谁说话，因为我们没有一门通用的语言，或许正是由于这个原因，我和这个姑娘依依惜别。

我甚至记得在那一刻，我的脑际迅速闪现这样一个念头，我为什么非要去以色列土地？只是因为是犹太人吗？可是那个希腊姑娘，也许连什么是犹太人都不知道，比整个犹太民族跟我更加亲近。这个犹太民族那一刻在我眼里像汗津津的庞然大物，正在引诱我走进它的腹中，这样就可以用它的消化液把我整个吞吃。我对自己说，索妮娅，这是你真正需要的吗？真奇怪，在罗夫诺，我从来没有产生过这样的恐惧，害怕自己被犹太人的消化液吞噬。我到这里之后也没有这种想法。只是在那时，在回以色列的船上的那一瞬间，希腊婴儿已经在我的腿上睡熟，透过衣服我可以感受到她，那一刻仿佛她真的是我肉中之肉，纵然她不是犹太人，纵然有敌视犹太人的暴君安条克四世伊皮法尼斯 [1]。

---

1 安条克四世伊皮法尼斯（前 215—前 164），希腊化时期以叙利亚为中心的塞琉古王朝国王（前 175—前 164），敌视犹太人，把犹太教定为非法，导致了犹大·马加比起义。

一天清早，我甚至可以确切告诉你某日某时……在1938年12月28日，1938年即将结束的前三天，哈努卡节刚过，那天天气晴朗，几乎看不到一丝云彩，早上六点钟，我已经暖暖和和地穿好衣服，一件毛衣，一件短大衣，我走上甲板，看着前面灰蒙蒙的云际。我看了大约有一个小时，只看见几只海鸥。突然，冬日从云际后面喷薄而出，云际下是特拉维夫，一排排的建筑群，粉刷得雪白的房子，不像波兰或乌克兰村庄小镇，不像罗夫诺、华沙或者的里雅斯特，但是像塔勒布特教室里的图片，像我们的老师门纳哈伊姆给我们看的绘画和照片。既在意料之外，又在意料之中。

我无法描述，喜悦即刻涌上喉咙。忽然间我只想大声叫嚷，欢声歌唱，这是我的！都是我的！这一切真的都是我的！很有意思，我平生从未有过如此强烈的情感，归属感，拥有感，在家里没有，在果园里没有，在面粉厂里没有，从来没有，不知你是否明白我的意思。平生从来没有过，不论在那天早晨以前还是之后，从来没有过那样的快感：终于到家了，终于可以拉上窗帘，忘记所有的邻居，做自己真正喜欢做的事。在这里我用不着总是约束自己，不必为任何人感到害羞，不必担心农民们怎么看待我们，神职人员会说些什么，知识分子会有什么感觉，我用不着努力去给非犹太人留下好印象。即便当我们在霍隆买下第一套房子，或者维塞里大街的这一套，我都没有如此强烈地感受到，有自己家的感觉该有多好。那天早上七点，我望着自己从未去过的城市，那片从来没有驻足的土地，那些平生从未见过、样子滑稽可笑的小房子，心里就是这种感觉。你觉得有点可笑，有点傻，对吗？

十一点钟，我们带着行李登上一艘小汽船，水手是个高大的乌克兰人，浑身冒汗，有点恐慌，我刚用乌克兰语友好地谢过他，想给他一枚硬币，他就大笑起来，突然用纯正的希伯来语说，美人儿，你这是怎么啦，没这个必要，干吗不亲我一下？

那是一个惬意、有点凉意的一天，记得最深的就是一股醉人而浓烈的烧焦油的味道，从冒着浓烟的焦油桶那里飘过来……他们一定是刚刚给人行横道铺过沥青……突然冒出了妈妈那张笑脸，接着是爸爸那张脸，泪水纵横，我姐姐哈娅和她的丈夫茨维，我从来没有见过他，但是从第一眼开始，就闪过这样一个念头：她在这里找到的是多么出色的一个小伙子！他非常英俊，心地善良，还挺快乐的！和所有的人拥抱亲吻后，我才看见了你母亲范妮娅也在那里。她略微歪着身子站在那里，避开燃烧着的焦油，身穿长裙和一件蓝色手工编织毛衣，安静地站在那里，等着在众人之后拥抱我，亲吻我。

就像我一下子就看出我姐姐哈娅在这里容光焕发一样——她生气勃勃，脸颊绯红，自信，武断——我也看出范妮娅的感觉不那么好，她面色苍白，甚至比以前更加沉默。她专程从耶路撒冷赶来接我，她为你的父亲阿里耶致歉，可他一天假也没有，她邀请我去耶路撒冷。

约莫仅仅过了一刻钟，我就发现站这么长时间对她来说是很痛苦的事情。她和家里其他成员还没有告诉我，我自己就突然意识到她正经历着妊娠的痛苦……也就是说，怀的是你。她怀孕仅三个月，但是双颊似乎有点塌陷，嘴唇苍白，前额似乎蒙上了一层阴云。她的美并没有消失，相反，像是蒙上了一层灰色的面纱，直到最后她也没有能够把面纱揭开。

哈娅是我们三人当中最富有魅力、最令人钦佩的一位，她有趣，才华横溢，是个令人动心的人，但是对所有目光敏锐观察细致的人来说，我们三姐妹中最漂亮的要属范妮娅。我？我从来就不在被考虑之列。我只是傻里傻气的小妹妹。我想妈妈最羡慕哈娅，为她感到自豪，而爸爸几乎要把最喜欢范妮娅的真相隐藏起来。我在父母那里都不受宠，或许在爷爷埃弗莱姆那里还行。我爱他们大家，我不嫉妒，我不怨恨。或许，得到爱最少的人，只要他们不嫉妒，不痛苦，就会把自己的挚爱给予别人。你觉得呢？我对刚才说过的话不敢肯定，这也许是我在进入梦乡之际给自己讲的一个故事。也许大家在睡觉之前都讲故事，所以就不太恐怖了。你母亲拥抱着我说，索妮娅，你来了真是太好了，我们大家团圆了真是太好了，我们今后有许多事情要相互帮忙，我们尤其要替父母分担。

哈娅和茨维的那套房子大概离港口只有一刻钟的路。茨维是个英雄，我的大部分行李都由他一个人拿着。路上，我们看到一些工人正在造一幢大楼，那是坐落在本-耶胡达街拐向诺尔道街的教育学院。乍看之下，我把建筑工人当成了吉卜赛人或者土耳其人，可是哈娅说他们就是被太阳晒得黝黑的犹太人。我以前从来没有见过这样的犹太人，除非在图片上。接着我哭了起来……不但因为建筑工人既强壮又幸福，而且因为他们当中有些小孩子，顶多有十二岁，每个人背上都扛着木梯，梯子上放着沉重的建筑材料。此情此景让我悲喜交加，啜泣了一会儿。有点难以解释。

在哈娅和茨维的小房子里，伊戈尔和照看他的邻居正等候我们到来。他大概有半岁大，是个活泼爱笑的孩子，就像他的父亲。我洗洗手，把伊戈尔抱在怀里，非常温柔，这一次我不想再哭了，我没有体验到船上那种疯狂的快乐，我只是感觉到某种安慰，发自内心深处，仿佛从水井底端，感觉到我们都到了这里，这里不是都宾斯卡大街。我也突然感受到，那个厚脸皮汗津津的水手没有从我这里得到他要的那一吻，真是一种莫大的遗憾。怎么会想到这些？迄今也不得而知。但是我当时就是这种感觉。

晚上，茨维和范妮娅带我在特拉维夫转了转，也就是说我们在阿伦比大街和罗斯柴尔德大街漫步，因为那时的本-耶胡达大街尚未被视为真正特拉维夫的一部分。我记得，第一眼看上去，一切是那么的洁净美好。夜晚，街上的长椅、街灯以及所有的希伯来语标志，整个特拉维夫仿佛只是塔勒布特学校体育场上非常漂亮的展览。

那是1938年12月末，从那时起我没有出过一次国，除非在想象中。我今后也不会出去。这并非因为以色列如此美好，而是因为我现在认为所有的旅行都是个错误，你不会空手而返的唯一旅程就是你的心灵之旅。在我内心深处，没有疆界和海关，我可以像星星那样向着最远方行进，或者是在已经不再存在的地方旅行，拜访不再存在的人们。甚至走进从未存在过的地方，或者是不可能存在的地方，待在那地方对我有好处。或者至少，没有坏处。我给你煎个鸡蛋吃了再走？再放些西红柿、奶酪和一片面包？或者放些鳄梨？不用？你又那么着急？至少再喝一杯茶吧？

那时，在守望山上的希伯来大学，要么就是在凯里姆亚伯拉罕，盖乌拉或阿哈瓦的一间狭小的房子里，穷学生们两三个人住在一个房间里，范妮娅·穆斯曼和耶胡达·阿里耶·克劳斯纳就在那里相识。那是在1935年或者1936年。我知道我母亲那时住在泽弗奈亚大街 42 号的一个房间里，和她同住的还有来自罗夫诺的两个朋友，伊斯塔卡·韦纳和范妮娅·魏茨曼，也是学生。我知道她有许多追求者。即便如此，我从伊斯塔卡·韦纳那里听说，她也失恋过一两次。

至于我父亲，我听说他非常喜欢结交女友。他侃侃而谈，才华横溢，机智幽默，招致大家的关注甚至嘲弄。有学生称之为"活字典"。要是有人需要知道，甚或不需要知道，他总是喜欢给大家留下这样一个印象，他知道芬兰总统的名字，知道梵语"塔"怎么说，或者是《密西拿》中是否提过石油一词。

他要是看上了某位女生，就会过于殷勤地帮她工作，他会约她出去，夜晚到梅施阿里姆大街，或是桑海迪里亚小巷散步，他喜欢参加知识分子的讨论，他会感情充沛地朗诵密茨凯维奇或是车尔尼霍夫斯基的诗歌。但是，显然他和多数女孩子的关系只限于严肃讨论或者是晚间散步，仿佛姑娘们只喜欢他的大脑。也许他的运气与那年月的多数男孩没什么两样。

我不知道父母怎样亲近起来，我不知道在我认识他们之前，他们之间是否还有爱。1938 年初，他们在雅法路拉宾内特楼顶上结婚。他身穿黑色白条制服，系着领带，上面的口袋里露出三角形的白手绢；她身穿白色长裙，更突出了苍白的皮肤和一头漂亮的乌发。范妮娅从她在泽弗奈亚大街与人合住的房间，把几件物品搬到阿摩司大街扎黑一家小套房里阿里耶的房间。

几个月之后，我母亲已经怀孕，他们搬到了对面的一幢楼里，搬到一套有两个房间的半地下室。他们唯一的孩子就在那里出世。有时，父亲用比较苍白的方式开玩笑，说那年月，世界确实不是个适合生孩子的地方。（他喜欢"确实"，也喜欢"然而""的确""在某种程度上""准确无误""迅即""另一方面""奇耻大辱"。）在说世界不是个生孩子的地方时，他也许暗示着对我的某种责备，因为生得这么鲁莽，不负责任，与他的计划和期待相反，他确实尚未实现他所期待的人生目标，暗示出由于我的出生，他错过了一班船。或者他什么也没有暗示，只是耍聪明，用他通常的方式。我父亲经常开些这样那样的玩笑，打破沉默。他始终把沉默看成有意和自己做对。也许那是他的过错。

## 27

穷阿什肯纳兹犹太人在 19 世纪 40 年代在耶路撒冷吃什么？我们吃黑面包就洋葱加切成两半的橄榄，有时也加些鲲鱼酱；我们吃放在奥斯特杂货店角落的桶里、散发着香味的熏鱼和腌鱼；在特殊情况下我们吃沙丁鱼，认为那是美味佳肴。

我们吃西葫芦、扁豆和茄子，煮的，煎的，或加上蒜泥和葱末做油拌沙拉。

早晨有棕色面包加果酱，偶尔加些奶酪。（我第一次去巴黎，是在 1969 年，从基布兹胡尔达直接去的，招待我的人们发现以色列只有黑白两种奶酪时觉得好笑。）早晨给我喝的速溶燕麦片，味道像糨糊，我连续罢饭后，他们便换了用粗粒面粉和少量肉桂做成的糊糊。妈妈早晨喝柠檬茶，有时蘸黑饼干。爸爸的早餐包括一片黑面包，稠黄酱，半个煮鸡蛋加橄榄，几片西红柿，青椒和黄瓜，以及从一个厚玻璃罐里倒出的特努瓦酸奶油。

我父亲总是一大早就起来，比我和妈妈早起一小时或一个半小时。五点半，他已经站在浴室的镜子前，把敷在脸颊上的白霜刷成浓密的泡沫，刮脸时，他轻轻地唱起一首民歌，跑调跑得吓人。

然后，他独自一人在厨房里边读报纸，边喝茶。在柑橘收获期，他用小手动榨汁机榨些橘子，给在床上的我和妈妈端来一杯橘子汁。因为柑橘采摘是在冬天，因为在那年月，一向认为你在冷天喝凉东西会感冒，我勤劳的父亲通常会在榨橘子汁之前点上普莱默斯便携式汽化煤油炉，上面放上水锅，水锅差不多快开了时，他小心翼翼地把两杯橘子汁放进锅里，用勺子均匀搅动，这样边上的橘子汁就不会比中间的热。而后，他刮脸，穿上衣服，把我妈妈的方格围裙套在腰间他廉价的衣服外。他会把我妈妈（在书房里）和我（在走廊一头的小房间里）叫醒，递给我们一人一杯热过的橘子汁。我喝这温吞吞的橘子汁常常像在喝毒药，而父亲站在我身边，系着格子围裙，打着素净领带，穿着磨薄了的制服，等着我把空杯子还给他。我喝果汁时，爸爸会找话说。他对沉默总是感到负疚。他会用不太逗乐的方式念顺口溜：

"儿子儿子喝果汁 / 我 / 不惹你发脾气。"

要么就是：

"每天一杯橘子汁 / 快快乐乐无烦事。"

甚至：

"一口 / 又一口 / 身体补 / 精神固。"

有时，与其说他想抒情，不如说他想东拉西扯。

"橘子是我们圣地的骄傲！雅法柑橘在世界深受欢迎。顺便说一句，雅法这个名字，就像《圣经》时期的名字'雅弗'[1]，显然取自美好'约菲'一词，那是一个非常古老的词，源于阿卡德语'faya'，在阿拉伯语中有'wafi'的形式，而在阿姆哈拉语中，我

---

1 雅弗，《圣经》中挪亚之子。

相信，是'tawafa'。现在呢，我年轻的'美男子'，"这时他会谦和地笑笑，对玩弄辞藻表示满意，"……把你'美好'的橘子汁喝光，让我美好地把杯子拿到厨房里。"

类似的双关语和俏皮话，被爸爸称作"双关妙语"或"文字游戏"，总在我父亲心里卷起某种善意的幽默。他感觉到它们有力量驱逐阴郁或焦虑，播撒愉快的情感。要是我妈妈说，比如，邻居伦伯格先生从医院回来了，人比走的时候瘦了，据说他病势严重，爸爸会就"病势""严重"的词源和词义发表一通演说，引经据典。所有的事情，甚至伦伯格先生的重病，都会激起他孩子般快乐的火花，妈妈对此表示惊讶。他真的想象，生活就是某种学校郊游或不带异性同伴参加的舞会，充满玩笑和睿智的话语？爸爸会琢磨她的谴责，道歉，可是他是好意，伦伯格先生尚在人世时我们就哀悼他这有什么好处？妈妈说，即便你是好意，你不知怎么竟想方设法用可怜的趣味去处理。要么高高在上，要么卑躬屈膝，不管何种方式总是夹杂着玩笑。于是，他们就会转用俄语，用平静的语调交谈。


当我中午从普尼娜太太的幼儿园回到家里时，妈妈就会和我较劲，贿赂，恳求，讲公主与幽灵故事来分散我的注意力，直至我吞下一些拖鼻涕的南瓜和黏糊糊的西葫芦（我们叫它的阿拉伯名字库萨），以及用面包和碎肉做的丸子（他们经常用一些蒜肉伪装成面包屑）。

有时，我被迫吃东西，含着眼泪、厌恶与愤怒，各种各样菠菜炸鱼丸、菠菜叶、甜菜根汤、德国泡菜、泡菜，或胡萝卜，或生或熟。有时候迫使我穿过沙砾和谷糠的荒原，踏着咀嚼之路穿过煮菜花和各种豆类的崇山峻岭，如干豆、豌豆和小扁豆。夏天，爸爸把西红柿、黄瓜、青椒、香葱和西芹切成小块，做成好看的沙拉，上面闪着晶莹的橄榄油。

偶尔，鸡肉片客人般淹没在米饭中，或是混迹于土豆泥沙丘里，它的桅杆和帆旁饰有西芹，有壁垒森严的煮胡萝卜站岗，甲板周围站着患佝偻病的伙伴，两条腌黄瓜成为这艘驱逐舰的双肋，要是把这些豆吃光了，就会奖励你一块奶粉做的粉色奶油布丁，或是用粉末做的黄果冻，我们叫它的法文名字"啫喱"，离儒勒·凡尔纳和神秘潜水艇"鹦鹉螺"号只有一步之遥，在尼摩船长的控制之下，船长对整个人类已经不抱希望，驶向他在深海中的神秘领地，于是我决定我很快就到那里和他会合。

为庆祝安息日和节日，妈妈会提前几天早早买上一条鲤鱼。鱼整天不屈不挠地在浴盆里游来游去，从这边到那边，不知疲倦地寻找某种从浴盆通向大海的水下通道。我喂它面包屑。爸爸告诉我说，在秘密语言里，鱼叫作努恩[1]。我很快便和这努尼成了朋友，它远远地就可分辨出我的脚步，急急忙忙到浴盆边迎接我，从水中探出嘴巴，令我想到最好别想的东西。

有那么一两次，我摸黑前去查看我的朋友是否整个夜晚都在冷水里睡觉，我觉得这点有些奇怪，甚至有些违背自然法则；或者是否熄灯后，我们努尼的工作日就结束了，它于是蠕动着身子出来，慢慢地爬进洗衣筐里，蜷缩起来，在毛衣和内裤的拥抱中睡着，直至第二天早晨，它又悄悄溜回浴盆，继续它在海军里的服役生涯。

---

1 努恩，阿拉米语。

一次，我被一个人留在家里，我决定用岛屿、海峡、海岬和沙丘来丰富这条可怜鲤鱼的无聊生活。我把各种厨具放进浴盆。我像阿哈勃船长耐心而执着，花很长时间用长柄勺捕捉我的莫比·迪克[1]，可是它一次又一次地溜开，逃进潜水艇的洞穴里——是我把这些给它安置在海底的。有一次我突然摸到它冰冷扎手的鱼鳞，这一令人脊梁骨冒凉气的新发现使我又恐惧又厌恶，浑身发抖。直到那天早晨，所有生灵，无论小鸡，小孩还是小猫，一直都是柔软的、温暖的，只有死去的东西才是冰凉坚硬的。现在出现了鲤鱼悖论，它冰凉坚硬但却活着，我的手指间感受到了潮湿，滑溜，油腻腻的，多鳞，还有鱼鳃，强烈地扭动挣扎，僵硬，冰冷，突如其来的恐慌向我袭来，我急急忙忙松开手，抖动手指，接着洗手，搓肥皂，接连使劲洗了三遍。我不再捉努尼了，而是长时间通过圆圆的、一眨不眨的鱼眼，没有眼睑，没有睫毛，一动不动，努力看世界。

　　爸爸，妈妈，还有应得的惩罚就这样找上了我，因为他们到家后，悄悄走进浴室，我没有听见，他们见我像一尊佛像一样一动不动地坐在马桶盖上，嘴巴微微张开，面无表情，呆滞的双眼一眨不眨地，像一对玻璃球，再看到那个疯孩子沉到浴盆底下的厨房用具，像一群小岛，或像珍珠港水下防御工事。"殿下，"爸爸伤心地说，"将又一次被迫为他的行为后果负责。抱歉。"

　　星期五夜里，爷爷和奶奶来了，妈妈的朋友莉兰卡和她胖乎乎的丈夫巴-萨姆哈也来了，巴-萨姆哈的脸上有一撮弯弯的胡子，像钢丝，他的耳朵型号和别人的不一样，像阿尔萨斯人，一只耳

---

1　莫比·迪克，美国作家麦尔维尔长篇小说《白鲸》中的鲸鱼。

朵竖起，另一只耳朵忽闪着。

喝过鸡汤后，妈妈突然把努尼的尸体放到了桌上，有头有尾，但是侧身却挨了七刀，像炮架车上的国王遗体被运往万神殿那么辉煌。庄严的遗体在馥郁芬芳的奶油沙司里安眠，沙司上撒有一层亮晶晶的米粒，遗体四周点缀着煮烂的李子干和一些胡萝卜片，并撒有一层装饰性的小绿片。但是努尼很警觉，它在控诉，圆鼓鼓的眼睛不畏强暴地盯着所有的刽子手，以无言的痛苦做无声的谴责。

当我的目光与它可怕的大眼睛相遇时，那撕裂的目光在哭诉纳粹、叛徒和刽子手，我开始无声地哭了起来，头垂在了胸前，努力不让他们看见。但是莉兰卡，我妈妈最推心置腹的朋友，一个有着瓷娃娃般身体的、幼儿园老师中的核心人物，吃了一惊，连忙安慰我。她先是摸了摸我的额头，宣布说，没有，他没有发烧。接着她抚摸着我的胳膊说，可是是的，他有点发抖。接着她朝我弯下身子，直至她的呼吸与我的融合到了一起，说：好像是心理原因，不是生理原因。说着，她转身带着某种自以为是的快感，冲着我的父母发表结论，声明她很久以前就已经告诉他们，这个孩子，像所有脆弱、复杂、敏感的未来艺术家，显然很早就进入了青春期，最好的方法就是顺其自然。

爸爸稍加考虑，掂量一番，做出判断：

"是啊。可是你首先得吃鱼，请吧。像大家那样。"

"不吃。"

"不吃？为什么不吃？怎么回事儿？殿下在想着解雇他的厨师班子吗？"

"我不能。"

在这方面，巴-萨姆哈先生流露出过多的善意，有意调停，开始带着抚慰尖声尖气地说起了甜言蜜语：

"那么，你为什么不吃一点点呢？就象征性地吃一口，不吃？为了你的父母和安息日？"

但是他的夫人莉兰卡，一个真诚而情感丰富的人，代表我打断：

"没必要折腾孩子！他有心理障碍。"

莉·巴-萨姆哈，也叫莉兰卡，以前叫莉莉亚·卡利什[1]，在我大部分童年岁月里，是我们耶路撒冷小房子的常客。她身材矮小，溜肩，忧伤，苍白，脆弱。她当了多年小学校长，甚至写了两本论及儿童心理问题的书。从后面看，她像个二十岁的苗条女孩。她和我妈妈一连几个小时在那里窃窃私语，或坐在厨房的柳条凳子上，或坐在她们搬到花园里的板凳上聊天，或探讨某本打开的书，或艺术画册，头靠着头，手拉着手。

多数情况下，莉兰卡都是在爸爸出去工作时到我家来。我感觉到，在爸爸和她之间，保持着一种丈夫和妻子最好女友之间常见的那种彬彬有礼的相互憎恨。妈妈和莉兰卡聊天时，我要是走近她们，她们会立刻停止说话，只有当我走到听不到谈话的地方，她们才重新交谈。莉莉亚·巴-萨姆哈看我时，露出惆怅的微笑，我出于情感原因理解并宽恕一切，但是妈妈让我赶紧说出我需要什么，而后离开她们。她们拥有许多共同的秘密。

一次，莉兰卡来时，父母不在家。她带着理解与忧伤看了我

---

1 由于各种原因我变换了一些名字。——原注

一会儿，摇摇脑袋，仿佛确实认同自己的决定，开始谈话：她确实非常，非常喜欢我，因为我这么小，她对我非常感兴趣。其兴趣与那些烦人的成年人不同，他们总问我在学校是不是好学生，喜不喜欢足球，或是否还在集邮，长大后想做什么，以及诸如此类的傻问题。不会！她感兴趣的是我的思想！我的梦想！我的精神生活！她认为我是个独特而富有独创性的孩子！正在成形的艺术家！她想找机会——眼下没有必要——来试着接触一下我年轻性格中较为内在和易受影响的方面（我那时有十来岁）。比如，我完全独自一人时会想些什么？我秘密的想象生活中会发生什么？什么东西真的能够使我感到快乐或伤心？什么事情会让我激动？什么事情会令我恐惧？什么事情使我反感？什么样的景色能够打动我？我是不是听说过柯尔恰克[1]？我是否读过他的《魔术师约塔姆》？我是否对美妙的性有秘密幻想？她非常想成为，怎么说来着，倾听的耳朵、跟我推心置腹的朋友，尽管我们之间有年龄差距，等等。

我是个能够迫使自己彬彬有礼的孩子。对第一个问题，我是怎么想的，就礼貌地做出回答：对一切都感兴趣。对什么让我激动什么让我害怕连珠炮似的问题我回答说：没有什么特别的东西。而对她展示的友谊，我乖巧地说："谢谢你，莉莉亚阿姨，你真好。"

"要是你觉得需要说什么又难以向你父母启齿，你不犹豫吗？你来找我吧？和我说吧？当然我会保密的。我们可以讨论。"

"谢谢。"

"没人可以说的事情呢？让你觉得有点孤独的想法呢？"

---

1 柯尔恰克（1879—1942），波兰犹太教育家，在大屠杀期间为维护儿童权利而坚决奋战。

"谢谢。真的谢谢你。要我给你拿杯茶来吗？我妈妈很快就会回来。她就在拐角海涅曼家的药房里。你等她的时候要看报纸吗，莉莉亚阿姨？要么我把电扇给你打开？"

# 28

二十年后，1971年7月28日，我在《直至死亡》[1]一书出版几个星期后，收到母亲这个朋友的一封来信，她那时已经六十多岁了。

我觉得你父亲去世之后，我对你做得不好。我非常沮丧，无所事事。我把自己关在家里（我们的房子很可怕……我没有力气更换任何东西），我害怕出门……情况就是这样。在你的小说《迟暮之爱》里的那个人物身上，我找到了一些共同点……他显得如此熟悉，离我们非常之近。《直至死亡》……我曾经听过一次广播剧，你在接受电视访谈时读过它的片段。在我房间墙角的电视机里，出人意料地看见你，真是妙不可言。我想知道小说的出处……它的确十分独特。我无法想象，当你描写恐惧与忧虑时，内心里在想什么。令人不寒而栗。对犹太人……突出的形象，不光是受难者……的描述给我印

---

1　阿摩司·奥兹的中篇小说集，包括《直至死亡》（又译《十字军》）和《迟暮之爱》。

象至深。还有水蚀铁的描述……以及既非现实又非旅行终点的耶路撒冷画面，那不过是对世上本不存在着的某种地方的渴望和向往。你书中字里行间出现的死亡，是我从未想象到的……然而我在不久以前曾渴望死亡……我现在不同寻常地想到了你妈妈的话……她预见到我人生的失败。我感到骄傲的是，我的弱点流于表面，我适应能力强。现在我觉得有点崩溃……奇怪，多年来一直梦想回到这片土地上，现在梦想化作了现实……我生活在此地就像一场噩梦。不要在意我所说过的话。只是说说而已。不要回应。上次我看见你时，你正和你父亲吵得不可开交，我没有意识到你是性情阴郁的人……我们全家问候你。我很快就要当奶奶了！致以友谊和爱，莉莉亚（莉）。

在写于 1979 年 8 月 5 日的另一封来信里，莉兰卡这样写道：

　　……但是现在就不说它了，也许有朝一日我们会相逢，那么就可以谈论我从你话里联想到的问题。你在书中的《自传札记》里提到你母亲"由于绝望或期盼而自杀"，"有些事情出了问题"，你在暗示什么？请原谅，我触到了创伤，你父亲的创伤。这创伤对你来说更为特别，甚至……我的创伤。你不知道我有多想范妮娅，尤其是最近。我把自己独自一人留在一个狭小的世界里。我想她。也想我们另外一个朋友，她叫斯提法，她含悲忍痛在 1963 年离开了这个世界……她是位儿科医生，她的人生中充满了一个接一个的不幸，或许因为她相信男人。斯提法只是不想去领会某些男人会干出什么。我们三人

262

在 30 年代关系非常密切。我是最后一个莫希干人[1]，朋友已经不复存在了。我在 1971 年和 1973 年两次想结束自己的生命，但没有成功。我不会再试了……现在和你谈你的父母，还不是时候……许多年已经过去……不，我还没准备用笔写下要说的一切。有朝一日我只能用书写来表达。或许我们将再次见面……到那时许多事情都会改变……顺便说一句，你应该知道你妈妈和我以及罗夫诺青年卫士的一些成员认为小资最为糟糕……我们的背景相似。你母亲从来就不是"右派"……她只是嫁进了克劳斯纳家后，佯装与他们相像。

1980 年 9 月 28 日，又一封来信中写道：

> ……你妈妈出生于一个不幸的家庭，也把你们的家庭给毁了。然而这并非她的过错……记得 1963 年，你坐在我们家里……我向你保证，我有朝一日会写写你的母亲……然而要做到这点非常困难……甚至连写一封信都很困难……要是你知道，你妈妈从童年时代起多向往成为一个艺术家，成为一个创作者就好了！要是她能够看到你有今天就好了！她为什么没看见呢？或许在私人谈话里我能够比较大胆，告诉你我不敢写的东西。爱你的，莉莉亚。

我父亲在去世（1970 年）之前，有机会读到了我最初的三本书，并非全然喜欢。我妈妈只读过我在小学里写的几篇故事，以

---

1 莫希干人，美国作家詹姆斯·库柏（1789—1851）长篇小说《最后一个莫希干人》中的人物。

及我想打动缪斯女神时创作的几首幼稚的儿童诗。妈妈喜欢向我讲述缪斯是存在的。（爸爸不相信缪斯，正如他始终蔑视仙人、巫婆、创造奇迹的拉比、小精灵、各色各样的圣人、直觉、奇迹和鬼魂。他把自己视为"拥有俗世世界观的人"，他相信理性思维和艰苦的智慧劳作。）

要是我妈妈读过《直至死亡》中的两篇小说，她是否会用与友人莉兰卡相似的话语做出回应，"渴望并向往世上本不存在的某种地方"？难以知晓。梦幻中的忧愁，无法表达的真情，以及浪漫的苦痛，这层朦胧的面纱遮住那些衣食无忧的罗夫诺青年女子，仿佛她们那里的生活，永远在中学院墙内被漆成两种色调：忧愁或欢乐。不过，妈妈有时候反叛这单一的色调。

20年代那所学校课程设置上的某些东西，抑或是侵入妈妈和她年轻朋友心房里的某种深藏着的浪漫霉菌，某种浓烈的波兰—俄罗斯情感主义，某种介乎肖邦和密茨凯维奇之间的东西，某种介乎《少年维特之烦恼》和拜伦勋爵之间的东西，在崇高、痛苦、梦幻与孤独之间那模糊地带的东西，各种各样捉摸不定的"渴望和向往"欺骗了我母亲大半生，诱使她最终屈服，并在1952年自杀。她死时年仅三十八岁。我十二岁半。

在妈妈去世后的几周，或者是几个月，我一刻也没有想到过她的痛。对她身后犹存的那听不见的求救呐喊，也许那呐喊就悬浮在我们房子的空气里，我则充耳不闻。我没有一丝一毫的怜悯。一点也不想她。我并不为母亲死去而伤心——我委屈气愤到了极点，我的内心再没有任何地方可以容纳别的情感。比如说，她死后几个星期，我注意到她的方格围裙依然挂在厨房门后的挂钩上，我气愤不已，仿佛往伤口上撒了盐。卫生间绿架子上妈妈的梳妆用品、她的粉盒、发刷把我伤害，仿佛它们留在那里是为了愚弄我。她读过的书，她那没有人穿的鞋，每一次我打开"妈妈半边"衣柜，妈妈的气味就会不断地飘送到我的脸上。这一切让我直冒肝火，好像她的套头衫不知怎么钻进了我的套头衫堆里，正幸灾乐祸地朝我不怀好意地龇牙咧嘴。

我生她的气，因为她不辞而别，没有拥抱，没有片言解释。毕竟，即使对完完全全陌生的人、送货人，或是门口的小贩，我妈妈也不可能不送上一杯水，一个微笑，一个小小的歉意，三两个温馨的词语就擅自离去。在我整个童年，她从未将我一个人丢在杂货店，或是丢在一个陌生的院落，一个公园。她怎么能这样呢？我生她的气，也代表爸爸，他的妻子就这样羞辱了他，将其暴露在大庭广众之下，像喜剧电影里的一个女人突然和陌生人私奔。在我整个童年，他们要是有一两个小时不见我的踪影，就会朝我大喊大叫，甚至惩罚我，这规矩已固定，谁要是出去，总要说一声他去了哪里，过多久后回来，或至少在固定的地方，花瓶底下，留张字条。

我们都这样。

话只说了一半就这样粗鲁地离去？然而，她自己总是主张乖巧、礼貌、善解人意的举止，努力不去伤害他人，关注他人感受，情感细腻！她怎么能这样？

我恨她。

几星期后，愤怒消失了。与之相随，我似乎失去了某种保护层，某种铅壳，它们在最初的日子里保护我度过震惊与痛苦。从现在开始，我被暴露出来。

我在停止恨妈妈时，又开始恨自己。

我在心灵角落尚不能容纳妈妈的痛苦、孤独，以及周围裹挟着她的窒息气氛，离开人世前那些夜晚的可怕绝望。我正在度过我自己的危机，而不是她的危机。然而我不再生她的气，相反，我憎恨自己，如果我是个更好更忠心耿耿的儿子，如果我不把衣服丢得满地全是，如果我不纠缠她，跟她唠唠叨叨，而是按时完成作业，如果我每天晚上愿意把垃圾拿出去，而不是非遭到呵斥才做，如果我不惹人生厌，不发出噪声，不忘记关灯，不穿着撕破了的衣服回家，不在厨房踩一地泥脚印，如果我对她的偏头疼倍加体谅，或至少，她让我做什么我都尽量去做，别那么虚弱苍白，她做什么，或往我盘子里放什么，我都把它们吃光，不要那么难为她，如果为了她，我做一个比较开朗的孩子，别那么不合群，别那么瘦骨嶙峋，稍微晒得黑一点，稍微强壮一些，像她让我做的那样，就好了！

或者截然相反？要是我更加孱弱，患有慢性病，坐在轮椅上，得了肺痨，甚至天生失明？她善良慷慨的天性，当然不允许她抛弃这样一个残疾儿，抛下可怜的他，只顾自己消失。要是我是个没有双腿的瘫孩子，要是还有时间，我会跑到一辆奔驰的汽车底下，挨撞，截肢，也许我妈妈会充满怜悯，不会离开我？会留下来照顾我？

要是妈妈就那样离开我，没回头看上我一眼，那当然暗示着她从来就一点也没爱过我。要是你爱一个人，她这样教我，那么除了背叛，你可以宽恕他的一切，你甚至宽恕他唠唠叨叨，宽恕他丢了帽子，宽恕他把山珍海味丢在盘子里。

抛弃就是背叛。她——抛弃了我们二人，爸爸和我。尽管她偏头疼，尽管现在方知她从来没有爱过我，我永远不会离她而去，尽管她长时间沉默寡言，把自己关在黑暗的房间，情绪失控，我永远不会那样离她而去。我有时会发脾气，也许甚至会一两天不和她说话，但是永远也不会抛弃她。永远不会。

所有的母亲都爱自己的孩子，这是自然法则。连一只猫儿、一头山羊都是如此。连罪犯和刽子手的母亲都是如此。连纳粹分子们的妈妈都是如此。或者是弱智者的妈妈。甚至魔鬼的妈妈。只有我自己不能得到爱，我妈妈离我而去，这一事实表明我没有为人爱之处，我不值得爱。我有一些毛病，一些非常可怕，可憎，确实令人恐怖的东西，比某些生理或心理缺陷甚至疯癫更加令人生厌。我有某种无法补救的令人生厌之处，如此可怕，就连妈妈那样多愁善感的女人，她可以把爱慷慨地施与一只鸟儿、一个乞丐或者是一条迷路的小狗，也无法再容忍我，躲我躲得越远越好。有句阿拉伯谚语说得好："任何一只猴子在母亲眼里都是瞪羚。"只有我除外。

要是我也可爱，至少有一点点可爱，像世界上所有母亲眼中的孩子，甚至最丑、最淘气的孩子，甚至那些被逐出校门、有暴力倾向、心理不正常的孩子，甚至用把菜刀把爷爷捅了的恶小子，甚至性变态狂，有象皮病，在大街上拉开拉链，拿出自己的物件给姑娘们看……要是我听话，要是我按照她千叮咛万嘱咐的那样去做，该多好，可我像个傻瓜不听她的……要是在逾越节晚宴后，我不把那只从她曾祖母那里传下来的蓝碗打碎……要是我每天早晨好好刷牙，从上到下里里外外，包括每个角落，不耍花招……要是我不从她手袋里捏出半文钱，而后又撒谎说我没有拿……要是

267

我止住那些邪念，夜里没有不由自主地把手伸向睡衣最里面……要是我像所有人一样，也配有个妈妈就好了。

一两年过去后，我离家到基布兹胡尔达居住，渐渐地开始想她。在傍晚，上完学，干完活，冲过澡，当基布兹的所有孩子洗过澡，换上晚上穿的衣服，去和父母小聚，只有我孤零零一个人形单影只，待在空空荡荡的儿童之家，我会独自坐到图书馆里的木凳上。

我会摸黑在那里坐上半小时或者一个小时，一幅画面接一幅画面，构筑她人生的最后岁月。那时候，我已经努力猜测些微我们从未讲述过的事情，我和母亲之间没有讲过，我和父亲之间也没有讲过，似乎他们两个人之间也没有讲过。

我妈妈去世时三十八岁。当写此话时，她比我大女儿年轻，比我小女儿年长。在塔勒布特上完中学后的十年或二十年后，我妈妈、莉兰卡·卡利什，以及其他一些朋友在热浪袭人、贫穷、充满恶毒流言的耶路撒冷经历了一连串的生活打击，这些情感充沛的罗夫诺女学生突然发现自己置身于难以忍受的日常生活地段，那里有尿布、丈夫、偏头疼、排队，散发着樟脑球和厨房渗水槽的气味，显然罗夫诺20年代的学校课程设置对她们没有任何帮助，只会使事情更加糟糕。

或许还有其他一些东西，既不是拜伦式的，也不是肖邦式的，而是更接近于笼罩在契诃夫戏剧或格涅辛小说中那些含蓄端庄出身名门的年轻女子身上那层忧郁的孤独，某种童年时代确信的东西不可避免地遭到挫败，被践踏在脚下，甚至遭到单调乏味生活本身的嘲弄。我妈妈在带有朦胧美的纯洁精神氛围里长大，其护翼在耶路撒冷石头铺就的又热又脏的人行道上撞碎。她长成一个漂亮优雅的磨坊主的女儿，住在都宾斯卡大街的宅邸里，那里有果园，有厨师，有女佣，或许她们在那里把她养得酷似那个牧羊女，那个被美化了的双颊绯红、穿了三层衬裙的牧羊女，她憎恨那幅画面。

索妮娅姨妈七十年后突然记起，十六岁的范妮娅难得地勃然大怒，突然向那个神情迷离、身上有几层丝绸衬裙、温柔的牧羊女报以蔑视，甚至几近唾弃，大概是一种火花，我妈妈的生命力量正徒劳地试图摆脱已经开始裹挟它的黑暗。

拉着窗帘的窗子，将范妮娅·穆斯曼的童年保护得严严实实，就在这窗子背后，潘尼·波尔考夫尼克深夜把一颗子弹射进大腿，另一颗子弹射入头颅。拉夫佐娃公主往手上钉了一颗锈钉，体验救世主的某种疼痛，替他忍受。多拉，女佣女儿怀了母亲情人的孩子，酒鬼斯泰来斯基在打牌时输掉了自己的妻子，而她，他的妻子伊拉，在纵火焚烧英俊安东的空棚屋时最终把自己活活烧死。但是所有这些事情发生在双层玻璃的另一边，发生在塔勒布特那令人惬意、明朗知性的圈子之外。它们都无法进入我妈妈的童年，无法严重损害她童年的欢乐时光，当然我妈妈的童年也轻轻敷上了一层淡淡的哀愁，它非但不会造成损害，而且还会赋予一层神采，使之更加甜美。

几年后，在凯里姆亚伯拉罕，在阿摩司大街，在狭窄潮湿的地下室，罗森多夫一家楼下，伦伯格一家旁边，周围是锌桶、腌小黄瓜，以及在一只锈渍斑斑的橄榄桶里渐渐死去的夹竹桃，终日受到卷心菜、洗衣房、煮鱼气味以及尿臊的侵袭，我妈妈开始枯萎。她或许能够咬紧牙关，忍受艰辛、失落、贫穷，或婚姻生活的残酷。但我觉得，她无法忍受庸俗。

到 1943 年或 1944 年，倘若不是比这更早的话，她已经知道所有人都在那里被杀，就在罗夫诺城外被杀。一定是有人来讲述德国人、立陶宛人和波兰人挎着冲锋枪招摇过市，把老老少少赶到索森基森林——人们在天气晴好的日子喜欢到那座森林旅行，玩捉迷藏，围坐在篝火旁边唱歌，在星光闪闪的夜空下，在小溪两旁，躺在睡袋里睡觉——在那里，就在粗大的树枝、飞鸟、蘑菇、茶藨子和草莓中间，德国人在一个个坑边上射击屠杀，两天内大概有两万五千人丧生。[1] 我妈妈的所有同学几乎都消失了。还有他们的邻居，熟人，生意对手及敌人，有钱人和资产者，虔敬派人士，被同化了的人和受过洗礼的教徒，社区领袖，犹太会堂中的有关人士，小贩和抽水的，共产主义者和犹太复国主义者，知识分子，艺术家和乡间傻瓜，以及大约四千名婴幼儿。我妈妈的中学老师也死在了那里，校长伊撒哈尔·莱斯，他拥有迷人的仪表，令人着迷的双眼，那目光曾经令多少青春期的女学生魂牵梦萦，睡眼惺忪、心不在焉的伊扎克·伯克维斯基，性子火暴、讲授犹太文化的埃利泽·布斯里克，讲授地理、生物还有体育的范卡·宰德曼，她的画家哥哥施穆埃尔，以及迂腐而痛苦的摩西·伯格曼博士，他透过几乎紧闭的牙齿讲授通史和波兰历史。所有这些人。

不久以后的 1948 年，当阿拉伯军团炮轰耶路撒冷时，我妈妈的另一个朋友皮罗什卡，皮莉·颜乃，也被一发炮弹击中而死。她只是出去拿水桶和拖把。

---

1 和我现在居住的阿拉德人口相当，超过一百年间和阿拉伯人交战中死去的犹太人数量。——原注

也许，某种童年时代便已确信的东西，受到与死亡缪斯有关的某种浪漫的毒壳的浸染？是不是塔勒布特学校里过于纯化的课程中的某种东西？或是一种忧郁的斯拉夫中产阶级人士的特征，我在母亲去世几年后在契诃夫、屠格涅夫、格涅辛的创作，甚至拉海尔[1]的诗歌中再次与之相遇。它使我的妈妈在实现不了童年梦想之际，把死亡设想为某种令人激动且富有保护和抚慰的情人，最后的艺术家情人，最后能够治愈她孤独心灵的人。

许多年间我一直在追踪这个老杀手，这个狡诈而原始的引诱者，这个令人作呕的脏老头，因年事已高而脱形，但是不时地把自己乔装打扮成年轻迷人的王子，这个猎取破碎心灵的狡猾猎手，这个吸血情人，声音又苦又甜，犹如孤寂夜晚的大提琴曲，这个诡秘柔和的江湖骗子，一位谋略大师，一位具有魔力的流浪艺人，把绝望与孤独引到斗篷的褶皱里。这个屠杀破碎灵魂的老连环杀手。

---

1 拉海尔（1890—1931），著名希伯来语女诗人，诗风多愁善感。

# 29

　　我是从什么时候开始记事的？最初的记忆是鞋，一只散发着香气的棕色小新鞋，有柔软温暖的舌头。一定是一双鞋，可是从记忆中只打捞上一只。一只新的仍旧有点僵硬的鞋。它那新鲜、闪亮、有些类似真皮的可爱气味，浓烈而令人眩晕的糨糊味道令我如此心醉神迷，令我显然先要把新鞋穿到脸上，鼻子上，像套上了某种喷嘴。这样我便可以吮吸气味了。

　　我妈妈走进房间，后面跟着爸爸，还有叔叔、阿姨，也许只是熟人。我把小脸扎到鞋里时的样子一定很可爱，很好玩，因为他们放声大笑，朝我指指点点，有些人大声吼叫，双手拍打着膝盖，其他的人嘟哝着，粗声粗气地说，快点，快点，把相机拿来！

　　我们家没有相机，但我几乎仍然可以看见那个婴孩：大概有两岁或两岁半的样子，淡黄色的头发，两只大眼睛圆鼓鼓的，惊异万分。但眼睛下面不是鼻子、嘴巴和下巴，而是露出一只鞋跟，以及一只尚未被人穿过的亮晶晶的新鞋底。眼睛上面，是个苍白的婴儿，双颊下面看似大头鱼或某种远古时期大嗉囊的鸟儿。

　　婴孩是什么感觉？我可以精确地回答这个问题，因为我继承

272

了那个孩子那一刻的感觉：刺激的快感，野蛮而令人眩晕的快感，油然而生，因为所有人都把目光集中到他一个人身上，为他吃惊，欣赏他，对他指指点点。与此同时，丝毫没有矛盾，婴儿也对他们大量的关注感到害怕和惊愕，他还太小，承受不了这么多的关注，因为父母和陌生人以及所有的人都在冲他和他的喷嘴吼叫—大笑—指指点点，又是一阵大笑，边笑边互相嚷着，相机，快点，拿个相机来。

还有一点点失望，因为他们闯入时，他正在享受吸入皮子的新鲜气味和糨糊那令人眩晕的香气所带来的醉人的感官快感，他的内心在颤抖。


在下一幅画面里没有了观众。那是妈妈在给我穿一只柔软暖和的袜子（因为屋里很冷），而后鼓励我，使劲，大点劲儿，再大点劲儿，好像她是个助产士，帮助我的小脚胎儿般踏进散发着香气的新鞋那初次分娩的运河。

直至今天，每当我把脚放进靴子或鞋子里，甚至当我坐在这里写下这些文字时，我的皮肤再次体验到脚试探性地伸进那第一只鞋里时产生的快感，体验到脚平生第一次伸进这一宝洞的坚挺而柔软的墙壁并轻轻抚摸它时肌肉的颤抖。而当时，它一点一点地挤进去，妈妈耐心又轻柔的声音鼓励我说，使劲，再使点劲。

一只手轻轻地把我的脚一点点推进去，而另一只托着鞋跟的手轻轻地往回压，那显然是种方向相反的力量，但确实帮我一直把脚伸到里面，直至那甜美瞬间的来临，仿佛克服了最后的障碍，我的脚跟使出最后一把劲，伸了进去，于是脚把整个空间填满，现在你全在里面了，被裹住，被夹紧，被固定，妈妈已经开始拉鞋带，系紧，最后，像甜美的舔舐，温暖的鞋舌在鞋带和绳结下伸开，那种伸展总是让我的足背觉得痒痒的。我就在这里，在里面，被我的第一只鞋紧紧地愉快地拥抱。

那天夜里，我祈求穿鞋子睡觉。我并不希望到此为止，或至少允许我把新鞋放在头边枕头上，这样我就可以闻着皮子与糨糊的气味进入梦乡。只有经过涕泣涟涟的冗长谈判，他们才最终同意把鞋子放在床头的一把椅子上，条件是你在明天早晨之前不许乱摸，因为你已经洗过手了，你只能看，你只有时时刻刻偷偷看它们朝你微笑的两只黑口，把脸凑上去，吸进它们的气息，带着感官的快意在梦中微笑，就像在抚摸你。

记忆中的第二件事是我被锁在了黑洞洞的狗窝里。

我三岁半快四岁时，他们每周把我托付给邻居——一个中年寡妇，照看几个小时。她自己没有孩子，身上散发出一股发霉羊毛的气味，还有淡淡的肥皂和油烟味。她叫盖特夫人，但我们总是叫她格里塔阿姨。我父亲除外，他偶尔用胳膊挽住她的肩膀，叫她格里塔辛，或叫格里特，他会根据自己的习惯用旧世界里一个男学生的方式编一些调笑句子："和格里特聊天／喜无边！"（这显然是他自己向女人大献殷勤的方式。）格里塔阿姨的脸会发红，因为她为自己红脸而不好意思，她的脸会刹那间红得出血，近乎发紫。

格里塔阿姨把一头金发梳成条粗大的辫子，盘在圆圆的头顶上。鬓角的头发已经发灰，仿佛长在金色田野边的灰藜藜。她丰满柔软的胳膊上长着一片片浅棕色的斑点。在她喜欢穿的土里土气的棉布裙下，是两条粗壮的大腿，使人想起结实的拉车大马。

她的嘴角经常露出不好意思充满歉意的微笑，仿佛被人发现在淘气，或在撒谎，她坦率地为自己感到震惊。她总有两只手指缠着绷带，至少一只，偶尔三只，这或许是因为她在切菜时切到了自己，或者在开关厨房抽屉时把手给划了，或者把手夹在了钢琴盖下——尽管她的手指头不断进行不幸的冒险，可是她在教授钢琴课。她做私人保育员。

吃过早饭，我妈妈会让我站在浴室洗脸池前的一只木凳上，用条湿毛巾擦去我双颊和下巴上的粥迹，润润我的头发，从中间梳出一道明显的中分线，随后交给我一只棕色纸袋，里面装着一根香蕉、一只苹果、一片奶酪和几块饼干。就这样，我干干净净梳洗一新，可怜巴巴地被送到了右边四号楼的后院。在去那里的路上，我得保证好好地按照格里塔阿姨吩咐的去做，不要让人家讨厌，尤为重要的是，无论如何也不能去抓挠膝盖伤口上已经结痂的棕壳，因为壳，又叫作痂，是一个痊愈的过程，很快就会自己蜕掉，但是你要是碰了，但愿不要这样，就会感染，就没办法了，他们就会给你打一针。

在门口，妈妈祝愿我和格里塔阿姨过得愉快，而后便离开了。格里塔阿姨立即把我的鞋子脱掉，让我穿着袜子在一个角落里的地席上好好地静静地玩，在角落里每天早晨等待我的是砖头、茶勺、垫子、餐巾纸，一只敏捷的玩具虎，以及一些多米诺骨牌，还有破旧的散发着霉味的公主玩偶。

这份存货清单，足使我连续几个小时玩打仗和争当英雄的游戏。公主让邪恶的男巫（老虎）抓住，男巫把她囚禁在一个山洞（钢琴底下）里。茶勺组成一队飞机，在大海（地席）和高山上飞行（垫子），寻找公主的下落。多米诺骨牌是群可怕的狼，男巫将它们布控在囚禁着公主的山洞周围。

或是另一种情形：多米诺骨牌是坦克，餐巾纸是阿拉伯人的帐篷，柔软的玩偶变形为英国最高长官，垫子被营造成耶路撒冷城墙，而茶勺，听命于老虎，被我提升为哈斯蒙尼战士，或是巴尔科赫巴的游击队武装。

上午过了将近一半，格里塔阿姨会给我端来一些黏糊糊的紫莓果汁，盛果汁的茶杯厚厚的，和我们家的杯子不一样。有时她会撩起裙摆，挨着我坐在垫子上。她向我发出各种各样的唧唧声，并做出各种喜欢我的暗示，最后总是在黏糊糊粘着果酱的狂吻中结束。有时她允许我稍稍摆弄——轻轻地！——摆弄钢琴。要是我吃光了妈妈放在我纸袋里的食品，格里塔阿姨就会给我两块巧克力或是杏仁蛋白软糖。由于阳光照射，她家里的百叶窗总关得严严实实的。因为有苍蝇，总关着窗子。至于两面花色窗帘，总是拉着，严丝合缝地合在一起，像一双贞洁的双膝并拢着，为的是保护私处。

有时，格里塔会穿上鞋子，给我头上戴一顶小贝雷帽，帽子上插着只直挺挺的小孔雀，像一顶英国警察或公共汽车司机的帽子。接着她会用嘲弄的目光仔细查看我，重新扣好我的衬衫，舔舔手指，把我嘴唇四周已经结壳的巧克力或软糖擦干净，戴上她那顶圆草帽，遮住了她半张脸，使她的身体更显浑圆。当所有这些准备工作就绪后，我们二人会出去几个小时，"去看看大世界是什么样子"。

# 30

  从我们的凯里姆亚伯拉罕居住区去往大世界，你可以乘坐停在泽卡赖亚大街哈西亚太太开的幼儿园旁边的 3 路公共汽车主线，或乘坐停在阿摩司大街另一头、马拉哈伊大街盖乌拉大街拐角的 3 路公共汽车支线。大世界本身沿雅法路延伸开去，顺乔治王街而下，通往拉提斯邦修道院和犹太代办处大楼，在本–耶胡达大街及其周围，在希来里大街，在沙梅大街，在斯图迪欧电影院和来克斯电影院周围，电影院位于玛丽公主路的下方，同时又在通往大卫王酒店的朱里安路上。

  在朱里安路，马米拉路和玛丽公主路的交叉口，总有个一身短打佩戴臂章的警察在那里忙活。他坚定不移地统治着遮护在一把圆形镀锡铁皮伞之下的混凝土小岛。警察站在小岛顶上指挥交通，挎着尖厉口哨的万能的神，左手制止车辆，右手让它们行进。从这个交叉路口，大世界在扩展范围，继续向老城城墙根的犹太商业中心蔓延，有时它伸展到大马士革门周围，苏丹苏来曼路，甚至城墙内市场的阿拉伯人活动区。

  在每次这样的出行中，格里塔阿姨都会把我拖进三四家服装店，在每家服装店都要试穿衣服，在小小的单独试衣间里，把许多漂亮的长裙和一条条华丽的短裙、罩衣、晚礼服，以及一堆堆五颜六色的家常女便服脱了穿，穿了脱。一次她试穿一件裘皮大衣，惨遭杀害的狐狸那痛苦的目光吓坏了我。狐狸的脸触动了我的灵魂，因为它的样子既狡猾，又令人心生哀怜。

格里塔阿姨一次又一次一头扎进小试衣间，似乎几年后才从那里面出来。这个大块头的阿佛洛狄特[1]从泡沫中再生，以崭新的面貌、更为美丽动人的肉身从帘子后面冲出来。为了我，为了卖主和其他店员，她会在镜子前面踮踮脚尖。尽管她双腿粗重，但她喜欢卖弄风情似的快速旋转，逐一向我们询问那件衣服是否合适，是否显身材，是不是和她眼睛的颜色协调，垂感是不是好，不显得她更加胖吗，不会有点普通、有点轻浮吗？此时，她脸红了，她为自己羞红了脸而感到难堪，因此脸色更红了，那深深的血红，近乎发紫。最后，她信誓旦旦地向卖主说，她基本上确定当天就可以回来，实际上时间很短，下午，天黑之前，等她转转其他的商店，最迟明天。

我不记得她曾经回去过。相反，她总是小心翼翼，几个月内不要光顾同一家商店。她什么东西也没有买过。无论如何，在我以护送者、典雅美鉴赏权威、密友等身份陪伴她的所有旅程中，她都是空手而归。也许她没有足够的钱，也许耶路撒冷所有女装店拉上帘子的试衣间对格里塔阿姨说来，便是我在地席边上用砖头为她营造的男巫城堡，是给那个衣衫褴褛的公主玩偶造的。

---

1 阿佛洛狄特，希腊神话中爱与美之神，从海水的泡沫中诞生，罗马神话中称其为维纳斯。

直至有一天，一个冷风习习的冬日，一簇簇瑟瑟抖动的树叶在灰蒙蒙的日光中打着旋儿，格里塔阿姨和我手挽着手，来到一家富丽堂皇的大服装店，或许是在一条阿拉伯基督徒的大街上。格里塔阿姨像平时一样，负载着晨衣、晚礼服，以及花花绿绿的连衣裙，消失在试衣间里。在这之前，她黏糊糊地亲了我一口，让我坐在一只木凳上，在她孤独的囚室前面等候，囚室受到厚窗帘的保护。现在向我保证，你哪里也不许去，无论如何不许去，但愿不要这样，就坐在这里等我，最重要的是，格里塔阿姨不从里面出来你不要和生人说话，格里塔阿姨会比以前更漂亮的，要是你是个好孩子，你会从格里塔阿姨这里得到一个惊喜，猜一猜是什么！

　　我坐在那里等她，难过，然而顺从，突然一个小姑娘轻盈地从前面走过，那副样子像是要去参加一场欢宴，或者只是打扮得漂漂亮亮的而已。她年龄很小，但是比我要大（我那时大概有三岁半，要么就是快四岁了）。我立刻看出她涂了口红，但怎么会呢？他们给她弄了个女人似的胸，中间有一道沟。她的腰身和臀部与孩子的不一样，而是像把小提琴。我好不容易才看到她小腿上穿着尼龙长袜，袜子后面有一道缝，再往下是双尖头的红色高跟鞋。我从来没有见过这样的童妇；做女人太小，做孩子又太花枝招展。于是我站起身，迷得神魂颠倒，又有些不知所措，开始跟着她看我所看见的东西，或者相反，去看我没有看见的东西，因为这女孩从我身后的裙子架中蹿出来，急急忙忙地走过去。我想凑近了看她，我想让她看见我。我想做或说点什么让她注意到我，我已经有了一点吸引成人尖叫的本领，还有一两手会对孩子极为起作用，尤其是对女孩子。

这个花枝招展的女孩，轻盈地飘浮在一排排压着衣服的架子当中，走进一条隧道般的通道，通道两边是饰有连衣裙花彩的高大树桩，枝干险些被五彩缤纷的衣服叶子压断。尽管承受着巨大的重量，只要轻轻一推，这些树干就会旋转。

这是一个女人的世界，一座香气四溢、有温暖通道的黑幽幽的迷宫，一座深邃、如丝绸般光滑、丝绒般柔软的诱人迷宫，它蔓生出更多条两边挂满衣服的通道。皮毛、樟脑球和法兰绒的气味与一种捉摸不定随风飘来的气息交织在一起，那气息来自一个浓密的灌木丛，那里有长袍、套头毛衣、罩衣和裙子、围巾、披肩、女士内衣、睡袍，各种各样的紧身胸衣和吊带，衬裙和女睡衣，以及各种各样的西装和上装，大衣和裘皮，那里有丝绸瑟瑟抖动，像温柔的海风。

不时有些黑漆漆打了折的小房间在路上凝视我。在弯弯曲曲的隧道尽头，不时有暗淡的灯泡闪着微光。神秘的次要通道打开了，壁龛，狭窄弯曲的丛林小道，小壁龛，严严实实的试衣间和各种各样的衣橱、衣架和柜台。有许多角落隐藏在厚厚的屏风和帘幕之后。

穿高跟鞋的孩子脚步快而自信，提—塔—塔克，提—塔—塔克（我晕晕乎乎，听见"过来聊聊，过来聊聊"，或带有几分嘲弄，"小淘气，小淘气！"），根本不是小女孩的脚步，然而我本人能够看出她比我矮。我的心飞到了她那里。我非常非常渴望，无论多大代价，也要让她睁开好奇的双眼。

我加快了步伐。几乎是在追赶她。我整个心思沉浸在关于公主的传说里，像我这样的骑士策马加鞭，将她从巨龙利齿或邪恶男巫的符咒里营救出来，我得追上她，好好看看这位森林女神，也许稍微救救她，为她斩杀一两条龙，赢得她一生一世的感激。我怕在黑暗的迷宫里永远失去她。

但是我没办法知道，这个在服装丛林里灵巧地迂回穿行的女孩子，是否注意到一个英勇的骑士正在紧跟她的脚后跟，加大步伐以便不被落下。她为什么不给我任何暗示呢？她也没有朝我转过身子，或四下看看。

突然，这个小精灵潜入一个枝杈繁多的雨衣树下，这样动动，那样动动，忽地从我的视线中消失了，被浓密的绿叶吞没了。

一股难得的勇气冲袭着我，骑士般的无畏令我激动不已，我无所畏惧地闯进她身后的衣服丛里，我所向披靡穿过瑟瑟作响的衣服。于是最后，我气喘吁吁地激动起来，我出现在——几乎跌跌撞撞地——走进某种光线熹微的林中空地。我打定主意，长期在这里等候那个小森林女神，她的声音，还有想象中的气味确实从附近的树枝上飘来。我将冒着生命危险，赤手空拳，同把她囚禁在地窖里的男巫较量。我要打败妖怪，砸碎束缚她手脚的铁锁链，给她自由，而不是远远地旁观，我谦逊地低垂着头，等候着即将来临的犒劳，还有她感激的眼泪，这之后我不知道该发生什么，但是我确实知道这一切肯定会发生，令我不知所措。

她娇小得像只小鸡，身材像支火柴棍，几乎像个婴孩。她留着瀑布般的棕色鬈发，脚上穿一双红色高跟鞋，身着一件领口很低的女裙，露出女人的胸脯，胸脯中央是一道真正的女人分水岭。她宽大的嘴唇微微张开，涂着俗艳的口红。

当我鼓起勇气抬头看她的脸时，却见她的双唇突然恶毒而嘲弄地咧开，那是某种扭曲了的不怀好意的微笑，在她微笑时你可以看到一排尖利的小牙，其中一颗镶金门牙突然发亮，一层浓厚的香粉夹杂着一块块胭脂覆盖了她的额头，使她可怕的双颊显得很白，脸颊有点凹陷，像恶毒的巫婆的脸，好像她突然戴上了一副僵死的狐皮面具，显得既歹毒，又有几分令人心碎的忧伤。

那个不可捉摸的婴孩，脚步飞快的仙子，令人着魔的美女，我追逐她，仿佛心醉神迷地穿过茫茫森林，她根本就不是个孩子，既不是仙子，也不是林中美女，而是一个长相滑稽、几近衰老的女人，一个侏儒，一个小驼背。从近处看，她的脸有几分像弯嘴利眼的乌鸦。在我眼里，她样子吓人、可鄙，干枯、衰老的脖子上长满了皱纹，突然张开的朝我伸过来的双手也长满了皱纹，笑声低沉可怕，像个巫婆试图接触我以便捉住我，瘦骨嶙峋长满皱纹的手指像食肉猛禽的利爪。

我转身便逃，上气不接下气，非常害怕，不住地抽泣，我跑啊跑，吓得喊不出声音，我跑啊跑，从内心深处发出遏制住的尖叫，救救我，救救我，我摸黑在呼啸的隧道里疯狂地奔跑，迷了路，在那座迷宫里越来越迷失。我有生以来，或者说直至如今，从来没有经历过这样的恐惧。我已经发现了一个可怕的秘密，她不是小孩，她是个伪装成小孩的巫婆，现在她不会让我活着逃出她黑漆漆的森林。

我在奔跑时，突然掉进一个小小的入口，入口有扇半开半掩的木门，实际上它不是一扇全门，而是个有些像狗窝门一样的开口。我用尽最后一口气把自己拖了进去，在那里躲避巫婆，我咒骂自己，为什么没有把避难所的门关上？但我吓得呆若木鸡，吓得片刻也不敢从我的避难所里现身，我呆立在那里，甚至不敢伸手把门关上。

于是我便在这个小窝的一个角落里缩成一团，小窝也许只是个储藏室，楼梯下某种自我封闭的三角区。在那里，在一些模糊不清弯弯曲曲的金属管、破碎不堪的箱子和一堆堆发霉了的衣服里，我像个胎儿般蜷缩着，双手抱头，把头埋进双膝，试图抹去自己的存在，缩回到我自己的子宫里，我躺在那里发抖，大汗淋漓，不敢喘气，小心翼翼地不发出尖叫，惊恐得一动不动，因为风箱般的呼吸声一定会让人听见，很快就会把我给暴露。

我一遍又一遍地幻想自己听到了她橐橐的高跟鞋声，"咔嗒，咔嗒，咔嗒"，越来越近，她那张死狐狸脸正在追寻着我，眼下她就在我的头顶，眼下她可以随时抓到我，把我拖出去，用酷似青蛙爪子的手指触碰我，抚摸我，伤害我，她可以突如其来朝我弯下身子，口含利齿大笑，将某种充满魔力的符咒注入我的血液中，让我也突然间化作一只死狐，或化作石头。

七年[1]后，有人从这里经过。是不是在店里工作的人？我止住呼吸，握住颤抖的拳头。但是那个人没有听到我那颗心在怦怦作响。他急急忙忙经过我的小窝，随手把门关上，不经意地把我关在了里面。现在我被锁在了里面。永远被锁在了里面。锁在茫茫黑暗中。锁在宁静的大洋深处。

我有生以来从未经历过如此的黑暗与宁静。那不是夜晚的黑暗，夜晚的黑暗通常是深蓝色的，你基本上可以辨认出各种各样闪烁不定的光，星光，萤火虫，远方行者的灯笼，星星点点的窗子，以及穿透黑暗的一切，你总是可借助各种各样微暗的光、闪烁的光和忽明忽暗的光从一座黑漆漆的楼群行进到另一座，你永

---

[1] 此处比喻时间漫长。典故出自《圣经·创世记》第 29 章第 15 节，雅各为拉结和利亚服侍拉班两个七年。

远可以在暗中，在比黑夜本身更加黑暗的阴影里摸索。

不是这里——这里我置身于墨海深处。

也不是夜晚时分的那种宁静——在夜晚，总会传来砰砰的敲击声，你可以听见蟋蟀唧唧，蛙声一片，犬吠，隐隐约约的马达轰鸣，以及时而传到你耳际的胡狼嚎叫。

但是这里，我没有置身于一个活生生摇曳着的深紫色夜晚，我被锁进黑暗深处。岑寂裹挟着我，这种岑寂你只有在墨海深处才能寻到。


我在那里待了多长时间？

而今已经无人可以询问。格里塔·盖特在1948年犹太人耶路撒冷遭到围困中遇害。阿拉伯军团的一个狙击手，斜挎黑皮带，头戴红色阿拉伯头巾，从坐落在停火线上的警察学院方向不偏不倚地打中了她。子弹，邻居们这样传说，射进格里塔阿姨的左耳，又从眼睛里出来。至今，当我试图想象她的脸是什么样子时，都会可怕地梦见一只眼睛裂成两半。

我现在也没有办法弄清楚，六十年前，这家拥挤不堪有许多洞穴和森林通道的服装店坐落耶路撒冷的什么地方。那是一家阿拉伯商店，还是一家美国商店？现在那里又造了什么建筑？那些森林和弯弯曲曲的通道怎样了？帘子后面的壁龛、柜台，以及所有的试衣间怎么样了？将我活埋的小窝怎么样了？还有那个我苦苦追逐、继之又惊恐逃离的伪装成林中美人的巫婆呢？那第一个引诱我的人，她将我吸引到她在森林中的藏身之处，直至我进入她的秘密兽穴，才突然赏脸展示她的面庞，那是张死狐狸一般的脸，既歹毒，又有几分令人心碎的忧伤，怎么样了？

很可能，格里塔阿姨最终焕然一新，从她的小试衣间重新出现，身穿光彩照人的衣装，发现我没有在她指定的地点、试衣室对面的柳条凳子上等候，大惊失色。毫无疑问，她会惊恐万状，脸变得通红，红得有些发紫。孩子出了什么事？他几乎一向是个有责任感并且听话的孩子，一个十分细心的孩子，一点冒险精神也没有，甚至也不那么勇敢。

我们必须想象得到，格里塔阿姨最初试图自已把我找到。也许她想象孩子等了又等，等得不耐烦了，现在显然是在和她玩捉迷藏游戏，以惩罚她离开了这么长时间。也许小淘气正躲在架子后面？没有？也许在这里，在大衣里头？也许他正站在那里，盯着半裸着身子的蜡制女模特？或许他正站在商店的窗子里面观看街上的行人？或许他只是自己找厕所去了？或许是去找水管喝水？一个聪明的孩子，非常有责任感的孩子，这一点确定无疑，只是有点心不在焉，稀里糊涂，沉迷于各种各样的白日梦，总是沉迷于我给他讲述的各种故事中，或是他给自己讲述的故事中。或许他到大街上去啦？怕我把他给忘了，自己一个人回家去了？倘若一个陌生人出现了，拉着他的手，许诺给他各种各样的好东西该怎么办？要是孩子听任诱惑怎么办？和陌生人走了怎么办？

随着格里塔阿姨对这件事情的理解不断加深，她的脸不再发红，而是变得煞白，她好像得了感冒，浑身不住地发抖。最后，她无疑抬高嗓门，放声大哭，店里所有的人，售货员和老板都来帮忙寻找我。他们可能呼唤我的名字，在店内纵横交错的迷宫般的通道里搜寻，徒劳找遍了所有的森林通道。由于这显然是一家阿拉伯人开的服装店，人们可以想象把一群年龄比我大的孩子召唤起来，发向各处，在居民区，在狭窄的街道，在坑道壕沟，在附近的橄榄树林里，在清真寺的庭院里，在山坡牧草地，在通往市场的通道上，将我找寻。

那里有没有电话？格里塔阿姨给泽弗奈亚街角的海涅曼药铺打电话了吗？她有没有设法把这一可怕的消息通知给我的父母？显然没有，不然的话，父母会在日后的岁月里一遍遍地提醒我，只要稍有反叛迹象，他们就会用重提那次短暂而吓人的迷失与悲痛体验来威胁我，称那个疯疯癫癫的孩子让他们担惊受怕，他们在一两个小时之内愁白了头发。

记得在茫茫黑暗中，我没有叫喊，没有发出任何声音。我没有设法去摇晃锁住的房门，或用我的两只小拳头去捶打它，也许由于我仍然在恐惧中颤抖，生怕那个长着一张死狐脸的女巫还在到处嗅着寻找我。我记得，在寂静的墨海深处，代替恐惧油然升起的是一阵奇怪的甜蜜，在那里的感觉，有些像身上盖着冬毯暖洋洋地偎依在妈妈身边，而外面阵阵寒冷与黑暗正在敲打着窗棂。有些像玩装扮聋瞎孩子游戏，有些像摆脱了所有人的束缚，彻底摆脱。

我希望他们很快会把我找到，把我带出去。但只是很快，不是马上。

我甚至在那里还有一个小小的玩具，那是个圆形金属蜗牛，光溜溜的，摸上去很舒服。它的尺寸正好适合我的手，我用手指攥住它，感受它，抚摸它，稍稍捏紧，又稍稍松开。有时拉一下嵌到里面的纤细灵巧的尾部，那玩意儿就像蜗牛的头出来偷窥一下，有些好奇，这边弯弯，那边弯弯，立即又缩回到壳子里了。

那是一个测量用的伸缩卷尺，纤细灵巧的钢条，卷在钢制的小盒子里。我在黑暗中长时间拿着这个小蜗牛自娱，把它从壳子里拔出来，伸展，拉长，突然放手，使得钢蛇以闪电般的速度飞奔进它秘密藏身的掩体里，直至盒子将其整个收回腹中，而后轻轻颤抖，那抖动着的咔嗒声响令我攥着的小手十分愉快。

接着又拔出来，伸展，拉长，这一次我把钢蛇拉到全长，将其远远地发送到夜空深处，与之同寻黑暗尽头，倾听纤细接合处传出的砰砰响声，钢尺延伸开去，头离壳越来越远。最后，我允许它慢慢回到家里，稍微放松一下接着停下来，又稍微放松一下停下来，试图猜测——因为我什么也没有看见，确实什么也没有看见——它轻轻噗噗搏动了多少下，接着又听到最后一声锁住的声响，表明蛇已经从头到尾消失了，缩回到我允许它出现的子宫当中。

这只可爱的蜗牛怎么成了我的财产呢？我不记得自己是在路上，在我的游侠骑士旅程中，在迷宫的某个拐弯处捉住它的，还是在石头滚落下来把我的坟墓口堵住后我的手指碰巧在那个小窝里摸到它的。


你可以做出合理想象，格里塔阿姨无论从何种角度来说，都会决定最好不将此事告诉我的父母。她当然没有理由在事情过后，一切都已安全平息后，再去惊扰他们。她也许会怕他们判定她在照管孩子时不负责任，故而使她失去虽然微薄但却固定并且急需的收入来源。

在我和格里塔阿姨之间，从来没有提起我在阿拉伯人服装店死而复生的故事，甚至未曾暗示过。这并非我们二人串通一气。她也许希望对于那个早晨的记忆将会随时间而减退，我们都会认为它从来就没有发生过，那只不过是一场噩梦。她甚至会为自己频频远足到服装店感到有些羞愧。自从那个冬天的早晨后，她再也没有犯让我陪她逛商店的过失。她甚至会因我设法减掉一些嗜衣之瘾。过了几个星期，或几个月，我被从格里塔阿姨那里接走，送到泽弗奈亚大街普尼娜·沙皮洛开的幼儿园。然而，我们继续听了几个月格里塔阿姨弹奏的钢琴，薄暮时分，那琴声从远处听起来隐隐约约，绵长而孤单，盖过了街上的噪声。

那不是一场梦。梦随时间消失，为其他的梦腾出位置，而那个侏儒巫婆、上年纪的孩童，死狐脸依然带着尖利的牙齿，有颗门牙还是金的，朝我窃笑。

不仅有巫婆，还有我从森林里带回来的蜗牛，我不让父母们看见的蜗牛，有时独自一人时，我大胆拿出来在被子底下玩，使之长长地竖起，又迅疾地缩回到兽穴深处。

一个有两个大眼袋的棕色男人，既不年轻也不老，脖子上挂着一条裁缝用的蓝绿相间的尺子，尺子两端耷拉在他的前胸，他的动作缓慢倦怠，棕色的脸庞宽大而疲惫，一丝羞怯的微笑闪现在柔软的胡须下，随即便消失了。那个人朝我弯下身子，用阿拉伯语说了些什么，我听不懂他的话，然而在内心里将其翻译成语句，你不要害怕，孩子，从现在开始别害怕了。

我记得营救我的人戴着一副棕框方形眼镜，那眼镜不适合女装店的售货员，但也许适合一个大块头上了年纪的木匠，他边拖着双脚移动步伐，边哼唱着小曲，嘴唇上叼着熄灭了的烟头，衬衣口袋里露出磨损了的折尺。

这个人看了我片刻，因为眼镜已经顺着鼻子滑下，所以不是透过眼镜镜片，而是从眼镜上面看我，从近处对我进行仔细审查，把又一个微笑，或者说笑影隐藏到整洁的胡须后面，他点了两三次头，接着伸出双臂把我吓得冰凉的小手放到他温暖的手中，好像他正在暖化一只冻僵的小鸡，把我从黑暗的凹室里拖出来，将我高高地举在空中，紧紧抱在他的胸前，就这样我开始哭了起来。

这个人看见我流泪了，把我的脸颊贴在他松弛的脸颊上，用低沉而无生气的声音讲起了阿拉伯人的希伯来语，那声音令人愉快地联想起黄昏时分黯淡的乡村土路，他又问又答，归结为："一切都好吗？一切都好。好了。"

他把我抱到了坐落在服装店里面的办公室，空气中飘着咖啡味儿、香烟味儿、毛料衣服味儿，以及找到我的那个人脸上的剃须水味儿，那气味与父亲的剃须水味儿不一样，更浓烈更尖锐，我也想让爸爸拥有那种气味儿。找到我的那个人用阿拉伯语对聚集起来的人们说了几句话，这是因为办公室里有些人站在或坐在了我和正在角落里哭泣的格里塔阿姨之间，他也对格里塔阿姨说了一句话，她的脸更红了，与此同时，这个人动作迟缓，负责，像个医生感到自己找出了伤痛的位置，把我递到了格里塔阿姨的怀中。

不过我不是特别愿意待在她的怀里，我只想在营救我的那个人的胸前多靠些时候。

之后，他们又在那里聊了一会儿，是别的人，不是营救我的那个人，营救我的那个人没有说话，只是摸了摸我的脸颊，拍拍我的肩膀，便离开了。谁知道他叫什么名字？他是否还活在人世？他是住在自己家里，还是住在某个肮脏贫困的难民营？

而后，我们乘坐 3 路公共汽车主线回家。格里塔阿姨洗了她自己的脸，也洗了我的脸，于是就显示不出我们已经哭过了。她给了我一些面包和蜂蜜、一碗米饭、一杯温热的牛奶，她还给了我两块杏仁蛋白奶糖作为甜食。接着她给我脱掉衣服，把我放到她的床上，她拥抱了我半天，还喵喵地叫，最后是黏糊糊的吻，她给我盖好被子说，睡吧，睡吧，我可爱的小宝宝。也许她希望抹去痕迹，也许她希望我从午睡中醒来后，会认为一切都是一场梦，不会和我的父母讲，或者即便我说了，她也会莞尔一笑，说我总是在下午的睡梦里编织这样的传说，确实需要有人写下来收入书中，配上精美的插图，这样一来其他的孩子们也就可以享受了。

但是我没有睡着，我静静地躺在那里，在被子底下玩我的金属蜗牛。

我从来没有和父母说起过巫婆、墨海深处或是营救过我的那个人。我不想让父母把我的蜗牛没收。我不知道怎样解释我在哪里发现它的。我无法说我是把它作为礼物从梦中带来的。要是我告诉他们实情，他们就会对格里塔阿姨和我发火：那是怎么回事？殿下！做贼？殿下发疯了吗？

他们会径直将我带回到那里，强迫我交回蜗牛，请求原谅。

接着便惩罚我。

下午晚些时候，爸爸来格里塔阿姨家接我。他和平时一样，说："殿下今天显得有些苍白。他今天不顺利吗？他的船在大海中沉没了吗？还是他的城堡让敌人攻克了？"

我没有回答，然而我确实可以让他不快。比如，我可以告诉他，从今天早晨开始，我除了他之外还有一位父亲，一位阿拉伯父亲。

他一边给我穿鞋，一边和格里塔阿姨开着玩笑。他总是通过调侃来取悦女人。他总是喋喋不休地聊天，不让任何房间有片刻安宁。我父亲终生惧怕安静。他总是感到对谈话生活负有责任，倘若谈话有片刻索然无味，他会认为这是一种失败，是他的过错。于是乎他编了顺口溜儿来取悦格里塔阿姨：

"既纯洁，又真挚 / 没有罪，没有错 / 只是和格里塔 / 逗逗乐。"

也许他还会有进一步的举动，说：

"亲爱的格里塔，亲爱的格里塔，你真的打动了我这里。"指着他自己的心。格里塔阿姨的脸立即红了，因为她为自己红脸感到难为情，因此她的脸更红了，脖子和胸脯近乎发紫，像个紫茄子，尽管如此，她依旧喃喃地说：

"咳，可是真的，可是真的，克劳斯纳博士先生。"但是她的两条大腿却轻轻朝他点头，好像是要给他来个快速旋转。

当天晚上，父亲带我做了漫长而详尽的印加文明旅行，我们对一本德国大地图册如饥似渴，一起穿过海洋、山脉、河流和平原。我们用自己的双眼在百科全书和一本波兰画册上看见了神秘的城市和宫殿寺庙遗迹。妈妈整个晚上蜷腿坐在扶手椅里读书。煤油取暖器燃烧着，静静地冒着深蓝色的火苗。

每隔几分钟，气流汩汩通过取暖器的细管，会发出三四下嗡嗡的声响，使房间显得更宁静。

# 31

　　说花园并非真正的花园，只是踩踏出来的一小块矩形土地，像混凝土一样坚硬，那上面甚至连荆棘都无法生长。它始终遮蔽在混凝土墙壁的阴影下，像监狱的院子。墙外邻居伦伯格家花园里的一棵高高的柏树也把阴影投向了它。在一个角落，一棵低矮的胡椒树长着粗粗拉拉的小齿挣扎着生存下来。我喜欢用手指摩搓它的叶子，吸吮它那令人激动的气味。对面，靠近另一面墙，长着一棵石榴树，或者说只是一大丛灌木，当年凯里姆亚伯拉罕还是一片果园时那棵树就已经存在，而今它成了一个醒悟的幸存者，年复一年顽强地绽放花朵。我们这些孩子不会等到结果实，就残忍地切下尚未发育成熟的花瓶状花蕾，往里面插入手指般长短的小棍，使之像英国人抽烟用的烟斗，我们小区一些家道殷实的人喜欢模仿英国人，我们一年一度在院子的一角开一个烟斗商店。由于花蕾有颜色，所以有时每个烟斗的一头看上去都似乎闪烁着红光。

　　一些有农业头脑的拜访者，钱塞勒大街上的玛拉和斯塔施克·鲁德尼基有一次给我带来一份礼物：三个纸包里分别包着萝卜、西红柿和黄瓜的种子。于是父亲便建议种一小块菜地。"我们都将成为农夫，"他热切地说，"我们将在石榴树旁建立一个小基布兹，靠自己的努力从土地上生产面包！"

我们街上谁家也没有铁锹、铁叉或者锄头，这些东西属于被太阳晒得黝黑的新犹太人，他们住在山坡上，离我们非常遥远，在村庄，在基布兹，在加利利，在沙龙，在山谷。于是父亲和我开始几乎赤手空拳征服荒地，开出一片菜田。

星期六一大早，妈妈和邻居们仍在梦乡，我们二人便轻手轻脚溜了出去，身穿白背心和卡其布短裤，头戴帽子，瘦骨嶙峋，胸部狭窄，彻头彻尾的城里人模样，苍白得像两张纸，但我们都给对方肩膀涂了一层厚厚的护肤油，起到很好的保护作用。（这油名叫"维尔维塔"，适合抵御春日的暴晒。）

父亲走在前面，他穿着短靴，拿着锤子、螺丝刀、一把吃饭用的叉子、一个线团、一只空麻袋和写字台上的裁纸刀。我走在后面，情绪高涨，充满从事农业劳动的无限快感，手上拎着一瓶水、两只杯子和一只小盒子，盒子里装着橡皮膏、小瓶碘酒、上碘酒用的小棍、一块纱布、一条绷带，一旦发生什么不测，可以进行紧急救助。

先是父亲煞有介事地舞动着裁纸刀，弯腰在地上画了四条线。就这样他指定了我们菜地的永恒疆界。菜地大概两米见方，或者说比挂在我们两个房门间墙壁上的世界地图只大上一点点。接着他指导我跪在那里，双手紧握一根尖尖的棍子，他把这根棍子叫作桩子。他计划在菜地的四个角落都钉上桩子，而后在四周拉紧绳子，作为疆界。然而，脚下的土地像混凝土一样坚硬，抵制父亲用锤头钉桩。于是他放下锤子，像殉难者那样摘掉眼镜，小心翼翼地将其放到厨房的窗台上，再次回到战场，付出双倍努力。他在奋战时大汗淋漓，不戴眼镜，有那么一两次险些打上我那为他扶桩的手指。与此同时，桩子给砸扁了。

我们凭借坚忍的努力，终于设法穿透了地表，浅浅地挖了一层。桩子入地约有半指的样子，固执地拒绝进一步下行。我们被迫用两三块大石头支撑每根桩，以求把线绳绷紧，因为每次我们绷紧线绳，桩子都威胁着要从土里出来。于是乎四条松松垮垮的线绳就把菜地圈起来了。尽管如此，我们毕竟白手起家创造了什么。从这里到这里是我们的地盘，实际上是我们的菜园，在此之外的一切均属外围，换句话说是另一个世界。

"行了。"父亲谦虚地说，频频点头，仿佛对自己表示赞同，并且确认自己的工作成效。

我跟他亦步亦趋，下意识地像他那样点点头："行了。"

这是父亲宣布短暂休息一下的方式。他让我擦去汗水，喝点水，坐在台阶上休息。他自己没有挨着我坐下，而是戴上眼镜，站在我们用线绳圈出的方块旁边，检查时至目前的工作进展，反反复复思考下一个阶段的战役，分析我们的错误，得出结论，指挥我暂时拆掉绳桩，整齐地放在墙根。实际上最好是先挖一小块地，而后再做上标记，不然的话，绳子会碍事。还决定在土上倒四五桶水，等上二十来分钟，待水渗到土里，铁壳得以软化，我们再发起猛烈的攻击。

父亲几乎赤手空拳，英勇地奋战到中午，以攻克坚硬的大地堡垒。他弯着腰，后背生疼，大汗淋漓，像溺水之人在那里大口大口地喘着粗气，他不戴眼镜时，眼睛显得光秃而无助，他一次又一次捶击着固执的土地。但是锤子实在很轻，那是一把家用锤，不是用来强击堡垒的，而是用来捣碎坚果，或者是往厨房墙壁上钉钉子的。父亲一次又一次地舞动着他那可怜的锤子，就像大卫向全副武装的歌利亚投石子[1]，或者是像用煎锅猛击特洛伊城垛[2]。锤子分叉的一头，本来是取钉子用的，现在集铁锹、叉子和锄头三种角色于一身。

很快他柔软的手心就起了大血泡，但是父亲咬紧牙关，对此视而不见，即使血泡破裂流了水，成为敞开的伤口。他那学者手指的周围起了泡，他也不在乎。他一次次把锤子高高举起，落下，连续敲击，猛打，再次高高举起，在和自然因素及原始蛮荒较量时，双唇用希腊语、拉丁语以及说不定是阿姆哈拉语、古斯拉夫语或梵语，向不屈不挠的土地叨咕着热切的诅咒。

他一度用尽全力却把锤子砸在鞋头上，因而痛苦呻吟。他咬住嘴唇，休息一下，用"不明确"或者"不准确"等词来责备自己粗心，擦擦前额，啜口水，用手绢擦擦瓶口，执意要我喝一大口，一瘸一拐然而坚毅果敢地回到战斗的田野，英勇地重新开始他那坚韧不拔的努力。

直到最后，坚实的土地对他动了恻隐之心，或者是为他的献身精神感到惊讶而开始断裂。父亲不失时机把螺丝刀尖插到裂缝里，仿佛害怕土壤会改变主意，再次变成混凝土。他继续挖裂缝，使之加宽加深，他用发白的手指使劲把厚土块挪开，一块块码到脚下，使它们像斩断的巨龙排在那里。土块中冒出几株植物的根茎，歪七扭八，像从活生生的肉体上撕下的筋络。

我的任务是在袭击梯队的后方挺进，用裁纸刀切开土块，把

---

1　大卫和歌利亚的故事出自《圣经·撒母耳记上》第 17 章。喻指以弱抗强。
2　特洛伊城，《荷马史诗》中描绘的希腊古城。

根茎剔除，放进麻袋里，清除石块和沙砾，把土块一一切开捣碎，用餐叉做耙，梳理松软的土壤。

现在该施肥了。我们没有动物或家禽粪肥，鸽子拉在屋顶上的屎因有造成感染的危险不在考虑之列，于是父亲事先准备了一锅剩饭。那是一锅脏乎乎的泔水加残羹，里面有水果皮、蔬菜叶、烂西葫芦、上面漂着层茶叶末的浑浊的咖啡渣、剩粥、剩罗宋汤和剩菜、鱼骨、废油、酸奶以及各种各样其他黏糊糊的液体、黑乎乎的饮料、馊汤，里面尽是说不上来的小块块和小颗粒。

"这些东西会使土壤肥沃。"我们穿着汗淋淋的背心并肩坐在台阶上休息，那感觉就像一对真正的劳动者，用卡其布帽给脸扇风。"我们绝对可以把厨房里的废物变成含有丰富有机物质的腐殖质土，来滋养土壤，给植物以营养，没有营养，植物会发育不良，病恹恹的。"

他一定是猜测出了我心里涌起的可怕念头，因为他忙不迭地加上一句安慰性的话："不要错误地担心，我们将来会通过生长在这里的蔬菜，吃到如今在你眼里也许是令人作呕的垃圾。不会不会！绝对不会！肥料不是脏东西，是隐藏的珠宝——一代又一代的农民本能地意识到这一神秘的真理。托尔斯泰本人在什么地方谈论过不断发生在大地母体中的这种神秘魔力，那种化腐烂物为肥料的奇妙变形，肥料融入肥沃的土壤中，在那里变成谷物、蔬菜、水果以及田间、花园和果园里的丰富产品。"

当我们把桩固定在菜地四角，小心翼翼地在其周围拉上线绳时，父亲简单准确并有条理地向我解释词语：腐烂物，堆肥，有机肥料，炼金术，变形，农产品，托尔斯泰，神秘。

妈妈出来提醒我们说，再过半个小时就该吃午饭了，此时征服荒地的工程已经结束。我们的新花园从桩子到桩子从线绳到线绳正式落成，四周是后院干枯的土地，但是与周围不同，花园里的土壤是深褐色的，细碎并且耕过。我们的菜地得到很好的锄耙、施肥与播种，划分成三块均等狭长的波形小丘，一块种西红柿，一块种黄瓜，一块种萝卜。我们在每排末尾插一根小棍，棍子上放个空种子口袋作为临时标签，就像在未立墓碑之前在坟头做标签。这样一来，我们眼下，或是至少等到长出蔬菜，就有了几幅彩色花园图画：一幅是鲜亮的火红西红柿，腮上挂着两颗晶莹的露珠；一幅是诱人的深绿色的黄瓜；一幅是一堆刺激食欲的萝卜，玲珑剔透，红、白、绿、亮晶晶的。

施肥播种后，我们轻轻地给隆起的小丘一遍遍浇水，浇水用的临时喷壶是用水瓶子和厨房里的一个滤网做的，本来这个滤网是搁在茶壶上，泡茶时挡住茶叶的。

父亲说："因此，从现在开始，每天早晚我们都要给菜田浇水，既不能多浇，也不能少浇。我确信你每天早晨起床后都会跑去查看有没有初次发芽的迹象，因为几天后小芽将会抬头把土粒顶到一边，像淘气的小子晃掉头顶上的帽子。拉比说，每棵植物的头上都站着一个天使，拍着它的头顶说：'长吧！'"

爸爸还说："现在，请汗流浃背邋里邋遢的阁下拿出干净的内衣、衬衫和裤子，到浴室洗个澡。殿下，记住多用肥皂，尤其是那个地方。不要像平时那样在洗澡时睡着了，因为你谦卑的仆人正在耐心等待轮到自己。"

在浴室里，我脱个精光，接着爬到马桶盖上，透过小窗子向外偷看。还有什么可看的吗？初次发芽？嫩绿的新芽，纵然只有针头那么大？

我向外偷看时，看见父亲在新花园旁边逗留了几分钟，谦逊，卑微，就像一个艺术家站在最新面世的作品旁边那么高兴而倦怠，走路依旧像锤子砸在脚趾上时一瘸一拐，但却像凯旋的英雄那么自豪。

　　我父亲不知疲倦地说话，总是大量使用格言引语，总是喜欢解释和旁征博引，渴望当场让你领略他的渊博学识。"你是否思考过希伯来语通过声音在词根与词根之间建立某种关联，比如说，根除与撕裂，扔石头与驱散，耕作与正在缺失，种植与挖掘，或土地—红色—人—血—沉默之间的词源学联系？"通常是滔滔不绝讲述典故、词与词的关联、隐含意义以及文字游戏，大量的事实与类比，一个个的解释、反驳、论证，不顾一切地奋力取悦或者引逗在场的人，播撒快乐，甚至不吝装疯卖傻，不顾自己的尊严，只要不出现冷场，哪怕瞬间的冷场。

　　一个精瘦、精神紧张的人，身穿汗水浸透的背心和卡其布短裤，短裤太肥大，几乎垂到膝盖上。他细瘦的胳膊、腿非常苍白，上覆一层浓密的黑毛。他的样子看上去像一个学《塔木德》的书呆子，突然给人从黑暗的书房里拖了出来，穿上拓荒者们穿的卡其布服装，无情地暴露在正午炫目的湛蓝中。他踌躇满志朝你微笑片刻，仿佛在祈祷，仿佛拉住你的衣袖，恳求你屈尊向他展示一丝慈爱。那双棕色的双眼透过圆边眼镜心不在焉甚至诚惶诚恐地凝视你，仿佛他刚刚想起把什么事情给忘了，谁知道忘记了什么，但肯定是最为重要最为要紧的事情，是他无论如何也不该遗忘的事情。

　　但是已经忘却的事情，却无论如何也想不起来了。请原谅，也许你碰巧知道我忘记了什么重要的事情？刻不容缓的事情？你可以善意地提醒我是什么吗？我有那么大胆吗？

接下来的几天，我每隔两三个小时就跑到我们的菜园，耐心地寻找任何发芽迹象。倘若松软的土壤里有些小小的动静就好了。我一遍又一遍地给菜地浇水，直至土壤变成淤泥。每天早晨我从床上一跃而起，穿着睡衣，光着脚丫，跑去查看盼望已久的奇迹是否在夜间发生。几天以后一大清早，我发现萝卜已经率先举起了它们小小的密密层层的潜望镜。

我特别高兴，一遍遍地浇水。接着我竖起了一个稻草人，给它穿上妈妈的一条旧衬裙，头上顶了个空锡罐，我在锡罐上画上嘴巴、胡须和像希特勒一样飘着黑发的前额，还画上了双眼，其中一只眼睛微微觑着，仿佛在眨动，不然就是在取笑他人。

又过了两天，黄瓜芽也破土而出。但是萝卜和黄瓜苗的所见，一定令之感到伤心和恐惧，因为它们改变了主意，变得苍白起来，它们的身体一夜之间下垂，好像陷于深深的沮丧之中，它们的小脑袋垂到了地上，开始枯萎，消瘦，发灰，直到最后变成了可怜的枯草。至于西红柿，甚至从没有发过芽，它们一定了解了院子里的主要情况，讨论该怎么办，决定放弃我们。也许我们的院子什么也长不了，因为它地势低洼，四周都是高墙，处在柏树荫下，不见一丝日光。不然就是我们浇水过多，施肥过多，也可能是我的希特勒稻草人，它不会给鸟儿留下任何印象，却把小小的嫩芽给吓死了。于是，我们想在耶路撒冷创建某个小小的基布兹、有朝一日吃用自己双手劳动换来的成果这一尝试，宣告结束。

"从这里，"爸爸伤心地说，"可以得出一个严肃而不容忽视的结论。我们肯定有失误之处。因此我们现在确实有责任孜孜不倦坚定不移地努力找出失败的根源和原因。我们是否施肥过多？浇水过多？要么就是截然相反，疏忽了一些基本步骤？一切都已经发生，我们不是农民，也不是农民的儿子，只是业余劳动者，没有经验的追求者，向大地献殷勤，但是尚不熟悉此中之道。"

那一天，他从守望山的国家图书馆下班回来，从图书馆借来两大厚本关于园艺与蔬菜种植的书（其中一本是用德文写的），仔细研读。不久他兴趣转移，转向截然不同的书，是关于巴尔干地区少数民族语言的消失、中世纪宫廷诗对小说起源的影响、《密西拿》中的希腊文词汇、乌加里特语文本的解释。

但是一天早晨，正当父亲拎着磨损不堪的手提箱前去上班时，看见我两眼泪汪汪地朝正在死去的幼芽弯下腰，全神贯注用未经允许便从浴室药箱里拿出来的滴鼻剂或滴眼液尽自己最后一丝努力来营救，正在给枯萎的幼芽上药，每棵一滴。在那一刻，父亲对我萌生了怜悯之情。他把我从地上抱起来，拥抱我，但立即又把我放了下来。他显得茫然，尴尬，几近困惑。离开时，他仿佛从战场上逃跑，点了三四下头，若有所思地喃喃自语，而不是对我说话，他说："我们看看还能做些什么。"

在热哈维亚的伊本加比罗尔大街，曾经有座名叫拓荒者妇女之家的建筑，或者也许叫作劳动妇女农场之类的。在它身后，是个小型的农业保护区，占地只有四分之一英亩，种着果树、蔬菜，饲养家禽和蜜蜂。50年代初期，本-兹维总统著名的办公场所将在这里拔地而起。

父亲下班后去了这个试验农场。他一定是向拉海尔·延内特或是她的某位助手解释了我们种植作物失败的整个事情，寻求建议与指导，最后离开那里，乘坐公共汽车回家，怀里抱着一个小木箱，木箱的土里有二三十棵健壮的秧苗。他把战利品偷偷放进屋里，背着我把它藏在洗衣筐后面，要么就是藏到了厨房的橱柜下，一直等到我睡熟后，才悄悄走了出去，携带着火把、螺丝刀、英勇的锤子和裁纸刀。

我早晨起来时，父亲用某种不容置疑的声调向我宣布消息，如同在提醒我系紧鞋带或者是扣上衬衣扣，他眼睛没有离开报纸，说：

"好啊。我印象中你昨天的药对我们的病中植物奏效了。你干吗不亲自去看看呢，殿下，看看有没有好转的可能？或者只是我个人的印象。请去查查，回来告诉我你是怎么想的，看看我们的想法是否一致，多多少少，怎么样？"

我的小幼芽，昨天是那样的枯黄，像一棵棵悲伤的稻草，一夜之间仿佛被施了魔法，突然变成了生机勃勃的苗壮秧苗，健壮，充满活力，绿油油的。我站在那里呆住了，仿佛让十或二十滴滴鼻剂或滴耳液的魔力弄得不知所措。

继续定睛观察，我便意识到奇迹甚至比乍看之下更加伟大。萝卜苗夜里蹦到了黄瓜地，而萝卜地里，栽上了一些我根本就不认识的植物，大概是茄子，或是胡萝卜。最为奇妙的是，在左手边的一排，也就是我们曾经撒了西红柿种子但没有发芽的地方，也就是我觉得一点也不必使用魔滴水的地方，现在竟然长出了三四株小灌木，嫩枝上绽出了黄色的花蕾。

一个星期过后，疾病又一次侵袭了我们的花园，死亡的苦痛又一次降临，幼苗垂下了脑袋，又一次开始流露出大流散期间受迫害的犹太人那种病容与羸弱，它们的叶子耷拉下来，嫩枝枯萎了，这一次无论是滴鼻剂还是咳嗽糖浆都无济于事，我们的菜地正在干涸、枯死。四根桩继续在那里立了三四个星期，与之相伴的还有脏兮兮的线绳，接着它们也死去了，只有我的希特勒稻草人茂盛的时间稍长一点。父亲在探讨立陶宛浪漫传奇故事的起源或从小说在行吟诗歌中的诞生中寻求安慰。至于我，则在院子里布下了星系，里面遍是奇怪的恒星、行星、月亮、太阳、彗星，我从一个星球到另一个星球冒险旅行，也许在其他星球上可以找到生命的迹象？

## 32

一个夏日的傍晚。那时一年级已经结束，或二年级刚刚开始，或处在两者交替的夏天。我独自一人待在院子里。其他的人都走了，没有带我，达奴什、阿里克、乌里、鲁里克、伊坦和阿米，他们都去特里阿扎丛林斜坡上的树林中寻找那些玩意儿，但因为我不吹那玩意儿，所以黑手党们不接受我。达奴什在树林里找到一个，里面满是臭烘烘已经风干的胶脂状物，他在水管下把它洗了洗，谁要是没有力量将它吹起就不配进黑手党，谁要是没有胆量像个英国士兵那样套上它撒点尿，黑手党就不会考虑接受他。达奴什向大家解释它的运作原理。每天夜里，英国士兵把女孩子带到特里阿扎丛林，在那里，在黑暗中，就会发生这样的事。首先他们长时间地接吻，接着他把她的身体摸个遍，连衣服底下也摸了。接着他把两个人的内裤都脱了，戴上一个这个东西，他趴在她身上等等，最后，他尿尿了。发明这个东西就是为了让她一点也沾不着尿。特里阿扎丛林每天夜里都发生这样的事，大家每天夜里都干这样的事。就连老师苏斯曼太太的丈夫夜里也对她干这样的事情。就连你们的父母。对，你们的父母也干。你们的父母也干。大家都干。这使你们的肉体体验各种快乐，强健肌肉，还对净化血管有好处呢。

他们不带我就都去了，我父母也不在家。我自己躺在院边晾衣绳后面的混凝土地上，观看白昼的留痕，穿着背心感到身下的混凝土冰凉而坚硬。思考，然而未抵达最终结果，所有坚硬所有冰冷的东西都会永远坚硬冰冷下去，而所有柔软温暖的东西只有眼下才会柔软温暖。最终，一切都会转向冰冷坚硬一边。在那里，你不行动，不思考，不感受，不给任何东西以温暖。永远不。

你躺在那里，后背和手指着地，找到一块小石子，将它放进口中，嘴可以品尝出灰尘、石膏以及其他某种似咸非咸的东西。舌头可以探测各种小小凸出与凹陷，仿佛石子是和我们人类一样的世界，有高山，有低谷。倘若表明我们的地球，甚至我们整个宇宙，不过是某些巨人院中混凝土地上的小石子又该如何？倘若一会儿工夫之后某个巨型孩子，你想象不出他有多巨大，他的小朋友取笑他出去时没有叫他，那个孩子只用两根指头拿起我们整个宇宙，放进口中，也开始用舌头探测又该如何？他也会想，他嘴里的这块石子也许确实是整个宇宙，有银河，有太阳，有彗星，有孩子，有猫，有晾在绳子上的衣服？天晓得，或许那个巨大男孩的宇宙，我们在他口中不过是一块石子的男孩，实际上只是一个更巨大男孩的院子里地上的一块石子，他和他的宇宙，等等，就像俄罗斯套娃，石子中之宇宙，宇宙中之石子，石子寓于宇宙，宇宙寓于石子，无论其形状大小都是如此？每一宇宙都是石子，每一石子都是宇宙。直至它开始令你脑袋旋转起来，与此同时，你的舌头开始探测石子，好像它是块糖，现在你舌头本身有了白垩的味道。再过六十年，达奴什、阿里克、乌里、鲁里克、伊坦和阿米以及黑手党里的其他成员将会死去，而后记住他们的人也会死去，而后便是把所有记住他们的人均能记住的人。他们的骸骨将会化作石子，与我口中的石子一样。也许我口中的石子是三万亿年前死去的孩子？也许他们也到丛林中寻找那些玩意儿，因为有人没有力量将其吹起戴上就奚落他？他们也把他一个人丢在院子里，他也背朝苍天躺在那里，口中含块石子，石子曾经也是个孩子，孩子曾经也是个石子。晕。与此同时，石子也得到了些许生命，不再那么冰冷坚硬了，它变得潮湿温暖，甚至在你口中搅动起来，并在你的舌尖轻轻恢复了痒感。

在篱笆墙那边柏树后面的伦伯格家，忽然有人打开电灯，但是躺在这里，你看不见谁在那里，是伦伯格夫人还是淑拉或伊娃开的灯，但是你可以看见黄色的灯光像糨糊一样泻出，它那么稠密，难以洒落，它几乎无法动弹，太稠密了，简直无法沉重地行进，像黏性液体那样行进，它昏黄、单调、迟缓，就像黏稠的内燃机机油穿过微风缭绕、近似灰蓝的夜空。五十五年后，当我坐在阿拉德花园里的桌子旁边，在笔记本上写下那个夜晚时，与那个夜晚非常相像的微风泛起，今夜邻居家的窗子里再次流出黏稠缓慢昏黄的灯光，如同黏稠的内燃机机油——我们彼此相识，我们彼此相识已久，似乎惊喜不是很多，但是却有。耶路撒冷院中那个口中含石之夜没有来到阿拉德这里，令你想起已经忘却的东西，或重新唤起旧日的渴望，而是与之相反，它来袭击这个夜晚。就像某个你认识很久的女人，你不再觉得她吸引人或者不吸引人，不管你们何时见面，她总是多多少少说几个相同的陈腐词语，总是向你报以微笑，总是以熟悉的方式拍拍你的胸脯，只有现在只有此次她不是这样，她突然伸出手来抓住你的衬衣，不是出于偶然，而是用她整只手，贪婪，孤注一掷，眼睛紧闭，她的脸仿佛因痛楚而扭歪，决意要随心所欲，决意要洒脱一回，她不再介意你，不介意你的感受，不管你愿不愿意，和她有何相干，现在她非做不可，她不能自已，她现在伸出手臂，像鱼叉一样袭击你，开始拉拽你，撕裂你，但实际上拉拽的人不是她，她只是用手去戳，你是那个拉拽并写作的人，拉拽并写作，像条身上插着鱼叉刺的海豚，拼命拉拽，拉拽鱼叉以及拴在上面的绳索，以及拴在绳索上的捕鲸枪，以及固定捕鲸枪的捕鲸船，它拉拽搏斗，拉拽着逃跑，拉拽着翻滚进了大海，拉拽着潜入黑暗深处，拉拽，写作，再拉拽；倘若用尽最后的力气再多拉一次，它也许会从插入肉身的东西中解脱出来，从咬住你、嵌入你体内不放过你的东西中解脱出来，你不住地拉拽，它只一个劲儿地咬住你，你越拉拽，它就嵌入得越深，对于这种越嵌越深、伤你越来越重的损伤，你永远也无法报之以施加痛苦，因为它是捕获者，你是猎物，它是捕鱼者，而你只是被鱼叉叉住的海豚，它施与，你接受，它是那个耶路撒冷的夜晚，而你在阿拉德的这个夜晚，它是你死去的父母，你只是拉拽，继续写作。

其他的人都去了特里阿扎丛林，没有带我，因为我没有力量吹那玩意儿，我仰面朝天躺在院子一端晾衣绳后面的混凝土地上，观看日光渐渐退去，黑夜即将降临。

我曾经从阿里巴巴的洞里观看。当外婆，我妈妈的妈妈，从克里亚特莫兹金边上的沥青纸简易住房来到耶路撒冷，朝我妈妈大光其火，朝她挥舞熨斗，眼睛忽闪着用夹杂着意第绪语的俄语和波兰语向她喷出可怕的词句时，我在衣橱和墙壁间的夹缝里看到了这一切。她们二人都没有想到我就挤在那里，屏住呼吸，仔仔细细看到了一切，也听到了一切。妈妈对她母亲那雷鸣般的咒骂没有回应，只是坐在角落里那把靠背掉了的硬椅子上，笔直地坐在那里，双膝并拢，双手一动不动地放在膝上，双眼盯着双膝，仿佛一切都以她的膝盖作为依靠。妈妈坐在那里像个受罚的孩子，她母亲一个接一个向她抛出恶毒的问题，所有的问题都夹杂着咝咝的发音，她一声不吭，不予回答。她的持续沉默只令外婆倍加愤怒，她似乎丧失了理智，眼睛忽闪着，脸狂暴如狼，张开的嘴角挂着白花花的唾沫星子，尖利的牙齿露了出来，她把手里滚烫的熨斗一扔，好像打在墙上一般，接着一脚踢开熨衣板，怒气冲冲地冲出房间，使劲把门一关，所有的窗户、花瓶和茶杯都在震颤。

我妈妈，没有意识到我在观看，站起身开始自罚，她扇自己的脸颊，撕扯自己的头发，抓起一个衣架，用它击打自己的脑袋和后背，直至泣不成声。我在壁橱和墙壁间自己的空间也开始默默地哭，紧紧咬着双手，以至于出现了手表刻痕般的牙印，非常疼痛。那天晚上，我们都吃了外婆从克里亚特莫兹金边上的沥青纸屋里带来的味道甜美的鱼冻丸，鱼冻丸和甜甜的煮胡萝卜一起盛在一只可爱的盘子里，他们相互之间谈论着投机商和黑市，谈论国有建设公司和私人企业以及海法附近的阿塔纺织厂，他们吃的最后一道食品是煮熟的水果沙拉，我们管它叫蜜饯，也是我外婆做的，样子像糖浆一样可爱，黏糊糊的。我的奶奶，从敖德萨来的那位施罗密特，彬彬有礼地吃完了蜜饯，用张白纸巾擦擦嘴唇，从皮手包里拿出口红和小化妆镜，重新描唇线，接着，她小心翼翼地把红毛犬鸡巴似的口红收回到套子里，发表评论：

"我该跟你们怎么说呢？我平生从未尝过这么甜美的甜食。上帝一定钟爱沃利尼亚[1]，因此给它裹上了蜂蜜。就连你们的糖也比我们的甜，你们的盐、你们的胡椒也散发着甜味，就连沃利尼亚的芥末也有一股果酱味儿，辣根、醋、大蒜都非常甜，你用它们能让死亡天使变得甜美。"

她说完这些话，立即沉默下来，好像是惧怕愤怒的天使，她怎么敢如此轻薄他的名字。

我的外婆，我妈妈的妈妈，此时脸上露出愉快的微笑，一点也没有恶意或幸灾乐祸，而是好意的微笑，那微笑纯洁无瑕，像小天使在歌唱，对于她做的食品足以使醋、辣根甚至死亡天使变得甜美的指控，伊塔外婆对施罗密特奶奶只说了一句中听的话：

"但不是你，我的亲家母！"

大家都还没有从特里阿扎丛林回来，我依旧躺在混凝土地上，土地似乎不那么冰凉坚硬了。柏树梢上的夜光更加冰冷灰暗。在令人敬畏的高高树梢上，屋顶上，在大街、后院、厨房里轻轻移动的所有东西上面，在高处飘浮的尘土、卷心菜和垃圾气味里，在仿如天空之于大地的高处鸟鸣中，在沿路而下的犹太会堂里断断续续传来的祈祷者的哭腔中，仿佛有人正在屈服。

高不可及，清晰无比，漠然冷淡，它现在开始展开，在热水器之上，在晾在这里每座屋顶的衣物之上，在遭遗弃的破烂和野猫之上，在各种渴望之上，在各家院子里所有的瓦楞铁制披屋之上，在阴谋、炒蛋、谎言、洗衣盆、地下战士贴的标语、罗宋汤、遭到毁弃的荒凉花园、往昔一片果园里遗留下来的果树之上，现在，

---

1 沃利尼亚，乌克兰西北部地区名。

就是现在，它正在展开，创造着一个清澈平和夜晚的宁静，在垃圾箱之上的高高天空里创造着和平。在一个相貌平平的女孩不断弹出的迟疑不决、令人心碎的钢琴乐音之上的高高天空里创造着和平，那女孩名叫曼努海拉·施迪赫，我们都昵称她为耐努海拉，她一遍又一遍努力练习简单的上升音阶，一遍又一遍地失误，总是在同一个地方失误，而每次都再来一遍。一只鸟儿在旁边应和着她，一遍又一遍地重复着贝多芬《致爱丽丝》的前五个乐音。酷夏结束之际的一天，整个天空浩渺而空寂，但见三片卷云和两只黑鸟。阳光洒落在施内勒军营的墙壁上，不过苍穹不让阳光离去，而是紧紧地用手抓住它，并且设法撕开它色彩斑斓的披风裙裾，眼下正设法试穿它的战利品，用卷云做裁缝的人体模型，把光像衣装一样披上，脱下，检查泛着淡淡绿光的项链，或是颜色丰富金光闪闪带着紫罗兰光晕的大衣，或是四周某种银色的纤巧飘带是否恰到好处，像被一群迅速游过的鱼儿扰乱的水下微微漾起波纹。还有的光红得有些发紫，或呈暗黄绿色，现在它突然快速脱下衣装，穿上淡红的斗篷，上面散发着一缕缕暗红色的光，一两个瞬间过后，又穿上另一件长袍，胴体突然被刺伤，染上几块刺眼的血迹，而黑色裙裾正在黑天鹅绒褶皱下聚拢，很快它不是越来越高，而是越来越深，越来越深，像死亡山谷在苍穹中敞开扩展，仿佛它不在头顶，你没有躺在地下，而是恰恰相反，整个苍穹是个深渊，而躺着的人不再躺在那里，而是流动起来，正在被吞没，突然下降，像一块石子掉进了丝绒深处。你永远也无法忘记这个夜晚——你只有六岁，顶多六岁半，但是在你幼小的生命里，某些巨大而可怕的东西初次展示在你的面前，某种非常严肃而庄重的东西，某种从无穷向无穷延伸的东西，它攫住了你，像个缄默不语的小巨人，它开始进入你的体内，把你展开，于是你自己在那一瞬间会更为宽广更为深入地认识自身，不是用你自己的声音，而也许是你在三四十年后的声音，用不允许狂笑和轻浮的声音，它命令你永远不许忘记今晚的点点滴滴：记住并保留它的气味，记住它的形体与亮光，记住它的飞鸟，琴音，乌鸦啼叫，以及所有的上天异象在你眼前从一个天际驰骋向另一个天际，所有这一切都是为你，只为接收者个人的关注。永远不要忘记达奴什、阿米和鲁里克，不要忘记和大兵们一起在森林里的姑娘们，不要忘记你一个祖母对另一个祖母说过的话，不要忘记甜美的鱼，它漂浮，死去，加上佐料，配上胡萝卜。不要忘记湿润石子的粗糙，它在你口中已经是半个世纪之前的事，但是它那微微发灰的散发着白垩、石膏和盐的味道依旧引诱着你的舌尖。石子令你产生的联想永远不要忘记，那是宇宙中宇宙之宇宙。记住时间中时间之时间的旋转感觉，记住天空色彩的千变万化，就在太阳刚刚落山后，混淆并损害了数不胜数的光色，紫红，丁香紫，酸橙色，橘黄，金色，木槿紫，深红，猩红，蓝，暗红中夹杂着喷涌而出的鲜血，慢慢降临在一切之上的是十分黯淡的灰蓝色，像沉默之色，散发着一股气息，像钢琴上不断重复的乐音，一遍遍地上升，一遍遍地失误，音阶很不连贯，而一只鸟儿用《致爱丽丝》开头的五个乐音回应，啼—嗒—嘀—嗒—嘀。

　　我父亲嗜好崇高，而妈妈则沉醉于渴望与精神尽兴。我父亲热
切崇拜亚伯拉罕·林肯，崇拜路易士·巴斯德，还崇拜丘吉尔的演
说，"鲜血、汗水和泪水""从来也不欠这么多""我们在陆上和他
们作战"[1]。妈妈脸上露出拉海尔诗中所描绘的那种温柔微笑，"我不
向你歌唱我的土地，或用英雄主义壮举来赞美你的盛名，只是脚
踏实地……"我父亲，站在厨房的洗涤槽旁，突然出其不意、激
情澎湃地朗诵起车尔尼霍夫斯基的诗歌："在这片土地上一代人将
会崛起／将会打碎铁锁链／一双双明亮的眼！"有时也会朗诵杰伯
廷斯基的诗："……约塔帕塔[2]，马萨达／还有征服了的贝塔[3]／将会
有力而辉煌地再度崛起／啊，希伯来人——无论穷人／奴隶，还是
流浪者／你是天生的王子／头戴大卫的王冠。"精气神十足时，父
亲会用某种令死者胆寒的不堪入耳的声音怒吼车尔尼霍夫斯基的
诗句："啊，我的国家，我的土地，山石覆盖的高地！"直至妈妈

---

1　出自丘吉尔演讲。
2　约塔帕塔，希伯来古城。
3　贝塔，希伯来古城。

提醒他住在旁边的伦伯格或其他邻居布赫夫斯基和罗森多夫两对夫妇一定听到了他的朗诵，正在笑他，父亲才局促不安地停下来，好像偷糖吃似的露出不好意思的微笑。

至于我妈妈，她喜欢整个晚上坐在伪装成沙发的床上，两只赤脚蜷在身下，低头看膝盖上的一本书，在屠格涅夫、契诃夫、伊瓦什凯维奇[1]、安德烈·莫洛亚和格涅辛故事中的秋日花园小径上几个小时流连忘返。

我父母在19世纪直接来到耶路撒冷。我父亲在成长过程中主要接触的是歌剧般的浪漫主义，带有民族主义色彩的、渴望战争的浪漫主义（民族初期，狂飙突进），其杏仁蛋白奶糖的顶端撒了一层粉末，像香槟飞溅，带有某种尼采似的男子汉的疯狂。而我妈妈却靠其他浪漫主义准则生存，它带有内省、忧郁，又有点孤独，沉湎于令人心碎、感情深切的弃儿的痛苦中，充满了世纪末颓废派艺术中那种朦胧的秋天气息。

我们的居住区凯里姆亚伯拉罕，出没着沿街叫卖的小贩、店主、地位卑微的经纪人、卖小商品的，以及意第绪语主义者，出没着拖着哭腔唱颂的虔敬派教徒，出没着离开家园的小资产阶级分子及偏执的世界改革家，没有人对这里感到满意。我们家总有一种搬到好一点的比较有文化的街区居住的梦想，比如说哈凯里姆区，或者克里亚特施莫埃拉区，倘若不是塔拉皮尤特或者拉哈维亚，不是马上就搬，而是有朝一日，在将来，当具备了可能性，当我们有了一些积蓄，当孩子长大一点，当父亲设法立足于学术界，当妈妈有了固定教职，当环境好转，当国家有了进一步发展，

---

1 即雅罗斯瓦夫·伊瓦什凯维奇（1894—1980），波兰诗人、小说家、剧作家。

当英国人已经离去，当建立了希伯来国家，当这里的未来已经明朗，当情形最终对我们稍微容易一些时。

"那里，在我们先祖居住过的土地上。"我父母年轻时经常这么唱，当时她在罗夫诺，他在敖德萨和维尔纳，像20世纪初数十年间东欧数以千计的年轻犹太复国主义者一样，"那里，在我们先祖居住过的土地上／我们所有希望终将实现／那里我们生活我们创造／生活纯粹而自由。"

但是所有希望指的是什么？我父母想在这里寻找的是怎样一种"纯粹而自由"的生活？

也许他们模模糊糊地认为，他们会在更新了的以色列土地上找到某种少点小资的犹太人的、多一点欧洲的现代的东西，某种少点残酷的物质主义多点理想主义的东西，某些少点狂热与易变多些安定与节制的东西。

我母亲也许梦想在以色列土地上的一个乡村学校过教师生活，边读书，边创作，闲暇之际写写抒情诗，或写感伤而多用典故的短篇小说。我想她希望和难于捉摸的艺术家建立某种平和的精神联系，某种推心置腹显示真正心地的联系，这样才能最终摆脱她母亲那吵吵嚷嚷飞扬跋扈的束缚，逃离令人窒息的清教徒式的生活准则、可怜的个人品位以及可鄙的物质主义，在她所生活的地方这些东西显然非常猖獗。

与之相对，我的父亲从内心深处认为自己可成为耶路撒冷一位富有独创性的学者，一位拥有希伯来复兴精神的勇敢先驱，约瑟夫·克劳斯纳教授当之无愧的继承人，在光明之子反对黑暗势力的文化军旅中充当一名英勇的官员，是与漫长而辉煌的学者王朝相称的后继者，这一王朝始于没有子嗣的克劳斯纳，通过他视如己出的忠诚侄子得以延续。像他著名的伯伯，无疑在他的启迪之下，我父亲能够用十六七种语言阅读学术著作。他在维尔纳和耶路撒冷大学读书（后来甚至在伦敦撰写博士论文。无论邻里还是陌生人都将其称作"博士先生"，而后，在年届五旬之际，他终于拥有了真正的博士学位，而且是伦敦的博士），他还学习了——基本上是自学——古代史和现代史、文学史、希伯来语言学和总体语文学、《圣经》研究、犹太思想、考古学、中世纪文学、哲学、斯拉夫研究、文艺复兴历史和罗曼语研究。他具备资格，并准备成为一名助教，并继续升到高级讲师，最后做一名教授，做具有开创性的学者，最终，在每周六下午，真的坐到桌子正座，向由崇拜者和忠诚者组成的惊奇万分的观众接连发表长篇大论，像他令人尊敬的伯伯一样。

但是无人需要他，无人需要他的学术成就。于是这个特烈普列夫[1]只得靠在国家图书馆报刊部做图书管理员来维持可怜的生计，夜间用余力撰写中篇小说史和文学史的其他题目，而他的海鸥在地下室的一套住房里度日，做饭，洗衣服，清洁，烘烤，照看一个病恹恹的孩子，她不看小说时，就站在那里凝视窗外，而她手中的茶已经变冷。只要有机会，她就教点家教课。

我是独子，他们二人都把自己所有失望的负荷放在了我幼小的双肩上。首先，我得好好吃饭，多睡觉，适度洗漱，以便长大后能够改善机遇，实现父母年轻时候的愿望。他们希望我甚至在没

---

1 特烈普列夫，契诃夫戏剧《海鸥》中的主人公，喻指壮志未酬的人。

到上学年龄时就学会了读书写字。他们相互争吵，用甜言蜜语贿赂我让我学习字母（没有必要，因为字母令我神魂颠倒，自动找上门来）。我刚一开始读书，那年我五岁，他们就都急不可待地向我提供既有品位又有养分的读物，富含文化维生素。

他们经常与我谈论一些话题，这些话题在其他家庭看来当然是儿童不宜的。妈妈喜欢给我讲巫师、小精灵、食尸鬼、森林深处魔法小屋的故事，而且也认真地向我讲述犯罪、各种各样的情感、才华横溢的艺术家的人生和痛苦、精神疾病以及动物的内心世界（"倘若你仔细观察，你就会看出每个人都具有某种主要性格特征，这种特征使其与某种具体的动物，一只猫、一头熊、一只狐狸或者一头猪相像。人的形体特征也显示出与之最为接近的动物形体特征。"）。与此同时，父亲向我介绍了神秘的太阳系、血液循环、英国人的白皮书、进化、西奥多·赫茨尔及其惊人的人生经历、堂吉诃德的冒险、书写和印刷史、犹太复国主义准则（"在大流散中，犹太人生活艰辛，而在这里，在以色列土地上仍非易事，但是不久将会建立希伯来国家，之后一切将会好转，充满生机与活力。整个世界将会认为犹太人在这里创造了一切。"）。

我父母，还有我的祖父母，家里多愁善感的朋友们、好心的邻居们、穿着华丽俗气的姑姑阿姨婶子大妈们，紧紧地拥抱我，不断因从我嘴里蹦出的词语而震惊不已：这个孩子这么聪明绝顶，这么有独创性，这么敏感，这么特殊，这么早熟，他这么善于思考，他什么都知道，他有艺术家的眼光。

而我呢，我对他们的震惊感到震惊，以至于最终对自己感到震惊。毕竟，他们是大人，换句话说是什么都懂、永远正确的造物，要是他们总说我聪明，那么当然我一定是聪明的喽。要是他们觉得我有意思，我则自然而然倾向于同意他们的说法。要是他们觉得我是个敏感、有创造性的孩子，还很什么，还相当什么（都用的是些洋文），还这么有独创性，这么超前，这么聪明，这么合乎逻辑，这么可爱，等等，那么……

我在成人世界与既定价值面前，墨守成规，毕恭毕敬，我没有兄弟姐妹，没有朋友来抗衡周围对我的个人崇拜，我别无选择。只有谦卑而彻底地对成人对我做出的评价点头称是。

于是乎，出于无意识，我在四五岁时变成了一个小炫耀物，父母和其他大人在我身上投注了大量财产，并慷慨助长我的傲慢自大。

有时在冬天的晚上，我们三人习惯于在晚饭后围坐在厨房饭桌旁聊天。我们说话声音轻柔，因为厨房又小又窄，我们从来也不打断对方的谈话（父亲认为这是进行任何谈话的先决条件）。比如说，我们谈论盲人或外星来客怎样看待我们的世界。也许我们自己基本上就像盲外星人？我们谈论中国和印度儿童，谈论贝督因和阿拉伯农民儿童，隔离区里的儿童，非法移民儿童，以及基布兹儿童。基布兹里的儿童不属于他们的父母，但是在我这个年龄，他们已经独立过上集体生活，需要履行个人义务，轮流值日打扫房间，通过投票决定什么时候关灯睡觉。

即使在白天，破厨房里也点着昏黄的灯。晚上八点，或由于英国人实行宵禁，或仅仅出于习惯，外面大街上已空无一人，狂风在冬夜中呼啸。它吹得屋外垃圾箱的盖子格格作响，恐吓柏树和野狗，用它黑漆漆的手指检测悬挂在厨房栏杆上的洗衣盆。有时从黑暗深处，会传来几声枪响，或是低沉的爆炸声。

吃过晚饭，我们三人站成一排，好像列队行进，先是父亲，后是母亲，再后是我，面对着给普莱默斯便携式汽化煤油炉和煤油炉熏黑的墙壁，背朝房间。父亲在洗涤槽前弯着腰，一只接一只清洗盘子，并将它们漂洗干净，放到沥水板上，妈妈从沥水板上拿起盘子，擦干后放到一边。我负责把饭叉饭勺擦干，并将其按照大小分类，放进抽屉里。从我六岁起，他们开始允许我把餐刀擦干净，但是严禁我动切面包刀和切菜刀。

对他们来说，我只做到聪明、理性、听话、敏感、具有创造力、善于思考和拥有艺术家的眼光，还远远不够。此外，我还得做富有洞察力的人，预知未来，做某种家庭神使。毕竟，大家都知道孩子更接近自然，接近神秘的造物怀抱，尚未遭到谎言的腐蚀，尚未遭到自私自利之念的毒害。

于是我就得承担传达德尔斐神谕者[1]或圣愚的角色。当我爬上院子里那棵可能患上肺痨的石榴树，或是从一面墙跑到另一面墙，没有在铺路石当中走出一条直线，他们就命令我给他们或者他们的客人说出一些上天的自然暗示来帮助他们平息争端，如：是否到基布兹克里亚特阿纳维姆看望他们的朋友，是否买（以分期付款的形式）带四把椅子的棕色圆桌，用年久失修的船把幸存者偷偷运到以色列土地是否会危及他们的生命，是否请鲁德尼基夫妇安息日晚上来吃晚饭。

我的任务是说出一些模模糊糊、模棱两可的想法，不合我这个年龄地说出一些依据我从成人们那里听来的令人震惊并负有煽

---

1　德尔斐神谕，德尔斐是希腊历史遗迹，为阿波罗神殿所在地。

动性的思想片段组合成的句子，某些莫衷一是的东西，某些可以做任何解释的东西。要是可能，还应该包括某种隐隐约约的微笑，或是特别要夹进"在生活中"之类的词语。比如说，"每次旅行都像拉开一个抽屉。""在生活中有早晨，有夜晚，有夏有秋。""做出一点点让步就像避免踩到小生物一样。"

这样令人费解的句子，"出自一个吃奶孩子之口"，让我的父母激情澎湃，他们眼睛放光，他们翻来覆去说我的话，在里面寻找对自然本身那纯洁而无意识的智慧所做的神谕似的表达。

听到这样美妙的语言，这些我总是得在惊讶不已的亲朋好友面前一遍遍重复与再生产的箴言，妈妈会热情地把我紧紧抱在胸前。我很快便学会应我那激动万分的观众们的要求，按顺序大量生产这样的言论。我从每一则寓言中都能成功地提取不止一次而是三次的快感。快感之一，看到我的观众那充满渴望的目光集中在我的双唇，激动地等待着要说出来的话语，而后专注于大量的矛盾重重的解释。快感之二，坐在成人群体中像所罗门断案时那种令人眩晕的体验。（"你听见他怎样对我们说做一点点让步了吗？那么你怎么还坚持说明天不该去克里亚特阿纳维姆？"）快感之三最为秘密，最为惬意，就是我慷慨大方。在这个世界上我最喜欢体验给予的快乐。他们渴望，他们需要，我给予他们之所需。他们有了我是多么的幸运！没有我，他们怎么办？

# 34

我实际上是个非常省事的孩子，听话，勤奋，在不知不觉支持着约定俗成的社会秩序。（我和妈妈服从父亲，父亲在约瑟夫伯伯的脚下膜拜，约瑟夫伯伯尽管激烈反对，但轮流服从本-古里安和"认可的社会公共机构"[1]。）除此之外，我在不知疲倦地探索从大人们，我父母及他们的客人、姑姑阿姨婶子大妈们、邻居和熟人们那里得到的谀美之词。

然而，在家庭所上演的全部剧目中，最受欢迎的便是一出情节固定的喜剧，围绕一场过失展开，相随的便是一连串的灵魂探索及相应惩罚。惩罚过后便是悔恨、悔悟、原谅、赦免部分或大部分惩罚，最终，是涕泪涟涟的宽恕和和解的场面，伴随着拥抱和彼此间的关爱。

有一天，比如，在热爱科学这一情感驱使下，我把黑胡椒粉撒进了妈妈喝的咖啡里。

妈妈抿了一小口咖啡，给呛住了，把咖啡吐到了围裙上。她双

---

1 根据作家本人在为希伯来文版英译者做的注释，"认可的社会公共机构"指犹太国准政府，如犹太代办处、民族委员会、自由党等。

眼盈满了泪水。我后悔不已，坐在那里一声不吭，我很清楚爸爸该上场了。

爸爸扮演的是一位公正观察员的角色，小心翼翼地尝了尝妈妈的咖啡。他或许只浸湿了嘴唇，就立刻宣布他的结论。

"有人决定给你的咖啡里加佐料。我怀疑这是某位高级人物的杰作。"

沉默。我像举止无比良好的孩子，一勺接一勺地把盘子里的粥往嘴里送，用餐巾擦净嘴唇，停顿片刻，再吃上两三勺。镇静沉着，笔直地坐在那里，就像在演示一部礼仪书。今天我要把粥全部喝光，像个模范儿童，把盘子里的粥喝得干干净净。

父亲继续说，好像陷于深深的思考，好像和我们一起分享神秘化学变化的总体概要，没有看我，只是跟妈妈说话，或是在自言自语：

"这里一定是发生了一场灾难！正如大家所知，有许多混合物，由本身一点无害、有利于人类消耗的物质组成，但这种混合物有可能威胁任何品尝者的生命。谁都可以在你的咖啡里放上其他佐料。这后来呢？中毒。上医院。甚至有生命危险。"

厨房里一片死寂。好像大祸已经降临。

妈妈下意识地用手背推开毒杯。

"那么后来呢？"父亲又若有所思，加上一句，他点了几下头，仿佛他已经知道事情的大概，但是非常老练，没有说出可怕的名字。

沉默。

"我因此建议，无论搞这场恶作剧的是谁——肯定不是故意的，开了个不妥的玩笑而已——他都应该有勇气立刻站出来。这样我们都应知道我们内部是不是有这样的轻薄之人，至少我们没有包庇一个胆小鬼。人不能没有诚信和自尊。"

沉默。

轮到我了。

我站起身，用酷似父亲那大人的腔调说：

"是我干的。对不起。真是干了一件蠢事，以后再不会发生这样的事了。"

"不会了？"

"肯定不会。"

"以一个自尊男子的名誉担保？"

"以一个自尊男子的名誉担保。"

"承认，后悔，并下了保证，这三项加起来可以减轻惩罚，我们此时请你把它喝下去算了。对，现在就喝。请吧。"

"什么，喝下这杯咖啡？连同里面的黑胡椒粉？"

"是啊，没错儿！"

"什么，要我把它喝了？"

"请吧。"

但是刚犹犹豫豫地抿了一口，妈妈就介入了。她建议说到此为止，没有必要扩大化。孩子的胃那么不好。他现在确实从中吸取教训了。

父亲没有听到调停请求，或者是佯装没有听到。他问：

"殿下你觉得这饮料怎么样？味道像来自天国的圣餐吗？"

我皱起眉头表现出强烈的反感。表情痛苦、悔恨，流露出令人心痛的伤悲。于是父亲宣布说：

"那么，好，够了。这一次就这样了。殿下表达了他的痛悔之意。所以我们到此为止。也许我们可以借助一块巧克力来加以强调，消除不好的味道。之后，要是你愿意，我们可以坐在书桌旁，给新邮票分类。好吗？"

我们都喜欢在这场喜剧里所充当的固定角色。父亲喜欢扮演某种报复之神的角色，一味查看并惩罚恶行，某种家庭内部的耶和华，闪现愤怒的火花，发出可怕的隆隆雷声，并且心怀怜悯、有恩典、"丰盛的慈爱和诚实"。[1]

但是偶尔，某种当真生气的盲目浪潮冲击着他，不只是演戏似的愤怒，尤其当我做了些可能对我有危险的事情，没有任何前奏，他便给我两三个耳光。

有时，我若是玩电，或是登上高高的树枝，他甚至命令我脱下裤子，让我露出屁股（他只称之为："臀部，请亮出来！"），而后，他会无情地用皮带打上六七下。

但是总体上说，爸爸的愤怒不是表现为迫害，而是表现为威严的彬彬有礼及冷冰冰的挖苦：

"殿下又屈尊把从大街上踩来的泥巴带到走廊里了。显然像我们穷人在雨天那样在门口地垫上擦脚有损于殿下的尊严，这次我恐怕阁下您得屈尊用纤细的小手抹去他高贵的脚印，而后将委屈您这位至尊的殿下到浴室，把您摸黑锁上一个钟头，以便有机会反省错误，决定今后做出改进。"

妈妈立即对惩罚表示抗议：

"半小时就行了。不要摸黑。你怎么回事？也许你下次要不许

---

1　语出《圣经·出埃及记》第 34 章第 6 节。

他喘气了。"

爸爸说：

"殿下真幸运啊，他总是有这么一位热心的法律顾问为他辩护。"

妈妈说：

"要是真能惩罚夹枪带棒的幽默感就好了——"但是她从来没把这句话说完。

一刻钟以后，该上演最后一幕了。父亲亲自来把我从浴室里带出，伸出双臂迅速而尴尬地抱抱我，他会低声道歉：

"当然，我意识到你不是有意把泥巴带进来的，只是因为你心不在焉。但是你当然也意识到我们罚你是为了你好，这样你长大后就不会成为心不在焉的教授了。"

我正视着他那双无辜而疲倦的双眼，立下保证，说从现在开始，进门时永远会小心翼翼擦掉鞋子上的泥巴。而且，我在剧中所扮演的固定角色需要我此时脸上露出聪颖成熟的表情，说着从父亲词汇库里借来的词语，我当然非常清楚惩罚我是为了我好。我所扮演的固定角色甚至包括对妈妈说些什么，我祈求她不要那么快就宽恕我，因为我本人接受自己行为的后果，心悦诚服地接受惩罚。即使在浴室待两个小时，即使在黑暗中，我也不在乎。

我真的不在乎，因为关在浴室里与我平时在房间在院子在幼儿园里的孤独几乎没什么两样。在我大部分童年岁月里，我是个孤独的孩子，没有兄弟姐妹，几乎没什么朋友。

一把牙签，两条肥皂，三把牙刷，还有一管已挤出一半的牙膏，外加一个发刷，妈妈的五个发夹，父亲的梳理包，一个厕所坐便器，一小盒阿司匹林，一些黏糊糊的橡皮膏，还有一卷卫生纸，这些东西足以让我一整天玩打仗、旅行、大型建筑工程以及重大的冒险活动。在这一过程中，我依次充当殿下、殿下的奴隶、追捕者、被追捕者、指控者、被指控者、给人算命者、法官、水手以及在地势复杂起伏不平的地带挖掘巴拿马和苏伊士运河以沟通小卫生间里所有海洋和湖泊的工程师，起程从世界一端旅行到另一端，乘坐商船、潜水艇、军舰、海盗船、捕鲸船探险，发现人类未曾涉足的大陆与岛屿。

即使判我被孤独地囚禁在黑暗之中，我也不担心。我会放下马桶盖，自己坐上去，赤手空拳进行我所有的战争和旅行。不用任何肥皂、梳子或发卡，不用从坐的地方移动身子，我坐在那里闭着双眼，想象着打开我所需要的所有电灯，把所有的黑暗抛在外面。

你甚至可以说，我喜欢遭受孤独囚禁的惩罚。"不需与其他人交往者，"父亲引用亚里士多德的话，"定为神，或为动物。"我喜欢在接连不断的五个小时里既做上帝，又做动物。我不在乎。

每当父亲嘲弄地叫我殿下或阁下时，我不生气，相反，我从内心深处同意他这么叫。我接受了这些头衔，一声不吭。我没有让他看出有任何欣喜的迹象。像一个流放中的国王跨越国界悄悄溜回来，伪装成普通人在他的城市四处行走。不时，在排队等候公共汽车或者中央广场的人流中，惊讶的臣民认出他，向他鞠躬致意，叫他陛下，但是我完全不理会鞠躬，不理会头衔。我没做任何表示。也许我决定这样做，是因为妈妈教导我，真正的国王和贵族实际上蔑视自己的称谓，深深懂得，真正的高贵包含着对最卑微民众态度谦卑，像个普通人一样。

不光是像任何普普通通的人，而且要像一个性情温和、敦厚仁慈的统治者，永远为自己的臣民着想。他们似乎喜欢给我穿衣服，给我穿鞋，就让他们做好了，我高高兴兴地伸出四肢。过了一段时间，他们突然改变了主意，情愿让我自己穿衣服，穿鞋子，我也高高兴兴地自己穿衣服，享受他们欣喜的笑脸，偶尔把扣子扣错了，或者样子可爱地让他们帮我系上鞋带。

　　他们几乎争先恐后，因为拥有了跪在小王子面前给他系鞋带的特权，因为他通常会拥抱他的臣民作为回报。别的孩子都不会像他那样，懂得如何庄严而彬彬有礼地酬谢他们的服务。一次他甚至向父母保证（他们你看着我我看着你，眼睛里闪烁着骄傲而快乐的泪光，用手拍拍他，心中涌起欣喜之情），等他们老了，像隔壁伦伯格夫妇那样，他会给他们扣扣子，系鞋带，以报答他们为他所付出的辛劳。

　　他们喜欢给我梳头发吗？喜欢给我解释月亮如何运转吗？喜欢教我数到一百吗？喜欢在一件套头衫外面再套一件吗？甚至要我每天吞下一勺令人作呕的鳕鱼鱼肝油。我高高兴兴地任其想做什么就做什么，我喜欢我这个小不点儿不断赐予他们快感。于是即使鳕鱼鱼肝油令我作呕，我也高高兴兴地克服厌恶心理，把满满一勺一口吞下，甚至感谢他们让我健壮地成长。与此同时，我也喜欢看到他们吃惊的样子——显然这不是个"普通"的孩子，这孩子如此特殊！

　　在我眼里，"普通孩子"变成吐露蔑视的词语。最好长大变成一条野狗，最好成为瘸子，要么就是成为一个智力迟钝的孩子，甚至最好成为姑娘，只要别像他们那样成为"普通孩子"，只要我可以继续"如此特殊"，或"确实不同一般！"

于是从三四岁时起，倘若不是比这更早的话，我已经进入了独角戏。永不停息的表演，一个孤独的舞台明星，不断被强迫着去做即兴表演，去吸引、刺激、震撼并取悦他的观众。我不得不把早上的演出搬到晚上。比如说，一个安息日早晨，我们去钱塞勒大街和先知街的交界处拜访玛拉和斯塔施克·鲁德尼基。路上，他们提醒我绝对不能忘记斯塔施克叔叔和玛拉阿姨没有孩子，他们为此非常伤心，因此我不许问他们何时生小宝宝。总之我必须好好表现。叔叔和阿姨已经对我评价很高了，因此我不许做任何、任何有损我在他们心目中形象的事。

玛拉阿姨和斯塔施克叔叔的确没有小孩，但是他们确确实实有两只浑圆、慵懒、长着蓝蓝眼睛的波斯猫，叫肖邦和叔本华（我们在去钱塞勒大街的路上，他们给我描绘出两幅微型素描，妈妈描绘肖邦，爸爸描绘叔本华）。多数时间，两只猫一起卧在沙发上或坐垫上睡觉，像一对冬眠中的北极熊。在黑色钢琴上边的一角，挂着一只鸟笼，里面是只老鸟，毛都脱了，病恹恹的，还瞎了一只眼。鸟喙总是半张着，好像是渴了。玛拉和斯塔施克有时管它叫阿尔玛，有时叫米拉贝拉。也在这只笼子里，玛拉阿姨还放进另一只鸟以缓解它的孤独，它用一只上了颜色的松果做成，木棍儿做腿，一条深红色的薄木片做喙。这只新鸟的翅膀是真羽毛，那是从阿尔玛—米拉贝拉的翅膀上掉下来或者拔下来的。羽毛呈现出青绿与深紫相间的颜色。

斯塔施克叔叔坐在那里抽烟。他的一条眉毛，左边那条，总是上挑，好像在表达一丝疑惑：真是这样吗？是不是有些过分？他的一颗门牙掉了，使他看上去像街上的野孩子。妈妈几乎一言不发。

玛拉阿姨是个金发女郎，她把头发梳成两条辫子，时而优雅地垂落到肩膀，时而像花冠一样盘在头顶。她给我父母泡茶，并端来一些苹果蛋糕。削苹果时，她能让果皮成螺旋状环绕果身，像根电话软线。斯塔施克和玛拉一度梦想当农民。他们在一个基布兹里住了两三年，接着又在另一个合作农场住了两年，直至证明玛拉阿姨对多数野生植物过敏，而斯塔施克叔叔对阳光过敏（或者，如他所说，太阳本身对他过敏）。因此现在斯塔施克在邮政总局当职员，而玛拉阿姨在周日、周二和周四给一个著名的牙医当助手。当她给我们端来苹果蛋糕时，父亲忍不住用平日调侃的方式赞美她：

"玛拉玛拉爱烘烤／最最香甜的蛋糕／我一向喜欢／你把香茶泡。"

妈妈说：

"阿里耶，够了。"

至于我，我只要像个大孩子似的吃完一大块蛋糕，玛拉阿姨就会对我加以特别款待：家制樱桃水。她自制的樱桃水缺乏气泡（显然苏打水敞着盖放的时间太长了），作为弥补，里面放了太多果子露，几乎甜得让人无法忍受。

于是我彬彬有礼地把蛋糕吃得精光（味道不赖），吃的时候很小心，没有张嘴，举止得体，用叉子吃，没有用我的脏手抓，已经注意到有沾上污渍、撒下碎屑以及把嘴塞得鼓鼓囊囊等诸多危险，用叉子叉起每块蛋糕，极其小心地穿过空中，好像考虑到敌机可能在我把货物从盘子送到嘴里时前来拦截。我优雅地咀嚼，闭紧嘴巴，慎重地把蛋糕咽进肚中，没舔嘴唇。在这过程中，我赢得了鲁德尼基夫妇羡慕的目光和父母的骄傲，他们紧盯着我的空军制服。最后我也赢得了那承诺过的奖品：家制樱桃水，缺少气泡，却加了太多的果子露。

确实放了太多的果子露，让人的确没法喝。我一口也喝不下去。连抿一口也不行。味道甚至比妈妈的胡椒咖啡还要糟糕。它黏糊糊的，像止咳药水，令人作呕。

我把悲苦之杯放到嘴边，佯装在喝。当玛拉阿姨，还有其他的观众看着我，渴望听我说些什么时，我忙不迭地发誓（用爸爸的话和爸爸的腔调），她的两件作品，苹果蛋糕和果子露饮料，"真是太棒了"。

玛拉阿姨脸上一亮：

"还有呢！多的是！我再给你倒一杯！我弄了一罐呢！"

而我的父母，他们以一种无言的骄傲看着我。在心灵的耳朵里，我能听见他们在喝彩，我自己心灵的腰身，向欣赏我的观众鞠躬。

可接下来怎么办呢？首先要赢得一些时间，我必须分散他们的注意力。我必须要发表一些言论，一些不是我这个年龄的人能说的东西，一些他们所喜欢的东西：

"在生活中这样美味的东西需要一点一点地品尝。"

使用"在生活中"这一短语对我特别有帮助：皮提亚[1]又开始说话了。大自然本身那纯净清晰的声音似乎出自我口。一点一点地品尝生活。缓慢，深思熟虑。

就这样，我设法用一个热情洋溢的句子分散了他们的注意力。因此他们没留意我还没有喝那"木工胶"。与此同时，他们依然在

---

1　皮提亚，德尔斐阿波罗神庙中的女先知。

发呆时，恐惧之杯放在我身边的地板上，因为生活定要一点一点品尝。

而我呢，则陷入了沉思，双手托腮，胳膊肘放在膝盖上，分明代表思想者塑像的一副姿势，他们给我看过收入百科全书中的原作照片。过了一会儿，他们不再关注我，这或是因为当我的灵魂向着更高的层面飘移时，总盯着我看分明不太合适，或是因为又来了一些客人，就难民船、自我克制的政策以及最高行政长官等问题展开了激烈的讨论。

我抓住机会，悄悄溜进门厅，手上拿着我的毒杯，把它举到一只波斯猫的鼻子下，是作曲家还是哲学家，我不确定。这只丰满的小北极熊闻了闻，身子向后一退，愤怒地喵了一声，抽动一下胡须，不，谢谢，无论如何也不要，随即摆出讨厌的架势退回了厨房。至于它的伙伴，那个肥胖的家伙在我举杯时甚至没劳大驾睁开眼睛，只是耸耸鼻子，好像在说真的不要，向我抖抖粉红色的耳朵，好像在驱赶一只苍蝇。

我可以，比如说，把这有毒的饮料一股脑倒进那只瞎眼秃顶的阿尔玛—米拉贝拉和长翅膀松果所共享的那只鸟笼的水碗里？我掂量来掂量去：松果一定会告发我，而喜林芋即使遭受严刑逼供，也不会出卖我。因此我毋宁选择植物，而不选择那对鸟。（它们，像玛拉阿姨和斯塔施克叔叔一样没儿没女，因此千万不要问它们打算什么时候下蛋。）

过了一会儿，玛拉阿姨注意到了我的空杯子。首先显而易见的是，我喜欢她的饮料确实使她真的真的非常高兴。我冲她微微一笑，像大人一样说："玛拉阿姨，谢谢您，它确实挺好的。"她既没有问，也没有得到确认，就又把我的杯子灌满，提醒我记住不止这些，她做了满满一罐，她的樱桃水可能没有像真正的樱桃水那样嘶嘶冒泡，但却像巧克力一样甜，对吧？

我表示同意，再次对她表示感谢，决定再次等待时机，而后我又在别人没有察觉的情况下偷偷摸摸溜走，像个地下战士去往英国人的防御雷达装置，去毒害他们的另一棵植物，一棵仙人掌。

但是在那一瞬间，我感到一种强有力的冲动，像忍不住打喷嚏一样，像你在班上爆发出无法抑制的大笑，想站出来当众宣布他们的饮料非常恶心，连他们家的猫和他们家的鸟儿都觉得讨厌，我把它全倒进了花盆里，现在他们的植物快死了。

遭受惩罚，像个男子汉那样接受惩罚。无怨无悔。

当然我不会这么做，迷倒他们的愿望远远胜过使他们大吃一惊的冲动。我是个神圣的拉比，而不是成吉思汗。


在回家的路上，妈妈直视我的双眼，脸上挂着阴谋家似的微笑说：

"别以为我没有看见。我都看见了。"

我呢，一副无辜、纯洁的样子，然而罪恶的心在胸膛里像只受惊的小兔子咚咚作响，我说：

"都看见了？看见什么了？"

"我看见你烦得不行。可是你设法不表现出来，让我感到很高兴。"

爸爸说：

"孩子今天确实表现不错，可他毕竟得到了奖赏，他得到一块蛋糕，两杯樱桃水，他一直管我们要樱桃水，可我们从来没给他买过，因为谁知道小亭子里的杯子是不是干净呢？"

妈妈：

"我确实不知道你是不是真喜欢那饮料，但是我注意到你把它都给喝光了，所以不会惹玛拉阿姨生气，我们为你骄傲。"

"你妈妈，"父亲说，"可以洞察你的心。换句话说，她不仅一下子就可以了解你的言行，而且也了解你不为人所知的所思所想。然而，夜以继日和一个洞察你心灵的人生活在一起不那么容易。"

"玛拉阿姨给你倒第二杯时，"妈妈接着说，"我注意到你谢了她，并把饮料喝光，为的是让她高兴。我想让你知道，像你这个年龄能够这样善解人意的孩子并不多见，实际上在成年人当中也不多见。"

那一刻我几乎要承认，受表扬的应该是鲁德尼基家的植物，而不是我，因为是它们喝的糖浆调制品。

但是我怎能撕去她刚刚别在我胸前的奖章呢？我怎能使父母受到不应有的伤害？我刚刚从母亲那里学到，倘若你必须在说谎与伤害他人情感之间做出选择的话，你与其选择事实不如选择感觉。究竟是让人高兴还是揭露真相，究竟是不引起痛苦还是不要说谎，面对这种抉择，你应该总是与其诚实，毋宁慷慨。这样做，你自己就会高于芸芸众生，赢得大家赞声一片：一个与众不同的孩子。

爸爸随之耐心地向我们讲述在希伯来语中，"无子嗣"一词与"黑暗"一词有关，因为二者都含有缺失之意，缺失孩子，或者缺失光明。还有一个与之相关的词语是免除或救助。"《箴言》中说：'不忍用杖打儿子的，是恨恶他。'[1]我非常赞同这种说法。"他又把

---

1 语出《圣经·箴言》第 13 章第 24 节。

话头转到阿拉伯语，继续说黑暗一词与遗忘一词有关，"至于松果球，它的希伯来语名字是 itstrubal，源于希腊文 strobilos，表示任何与旋转有关的东西，源于 strobos，指旋转动作。那个词与'歌咏队从右向左的回舞'和'灾难'有关。两天前，我看见有辆货车翻在了开往守望山的路上，车里面的人受了伤，车轮依旧旋转不停——因此有 strobos，也有灾难。我们一回到家，就请殿下你把丢在地上的所有玩具捡起来，把它们放回原处。"

## 35

我父母把自己未能实现的一切全放到了我肩上。当汉娜和米海尔在 1950 年冬日的一个晚上在塔拉桑塔学院的楼梯上初次相遇（见长篇小说《我的米海尔》），后来在耶路撒冷本-古里安大街的阿塔拉咖啡馆里再次见面，汉娜鼓励性格腼腆的米海尔讲讲他自己，可是他却向她谈起了他那位鳏居的父亲：

　　父亲对他寄予厚望。他不肯承认自己的儿子是个平庸的年轻人。比如，他常常诚惶诚恐地读米海尔的地质学课作业，总使用"科学杰作""十分精确"等词语加以评价。他父亲最大的愿望就是让米海尔成为耶路撒冷的教授，因为他的祖父曾在格罗德诺的希伯来教育学院讲授自然科学，人们对他祖父评价很高。米海尔的父亲想，要是这一链条能够一代代延续下去就好了。
　　"家庭不是把职业当作火炬的接力赛。"我说。
　　"但我不能对父亲说这话。"米海尔说，"他是个多愁善感的人，使用希伯来词语时就像人们对待易碎的名贵瓷器那样小心翼翼。"[1]

多少年来，父亲没有放弃希望：约瑟夫伯伯的衣钵终将落在他身上，倘若我能继承家庭传统成为一名学者，他会适时把衣钵传给我。他所从事的枯燥无味的工作，使他只能夜间做研究，因此倘若衣钵传给了他，也许他唯一的儿子能够继承。

在我看来，妈妈想让我长大后，表达她无法表达的东西。

随后几年，他们不断地提醒我，在咯咯轻笑与骄傲中提醒我，当着所有客人的面提醒我，在扎黑一家、鲁德尼基一家、哈纳尼一家、巴·伊兹哈尔一家以及阿布拉姆斯基一家面前，他们总是提醒我怎么做，那时我只有五岁，两个星期前才学会字母，我在父亲的一张卡片背后用大写字母写上"作家阿摩司·克劳斯纳"，别在我小房间的门上。

甚至在不知道怎样读书之前，我就知道怎样做书。父亲伏案工作，疲倦的头在昏黄一片的台灯光里来回晃动，缓慢而辛勤地朝桌上蜿蜒在两堆书之间的山谷行进，从面前打开的一卷卷书中挑出各种细节，采摘出来，将其举到灯下，检查，分类，抄在小卡片上，然后把它们一一摆放到智力玩具里的恰当位置，就像穿一串项链，这时我悄悄进去，踮起脚尖站在父亲身后。

实际上，我自己也像他一样工作，像个钟表制造商或老派银匠：一只眼睛觑起，另一只眼睛放在钟表制造商的放大镜上，两只手指拿着一把精致的镊子，书桌上放着一些纸片，而不是卡

---

1《我的米海尔》，钟志清译，译林出版社，2012年6月第3版，第7页。

片，我在上面写下各种各样的词语，动词、形容词和副词、一些拆分了的句子、惯用法和表达描写的碎片，以及各种暂时性的组合。我时不时挑出其中一个颗粒，文本中的这些分子，用我的镊子小心翼翼地夹到灯下，仔仔细细地检查，翻过来掉过去，弯腰擦拭或磨光，再举到灯下，再轻轻擦拭，接着弯下身子将其放到我正在编织的作品中。接着我从不同角度审视它，尚未完全满意，我再次将其取出来，换上另外一个字，或是把它放到同一个句了里的另一个位置，接着再拿走，使它再精练一点，试图再去安装，也许角度有点不同，要么就是对它重新调遣，也许放到句子后边，要么就是放在下个句子句首。要么就是将它拦腰砍断，使之自成一个独词句？

我站起身，在房间里走来走去，回到书桌边，凝视片刻或更久，然后把整个句子都删掉，或把整页都撕去。我绝望地放弃，我大声诅咒自己，诅咒整个写作，整个语言，尽管如此，我还是坐下来，重新开始把一切组合起来。

创作一部小说，我曾经说，好似试图用乐高（一种儿童积木）搭起以东[1]山峦。或像用火柴棍来建造整个巴黎的楼群、广场和林荫大道，乃至街上的最后一条长椅。

倘若你写八万字的小说，你至少得做二十五万次决定，不光是决定情节的提纲，谁生谁死，谁会陷于情网谁会背信弃义，谁会发迹谁会干蠢事而出丑，人物的名字和面貌，习惯和职业，章节划分，书的名称（这些是最为简单最为一般的决定），不光决定叙述什么粉饰什么，谁先谁后，什么要详细说明什么间接提起（这也

---

1　以东，古代以色列地名。

是相当一般的决定），而且你还要做数以千计较为细微的决定，比如，那一段倒数第三句话是写"蓝"还是"微蓝"，或者该是"淡蓝"？或者"天蓝"？或者"品蓝"？或者确实是"灰蓝"？灰蓝这个词可不可以放到句首，还是只能放在句尾才可以出彩？或者放在句子中间？或者它只能用在由许多从句组成的复杂句中？或者最好只写五个字"那晚的亮光"，不加任何色彩，不管是"灰蓝"还是"略带灰蓝"还是其他什么。

早自童年时代起，我就是旷日持久的彻底洗脑运动的牺牲品：约瑟夫伯伯在塔拉皮尤特大街的图书神殿，父亲在凯里姆亚伯拉罕大街我们住房里的书籍紧身衣，妈妈的书籍避难所，亚历山大爷爷的诗歌，邻居扎黑先生的长篇小说，我父亲的索引卡片和文字游戏，甚至沙乌尔·车尔尼霍夫斯基带有刺鼻气息的拥抱，以及阿格农先生，他用无核葡萄干投下了几个阴影。

但是，实际情况是我暗地里根本就不理会别在房间门上的卡片。有好几年，我一直梦想长大成人，逃脱这些水泄不通的书，做个消防队员：火与水，消防制服，英雄主义，闪闪发亮的银色钢盔，消防警笛呼啸，姑娘们的目光，一闪一闪的消防警灯，街上的恐慌，红色机车雷鸣般的猛攻，身后拖了一条恐怖的尾巴。

接着是云梯，水管不住地延伸，火光映衬在红色机车上，像喷涌而出的鲜血，最后，高潮来临，一个姑娘或女人昏迷不醒被扛上勇武营救她的人的肩膀，牺牲自我忠于职守，烧焦的皮肤、睫毛和头发，地狱般令人窒息的浓烟，随即便是赞扬，被救女子那一道道泪水的爱河满怀倾慕与感激涌向你，那是最漂亮的人儿，是你用自己轻柔的手臂勇敢地把她从火焰中解救出来。

但是在大部分童年时期，我在臆想世界里一遍遍地从熊熊燃烧的火炉里营救的人是谁，是谁在用爱回报我？也许这样问话的方式并不对，不如问：在那个好幻想的愚蠢孩子狂妄自大的心里究竟出现了何种不可思议的可怕预兆，暗示他，但不把结果显示给他，向他发出信号，但在时间允许之时没给他任何机会去解释妈妈会在那个冬天的夜晚出事的模糊暗示。

我已经五岁了，一遍遍地把自己想象成一个沉着勇敢的消防队员，全副武装，头戴钢盔，勇敢地冲进熊熊燃烧的火焰，冒着生命危险把昏迷不醒的她从烈火中营救出来。（而他那软弱无力巧于辞令的父亲只会站在那里发愣，无助地盯着火舌。）

这样，他一边在脑海里把新希伯来人在烈火中强悍起来的英雄主义（与父亲规定给他的一模一样）具体化，一边急忙冲进去挽救她的生命，借此，他把妈妈从父亲的魔爪中永远抢夺出来，用自己的羽翼庇护她。

但我从如此阴暗的思绪中，能否编织出连续几年一直萦绕我心的这一俄狄浦斯式幻想？有可能是那个女人伊里娜、伊拉以某种方式，像远方的烟味一样，在我的想象世界里渗透进消防队员和被营救的女人的幻想？伊拉·斯泰来斯基，罗夫诺一个工程师的妻子，丈夫每天夜里在打牌时把她输掉。可怜的伊拉·斯泰来斯基，爱上了车夫的儿子安东，失去了自己的孩子，直至有一天她倒空一罐汽油把自己在沥青纸围成的简易住所活活烧死。但是这一切发生在我出生前十五年，发生在我从未见过的国家里。我妈妈肯定不会蠢到那种地步，向一个四五岁的孩子讲这些吧？

父亲不在家时，我坐在厨房里撕滨豆，妈妈背对着我站在那里理蔬菜，要么就是榨橙汁，或就着厨房的操作台做肉丸，她会给我讲述各种各样怪异而吓人的故事。小培尔，约翰留下的孤儿，拉斯马斯·金特的孙子，一定像我一样和他那穷困潦倒的寡母奥丝在风雪交加的漫长冬夜孤零零地坐在山上小屋里，心中吸收并储存着她那几近荒唐的神秘故事，峡湾对岸的索里亚-莫里亚城堡，抢亲，山妖大王宫殿里的巨怪，绿衣食尸鬼，铸纽扣的人，众小妖，女水妖，还有无所不在的可怕勃格。[1]

厨房里的墙壁被熏得黑乎乎的，地板已经下陷，低矮窄仄如同单独的囚室。炉旁放着两个火柴盒，一个装新火柴，一个装旧火柴，为了经济，我们通常点燃一个汽化煤油炉火头后，再用旧火柴借火点燃另一个火头。

妈妈讲的故事也许怪异吓人，但是非常令人着迷，里面有洞穴、高塔、荒无人烟的村庄、悬在空中的断桥。她的故事不是从开头讲起，也不是以大团圆的结局结束，而是在灰暗朦胧中闪烁不定，千回百转，刹那间从薄暮中现出，令你惊奇，令人脊梁颤抖，继之，在你尚未来得及看出眼前是什么时又消失在黑暗之中。她就是这样讲述阿里路耶夫老人的故事，讲述塔尼赫卡和她三个丈夫、互相杀戮的铁匠三兄弟的故事，讲述一只熊收养了一个死孩子的故事，讲述山洞里的幽灵爱上了砍柴人的妻子，或讲述马车夫尼基塔从死人堆里复活，迷惑并引诱杀人凶手的女儿。

她的短篇小说中尽是黑莓、蓝莓、野莓、块菌和蘑菇。在我尚未具备思想的幼年时代，妈妈就带我前往其他孩子鲜少涉足的地方，在这过程中，她向我展现了令人心旌摇荡的语词羽扇，仿佛

---

1 培尔·金特是挪威民间故事《浪子回头》中的人物，易卜生以《浪子回头》为基础创作了诗剧《培尔·金特》。勃格是北欧神话中的隐身小妖。

她正在把我抱在怀中，一点点将我举向越来越高令人眩晕的语词高处，她的领域阳光斑驳，或者说浸湿着雨露，她的森林密密层层，或者说不能穿过，树木参天，草地碧绿，高山，一座远古的山，赫然耸现，城堡高耸，塔楼林立，平原懒散地伸开四肢在那里休眠，在山谷里，她所说的溪谷、山泉、小川和细流不住地汩汩涌流，潺潺作响。

我妈妈过着孤独的生活，多数时间把自己囚禁在家里。除了她的朋友，也曾经在塔勒布特高级中学读过书的莉兰卡、伊斯塔卡和范妮娅·魏茨曼，妈妈在耶路撒冷没有找到任何意义和情趣。她不喜欢神圣的地方和诸多名胜古迹。犹太会堂、拉比学院、基督教堂、修道院和清真寺，这一切对她来说几乎千篇一律，枯燥乏味，泛着不经常洗澡的宗教人士的气味。她敏感的鼻子一旦闻到未清洗肉体散发出来的气息，即使洒了浓重的香水，也会向后缩。

父亲也没有把很多时间花在宗教上。他认为任何传播宗教信仰的人都是颇为可疑、愚昧的人，他们助长了自古以来的仇恨，加剧了恐惧，发明了虚假的教条，流几滴鳄鱼泪，以伪造的圣物、虚假的遗迹以及各种各样无价值的信仰和偏见作为交易。他怀疑所有靠宗教为生的人均系某种讨人喜欢的江湖骗子。他喜欢援引海涅的话：牧师与拉比都散发着臭气。（或者用父亲那已经缓和了的版本："这二者都没有散发玫瑰花香！也没有喜欢纳粹的穆斯林穆夫提哈吉·阿明！"[1]）另一方面，他确实不时地相信模模糊糊的神

---

1 哈吉·阿明，即阿明·阿里-侯赛尼，巴勒斯坦在英国托管时期为大穆夫提，曾经在1941年11月到柏林与希特勒会晤，试图与希特勒携手在中东地区成立"阿拉伯军团"以对付犹太人。

意，"人的主体精神"或是"以色列的磐石"[1]，要么就是相信"具有创造力的犹太天才"奇观，他也把自己的希望依附于可以救赎或可以重振活力的艺术力量。"美的祭司与艺术家的画笔，"他经常戏剧化地背诵车尔尼霍夫斯基的十四行诗组诗，"那些掌握诗之神秘魅力之人 / 用韵律与歌来救赎世界。"他相信艺术家比其他人优秀，更富有洞察力，更为诚实，未被丑陋所玷污。问题是，尽管如此，一些艺术家甚至可以追随希特勒，令他苦恼，令他难过。他经常自己与自己展开辩论：艺术家迷恋于暴君的魅力，为镇压与邪恶事件效劳，配不上"美的祭司"这一称号。有时，他试着向自己解释说艺术家把灵魂出卖给了魔鬼，就像歌德笔下的浮士德。

　　建立新居住区、购买并耕耘处女地、铺设道路，犹太复国主义的激情尤其使父亲沉醉，然而母亲对此却置若罔闻。她通常扫了一眼报纸的标题就把它搁置一边。她把政治视为灾难，聊天与闲谈使她感到无聊。当我们有客人时，或者当我们出去探望塔拉皮尤特的约瑟夫伯伯和琪波拉伯母，或者是扎黑夫妇、阿布拉姆斯基夫妇、鲁德尼基夫妇、阿格农先生、汉纳尼夫妇，或者是汉娜和哈伊姆·托伦时，我母亲很少插话。然而，有时只是因为她在场，男人们才竭尽全力不住地说啊说，而她只是坐在那里默不作声，脸上挂着微笑，仿佛试图从争论中破解，为何扎黑先生会坚持那种特殊的见解，汉纳尼先生却意见相左，要是他们突然互换立场，争论是不是会截然不同，每个人都会为对方的观点辩护，而反击先前所持有的见解吗？

---

1 "以色列的磐石"，此典故最早见于《圣经·创世记》第 49 章第 24 节，并在《圣经·撒母耳记》下卷中再度出现。

母亲对服装、物品、发式和家具感兴趣，是把它们当成窥孔，借此能够窥见人们的内心世界。不管我们何时到别人家里，或甚至是在等候室，我妈妈都会笔直地站在一个角落里，双手交叠在胸前，像寄宿学校里的模范学生等候年轻的女士，她一丝不苟不慌不忙地凝视窗帘、沙发套、墙上画像、书籍、瓷器、架子上陈列的物品，像个侦探在搜集尽量多的详情，其中一些终究可能会结合起来成为一条线索。

　　他人的秘密令她着迷，但不是谈论闲言碎语的层面——谁喜欢谁，谁和谁约会去了，谁买了什么——而是像某人正在研究马赛克上石子的分布，或者是大拼图玩具上的每一块组成部分。她聚精会神倾听谈话，嘴边挂着一丝不易察觉的微笑，她仔仔细细观察每一个说话人，观看他们的嘴唇，脸上的皱纹，双手在做些什么，孩子在说些什么，试图在隐藏什么，目光指向哪里，姿势的变化，双脚是局促不安，还是规规矩矩地放在鞋里。她很少参与谈话，但一旦走出沉默，说上一两句话，谈话一般难以再像从前那样继续下去。

　　也许在那年月，分配给女人的角色就是在谈话中做听众。要是女人突然开口说上一两句话，就会引起某些震惊。

　　我妈妈时不时教些家教课。偶尔，她去做讲座或者去参加文学读书会。然而，多数时间待在家里。她不是坐在那里，而是拼命劳作。她默默地干活，效率很高。我从来没有听到她在做家务时小声歌唱或是喃喃自语。她做饭，烘烤，洗衣，买东西，熨衣服，做清洁整理，清洗盘碗，切菜，揉面团。但是当家里一尘不染，清洗的活计已经完成，衣服也叠得整整齐齐后，我妈妈便蜷缩在自己的角落里读起书来。她的身体无拘无束，呼吸缓慢轻柔，坐在沙发上读书。她把一双赤脚蜷在腿下，读书。她朝搁在腿上的书微微欠身，读书。她弓起后背，脖子前倾，双肩低垂，整个身体的形状像个月牙，读书。脸半埋在乌黑的秀发下，欠身朝着书页，读书。

她每天晚上读书，我在院子里玩耍，我父亲坐在书桌旁边把他的研究写在小卡片上。她在碗筷收拾停当后也读书，在我和父亲坐在他的书桌旁边，我歪着头，轻轻靠着他的肩膀，整理邮票，按照目录一一检查，将其贴在集邮册里时，她在读书；我睡觉后父亲回去整理他的小卡片，她在读书；百叶窗已经关闭，沙发已经放下，露出藏在它身下的双人床，她在读书；甚至当屋顶的电灯熄灭，父亲摘下眼镜、背朝着她进入相信一切将会好起来的善意之人的梦乡，她继续读书。她不住地读啊读，她忍受着失眠的痛苦，随着时间的流逝，失眠越来越严重，直至她人生的最后阶段，不同的医生都给她开大剂量的药片、各种安眠药水，推荐她到萨法德的一家家庭旅馆或者是阿扎的健康基金疗养院真正休息两个星期。

结果，父亲从他父母那里借来一些钱，主动要照看孩子和家，我妈妈确实一人去了阿扎疗养院。但即使在那里，她也没有停止读书。相反，她几乎是没日没夜地读。她坐在山边丛林的一把帆布躺椅上从早读到晚，晚上她坐在灯火通明的游廊里读书，而其他客人则在跳舞，玩牌，参加各种各样的其他活动。夜里她会到接待柜台旁边的会客室读上几乎一个通宵，以便不打搅同屋的室友。她阅读莫泊桑、契诃夫、托尔斯泰、格涅辛、巴尔扎克、福楼拜、狄更斯、沙米索、托马斯·曼、伊瓦什凯维奇、克努特·汉姆孙、克来斯特、莫拉维亚、赫尔曼·黑塞、莫里亚克、阿格农、屠格涅夫，还有萨默塞特·毛姆、斯蒂芬·茨威格以及安德列·莫洛亚——整个休息期间她的目光几乎就没有离开过书。她回到耶路撒冷时，显得疲倦而苍白，眼下布满了黑色晕圈，仿佛她每天夜里都在狂欢。当父亲和我问她是怎样享受自己的假期时，她朝我们微微一笑，说："我真的没有想过。"

我七八岁时，有一次我们坐在公共汽车最后一排去往诊所或者鞋店，妈妈对我说，书与人一样可以随时间而变化，但有一点不同，当人不再能够从你那里得到好处、快乐、利益或者至少不能从你那里得到好的感觉时，总是会对你置之不理，而书永远也不会抛弃你。自然，你有时会将书弃而不顾，或许几年，或许永远。而它们呢，即使你背信弃义，也从来不会背弃你——它们会在书架上默默地谦卑地将你等候。它们会等上十年。它们不会抱怨，直至一天深夜，当你突然需要一本书，即便已是凌晨三点，即便那是你已经抛弃并从心上抹去了多年的一本书，它也不会令你失望，它会从架子上下来，在你需要它的那一刻陪伴你。它不会伺机报复，不会寻找借口，不会问自己这样做是否值得，你是否配得上，你们是否依旧互相适应，而是招之即来。书永远也不会背叛你。

我自己读的第一本书的名字是什么？也就是说，父亲经常在床边给我读的书，直到最后我似乎烂熟于心，逐字逐句，一旦父亲不能为我读了，我自己便把书拿到床上，自己全部背诵下来，从头至尾，佯装阅读，佯装父亲，翻页时手放在两个字之间的空白处，与父亲每个夜晚所做的一模一样。
第二天，我让父亲在读书时用手指着词语，我注视着他的手指，这样做了五六次，我可以认出每个词语的形状以及它在句子中的位置。

接着令他们二人大为震惊的时刻来临了。一个星期六早晨，我出现在厨房里，依然穿着睡衣，我没有说话，在他们二人之间的桌子上把书打开，我的手指依次指着每个语词，大声说了出来，就像父亲的手指在触摸它。我的父母，既不知所措又无比骄傲，落入了圈套，想象不到这个巨大的骗局，二人都确信这个特殊的孩子可以自学。

但是最后我确实自学起来。我发现每个语词的形状不同。仿佛你可以说，比如说，"狗"的脸呈圆形，一边的样子像鼻子侧影，另一边像挂着副眼镜；而"眼睛"的确看上去像双眼，中间有鼻子做桥梁。[1]通过这种方式，我设法读了一行行文字，甚至整篇文字。

两星期过后，我开始与字母交朋友。旗子的第一个字母"F"长得就像面旗子，在迎风飘扬。蛇中的字母"S"样子就像一条蛇。爸爸和妈妈的结尾一模一样，但也有区别：爸爸的双腿中间插着一双靴子，而妈妈长着一排看上去在微笑的牙齿。

我记得第一本书是本图画书，讲的是一头又大又肥的狗熊，它自得其乐，懒惰，总是睡不醒，样子有点像我们的阿布拉姆斯基先生，这头狗熊非常喜欢舔舐蜂蜜，即使不让它舔舐。它不仅舔

---

[1] 作者在希伯来文中最初使用的是"熊"和"马"等字来进行举例，但他建议英译者和其他文字的译者根据自己的文字特点进行举例。此处考虑英文使用的是两个非常简单的单词，容易让人接受，故加以采用，而没有选用中文中的象形字。下段文字依然按照两个英文单词举例，希伯来文中也是用的"旗子""爸爸、妈妈"等词，但没有使用"蛇"。

舐蜂蜜，而且吃得饱饱的。这本书中不幸的结局一个接一个，只有这些不幸过后，才出现了大团圆结局。这头懒熊遭到一群蜜蜂的可怕叮咬，这还不够，它因为贪婪过度而遭到惩罚，承受着牙疼的痛苦，有一幅图片画的是它的脸全都肿了，头上缠着一块白布，上面打了个大结，正好在两只耳朵的正中，而赫然用红色大写字母写下的寓意是：**勿过多贪吃蜂蜜。**

在我父亲的世界里，任何痛苦都会导致救赎。人流散中的犹太人可怜吧？可是，很快就会建立一个希伯来国家，而后一切均会好转。铅笔刀丢了吧？可是明天我们就会买一个新的，更好的。今天我们有点肚子疼吧？可是在你举行婚礼之前会好的。至于可怜被蜇的狗熊，目光那么凄楚，我在看它时眼中含泪吧？可是到了下一页它显得既健壮又高兴，因为它接受了教训，不再懒惰了，它和蜜蜂签订了使双方受益的和平条约，其中甚至有一项条款保证按时给它供应蜂蜜，诚然蜂蜜的数量合理适度，但是却永远永远。

于是在最后一页，狗熊显得非常快乐，露出微笑，它给自己建了一个家，仿佛在所有激动人心的冒险之后，它决定加入中产阶级的行列。它的样子有些像父亲脾气好的时候：他看上去仿佛要作诗或者是玩弄辞藻，或者是要叫我尊敬的殿下（只是开玩笑！）。

这些多多少少都写在那里，用一行字写在最后一页，这也许真的是我有生以来不是凭借字形阅读，而是以适度的方式一个字母接一个字母地阅读，从现在开始任何字母已经不是一张图画，而是一个不同的声音：

**泰迪熊欣欣然！**
**泰迪熊充满了快感！**

除了快乐，我的饥饿感在一两个星期内化作疯狂的进食。父母无法把我和书分离。从早晨到晚上，乃至更多的时间。

他们是推动我读书的人，现在他们成了巫师之徒，我是他们无法阻挡的流水。过来看看，你的孩子半光着身子坐在走廊的地板上，读书呢。孩子藏在桌子底下，读书呢。那个疯疯癫癫的孩子又把自己关在了卫生间，坐在马桶上读书呢，要是他没真读书，就掉进马桶淹死了。孩子只是装睡着，他实际上是等着我离开，过那么一会儿，未经允许便打开灯，现在可能后背顶着门坐在那里，于是你我二人都不能进去，猜一猜他在做些什么。没有元音符号孩子也能流利地阅读。你真想知道他在做什么吗？是这样，孩子说他只是等着我读完报纸。从现在开始，我们家里又多了一个报篓子。整个周末那个孩子除了上厕所一直待在床上。就连上厕所也拿着一本书。他整天都在读书，不加任何选择，阿舍·巴拉什或者是肖夫曼[1]的短篇小说，赛珍珠的描写中国的一部小说，《犹太传统书》、《马可·波罗游记》、《麦哲伦与瓦斯科·达·伽马的冒险》、《老年人感冒指南》、《贝特哈凯里姆地区委员会通讯》、《以色列和犹太王》、《1929年著名事件》、关于农业定居点的小册子、《劳动妇女周刊》的过期期刊，照这样下去，他很快就会吃书的封面或者喝排字工人的油墨。我们将不能袖手旁观。我们对此必须予以制止：已经开始过分了，实际上已经令人担忧了。

---

1　即格尔绍恩·肖夫曼（1880—1972），著名希伯来语小说家，出生于俄国，后辗转欧洲，1938年移居巴勒斯坦。

　　泽卡赖亚大街下方的那座楼里有四套房子。纳哈里埃里家的房子坐落在一层阴面。窗子冲着一个废弃了的后院，后院有一部分铺了地砖，另一部分冬天杂草丛生，夏天遍是蓟草。院子里也拉上了晒衣绳，有垃圾箱，火后遗痕，一个旧包装箱，瓦楞铁披棚，住棚节棚子毁坏后留下的木头材料。墙上开着淡蓝色的西番莲。

　　套房里有一个厨房，一个卫生间，进门的走廊，两个房间，还有八九只猫。午饭后，伊莎贝拉老师和她的丈夫、出纳员纳哈里埃里把第一个房间当成他们的起居室，夜里，他们，还有他们的猫兵团睡在第二个小房间里。他们每天早晨都早早起来，把所有的家具推到走廊里，在每个房间里放上三四张课桌，三四条长凳，每条长凳上可以坐两个孩子。

　　这样，从早上八点到中午，他们家就成了儿童王国私立小学。在整个小套房所能容纳的儿童王国私立小学里，有两个班级，两个老师，第一级有八个孩子，第二级有六个孩子。伊莎贝拉·纳哈里埃里是这所学校的拥有者，身兼校长、仓库保管员、会计、教学大纲制定者、主管纪律的军事长、校医、管理员、清洁工、一年级老师，负责一切日常事务的活动。我们始终叫她伊莎贝拉老师。

她是个四十多岁的女人，块头很大，声音洪亮，人很快乐。嘴唇上方有一颗毛茸茸的黑痣，像只迷路的蟑螂。她生性易怒，好激动，严格，然而却有着一副大大咧咧的好心肠。她身穿那件朴素宽大、有许多口袋的印花棉布女士礼服，就像一个体格粗壮、目光敏锐、来自犹太小村庄的媒婆，只要用她那富有经验的眼睛看上你一眼，问上一两个有针对性的问题，就可以里里外外对你做出估量。只要一会儿的工夫，她就可以把你了解个底儿掉，洞察你所有的秘密。当她盘问你时，那双仿佛剥了皮的红手会在她数不清的口袋里焦躁不安地来回摆弄，好像就要给你拉出来一个完美的新娘，或者是一把发刷，或者一些滴鼻剂，或者至少一块干净的手帕，擦去你鼻子上那让人尴尬的绿色鼻屎。

伊莎贝拉老师也养猫。不管她去哪里，总有一群令人羡慕的猫围在她脚跟团团转，偎依在她裙子的褶皱里，阻止她走路，险些把她绊倒，它们对她如此忠诚。猫的颜色多种多样，爬到她的衣服上，躺在她宽阔的肩膀上，蜷缩在书筐里，像只要抱窝的母鸡卧在她的鞋上，歇斯底里地嚎叫打斗，以争夺卧到她胸前的特权。在她上课时，猫比孩子还多，它们保持绝对的安静，不扰乱课堂，像狗一样温驯，像有教养的家庭培养出来的年轻女子，它们卧在她的书桌上、大腿上，卧在我们的小腿上，卧在我们的小书包上，卧在窗台上，以及装有体育锻炼器材、艺术和手工制作装备的箱子上。

有时，伊莎贝拉老师一只接一只地训斥它们。她会朝一只猫或另一只猫挥动手指，威胁说如果它不立刻改变自己的行为，就会拧下它的耳朵或揪下它的尾巴。而这些猫呢，总是立刻就对她无条件地服从，没有任何怨言。"杰鲁巴拜尔，你应该为自己的所作所为感到羞愧！"她会突然大叫。某个小可怜儿会立刻离开她书桌旁的地毯上挤作一团的猫群，悻悻地走开，肚子简直碰到了地板，夹在两腿间的尾巴和两只耳朵使劲儿地下垂，径直走到屋子的角落。所有的目光——孩子的，还有猫的——都集中在它的身上，见证它蒙受羞辱。于是遭呵斥者将会爬回角落里，可怜，屈辱，羞愧难当，为自己的过失悔恨不已，也许谦恭地寄希望于那某种表示暂时缓解的最后时刻。

可怜的家伙从角落里用满怀负疚与恳求的目光看着我们，那目光令人心碎。

"你这个该死的孩子！"伊莎贝拉老师轻蔑地冲它咆哮，接着会挥挥手原谅它：

"好。够了。你回来吧。但是记住，要是再发生这样的事——"

她用不着把话说完，因为受到宽恕的罪犯已经像个追求者，决定摇晃脑袋来施展魅力，简直无法控制自己的欣喜之情，翘起尾巴，竖起耳朵，那双精巧爪子的肉掌富有弹性，意识到它魅力的秘密力量，用爪子制造令人心碎的效果，它的胡须闪闪发光，皮毛光亮，有点直立，明亮的眼睛里闪烁着佯装圣洁的狡诈，好像在朝我们使眼色，与此同时信誓旦旦：从现在开始再也没有比它更圣洁更正直的猫了。

伊莎贝拉老师的猫受训过有效的生活，它们确实有用。她训练它们给她拿来铅笔，一些粉笔或者从衣柜里拿出一双袜子，或者是衔回藏在某件家具下面的一把掉了的茶勺；站在窗边，要是熟人走近了，就发出认识此人的叫声，一旦看见生人，就发出警觉的嗥叫。（多数神迹奇事并非我们亲眼所见，但是我们相信她。要是她告诉我们她的猫能够做纵横填字游戏，我们也深信不疑。）

至于纳哈里埃里先生，伊莎贝拉老师的小丈夫，我们几乎从未见过他。他通常在我们到来之前便去上班，无论出于何种原因，如果他在家里，他就得待在厨房，我们上课时他在厨房安安静静地做自己的事。倘若不是他和我们偶然未经允许便去上厕所，我们就永远也不会发现纳哈里埃里先生实际上只是杰茨尔，合作社商店里那个面色苍白的收银员。他差不多比夫人年轻二十岁，要是他们愿意，可以被视作一对母子。

偶尔，当他不得不（或竟敢）在上课的时候叫她时，或许因为他把牛肉饼烧焦了，或许因为他烫伤了自己，他不叫她伊莎贝拉，而是叫妈妈，她的猫群可能也这么叫她。而她呢，管她年轻的丈夫叫一些鸟名：麻雀，或金翅雀，或歌鸫，或刺嘴莺。只是不叫纳哈里埃里名字的字面意思——鹡鸰。

有两所小学，小孩从我们家走到那里用不了半小时。一个太社会主义，一个太宗教。"伯尔·卡茨尼尔森劳动者儿童教育之家"坐落在哈图里姆大街尽头，屋顶上一面工人阶级红旗与国旗并肩飘扬。他们在那里举行列队行进和其他仪式庆祝"五一国际劳动节"。师生们都称校长为"同志"。夏天，老师一身卡其布短打装束，穿《圣经》时期的凉鞋，在院子里的菜园培养学生从事农耕生活，亲自体验做新农村的拓荒者。在车间里，学生学到了生产技能，像木工活、铁匠活、建筑、修理机械和锁头以及某些吸引人的精密机械。

孩子们在课堂上喜欢坐哪里就可以坐哪里，男孩和女孩甚至可以坐在一起。多数人身穿蓝汗衫，胸前系着标志着两种青年运动的红白飘带。男孩子们一身短打装束，跷着二郎腿，女孩子们的短裤也短得让人不好意思，结实地绷在她们那富有弹性的大腿上。学生们甚至对老师直呼其名。他们学习算术、家园研究、希伯来语和历史，但也学习犹太人在以色列土地的定居史、工人运动史、集体农庄准则，或者是阶级斗争进程中的关键性阶段。他们唱各种工人阶级颂歌，从《国际歌》开始，到《我们都是拓荒者》和《蓝汗衫是最精美的珠宝》。

"伯尔·卡茨尼尔森劳动者儿童教育之家"也教授《圣经》，但把它当成时事活页文选集。先知们为争取进步、社会正义和穷人的利益而斗争，而列王和祭司则代表着现存社会秩序的所有不公正。年轻的牧羊人大卫在把以色列人从腓力士人枷锁下解救出来的一系列民族运动中，是个勇敢的游击队斗士，但是在晚年他变成了一个殖民主义者——帝国主义者国王，征服其他国家，压迫他的百姓，偷窃穷苦人的幼牡羊，无情地榨取劳动人民的血汗。

离这个红色教育之家大约有四百米远，就在与之平行的一条大街上，坐落着"塔赫凯莫尼民族传统学校"，这所学校由东方宗教复国主义运动建立，那里的学生是清一色的男孩，上课时要把头盖住。多数学生出身贫寒，只有几个人来自西班牙裔犹太人[1]贵族家庭，这些家庭被更加自信的刚刚到此的阿什肯纳兹犹太人挤到一边。这里只称呼学生们的姓氏，而称老师为奈曼先生、奥卡雷先生等等，称校长为"校长先生"。每天早晨的第一堂课是晨祷课，继之学习拉什评注的《摩西五经》，头戴无檐便帽的学生们读

---

1 西班牙裔犹太人，又称塞法迪犹太人，最初是指中世纪被西班牙驱逐出境的犹太人，后来泛指从地中海沿岸，特别是西亚北非移居到世界各地的犹太人。

《阿伯特》以及其他拉比智慧著作、《塔木德》、祈祷书与赞美诗的历史、各种各样的评注和善行书、犹太法典节选、《布就筵席》，了解犹太人主要节日和假日、世界上的犹太人社团、古往今来伟大的犹太师哲的生平、一些传说和伦理规范、一些法律问题的讨论、犹大·哈列维[1]或比阿里克的诗歌，在这过程中，他们也教授一些希伯来语语法、数学、英语、音乐、历史以及基础地理。即使在夏天，老师们也身穿西装上衣，校长伊兰先生总是身着三件套西装。

我妈妈想让我到劳动者儿童教育之家上一年级，这或许是由于她不赞同在男孩和女孩之间实行严格的宗教隔离，或许是因为塔赫凯莫尼由在土耳其统治时期建造的石头建筑组成，样子古老，阴郁沉重，而劳动者儿童教育之家的教室，窗户大而明亮，通风也好，有令人兴高采烈的蔬菜苗圃，以及年轻人那富有感染力的快乐。也许这使她在某种程度上联想起罗夫诺的塔勒布特高级中学。

至于父亲，他在选择时忧心忡忡。他本来愿意让我和住在热哈维亚的教授的孩子们一起上学，或者至少和住在贝特哈凯里姆的医生、教师和文职官员们的孩子一起上学，可是我们生活在枪击与暴乱时代，从我们住的凯里姆亚伯拉罕家到热哈维亚与贝特哈凯里姆要换乘一次公共汽车。在父亲那带有世俗色彩的世界观以及一向持有怀疑并受到启蒙的思想的审视下，塔赫凯莫尼非常陌生，而教育之家也被他视为进行左翼教导的地方。他无从选择。

---

1 犹大·哈列维（1075—1141），中世纪希伯来语诗人，哲学家。

经历了迟疑不决的艰难阶段，父亲不顾母亲的选择，决定把我送到塔赫凯莫尼。他相信，把我变成一个具有宗教信仰的孩子并不可怕，因为无论如何，宗教的末日指日可待，进步很快就可以将其驱除，即使我在那里被变成一个小神职人员，但很快就会投身于广阔的世界中，抖掉那陈旧的尘埃，我会放弃任何宗教习俗，就像笃信宗教的犹太人自己与他们的犹太会堂将会在几年之后便从地面上消失一样，除模模糊糊的民间记忆之外一无所剩。

与之相反，教育之家在父亲眼中乃无法驱除的严重危险。红色潮流在我们的土地上急剧上涌，正在席卷整个世界。要是我们把孩子送到那里，他们会立刻在他脑海里塞满各种各样的教条，把他变成斯大林麾下的一个小兵，他们会把他打发到一个基布兹去，他会一去不返。（"凡到她那里去的，不得转回。"[1]父亲说道。）

只是从我们家到塔赫凯莫尼的路，也是去往劳动者之家的那条路，要经过施内勒军营。精神紧张、憎恨犹太人或者只是喝得醉醺醺的英国士兵从墙头堆放沙袋的制高点上，朝街上过往的行人射击。一次他们用机枪扫射，打死了送奶人的毛驴，因为他们害怕牛奶桶里装满了炸药，像在大卫王酒店所发生的爆炸事件那样。有那么一两次英国司机甚至用吉普车把行人撞倒，因为他们没有迅速让路。

这是在世界大战发生之后的岁月，是从事地下活动与恐怖活动的岁月，英军司令部发生了爆炸，犹太民族军事组织[2]在大卫王酒店的地下室安放了可怕的装置，袭击马米拉大街上的刑事调查总

---

1 语出《圣经·箴言》第 2 章第 19 节。
2 指伊尔贡，巴勒斯坦犹太右翼地下运动，1931 年成立。采用过类似定点清除的暗杀手段来对付阿拉伯人和英国委任统治者。

部以及军队和警察设施。

　　结果，我父母决定缓两年再做出令人沮丧的抉择，眼下送我到伊莎贝拉·纳哈里埃里的"儿童王国"。她那为猫所困的学校有个极大优势：确实对我们家来说近在咫尺。你走出我们家门，左转，经过伦伯格家的门和奥斯特先生家的杂货店，小心翼翼地穿过扎黑家阳台对面的阿摩司大街，沿着泽卡赖亚大街走上三十米，再小心翼翼穿过马路，就到了。墙上布满了西番莲，一只灰白色的猫，当班的那只猫，从窗户里面宣布你的到来。走上二十二级台阶，把水瓶子挂在耶路撒冷最小一所学校的入口的挂钩上，那学校只有两个班级、两位老师、十二个学生和九只猫。

## 37

一年级结束之后，我便从牧猫人伊莎贝拉老师的火山王国步入了二年级杰尔达老师冰冷平静的掌控之下。她没有养猫，但是某种灰蓝色的光晕环绕着她，立即吸引了我，令我着迷。

杰尔达老师说话如此轻柔，我们要是想听见她在说些什么，不但要停止说话，还要把身体在桌上往前倾。结果，整整一个上午我们都在向前欠身，因为我们不想漏掉一个字。杰尔达老师所说的一切都那么引人入胜，让人意想不到。仿佛我们从她那里学到另一门语言，和希伯来语区别不大，但是颇为特别，动人心弦。她称星星为"天国之星"，称深渊为"无垠的深渊"，她还说到"浑浊河水"以及"夜间沙漠"。要是你在班上说些她喜欢的东西，杰尔达老师会指着你温柔地说："大家请看，这里有一个灵光四溢的孩子。"要是有个女孩儿做起了白日梦，杰尔达老师便对我们解释说，就跟没人会因不睡觉遭受惩罚一样，你们不能让诺拉为有时在班上无法清醒而承担责任。

任何形式的嘲弄，都被杰尔达老师称作"毒药"。她把说谎称作"摔跤"，把懒惰称作"灌了铅"，把流言蜚语称作"肉之眼"，她称骄傲自大为"烧焦翅膀"。抛弃任何东西，甚至橡皮一样的小东西，或轮到你分发绘画纸，她称之为"制造火花"。在我们一年中最喜欢的节日普珥节[1]前两个星期，她突然宣布：今年可能不会有普珥节了，也许在到达这里之前就被扑灭了。

扑灭了？一个节日？怎么回事？我们都陷于莫大的恐慌中，我们不仅害怕失去了普珥节，而且对那些强有力的隐藏力量产生朦胧的恐惧，以前从未有人向我们说起这种力量的存在，如果它们愿意，就能点燃或扑灭我们的节日，因为它们有如此多的火柴。

杰尔达老师没有劳神去详细说明，只是暗示我们，是否熄灭节日主要靠她来做决定，她自己不知怎么跟区别节日与非节日、区别神圣与世俗的看不见的势力联系在了一起。因此要是我们不想让节日被熄灭，我们互相之间这么说，最好是付出特别的努力，至少可以做一点点什么，让杰尔达老师和我们在一起时心情愉快。杰尔达老师经常说，一无所有的人不知什么叫作一点点。

我记得她的眼睛，机敏，深褐色的眼睛，有种神秘感，但并不快乐。犹太人的眼睛有点鞑靼人的模样。

有时她会缩短教学时间，把大家送到院子里玩耍，但是留下我们两个似乎可堪造就的男孩。院子里的流放人员在自由活动时间里并不那么高兴，而是嫉妒入选者。

有时放学的时间到了，伊莎贝拉老师已经让学生回家了，猫咪们也解散了，遍布着整座房子、楼梯和院落，只有我们似乎被遗忘在杰尔达老师故事的翅膀之下，身子在书桌上前倾，不想漏掉

---

1 普珥节，犹太历中最欢乐的民间节日，纪念和庆祝犹太人在波斯帝国统治时期，神借犹太女子以斯帖粉碎大臣哈曼种族灭绝的阴谋，救民族于危难。庆祝方式包括饮酒、欢宴、盛装假面、向穷人施舍和互赠食品等。

一个字，直至一个焦虑的母亲，依然系着围裙，来到此地，站在门口，倒背着手，先是不耐烦地等候，之后大吃一惊，这吃惊又转为好奇，仿佛她自己也变成了一个充满好奇的小姑娘，前来和我们一起倾听，不要错过故事的结尾，那丢失的云，不被喜爱的云，它的斗篷被困在星星的万丈金光里。

要是你在课堂上说，你有话要和大家讲，即便正在做其他的事情，杰尔达老师也会立刻让你坐到讲桌前，而她自己坐在你的小板凳上。这样她就以惊人的一跃将你提升到了教师的位置，只要你讲的故事好听，或者你的论证有趣。只要你抓住她的兴趣，或者是班上同学的兴趣，你就可以继续在位。然而，要是你说了一些愚蠢的东西，或者只是想引起关注，要是你委实没有什么可说的，那么杰尔达老师就会插嘴，用她那最为冷淡最为平静的声音，一种不容忽视的声音说：

"可是这有点傻。"

要么就是：

"别再出洋相了。"

甚至会说：

"够了，你这是在自我贬低。"

于是你回到自己的座位上，羞愧难当，不知所措。

我们很快就学会了谨慎从事。沉默是金。要是没有什么高见就不要去抢风头。固然，高高在上坐在讲桌前很是惬意，甚至让人沾沾自喜，但是跌落也在转瞬间，令人痛苦。蹩脚的品位与聪明过头均会导致屈辱。当众发表任何见解之前，最好要做好充分准备。要是你不情愿沉默，就应永远三思。

她是我的初恋。一个三十多岁的未婚女子，杰尔达老师，施尼尔松小姐。我那时还不到八岁。她让我神魂颠倒，某种以前没有动静的内在节拍从那时开始便在我心中跳动，至今仍未平息。

早晨醒来之际，甚至尚未睁开双眼，我便想象着她的模样。我急忙穿好衣服，吃过早餐，盼望着赶紧收拾完，拉拉链，关门，拿起书包，径直跑到她那里。占据脑海的是每天努力准备一些新鲜事物，这样我便可以得到她亮晶晶的目光，于是她可以指着我说："瞧，今天上午我们当中有个灵光四溢的孩子。"

我每天早晨坐在她的课堂上，爱得发昏。不然就是陷于阴郁的嫉妒中。我不断地试图发现自己身上所具备的那种吸引她的魅力。我一刻不停地筹划，如何挫败其他人的魅力，如何插到他们和她之间。

中午我从学校回家，坐在床上，想象着只有我和她在一起时情形会怎样。

我喜欢她声音的颜色，也喜欢她微笑的气味，还有她衣裙（长长的袖子，通常是棕色、藏青色或灰色，佩戴着一串朴素的象牙项链，偶尔会戴一条不显眼的丝巾）发出的簌簌声响。天黑时，我会闭上双眼，把毯子拉过头顶，带她一起走。我在睡梦里，拥抱她，她险些拥吻了我的前额。一层光环环绕着她，也照亮了我，让我成为灵光四溢的孩子。

当然，我已经知道什么是爱。我已经囫囵吞枣地读了那么多书，儿童书，十几岁少年读的书，甚至被认为不适合我读的书。就像每个孩子都爱父母一样，每个人稍微长大一点时，都会恋爱，爱上家庭之外的人。一个原本素不相识的人，可突然，像在特里阿扎丛林的洞穴里找到珠宝一样，陷于爱情的人生活变得不同。我从书中读到，在恋爱中，如同在生病中，你会寝食不安。我确实吃得不多，但是夜里睡眠很好，白天我等着天黑，这样我就可以睡觉了。睡觉与书中描绘的恋爱症状对不上号，我不是特别确定我是否像成人那样恋爱了，在什么情况下我会忍受失眠的痛苦，或者我的恋爱只是一种孩子的爱。

　　我从书中，从爱迪生影院看过的电影里，甚至凭空了解到，在坠入情网的背后，还有另一道风景，一道全然不同的可怕风景，如同我们在守望山看见的摩押山山那边一样，那风景从这里无法看到，也许看不到倒好，那里潜伏着某种东西，某种骇人、可耻的东西，某种属于黑暗的东西，某种属于我试图忘却（然而也记住了我本不想好好看的一些细节）的那幅照片上的东西，那是意大利俘房隔着带刺铁丝网给我看的，我几乎没看上一眼，便仓皇而逃。它也属于女人穿的某种东西，这种东西我们没有，班上的女孩子目前也还没有。在黑暗中，还有别的东西生存、运动、微微作响，它湿乎乎、毛茸茸的，某种东西，一方面我最好一无所知，可另一方面，要是我一无所知，那么我的爱情只是少儿之恋。

　　少儿之恋有些不同寻常，它没有伤害，没有不好意思，就像约阿维和诺阿，或本-阿米和诺阿，或甚至诺阿和阿夫纳的哥哥。但是我的情况呢，不是同班上女孩或者某位邻居，一个与我年龄相仿或稍大一点像约埃扎大姐似的女孩恋爱，我是爱上了一个女人。情形更加糟糕，因为她是老师，我的任课老师。我在这个世界上不可能去找任何人询问此事，他们会取笑我。她把嘲弄称作毒药，把说谎称作摔跤，把失望称作伤悲或者是梦想家的伤悲，把骄傲自大称作烧焦翅膀。她肯定会把耻辱称作上帝的影子。

　　我呢？我这个她有时在班上指着叫灵光四溢的孩子，现在因她之故，成了阴暗纵横的孩子吗？

突然，我再也不愿意到"儿童王国"学校去上学了。我想去一所真正的学校，有教室，有钟声，有操场，而不再去纳哈里埃里家里，那里到处是猫，甚至连厕所里都有，猫隔着你的衣服贴住你的身体，也不会再没完没了地闻家具下面风干了的老猫屎尿味儿。一所真正的学校，那里的校长不会突然过来从你鼻子里挖出一个怪物，不会嫁给合作社商店里的收银员，在那里不会称我灵光四溢。一个没有坠入情网以及如此情形发生的学校。

确实，父母经过争吵，那是用俄语进行的争吵，父亲在争吵中显然占了上风，决定等上完二年级，完成了"儿童王国"的学业，过了暑假，我将在塔赫凯莫尼上三年级，不是在劳动者儿童教育之家。

但是在我和塔赫凯莫尼之间，依然展开了整整一夏天的恋情。

"什么，你又要跑到杰尔达老师家里去？早晨七点半？你没有同龄朋友吗？"

"可是她邀请我去。她说我想什么时候去都行。连每天早晨都行。"

"她说的，不错，但是请你告诉我，一个八岁大的孩子受他老师的摆布是不是有点不自然？实际上，是他的前老师。天天如此，早晨七点钟，还是在暑假，你觉得这是不是有点过了？难道不是不礼貌吗？请考虑一下，理智地！"

我把身体重心从一只脚移到另一只脚，不耐烦地等候演说结束，而后脱口而出："好吧！我考虑一下，理智地。"

说话时我已经跑了起来，雄鹰展翅般跑向她在泽弗奈亚大街一层住房的院子，从 3 路公共汽车站、哈西亚夫人幼儿园的对面那里过马路，走在我前面的是送奶工兰格曼先生，他大铁桶里的牛奶直接从加利利高地，"从阳光普照、我们在那里脚踏晨露头顶明月的平原"运到我们这一条条阴郁沉闷的小街。但是明月在此，杰尔达老师就是明月。在那里，在山谷，沙龙平原和加利利，是一望无垠沐浴着阳光的土地，是那些皮肤晒得黝黑坚强的拓荒者王国，不是这里。这里，在泽弗奈亚大街，即使在夏日早晨，依旧留有月夜的影子。

我每天早晨八点钟之前都站在她的窗外，抹过水的头发服服帖帖，干净的衬衫塞进了短裤。我很乐意主动帮她做一些早上的活计，替她跑腿去商店，打扫院子，给她的天竺葵浇水，把她洗的东西挂到绳子上，把干衣服收进来，从锁头已经生锈的信箱里给她掏出一封信。她给我倒一杯水，她不光把水称作水，而是叫清澈透明的水。从西方吹来的柔风被她称作"西风"。西风吹拂松树针叶，手指在针叶间拨动。

我做完家务活后，我们会把两个草凳搬到后院，坐到杰尔达老师的窗下，北面是警察培训学校和淑阿法特阿拉伯村庄，我们做着没有运动的旅行。作为一个经常看地图的孩子，我知道在目之所及最远最高的群山顶上耸立着尼比萨姆维尔清真寺，清真寺那边是贝特霍隆山谷，我知道贝特霍隆再过去便是便雅悯、埃弗来姆、撒玛利亚地区，而后是吉尔伯阿山，再过去是山谷、塔伯尔和加利利。我从来没有去过这些地方。我们每年去一两次特拉维夫过节，我到海法背后克里亚特莫兹金边上外公外婆家的沥青油纸棚屋去过两次，去过一次巴特亚姆，除此之外，什么也没有见识过。当然没有见识过杰尔达老师用语词向我描述的奇妙所在，哈罗德小溪，萨法德山峦，加利利湖畔。

我们的夏天过去后的夏天，我们天天上午坐在那里面对的山顶会向耶路撒冷发动炮轰。贝特伊克萨村旁，尼比萨姆维尔山边，为外约旦阿拉伯军团效力的英国炮台会挖掩体防守，会向陷于重重围困的贫困城市发射数以千计的炮弹。许多年以后，我们所能看见的山顶将会布满密密麻麻的住房，拉默特埃什科尔、拉默特阿龙、莫阿洛特达夫纳、弹药山、吉瓦阿特哈米夫塔、法国山，"小山也都消化"[1]。但在1947年夏天，它们仍旧是荒无人烟的石山，山坡上是一片片的石块和黑黝黝的丛林。到处可见孤独固执的古松，在强劲的东风下弯下腰身，永远直不起来。

她会给我读些东西，也许那天早晨她已经打定主意要读这些：哈西德传说、拉比传奇以及喀巴拉圣徒那有点令人费解的故事，这些圣徒靠排列字母表中的字母创造奇观与神迹。有时，要是他们不采取必要的预防措施，当这些神秘主义者在竭力拯救他们自己的灵魂或者是穷苦人、受压迫者甚至整个犹太民族的灵魂时，就会造成可怕的灾难，这灾难总是源于结合中出现的一个错误，或者是一点瑕疵进入精神领域的神圣准则中。

对我提出的问题，她的回答既奇怪又出人意料。有时在我看来这答案近乎狂野，以某种可怕的方式，威胁着要削弱父亲那坚定的理性准则。

而有时，她给我的答案又在预料之中，虽然简单，但像黑面包一样营养丰富，令我大为震惊。但是，即便是意料之中的事情，

---

1  语出《圣经·那鸿书》第1章第5节。

却以某种出人意料的方式出自她口中。我爱她，迷恋她，因为有某种奇异而令人惴惴不安、近乎可怕的东西，确实存在于她所说所做的一切之中。比如说，"精神贫穷"[1]的人，她说他们属于拿撒勒的耶稣，但是在我们住在耶路撒冷这里的犹太人中也有许多精神贫困，并不一定是"彼人"所指的意思；或者是出自比阿里克《愿我与你共享》的"精神失语者"，他们实际上是使宇宙得以生存的深藏不露的义人。还有一次，她给我读比阿里克的诗歌，该诗写的是他精神纯洁的父亲，他的生活困在一个肮脏的小客栈里，但是他本人却一尘不染。只有他的诗人儿子为之感动，而且是如此的感动！比阿里克本人在《我的父亲》一诗中的开头两行，主要讲自己，讲自己的不纯洁，而后才向我们讲起他的父亲。她觉得奇怪，学者们没有留意描写父亲纯洁生活的诗歌，实际上是以儿子对自己不纯洁的生活做出苦涩忏悔开端。

也许这不是她的原话，毕竟我没有坐在那里手拿铅笔和笔记本写下她所说的一切。已经过去五十年了。那个夏天，我在杰尔达那儿听到的许多东西当时理解不了，但是她一天天在升高我理解的横杆。比如说，我记得，她给我讲述比阿里克，讲述他的童年，他的失望，他没有实现的愿望，乃至不适于我那个年龄的东西。她给我读比阿里克《我的父亲》，还读其他的诗，给我讲述关于纯洁与不纯洁的轮回。

她究竟说了些什么？

现在，在 2001 年 6 月末的夏日，在阿拉德，我的书房，我努

---

1 出自《圣经·马太福音》第 5 章第 3 节，但此处没有根据中文版和合本《圣经》将其译作"虚心的人"，而是根据希伯来文与英文的字面意思译出。

力重构，或者也在猜测，在脑海中回味，几乎是从一无所有中创造，就像自然历史博物馆里的那些古生物学家，可以凭借两三块骨头重新建构整只恐龙。

我喜欢杰尔达老师将语词并置起来的方式。有时她会把一个普普通通的日常生活用语放到另一个也相当普通的词汇旁边，突然，只是由于语词毗邻，在两个通常不站在一起的普通词汇之间，迸射出带电的火花，让我激动不已。

　　我第一次思考／那样一个夜晚／荟萃的群星只是个流言……

那年夏天，杰尔达老师还没有结婚，但有时一个男人出现在院子里。在我看来，他并不年轻，那模样表明他是个教徒。他从我们身边经过时，无意地撕破了她和我之间织下的那看不见的晨网。有时他带着一丝索然无味的微笑朝我点一下头，背对着我站在那里，和杰尔达老师谈话，那谈话持续了七年，要么就是七十七年。他们用意第绪语说话，因此我一个字也听不懂。有那么两三次他甚至设法让她爆发出一阵响亮的小姑娘般的笑声，我不记得我曾经使她这样笑过。甚至在梦中也没有。绝望中，我的脑海里浮现出一架水泥搅拌机的具体图影，那架搅拌机在马拉哈伊大街那头放了有好几天了，我会在半夜里把这个爱逗笑的弄臣杀死，天亮之前把他的尸体拖进搅拌机的肚子里。

我是个善于辞令的孩子，喋喋不休、不知疲倦地说话。早晨，还没睁开眼睛，我就开始发表演说，几乎一刻不停，一直持续到晚上熄灯，持续到我的梦中。

可是我没有听众。对于与我同龄的其他孩子，我所说的一切听起来像斯瓦西里语或是莫名其妙的话，而对于成人来说，他们也都在发表演说，和我一样，从早到晚，他们谁也不会听他人说话。那时候在耶路撒冷谁也不听谁的。也许他们甚至也不真的听自己的。（只有我那位好爷爷亚历山大，他可以全神贯注地倾听，甚至从所闻中汲取许多乐趣，但是他只听女士们说话，不听我的。）

结果，在整个世界上，没有一只耳朵伸出来要听我说话，鲜有例外。即便是有人屈尊要听我说话，但两三分钟以后就烦了，尽管他们彬彬有礼假装在听我说话，甚至佯作从中得到一种享受。

只有杰尔达，我的老师，听我说话。不是像一位心地善良的阿姨，出于怜悯之情，疲倦地把一只经验丰富的耳朵借给一个突然向她劈头盖脑倾泻的小字辈儿。不是的。她一点一点全神贯注地听我说话，仿佛正在从我这里听到令她惬意令她好奇的事情。

而且，杰尔达，我的老师，当她想听我说话时，怀着敬意轻轻燃起我的热情，向我的篝火里添加树枝，可是，当她已经听够了，她会毫不犹豫地说：

"现在我已经不想听了。请不要再说了。"

别人三分钟后就不再听了，但是却任我没完没了地唠叨一个钟头，始终假装在听，而想着自己的心事。

所有这一切均发生在二年级结束之后，在我结束儿童王国的读书之后，在我去塔赫凯莫尼之前。我只有八岁，但是已经养成了阅读报纸、通讯以及各种杂志的习惯，此外还狼吞虎咽地读了一两百本书。（几乎所有落入我手中的东西，几乎不加选择，我搜寻了父亲的图书馆，只要发现用现代希伯来语写的书，就用牙齿在我的角落里啃噬。）

我也写诗，描写希伯来部队，地下战士，征服者约书亚，甚至写一只踩扁了的甲虫，或者是秋天里的忧伤。我把这些诗作在早晨送给杰尔达，我的老师，她小心翼翼地抚摸诗作，仿佛意识到了自己的责任。关于这些诗，她说些什么，我不记得了。实际上，我已经把诗歌给忘了。

　　但是我确实记得，她怎样对我讲述诗歌和声音。不是讲述向诗人心灵诉说的来自天国的话音，而是讲述不同语词发出的不同声音：比如"窸窣"是个耳语词，"尖利"是一个尖锐刺耳的词，"咆哮"一词含有深厚之音，而"音质"含有声音精细之义，而"噪声"就是噪声本身，等等。她掌握着全套语词和声音，我在这里更多的是追问记忆，而不是能够出产。

　　那个夏天，当我们近在咫尺时，我也许从杰尔达，我的老师那里听过这样的话：要是你想画一棵树，就只画几片树叶，你用不着把它们全部画出；要是你想画一个人，不必画出每根头发。但是在这点上，她并不执着，一次说这里或那里我着墨过多，而另一次她会说，我确实应该多画一点。可是该怎样把握呢？直至今日我依旧在寻找答案。


　　杰尔达老师也向我展示了一种我以前从没有接触过的希伯来语，是我在克劳斯纳教授家或者在自己家里或者在大街上的任何一本书中从未读到过的希伯来语，一种奇怪、不合规范的希伯来语，一种关于圣徒故事、哈西德传说、民间谚语的希伯来语，是渗透进了意第绪语的希伯来语，打破所有规范，把阳性和阴性、过去时和现在时、代词和形容词混为一谈，不地道、不连贯的希伯来语。但那些故事却拥有神奇的活力！在一篇讲雪的故事中，故事本身似乎由雪一样冰冷的语词构成。在一篇关于火的故事中，语词本身熊熊燃烧。在她所讲述的各种各样令人惊奇的事情中，有某种奇异、起催眠作用的甜美！仿佛作家把笔蘸在酒里，使语词站立不稳，在你口中打晃。

那个夏天，杰尔达老师也向我打开了一本本诗作，那类书真的，但是真的，不适合我这个年龄的人：莉亚·格尔德伯格、尤里·兹维·格林伯格、约哈韦德·巴特−米利亚姆、埃斯特·拉阿夫，以及尤·兹·里蒙。

从她那里，我知道有些语词的周围需要全然安静，给它们足够的空间，就好比挂照片，有些照片周围不需要陪衬。

我从她那里学到了许许多多，在班上，在她的院子里。显然，她不介意我分享她的秘密。

然而只是分享一部分秘密。比如，我一点也没有想到，她也从来没有向我做过丝毫暗示，除身为我的老师，我的挚爱，她也是诗人杰尔达，她的一些诗歌发表在文学增刊和一两本无名杂志上。我不知道，她和我一样，是家里唯一的孩子。我也不知道她和声名显赫的哈西德拉比世家有亲缘关系，她是犹太教仪式派拉比门纳哈伊姆·门德勒·施尼尔松的亲堂妹（他们的父亲是亲兄弟）。我不知道她也在学习绘画，她加盟一家戏剧团体，也不知道她那时甚至已经在诗歌爱好者的圈子里小有名气。我没有想到，我的情敌，她的追求者是哈伊姆·米什可夫斯基拉比，也没有想到在我们的夏天，她和我的夏天结束两年后，他会娶她为妻。我几乎对她一无所知。

1947年秋季伊始，我到塔赫凯莫尼宗教男校三年级读书。我的生活中又充满了新的兴奋。无论如何，让我再像婴儿似的对初级班的老师百依百顺已经不合适了——邻居们会皱起眉毛，他们的小孩子会取笑我，我甚至会取笑自己。你怎么回事，每天早晨跑到她那里？当整个邻里开始谈论那个疯疯癫癫的小孩取下她晾晒的衣服，打扫她的院子，甚至也许在星光璀璨的夜晚梦想着娶她，你的脸上会是什么样的表情？

几个星期以后，耶路撒冷爆发暴力冲突，随之便是战争、轰炸、围困和饥饿。我疏远了杰尔达。我不再早上八点跑到她那里，梳洗整齐，头发服服帖帖，和她一起坐在院子里。我不再把昨晚的诗作拿给她。要是我们在大街上碰见了，我会急急忙忙地说"早上好，你好吗，杰尔达老师"，没有问号，没等听见回答就已经跑掉。我为以前所发生的一切羞愧难当。我也为这么快就把她甩掉而羞愧难当，甚至没有费神告诉她我把她甩了，甚至没有解释。我为她心之所思而羞愧难当，因为她一定知道，在我的内心深处，我还没有把她甩掉。

这以后，我们终于逃脱了凯里姆亚伯拉罕。我们搬到热哈维亚，父亲梦寐以求的地方。后来母亲去世，我到基布兹工作并生活。我想永远离开耶路撒冷。中断了所有的联系。我时不时会在杂志上读到杰尔达的诗，因而知道她还活着，她依然是个有感情的人。但是自从母亲去世之后，我一遇到感情便连忙退缩，尤其想把我自己和有情感的女人拉开距离。基本如此。

我的第三本书《我的米海尔》中的情节多多少少就发生在我们这个住区，该书出版的那年，杰尔达的第一本诗集《休闲》也问世了。我想到要给她写几个字表示祝贺，但是没写。我怎能知道她依旧住在泽弗奈亚大街还是搬到了别的地方？不管怎么说，我写下《我的米海尔》，以便在我和耶路撒冷之间划清界限，以便永远和她切断联系。在《休闲》集的诗中，我发现了杰尔达的家庭，也见到了一些邻居。后来，另两部诗集《看不见的骆驼》和《非山非水》陆续问世，赢得了千万读者的喜爱，荣获文学大奖，对于这一片称赞声，杰尔达老师，一个孤独的女人，似乎在躲避，显得有些无动于衷。

在我童年时代，英国统治时期的最后几年，所有耶路撒冷人都坐在家里写东西。那年月几乎谁家里都没有收音机，没有电视，没有录像机，没有激光唱机，也不能上网，不能发电子邮件，甚至连电话也没有。但是大家都有铅笔和笔记本。

由于英国人实行宵禁，整座城市在晚上八点都被锁在了屋里；在没有宵禁的夜晚，耶路撒冷主动把自己锁住，外面除了风、野猫，还有街灯投下的暗淡的光，都一动不动。即使这样，架着机枪的英国吉普车打着探照灯巡逻街道时，也把自己藏在阴影里。夜漫漫，因为日月运转得更加缓慢。电灯光昏暗，因为大家都贫困，他们节省灯泡，他们节约用电。有时，连续几个小时或者几天没有电，生活依然在乌黑的煤油灯光和烛光中继续。冬雨甚至也比现在猛烈，狂风夹杂着冬雨，闪电与轰轰雷声击打着护栏中的百叶窗。

我们举行夜间上锁仪式。父亲会走到外面关上百叶窗（百叶窗从外面才可以关上），他勇敢地冲进倾盆大雨中，冲进黑暗以及说不上名字的黑夜险境中，像石器时代那些粗野的人，经常勇敢地从他们温暖的洞穴现身前去觅食，或者是保护他们的女人和孩子，或者像海明威《老人与海》中的渔夫，父亲就这样英勇地面对凶险因素，头上盖着一个空袋子面对那些不知名的东西。

每天晚上，从百叶窗操作归来后，他从里面把前门反锁上，插上插销，把铁支架塞到两边的门柱里，再把抵御抢劫者或侵略者的铁棍插进去把守门户。厚重的石墙保护我们免遭邪恶的侵袭，还有铁百叶窗，以及笨重地站在我们后墙另一边的黑黝黝的山，像一个高大的不苟言笑的摔跤运动员。整个外部世界都锁在了外面，在装甲小屋里，只有我们三人、炉子，以及一面面从头到脚被书遮蔽的墙壁。于是整座房子每天晚上都要密封，像潜水艇一样，慢慢潜入水底。因为就在我们旁边，整个世界戛然停止，只要你走出前院左拐，向前走两百米，走到阿摩司大街尽头左拐，再走上三百米来到泽弗奈亚最后一家门口，那正是路之尽头、城市之尽头、世界之尽头。再过去只有茫茫黑暗中空寂的石头山坡、沟壑、山洞、光秃秃的群山、山谷，雨水荡涤着石村，黑压压的利夫塔、淑阿法特、贝特伊克萨、贝特哈尼纳、尼比萨姆维尔。

每天晚上，耶路撒冷的居民就这样把他们自己锁在家里，像我们一样，写作。住在热哈维亚、塔拉皮尤特、贝特哈凯里姆以及克里亚特施莫埃拉的教授和学者、诗人和作家、理论家、拉比、革命者、预言大难临头的人，以及知识分子。要是他们不写书，他们就写文章；要是他们不写文章，他们就写诗，或者编纂各种各样的小册子和传单；要是他们不写反抗英国人的非法墙报，就给报纸写信；或者相互之间通信。所有耶路撒冷人每晚低头坐在一张纸面前，修改，涂抹，书写并润色。约瑟夫伯伯和阿格农先生，在塔拉皮尤特小街两侧面对自己的那张纸。亚历山大爷爷、杰尔达老师、扎黑先生、阿布拉姆斯基先生、布伯教授、肖勒姆教授、伯格曼教授、托伦先生、内塔尼亚胡先生、维斯拉维斯基先生，甚至还有我的母亲。父亲在做研究，揭示立陶宛民族史诗中的梵语母题，或者荷马对白俄罗斯诗歌的影响。仿佛他夜晚正从我们的小潜水艇里举起望远镜，遥望但泽和斯洛伐克。住在我们右边的邻居伦伯格先生，坐在那里用意第绪语撰写回忆录，而我们左边的邻居布赫夫斯基夫妇也许每个晚上也在写作，还有楼上的罗森多夫，以及马路对面的斯迪奇夫妇。只有山，我们后墙外的邻居，始终保持沉默，没写一行字。

书是一条纤细的生命线，把我们的潜水艇系在外面的世界上。我们四周尽是山，山洞和沙漠，英国人，阿拉伯人以及地下斗士，深夜，机枪齐发，爆炸，伏击，逮捕，挨家挨户搜查，对今后仍然等待我们的事件怀有令人窒息的恐惧。纤细的生命线在这当中仍然蜿蜒而上，向着真正的世界前行。在真正的世界里，有湖泊、森林、农舍、田野、草地，还有带有塔楼、飞檐和三角墙的宫殿。那里的门廊，饰有黄金、丝绒和水晶，枝形吊灯上密密麻麻的小灯闪闪发亮，像七重天。

在那年月，我说，我希望长大做一本书。

不是作家，而是一本书。这种想法源于恐惧。

因为这一点是从没有到以色列来的亲人均遭德国人杀害这一事实本身慢慢领悟到的。在耶路撒冷有种恐惧，但是人们尽量把它深埋在心中。隆美尔的坦克几临以色列土地，意大利的飞机在战争中轰炸了特拉维夫和海法，天晓得英国人在离开之前会做些什么。他们离开之后，恐怕一群群阿拉伯人，成千上万穆斯林，会准备在几天之内把我们杀光，杀得连一个孩子也不剩。

自然，大人们尽量不当着孩子的面谈论这些恐惧。无论如何不用希伯来语说。但有时会说漏了嘴，或者有人在睡梦中大叫。我们的住房像笼子一样又狭小又拥挤，晚上熄灯以后，我听到他们在厨房里面对着茶点嘀嘀咕咕，我听到海乌姆诺集中营、纳粹、维尔纳、游击队员、行动、死亡营、死亡列车、大卫叔叔和玛尔卡婶婶，以及和我年龄相仿的小堂兄大卫。

不知何故，恐惧侵袭了我。你这个年龄的孩子并非都能长大。有时坏人会将他们扼杀在摇篮里，或者杀死在幼儿园。在尼海米亚大街，曾经有一个患有精神分裂症的装订工人，他站到阳台上尖声叫喊：犹太人，逃命，快啊，不久他们就会把我们杀光。空气沉重，笼罩着恐惧。我已经可以猜想得出，杀人是多么轻而易举。

的确，烧书也不难，但要是我长大后成为一本书，至少有良机可单独生存下来，如果不是在这里，那么会在其他某个国家，在某一座城市，在某个偏远的图书馆，在某个被上帝遗弃了的书架的角落。毕竟，我亲眼见过书怎样想方设法在拥挤不堪的一排排书架间，在黑暗的尘埃里，在一堆堆选印本和期刊中藏匿，或者是在其他书的背后找到藏身之地。

# 38

约三十年过去后，1976 年，我应邀到耶路撒冷希伯来大学做为期两月的客座讲学。他们给我在守望山校园提供了一间工作室，每天早晨我坐在那里撰写《恶意之山》集中的一个短篇《列维先生》。故事发生在英国托管末期的泽弗奈亚大街，于是我到泽弗奈亚大街和与之相邻的街道散步，看自那时以来有何变化。"儿童王国"私立学校已经关闭许久，院子里满是废弃杂物，果树已死。教师、职员、翻译和银行出纳、装订工人、国内的知识分子、为报纸撰文的作家们大多已然消失，随着时间的流逝，这个地区住满了极端正统派的穷苦犹太教徒。我们所有邻居的姓名在报箱上几乎都找不到。我见到的唯一熟人就是斯迪奇老太太，是我们称为曼努海勒"矬子"的驼背女孩曼努海勒·斯迪奇年迈多病的母亲，我远远地看见她正坐在垃圾箱附近的一个偏僻院子里的木凳上打盹。每一面墙上都花花绿绿悬挂着刺眼的传单，仿佛在空中挥动具有双关色彩的拳头，用各种形式的非自然死亡威胁着有罪之人："有违礼仪之界""我们蒙受了重大损失""不可难为为我受膏的人"[1]"墙上的石头因恶令而哭

---

[1] 语出《圣经·诗篇》第 105 章第 15 节。

喊""上苍注视着在以色列从未发生过的可怕坏事"等等。

三十年来,我从未看见过我在"儿童王国"学校读书时的二年级老师,而此时此地,我突然站到了她的门阶前。大楼前面曾是朗格曼先生的乳品店,他经常把装在沉重的圆金属牛奶桶里的牛奶卖给我们,现在则成了一个极端正统派犹太教商店,销售各种各样的男子服饰用品、服装、纽扣、扣件、拉链和窗帘钩。杰尔达老师肯定不住在这里了吧?

但是这里有她的邮箱,我小时候就是从这个邮箱里把她的信掏出来,因为锁头已经生锈,不可能打开。此时邮箱的门敞开着,某个人,肯定是个男的,不如杰尔达和我有耐心,哗啦一下把锁一劳永逸地打碎了。上面的字也变了:过去的"杰尔达·施尼尔松",现在换成了"施尼尔松·米什可夫斯基"。不再有杰尔达,也没有连字符或者"和"字。要是她的丈夫把门给我打开怎么办?我能对他,或者对她说些什么?

我几乎要夹着尾巴逃跑了,像喜剧电影中一个受到惊吓的追求者。(我不知道她已经结婚,还是已经守寡,我想象不出,离开她家时我八岁,现在我三十七岁,比我离开她时她的年龄还大。)


这一次,和那时一样,正是早上八点。

我在来见她之前真应该给她打个电话,或者给她写张便条。也许她生我的气了?也许她仍没有原谅我不辞而别,为了这漫长的沉默?为没有祝贺她出版诗集,也没有祝贺她获奖?也许,像一些耶路撒冷人,心存怨艾,向《我的米海尔》中提到的我喝水的那口井里吐口水。如果她已经变得认不出来了呢?二十九年后的今天,她变成一个截然不同的女人又怎么办呢?

我在门前站了有十分钟，走到院子里，我抽了一两支烟。我摸摸晾衣服的绳子，我曾经把她朴素的咖啡色或者棕色的裙子从上面拽下来。我认出了那块有裂缝的铺路石，那是我自己试图用石块砸杏核时砸裂的。我朝布哈林区红房顶那边张望，朝当年我们北面荒无人烟的山岭张望。然而现在，山坡已经不再荒芜，而是被房屋建筑压得透不过气——拉默特埃什科尔、莫阿洛特达夫纳、吉瓦阿特哈米夫塔、法国山和弹药山。

　　但我该对她说什么呢？亲爱的老师杰尔达你好吗？希望我没有打搅你。我叫，呃哼，如此如此？早上好，施尼尔松·米什可夫斯基夫人？我曾经是你的一个学生，不知你是否记得？请原谅，可不可以占用你几分钟的时间？我喜欢你写的诗？你看上去还是那么动人？不，我不是来做访谈的？


　　我定是忘记了耶路撒冷一层住房的房间有多么黑暗，即使在夏天早晨。黑暗向我敞开大门，那是充满棕色气息的黑暗。从黑暗中传来令我记忆犹新的鲜活声音，一个喜欢语词的自信女孩的声音，对我说：

　　"进来吧，阿摩司。"

　　随即又说：

　　"你也许想坐在院子里？"

　　接着又说：

　　"你喜欢味道淡淡的冰镇柠檬汽水。"

　　接着又说：

　　"我得更正自己，你过去喜欢味道淡淡的柠檬汽水，也许已经有了改变。"

自然，我现在正在记忆中重建那个早晨和对话——好像以七八块依然立在那里的石头为基础修复一座毁弃了的古代建筑。但是在立在那里的石头当中，真真切切依然如故的是这些既非重建也非杜撰的语词："我得更正自己⋯⋯也许已经有了改变。"在1976年6月末的那个夏日早晨，杰尔达千真万确对我说过此话。在我们甜美的夏天过去二十九年后，在我写下此页内容的夏日早晨的二十五年前。（在我阿拉德的书房，在涂得一塌糊涂的本子上，在2001年7月30日：因此这是一次客访的回忆，那次客访在当时也意味着令往事历历在目，或者是抓挠旧日创伤。在所有这些回忆中，我的任务有点像一个人在努力从某种东西的废墟中挖出来的石头上建构着什么，而这东西本身也是从废墟的石头上建构起来的。）

　　"我得更正自己，"杰尔达老师说，"也许已经有了改变。"

　　她说此话时可能有许许多多不同的方式。比如，她可以说：也许你不再喜欢柠檬汽水了？或者：你现在喜欢味道浓浓的柠檬汽水了？或者她可以非常简单地问，你喜欢喝点什么？

　　她是个非常精确的人。其目的在于暗示她和我之间、我们的秘密过去（柠檬汽水，味道不浓），愉快地，没有痛苦，但在这样做时没有让现在隶属于过去（"也许已经有了改变？"——用一个问号——这样来给我提供了选择的空间，而且也使我肩负着继续客访谈话的使命。是我发起了这次客访）。

　　我说（当然是面带微笑）：

　　"谢谢。我很愿意喝以前那样的柠檬汽水。"

　　她说：

　　"我也这么想，但是我觉得应该问问。"

而后我们一起喝柠檬汽水（代替冰盒的是只小冰箱，从已经过时的样子可以看出它的年龄）。我们缅怀往事。她的确读了我的书，我也读了她的，但是就这一话题我们只谈了五六分钟，仿佛急急忙忙走过一段不安全的道路。

我们谈论纳哈里埃里夫妇、伊莎贝拉和格茨尔的命运，谈论共同的熟人，谈论凯里姆亚伯拉罕的变化，以奔跑般的速度提了一下我父母和她的亡夫，他在我来访五年前便已经去世，接着我们重新以行走的速度谈论阿格农，或许也谈论托马斯·沃尔夫（《天使，望故乡》在那时已经翻译成了希伯来语，不过我们可能都读过英文版的）。当我的眼睛习惯了黑暗时，我非常惊愕地看到，房子的变化微乎其微。沉闷阴郁的棕褐色碗橱涂着一层厚厚的清漆，依然像条老看家狗那样蹲伏在它平时待的角落里。陶瓷茶具依然在玻璃隔板后面打盹。碗橱上放着杰尔达父母的照片，他们看上去比她现在要年轻，还放着一张男子的照片，我想象那一定是她的丈夫，但我还是问了他是谁。她的眼睛突然一亮，顽皮地闪烁，朝我咧嘴一笑，好像我们刚刚一起干了什么错事，接着她振作起来，只是说道：

"那是哈伊姆。"

那张棕色圆桌随着岁月的流逝似乎已经萎缩。书架上放有发旧的祈祷书，黑色封皮已经磨损，还有一些新宗教大书，装帧华丽，配有烫金压花，还有薛曼的西班牙时期希伯来诗歌史，许多诗集和现代希伯来小说，还有一排平装书。我小的时候，这些书架显得非常庞大，而今看上去只有齐肩高。在碗橱和几个架子上，有银制安息日烛台，各种各样的哈努卡灯盏，用橄榄木或铜制作而成的装饰品，抽屉柜上放着一盆黯淡的盆景植物，还有一两盆放在了窗台上。一派充满棕色气息的昏暗景象，分明是一个宗教女性的房间，并非一个苦修者的所在，而是一个离群索居矜持寡言外加一点沮丧之人的所在。的确如她所说，有一些变化。并非因为她上了年纪，抑或因为她变得赫赫有名并受人爱戴，而也许是她变得热切了。

然而，她一贯为人精确，认真，具有内在的庄重。难以解释。

自打那个早晨之后，我再没有看见过她。我听说她最后搬到了一个新区。我听说，在过去的岁月中，她有几个至交女友，她们比她年轻，也比我年轻。我听说她患了癌症，1984 年一个安息日之夜，她在剧烈的疼痛中死去。但是我从没有回去看望她，从没有给她写过信，从没有送过她一本书，我从没有再见过她，只是有时在文学增刊上看见她，还有一次，在她去世那天，在电视节目即将结束之际，看见过她，不到半分钟（我在《一样的海》中写过她，写过她的房间）。

当我起身离去时，那屋顶显然在岁月的流逝中变矮了。几乎碰到了我的头顶。

岁月并没有使她改变许多。她没有变丑，发胖，或者萎缩，在我们说话时她依然目光闪烁，像发出一束光探询我秘密的心灵深处。然而，即或如此，某些东西已经发生了改变。仿佛在我没有见过她的数十年间，杰尔达老师变得像她的旧式住房。

她就像一只银制的烛台，在黑暗的虚空中发出晦暗的光。我应该在这里做出全然精确的描述：在最后一面中，杰尔达在我眼里像蜡烛，像烛台，还像黑暗的空间。

## 39

每天早晨，太阳升起前后，我习惯于出去察看沙漠里有什么新情况。在阿拉德这里，沙漠就始于我们那条路的尽头。一阵晨风从东边以东山方向吹来，四处卷起一个个沙涡，沙涡奋力从地面上扬，但没有成功。每个沙涡都在挣扎，慢慢失去了旋风状，消失不见。山丘本身依旧隐藏在从死海飘来的雾气中，灰蒙蒙的面纱掩映着冉冉升起的太阳和一片片高地，仿佛夏天已逝，秋天来临了。但那是一个虚假的秋天：再过两三个小时，这里又将是又干又热。如同前天，一个星期前，一个月之前。

与此同时，夜晚的凉意仍然没有散去。浸润着大量晨露的灰尘散发出惬意的气息，与硫黄味、羊粪、鳍蓟味以及熄灭的篝火发出的淡淡气味混杂在了一起。自远古以来，这就是以色列土地的气味。我走进干河谷，继续前行，沿着一条蜿蜒的小径，走到悬崖边上，从那里可领略约三千米下、十五公里半开外的死海风光。东边的山影倒映水中，赋予水一层古铜色彩。一道道刺眼的光线不时奋力冲破云层，瞬间触摸盐海。盐海立即报以令人炫目的光，仿佛水面下涌动着电暴。

到处是一道道不见人烟的石灰岩山坡，黑石散落其中。在这些石头中，恰巧就在我对面山顶的地平线上，突然出现三头黑山羊，一个从头到脚一身黑的人影一动不动地站在当中。是个贝督因妇女？她身边是不是有一条狗？转眼间他们都从山边消失了，女人，山羊，还有那狗。灰蒙蒙的日光每移动一下都洒下了疑虑。与此同时，别的狗在远处狂吠。再往前一点，一颗锈弹壳卧在路旁石头当中。这里怎么会有这个东西？也许一天夜里，一支走私的驼队从西奈去往希伯伦山的南部，经过这里时，一个走私犯把弹壳丢了，要么就是不知这东西究竟有什么用途，把它扔掉了。

现在你可以听到沙漠是如此的静谧。它不是风暴来临之前的沉寂，也不是世界末日降临之际的沉寂，而是只能覆盖一个沉寂的沉寂，甚至更为深沉的沉寂。我在那里站上三四分钟，吸进沉寂，如同吸进气味。接着我转过身来。从干河谷里走回到大路边，所有花园里的狗都开始向我气势汹汹地狂叫，我为自己辩解。也许它们想象，我正在威胁着帮助沙漠侵略这座小城。

在第一座家庭花园第一棵树的枝头，整个麻雀议会正在吵吵嚷嚷，进行激烈的争论，都在厉声叫喊着打断对方，它们似乎是在咆哮，而不是在叽叽喳喳，仿佛夜晚的离去和第一缕晨光乃是史无前例的发展，足以证明召开一次紧急会议是合理的。

路边，一辆旧车正在启动，发出一阵嘶哑的咳嗽，像个抽烟很凶的人。一个报童徒劳地试图和一条毫不妥协的狗交友。一个皮肤黝黑、体格粗壮的邻居，裸露的胸脯上长满了浓密的灰毛，是个退休的上校，那结结实实的身体令我想起了铁皮行李箱，他身穿运动短裤光着上身站在屋前浇玫瑰花圃。

"你的玫瑰花开得太漂亮了。早上好，施穆埃里维其先生。"

"早上有什么特别好的事情吗？"他质询我说，"西蒙·佩雷斯[1]最终停止把整个国家出售给阿拉法特[2]了吗？"

当我说有些人的看法截然相反时，他凄然地说：

"看来一场大屠杀给我们留下的教训还不够。你真的把这场灾难称作和平？你听说过苏台德、慕尼黑，或者张伯伦吗？"

我对这一问题，确实拥有详尽的理由做充分解释，但是由于在这之前我在干河谷已经积累起默默的克制，便说：

"昨天晚上八点钟有人在你家弹《月光奏鸣曲》。我正打那里经过，甚至停下脚步听了几分钟。是你女儿吗？她弹得真美，转告她。"

他把水管移向另一处苗圃，像个突然经不计名投票当选为班长的羞怯的学生那样冲我微笑。"那不是我女儿，"他说，"女儿去布拉格了。是女儿的女儿，我的外孙女，丹尼埃拉。她在整个南部地区的青年人才竞赛中获得第三名。不过所有的人都一致认为第二名应该是她。她也写得一手好诗。非常感伤。你有时间看看吗？也许你可以给她一些鼓励，或者甚至可以拿给报纸发表。要是你拿去，他们肯定会发表的。"

我答应施穆埃里维其先生，有机会一定读丹尼埃拉写的诗，很乐意，一定，干吗不读，这不算什么。

我在内心深处，把这一承诺当作我对促进和平进程所做的贡献。我回到书房，手里端着一杯咖啡，把报纸摊在沙发上，又在窗前站了十来分钟。从新闻里听到，一个十七岁的阿拉伯姑娘试

---

1　西蒙·佩雷斯（1923—2016），以色列政坛老将，曾任总理、外交部部长、国防部部长，2007年至2014年间担任以色列总统，1994年和拉宾、阿拉法特一起获得诺贝尔和平奖。
2　阿拉法特（1929—2004），巴勒斯坦解放组织领导人，1994年诺贝尔和平奖得主。

图在伯利恒外的哨卡刀捅以色列士兵，被一发子弹严重击伤。现在晨光夹着灰蒙蒙的雾气开始发亮，化作耀眼而坚定的蔚蓝。

在我的窗前，有个小花园，几株灌木，一棵攀缘植物和一棵半死不活的柠檬树，我不知道它是死还是活，它的树叶苍白，躯干弯曲，像某人正用力向后弯曲一只胳膊。在希伯来语中，"弯曲"一词恰巧以"艾因"和"扩夫"打头，令我想起父亲常说的话，任何以"艾因"和"扩夫"开头的字母都表示某种不好的东西。"你要注意了，殿下，你自己名字的字头缩写，不管是否出于偶然，也是'艾因'和'扩夫'。"[1]

今天我是不是应该给《最新消息报》写篇文章，试着向施穆埃里维其先生解释，撤出占领地不会削弱以色列，实际上是巩固以色列。不管在什么地方，都没完没了地看到大屠杀、希特勒和慕尼黑，是个错误。

一次，在你觉得夜光永远不会消失的一个漫长夏夜，我们二人身穿背心拖鞋坐在施穆埃里维其家花园的墙上。施穆埃里维其先生告诉我，他十二岁那年和父母一起被带到马伊丹内克死亡营，他是唯一的生还者。他不想告诉我他是怎样生还的。他答应下次什么时候再告诉我。但是每一个下次，他选择的却是让我睁开双眼，这样我便不应相信和平，我不应再幼稚下去，因此我必须坚定信念：他们的唯一目的是把我们杀光，他们所有的和平谈判都是陷阱，要么就是整个世界帮助他们酿造并把安眠药水拿给我们，哄骗我们入睡。像那时一样。

---

1 作家原名为阿摩司，姓氏为克劳斯纳。

我决定放弃写文章之念。书桌上还有本书的一个章节等着我去完成，它仍然是一堆写就的草稿，皱皱巴巴的条子、涂抹得乱七八糟的半张半张纸头。这一章写的是"儿童王国"学校的伊莎贝拉·纳哈里埃里老师和她的猫兵团。我得在那里做些让步，删除一些描写猫和收款人杰茨尔·纳哈里埃里的事件。那些事件非常可笑，但是对故事进展没有任何贡献。贡献？进展？我不知道什么可以为故事进展做出贡献，因为我还不知道故事究竟想去往何方，实际上不知道它为什么需要贡献，或者进展。

与此同时，十点钟的新闻已经结束，我已经喝过第二杯咖啡，我依然盯着窗外。一只翠绿的可爱小鸟从柠檬树上偷偷看了我一阵，从枝头到枝头，来回雀跃，在光线斑驳的树荫里向我炫耀它亮丽的羽毛。它的头近乎紫罗兰色，脖子呈深色金属蓝，身穿精美的黄色西装马甲。欢迎归来。今天早晨你来让我记起什么？记起纳哈里埃里夫妇？记起比阿里克的诗歌《嫩枝落在墙头打盹》？记起我妈妈经常在窗前一站就是几个小时，手里的茶已经冰凉，背对房间看着枝叶茂盛的石榴树[1]？可是够了。我必须回去工作了。现在我不得不去使用今朝朝日升起之前我在干河谷储备下来的沉静。

十一点钟，我驱车进城去邮局、银行、诊所和文具店处理一些事宜。火辣辣的太阳炙烤着树木稀疏、布满灰尘的街道。沙漠上的日光已经白热化，残酷地使你的双眼眯成两条细缝。

在取款机前面排着几个人，报摊前也排了几个人。在特拉维

---

[1] 虽然原文用了 bush，但只有一棵树，因此转译。

夫，在 1950 年或者 1951 年暑假，离哈娅姨妈和茨维姨父家不远的本-耶胡达大街北头，表哥伊戈尔指给我看大卫-本古里安哥哥开的报亭，并告诉我任何人想和他，和这个本-古里安的哥哥说话，只管上前去说好了，他确实长得和本-古里安很像。你甚至可以问他问题。比如说，你好吗，格里昂先生？巧克力华夫饼干多少钱一块，格里昂先生？马上就要打仗了吗，格里昂先生？只是不能问他的弟弟。就这样。他只是不想被问及弟弟的情况。

我非常嫉妒特拉维夫人。在凯里姆亚伯拉罕，我们没有任何名人，甚至没有名人的兄弟在此。只有街名是些小先知：阿摩司大街，俄巴底亚大街，西番亚大街，哈该，萨迦利亚，那鸿，玛拉基，约珥，哈巴谷，何西阿，弥迦和约拿[1]，等等。

一个俄罗斯移民正站在阿拉德中心广场的一角，脚下人行道上放着敞开的小提琴盒，等待收费。那旋律轻柔，辛酸，令人想起散落着小木屋的杉树林、溪流和草地，使我不禁回忆起我和母亲一起坐在我们那烟熏火燎的小厨房，拣滨豆或是剥豌豆时母亲讲的那些故事。

但阿拉德中心广场这里，沙漠日光赶走了幽灵，驱散了任何关于杉树林和雾蒙蒙秋天的回忆。这个音乐家，他那颤动着的灰白头发，浓密的白胡须，令我有些想起阿尔伯特·爱因斯坦，也有点想起在守望山教过我母亲哲学的施穆埃尔·雨果·伯格曼，实际上，我自己也于 1961 年跟他在吉瓦特拉姆校园读过书，听他令人难忘地讲授"从克尔恺郭尔到马丁·布伯的对话哲学"。

两个年轻女子，可能有南美血统，一个身材纤细，身穿半透明

---

1 此处街名均依照中文版《圣经》和合本的译名翻译而成，但在行文中，多采用现代希伯来文音译，或者根据英文姓名译名手册译出。其中"西番亚"即为"泽弗奈亚"。

上衣和一条红裙，另一个却穿着裤套装，皮带搭扣一应俱全。她们在音乐家面前止住脚步，听他拉了一两分钟。他在拉琴时，双眼紧闭，没有睁开。两个女子悄悄嘀咕了一下，打开手包，各往琴盒里放了一谢克。

身材纤细的女子，上嘴唇向鼻子略微耸起，说：

"但是你从哪儿知道他们是不是真正的犹太人？听说，来到这里的俄罗斯人中有一半是非犹太人，只是想利用我们离开俄罗斯，到这里自由自在地生活。"

她的朋友说：

"关我们什么事，谁想来就来，让他们在大街上卖艺。犹太人，俄罗斯人，德鲁兹人，格鲁吉亚人，对你来说有什么区别吗？他们的孩子会成为以色列人，会去服兵役，吃皮塔饼加肉排和泡菜，还得偿还抵押借款，终日叫苦连天。"

红裙子说：

"你怎么回事，萨利特，要是谁想来就由着他来，包括外国工人、加沙和占领地的阿拉伯人，那么谁会——"

但是下面的谈话渐渐向着购物中心停车场方向远去。我提醒自己今天没有任何进步，已经不是晨曦初露了。回到书房，热气已经开始升腾，夹着尘土的风把沙尘吹进了屋里。我关上窗子和百叶窗，拉上窗帘，堵住每个缝隙，就像儿时带我的格里塔·盖特那样，格里塔还是一位钢琴老师，总是习惯于把房子封得严严实实的，把它变成一艘潜水艇。

这个书房是阿拉伯工人建的，年头不是很多。他们铺地，用水准仪测量。他们安装门框和窗框。他们把管道和电线都埋在墙里，安装插座以装电话。一个喜欢歌剧的大块头木匠，制作碗橱和书架。承包商是个罗马尼亚移民，快六十岁了，为造花园不知从哪里运来一卡车肥沃的泥土，把泥土撒在始终躺在这些山丘上的石灰、白垩、燧石和盐碱中，就像在伤口上贴块膏药。在这些上好的泥土中，以前住户种下的灌木、树木和草坪得到了我的全力呵护，但没有得到过多的爱，因此这座花园没有经历以前那座花园的命运，我和父亲出于好意置那座花园于死地。

几十个拓荒者，包括喜欢沙漠的孤独者，或者寻找孤独的人，以及几对年轻夫妇，在60年代初期来这里定居，成为矿工、采石场工人、正规军军官和工业工人。洛娃·埃利亚夫和其他一些为犹太复国主义激情所左右的城镇规划者，筹划、草草设计并立即建造了这座小城，它设有街道、广场、林荫道和花园，离死海不远，在20世纪60年代早期这地方是个人迹罕至的偏僻所在，没有一条主要公路、水管管道或是电力供应，没有树木，没有小径，没有楼群，没有住所，没有生命迹象。就连当地贝督因定居点，多数也出现在小城建立之后。建造阿拉德小镇的拓荒者热情高涨，缺乏耐性，唠唠叨叨，忙得不亦乐乎。他们没经过仔细思考，便脱口发誓"征服荒野，制服沙漠"。

有人开着一辆小红车从房前经过，他在角落的信箱前停了下来，把我昨天寄的信取出。还有一个人来换掉对面人行横道上一块破碎的路缘石。我必须找到某种方式向他们、向所有的人表示感谢，就像一个举行成年礼[1]的男孩在犹太会堂当众向所有曾帮助过他的人表示感谢：索妮娅姨妈，亚历山大爷爷，格里塔·盖特，

---

[1] 成年礼，犹太男子年满十三岁时举行的一种受诫典礼仪式，意味着他已经成年。

杰尔达老师，当我在服装店深陷黑号子间时营救我的那个眼袋浮肿的阿拉伯人，我父母，扎黑先生，隔壁的伦伯格先生，意大利战犯，与细菌作战的施罗密特奶奶，伊莎贝拉老师和她的群猫，阿格农先生，鲁德尼克夫妇，克里亚特莫兹金的车夫外公，沙乌尔·车尔尼霍夫斯基先生，莉兰卡·巴-萨姆哈，我的妻子，我的孩子，我的孙子孙女，营造这座房子的建筑工人和电工，木匠，报童，红色邮车里的人，在广场角落拉小提琴令我想起爱因斯坦和伯格曼的音乐家，今天早晨破晓前看到的贝督因妇女和三头山羊，或许我只是想象自己看到了他们，还有写下《犹太教和人文主义》的约瑟夫伯伯，害怕发生另一场大屠杀的邻居施穆埃里维其，他的外孙女、昨天弹奏《月光奏鸣曲》的丹尼埃拉，昨天又和阿拉法特谈判希望即或如此也要寻找某种妥协方案的西蒙·佩雷斯部长，还有那只时而光顾我的柠檬树的翠绿鸟儿，还有柠檬树本身，尤其是日落时分沙漠上的沉寂，越来越多的沉寂隐藏其中。这是我今天早晨的第三杯咖啡了，够了。我把空杯子放在桌子边上，倍加小心，免得发出丝毫噪声，打破尚未消失的沉寂。现在我将坐下来写作。

# 40

那天早晨，我平生第一次看到那样一所房子。

房子四周环绕着厚厚的石墙，石墙掩映着藤蔓和果树成荫的果园。我惊奇的目光本能地寻找生命树和智慧树。房前有一口水井坐落在宽敞的平台中央，平台地面用一块块淡粉中带有微蓝的平滑石板铺设而成。郁郁葱葱的藤蔓遮住了平台的一角。几只石凳和一张低矮的石桌诱使你在枝蔓缠绕的凉亭下逗留，在藤荫下小憩，聆听夏日蜜蜂嘤嘤嗡嗡，果园中的鸟儿歌吟，流水涓涓——在凉亭一角，有个五角星状的石头水池，池内镶着一排饰有阿拉伯文字的瓷砖，在池子中央，泉水汩汩涌流，一群群金鱼在一簇簇水莲中缓缓地游动。

我们三人激动、礼貌而谦卑地从平台沿着石阶走向宽大的游廊，北边老城的尖塔和圆屋顶可尽收眼底。游廊周围散落着带坐垫的木椅、脚凳，还有几张小巧的镶有马赛克图案的桌子。在这里，如同在平台一样，你会感到一种伸开四肢拥抱城市风光的冲动，在绿叶荫下打盹，要么就是平静地吮吸着山石的静谧。

但是我们没有在果园里或凉亭下或游廊上停留，而是摁响了两扇铁门旁边的门铃，铁门漆成了红褐色，上面精巧地雕刻出姿态万方轮廓分明的石榴、葡萄、弯曲缠绕的蔓藤，还有匀称的花朵。当我们等候开门时，斯塔施克先生再次转身冲我们把手指放在唇边，仿佛向玛拉阿姨和我发出最后的警告信号：要有礼貌！要沉着！要得体！

　　宽敞的客厅里，靠四面墙都放着柔软的沙发，雕有图案的木质靠背你换着我找挨着你。家具上雕有树叶、蓓蕾和花朵，仿佛屋里的一切代表着环绕着它的外部花园和果园。沙发面采用的是红色和天蓝色配在一起的各式条状织品，每个沙发上都放有五颜六色的绣花靠垫，地板上铺着豪华的地毯，其中一块织有天堂群鸟图。每个沙发前面都放着一张矮桌，上面放有一个圆形大金属托盘，每个托盘都雕刻着形式多样华丽精美的抽象图案，令人想到弯弯曲曲的阿拉伯文字母，实际上它们倒是可以很好地体现阿拉伯碑文的特征。

　　客厅两侧开了六至八扇门，墙上悬挂着挂毯，挂毯之间灰泥可见，也饰有花案，有粉红、丁香紫和浅绿等各种颜色。在顶棚上到处悬挂着古代武器作为装饰，大马士革剑、短弯刀、匕首、长矛、手枪、长筒火枪、双筒步枪。在紫红色和柠檬色沙发之间，正对着门口，放着一个装饰华美、颇具巴洛克风格的棕色大餐柜，餐柜犹如一座小型宫殿，一个又一个的玻璃门格子里摆放着瓷杯、水晶高脚杯、银制与黄铜高脚杯，以及许多希伯伦和西顿的玻璃饰品。

　　两窗之间的墙上，有个深深的壁龛，里面摆放着一只绿色花瓶，花瓶上镶着一层珍珠母，插着几根孔雀羽毛，其他壁龛里放着大黄铜壶和玻璃或陶制酒杯。屋顶上吊着四台大风扇，不住地发出黄蜂般的嗡嗡声，搅起乌烟瘴气的空气。吊扇中央，一个富丽堂皇的大型黄铜枝形吊灯从屋顶伸出枝蔓，犹如一棵枝杈横生的大树，粗壮的枝丫、细嫩的枝条以及纤柔的卷须上，一并闪烁着钟乳石般的晶莹水晶，还有许多梨形灯泡闪闪发亮，尽管夏日上午的光从敞开的窗口倾泻至屋中。窗子上方的拱形部分安装着彩色玻璃，代表着三叶草花环，逐一呈现出不同颜色的日光：红色、绿色、金色、紫色。

挂在墙壁支架上的两只笼子遥遥相对，笼子里有两只严肃的鹦鹉，它们的羽毛五彩缤纷，橘黄、青翠、黄、绿、蓝，其中一只时不时发出粗嘎的叫喊，像个烟鬼："请！请！好好的！"房间另一边的另一只笼子里便会立即传出甜美的女高音，用英语回答说："啊，太甜美了！太可爱了！"

门窗过梁上，雕花灰泥上，用弯弯曲曲的阿拉伯文雕刻着《古兰经》经文或一行行诗句，墙上挂毯之间悬挂着一幅幅家族照片。他们当中有身材臃肿、胖胖的脸庞刮得干干净净的官老爷，头戴飘着长黑缨的红色圆筒形无边毡帽，身穿笨重的紧绷绷的蓝套装，挂在身上的金链斜跨肚子消失在马甲口袋里。他们的前辈留着八字须，样子专横武断，神情愠怒，颇显责任感，令人敬畏，仪表堂堂，身穿绣花长袍，头戴闪闪发亮的白头巾，并用黑环圈卡住。也有两三个骑马的人，令人生畏的大胡子男人骑在威武雄壮的马上急速驰骋，头巾向后飘去，马鬃上热汗流淌。他们的皮带上插着长匕首，短弯刀挎在一旁，或在手中舞动。

从这间招待大厅深陷进去的窗子里，朝东北方看去，便是守望山和橄榄山，一片矮松林，多石的山坡，俄菲勒丘陵，还有奥古斯塔维多利亚救济院，它的高塔像一顶威严的钢盔，戴在普鲁士人那倾斜的灰屋顶上。奥古斯塔维多利亚稍左一点耸立着一座带有窄小观察孔的城堡式建筑，这就是我父亲工作的国家图书馆，周围依次排列着希伯来大学的其他建筑和哈达萨医院。天际线下，可见一些石屋散落在山坡上，一小群一小群的牲畜出没于卵石和荆棘丛生的田野，间或有几棵老橄榄树，仿佛被活生生的世界抛却很久，失去了生命力。

1947 年夏天，我父母到纳塔尼亚看望一些熟人，把我留给了斯塔施克叔叔、玛拉阿姨以及肖邦和叔本华一起度周末。（"你在那里要好好的！不许做坏事！听话！在厨房给玛拉阿姨搭把手，不要打扰斯塔施克先生，别闲着，拿本书看看，别碍他们的事，安息日早晨让他们多睡一会儿！像金子般纯正！世上无难事，只怕有心人！"）

作家哈伊姆·哈扎兹[1]曾经宣布说，斯塔施克先生应该废掉他的波兰名字，它"有点集体灭绝的味道"，劝他使用斯塔夫一名，希伯来文意为"秋天"，因为它听起来有点像斯塔施克，但是有某种《雅歌》的味道。因此，玛拉阿姨在贴在家门的小卡片上写道：

**玛尔卡和斯塔夫·鲁德尼基**
**固定休息时间**
**请勿打扰**

---

1 哈伊姆·哈扎兹（1898—1973），著名希伯来语小说家。

斯塔施克叔叔是个体格健壮的男子，双肩强健有力，两个大黑鼻孔毛茸茸的，像个山洞，眉毛浓密，其中一道总是颇具讽刺意味地耸立着。他的一颗门牙已经脱落，给他增添了几分恶相，尤其是在微笑时。他靠在耶路撒冷中心邮局挂号信件部门工作谋生，闲暇之际在小卡片上积累资料，为的是做有关中世纪希伯来语诗人、罗马的伊曼纽尔的一项独创性研究。

乌斯塔兹·纳吉布·马穆杜·阿里-希尔瓦尼住在耶路撒冷东北部的谢赫贾拉地区，是个家道殷实的商人，给几家法国大公司在本地做代理，这些公司的生意一直做到亚历山大和贝鲁特，再从那里扩展到海法、纳布卢斯和耶路撒冷。夏天伊始，一张大额汇款单或银行汇票，要么就是某种股份证书不翼而飞。嫌疑落在了爱德华·阿里-希尔瓦尼，乌斯塔兹·纳吉布的长子兼希尔瓦尼及子公司的合伙人身上。犯罪调查处处长助理亲口告诉我们，年轻人遭到盘问，后来被送到海法的羁押候审所，以便做进一步盘问。乌斯塔兹·纳吉布想方设法营救儿子，最后在绝望中去求助邮政总局局长肯尼思·奥维尔·诺克斯-吉多福德先生，祈求他再次开始查询一封丢失的挂号信，他发誓说那是他在去年冬天亲自所寄。

不幸的是，他不知把收据放在了何处。那东西像是给魔鬼本人侵吞了。

肯尼思·奥维尔·诺克斯-吉多福德先生使乌斯塔兹·纳吉布确信他对此事深表同情，但是忧心忡忡地向他坦言，找到信封的希望微乎其微，然后委托斯塔施克·鲁德尼基先生执行一项任务，调查事情原委，弄清几个月前寄出的一封挂号信的可能命运，那封信可能有也可能没有，可能丢了也可能没丢，是在寄信人和邮局账簿上都没有留下任何凭据的一封信。

斯塔施克叔叔立即展开调查，发现不但找不到这封信的登记记录，而且那整一页账簿被小心翼翼地撕掉了，没有任何痕迹。这立刻引起斯塔施克的怀疑。他开始询问，并找到了当时是哪位职员在挂号柜台值班，并且询问其他员工，直至得知最后看见那一页记录是在什么时候。很快便确认了罪犯。（一个年轻人把信封拿到灯下，看到里面的支票，便挡不住诱惑了。）

于是物归原主，年轻的爱德华·阿里-希尔瓦尼从拘留所中获释，一向令人尊敬的希尔瓦尼及子公司的名誉丝毫无损，而亲爱的斯塔夫先生与夫人在周六上午被邀请到谢赫贾拉地区的希尔瓦尼别墅共饮咖啡。至于那个可爱的孩子，朋友的儿子，星期六上午无人看管，得跟他们待在一起，当然，这不成问题，他必须跟他们待在一起，整个希尔瓦尼家族正迫不及待地等着向斯塔夫先生表达谢意，感谢他的办事效率与诚实正直。

于是星期六吃过早饭，就在出发之前，我穿上自己最好的衣服，衣服是父母专门留在玛拉阿姨家里准备让我出门时穿的（"阿拉伯人非常重视外表！"父亲强调说）：光亮耀眼的白衬衫，刚刚熨过，袖子挽得恰到好处；海军蓝裤子上的裤线整齐清晰；样子古板的黑皮带上的搭扣亮晶晶的，不知何故，形状像庄严的双头俄罗斯雄鹰。我脚上穿了一双凉鞋，斯塔施克叔叔用擦拭他和玛拉阿姨最好鞋子的鞋刷和黑鞋油将它擦得锃亮。

尽管八月天气炎热，斯塔施克叔叔执意要穿他那身藏青毛质套装（那是他唯一一套套装），雪白的丝绸衬衣，那件衬衣从十五年前在他罗兹父母家中就伴他一起旅行，并且系上了婚礼那天系的不起眼的蓝色丝绸领带。而玛拉阿姨呢，则在镜子面前折腾了四十五分钟，试穿晚装，改变主意，再试一条黑色的百褶裙，配一件浅色上衣，又改变了主意，穿上最近买的有点女孩子气的夏天连衣裙来端详自己，或饰以一枚胸针和一条丝巾，或戴上项链，摘下胸针和丝巾，或戴项链别一枚新胸针摘下丝巾，戴不戴耳环呢？

突然，她觉得穿那条矫揉造作的夏天连衣裙，脖子四周绣着花，出席这种场合太轻浮，太土气了，于是重新穿上最早穿的那件晚礼服。玛拉阿姨在危难中，向斯塔施克先生求助，甚至向我求助，要我们发誓说实话，只说实话，然而那是痛苦的：大热天穿这样一套正式礼服去做一次非正式的拜访是不是太讲究太夸张了？她的发型是否得体？我们对她的头发有何评价，真实的评价，她是该把辫子盘在头顶，还是不编辫子，把头发披到肩膀，是这样，还是那样？

最后，她勉强决定穿一条朴素的棕色长裙，一件长袖上衣，佩戴一枚漂亮的绿松石胸针。一副浅蓝色的耳坠，衬托她美丽的眼睛。她把头发散开，任其自由自在地披在肩上。

路上，敦实的身子难受地挤在笨重西装里的斯塔夫叔叔向我解释说，生活中的一些情形起源于文化之间的历史差异。希尔瓦尼家族，他说，是个备受尊敬的欧洲化家庭，男人们都在贝鲁特和利物浦受过非常好的教育，都能讲一口流利的西方语言。而我们呢，也绝对是欧洲人，但是也许我们这些欧洲人在观念上略有不同，比如说，我们不太看重外表，而只注重内在文化和道德价值。即使是像托尔斯泰一样的盖世奇才也会毫不犹豫地穿着农民服装走动，列宁那样伟大的革命家最瞧不起中产阶级的穿戴方式，情愿穿皮夹克，戴工人帽。

我们拜访希尔瓦尼别墅不是像列宁去探望工人，或者像托尔斯泰在淳朴的农民当中，而是一个特别的时刻。斯塔施克叔叔解释说，令我们颇为敬重颇为文明的阿拉伯邻居，多年吸收了较多的欧洲文化，在他们眼中，我们现代犹太人被错误地描绘成某种吵吵嚷嚷的乌合之众，粗野的乞丐，缺乏礼貌，尚未有资格站在文化教养阶梯的末端。就连对我们的一些领袖，阿拉伯邻居也是用否定的观点来看待他们，因为他们穿着简朴，举止粗鲁，不正规。在邮局工作时，有那么几次他在前台和幕后均有机会观察新希伯来人的风格，穿拖鞋和卡其布装，挽起袖子，露着脖子，我们认为这具有拓荒者之风，民主，平等，但是在英国人看来，尤其是在阿拉伯人看来，则为不雅，或者是某种举止粗俗，显得对他人不敬，蔑视公共服务。当然，这一印象大错特错，无须重复我们信仰生活简朴，信仰随遇而安，抛弃一切外在炫耀，但在目前这种情况中，去拜访一个赫赫有名备受敬重的家庭，以及类似的场合里，我们应该举止得体，就像我们接受委托执行外交任务。因此，我们得倍加注意我们的外表、举止以及说话方式。

比如，斯塔施克叔叔坚持说，在这样的聚会里，小孩子，乃至青少年，无论如何不要加入成年人的谈话。如果，只是如果，有人和他们说话，他们应尽量礼貌而简短地回答。如果上了甜点，孩子应该只选择不掉渣不洒的东西。如果再给他，他应该有礼貌地谢绝，纵然他很想再拿。整个拜访过程中，孩子应该笔直地坐在那里，不要死盯着什么东西，尤其重要的是，无论如何不要做鬼脸。他向我们断言，尤其是在阿拉伯世界，大家都知道它极端敏感，容易被伤害，被冒犯，甚至（他认为）容易复仇，任何不适之举不但没有礼貌，破坏信任，而且可能会损害日后两个睦邻民族之间的相互理解；这样——他喜欢这样的话题——在民族与民族之间有爆发流血武装冲突危险的焦灼时期，便会加深敌意。

总之，斯塔施克先生说了许许多多，也许它远远超过一个八岁孩子的负载能力，说今天上午也依靠你，依靠你的智慧和得体的举止。顺便说一句，我亲爱的玛兰卡，最好在那里什么也别说，除了必要的客套，干脆一言不发。众所周知，在我们阿拉伯邻居的传统中，如同在我们先祖的传统中一样，一个女人突然在一群男人面前张嘴说话是绝对绝对不能接受的。因此，我亲爱的，在这一时刻，你应该好好让你与生俱来的良好修养与女性魅力为你说话。

于是，早上十点开始执行这一小小的外交任务，既辉煌又对基本情况了如指掌，从先知街和钱塞勒大街的交界处、花店旁鲁德尼克夫妇家的一间半房子出发，把肖邦、叔本华、瞎鸟阿尔玛-米拉贝拉和油彩松果撇下不管，开始向东行进，去往坐落在谢赫贾拉北区、通往守望山路上的希尔瓦尼别墅。

我们路上首先经过的是塔巴屋墙，那里一度是一个性情古怪的德国建筑师康拉德·希克的家。康拉德·希克是个热爱耶路撒冷的基督徒，他在大门上造了一个塔楼，我经常围绕它编织各种关于骑士和公主的故事。我们从那里顺着先知街前行，来到意大利医院，那城堡形的塔座和砖砌穹顶，使人断定它是依照佛罗伦萨宫殿的模式建构而成的。

在意大利医院门前，我们没说一句话，向北拐向圣乔治大街，绕过居住着极端正统派犹太教徒的梅施阿里姆区，走进柏树、护栅、飞檐和石墙世界的深处。这是另一个耶路撒冷，一个我几乎毫不知晓的耶路撒冷，阿比西尼亚人、阿拉伯人、朝觐者、土耳其人、传教士、德国人、希腊人、冥想者、亚美尼亚人、美国人、修士、意大利人、俄国人的耶路撒冷，松树郁郁苍苍，可怕然而富有吸引力，钟声悠扬，张开魔法之翼，不容你靠近，因为它们陌生并充满敌意，一座蒙面城市，隐藏着危险的秘密，到处是十字架、塔楼、清真寺和不可思议的东西，一座带有尊严的沉寂城市，陌生教派的神职人员身披黑色大氅，穿着神职人员的衣装，像黑影轻快地穿过大街小巷，修士和修女，卡迪和宣礼员，名人要员，敬神者，朝觐者，蒙面女以及身着蒙头斗篷的教士们。

1947 年夏天的一个星期六早晨，再过几个月耶路撒冷就要爆发流血冲突，还有不到一年英国人就要离去，还没有发生围困，炮轰，停水事件，城市还没有一分为二。在我们走向谢赫贾拉区希尔瓦尼家的那个星期六，一种孕育着的沉静仍然滞留在整个东北部地区。但是，你可以感受到沉静当中暗示着些许焦躁，一股捉摸不定的压抑着的敌意。三个犹太人，一男，一女，一小孩在这里干什么，他们从哪里出其不意地冒了出来？既然你们已经到此，到了城市的这一边，也许不应在这里逗留很长时间。赶紧溜过这些街道，趁着还有安宁……

我们到的时候，大厅里已经有了十五到二十个客人和主人的家里人，仿佛在香烟烟雾中徘徊，多数人坐在墙壁四周的沙发上，少数三三两两站在角落里。他们当中有肯尼思·奥维尔·诺克斯－吉多福德，邮政局局长，即斯塔施克叔叔的老板，他正和一些先生站在那里，轻抬眼镜算是和斯塔施克叔叔打了招呼。通向里面房间的门多被关上，但是透过一扇半开的门，我看见三个与我年龄相仿的小姑娘身穿长裙，挤坐在一条小板凳上观察客人，并小声说着什么。

主人乌斯塔兹·纳吉布·马穆杜·阿里-希尔瓦尼给我们介绍了几位家人和其他一些客人，男男女女，其中有两位身穿灰色西装的中年英国女士，一位年事已高的法国学者，还有一个身穿长袍留着一撮弯曲胡子的希腊神职人员。主人一一赞美他的客人，时而用英语时而用法语，并用两三句话解释尊敬的斯塔夫先生消除了一连几个黑色星期困扰着希尔瓦尼家族的忧愁。

我们一一握手，聊天，微笑，微微欠身低声说"真不错"，"可爱"，以及"见到你很高兴"。我们甚至送给阿里-希尔瓦尼家族一件朴素而富有象征意义的礼物，一本反映基布兹生活的画册，照片中有公共食堂日常生活场景，有田间和乳品加工厂的拓荒者，一丝不挂的孩子在洒水车周围快乐地嬉逐，水花飞溅，一个阿拉伯老农一边紧紧抓住毛驴缰绳，一边看着庞大的拖拉机卷着滚滚烟尘从旁边经过，留下了车辙。每一幅照片都带有希伯来语和英语说明文字。

乌斯塔兹·纳吉布·马穆杜·阿里-希尔瓦尼先生一页接一页地翻着画册，愉快地微笑，频频点头，仿佛他终于领会了摄影者在照片里所要表达的含义。他向客人致谢，把画册放进墙上的一个壁龛里，也许是窗台。调门高的鹦鹉突然在笼子里用英语唱了起来："谁是我的命运之神？谁是我的王子？"屋子那边的粗嗓门鹦鹉用阿拉伯语回应道："先生，安静！先生，安静，先生！"

我们坐在角落里，头顶墙壁上悬挂着两把十字剑。我试图猜出谁是客人，谁是这家里的人，但猜不出来。多数人五六十岁，一个特别老的人身穿一套棕色旧西装，袖口已经破损。他满脸皱纹，双颊凹陷，银髭让烟熏得发黄，涂了灰泥般的嶙峋手指也是一样。

他酷似墙上悬挂的镶金框中的某些肖像。他是祖父吗？甚至曾祖父？因为在乌斯塔兹·纳吉布·马穆杜·阿里-希尔瓦尼先生左边还有一个老人，他青筋突出，身材高大，驼背，样子像折断的树桩，深褐色的脑瓜顶上盖着一层刺毛。他不修边幅，条纹衬衣只扣了一半，裤子也显得过于肥大。我想起妈妈故事里讲的阿里路耶夫老人，在他的茅舍里照管一个甚至更老的人。

　　几个年轻人身穿白色网球运动服，两个四十五岁左右大腹便便的男人像对双胞胎，懒洋洋地并肩坐在那里，半睁着眼睛，一个摆弄一串琥珀安神念珠，而他的兄弟一支接一支地抽烟，为编织悬在空中的灰色幕帐做着贡献。除两位英国女士外，还有别的女人坐在沙发上，或是在屋内来回周旋，小心翼翼切勿撞到打领结的仆人身上，他们端来冷饮、蜜饯、一杯杯茶和小杯咖啡。难以判断谁是家里的女主人，几个女人仿佛都像在家里那样无拘无束。一个身材高大的女人穿一条花丝绸长裙，颜色与插有孔雀羽毛花瓶的颜色一模一样，肥胖的胳膊上佩戴着银手镯，每动一下，手镯上的饰物都会叮当作响，她站在那里热情地和一些穿网球衫的年轻人说话。另一位女士，身穿一条棉布长裙，硕果累累的花案衬得她的前胸和双腿更加浑圆，伸手接受主人轻轻的亲吻，随即在他的脸颊上亲了三下，右边一下，左边一下，右边再一下。还有一个年纪更大一点的老太太，长着隐隐约约的八字须和两个毛茸茸的大鼻孔，还有一些年轻貌美的姑娘，胯骨窄小，留着红指甲，不住地窃窃私语，发式优雅，裙装花哨。斯塔施克·鲁德尼基身穿十五年前和他一道从罗兹移民来的那套黑色公使西装，他的太太玛拉身穿棕色长裙，长袖衬衫，佩戴耳坠，在这个屋子的人中穿得最为正式（侍者除外）。就连邮政局局长诺克斯-吉多福德先生也穿着一件朴素的蓝衬衫，没穿外套，没系领带。突然，声音像大烟鬼的鹦鹉在大厅一边的笼子里用法语叫了起来："可也是，可也是，亲爱的年轻女士，可也是，绝对，当然了。"另一边立刻传出娇滴滴的女高音的回应："安静！安静，不要吵！请不要吵！先生！"

那些身穿黑、白和红色衣装的侍者时不时在烟雾中出没，端来一碗碗杏仁、胡桃、花生米、南瓜子和西瓜子，一盘盘热乎乎的油酥点心、水果，一片片西瓜，小杯小杯的咖啡，一杯杯热茶，盛在高脚杯里的一杯杯飘着冰霜的果汁，加冰块的石榴汁，还有飘着肉桂香气、撒着一层碎杏仁的小碗牛奶冻，试图诱惑我们。但我只拿了两块饼干和一杯果汁便心满意足了，礼貌而坚决地拒绝了后来所有的美味佳肴，想着身为一名初级外交官应该履行的义务，接受正在疑惑地仔细审视我的另一种重要力量的款待。

阿里-希尔瓦尼先生在我们身边停住脚步，和玛拉阿姨及斯塔施克先生用英语说了几分钟话，打趣，微笑，也许在赞美阿姨的耳坠。后来，他借故去照应其他客人时，稍做踟蹰，突然转身向我面带和蔼的微笑，用结结巴巴的希伯来语说：

"这位小先生想去花园吗？那里有些孩子。"

除喜欢叫我殿下的父亲，以前任何人也没有管我叫过先生。在那令人自豪的瞬间，我确实把自己视作一位希伯来绅士，其身份与外面花园里那些小绅士一样高贵。当希伯来国家最终建立时，父亲经常激情澎湃地引用弗拉基米尔·杰伯廷斯基的话，我们的国家能够加入礼仪之邦，"犹如一头雄狮面对群狮"。

我于是犹如面对群狮的一头雄狮，离开乌烟瘴气的房间。我从宽敞的走廊饱览老城城墙、高塔和穹顶，而后带着强烈的民族意识，缓慢而专横地走下石阶，走向爬满蔓藤的凉亭，走向果园。

## 41

在凉亭里，有五六个十五岁左右的女孩子。我避开她们。接着一些男孩子吵吵嚷嚷地从我旁边走过。一对青年男女在树下散步，说着悄悄话，但谁也没碰谁。在果园的另一边，墙角附近，一棵桑树枝繁叶茂，有人在它粗糙的树桩旁边搭了一条长凳，一个面色苍白的女孩正双膝并拢坐在那里。她黑头发，黑睫毛，脖子细长，双肩瘦削，剪短的头发垂到额头，在我看来，那额头被某种好奇而快乐的光从里面照亮。她身穿一件米色上衣，外面是条宽带海军蓝长裙，上衣领口别了一枚象牙胸针，令我想起施罗密特奶奶的胸针。

乍看之下，这个女孩好像与我年龄相仿，但是她微微隆起的外衣，不再幼稚的好奇目光，还有那目光与我的目光相遇时露出的警觉（在我的眼睛尚未移开的刹那），表明她一定比我大两三岁，大概有十一二岁。然而我还是设法看到，她的两条眉毛又粗又黑，几乎连在了一起，与精致的五官形成鲜明对照。她脚下有个小孩，大约三岁的鬈发男孩，可能是她的弟弟，他跪在地上，全神贯注地捡地上的落叶，并把它们排成一个圆圈。

我壮着胆子，一口气向这个女孩倾泻出自己所知道的全部法语词汇的四分之一，也许不像一头雄狮面对群狮，却比较像楼上房间的一只鹦鹉。我甚至有意无意地微微欠身，渴望建立联系，这样便可以消除所有偏见，促进我们两个民族之间的相互和解。

　　"小姐，你好。我是阿摩司。你呢，小姐，请问你叫什么名字？"

　　她看看我，没有微笑，两道耸起的眉毛令她显得神情严峻，与年龄不相称。她点了几下头，仿佛做了决定，同意自己的做法，考虑再三，确认了结果。她的海军蓝裙摆垂到了膝下，但映入我眼中的却是她褐色的腿肚，在裙摆和配有蝴蝶搭扣的鞋子中间，光滑而女性化，已经成熟。我的脸一下子红了，又一次避开目光，看着她的小弟弟，小弟弟默默地看着我，没有猜疑，然而也没有微笑。他那黝黑冷静的面庞突然显得和她一模一样。

　　父母、邻居、约瑟夫伯伯、老师、叔叔、阿姨告知我的一切，还有种种谣传，那一刻重又响彻在我的耳畔。他们在安息日，在夏日夜晚，在我们家后院喝茶时谈论的关于阿拉伯人和犹太人之间日益加剧的冲突、不信任与敌意，英国人的阴谋诡计种下的恶果，穆斯林中的激进分子煽风点火说我们如何可怕，激起阿拉伯人对我们的仇恨。我们的任务，罗森多夫先生曾经说，是打消疑虑，向他们解释说我们实际上是正面甚至友好的民族。总之，某种使命感赋予了我勇气，向这个陌生姑娘说话，并试图开始和她交流。我是想用几个富有说服力的词语向她说明，我们的动机多么纯真，在两个民族内部搅起冲突的阴谋多么可憎，整个阿拉伯民众——具体表现为这个嘴唇精巧的女孩——花点时间，与彬彬有礼并令人愉快的希伯来人相处，该有多好，而我，则是这个希伯来民族的具体体现，一个能说会道的使者，年仅八岁——快八岁了。

但是，我事先没有想过，我在开场白里把储备的外国词语快用完了，这之后我该怎么办。我怎样启迪这个健忘的女孩，让她一劳永逸地理解犹太人返回锡安是正义之举？用手势？用肢体语言？我怎能不用语词就可以使她承认我们回归土地的权利？我怎能，不用语言，就可以为她翻译车尔尼霍夫斯基"啊，我的土地，我的故乡"？或是杰伯廷斯基"那里，阿拉伯人，拿撒勒人和我们／将在欢乐中痛饮／约旦河两岸／飘扬着我们那纯洁的旗帜"？总之，我就像那个傻瓜，知道怎样把兵向前走两格，不假思索地做了，但这之后丝毫也不知道下棋规则，甚至连棋子的名称也不知道，也不知道怎样走子，上哪儿走，为什么走。

迷失。

但是女孩子回答了我，用的确实是希伯来语，她没有看我，双手张开放在裙子两侧的凳子上，眼睛盯着她的小弟弟，他正躺在叶子中央的一块小石头上。

"我叫阿爱莎。那个小家伙是我弟弟阿瓦德。"

她还说：

"你是邮局客人家的儿子？"

于是，我向她解释说我绝对不是邮局客人家的儿子，而是他们朋友的儿子。我父亲是个相当重要的学者，一个乌斯塔兹，我父亲的伯父甚至是个更为重要的学者，甚至举世闻名，是她那位令人尊敬的父亲阿里-希尔瓦尼先生本人建议我到花园里来，和家里的孩子们说说话。

阿爱莎纠正说，乌斯塔兹·纳吉布先生不是她的父亲，而是她母亲的舅舅，她和她的家人不住在谢赫贾拉，而是住在塔里比耶，她本人跟热哈维亚的一位钢琴老师已经上了三年钢琴课，她跟老师和其他学生学了一点点希伯来语。希伯来语，那是一门优美的语言，热哈维亚区很美，井然有序，很安静。

塔里比耶也井然有序，还安静，我忙不迭地回答，报之以一个又一个的赞美。也许她同意和我说说话？

我们不是已经说话了吗？（她的嘴角迅速闪过一丝微笑。她用双手拉直裙摆，放下交叉着的双腿，接着又把腿交叉在一起。有一刻她的膝盖又露了出来，那是已经成熟了的女人的膝盖，接着她的裙子又拉平了。她的目光现在有点向我的左侧转移，花园墙透过树木在窥视我们。）

我于是采用一种具有代表性的神情，亮明自己的观点：以色列的土地足以供两个民族居住，要是他们能够明智一些，和平共处相互尊敬就好了。不知是出于不好意思，还是出于妄自尊大，我不是用自己的希伯来语和她说话，而是用父亲和他客人们的希伯来语，正式，优雅，就像一头驴穿上礼服，脚踏高跟鞋。出于某种原因，我确信这是向阿拉伯人和女孩子说话的唯一合适方式。（我以前几乎没有任何机会和一个女孩或者和阿拉伯人说过话，但是我想象，在这两种情况下，需要一种特别的斯文，就像踮着脚尖说话。）

很明显她的希伯来语知识不甚宽泛，不然就是因为她的观点和我的相左。面对我的挑战，她没有做出回应，而是选择了岔开话题。她对我说她哥哥在伦敦，将来要做"事务律师和出庭律师"。

我有些趾高气扬，分明是在代表着什么，问她长大之后想学什么，比如说在什么领域，从事什么职业。

她直视我的眼睛，在那一刻我没有脸红，而是脸色煞白。我立刻转移了自己的视线，看着地上，她那个勤奋的小弟弟已经在桑树下用树叶圈起了四个标准的圆圈。

你呢？

嗯，你知道，我说，依旧站在那里，面对着她，两只湿乎乎的冷手在短裤上来回揉搓，嗯，你知道，是这样——

也许你也要做一个律师。从你说话的方式上看。

你为什么这么想？

她没有回答，说，我要写一本书。

你？你要写什么书？

诗歌？

诗歌？

用法文和英文。

她也用阿拉伯语写诗，但是她从来没给任何人看过。希伯来语也是一门优美的语言。有人用希伯来语写过诗吗？

她的话让我大吃一惊，义愤填膺，一种使命感油然而生，我在那里带感情地给她朗诵一些诗歌片段：车尔尼霍夫斯基、拉海尔、弗拉基米尔·杰伯廷斯基，还有我自己的一首诗。想起什么背什么，双手狂暴地在空中挥动，扯开嗓子，拿腔捏调，声情并茂，以姿势助说话，甚至闭上双眼，甚至她的小弟弟阿瓦德也抬起鬈发脑袋，用那双羔羊般无辜的褐色眼睛盯着我，充满了好奇，似乎还表现出一丝理解，他突然用清晰的希伯来语朗诵道："等也等啊！歇也歇啊！"与此同时，阿爱莎什么话也没说。她突然问我会不会爬树。

我激动万分，也许有点喜欢她，而且有点为做民族代言人而兴奋颤抖，渴望去做她要我做的一切，我立即把自己从杰伯廷斯基变成人猿泰山。脱下斯塔施克叔叔那天早晨为我擦得像喷气式飞机一样亮晶晶的皮凉鞋，不管不顾我那套熨得平平整整的最好行头，我纵身一跃攀上一根矮树枝，光着的两只脚丫在节节疤疤的树桩上乱爬，毫不犹豫地爬到了树上，从一棵树杈攀到高处的树杈，直奔最高处的树枝，不顾树枝划了皮肉，也不管擦伤青肿，以及桑树留下的污渍，爬得比墙还高，比别的树的树梢还高，穿过树影，爬到树的最高处，直至肚子倚在一棵歪仄的树枝上，在我身体的重压下那树枝像弹簧一样弯了下去，我的手摸索着，突然发现一根枝头上挂着个沉重铁疙瘩的锈铁链，铁疙瘩也是锈的，只有魔王知道这个东西是干什么的，怎么跑到了桑树尖上。小阿瓦德若有所思地看着我，疑惑不解，又叫了起来："停也停啊！歇也歇啊！"

显然他只懂这一点点希伯来语。

我一只手抓住那根叹息着的树枝，另一只手挥动铁链，铁球开始飞转，我口中发出狂暴的呐喊，仿佛在向下面的小女孩炫耀某种稀世果。我们是这么学的，六十代了，他们把我们视为一个可怜巴巴的民族，挤成一团诵读经书的民族，一看见阴影就恐慌不已的脆弱飞蛾，死亡之子，而现在具有男子汉气概的犹太民族终于登上舞台，灿烂夺目的新希伯来青年的力量不可一世，任何人都要在他的怒吼前发抖，像群狮中的一头雄狮。

但是，我欣喜若狂，在阿爱莎和她小弟弟面前扮演的这头令人生畏的树上雄狮没有意识到厄运正在降临。他是一头又聋又瞎又蠢的狮子。他长着眼睛，但是看不见，他长着耳朵，可是听不着。他只是挥动着铁链，叉开双腿站在摇摆的树枝上，用他的铁苹果进行越来越强的旋转，划破长空，像在电影里看见的那些英勇无畏的牛仔用套索在空中绘出一道道圆弧。

他没有看见，没有听见，没有料想到，也没有注意到，这个热情的兄弟守护人，这头正在飞翔的雄狮，纵然复仇女神已经上路，一切准备就绪，等待恐惧降临。锈铁链终端的锈铁疙瘩在空中舞动，威胁着把他的胳膊扭得脱臼。他妄自尊大，他愚蠢，正在上扬的男子汉气概对他产生着毒害，他陶醉于自负的沙文主义之中。那根支撑他进行示威的树枝已在重压下呻吟。还有，那个眉毛浓密、清秀而沉于思考的阿拉伯女孩、女诗人，正露出遗憾的微笑抬头看着他，那微笑并非出于羡慕，或是出于对新希伯来人的敬畏，是微微带有几分蔑视、顽皮而宽容的微笑，仿佛在说，这算不了什么，你所有那些努力，丝毫不算什么，我们见得比这多得多，你别想打动我们，要是你真的想让我刮目相看，你还得加倍努力。

（他在某种黑漆漆的水井深处，也许刹那间隐约想起女人服装店里的浓密森林，他穿过这座原始森林，追寻一个小姑娘，当他最终追上她时，她化作了恐惧。）

她的小弟弟依旧在桑树下，已经用落叶圈起了标准而神秘的圆圈，现在蓬头垢面，认真，显得有责任感，非常可爱，他穿着短裤和一双红鞋在蹒跚追逐一只白蝴蝶，突然桑树梢上传来可怕的咆哮，阿瓦德，阿瓦德，快跑，他也许刚好来得及抬起头，两只圆圆的眼睛盯着树上，他也许刚好来得及看到生锈的铁苹果已经摆脱铁链，正像一颗炮弹越来越大越来越黑朝他冲了过来，径直飞到孩子的眼前，它肯定会砸烂他的颅骨，倘若不是险些避开孩子的头，嗖嗖闪过孩子的鼻子，砰的一声沉闷地落到了地上，隔着那双红色的小鞋砸伤了他那只小脚，玩偶般的鞋子突然染上一层鲜血，鲜血开始从鞋带孔汩汩涌出，又从布缝和鞋头喷出。接着树上传来一声撕心裂肺的痛苦的厉声长叫，之后你的整个身体像霜凌一样瑟瑟发抖，周围的一切立刻陷入了沉寂，你好像被关进了一座冰川。

我不记得孩子姐姐把昏厥的他抱走时他脸上的模样，我不记得她是否也发出尖叫，她是否喊人帮忙，她是否和我说话，我不记得我什么时候怎样从树上下来，还是同脚下折断的树枝一起摔下来，我不记得是谁为我包扎了下巴上的伤口，鲜血滴落在我最好的衬衣上（直到现在我的下巴上还有一块疤痕），不记得在受伤孩子发出一声惨叫和雪白的床单之间发生了什么，那天晚上我依然周身发抖，下巴上缝了几针，在斯塔施克叔叔和玛拉阿姨家的双人床上像个胎儿缩成一团。

但直到今天，我确实记得，两道浓密的黑眉连在一起，高耸眉峰下的那双眼睛，如同熊熊燃烧的两块燃煤，眼神里露出厌恶、绝望、恐惧和仇恨，在厌恶和仇恨之下，还有来自头脑的某种失望的首肯，好像同意自己的看法，好像在说我立刻就了如指掌，甚至在你还没开口时，我就应该注意到，我就应该严加防范，从远处当然就可以觉察得到。像股臭气。

我模模糊糊地记得，一个毛茸茸的矮个子男人，留着撮浓密的小胡子，宽大的手镯上镶了块金表，他或许是一位客人，要么就是主人的一个儿子，粗暴地把我从那里拉开，抓住我撕破了的衬衣，几乎是在奔跑。路上，我看见一个愤怒的男人，站在铺过地面的平台中央，在水井旁边，殴打阿爱莎，没有用拳头捶，没有扇耳光，而是用手掌重重地殴打她，一下接一下，速度很慢，出手凶狠，打她的头上、后背、肩膀，还有整个脸庞，不像是在惩罚孩子，而是像在朝马身上撒气，或是朝一头不听话的骆驼撒气。

当然，我父母，还有斯塔施克和玛拉，打算和那家人联系询问阿瓦德的情况，询问他的伤势。当然，他们打算找到某种方式表达他们的难过与羞愧。他们也可能考虑做某种适当补偿。也许，对他们来说，重要的是让土人们亲眼看看我们这边也不是没受损伤，他的下巴划破了，缝了两三针。我父母和鲁德尼基夫妇甚至计划二访希尔瓦尼庄园，给受伤的孩子带些礼品，而我的任务则是匍匐在门槛，或者痛心疾首，表达一份谦恭的悔恨，向希尔瓦尼一家和整个阿拉伯民族证明，我们多么抱歉，多么惭愧，多么不好意思，但与此同时，过于宽宏大量地寻找借口，或者为具体情况辩解，足能承受所有的难堪、悔恨与愧疚。

但是，正当他们相互之间仍然在协商、争论具体的时间和方式时，或许建议斯塔施克先生去找老板诺克斯-吉多福德先生让他代表我们前去进行非正式的试探，弄清希尔瓦尼家族是否仍然义愤填膺，能否减轻他们的怒气，个人道歉是否有用，究竟采取何种态度才能使之接受我们提出的消除误会的建议，正当他们仍然制订计划探讨措施时，犹太人的重要节日到了。甚至此前，在1947年9月1日，联合国巴勒斯坦问题特别委员会提出了两个方案。[1]

在耶路撒冷，即使尚未发生暴力，也让人感到，好像一块看不见的肌肉突然收缩，再去这些地方为不明智之举。

---

1 即以加拿大为首的七国多数派提议将巴勒斯坦分成阿拉伯与犹太二国，并且将耶路撒冷置于联合国的永久信托统治下；以印度为首的三国少数派则提议在巴勒斯坦设置阿拉伯与犹太联邦国家。

于是父亲勇敢地给玛丽女王大街的希尔瓦尼及子公司的办公室打电话，用英文和法文做自我介绍，用两种语言请求和阿里-希尔瓦尼老先生通话。一位年轻的男秘书报之以冷冰冰的礼貌，用一口流利的英语和法语请他善解人意等上一会儿，再说话时则说他可以给希尔瓦尼先生传话。于是父亲口授一封短信，直陈我们的心意，我们的悔恨，我们为那个可爱孩子的健康忧心忡忡，我们准备支付全部医疗费用，以及我们由衷希望近期约个时间见面澄清一切，纠正错误。（父亲讲英语和法语时均带有浓重的俄罗斯口音，在说定冠词时，前面好像加了个字母 d，而说 "locomotive" 却像说 "locomotsif"。）

我们并没有从希尔瓦尼家族得到回复，无论是直接，还是间接通过斯塔施克·鲁德尼基的老板诺克斯-吉多福德先生。父亲试着从其他途径弄清小阿瓦德的伤情，阿爱莎说没有说过我？要是他真的设法弄清了事实真相，那么他就是对我只字未提。直到妈妈死去那天，以及后来他自己死去那天，父亲从未和我提起过那个星期六。甚至偶然说说都没有。甚至许多年后，"六日战争" 过去已经五年，在祭奠玛拉·鲁德尼基时，可怜的斯塔施克在轮椅上说了大半夜，缅怀了所有的快乐时光与悲伤场景，他也没提希尔瓦尼庄园的那个周六。

1967 年，在我们攻克东耶路撒冷后，有一次我独自去了那里，那是夏日一个星期六的早晨，沿着以前那个星期六我们走过的同一条路。那座庄园已经安装了新铁门，一辆光亮耀眼的德国黑色轿车停在门前，车窗上拉着灰色窗帘。花园四周的墙壁上，插着碎玻璃，我不记得以前有这些。墙头上露出绿色树梢。屋顶上飘扬着某一重要领事馆的旗帜，在崭新的铁门旁边，挂着一块亮闪闪的黄铜牌，牌上用阿拉伯文和拉丁文字母写着国家名，饰有国徽。一个便衣保安走过来，好奇地打量我，我嘴里嘟囔了些什么，走向守望山。

我下巴上的伤口几天后便痊愈了。阿摩司大街诊所的儿科专家霍兰德医生给那个星期六上午在急救中心缝合的伤口拆线。

从拆线那天起，整个事件被遮盖起来。玛拉阿姨和斯塔施克叔叔也积极参加掩饰行动。只字不提。不提谢赫贾拉，不提阿拉伯小孩子，也不提铁链、果园和桑树，不提下巴上的伤疤。禁忌。未曾发生。只有妈妈，以她特有的方式，向审查制度的壁垒挑战。一次，在我和她的领地，在厨房餐桌旁，趁爸爸不在家、我和她独处之际，她给我讲了一个印度神话：

　　从前，有两个僧侣，他们把所有的戒律与苦恼强加于自己头上，并且，决定徒步走过整个印度次大陆。他们还决定在整个旅途中保持绝对沉默。他们一个字也不说，就连睡觉时也这样。然而，有一次，他们走在河边，听到落水的女人呼喊救命。年轻的僧侣不言不语跳进水中，把女人背到岸上，一言不发把她放在沙滩上。两个苦行者继续默不作声地赶路。过了几个月，或者过了一年，年轻的僧侣突然问同伴：跟我说，你觉得我背那个女子是犯罪吗？朋友反问道：什么，你还背着她吗？

父亲呢，又回到他的研究中。那时，他深入钻研古代近东文学，苏美尔和阿卡德文明，巴比伦和亚述，特勒—埃尔—阿玛纳

411

和哈图沙什早期档案馆里的发现，被希腊人叫作萨达那培拉斯的亚述巴尼拔王的那富有传奇色彩的图书馆，吉尔伽美什的故事和阿达帕的短篇神话。书桌上一堆堆专著和参考文献，周围是一沓沓笔记和索引卡片。他试图用通常说的某个俏皮话逗我和妈妈发笑：剽窃一本书者为文抄公，剽窃五本书者为学者，剽窃五十本书者为大学者。

耶路撒冷皮肤下面那块看不见的肌肉日渐紧张起来。我们这个居住区谣言四起，有些令人毛骨悚然。有人说，伦敦英国政府就要决定撤军，使得阿拉伯联盟的正规军——他们不过是身穿沙漠长袍的英国军队，大败犹太人，征服土地，而后，犹太人前脚走，英国人从后门进。奥斯特先生杂货店里的一些战略学家认为，耶路撒冷很快会成为外约旦国王阿卜杜拉的首都，会把我们这些犹太居民扔上大轮船，运到塞浦路斯的难民营，或者把我们疏散到毛里求斯和塞舌尔的失去家园者待的中转营。

另一些人毫不犹豫地声称，希伯来地下抵抗运动，伊尔贡、斯特恩帮[1]、哈加纳，通过一系列血淋淋的抗击英国人行动，尤其是引爆大卫王酒店里的英国总部，给我们带来灾祸。有史以来，任何帝王也不会对如此奇耻大辱的挑衅视而不见，英国人已经决定对我们进行残暴的血洗，以示惩罚。我们那些狂热犹太复国主义领袖过于草率的暴行，令英国民众对我们恨得入骨，以至于伦敦做出决定，就让阿拉伯人把我们杀光。到目前为止，荷枪实弹的英国军队已经站在我们和阿拉伯民族亲手实行的集体屠杀之间，但

---

1　斯特恩帮，20 世纪 30 年代末期从"伊尔贡"中分裂出来，主张通过暴力手段打击包括英国人在内的反犹太复国主义力量。主要领导人有伊扎克·沙米尔和亚伯拉罕·斯特恩等。

是眼下他们要撤了，我们会头破血流。

　　有些人说，各种与显贵人物有关系的犹太人，热哈维亚的富豪，与英国人有关联的承包商和批发商，托管政府里的达官贵人，已经得到暗示，最好尽快到国外去，或至少把家人送到某种安全的避难所。他们提到，某某人家已经动身去了美国，许多家道殷实的商人一夜之间离开耶路撒冷，举家定居特拉维夫。他们定是知道其他人只能想象的事情，或者他们可以想象这只是我们的一场梦魇。

　　另一些人述说，一帮帮阿拉伯青年夜里在我们街上到处搜寻，手里拿着一罐罐油漆和刷子，事先在犹太人的房子上标上记号，并给他们分类。他们声称，武装起来的阿拉伯民众，执行耶路撒冷大穆夫提的命令，已经控制了城市周围的所有山峦，英国人对此睁一只眼闭一只眼。他们说，外约旦阿拉伯军团，接到英国陆军军官约翰·格拉布·格拉布，帕夏的命令，在整个国家各主要位置部署兵力，甚至只要犹太人一有动静，便可将其摧毁。穆斯林兄弟会的战士们，经过英国人允许，从埃及携带武器而来，耶路撒冷周围的山上壁垒森严，挖好的掩体就隐蔽在基布兹拉马特拉海尔对面。有些人希望，英国人走后，美国总统杜鲁门会顶住压力，迅速派兵，两艘巨大的美国航空母舰已经在西西里准备东进。杜鲁门总统当然不允许在使六百万人丧生的大屠杀发生后不到三年的今天，在这里发生第二次大屠杀。富有并具影响力的美国犹太人会给他施加压力。他们不会袖手旁观。

　　有些人相信，文明世界的良知，或进步的公众舆论，或国际劳动者阶级，或对犹太幸存者悲剧命运油然而生的普遍负疚之情，会采取行动摧毁"英阿毁灭我们的阴谋"。至少，我们的一些朋友和邻邦促使自己在那个威胁四起的奇怪秋天伊始，欣慰地想到，即使阿拉伯人不愿让我们留在此地，但欧洲人最最不愿意让我们回去再次拥入欧洲，因为欧洲人比阿拉伯人更强大有力，随之而来的便是我们可以有机会留下。他们会迫使阿拉伯人吞咽下欧洲人使劲吐出的东西。

无论是哪种方式，几乎每个人都预见战争迫在眉睫。地下广播在广播波段播放激情澎湃的歌曲。食品、油、蜡烛、糖、奶粉和面粉几乎从奥斯特先生杂货店的架子上不翼而飞，人们开始为即将发生的不测储备应急物品。母亲在厨房的食柜里放上一袋袋面粉、无酵饼粉、一包包面包干、速溶燕麦片、油、熟食品、罐头食品、橄榄油和糖。父亲买了两小罐密封得严严实实的煤油，储存在卫生间的洗涤槽下。

父亲依旧每天出去，一如既往，早晨七点半到守望山的国立图书馆上班，乘坐从盖乌拉开来的 9 路公共汽车，沿梅施阿里姆前行，在离希尔瓦尼庄园不远的地方穿过谢赫贾拉；快五点时他下班回家，破旧的手提箱里装着书和旧期刊，胳膊底下还夹着书。但是有那么几次，妈妈让他乘车时不要靠窗。又加了几句俄语。星期六下午步行对约瑟夫伯伯和琪波拉伯母的固定拜访暂时搁置下来。


我不过九岁便已经是虔诚的读报人了，为了解最新消息而废寝忘食，一个热切的阐释者与争论者，一位观点使邻里儿童刮目相看的政治专家，军事专家，用火柴棍、纽扣和多米诺骨牌在地上布阵的战略家。我会派遣军队、在战术上实施侧翼包抄行动，和这个或者那个国外势力结成联盟，准备展开激烈争论以赢得英国人铁石般的心肠，苦苦思索演讲稿，不仅要寻求阿拉伯人的理解，与之达成和解，让他们祈求我们的宽恕，甚至能使之为我们所遭受的苦难一鞠同情之泪，并对我们高尚的心灵与高尚的道德情操钦佩不已。

那时，我与唐宁街、白宫、罗马教廷、克里姆林宫和阿拉伯领导人进行了令人自豪并行之有效的谈判。"希伯来国家！自由移民！"犹太社区的示威者们高呼口号游行，妈妈让爸爸带我参加过一两次公众集会。而每周五，一群群阿拉伯人从清真寺出来后怒气冲冲地游行，大声咆哮"杀死犹太人""巴勒斯坦是我们的土地，犹太人是我们的狗！"我要是有机会，就会轻而易举，理智地劝说他们，我们的口号中没有任何伤害他们的意思，而那伙气势汹汹的家伙喊的口号，既不好听，也不文明，实际上，他们实际上也使喊口号者本人蒙受羞辱。在那些日子，我已经不是个孩子，而是一堆自以为是的论证，披着热爱和平外衣的小沙文主义者，一个道貌岸然、满口甜言蜜语的民族主义者，一个年仅九岁为犹太复国主义事业喧嚣鼓噪者。我们是精英，我们是正义的，我们是无辜的牺牲者，我们是大卫对歌利亚，狼群中的羊，献祭的羔羊，而他们——英国人、阿拉伯人以及整个非犹太人的世界——他们是狼、恶魔，一个始终想吮吸我们鲜血的伪善世界，恬不知耻。

当英国政府宣布欲结束其在巴勒斯坦的统治，把托管权移交给联合国时，联合国组织了一个巴勒斯坦问题特别委员会调查巴勒斯坦的状况，也调查成千上万无家可归的犹太人和在纳粹种族灭绝行动中幸存下来的人们的状况，这些人已经在欧洲的临时难民营里待了两年多。

1947 年 9 月初，联合国巴勒斯坦问题特别委员会做了重要报告，提议英国的委任统治应该尽早结束。取而代之的方案则是巴勒斯坦应该一分为二，建立两个独立的国家：独立的阿拉伯国家和独立的犹太国家。分配给两个国家的土地几近相同，将两个国家隔开的弯弯曲曲的复杂边界，已经按照两个民族各自的人口分布大致划分出来。共同的经济与货币等等，会把两个国家联系在一起。耶路撒冷，委员会建议，应该中立，成为"独立实体"，由联合国派总督实行国际托管。

这些提议移交给联合国大会，需要三分之二多数票赞成方能得到批准。犹太人咬牙切齿，同意接受分治方案，分配给他们的领土并不包括耶路撒冷或上加利利和西加利利地区，提议建立的犹太国领土的四分之三均为未曾开垦的沙漠地段。与此同时，巴勒斯坦阿拉伯领导人和阿拉伯国家联盟中的所有国家立即宣布，拒不接受任何调停，他们打算"用武力反对实施这些提议，用鲜血溺死在巴勒斯坦土地上建立犹太复国主义实体的企图"。他们辩论说，整个巴勒斯坦数百年来一直是阿拉伯人的土地，直到英国人来到此地，鼓励一群群外国人在这片土地上蔓延，夷平山丘，将古代的橄榄树林连根拔出，采用不轨手段从腐败的地主手中购买一块块土地，赶走世世代代在那里耕耘的农民。要是不阻止他们，这些狡猾的犹太殖民主义者定会吞并整个地区，抹去阿拉伯人的生活遗迹，用欧洲殖民的红顶屋来覆盖这片土地，妄自尊大无法无天使其堕落，很快他们会控制伊斯兰圣地，而后他们直入周边阿拉伯国家。由于他们阴险狡诈，科技水平高超，加上英国殖民主义者的支持，他们会立即像白人在美国、澳大利亚以及世界各地那样对付土生土长的居民。要是允许他们在这里建国，即使是个小国，他们无疑会将其当作一个据点，数百万人将会像蝗虫一样蜂拥而入，定居在每一座高山，每一条河谷，剥夺这些古老风光里的阿拉伯特征，当阿拉伯人尚浑浑噩噩之时，吞并一切。

10月中旬，英国高级将领艾伦·坎宁安将军向当时犹太代办处执行主席大卫·本-古里安发出威胁暗示："倘若有麻烦，"他忧心忡忡，"怕是我们帮不了你们，我们保护不了你们。"[1]

爸爸说：

"赫茨尔是位先知，他知道会发生什么。1897年，第一次犹太复国主义大会召开时，他说，再过五年，或者顶多再过五十年，在以色列土地上会出现一个犹太国家。现在五十年过去了，国家真的已经站在门口了。"

妈妈说：

"不是站立。没有大门，有个深渊。"

父亲的谴责声犹如甩起的鞭子噼啪作响。他讲俄语，因此我听不懂。

我口气里流露出掩饰不住的欢乐，说：

"耶路撒冷要打仗了！我们把他们打得落花流水！"

但是有时，当我独自一人在院子里看落日，或者在安息日早晨父亲和整个邻里依然在梦乡中沉睡时，一阵恐惧会令我周身寒彻，那是因为小姑娘阿爱莎从地上抱起昏迷中的孩子，默默地将他抱在怀中的场面，在我眼中，突然酷似一幅令人毛骨悚然的基督教画，某次参观教堂时父亲曾指着那幅画让我看，并悄声向我解释。

我记得从那所别墅的窗子里看到的橄榄树，它们早已不再属于

---

1 多夫·约瑟夫：《忠诚的城市：耶路撒冷的围困》，1948年，伦敦，1962年，第31页。——原注

生机勃勃的世界，而是成为无生命王国中的一部分。

停一停啊歇一歇啊停歇停歇。

11月，某种屏障开始在耶路撒冷内部拉开。公共汽车依旧来回行驶，附近阿拉伯村庄里的水果商贩带着一盘盘无花果、杏仁和仙人果，依旧在我们这里走街串巷，但是一些犹太家庭已经从阿拉伯居住区里搬出来，阿拉伯家庭已经开始离开西耶路撒冷，搬到南部和东部地区。

我只有在想象中，有时才可以去往圣乔治大街的东北部延伸地带，睁大双眼凝视着另一个耶路撒冷：城中黑黝黝的古柏苍苍，不是翠柏郁郁葱葱，街道上石墙林立，防护栏纵横交错，飞檐翻翘，高墙阴森，陌生，静谧，冷漠超然，含而不露的耶路撒冷，阿比西尼亚人、穆斯林、朝觐者、奥斯曼人的城市，布道者的城市，奇怪陌生的城市。十字军、圣殿骑士、希腊人、亚美尼亚人、意大利、隐修者、圣公会信徒、希腊东正教徒的城市，苦行者、科普特人、天主教徒、路德会教友、苏格兰人、逊尼派教徒、什叶派教徒、苏菲主义者、阿拉维派教徒的城市，钟声悠扬，宣礼员略带哭腔的绵长唱颂，黑压压的松树，可怕而诱人，暗藏所有的魔力，拥塞的窄街不容我们进入，并在暗中威胁着我们，一座恶毒的神隐城市，孕育着灾难。

我在"六日战争"后听说，整个希尔瓦尼家族在50年代和60年代初期离开了约旦人管辖的耶路撒冷。一些去了瑞士和加拿大，另一些定居在海湾国家，还有一小部分搬到了伦敦和拉丁美洲。

他们的鹦鹉呢？"谁是我的命运之神？谁是我的王子？"

阿爱莎呢？她的瘸弟弟呢？她在世间何处弹钢琴，假使她仍然有一架钢琴，假使她没有在尘土飞扬燥热难耐的小破屋，在某个土路上污水横流的难民营，渐渐枯萎老去。

如今，那些幸运的犹太人居住在她昔日塔里比耶的家园，街区的房屋穹隆拱顶，由淡淡的蓝粉相间的石块建成。

不是由于战争在即，而是由于另外某种原因，某种比较深入的原因，我在1947年秋季，会突然被某种恐惧攫住，感到某种渴望，确信某种惩罚即将来临并为之感到耻辱，还掺杂着某种无法言状的痛苦，某种横遭禁锢的期盼、愧疚与伤悲，令我心如刀绞，疼痛难耐。为那片果园，为那眼盖有一块绿铁板的水井，还有那蓝瓷砖砌成的池塘，金鱼在太阳下鳞光闪闪，而后消失在一簇簇水生植物里；为饰有精美飘带的软垫，为图案缤纷的地毯，其中一块绣着天堂树林中的天堂群鸟；为彩色玻璃花瓣，分别显示出日光的不同颜色：红彤彤的叶子，绿油油的叶子，金灿灿的叶子，紫罗兰的叶子。

还为那只鹦鹉，声音听上去像个烟瘾很大的人："可也是，可也是，亲爱的年轻女士。"它的女高音同伴银铃般地回答说："请！请！请随意。"

我到那里，到那座果园，去过一次，之后又不光彩地被从那里赶走，我确实用手指触碰过它：

"安静！安静，不要吵！请不要吵！先生！"

清晨时分，我在第一缕晨光的气息中醒来，透过关闭着的百叶窗的缝隙，看到我们院子里的那棵石榴树。在这棵石榴树上，藏着一只看不见的鸟儿，每天早晨，它欢快并准确地重复《致爱丽丝》的前五个乐音。

这个口齿清晰的傻瓜，这个吵吵闹闹的小傻瓜。

走近她时，不是像新希伯来人走近高贵的阿拉伯人民，不是像雄狮走近群狮，也许我可以就像一个小男孩走向一个小女孩那样走近她？也许不能？

## 42

"快来看看，那个儿童战略家又把整个房子给占领了。你进不了走廊了，到处是积木搭的防御工事和高塔，多米诺骨牌搭的城堡，软木塞造的地雷坑道，游戏棒充当的边界。在他自己的房间里，从这头到那头都是用扣子摆的战场。不让我们进去。那是禁区。那是命令。他甚至还在我们房间的地上，四处放上刀叉，大概是标出某种马其诺防线，要么就是海军或者武装部队。长此以往，我们就得搬出去住到院子里，或者是住到大街上，但是一旦报纸到了，你儿子就会舍弃一切，他肯定会宣布全面停火，他会坐回到沙发上，一页接一页地看报，甚至连些小广告都看。现在，他从衣橱后面的司令部架设长途电话线，穿过整个房间直通特拉维夫，肯定在澡盆边上。要是没有搞错，他就要在电话里和本-古里安说话。像昨天一样。向他解释眼下该做些什么，我们应该密切注意哪些动向。他也许已经开始给本-古里安下命令了。"

在这里，在阿拉德书房的底层抽屉里，我昨天夜里找到一个破旧的卡片盒，里面装着二十五年前在创作《恶意之山》小说集里的几个中篇小说时做的各种笔记。此外还有 1974 年到 1975 年在特拉维夫某家图书馆查看 1947 年 9 月的报纸时做的乱七八糟的笔记。于是，在阿拉德，在 2001 年夏天的一个早晨，二十七年前记下的笔记，如同镜中之镜中的影像，令我回想起"儿童战略家"在 1947 年 9 月读了哪些东西：

希伯来交警征得英国总督的同意，在特拉维夫采取行动。八名警察轮流值班。一个十三岁的阿拉伯女孩被控在纳布卢斯地区的哈瓦拉村私藏枪支，在军事法庭接受审判。从欧洲来的"非法"移民，被运往汉堡，他们说要战斗到最后一刻，决不登陆。十四名盖世太保军人在吕贝克被判处死刑。雷霍沃特的所罗门·哈姆林科遭到一极端组织的绑架和严重殴打，但被安全放回。耶路撒冷之音管弦乐队将由汉娜·施莱辛格指挥。圣雄甘地绝食进入第二天。歌星埃迪斯·德·菲利浦本星期不能在耶路撒冷演出，室内剧场被迫延期上演《浮生若梦》。另一方面，前天，雅法路上新的柱廊建筑开始启用。根据阿拉伯领袖穆萨·阿拉米[1]的说法，阿拉伯人永远不会接受国家分治；毕竟，所罗门王判定反对把孩子分成两半的母亲是真正的母亲，犹太人应该认识到道德故事中的含义。犹太代办处的行政领导果尔达·梅耶松（后来的梅厄）同志再次宣布，犹太人要为把耶路撒冷囊括进新希伯来国家而斗争，因为以色列土地和耶路撒冷在我们心目中具有同样的意义。

---

1　穆萨·阿拉米 (1897—1984)，生于耶路撒冷，剑桥大学法律系毕业，自 20 世纪 30 年代开始在英国托管政府任职，后逐渐成为阿拉伯领袖和政治活动家，卒于耶路撒冷。

几天后，报纸报道：

昨天夜里，一个阿拉伯人在附近位于贝特哈凯里姆和巴伊特瓦干之间的波纳迪亚咖啡馆袭击两个犹太少女。一个少女逃跑，另一少女高声呼救，当地一些居民闻讯后，成功截获欲逃嫌疑犯。警察奥康纳在调查过程中得知此人系广播公司雇员，具有影响力的纳沙施比家族的远亲。尽管如此，不准保释，鉴于冒犯行为严重。犯人在辩护时申明，他酒醉后从咖啡馆出来，感觉两个女孩在黑暗中裸奔。

1947年9月，又有一天：

陆军中校艾德里主持军事法庭听审施罗莫·曼苏尔·沙洛姆的案件，沙洛姆散发非法传单，被认为精神失常。监护官戈尔德维茨先生要求，别把犯人送进精神病院，以免病情恶化，请求法官把他单独关在一家私立疗养院，以免激进分子利用其不健全的神志达到犯罪目的。艾德里中校表示遗憾，他不能超越职权范围同意戈尔德维茨先生的请求，他得把这个不幸之人送交羁押，直至代表英王的高级专员决定有无从宽处理的可能。广播里，希拉·莱伯维茨正在进行钢琴独奏，新闻之后，戈尔多斯先生将会予以点评；晚间广播结束之前，布拉卡·茨菲拉小姐将会表演民歌选曲。

一天晚上，父亲对前来喝茶的朋友解释说，早在现代犹太复国主义尚未出现的18世纪中叶，犹太人便在耶路撒冷人口中占重要比重，与犹太复国主义没有任何联系。20世纪初期，还是在犹太复国主义移民到来之前，奥斯曼土耳其统治下的耶路撒冷已经成为国中人口最为稠密的城市：拥有五万五千居民，其中三万五千人是犹太人。现在，1947年秋天，耶路撒冷大约有十万个犹太人，六万五千个非犹太人，他们当中有穆斯林和笃信基督教的阿拉伯人、亚美尼亚人、希腊人、英国人，还有许多其他国家的人。

但是，在城市北部、东部、南部，有广阔的阿拉伯地区，包括谢赫贾拉、美国人聚居区、老城中的穆斯林和基督徒居住区、德国人聚居区、希腊人聚居区、卡塔蒙、巴卡阿和阿布托尔。也有阿拉伯小镇，在耶路撒冷周围的山冈，拉马拉和埃尔—比来，拜特贾拉和伯利恒，还有许多阿拉伯村庄：埃尔—阿扎里亚、西尔万、阿布—迪斯、埃特—图尔、伊萨维亚、卡兰德里亚、比尔纳巴拉、尼比萨姆维尔、比杜、淑阿法特、利夫塔、贝特哈尼纳、贝特伊克萨、阔罗尼亚、谢赫巴达尔、代尔亚辛（那里一百多名居民会在1948年4月被伊尔贡和斯泰恩帮杀戮而死）、素巴、埃因卡里姆、拜特玛兹米尔、埃里玛里哈、拜特萨法法、乌木图巴以及苏尔巴西尔。

耶路撒冷城北、城南、城东和城西尽是阿拉伯地区，只有少数希伯来人居住区散落在城市周围：北有阿塔罗特和内韦夫，东边死海滩上有卡拉和贝特哈阿拉瓦，南有拉玛特拉海尔和古什伊灿，西有莫茨阿、克里亚特阿纳维姆和玛阿拉哈哈密沙。在1948年战争中，多数希伯来定居点以及老城内的犹太人居住区，沦于阿拉伯联盟之手。在"独立战争"期间，阿拉伯人攻克的所有犹太人定居点无一例外都被夷为平地，那里的犹太居民遭到杀戮、俘虏，也有的四处逃亡，但是阿拉伯部队不允许任何幸存者在战后重返原来的居住地。阿拉伯人在占领地比犹太人更为彻底地实施"种族纯化"：成千上万的阿拉伯人亡命天涯，或者被从以色列土地上逐出，流离失所，但有十万人留了下来，而在约旦和埃及统治约旦河西岸或者加沙地带时，那里没有一个犹太人，一个都没有，定居点被消除，犹太会堂和墓地被夷为平地。

在个体与民族的生存中，最为恶劣的冲突经常发生在那些受迫害者之间。受迫害者与受压迫者会联合起来，团结一致，结成铁壁铜墙，反抗无情的压迫者，不过是种多愁善感满怀期待的痴心妄想。在现实生活中，遭到同一父亲虐待的两个儿子未必能同舟共济，让共同的命运把他们密切地联系在一起，他们不是把对方视为命运相连的伙伴，而是把对方视为压迫的化身。

或许，这就是近百年来的阿犹冲突。

欧洲用帝国主义、殖民主义、剥削和镇压等手段伤害、羞辱、压迫阿拉伯人，也是同一个欧洲，欺压和迫害犹太人，最终听任甚至帮助德国人将犹太人从欧洲大陆的各个角落连根拔除。但是当阿拉伯人观察我们时，他们看到的不是一群近乎歇斯底里的幸存者，而是欧洲的又一新产物，拥有欧式殖民主义、尖端技术和剥削制度，此次披着犹太复国主义外衣，巧妙地回到中东——再次进行剥削、驱逐和压迫。而我们在观察他们时，看到的也不是休戚与共的受害者，共患难的弟兄，而是制造大屠杀的哥萨克，嗜血成性的反犹主义者，伪装起来的纳粹，仿佛欧洲迫害我们的人在以色列土地上再度出现，头戴阿拉伯头巾，蓄着胡子，可他们依旧是以前屠杀我们的人，只想掐断犹太人的喉管取乐。

1947 年 9 月、10 月、11 月，在凯里姆亚伯拉罕地区，无人知晓是应该祈祷联合国秘书处批准联合国巴勒斯坦问题特别委员会的重要报告，还是希望英国人不要将我们弃之不顾，任凭我们"孤零零地在阿拉伯人海中不能自卫"。许多人希望最终建立一个自由的希伯来国家，英国人强制推行的限制移民政策应该撤销，希特勒下台后住在背井离乡者的临时难民营和塞浦路斯监禁营中有气无力的千万犹太幸存者最终能够得到许可，允许他们返回被多数人视为家园的土地。但是在这些希望的背后，是恐惧（他们窃窃私语）：百万本地阿拉伯人，在阿拉伯联盟国家正规军的协助下，可能会在英国人撤走后立即行动，把六万犹太人杀得精光。

在杂货店，在大街上，在药店里，人们公开谈论即将到来的救赎，他们谈论摩西·夏里克[1]和埃利泽·卡普兰[2]将在本-古里安在海法或特拉维夫创建的希伯来政府任部长，他们谈论（窃窃私语）英国人走后，要建立希伯来武装部队，届时邀请国外赫赫有名的犹太将军，红军、美国空军甚至英国皇家海军中赫赫有名的犹太将军来统领。

但是私下里，晚上熄灯后，他们在家中躺在被窝里，窃窃私语，天晓得英国人会不会撤离，也许他们不打算离开，整个事情不过是背信弃义的阿尔比恩（指英国人）的一个狡猾手段，目的在于让犹太人面对迫在眉睫的毁灭时亲自去求助英国人，祈求英国人不要弃犹太人于不顾。接着伦敦会以继续要求英国人保护为由为交换条件，要求犹太人终止各种恐怖活动，解除他们的一些非法武器储备，把地下武装领袖交刑事调查部处理。也许英国人

---

1 摩西·夏里克（1894—1965），犹太复国主义先驱者，以色列第一任外交部部长，曾经在本-古里安后担任以色列总理。
2 埃利泽·卡普兰 (1891—1952)，以色列第一任财政部部长。

会在最后一刻改变主意，不容阿拉伯屠刀任意摆弄我们。也许最后在耶路撒冷这里，他们会拥有正规军，暗地保护我们免遭阿拉伯人的集体屠杀。也许，本-古里安及其友人会下榻到安逸舒适的特拉维夫，那里不受阿拉伯人的围困，可能在最后时刻醒悟过来，放弃建立希伯来国家的风险，乐于同阿拉伯世界和穆斯林民众做适度妥协。也许联合国会从中立国里派出维和部队，抢时间从英国手中接管城市，即使不能保护整个圣地，至少能够使这座城市免遭血洗之灾。

阿扎姆帕夏[1]，阿拉伯联盟秘书长，警告犹太人，"要是他们胆敢在阿拉伯土地上创立一个犹太复国主义实体，阿拉伯人会用鲜血将其淹没"，中东会见证恐怖，"蒙古入侵与之相比会黯然失色"。伊拉克总理巴耶吉[2]号召巴勒斯坦的犹太人"在时间尚且允许之际卷起铺盖走人"，因为阿拉伯人发誓，他们取得胜利后，只饶恕1917年以前居住在巴勒斯坦的少数犹太人不死，甚至"只有他们永远不再受到犹太复国主义思想的毒害，再次成为一个宗教团体，在伊斯兰教的保护下安分守己，按照伊斯兰教律法和风俗习惯生活，才允许他们在伊斯兰教的羽翼下避难，在伊斯兰教麾下遭受痛苦"。犹太人，雅法大清真寺里的一个传教者补充说，既不是一个民族，也不拥有真正意义上的宗教：大家知道，慈悲为怀怜悯众生的安拉本人讨厌他们，因此下令，不论他们散居在何方，均要遭到指控与蔑视。犹太人在所有顽固不化者中最为顽固不化：先知把手伸给他们，遭其唾弃；伊撒（耶稣）把手伸给他们，他

---

1 阿扎姆帕夏 (1893—1976)，第一任阿拉伯联盟秘书长 (1945—1952)。
2 巴耶吉，曾任伊拉克总理 (1948—1949)。

们杀了他，他们甚至经常把自己微不足道的信仰中的先知用石头砸死。欧洲各个民族并非白白决定将他们永远驱逐，而今欧洲正策划将其强加给我们，而我们阿拉伯人绝不允许欧洲人把他们的垃圾倒到我们这里。我们阿拉伯人将用利剑摧毁这一魔鬼计划，不能把巴勒斯坦圣地变为整个世界的垃圾站。

　　格里塔阿姨带我去的那个服装店里的那个人呢？那个富有同情心的阿拉伯男子，在我年仅四五岁时将我从黑洞洞的深渊里救出，把我抱进他的怀抱。那个人善良的眼睛下有两个大眼袋，身上散发出令人昏昏欲睡的沉闷（棕色）气味，脖子上挂着一根裁缝用的绿白相间的尺子，尺子两端在胸前来回晃荡，他的脸膛暖烘烘的，灰白的胡茬令人惬意，那个睡眼惺忪心地善良，脸上闪过一丝腼腆的微笑，消失在柔软的灰白胡须下的阿拉伯人呢？方框棕边眼镜架在鼻子中央，像个心地善良年事已高的木匠，他步履缓慢，疲惫不堪地拖着双脚，穿过密密层层的女人服装，当他把我拉出那孤独的囚笼时，用沙哑的声音和我说话，那声音令我终生铭记在心："够了孩子一切都好了一切都好了。"怎么，他也一样吗？他也"削尖短弯刀，磨砺刀刃，准备把我们全部杀死"？他也会叼着长弯刀在夜半时分悄悄潜入阿摩司大街，撕开我的喉管，撕开我父母的喉管，"把我们淹没在鲜血中"？

　　　　风儿，轻轻
　　　　柔美的迦南夜空
　　　　叙利亚胡狼声声
　　　　尼罗河鬣狗悲鸣。
　　　　阿卜杜卡迪尔，

恶毒的胆汁来回搅动。

……

三月阴风呼呼咆哮

天上的云滚滚狂涌。

年轻人，全副武装，待发，

特拉维夫今夜发起进攻。

玛纳拉高度警觉

双目圆睁……

　　但是犹太人的耶路撒冷既非年轻人，也没有全副武装待发，那是一个契诃夫似的小镇，混乱、可怕，充斥着流言蜚语和不真实的谣传，全然不知所措，在茫然与惊恐中陷于瘫痪。1948 年 4 月 20 日，大卫·本-古里安和大卫·希尔提尔、耶路撒冷哈加纳民兵指挥官谈话后，在日记中写下对耶路撒冷的印象：

　　耶路撒冷人口构成因素：20% 普通人，20% 特权阶层（大学，等等），60% 不可思议（土气狭隘，庸碌无为）。

　　（很难说，本-古里安把这些条目写进日记时，是否在微笑，不管怎么说，凯里姆亚伯拉罕既不属于第一类，也不属于第二类。）

　　在水果蔬菜店，邻居伦伯格太太说：

　　"但是不要再相信他们了。我谁都不相信。那只是一个大阴谋。"

　　罗森多夫先生说：

　　"你绝对不要这么说。对不起。请你原谅，我认为，这种说法会有损整个民族的士气。你是怎么想的？我们的小伙子会不惜冒着年轻生命的危险，同意前去为你打仗，你还说这一切都是一个大阴谋？"

蔬菜水果店老板，巴贝奥夫先生说：

"我不羡慕这些阿拉伯人。美国有些犹太人，他们很快便会给我们送来一些原子弹。"

我妈妈说：

"这些葱的样子不怎么好，黄瓜也不好。"

伦伯格太太（她身上总有一股淡淡的煮鸡蛋味儿、汗臭味儿和变质肥皂的味儿）说：

"我跟你说一切都是一个大阴谋！他们正在演戏！一出喜剧。本-古里安私下里已经同意把整个耶路撒冷卖给穆夫提、阿拉伯帮以及国王阿卜杜拉，就为这，英国人和阿拉伯人或许同意把他留在他的基布兹、纳哈拉尔和特拉维夫。他们就关心这些！我们将来会怎样，他们是否会把我们全部杀光烧净，他们一点也不关心这些。耶路撒冷，对他们来说最好下地狱去吧，于是到后来，他们希望在国家里只给他们留下几个修正主义者，几个正统派犹太教徒，几个知识分子。"

其他女人急忙让她安静下来：你怎么回事！伦伯格太太！嘘，你疯了吗？这里有个孩子！一个能听懂这些话的孩子！

儿童战略家背诵从他父亲和祖父那里听来的东西：

"英国人回去后，哈加纳、伊尔贡和斯特恩帮当然会团结起来，打击敌人。"

与此同时，石榴树上那只看不见的鸟儿，执着地发出自己的乐音，没有变化："啼—嗒—嘀—嗒—嘀。"一遍又一遍："啼—嗒—嘀—嗒—嘀。"略微沉吟片刻后："啼—嗒—嘀—嗒—嘀！！"

## 43

1947 年 9 月，报纸也充满了猜测、分析、估计与推测。联合国大会会不会就分治决议投票呢？阿拉伯人会不会成功地改变提议，或者取消投票？如果确实要投票，我们能不能得到总票数的三分之二？

每天晚上，父亲会在厨房坐在我和妈妈中间，擦干油布桌布后，在桌子上铺几张纸牌，借着暗淡昏黄的灯光，开始算赢得表决的机会。他的情绪一晚比一晚低落。所有的计算都表明某种毁灭性的失败不可避免。

"十二个阿拉伯和穆斯林国家自然会投反对票。天主教会肯定会给天主教国家施加压力投反对票，因为建立犹太国家与教会的基本信仰背道而驰，没有谁会像梵蒂冈那样长于幕后操纵。因此，我们有可能会失去拉美国家的二十张赞成票。斯大林无疑会指挥他共产主义集团中所有的卫星国家依照他坚定的态度投票，因此又有十二票反对我们。更别提英国，它一向四处搅起反对我们的情感，尤其是在其辖区，加拿大、澳大利亚、新西兰和南非，它们会拧成一股绳，把建立希伯来国家的所有机会都加以摧毁。法国，还有追随它的国家会怎么样呢？法国从来就不敢冒险招惹突尼斯、阿尔及利亚、摩洛哥的百万穆斯林。希腊和整个阿拉伯世界具有密切的贸易往来关系，在阿拉伯国家有相当大的希腊人社区。美国自己呢？美国最终会支持分治协议吗？要是大型石油公司和我们在国务院的敌人安圈设套，一边倒，战胜杜鲁门总统的良知，又将如何？"

父亲一遍又一遍估算联合国大会的选票落向何方。一个又一个夜晚，他试图减少损失，策划在经常追随美国的国家当中建立一个联盟，那些国家会出于自己的考虑去击败阿拉伯人，还有丹麦、荷兰等一些令人尊重的小国，那些目睹了犹太人遭受种族灭绝恐怖的国家，眼下也许准备行动，出于良知行事，而不是出于利益考虑。


在这非常时刻，谢赫贾拉别墅（离这里走路只需四十分钟）的希尔瓦尼家族也坐在餐桌前围着一张纸从反方向进行预测吗？他们是否也和我们一样忧心忡忡，不知希腊人要投谁的票，仔细思量斯堪的纳维亚国家怎样做最后决策？他们是不是也有他们的乐观者与悲观者，犬儒主义者与命运先知？他们是不是每天夜里也在发抖，想象我们正在筹划并挑起事端，狡猾地操纵？就像我们害怕他们一样，他们也在害怕我们？

阿爱莎，还有她在塔里比耶的父母呢？他们全家坐在一间屋子里，尽是蓄胡子的男人和珠光宝气的女人，面带愠怒，眉头紧皱，围坐在一碗碗橘皮蜜饯四周，窃窃私语，计划"用鲜血淹没我们"？阿爱莎有时依然弹奏从犹太钢琴老师那里听来的旋律吗？还是被禁止弹琴？

也许是另一种情形，他们默默地站在小男孩的床边？阿瓦德。他的腿做了截肢手术。因我之故。也许他就要死于血液中毒。因我之故。他那双充满好奇与无辜的幼犬般的眼睛合上了。在痛苦中紧闭。他脸色憔悴，惨白如冰。额头忍受着疼痛煎熬。他可爱的鬈发散落在枕头上。等也等啊，歇也歇啊。在剧烈的疼痛中呻吟颤抖。像婴儿那样扯着嗓子一个劲儿地哭。坐在他身边的小姐姐对我恨之入骨，因为那是我的过错，一切都是我的过错，是由于我的过错，她遭到结结实实、没完没了的毒打，脖子上、头上、脆弱的肩膀上，不是像平时打一个犯错误的女孩，而是像驯服一匹倔强的马驹。是我的过错。

1947 年，亚历山大爷爷和施罗密特奶奶经常在 9 月的晚上光顾，和我们一起坐坐，和父亲一起盘算哪些国家会投以色列的票。汉娜和哈伊姆·托伦，还有鲁德尼基夫妇、玛拉阿姨和斯塔施克叔叔，或者阿布拉姆斯基，或者我们的邻居罗森多夫夫妇和托西娅和古斯塔夫·克洛赫玛尔。克洛赫玛尔先生在盖乌拉大街开了一家夜间上锁的小店，他终日身穿一条皮革围裙，戴一副角质镜架眼镜，坐在那里修理娃娃：

**值得信赖的医治者，但泽人，玩具医生**

可能是我五岁那年，一次，古斯塔夫叔叔在他那家微型小店里，修好了我那长着一头红发的芭蕾舞女演员娃娃彩莉，分文未取。她那长满雀斑的鼻子被打破。克洛赫玛尔先生技艺精湛，使用一种特殊的胶水把她修补得看不出一丝痕迹。

克洛赫玛尔先生深信能和我们的阿拉伯邻居对话。在他看来，凯里姆亚伯拉罕的居民应该组成一个小型代表团，去和附近阿拉伯村庄里的乡长、谢赫和其他要人谈判。毕竟，我们一向睦邻友好，即使整个国家现已失去理性，但是在这里，在耶路撒冷北部，在双方从未发生任何冲突与敌意的地方，也没有失去理性的必然原因。

要是他能说一点阿拉伯语或者英语，古斯塔夫·克洛赫玛尔本人，这个多年利用医治技艺为阿拉伯人和犹太人修理玩偶的人，就会不容分说，拿起他干活时用的胶水，穿过将我们与他们隔开的空旷田野，挨家挨户敲开他们的房门，言简意赅地向他们解释。

维里克中校，杜戴克伯伯，长得像电影中的一位英国上校，实则那时为英国人充当警察，有天晚上来我们这里坐了一会儿，从一家巧克力专卖店买来一盒"猫舌头"饼干。他喝了杯咖啡加菊苣根，吃了几块小饼干，他精干的黑制服上一排银光闪闪的扣子，斜挎在胸脯的皮带，屁股上亮闪闪枪套里的黑色手枪像睡狮（只露出枪把，每次看它时我都颤抖不已），令我眼花缭乱。杜戴克伯伯坐了约莫有一刻钟，只是在我父母和其他客人的再三恳求下，他终于透露出一两个模棱两可的暗示，这些暗示也是他从了解情况的高级英国警官那里了解到的：

"你的预测与猜想真是令人遗憾。不会分治，不会建立两个国家，因为那什么整个内盖夫沙漠将继续在英国人的掌控中，要让他们能够保留在苏伊士的基地，英国人会固守小镇兼港口的海法、里达、埃克隆和拉马特大卫的空军基地，以及萨拉法恩德的一个个军营。一切顺利，包括耶路撒冷，阿拉伯人也会得到，由于美国人要他们做出回报，让犹太人在特拉维夫和哈德拉之间拥有某小块土地。允许犹太人在这小块领地里建成一个自治区，某种犹太人的罗马教廷城，将逐渐允许我们在这小块地区里接纳十万，顶多十五万临时难民营里的幸存者。如有必要，美国第六舰队大航空母舰上的数千美国士兵应防护这块犹太领地，因为那什么他们不相信犹太人在如此条件下能够自我防卫。"

"但是那是个隔离区！"阿布拉姆斯基大叫，声音可怕，"一个犹太人居住辖区！一座监狱！孤独的监禁！"

古斯塔夫·克洛赫玛尔则面带微笑，愉快作答：

"最好是美国人自己把要给我们的特拉维夫和哈德拉之间的这个小人国拿走，只给我们两艘航空母舰，我们在那里就会比较舒服比较安全了。也就不那么拥挤了。"

玛拉·鲁德尼基恳求、哀求那个警察，就像为我们祈求生命：

"加利利怎么办呢？加利利呢，亲爱的杜戴克？还有河谷呢？我们连河谷也不要吗？他们至少也应该把河谷留给我们，为什么不呢？他们怎么连穷人最后一只幼牡羊都要呢？"

父亲忧心忡忡地评论说：

"没有穷人最后一只幼牡羊这种东西，玛拉，穷人只有一只幼牡羊，它也被夺走了。"

沉默片刻后，亚历山大爷爷怒不可遏，他脸憋得通红，气呼呼的，仿佛失去了控制：

"非常正确，雅法清真寺的那个恶棍！他非常正确。我们确实不过是一堆排泄物！咳，怎么了，这就到头了！那好！够了！世界上所有的反犹主义者都非常正确。咳，怎么啦。确实有人诅咒我们。上帝确实憎恨我们！而我，"爷爷呻吟着，脸色通红，唾沫星子飞溅，不住地捶打桌子，弄得杯子里的茶勺叮当作响，"咳，怎么啦，你说的，上帝怎么恨我们，我们就用怎样的恨来回敬他。我恨上帝。他已经死了！柏林的反犹主义者已经死了，但是另一个希特勒仍然坐在那里！更为糟糕！咳，怎么啦！他正坐在那里嘲笑我们呢，流氓！"

施罗密特奶奶一把抓住他的胳膊，命令道：

"兹希亚！够了！你在说什么呀。够了。真的够了。"

他们想办法让他平静下来。给他倒了一小杯白兰地，在他面前放了一些饼干。

可杜戴克伯伯，维里克中校，显然认为爷爷不该当着警察的面如此歇斯底里咆哮狂言，他站起身，戴上他那顶气派的大檐警帽，正了正左臀部的手枪套，从门口主动赐给我们一个暂缓之机，一线光明，仿佛在怜悯我们，俯就对我们的呼吁做出反应，至少在一定程度上：

"但是，还有一个官员，一个爱尔兰人，确实是个人物，再三重申，犹太人比世界上所有的人加在一起都要聪明，他们始终幸免于难。他是这么说的。问题是，他们要免除的是何种灾难？大家，晚上好。我只是要求你们不要重复我跟你们说过的话，因为那什么这是内部消息。"（杜戴克伯伯这辈子在耶路撒冷住了六十年，甚至在年老之际也总是要说"因为那什么"，忠心耿耿拘泥于语言模式的三代人没能把他教好。即使他身为高级警官，最后做了耶路撒冷警察局局长，后来又荣任旅游部副部长，也无济于事。他一如既往："因为那什么我是个犹太人！"）

## 44

父亲有天吃晚饭时解释说，11 月 29 日即将在纽约附近成功湖召开的联合国大会上，要求至少达到三分之二的多数投票，才有可能采纳联合国巴勒斯坦问题特别委员会在报告中的提议，在英国托管区的土地上建立两个国家，一个犹太国家和一个阿拉伯国家。穆斯林同盟以及英国人会千方百计设法阻挠出现这样一个大多数。他们想把整个领土变成英国统治下的一个阿拉伯国家，就像埃及、外约旦和伊拉克等其他阿拉伯国家一样，实际上处于英国的保护之下。另一方面，杜鲁门总统与自己的国务院大相径庭，为使人们接受分治协议而努力。

斯大林的苏维埃共和国联盟出人意料，与美国一道支持建立与阿拉伯国家共存的犹太国家。他也许预见到，同意分治的表决将导致这个地区多年处在流血冲突中，使得苏联能够在英国控制的中东地区，在靠近石油产地和苏伊士运河的地方赢得一个立足点。强权国家一肚子花花肠子，显然穿插着宗教野心，罗马教廷希望在耶路撒冷拥有决定性的影响力，按照分治计划，耶路撒冷既不属于犹太人，也不属于穆斯林，而是由国际管辖。出于良知而做的考虑和同情与自私自利和犬儒主义想法相互交织，几个欧洲政府正在寻求某种方式，为三分之一犹太人死于德国刽子手的魔爪，为犹太人世世代代遭受迫害而做出补偿。然而，又是同样的政府，不愿反对把成千上万贫困潦倒无家可归的东欧犹太人，那些自德国战败后一直在难民营里备受煎熬的犹太人，输送到远离他们自己的领土，实际上远离欧洲的地方。

在真正投票那一刻之前，结果难以预见。压力和诱惑、威胁与阴谋甚至行贿等手段，使三四个拉美和远东小国关键性的几票摇摆不定。智利政府，一向拥护分治，但屈从于阿拉伯世界的压力，通知其在联合国的代表投反对票。海地宣布准备投反对票。希腊代表团打算弃权，而且在最后一刻决定支持阿拉伯的地位。菲律宾代表拒绝表态。巴拉圭犹豫不决，巴拉圭驻联合国代表塞萨尔·阿科斯塔博士抱怨未从自己的政府得到明确指令。泰国发生了军事政变，新政府召回其代表团，新代表团尚未派出。利比亚答应支持提议。海地在美国的压力下，改变初衷，决定投弃权票。与此同时，在阿摩司大街，在奥斯特的杂货店，或者在报刊经售人和文具商卡里克的店里，他们说，一个相貌英俊的阿拉伯外交官对某小国的女代表施美人计，设法让她投反对分治计划的票，尽管她的政府已经向犹太人做出支持的承诺。"但是立刻，"克洛德尼印刷厂的户主克洛德尼先生咯咯笑了起来，"他们派一个机智的犹太人向神魂颠倒的女外交官的丈夫披露实情，又派一个机智的犹太姑娘向那位外交官唐璜的太太告发，万一没有达到目的，他们还安排了……"（这时谈话转为意第绪语，因此我不会听懂。）

据说，星期六早晨会在一个叫成功湖的地方举行联合国大会，决定我们的命运。"生存还是毁灭。"阿布拉姆斯基先生说。托西娅·克洛赫玛尔太太从丈夫的玩偶医院里拿来了缝纫机的延长线，以便伦伯格夫妇能把他们家那台笨重的黑收音机搬出来放在阳台上。（那是阿摩司大街上唯一一台收音机，如果不是整个凯里姆亚伯拉罕地区唯一一台的话。）他们把音量调到最高，我们都聚集在伦伯格家里，院子里，大街上，楼上的阳台上，阳台对面，因此整个大街都会亲耳听到真正的广播，得知裁定，得知我们未来的命运（"倘若这个星期六之后仍有未来的话"）。

"成功湖的名字，"父亲说，"在比阿里克诗歌中象征着我们民族的命运，是泪海的反义词。殿下，"他接着说，"准许你参加此次活动，因为它符合你的身份：既是一个虔诚的看报人，又是我们的政治和军事评论家。"

妈妈说：

"是啊，但是加件毛衣，外面冷。"

但是，星期六早晨我们才知道那次至关重要的会议下午在成功湖召开，由于纽约和耶路撒冷存在时差，所以这里要等到晚上才开始，或许因为耶路撒冷也是如此一个偏僻的地方，离大世界这么遥远，相隔万水千山，那天晚上发生在那里的一切，只是隐约传到我们这里，一向在经历了延宕之后。投票结果传到耶路撒冷，要等到很晚，可能将近半夜，这时孩子已经在被窝里躺了一个小时，因为第二天早晨要去上学。

妈妈爸爸迅速说了几句话，用波兰语和俄语进行简短交流，最后妈妈说：

"你今天晚上最好像平时一样睡觉，但是我们坐在外面篱笆墙边，听伦伯格先生家阳台上放的广播，倘若结果是肯定的，即便已经半夜，我们也会把你叫醒，让你知道。我们保证。"

后半夜，投票即将结束，我从睡眠中醒来。我的床就在窗下，窗外便是大街，于是我跪起身，透过百叶板向外窥探，周身颤抖。

就像一场可怕的梦，人影绰绰，大家站在一起，站在昏黄的街灯旁，阳台上，路上，犹如众多的幽灵。数百人一声不吭，邻居，认识的和不认识的，有的穿着睡衣，有的穿着西装外套打着领带，还有几个人头戴帽子，有些女人头上什么也没戴，有些女人身穿晨衣，头上包着头巾，有些人的肩膀上驮着睡眼惺忪的小孩，我注意到，在人群边上，偶尔有个老太太坐在凳子上，或是有个被人连同椅子搬到大街上的老头。

在那个可怕的宁静夜晚，整个人群仿佛化作石头，他们仿佛不是真人，而是映在闪烁不定的黑暗幕布上的黑色剪影，宛如死者站在那里，听不到一个字，听不到一声咳嗽，听不到一声脚步，听不到蚊虫嗡嗡的叫声，只有音量开到最大嘟嘟作响的收音机里传来美国播音员那深沉粗犷的声音，令夜晚的空气颤抖。也许那是联合国大会主席、巴西外长奥斯瓦尔多·阿拉尼亚先生的声音。他按照英语字母表顺序一个接一个读出名单上的最后几个国家名，这些国家的代表立刻作答。大不列颠及北爱尔兰联合王国：弃权。苏维埃社会主义共和国联盟：同意。乌拉圭：同意。委内瑞拉：同意。也门：反对。南斯拉夫：弃权。

声音戛然而止，一阵幽冥之中的宁静突然降临，令整个场面凝固，一阵可怕而令人恐惧的宁静，几百人屏住呼吸时的宁静，从出生到那时，从那个夜晚到现在，我从未感受过这样的宁静。

接着，又传来那个深沉并略带嘶哑的声音，令空气颤抖，那粗犷冷峻又充满激动的声音总结：三十三票赞成，十三票反对，十票弃权，一个国家未参加投票。决议通过。

广播里爆发出吼声，成功湖大厅的走廊一片声浪，吞没了他的声音，叫喊，怀疑，目瞪口呆，约莫过了两三秒钟，耶路撒冷北部凯里姆亚伯拉罕区边缘我们这条遥远的街道上也一下子爆发出吼声，那叫喊令人胆寒，划破黑暗、房屋与树木，穿透大地，那不是欢乐的叫喊，一点不像观众们在运动场上的叫喊，不像激动狂欢的人群发出的叫喊，也许更像困惑与惊恐中的尖叫，一阵灾难性的叫喊，那叫喊可以撼动山石，让你血液凝固，仿佛已在这里死去的死者和正在死去之人瞬间拥有了叫喊的窗口。随即，代替惊恐尖叫的是欢乐的怒吼，沙哑的哭喊声响成一团，"犹太民族活下去了"，有人试图唱起《希望之歌》，女人们边尖叫边拍手，"在这里在我们先祖挚爱的土地上"，整个人群宛如搅拌机里卷起的水泥开始缓缓地转圈，不再有任何禁忌。我穿上长裤，但没顾上穿衬衫或毛衣，夺门而出，某位邻居或者陌生人把我抱起，免得让人踩在脚下，我被从这个人手中传到那个人手中，最后在家门口不远处骑到父亲的肩头。父亲和母亲相拥着站在那里，像两个在森林中迷路的孩子，无论以前还是之后我从来没有见他们这样，我在他们共同的怀抱里停留片刻，接着又回到了父亲的肩头，我那位温文尔雅彬彬有礼的父亲站在那里声嘶力竭地叫喊，不是叫喊语词、文字游戏或犹太复国主义口号，甚至也不是欢乐的叫喊，而是没有任何藻饰的长声叫喊，好像那时还没有发明文字。

但是，其他人现在已经开始歌唱，大家都在歌唱。我父亲不会唱歌，不会流行歌曲的歌词，可他没有止住，而是继续他那发自肺腑的长声呼喊：啊—啊—啊—哈—哈—哈！喊得喘不上气来时，他像溺水之人吸一口气，继续呼喊，这个想成为名教授，配得上名教授身份的人，现在只是一个劲儿地呼喊啊—啊—啊—

哈—哈—哈。我吃惊地看到母亲用手抚摩他那潮湿的头、颈背，接着我感觉她的手也在摸我的脑袋和脖子，因为我不知不觉也一直在帮父亲叫喊，妈妈的手一遍又一遍地抚摩我们，也许是在抚慰我们，也许不是，也许她从内心深处也想和他还有我一起叫喊，此次，我可怜的妈妈试图与整条大街、整个住宅区、整个国家一道叫喊——不，绝对不是整座城市，只是犹太人居住区，因为谢赫贾拉、卡塔蒙、巴卡阿和塔里比耶那天晚上一定听到了我们的声音，正沉浸在一片沉寂中，那沉寂也许酷似表决结果宣布之前犹太居住区的可怕沉寂。在谢赫贾拉的希尔瓦尼住宅，在塔里比耶的阿爱莎家里，还有服装店那个人，那个满怀同情的双眼下有两个大眼袋的受人爱戴的人的家里，今夜没有庆祝活动。他们一定听见了从犹太人居住的大街小巷传来欣喜若狂的叫喊，他们也许会站在窗前，观看使夜空蒙受损伤的星星点点的快乐焰火，默默地噘起嘴唇。就连鹦鹉也默不作声。花园池塘的喷泉默默无语。然而，卡塔蒙、塔里比耶，还有巴卡阿尚未得知，尚不能得知，再过五个月，它们会空空荡荡、完好无损地沦于犹太人之手，那些粉石砌成的穹顶房屋，还有那些飞檐交错、拱门林立的别墅里，会有新居民进驻。

后来，犹太人在阿摩司大街，在整个凯里姆亚伯拉罕，在所有的犹太人居住区，起舞，啜泣。人们举着旗子，布条上写着标语，汽车喇叭鸣起，"高举锡安山旗帜""在这里在我们先祖挚爱的土地上"，所有的犹太会堂里都传来羊角号声，《托拉》古卷从约柜中拿了出来，跳舞的人们追随着它，"上帝会重建加利利""过来观瞧 / 今天多伟大的日子"，后来，凌晨时分，奥斯特先生突然把自己的商店打开，泽弗奈亚大街、盖乌拉大街、钱塞勒大街、雅法路、乔治王街上所有的售货亭全部打开，整个城市里的酒吧全部打开，分发软饮料、甜点，甚至酒精类饮品，直至迎来第一道晨光，一瓶瓶果汁、啤酒和葡萄酒从这个人手上传到那个人手上，从这个人嘴边传到那个人嘴边，素不相识的人们在大街上含泪拥吻，惊恐万状的英国警察也被拖进跳舞者的行列，被一罐罐啤酒和软饮料灌得温和起来，欣喜若狂的狂欢者爬上英国人的装甲车，挥动着国家的旗帜，国家虽然尚未建立，然而在成功湖畔，已经决定它有建立的权利。它将在一百六十七个日日夜夜之后，在 1948 年 5 月 14 日建立起来，但是正在跳舞、狂欢、纵饮并在快乐中哭泣的每一百个男女老幼中就有一人，那天夜里拥上大街的激动万分的人们中有整整百分之一，会死于实施成功湖特别大会决定后的七小时内阿拉伯人发动的战争中——英国人离开后，阿拉伯人得到阿拉伯联盟正规军事力量的帮助，一队队步兵团、装甲部队、炮兵，一架架战斗机和轰炸机从南、东、北三方前来助战，五个阿拉伯国家的正规军前来进犯，打算把一个新国家在宣布建立一两天内就消灭掉。

但是，在 1947 年 11 月 29 日，我们在那里流连忘返，我骑在他肩上，四周是一圈圈跳舞欢跃的人流，当时父亲对我说，孩子，你看，你好好看看，孩子，记住这一切，因为你将至死不会忘记这个夜晚，在我们离开人世后，你会向你的儿女，你的孙儿孙女，你的重孙辈儿讲述这个夜晚。他说此话时，仿佛不是在要求我做什么，而是他自己知道我会做，并把他的所知用钉子敲实。

夜已然很深，从来也没允许这个孩子这么晚睡觉，也许三四点钟，我在黑暗中和衣钻进毯子里。过了一会儿，父亲伸手在黑暗中掀开我的毯子，不是因为我穿衣服睡觉而生气，而是钻进毯子里，在我身边躺下。他也没脱衣服，因为刚才在人群中挤来挤去，衣服已为汗水湿透，和我的衣服一样（我们有一条铁的纪律：不管什么原因，你永远不能穿着外出时穿的衣服钻进被窝）。我父亲在我身边躺了一会儿，什么话也没有说，而通常情况下他讨厌沉默，会忙不迭地把沉寂打破。但是这一次，他没有触摸我们之间的沉寂，而是分享沉寂，只是用手轻轻抚摩我的脑袋。仿佛在黑暗中，爸爸已经变成了妈妈。

接着，他向我说起了悄悄话，一次也没有叫我殿下或者阁下，告诉我有些小流氓在敖德萨向他和哥哥大卫所做的一切，非犹太男孩子在维尔纳的波兰学校向他做了什么，一些女孩子也参与其中。第二天，他的父亲亚历山大爷爷来学校告状，坏蛋们拒绝归还撕破的裤子，而是攻击他的父亲，我的爷爷。竟然当着他的面，强行把爷爷按倒在铺路石上，在操场中央也把他的裤子扒了下来。女孩子们纵声大笑，开下流的玩笑，说犹太人都是如此这般，而老师们在旁边瞧着，一言不发，也许他们也在嘲笑呢。

依然置身于一片黑暗，他的手依然在我头发里乱摸（因为他不习惯抚摩我），我父亲在 1947 年 11 月 30 日凌晨时分在我的被窝里告诉我："坏蛋们有朝一日也会在大街上或者学校里跟你找碴儿。也许他们会对你做一模一样的事情，因为你有点像我。但从现在开始，从我们拥有自己的国家开始，你永远不会只因为是犹太人，因为犹太人如此这般而受人欺侮。不会。永远不会。从今天晚上开始，这样的事情在此结束。永远结束了。"

我困乏地伸手摸他的脸庞，就在他高高的额头下，我的手指没

有摸到眼镜，而是突然摸到了泪水。有生以来，无论在那个夜晚
之前，还是之后，即使在我妈妈死去时，我也没有看到爸爸哭过。
实际上那天夜里我也没有看见他哭，屋里太黑了，只有我的左手
看见他哭了。

几个小时后，七点钟，也许所有的邻居们依然沉浸在睡梦中，
在谢赫贾拉地区，子弹射向一辆从城市中心开往守望山哈达萨医
院的犹太人救护车。阿拉伯人在整个国家向犹太人发起袭击，在
公路上袭击犹太人乘坐的公共汽车，打死打伤乘客，用轻型武器
和机枪袭击城市外围和偏远的定居点。贾马尔·侯赛尼[1]率领的阿
拉伯高级委员会宣布总罢工令，把成群结队的人们送上街头和清真
寺，宗教领袖在那里号召针对犹太人发动圣战。两天以后，几百
名携带武器的阿拉伯人走出老城，唱起渴饮鲜血的歌，背诵《古
兰经》韵文，发出"刀劈犹太人"的吼声，一齐向空中射击。英
国警察一路上跟着他们，英国装甲巡逻车，据报道，引导他们冲
进马米拉路东头的犹太人购物中心，在整个地区抢劫、放火，共
烧毁四十家商店。英国士兵和警察在玛丽公主街设置路障，阻止
哈加纳防御武装前来帮助困在购物中心的犹太人，甚至没收他们
的武器，并抓了其中十六人。第二天，准军事武装组织伊尔贡展
开报复，烧毁了阿拉伯人的莱克司影院。

冲突发生的第一个星期，约二十名犹太人遇害。到第二个星
期末，整个国家有二百多名犹太人和阿拉伯人身亡。从 1947 年 12
月初到 1948 年 3 月，阿拉伯武装拥有主动权，耶路撒冷和其他地

---

1 贾马尔·侯赛尼（1892—1982），生于耶路撒冷，最初攻读医学，后成为阿拉伯政界领袖。

方的犹太人只得通过牢固防御才能放下心来，因为英国人摧垮了哈加纳所要发动的反击，抓捕哈加纳成员并没收其武器。当地半正规的阿拉伯武装、阿拉伯邻国来的数百名武装志愿者，还有投向阿拉伯方面并与之并肩作战的约两百名英国士兵，封锁了公路，把犹太人的势力范围缩小到围困起来的一块块马赛克似的定居点，或者是一片片定居点，那里只有通过护航才能保障食品、燃料和军火供应。

　　而英国人仍然继续维系其统治，把力量主要用在帮助阿拉伯人作战上，并束缚犹太人的手脚，犹太人的耶路撒冷逐渐和整个国家隔绝开来。它通往特拉维夫的唯一一条公路也遭到阿拉伯人的封锁，护航员只能不定期地将食品和必需品从沿海运往耶路撒冷，付出了沉重的代价。1947年12月末，耶路撒冷犹太人居住区实际上陷于围困。伊拉克正规军得到英国管理部门的允许，控制了洛什哈阿因的抽水站，炸掉抽水装置，犹太人在耶路撒冷的居住区除水井和水库外，再无别的水源。孤零零的犹太区，如老城城墙内的犹太人居住区，也门莫西、梅库尔哈伊姆和拉马特拉海尔由于与城里的其他犹太人居住区隔断了联系，因此陷于重重围困中。犹太人成立了一个"紧急委员会"，监管食品配给和每隔两三天在炮火间隙中沿街按照人头分发饮水的车辆。面包、蔬菜、糖、牛奶、鸡蛋和其他食品实行严格的配给制，按照食品券分配给各家各户，这些生活用品发光后，偶尔分给我们一些劣质奶粉、面包干以及味道怪怪的鸡蛋粉。医药用品几乎用光，伤员做手术时有时不打麻药。电力供应陷于瘫痪，因为几乎不可能弄到煤油，所以我们一连几个月生活在黑暗中，或者使用蜡烛。

我们那拥挤不堪、像地下室的住房变成楼上居民们的炮弹掩体，认为它在轰炸和枪击时比较安全。我们取下所有的窗玻璃，用沙袋把窗子堵住。从1948年3月到第二年8月或9月，我们日夜住在山洞般从不见天日的黑暗里。在这沉沉黑暗和无法摆脱的污浊空气中，每隔一段时间，就有二十或二十五个人来和我们住在一起，包括邻居、素不相识者、熟人，以及从第一线居住区里来的难民，他们就睡在床垫或者草垫子上。他们当中有两个老态龙钟的女人，终日坐在走廊的地板上，神情木然，有个疯疯癫癫的老头自称先知耶利米，动不动就悲悼耶路撒冷的毁灭，向我们大家预言阿拉伯人在拉马拉附近有毒气室，"他们在那里已开始每天毒死两千一百个犹太人了"，还有亚历山大爷爷和施罗密特奶奶，还有亚历山大爷爷的鳏夫兄长（琪波拉伯母1946年去世），约瑟夫伯伯本人——克劳斯纳教授——同他的弟妹哈娅·爱里茨迪克——这两个人几乎是在最后一刻才设法从已被包围与外界隔断联系的塔拉皮尤特逃脱，来和我们一起避难。现在他们和衣躺在小厨房的地板上，那里如今被视为房子里最为安静的地方，他们也没脱鞋，时睡时醒——因黑暗之故，难以辨别夜与昼。（据说，阿格农先生也偕夫人离开塔拉皮尤特，与热哈维亚的朋友们住在一起。）

约瑟夫伯伯用他那略带哭腔的尖厉声音，为不得不留在塔拉皮尤特的图书馆及其宝贵手稿的厄运痛惜，天晓得能否再看见它们。至于哈娅·爱里茨迪克，她唯一的儿子阿里埃勒已经从戎，为保卫塔拉皮尤特而战，很长时间，我们不知他是死是活，有没有负伤或被关进监牢。[1]

---

1 我父亲的堂弟阿里埃勒·爱里茨迪克曾经在《第三十把剑》一书中描写了他在解放战争时的经历。——原注

米尤多夫尼克夫妇的儿子格里沙在什么地方与帕尔马赫[1]共同作战，二人从第一线的贝特以色列地区的家里逃出来，在我们的小房子里落脚，与其他几家人一起挤在战前我住的那个小房间里。我对米尤多夫尼克先生深怀敬畏，因为我知道，我们大家在塔赫凯莫尼用的署名马提特雅胡·米尤多夫尼克的那本绿皮书《三年级算术》就是他写的。

一天上午，米尤多夫尼克外出，晚上没有回来，第二天还是没有回来，于是他的太太去市里的停尸房仔细寻找，回来时很高兴，疑虑全消，因为没有在死人堆里找到她的丈夫。

又过了一天，米尤多夫尼克还是没有回来，父亲像往常一样想打破沉默或者是驱除不快，开始打趣。他宣布，我们亲爱的马提特显然发现某位穿卡其布裙的具有战斗美，现在正和她并肩作战呢（他拙劣地试图使用双关语）。

但是一刻钟过后，这个费劲找乐的父亲突然神情严峻，自己去了停尸房，在那里，根据自己借给米尤多夫尼克先生的那双袜子，设法辨认出那具已被炮弹炸烂的尸体。大概因为尸体已经面目全非，米尤多夫尼克太太没认出来。


在遭围困的那几个月，妈妈、爸爸和我躺在走廊一头的床垫上，整个夜晚，人们鱼贯而行，艰难地从我们身上跋涉过去，上厕所，厕所臭气熏天，因为没水冲洗，因为窗口被沙袋堵住。每隔几分钟就会发射一枚炮弹，整座山都在颤抖，石头砌成的房屋也在颤抖。有时，房子里有人做噩梦，令人毛骨悚然的叫喊会把

---

1 帕尔马赫，英国托管时期犹太人地下军事武装哈加纳中的先锋队，1941 年 5 月成立，1948 年战争期间起到至关重要的作用，后成为以色列国防军的中坚力量。

我惊醒。

2月1日，一辆轿车在犹太人办的英文报《巴勒斯坦邮报》大楼外面爆炸，整座大楼毁了。怀疑是支持阿拉伯人的英国警察所为。2月10日，半正规的阿拉伯武装向也门莫西区发动大规模攻击，被那里的防御者击退。2月22日星期天上午十点半，一个自称"英国法西斯军团"的组织在耶路撒冷的心脏本-耶胡达大街引爆三辆装满炸药的货车。六层高的楼房被炸成一片瓦砾，大部分街道变成废墟。五十二名犹太人在家中遇难，约一百五十人受伤。

就在那一天，我那位近视眼的父亲到泽弗奈亚那条窄胡同里的民族卫士总部要求入伍。他得承认自己以前的从军经历极其有限，只给伊尔贡编辑一些非法的英文标语（"背信弃义的阿尔比恩人可耻！""打倒纳粹英国人的镇压！"等等）。

3月11日，美国总领事那辆谁都认识的轿车由领事的阿拉伯司机驾驶，开进犹太人代办处大楼前的院子，犹太人在耶路撒冷和整个国家的组织机构都在那里办公。部分大楼在爆炸中被炸毁，几十人丧命或受伤。在3月的第三个星期，从沿海地区护送生活必需品的努力没有成功，围困更加严重，整座城市处于饥饿边缘，严重缺水，并有暴发瘟疫的危险。

我们地区的学校从1947年12月中旬就停课了。一天早晨，我们这些在塔赫凯莫尼和教育之家读书的三四年级的孩子被叫到马拉哈伊大街的一座空住宅里集合。一个小伙子，脸晒得黝黑、随意穿一套土黄色便装、叼着烟卷，我们只在介绍时得知他代号为加里巴尔迪，向我们发表了大约二十分钟的训话。他语气严肃，非常实在，我们以前只从成人的谈话中见识过。加里巴尔迪交给我们一个任务：在院子和储藏货物的棚子里寻找空口袋（"我们在口袋里装上沙子"）和瓶子（"有人知道怎样把鸡尾酒灌进去，让我们的敌人美美享受一番"）。

我们还学着到荒地或废弃的院子里采集野生锦葵，其阿拉伯名字叫作"苦巴采"。这种野生锦葵可以在某种程度上缓解可怕的饥饿。妈妈把野生锦葵煮过，或者炒过，用它做各种丸子或者酱泥，这东西看上去像绿油油的菠菜，但是更为难吃。我们也轮流值勤，白天每小时都有两个小孩放哨，从俄巴底亚大街选个合适的屋顶，观察施内勒军营英国军团的动静，其中一个孩子时不时跑到马拉哈伊大街的作战指挥室，向加里巴尔迪或他的一个副官禀报英国兵在做什么，有没有准备离开的迹象。

加里巴尔迪让比我们稍大一点的四五年级的孩子在泽弗奈亚大街和布哈拉居住区的各个哈加纳哨所之间传递信息。妈妈恳求我"表现出一种真正的成熟，不要搞这种孩子气的游戏"，但是我不能按照她的意愿行事。我特别擅长收集瓶子，仅仅一个星期我就想方设法收集到了一百四十六只空瓶子，用盒子和口袋装起来拿到了总部。加里巴尔迪本人拍拍我的后背，斜眼瞟了我一眼。他边透过敞开的衬衣抓前胸的汗毛，边对我说："干得非常漂亮。也许我们有朝一日还会听到你的消息。"我在这里如实记下他说的话，字字句句。五十二年过去了，我至今仍然没有忘却。

# 45

　　许多年以后，我发现儿时认识的一个妇女杰尔塔·阿布拉姆斯基，雅考夫-大卫·阿布拉姆斯基的太太（二人都是我们家的常客），那些日子一直坚持记日记。我模模糊糊地记得，妈妈在轰炸时有时坐在走廊角落的地板上，把笔记本放在膝头，笔记本下还垫着一本没有打开的书，她在写着什么，全然不顾炮弹爆炸、迫击炮轰鸣和机枪扫射，对于终日住在我们黑暗、臭烘烘的"潜水艇"里的同住者之间的争吵充耳不闻，在笔记本上写着什么，漠然对待先知耶利米充满宿命色彩的叨咕、约瑟夫伯伯的哀叹，以及一个老太太（她的哑巴女儿当着我们大家的面给她换掉湿尿布）宛如婴儿般的刺耳哭喊。我永远也不会知道母亲在写些什么，我没有拿到她的笔记本。也许她在自杀前将其全部焚烧了，连一张写满字的纸片都没有给我留下。

　　我在杰尔塔·阿布拉姆斯基的日记里读道：

1948 年 2 月 24 日
　　我疲倦……如此疲倦……储藏室里满是死伤者的物品……

几乎无人前来认领这些物品：无人认领，物品的主人遭到杀戮，或者受伤躺在医院里。一个头和胳膊都有伤但可以走路的人来到这里。他的妻子被打死了。他找到她的外衣、照片和内衣……当初怀着爱与生存之乐购买这些物品，而今它们却被堆在了地下室……一个年轻的小伙子 G. 前来寻找他的物品。在本－耶胡达大街的汽车爆炸事件中，他失去了父母、两个兄弟和一个妹妹。他之所以得以逃脱，是因为那天夜里没在家睡觉，他在值班……顺便说一句：他所感兴趣的不是物品，而是照片。他在幸存下来的数百张照片里，寻找为数不多的家庭照。

## 1948 年 4 月 14 日

今天早晨宣布……凭煤油本（户主本）上的一张配给券，每家可以在指定肉商那里领到四分之一只鸡。一些邻居让我替他们领，因为我无论如何都要去排队，而他们还得工作，排不了队。我的儿子约尼提出，在上学之前替我去站队，但我跟他说我自己去。我把亚伊尔送到幼儿园，便去了盖乌拉街，肉铺就在那里。差一刻八点，我赶到那里，看到五六百人站在那里排队。

据说很多人凌晨三四点钟就已经赶到，因为风传头天就要发鸡。我不想排队，但是我答应邻居们把配给给他们领回去，我不愿意空手回家。我决定像别人一样"站在"那里。

站在那里排队时，我得知，从昨天起一直传播的"谣言"得到了证实：是的，百十名犹太人昨天在谢赫贾拉被活活烧死。他们本是被护送前往哈达萨医院和大学的。百十个人，其中包括杰出的科学家和学者、医生和护士、工作人员和学生、职员和病人。

简直难以置信。耶路撒冷有这么多犹太人，但是当这成百人在只有一公里之隔的地方濒临死亡时，却无人相救……他们说：英国人不让。要是这样恐怖的事件就在你眼前发生，四分之一只鸡又算得了什么？但是人们耐住性子排队。不断闯入你耳际的是："孩子越来越瘦……他们有几个月没尝到荤腥了……没有牛奶，没有蔬菜……"站六个小时很艰难，但是值得：孩子们就会有鸡汤喝了……谢赫贾拉发生的一切令人发指，但是谁又知道在耶路撒冷等待我们大家的是什么？死者已已，生者尚存……队伍缓缓地向前移动。"幸运之星"抱着分给每家每户的四分之一只鸡回家了……葬礼终于结束……下午两点，我领到了自己的配给和邻居们的配给，我回家了。[1]

1948 年 4 月 13 日，七十七位医护人员、教授和学生遭到屠杀，许多人被活活烧死，父亲本来是要和那个护送队一起上守望山的。民族卫士总部，抑或他在国立图书馆的上级，命他去把地下室的某个书库锁上，因为守望山已被与城市隔绝。但就在动身的头天晚上，他发高烧，医生坚决禁止他下床。（他近视眼，人又单薄，每次发烧，他眼前便模糊一片，几乎什么也看不见，而且还会神志不清。）

四天前，伊尔贡和斯特恩帮攻克了耶路撒冷西部的阿拉伯村

---

1 杰尔塔·阿布拉姆斯基，《一个女子在 1948 年耶路撒冷围困时期的日记》，见于《雅考夫—大卫·阿布拉姆斯基通信》，淑拉·亚布拉姆斯基编辑并评注（特拉维夫：希弗里阿特波阿里姆，5751/1991），第 288—289 页。——原注

庄代尔亚辛，杀害了那里的许多居民，全副武装的阿拉伯人于是在 4 月 13 日早上九点半对经过谢赫贾拉去往守望山的护送队发起攻击。英国殖民地事务大臣亚瑟·克里奇·琼斯[1]本人向犹太代办处代表做出承诺，只要英国人在耶路撒冷，就会确保安排固定的护送队，帮助医院和大学做好防卫工作。(哈达萨医院不光给犹太人看病，而且为整个耶路撒冷的居民服务。)

护送队中有两辆救护车，三辆公共汽车，为预防狙击，车窗玻璃上安装着金属板，还有几辆装载医药等必需品的货车，还有两辆小轿车。快到谢赫贾拉时，一个站在那里的英国警官向护送队发出信号，公路畅通无阻，安全如旧。在阿拉伯人居住区中央，差不多就在流亡中的巴勒斯坦阿拉伯人领袖、纳粹支持者、大穆夫提阿明·阿里-侯赛尼的别墅脚下，离希尔瓦尼庄园大约有一百五十米，前面的车辆轧到一枚地雷，顿时手雷、燃烧瓶从公路两旁疯狂地扔向护航队。火整整烧了一个上午。

离袭击地点不到两百米处，有一个英国军事哨卡，其任务是保障通往医院那条公路的交通安全。英国士兵一连几个小时站在那里观望袭击，手指都没有动弹一下。九点四十五分，英国在巴勒斯坦武装的最高指挥官戈登·麦克米伦将军驱车而过，停也不停。(他后来眼睛眨都不眨地声称，在他的印象中，袭击已经终止。)

一点钟，大约又过了一个小时，一些英国车辆从旁边驶过，没有停留。当犹太代办处的联络军官和英国军方指挥部联系，要求允许派哈加纳运走死伤人员时，得到的答复则是"部队已经控制了局面"，指挥部禁止哈加纳进行干预。然而，哈加纳救援武装

---

1 亚瑟·克里奇·琼斯 (1891—1965)，曾经担任英国殖民地事务大臣 (1946—1950)。

从城市和斯克普斯山出发，试图帮助身陷绝境的护送队时，却阻止他们接近出事地点。一点四十五分，希伯来大学校长犹大·列昂·玛格内斯先生给麦克米伦将军打电话请求救援，答复是"军队正在想方设法赶到出事现场，但是那里正打一场大仗"。

没有战斗。三点钟，两辆公共汽车起火，几乎所有乘客，多数已经负伤，要么已经奄奄一息，活活葬身火海。

一共死了七十七个人，其中包括哈达萨医学组织负责人哈伊姆·雅斯基教授、大学医学院的创始人列奥尼德·多尔扬斯基教授和摩西·本-大卫教授、物理学家古恩特·沃尔夫森博士、心理学系主任恩佐·伯纳文图拉教授、犹太法专家亚伯拉罕·哈伊姆·弗来曼博士，以及语言学家本雅明·克来尔博士。

阿拉伯高级委员会后来发表一项官方声明，把屠杀说成是在"一位伊拉克军官指挥下"所做的一场英雄业绩。声明谴责英国人在最后一刻进行干预，宣称："如果没有军队干预，一个犹太乘客也存活不了。"[1] 只是出于巧合，由于高烧不退，也许还由于我母亲知道怎样遏制他的爱国主义激情，我父亲没有参加那个护送队，没有被活活烧死。


这场大屠杀发生后不久，哈加纳首次在全国发动了大规模的攻势，威胁说，如果英国军队胆敢干预，就要进行武装反抗。在一次大举进攻中，沿海平原到耶路撒冷主要公路的封锁得到解除，而后又遭封锁，又解除封锁，但是由于阿拉伯正规军的介入，希伯来大学再度遭到围困。从4月到5月中旬这段日子，阿拉伯人居

---

1 参考了各种文献，包括多夫·约瑟夫《忠诚的城市：耶路撒冷的围困》，1948（伦敦，1962），第78页。——原注

住的城镇，还有一些阿拉伯人犹太人混居的城镇——海法、雅法、太巴列，还有萨法德——以及北方和南方的几十个阿拉伯村庄均被哈加纳攻陷。在那几个星期，成千上万的阿拉伯人失去了家园，沦为难民。许多人至今仍为难民。许多人出逃，但许多人是遭到了武力驱逐。数千人遭到屠杀。

也许当时被围困在耶路撒冷的人们，谁也不会伤悼巴勒斯坦难民的命运。老城里的犹太人居住区，犹太人在那里一连居住了数千年（唯一的断档是在 1099 年，十字军把当时居住在那里的犹太人全部杀光或者赶跑），沦于外约旦阿拉伯联盟之手，那里所有的建筑都遭到洗劫，或被夷为平地，居民遭到杀戮、驱逐或囚禁。古什埃齐昂的定居点也遭到抢占和破坏，居民遭到杀戮或沦为俘虏。阿塔罗克、内韦雅考夫、卡利亚和贝特哈拉瓦遭到破坏，居民流离失所。居住在耶路撒冷的上万犹太人害怕等待自己的将是同样的命运。当守卫者之音广播电台宣布塔里比耶和卡塔蒙的阿拉伯居民纷纷逃走时，我不记得自己曾经为阿爱莎和她弟弟动过恻隐之心。我只是和父亲一起把耶路撒冷地图上的火柴棍向前挪动一下。几个月的轰炸、饥饿和恐惧让我心硬如铁。阿爱莎和她的小弟弟去了哪里？去了纳布卢斯？大马士革？伦敦？还是去了德黑沙难民营？而今，倘若阿爱莎依然健在，她该是个六十五岁的老太太了。她的小弟弟，小弟弟的一只脚有可能被我砸坏，现在也是快六十的人了。也许我可以动身去寻找他们？去查明希尔瓦尼家族的人在伦敦、南美和澳大利亚如今过得怎么样。

但是，假设我在世上某个所在找到了阿爱莎，或找到当初那个可爱的小男孩，我如何介绍自己呢？我说什么？我真能解释什么吗？我能主动给予什么吗？

他们是否还记得？倘若记得，他们记住了什么？抑或日后所经历的恐惧，使二人忘却了在树上卖弄自己的傻瓜？

并非都是我的过错。不全是。我实际上只是说话，喋喋不休地说话。是阿爱莎对我说，过来，看看你会爬树吗？如果没有她的敦促，就不会发生我爬树的事，她的弟弟——

一切已然过去。无可挽回。


泽弗奈亚街的民族卫士总部发给父亲一支旧步枪，让他夜里在凯里姆亚伯拉罕的街道巡逻。那是一支黑色步枪，沉甸甸的，磨损的枪托上刻着多种外文单词和词首字母。父亲还没有学怎么开枪，就迫不及待试图破解那些字母。也许是第一次世界大战期间使用的一支意大利步枪，不然就是一支美国的老式卡宾枪。父亲把枪摸了个遍，在上面瞎琢磨，推也推不动，拉也拉不开，最后把枪放在地上，回过头去检查弹盒。这下立即赢得了耀眼的成功。他设法取出子弹，一只手显摆一把子弹，另一只手则显摆弹盒，欣喜若狂地向站在门口的我这个小人儿挥动这两样东西，并且揶揄那些给拿破仑·波拿巴泄气的胸襟狭隘之人。

但是，当他试图把子弹放回弹盒时，一下子从胜利走向一败涂地：子弹赢得一阵自由后，竟然顽固不化，拒绝再次遭到监禁。无论怎样绞尽脑汁哄骗利诱，几乎都无济于事。他试着把它们原样放回，翻过来，倒过去，时而轻轻地，时而用学者型的纤细手指铆劲儿，他甚至把子弹交错开来，一个朝上，一个冲下，但是无果而终。

可父亲没有被吓倒，他试图用魔法把子弹放进弹盒，用充满激情的声音冲它们背诗，他给它们选择了波兰爱国主义诗歌，奥维德、普希金、莱蒙托夫、中世纪西班牙时期的整首整首爱情诗——都使用原文，都带有俄罗斯口音，都无济于事。最后，他勃然大怒，慷慨激昂地从记忆中抽取某些片段：古希腊的荷马史诗、德国的《尼伯龙根之歌》、中世纪英国的乔叟，还有我了如指掌的沙乌尔·车尔尼霍夫斯基的《卡莱瓦拉》希伯来语译文，以及《吉尔伽美什》史诗，运用了各种可能用上的语言和方言。无果而终。

因此，他垂头丧气，一只手拿着沉重的步枪，另一只手拿着包在原本用来装三明治的绣花口袋中的子弹，兜里装着空空如也的弹盒（祈祷上帝他不要忘记），回到泽弗奈亚大街的民族卫士总部。

在民族卫士总部，他们很同情他的遭遇，迅速向他演示了把子弹放回弹盒是件多么轻而易举的事，但是他们不再给他配置武器或军火。那天没有，接下来的几天也没有，永远没有。他们发给他一只手电筒，一只口哨和一枚带有"民族卫士"字样的引人注目的袖章。父亲回到家里，喜不自胜。他向我解释"民族卫士"的含义，来回照他的手电筒，嘟嘟吹着口哨，直到妈妈轻轻拍拍他的肩膀说，到此为止吧，阿里耶，求你了，啊？


1948 年 5 月 14 日星期五和 15 日星期六之交的半夜，持续了三十年的英国托管在巴勒斯坦宣告结束，本-古里安几小时前在特拉维夫宣布诞生的国家建立了。约瑟夫伯伯宣布，间断了一千九百年，犹太人重新统治起这块土地。

但是午夜刚过，没有宣战，阿拉伯正规军的步兵纵队、炮兵和装甲兵从南部埃及、东部外约旦和伊拉克、北部黎巴嫩和叙利亚长驱直入以色列。星期六早晨，埃及飞机轰炸了特拉维夫。英国人在正式结束托管之前就邀请阿拉伯军团、外约旦王国的半英国化士兵、伊拉克正规部队以及来自不同国家全副武装的穆斯林志愿者占领了全国各地的要塞。

环境越来越恶劣。外约旦军团攻克了老城的犹太人居住区，用重兵切断通往特拉维夫和沿海平原的公路，掌控了城中的阿拉伯人居住区，在耶路撒冷周围的山冈上架设大炮，开始大规模轰炸，目的是要造成平民伤亡，摧毁其意志，使其屈服。国王阿卜杜拉，伦敦的门客，已经把自己视为耶路撒冷之王。军团的炮台由英国炮兵军官指挥。

与此同时，埃及部队抵达耶路撒冷南部，袭击了曾两度更换主人的拉马特拉海尔基布兹。埃及飞机向耶路撒冷投放燃烧弹，离我们不远的洛米玛老人之家毁于一旦。埃及迫击炮与外约旦的大炮一起轰炸平民区。埃及人从马尔埃利亚斯修道院附近的一座小山上，向耶路撒冷连续发射直径四点二英寸的炮弹。平均一两分钟，就有一颗炸弹落在犹太人居住区，子弹不断地横扫大街。格里塔·盖特，我那位弹钢琴的保育员，身上总是飘出湿毛线和洗衣皂味道的格里塔阿姨，她经常拉着我和她一起去逛商店，我父亲经常为她作些冒傻气的顺口溜，一天早晨到阳台上晾衣服，约旦狙击手射出的一颗子弹，据说，打进她的耳朵，又从眼睛里进出。皮罗什卡·颜乃，皮莉，妈妈那位住在泽弗奈亚大街的腼腆女友，到院子里拿拖把和水桶，当场被一发炮弹击中身亡。

我养了一只小乌龟。战争爆发半年前的1947年逾越节假期里，父亲和大学里的一些人一起到外约旦的杰拉西[1]郊游一天。他拎着

---

1 即《圣经》中的格拉森。

一袋三明治，自豪地把一个真军用水壶挎在皮带上，一大早便上路了。晚上回来后，一肚子全是愉快的旅行见闻和罗马剧场里的奇妙景观，还给我带回一只小乌龟做礼物，那是他在"奇妙的罗马石拱门脚下"发现的。

尽管他没有幽默感，也许也不清楚什么是幽默，但是我父亲一贯喜欢开玩笑，说俏皮话，玩文字游戏，只要他说的话能让人微笑，他就会脸上一亮，露出颇为得体的自豪感。这样，他便决定给乌龟起一个具有喜剧色彩的名字阿卜杜拉-格尔顺，以纪念外约旦国王和杰拉西城。只要有客人前来，他就会庄重地叫乌龟的全名，仿佛一个司仪宣布某位公爵或者大使大驾光临，但人们似乎没有笑破肚皮。于是，他感到有必要给他们讲解为什么取这个名字。也许，他希望开始觉得没什么好笑的人听了解释后会兴高采烈。有时，他极为热情，或者说心不在焉，向客人们讲述整个故事，而他们至少听过两遍，已经知道后事如何了。

我喜欢那只小乌龟，它经常早晨爬到我在石榴树下的领地，吃我手上的生菜叶和黄瓜皮。它并不怕我，也不把脑袋缩进壳子里，在吞吃东西时，它的小脑袋一动一动的，可好玩了，仿佛在频频点头，同意你所说的话。（它就像热哈维亚区的某位秃头教授，通常他们也热情地点头，直至你把话说完，可那时他的认可却变成了嘲弄，因为在冲你频频点头时，他就已经把你的见解撕成了碎片。）

乌龟吃东西时，我习惯于伸出一根小手指头抚摩它，它的两个鼻孔与耳朵眼儿如此相似，真是奇妙。当父亲不在眼前时，我从心底里叫它咪咪，而不叫阿卜杜拉-格尔顺。

在轰炸期间，没有黄瓜，也没有生菜叶，不让我到院子里去，但我仍然打开房门，有时给咪咪扔去一点吃的。有时我可以从远处看见它，有时它会一连几天不见踪影。

就在格里塔·盖特和妈妈的朋友皮莉·颜乃遇害那天，我的乌龟咪咪也被杀死了。一块弹片将其劈成两半。我流着泪问父亲是否可以把它埋在石榴树下，而后再立块墓碑以示纪念，父亲向我解释说不行，这主要是卫生原因。他说他已经把尸骨给扔了，但是他不失时机给我上了一课，讲反讽一词的含义：我们的阿卜杜拉-格尔顺是从外约旦王国来的新移民，而杀死它的弹片恰恰是从外约旦打来的弹片，这就是反讽。

那天夜里我无法入睡。我仰面躺在走廊一头的垫子上，周围传来鼾声、嘟囔声和老人们时断时续的呻吟声。我躺在父母身边，浑身是汗，借着卫生间孤独暗淡的摇曳烛光，透过污浊的臭气，我突然觉得自己看到了乌龟的身影，但不是我喜欢用手指抚摩的小乌龟咪咪（无疑不是小猫或者幼犬），而是一只令人毛骨悚然的巨大魔怪乌龟，鲜血淋漓，一团骨头架子，浮在空中，借助利爪费力地前行，朝我和躺在走廊里的人们不怀好意地咯咯笑着，它面目狰狞，一颗子弹从它的一只眼睛射进，又从耳朵眼里钻出——尽管乌龟实际上没长耳朵，那张脸已经毁容。

我试图叫醒父亲，他没有醒来，一动不动地仰面躺在那里，呼吸深沉，像个心满意足的孩子。但是母亲把我的头贴在她的胸口上。她和我们大家一样和衣而卧，衣服扣子碰得我脸颊隐隐作痛。她紧紧抱住我，但不是想安慰我，而是跟我一起啜泣，强忍住哭声，免得别人会听见：皮莉，皮罗什卡，皮莉莉莉。我只能抚摩她的头发，她的脸颊，亲吻她，仿佛我已经长大成人，她是我的孩子，我轻声说，妈妈，好了，好了，有我呢。

接着我们又说起了悄悄话，她和我。泪眼蒙眬。后来，走廊尽头摇曳不定的暗淡烛光熄灭了，只有炮弹呼啸着打破沉静，每一枚炮弹落地，墙那边的山冈就会颤动，母亲把我的头从她胸口移开，把她湿乎乎的脑袋贴在我的胸口上。那天夜里，我有生以来第一次晓得我会死。每个人都会死。世界上任何东西，就连我的母亲，也救不了我。我也救不了她。咪咪有坚硬的甲壳，一遇到危险，就会把双手、双脚和头缩进甲壳里。但也没保全性命。

9月，耶路撒冷基本停火期间，我们在安息日上午又有了客人：爷爷和奶奶，阿布拉姆斯基夫妇，也许还有别人。他们在院子里喝茶，讨论以色列军队的战绩，联合国调解人、瑞典勃纳多特伯爵[1]提出的和平计划极其危险，无疑是由英国人幕后操纵的阴谋，其目的是要置我们年轻的国家于死地。有人从特拉维夫带来一枚新硬币，又大又丑，那是刚刚铸造的第一枚希伯来硬币，人们激动地把它传来传去。那是一枚两毛五普鲁特[2]的硬币，上面画着一串葡萄，父亲说那是直接从第二圣殿时期的犹太钱币上照搬过来的一套母题，葡萄上镌刻着清晰的希伯来文字母：以色列。为保险起见，以色列这几个字不光用希伯来文写成，还有英文和阿拉伯文。

杰尔塔·阿布拉姆斯基太太说：

"要是我们死去的父母，父母的父母，以及历代的人们能有幸看到并拿到这枚硬币，该多好啊。犹太硬币——"

她喉咙哽咽。阿布拉姆斯基说：

---

1 勃纳多特伯爵，瑞典国王古斯塔夫六世的侄子，军人、人道主义者和外交官，在担任阿拉伯人与以色列人之间的联合国调停人时被犹太人暗杀。
2 普鲁特，以色列建国初期旧辅币名，60年代废弃。

"应该为赐福而做感恩祈祷。感谢你，我们的上帝，宇宙之王，你赐予我们生命，保护我们，让我们得到这一时刻。"

亚历山大爷爷，我那位温文尔雅追求享乐喜欢涉香猎艳的爷爷，什么话也没说，只是轻轻地把那枚超大的镍币放到嘴边，轻轻地亲了两下，而且热泪盈眶。接着，他把它传给别人。那一刻，街上响起救护车凄厉的笛声，它开向泽弗奈亚大街，十分钟后，又呼啸着往回开，父亲又从中找到借口，开些救world号角之类苍白无趣的玩笑。他们坐在那里谈天说地，甚至又倒上一杯茶，半小时过后，阿布拉姆斯基夫妇准备动身离去，向我们祝福，阿布拉姆斯基先生喜欢堆砌华丽的辞藻，大概会吐出一些言过其实的短语。他们还站在门口时，一位邻居赶来，小声把他们叫到院子的拐角，他们急忙随他而去，杰尔塔阿姨把手提包都忘了。一刻钟后，伦伯格夫妇来了，慌慌张张地告诉我们，阿布拉姆斯基夫妇在我们家串门时，他们的儿子，十二岁的约纳坦，在尼海米亚大街上玩耍，一名约旦狙击手从警察培训学校朝他放枪，一弹打中他的脑门正中，孩子在那里躺了五分钟，呕吐不止，救护车还没到，就断了气。

我在杰尔塔·阿布拉姆斯基的日记中发现这样的话：[1]

1948 年 9 月 23 日

9 月 18 日星期六十点一刻，他们打死了我的约尼，约尼我的儿子，我的全部生命。一个阿拉伯狙击手打死了他，我的天使，他只费劲地叫了声"妈咪"，只跑出几米远（他，我出色、

---

1 作家在给英文译者的提示中曾经指出，日记作者的希伯来语比较笨拙，有时比较正规，属于非同一般的现代希伯来语，译者尽量求其似。

纯洁的孩子正站在家门附近），就一头倒地……我没有听到他最后一句话，他呼喊我时，我也没有应声。我赶回来时，我可爱的宝贝儿子已经辞世。我在太平间里看到他。他的样子美妙绝伦，宛如进入了梦乡。我拥抱他，亲吻他。他们在他头下放了一块石头。石头动了一下，他的头，他那天使般的头，微微一动。我心里说，他没有死，我的儿子，瞧，他在动……他眼睛微睁。接着"他们"来了——太平间的工人们——进来辱骂我，粗暴地谴责我，打扰我：我无权拥抱他，亲吻他……我离他而去。

但是，数小时之后我又回来了。正在施行"宵禁"（他们在寻找杀害勃纳多特的凶手）。每个路口都有警察阻挡……他们要我在"宵禁"时出门的通行证。他，我死去的儿子，就是我的通行证。警察让我走进太平间。我随身抱了一个垫子。我把石头挪开，放在一边，我不忍看见他那可爱而令人惊叹的头枕着一块石头。后来，他们又"回来"让我离开。他们说我不该碰他。我没听他们的。我继续拥抱他，亲吻他，我的宝贝。他们威胁说要锁门，把我和他，和我的全部生命关在一起。我想要的就是这个。接着，他们再三考虑，威胁说叫当兵的。我不怕他们……我再一次离开太平间。在离开之前拥抱并亲吻了他。第二天早晨，我又来看他，我的孩子……我又一次拥抱他，亲吻他。我又一次向上帝祈祷复仇，为我的孩子复仇，他们又一次把我赶了出来……我又一次回来时，我可爱的孩子，我的宝贝，被放进一口严严实实的棺材里，而我记住了他的脸，记住了他的一切。[1]

---

1 杰尔塔·阿布拉姆斯基，《一个女子在 1948 年耶路撒冷围困时期的日记》，见于《雅考夫—大卫·阿布拉姆斯基通信》，淑拉·亚布拉姆斯基编辑并评注（特拉维夫：希弗里阿特波阿里姆，5751/1991），第 288—289 页。——原注

马库尔巴鲁赫的哈图里姆大街住着两位芬兰籍女传教士，名叫爱莉·哈瓦斯和劳哈·莫伊西欧，爱莉阿姨和劳哈阿姨。她们即使谈论蔬菜匮乏这一话题，也讲高深玄妙的《圣经》希伯来语，因为那是她们所懂的唯一希伯来语。要是我敲开她们家的房门要些木块点燃拉巴欧麦尔[1]篝火，爱莉递给我一个破旧的橘黄色竹筐，并露出温柔的微笑，说："黑夜有火焰的光！"[2]如果她们到我们家里喝茶，咬文嚼字地谈话，我在抗击我的鱼肝油，劳哈阿姨会说："海中之鱼会在他面前震颤！"[3]

有时候，我们三人到她们那斯巴达式的小屋串门，房中陈设类似19世纪简朴的女生寄宿学校，铺着深蓝桌布的一张长方形木桌两旁，各放一张简朴的铁床，还有三把朴素的木椅。床下露出两双

---

1 拉巴欧麦尔，欧麦尔第三十三天，"欧麦尔期"介于逾越节和五旬节之间，从逾越节第二天开始算起。相传犹太拉比阿奇瓦在此日组织犹太人从罗马人手中夺回耶路撒冷城后，点起篝火通知周围村庄。犹太人在那天点燃篝火纪念阿奇瓦拉比和他夺回耶路撒冷城的故事。
2 语出《圣经·以赛亚书》第4章第5节。
3 出自《圣经·以西结书》第38章第20节，文字略有改动。

一模一样的家用拖鞋。桌子中央，一如既往摆放着从附近田野里采来的千日红。在对称的两张床边，分别有一只小床头柜，床头柜上有盏台灯、一杯水，以及黑封面的圣书。两张床中间挂着一个耶稣受难的橄榄木雕像，床脚分别放有一只用某种亮闪闪的厚重木料做的五斗橱，我们在耶路撒冷确实有那种木料，妈妈说那是橡木，鼓励我用指尖触碰，再把手放上去。我妈妈总是说，了解各种物体的名称还不够，你应该用鼻子闻、用指尖触摸和感觉其温热度、滑爽度、气味、精细度和硬度，你敲击时发出的声响，以及被她称为"感应"或"耐性"的那些东西。她说，任何物质，任何一块布料或一件家具，任何一件器皿，任何物体都具有迥然不同的感应和耐性，它们不是恒定不变，而是按照一年四季的变化或昼夜时间、触摸或闻嗅它的人、光与阴影，甚至我们无法了解的模糊习性的变化而变化。她说，在希伯来语中，"哈夫爱茨"一词既指无生命物体，也指欲求，绝非偶然。不仅我们有这样那样的欲求，无生命物体和植物也有其内在欲求，只有懂得如何用一种不贪的方式去感知、倾听、品尝、闻嗅，有时方可感知得到。

父亲开玩笑似的评论说：

"我们的妈妈比所罗门王还要更进一步。据记载，他能听懂任何动物、任何飞鸟的语言，但是我们的妈妈掌握了毛巾、汤锅和刷子的语言。"

他接着说，顽皮地一笑：

"经她一触摸，树木和石头就会说话，触摸一下山，它就会冒烟，正如《诗篇》中所说。"

劳哈阿姨说：

"或如先知约珥所说，高山会洒落新酒，小山将流淌奶汁。正如《诗篇》第 29 篇中所写：耶和华的声音震破香柏树。"

父亲说：

"但是对于不是诗人的人来说，这样的事情总显得有点，怎么说呢，粉饰。就像某人努力显得非常深沉。非常心有灵犀。非常主张万物有生论。要震破香柏树。让我来解释一下心有灵犀、万物有生这些难字。隐藏在它背后的是一种清晰、不健康的欲望，要模糊现实，使理性之光黯淡，弱化义界，混淆领域。"

妈妈说：

"阿里耶？"

父亲用一种略带安慰的语调（尽管他喜欢取笑她，甚至偶尔也会幸灾乐祸，但他喜欢更多的悔悟、歉意、露出善意的微笑，就像他的父亲、亚历山大爷爷一样）说：

"咳，行了，范尼契卡。我不说了。我只是开个玩笑。"


两个女传教士在围困期间没有离开耶路撒冷，她们具有一种强烈的使命感。救主本人似乎让她们负责给遭围困者鼓舞士气，并以志愿者的身份到沙阿里茨阿迪克医院帮助救治伤员。她们坚信每一个基督徒都应该有责任用实际行动，而不是用语言对希特勒向犹太人的所为做出补偿。她们把建立以色列国家当成"神的手指"[1]。正如劳哈阿姨用《圣经》语言低沉地说：就像洪水过后云中现出彩虹。爱莉阿姨，略含微笑，嘴角稍稍抽动一下说："因为上帝为那大恶感到后悔，他不会再毁灭他们。"

---

1 "神的手指"一说出自《圣经》(《出埃及记》第 8 章第 19 节、第 31 章第 18 节,《申命记》第 9 章第 10 节,《路加福音》第 11 章第 20 节)，中文版和合本《圣经》分别将其译作"神的手段"、"神的手指"和"神的力量"。

在轰炸期间，她们经常在我们街区周围走来走去，脚踏短靴，头戴围巾，手拿一个容量很大的灰色亚麻包，给有意接受赞助的人分发一罐酸黄瓜、半棵葱、一块肥皂、一双毛袜、一只萝卜，或一点黑胡椒。天晓得她们从哪里得到这些奇珍异宝。一些极端正统派犹太教徒厌恶地拒绝这些馈赠，一些人鄙夷不屑把两位女士赶出门去，另一些人接受了赠品，但是两位女传教士刚一转身，就朝她们刚刚踩过的地上吐唾沫。

她们没有见怪。她们不断地引用《先知书》中满怀抚慰的韵文，她们的芬兰口音使这些韵文听来很奇怪，就像沉重的短靴踏在沙砾上。"因为……必保护拯救这城。"[1]"敌人无法攻破城门。""那报佳音、传平安、报好信、传旧恩的……这人的脚登山何等佳美。"[2]"我的仆人雅各啊，不要惧怕！因我与你同在。我要将我所赶你到的那些国灭绝净尽，却不将你灭绝净尽……"[3]

有时她们当中某个人会自愿和我们一起排长队从运水车上取水，假设水车不会中弹，就会顺利来到街上，在星期天、星期二和星期四分给每家半桶水。或者一位女士会走访我们与世隔离的小房子，给每位居住者分发半片复合维生素片，孩子则给一片。传教士们哪里来的这些奇妙的礼物？她们在什么地方装满了自己的灰色亚麻包？有人说这，有人说那，有人警告我不要拿她们的任何东西，因为其目的只是要"利用我们的痛苦，来让我们改变信仰，信奉她们的耶稣"。

有一次，我鼓起勇气，问爱莉阿姨——纵然我对答案心知肚

---

1 语出《圣经·以赛亚书》第37章第35节。
2 语出《圣经·以赛亚书》第52章第7节。
3 语出《圣经·耶利米书》第46章第28节。

明："耶稣是谁啊？"她嘴唇微微一颤，踟蹰不决地回答说，他依然活着，他爱我们大家，尤其爱那些嘲弄他、蔑视他的人，如果我心中充满了爱，他会来驻我心，既给我带来痛苦，也给我带来无比的欢乐，欢乐使痛苦相形见绌。

这些话显得很奇怪，充满了矛盾。我觉得也需要问问父亲。他拉住我的手，把我领到厨房约瑟夫伯伯避难的垫子旁，请《拿撒勒的耶稣》书的著名作者给我解释耶稣是谁，耶稣是什么。

约瑟夫伯伯躺在垫子上，显得筋疲力尽，郁闷，苍白，他背靠黑乎乎的墙壁，把眼镜推到额头上。他的回答与爱莉阿姨的说法截然不同：拿撒勒的耶稣，在他看来，"是亘古以来最伟大的犹太人之一，一个奇妙的道德家，憎恨心地不净，为重新恢复犹太教原有的纯朴并将其从诡辩拉比的控制下夺回而斗争"。

我不知道究竟谁为心地不净，谁为诡辩的拉比。约瑟夫伯伯的耶稣充满憎恨为争夺而战，爱莉阿姨的耶稣既不憎恨，也不斗争，也不争夺，而与之恰恰相反，他尤其热爱犯罪之人，热爱蔑视他的人，我也不知道怎样与这两个耶稣达成和解。

我在一个旧文件夹里找到了劳哈阿姨 1979 年以她们二人名义从赫尔辛基写来的一封信。信是用希伯来文写的，她在信中说：

……我们二人都为你们在欧洲歌咏比赛中获奖非常高兴。那首歌怎么样？

这里的虔诚徒众为以色列歌手唱哈利路亚（意为感谢神）而高兴！再没有比它更合适的歌了……我也能够看到《大屠杀》这部电影，它始终不知不觉地在某种程度上在参与迫害的国家内让人流泪，引发人的良知痛苦。基督教国家必须诚请犹太人原谅。你父亲曾经说过，他不明白为什么上帝竟然允许如此的事情发生……我一直告诉他，上帝的奥秘高不可测。耶稣与以色列民族共患难。虔诚徒众也得与耶稣一起分担他让他们所承受的痛苦……然而，耶稣在十字架上受难与死涵盖了整个世界整个人类的罪愆。但是这一切无法用头脑来理解……有的纳粹忍受着良知痛苦，在死前幡然悔悟。但是他们的幡然悔悟无法使死去的犹太人复活。我们每天都需要受难与宽恕。耶稣说：那杀身体不能杀灵魂的，不要怕他们。[1] 发这封信的是我和爱莉阿姨。我六个星期前在公共汽车上摔倒，后背遭到重创，爱莉阿姨看东西不是很清楚。[2]

> 致爱，
> 劳哈·莫伊西欧

有一次，我因一本书要翻译成芬兰文，去了赫尔辛基，她们二人突然出现在我下榻酒店的咖啡馆里，二人均披着黑色披肩，蒙住了头和肩膀，像一对农民老妇。劳哈阿姨拄着一根拐杖，轻轻牵着爱莉阿姨的手，爱莉阿姨几乎失明。爱莉阿姨扶她走到角落里的一张桌子前。我颇费口舌，她们才同意让我给她们各点一杯茶。"但是请不要再点什么了！"

爱莉阿姨轻轻一笑，那不是微笑，而是嘴角微微抽搐一下；她正要说话，又变了主意，握紧的右拳放进左手，就像给婴儿垫尿布，摇了一两下头，像是在哀叹，最后说：

---

1 语出《圣经·马太福音》第 10 章第 28 节。
2 由于写信人的希伯来文水平有限，此段文字不甚流畅。

"感谢神让我们在这里在我们的土地上见到你，但是我不明白为什么你亲爱的双亲无缘活在人世。但是我又明白谁呢？神拥有答案。我们只能疑惑不解。请允许我摸摸你的头好吗？对不起。因为我看不见。"

劳哈阿姨说到我的父亲："祝福他记忆力惊人，他是个最可亲的男人！他的心灵如此高尚！拥有如此高尚的人类心灵！"在谈论我母亲时，她说："如此受苦受难的灵魂，愿她的灵魂安宁！她遭受了很多苦难，因为她洞察了人们的心灵。先知耶利米说：'人心比万物都诡诈，坏到极处，谁能识透呢？'[1]"

外面，在赫尔辛基，冻雨零落，日光低垂昏暗，雪花黯淡，徐徐在空中飘动。两位老妇身穿几乎一模一样的冷色衣装和厚厚的棕色袜子，如同值得敬重的寄宿学校里的女孩。我亲吻她们，闻到她们身上飘出淡淡的肥皂味儿、黑面包味儿和寝具味儿。一个个子矮小的维修工急急忙忙从我们旁边走过，工作服口袋里装着一套铅笔和钢笔。劳哈阿姨从桌子底下的一只大书包里拿出一个棕色纸包递给我。我突然认出了那书包正是当年那只灰色亚麻包，在三十年前耶路撒冷围困时期，她们就用这只包来分发小块肥皂、毛袜、面包干、火柴、糖果、萝卜或一包宝贵的奶粉。

我打开纸包，里面有一本在耶路撒冷印刷的《圣经》，封面上印有希伯来文和芬兰文两种文字，还有一个木制八音盒，它小巧玲珑，涂了一层油彩，盖子是黄铜的，还有各种各样的干花，那不熟悉的芬兰花即使死去也美丽依然，我说不出花的名字，那个早晨之前我从来没有见过这些花。

---

1 语出《圣经·耶利米书》第17章第9节。

"我们非常喜欢你亲爱的父母，"爱莉阿姨说，那双几近失明的眼睛在寻找我的眼睛，"他们在这个世界上活得不易，他们并非一贯相互施加恩典。有时他们之间笼罩着沉重的阴影。但现在他们二人终于都栖居在全能之神羽翼的呵护下，现在在你父母之间肯定只有恩典与真实，就像两个孩子，天真纯洁的孩子，不懂得邪恶，只知道相互之间永远有光明、爱与怜悯，他把左手放在她的头下，她用右手拥抱他，所有的阴影都离他们而去。"

我呢，则打算向两位阿姨赠送我作品的两部芬兰语版图书，但是劳哈阿姨拒绝接受。她说，送我们一本希伯来语书，一本在耶路撒冷城里写的有关耶路撒冷的作品，我们竭诚请求读希伯来语，不读其他文字！此外，她面带歉意，微笑着说，爱莉阿姨已经什么都看不见了，因为神已经将她眼中最后一丝亮光拿走。只有我在每天早晨和晚上给她念《旧约全书》《新约全书》，念《祈祷书》和圣人书，不过我的视力也一天不如一天，我们二人很快都会失明。

每当我不念书给她听，爱莉阿姨没听我念书时，我们就站在窗前，看窗外的树与鸟，雪与风，清晨与黄昏，日光与夜色，我们满怀谦卑向仁慈的神致谢，感谢他所有的慈悲与神迹：他的"旨意行在地上，如同行在天上"[1]。你有时也许会看到，只有当你休息时，天上人间、树木山石、田野丛林都洋溢着伟大的奇观，它们光芒万丈，明亮耀眼，它们就像千名证人证实恩典奇迹之伟大。

---

1 语出《圣经·马太福音》第 6 章第 10 节。

## 47

在 1948 年和 1949 年之交的冬天，战争结束了。以色列与周边国家，先是埃及，继而是外约旦，最后是叙利亚和黎巴嫩签订了停火协议。伊拉克未签署任何文件，撤退了远征军。尽管签订了这些协议，但是所有的阿拉伯国家继续宣称：有朝一日他们会发动"第二轮"战争，把他们拒不承认的国家置于死地。他们宣称，这个国家的存在本身就是一场不断侵略的行动，他们将其称作"人造国家"。

在耶路撒冷，约旦司令官阿卜杜拉·塔勒中校和以色列军事指挥官摩西·达扬中校几次会晤，拟定划分城市的分界线，就通往守望山大学校园的护送通道达成协议，当时那里仍然是外约旦管辖地区内的一小块孤立的飞地。沿分界线建起混凝土高墙，将半属于以色列耶路撒冷和半属于阿拉伯耶路撒冷的街道阻隔开来。四处架设起瓦楞铁屏障，以使城市西部的行人能够躲避城市东部埋伏在屋顶上的狙击手的视线。布有带刺铁丝网、雷区、发射阵地和观察哨的设防区横贯整座城市，从北、东、南三方将以色列部分包围起来。只有西部属于开放地带，一条蜿蜒而上的公路把耶路撒冷和特拉维夫以及新国家的其他地区连接起来。但是由于部分公路仍由阿拉伯军团掌控，因此有必要沿着它修一条支路，同时修一条新的输水管道，取代英国人修的已经陷于半瘫痪状态的输水管道，替代仍然在阿拉伯控制下的抽水站。这条新修的路叫作布尔玛路。一两年后，又修了一条新的柏油支路，名叫英雄路。

在那年月，年轻国家中的一切似乎均为战场捐躯者、为英雄主义、为斗争、为非法移民、为实现犹太复国主义梦想而命名。以色列人为所取得的胜利而自豪，确立自己事业的正义性，具有道德优越感。人们没有特别在意成千上万巴勒斯坦难民和临时难民营里那些无家可归者的命运，许多人流离失所，许多人从被以军征服的城镇与乡村中驱逐出去。

人们说，战争当然是一个十分可怕的东西，充满了苦难，但是谁让阿拉伯人发动了战争？毕竟，我们接受的是联合国允诺的分治妥协方案，是阿拉伯国家反对进行任何调解，试图把我们赶尽杀绝。不管怎样，大家都知道一切战争均有牺牲者，第二次世界大战的百万难民仍然在欧洲漂泊不定，有的是整个族群离乡背井，另一些族群则在自己的土地上安居乐业，刚刚建立的巴基斯坦和印度交换数百万人口，希腊与土耳其也是一样。毕竟，我们已经失去了老城耶路撒冷的犹太人居住区，我们失去了古什埃齐昂、卡发达罗姆、阿塔罗克、卡利亚和内韦雅考夫，就像他们失去了雅法、拉马拉、利夫塔、埃里玛里哈，以及埃因卡里姆。成千上万被赶出阿拉伯国家的犹太难民来到此地，取代了成千上万背井离乡的阿拉伯人。人们小心翼翼避免使用"驱逐"一词。代尔亚辛村的大屠杀被称作"不负责任的极端分子"所为。

一道混凝土帘幕垂落下来，将我们与住在谢赫贾拉和耶路撒冷的其他阿拉伯邻居阻隔。

我从我们家屋顶可以看到淑阿法特，比杜以及拉马拉的清真寺光塔，尼比萨姆维尔上方孤零零的高塔，警察培训学校（一个约旦狙击手从那里开枪，打死了正在家门外院子里玩耍的约尼·阿布拉姆斯基），遭到围困、由阿拉伯军团掌管的守望山和橄榄山，谢赫贾拉和美国侨民居住区的屋顶。

有时，我想象自己能够在浓密的树梢间认出希尔瓦尼庄园的房顶。我相信他们比我们要舒适多了，他们没有数月遭到炮轰，没有忍饥挨饿，没有被迫睡在臭烘烘的地下室里的垫子上。尽管如此，我还是经常从心灵深处向他们说点什么。就像盖乌拉大街上修理玩偶的古斯塔夫·克洛赫玛尔一样，我渴望穿上自己最好的衣服，站在和平调解代表团的前列走向他们，向他们证明我们是正确的，向他们道歉，并接受他们的歉意，在那里品尝饼干和橘皮蜜饯，显示我们的谅解与高尚，签署有关和平友谊与相互尊重的协议，或许也劝阿爱莎和她的小弟弟以及整个希尔瓦尼家族相信，那场事故不完全是我的错，或者不光是我的错。

有时，我们会被约一英里之外的停火线那边传来的一阵机枪声，或是新界那边宣礼员那略带哭腔的唱颂惊醒——那声音就像令人毛骨悚然的悲歌，闯入我们的梦乡。


在我们家避难的客人们已经搬走。罗森多夫夫妇已经回到楼上自己家里；神情恍惚的老太太和女儿把铺盖装进一条麻袋，不见了踪影；吉塔·米尤多夫尼克、算术教科书作者的遗孀也离开了，当时是我父亲凭着一双自己借出去的袜子认出了教科书作者面目全非的遗体；约瑟夫伯伯和他的弟妹哈娅·爱里茨迪克回到塔拉皮尤特街上克劳斯纳家的住宅，住宅正门前的铜牌上镌刻着"犹太教和人文主义"的铭文。住宅在战时曾遭到毁坏，他们得在里面修整一番。老教授一连几个星期为自己的几千本书痛惜不已，这些书被从书架上横扫到地上，或者用作屏障和掩体以阻挡从已经成为发射阵地的住宅窗口射出的子弹。战后发现，浪子阿里埃勒·爱里茨迪克安然无恙，但是他继续争论、谩骂可怜的本-古里安本可以解放老城和圣殿山但没有为之，他本可以把阿拉伯人全部赶到阿拉伯世界里，但没有为之，这一切皆因为他和他的左派激进伙伴掌管了我们所深爱的国家，在社会主义式的和平主义和托尔斯泰式的素食主义思想的引导下误入歧途。他坚信，很快一个令人自豪的新型民族领袖阶层将会崛起，我们的军队会放开手脚，终将从阿拉伯征服者的枷锁下解放故乡的每一寸土地。

然而，绝大多数耶路撒冷人并不向往另一场战争，并不在意消失在混凝土帘幕与雷区背后的哭墙，还有拉结墓的命运。破败不堪的城市舔舐自己的创伤。整个那个冬天以及接下来的春夏，杂货铺、蔬菜水果店以及肉铺前面排成一长条灰线。又开始了缩减制度。卖冰人的车后聚集起一排排人，卖煤油的车后也聚集起一队队人。按照配给票证本上的购物券分配食品。鸡蛋和一点点鸡肉只限定售给儿童和持有医疗证明的病人。牛奶限量供应。在耶路撒冷很少看到水果和蔬菜。油、糖、粗面粉和面粉两星期或者一个月间或出现一次。要是你想买普通的衣服、鞋子或者家具，你就得用光你配给票证本上正逐渐减少的宝贵购物券。鞋子多用仿皮制作而成，鞋底薄得像层薄纸板。家具也尽是伪劣产品。人们喝的不是咖啡，而是喝代用咖啡或者菊苣根，鸡蛋粉和奶粉代替真正的鸡蛋和牛奶。我们开始痛恨每天必吃的冷冻鳕鱼鱼片，那是新政府廉价从挪威买来的，储量丰富。

战争过后的最初几个月，你若离开耶路撒冷去往特拉维夫或国内其他某地，甚至都需要特批。但是所有精明或一意孤行的人，手里有点小钱了解黑市的人，与新管理阶层勾勾搭搭的人，基本感受不到物品匮乏。有些人想方设法在居民已经逃亡或遭到驱逐的阿拉伯繁华地段，或者是战前英军和内政服务家庭居住的地段，如卡塔蒙、塔里比耶、巴卡阿、阿布托尔以及德国人居住区，攫取房产。成千上万逃离或被逐出阿拉伯国家的比较贫穷的犹太人取代了比较穷困的阿拉伯人，居住在穆斯拉拉、利夫塔和埃里玛里哈。特拉皮尤特、阿伦比军营以及贝特马兹米尔建立起一个个临时大难民营，瓦楞铁搭起的棚屋一排接一排，没有通电，没有排水沟，没有自来水。冬天，棚屋与棚屋之间的一条条小路变成泥泞，寒冷彻骨。伊拉克来的会计、也门来的铁匠、摩洛哥来的商人和店主、布加勒斯特来的表匠挤进这些棚屋，参加政府筹划的耶路撒冷山上清理石头再造林地工程，换取微薄的收入。

"英雄主义年代"一去不返，第二次世界大战，欧洲犹太人的种族灭绝，大规模加入英军和英国人在反纳粹战争中建立的犹太旅的年代，抗英斗争、地下武装、非法移民、"塔与栅栏"的新村定居、与巴勒斯坦和阿拉伯五国正规部队的殊死搏斗，永远成了过去。

燃情时代既已结束，我们突然生活在灰暗、阴郁、潮湿、卑鄙与琐碎的"后早晨"。（我后来试图在长篇小说《我的米海尔》中捕捉到这种气息。）在这个年代里，有的是发钝的奥卡瓦剃须刀片，没有味道的象牙牙膏，臭烘烘的议会烟卷，"以色列之音"狂吼滥叫的两个体育评论员尼哈米亚·本-阿夫拉汉姆和亚历山大·亚历山大罗尼，鳕鱼肝油，配给票证本，施姆里克·罗森及其测试节目，政治评论员摩西·麦德兹尼，使用崇尚希伯来精神的姓氏，食品配给，政府工作方案，杂货店前一排排长队，嵌进厨房墙壁里的食品储藏室，廉价沙丁鱼、应可达肉罐头，以色列—约旦联合停战委员会，来自停火线另一方的阿拉伯渗透者，戏剧公司——奥海尔、哈比玛、哆—来—咪、克里斯巴特伦、喜剧演员达吉干和舒马赫，曼德尔鲍姆门交叉路口，报复性的袭击，用煤油给孩子洗头去除虱子，"向临时难民营伸出救援之手"，"遗弃的阿拉伯资产"，防御基金，无人地带，还有"我们的血不会白流"。

　　我再次每天早晨前往塔赫凯莫尼大街的塔赫凯莫尼宗教学校上学。在那里上学的都是穷人家的孩子，会打架，父母都是艺术家、体力劳动者和小商贩。他们家里都有八九个孩子，其中一些人总在觊觎我的三明治。一些人剃着光头，我们都戴黑颜色的单角贝雷帽。他们很快便发现，我是他们当中唯一的独生子女，在他们当中最为弱小，我很容易上火或者不开心，因此他们合伙聚在操场的水管旁边对付我，向我泼水。当他们想出些新鲜出格的点子羞辱我时，我有时会站在讥讽折磨我的人当中喘着粗气，挨打，浑身是土，分明是狼群中的羊，冷不丁令我的敌人大吃一惊，我开始歇斯底里殴打抓挠自己，狠狠地咬自己的胳膊，形成一道血牙。有那么两三次，妈妈情绪失控，当我的面也是这么做的。

　　可是有时候，我给他们编未完待续的悬念小说，按照我们在爱迪生影院看到的动作片的套路编让人屏住呼吸的情节。在那些故事里，我毫不犹豫把人猿泰山引见给飞侠哥顿，要么就把尼克卡特介绍给福尔摩斯，要么把卡尔·迈笔下的牛仔和印第安人的世界和梅恩·里德与宾虚或神秘的外部太空或纽约郊区的恶棍帮派糅合起来。每次休息，我通常只给他们讲一段，就像《天方夜谭》里的山鲁佐德用故事来延续自己的生命，始终在最为紧张的当口止住，正当主人公似乎就要遭受厄运、面临绝路时，无情地且听来日分解（我尚未编出）。

于是，我习惯于在休息时分到操场走走，仿佛纳赫曼拉比与渴望听他训诫的一群弟了在一起，随便我走到哪里，四周都围着水泄不通生怕漏掉一个字的听众。他们当中有时会出现带头迫害我的人，我会宽宏大量把他们请到最里面，用导致情节急剧转折的某个宝贵线索或某个令人毛骨悚然的事件、仍有下回分解的东西来取悦他们，这样把接受者提升为一个具有影响力的人物，他有能力按照个人意愿决定是出示宝贵的信息，还是将信息秘而不宣。

我最初讲的故事充满了洞穴、迷宫、地下墓地、森林、深海、土牢、战场、居住着妖魔鬼怪的银河、勇敢的警察、无畏的武士、密谋策划、可怕的背叛以及继之而来的侠肝义胆慷慨救助的壮举、巴洛克式的奇崛转折、难以置信的自我牺牲、表达自我否定与宽容的极度情绪化姿态。我还记得，我早期作品中的人物既有正面英雄人物，也有反面恶棍，大批反面人物幡然悔悟，通过自我牺牲或英勇死去来弥补自己的过失，还有嗜血成性的施虐狂，各种无赖和卑鄙无耻的骗子，还有含笑献身的谦谦君子；另一方面，所有的女性人物无一例外，都无比高贵，尽管吃尽苦头但仍怀爱恋，遭受痛苦却满怀同情，身受折磨甚至屈辱，但始终傲然纯洁，为男人的心志迷乱而付出代价，但依旧慷慨与宽容。

但是如果我把弦线拉得过紧，或拉得不够，那么讲过几段之后，或者在故事末尾，当恶行被摧毁，高尚的行为最终得到了应有报偿之际，也就是这个可怜的山鲁佐德被投入狮穴之时，讲故事者就会为他的祖先挨打受辱。谁叫他不闭上嘴巴呢？

塔赫凯莫尼是个男校，就连老师也是清一色的男性。除学校护士外，从没有女人在这里出现过。胆大妄为的男孩子有时爬上来麦尔女校的高墙，扫一眼铁屏障那边的生活。女孩子们身穿蓝色长裙，泡泡短袖上衣，于是就传说，她们在休息时走到操场，两个两个地玩跳房子，给对方梳小辫，偶尔也像我们一样往对方身上喷水。

除我以外，塔赫凯莫尼的所有孩子几乎都有姐姐、嫂子和堂姐、表姐，于是我在最后一拨人里最后一个听到悄声议论女孩子有而我们却没有的东西，反之亦然，最后听到大哥哥们在黑暗中对他们的女孩子做些什么。

家里对这个话题只字不提。一次也不讲。也许有些客人会忘乎所以，取笑波希米亚人的生活，或者取笑巴·伊兹哈尔-伊萨勒维茨夫妇，说他们一丝不苟遵守"生养众多"[1]的戒律，那时他会在旁人的申斥声中沉默下来：你没看见孩子就在这里吗？

孩子虽然人在那里，但是他什么也不懂。当班上同学气势汹汹用阿拉伯语冲他嚷女孩子长着什么，当他们挤在一块传看一个衣服穿得很少的女人的照片，当有人拿来一支圆珠笔，里面有个身穿网球服的女孩，你把笔调过来时，衣服突然不见了，他们粗声粗气地咯咯直笑，互相用胳膊肘捅对方的肋骨，死乞白赖地仿效哥哥们的样子，只有我惊恐万状，仿佛远方地平线上正在隐约形

---

1 语出《圣经·创世记》第 1 章第 28 节。

成某种灾难。它尚未到此，尚未触摸我，但是它已经令人毛骨悚然惊恐万状了，就像四面八方的远山顶上烧起森林之火，任何人也逃脱不了。一切再也无法回到从前。

每当他们上气不接下气断断续续小声讲述某个缺心眼儿的傻大姐在特里阿扎丛林一带晃荡，谁给点小钱就把自己送上，或者谈论炊事用品商店里的一个胖寡妇把八年级的几个男孩带到店后边的仓库里，向他们展示自己的私处，为的是看他们手淫时，我便感到一阵心痛，仿佛某种巨大的恐惧正在等着每个人，每个男人和女人，那恐惧既残酷又有耐性，悄悄地、一点一点地编织出一张看不见的讨厌的网，也许我在不知不觉中就被粘上了。

我们上到六七年级时，学校护士，一个声音粗哑有军人气质的女子突然出现在教室里，独自在三十八个茫然不知所措的男生面前，站了整整两节课，向我们展示生命的本质。她无所畏惧地向我们描述了各种器官及其功能，用彩色粉笔在黑板上画出体内脏器管道，她什么也没有向我们省略：精子，卵子，腺状组织，阴茎包皮，管状器官等。接着她给我们做了可怕的演示，可怕地向我们描述了潜伏在门口的两个魔怪，弗兰肯斯坦的科学魔怪以及两性世界里的狼人，怀孕与感染的双重危险。

我们意乱情迷，羞答答地走出教室，走进世界，而今那世界在我眼里酷似巨大的矿藏或痛苦万状的星球。我那时作为一个孩子，多多少少领会到，我应该得了解什么，接受什么，但是我无论如何也弄不明白，一个心智健全的男人或女人为何会心甘情愿被困在那些迷宫似的龙穴里。这个勇敢的护士毫无顾忌，赤裸裸地向我们展示一切，从激素到健康防御规则，但只字未提，即便拐弯抹角地，在那些复杂而危险的过程中会有某种快感，这也许是因为她想保护我们的纯洁，也许因为她自己根本就不知道。

　　我们在塔赫凯莫尼的老师，多数都穿着略微磨损了的深灰色或棕色套装或老式外套，永无休止地要求我们心存敬畏。莫宗先生、阿维沙先生、老奈曼先生和小奈曼先生、阿尔卡来先生、杜夫沙尼先生、欧非尔先生、米海埃里先生、傲慢的校长伊兰先生总是身穿三件套出现在大庭广众之下，他弟弟，也是伊兰先生却只穿两件套。

　　这些人走进教室时，我们都需要起立，只有当他们亲切地示意我们就座时，我们方能坐下。我们称老师为"我的老师"，总是用第三人称。"我的老师要家长写条，可是家长去海法了。也许请他同意我周日再把条子带来好吗？"要么就是："我的老师，对不起，他不觉得他这里有点过分吗？"（该句中第二个"他"当然指的不是老师——我们谁也没有那个胆量指控他行为有点过分——而只是指先知耶利米，或者诗人比阿里克，我们那时学他们大发脾气。）

　　至于我们学生，从一跨进学校门槛的那一刻，我们就彻底丢掉了自己第一个名字，只剩姓氏了。老师们只叫我们包佐、萨拉高斯提、瓦勒若、里伯茨基、奥法西、克劳斯纳、哈加吉、施来费尔、代拉马尔、达诺、本-奈姆、考多瓦罗或者阿克西罗德。

　　我们在塔赫凯莫尼的老师，有太多太多的惩罚。打耳光、用板尺打手心，抓住我们的后脖颈摇晃，把我们轰到院子里，叫家长，在班上花名册里画黑叉，把《圣经》中的某一章抄写二十遍，要么就是写五百行。"上课不许说话"，或"按时完成作业"。任何书写不工整的学生都要在家用美术字或"山间溪流般纯正"的字体抄书。手指甲剪得不整齐者，耳朵上有污迹者，或衣领不干净者均会蒙受羞辱被赶回家去，而且还要站在全班同学面前，清清楚楚地大声背诵："我是脏娃娃／脏是一种罪愆／我要是不洗澡／就会在垃圾箱里完蛋！"

塔赫凯莫尼每天第一堂课，都是唱颂《我感谢》：

我感谢你／啊，永远不朽的王／你使我的灵魂苏醒，怜悯我／你忠诚无比

之后，我们都用尖厉的颤音，津津有味地唱着：

宇宙之王／创造了天地万物……

天地万物造齐／令人敬畏者将统治……

只有唱完所有的歌，做完晨祷（缩略了的）后，老师才命令我们打开教科书和练习本，准备好铅笔，一般情况下，马上就会开始冗长而令人生厌的听写，直至象征自由的铃声响起，有时甚至会拖到响铃以后。我们在家里必须背诵一段一段的《圣经》、整首诗和拉比训诫。直至今天你可以在半夜把我叫醒，让我背诵先知对亚述王使者拉伯沙基的回应："锡安的处女藐视你、嗤笑你，耶路撒冷的女子向你摇头。你辱骂谁，亵渎谁？扬起声来，高举眼目，攻击谁呢？……我就要用钩子钩上你的鼻子，把嚼环放在你口里，使你从你来的路转回去。"[1] 或者《阿伯特》："世界立于三块

---

1 语出《圣经·列王纪下》第 19 章第 21—28 节。

基石……少言多行……我从未见过比沉默更益于身心之物……明白在你之上……不要让你与民众脱节，不要自以为是，直至你死去那天；不要臆断你的朋友，直至你身处其境……在无人之处则要努力去做人。"[1]

我在塔赫凯莫尼学校学习希伯来语。它仿佛钻头插入了丰富的矿脉，我初次接受那矿脉是在杰尔达老师的课堂和院子里。庄严的习语，几乎忘却了的语言，奇异的句法以及几个世纪几乎无人问津的语言冷门，还有希伯来语言那强烈的美，对我产生了巨大的吸引力："到了早晨，一看是利亚。"[2] "宇宙之王，创造了天地万物。"[3] "以色列人心中也没受割礼。"[4] "一细亚痛苦。"[5] 或者是"要向贤哲们的火光取暖，但要小心，勿被其燃烧的煤块灼伤，因为他们的咬是狐狸的咬，他们的蛰噬则是毒蝎的蛰噬……他们的一切言谈，均像火中煤块。"[6]

我在塔赫凯莫尼这里学习《摩西五经》与拉什那睿智而轻盈的诠释，我在这里沉湎于圣贤智慧、传说与律法、祈祷文、赞美诗、圣著评注、注疏之注疏、安息日与节日祈祷书以及"布就筵席"之道。我在这里也结识一些家族的朋友，如马加比战争、巴尔·科巴赫起义、大流散时期犹太社区历史、大拉比们的生平、带有道德训诫色彩的哈西德传说。有时也学习一些拉比法学家的东

---

1 本书中涉及《阿伯特》的译文，参见《阿伯特》中译本，张平译，中国社会科学出版社，1996年。不另注。

2 语出《圣经·创世记》第29章第25节。

3 希伯来语晨祷词开篇，表达信仰。

4 语出《圣经·耶利米书》第9章第26节。

5 《圣经·列王纪下》中有"一细亚面粉"的说法。

6 语出《阿伯特》第2章第10节。

西、西班牙希伯来语诗歌和比阿里克的诗歌，偶尔在欧非尔先生的音乐课上，学几首拓荒者在加利利和山谷里唱的歌，在塔赫凯莫尼唱这些歌显得有些另类，就像西伯利亚出现了一头骆驼。

地理老师阿维沙先生将会借助地图偶尔外加一盏破的幻灯机，率领我们和他一起做充满冒险色彩的旅行，到加利利、外约旦、美索不达米亚、金字塔和巴比伦空中花园。小奈曼先生先是向我们大吼先知的愤怒，那阵势就像熔岩奔腾，随即又用涓涓细流般的柔情来安抚、慰藉我们。英文老师莫宗先生向我们反复强调"我做""我做过""我做完了""我一直在做""我本来会做""本应该做""本应该一直在做"等说法之间永远存在着差异。"就连英国国王陛下本人！"他会像上帝在西奈山上那样吼叫，"就连丘吉尔！莎士比亚！加里·库伯！——都没有理由不遵守这些语言规则，只有你，尊敬的先生，阿布拉非亚先生，显然高踞于律法之上！怎么，你高踞于丘吉尔之上？高踞于莎士比亚之上？高踞于英国国王之上？恬不知耻！丢人啊！现在大家请看，全班都要注意，把它写下来，别出错。真遗憾，只有你，这个非常尊贵的大师阿布拉非亚，你真丢人！"

但是我最喜欢的老师是米海埃里先生，莫代海·米海埃里，他柔软的双手一向优雅，像双舞蹈家的手，神情倦怠，仿佛总是在为什么事情感到羞愧。他习惯于坐着，摘下帽子，把它放在面前的书桌上，正正他的无檐小帽，没有用知识来轰炸我们，而是连续几个小时给我们讲故事。他会从《塔木德》讲到乌克兰民间传说，接着忽地一下冲到希腊神话、贝督因故事和意第绪语打闹剧，他会不住地讲，直至讲到格林童话和安徒生童话，还有他自己的故事，他跟我一模一样，编这些故事就是为了讲给人听。

班上多数男孩子因为和蔼可亲的米海埃里先生脾气好又心不在焉，在上课时把胳膊放在桌子上，枕着胳膊睡觉。有时他们传纸条，甚至在桌子下面抛纸球。米海埃里先生没有觉察，也许他并不在意。

　　我也不在意。他疲倦善良的眼睛盯着我，给我一个人讲故事，或者只给我们两三个人讲，大家的眼睛一刻也不离开他的两片嘴唇，它们似乎在我们眼前创造着整个世界。

## 48

朋友和邻居又开始在夏日夜晚出现在我们的小院，一杯香茶，一块蛋糕，谈论政治或文化事务。玛拉和斯塔施克·鲁德尼基，哈伊姆和汉娜·托伦，克洛赫玛尔夫妇，克洛赫玛尔夫妇在盖乌拉大街的小店重操旧业，修理玩偶，让秃头"泰迪熊"重新长出头发。雅考夫－大卫与杰尔塔·阿布拉姆斯基也是常客。(他们在儿子约尼被打死后，一连几个月面色苍白。阿布拉姆斯基先生甚至更加絮絮叨叨，而杰尔塔变得非常沉默寡言。)我父亲的父母，亚历山大爷爷和施罗密特奶奶有时也会来，温文尔雅，显示出敖德萨人的高傲。对于儿子所说的一切，亚历山大爷爷一概予以猛烈的驳回"咳，有什么呀"，轻蔑地摇摇脑袋，但是他从未有勇气向施罗密特奶奶表示异议。奶奶会在我腮帮子上湿乎乎地亲两下，立即用一块纸巾擦她的嘴唇，用另一块纸巾擦我的脸颊，朝妈妈准备的茶点，或是朝没有叠好的纸巾耸耸鼻子，或者是朝她儿子的西服外套耸耸鼻子，在她看来，儿子的外套俗不可耐，简直像东方人穿衣服那样没有品位：

"但是真的，罗尼亚，真便宜！你在什么地方找到的那衣服？

在雅法的一家阿拉伯商店？"她看也没看我妈妈一眼，伤心地加了一句，"只有在最小的犹太小村子，没什么正经文化，你可以看见有人那么穿戴！"

他们会围坐在搬到院子里用作花园桌的一张黑色茶桌旁，异口同声赞赏凉爽的晚风，边品茶和蛋糕，边分析斯大林近来的行动或者杜鲁门总统的坚决果敢，讨论不列颠帝国的衰落或者印度分治问题，谈话由此转到年轻国家的政治形势上，变得更加活跃了。斯塔施克抬高声音，而阿布拉姆斯基使劲地摆手，用高亢的《圣经》希伯来语取笑他。斯塔施克对基布兹和新型的集体农场坚信不疑，主张政府应该把所有的新移民都送到那里，不管他们愿意与否，一下船就直接送过去，彻底治愈他们的大流散心态及其受迫害情结。正是在那里，田间的艰苦劳作，铸造了新型的希伯来人。

对以色列劳工组织领导层布尔什维克实行专断，不拥有他们的红卡不得工作，父亲深表不平。古斯塔夫·克洛赫玛尔胆怯地提出这样的观点，尽管本-古里安有种种错误，但他也是时代英雄：当心胸狭隘的党政仆人有可能受阻，错过建国的适时时机时，苍天有眼把本-古里安派给我们。"是我们的年轻人！"亚历山大爷爷大叫，"是我们的年轻人，给我们赢得了胜利和奇迹！根本不是本-古里安！是年轻人！"爷爷说着朝我弯过身子，心不在焉地拍了我两三下，仿佛在犒劳年轻一代赢得了战争。

女人几乎从不加入谈话。那时赞美女子是"如此非凡的听众"，赞美她做得一手好蛋糕和饼干，赞美惬意的气氛，而不是赞美她们介入谈话，已经成为习惯。玛拉·鲁德尼基，比如说，不管斯塔施克何时说话，都会高高兴兴地点头，要是有人打断他，她都会摇头。杰尔塔·阿布拉姆斯基双手抱肩，仿佛感到冷似的。自从约尼死后，即使在温暖的夜晚，她也会侧头坐在那里，好像在看邻居花园里的柏树树梢，双手还是抱肩。施罗密特奶奶是个有主意又固执己见的女子，有时会用她深沉的女低音插嘴："非常非常正确！"要么就是："比你说的还要更加糟糕，斯塔施克先生，更加更加糟糕！"或者还有："不——！阿布拉姆斯基，你在说什么呢！根本不可能！"

只有我母亲有时颠覆这一规则。当出现片刻宁静时，她会说些先是看来不相关的话，但接着便能看出整个谈话引力中心实现了彻底的平和转移，没有改变话题，也没有与先前的那些话题相矛盾，而是好似她自己正在谈话后墙上开了一扇门，而那时墙上显然没有门。

她发表过自己的见解后，就沉默下来，赞许地微笑着，以胜利者的姿态看着我，却没有看客人或者我父亲。妈妈说过话后，整个谈话的立足点似乎已经转移。不久以后，她依然露出令人愉快的微笑，那微笑似乎对什么东西表示不确定，又对另外什么东西进行破解，她站起身，给她的客人们再请一杯茶：要吗？味道怎么样？再来一块蛋糕吗？

身为一个孩子，我那时对妈妈瞬间打断男人们的谈话感到有些苦恼，也许因为我意识到说话人当中有一丝看不见的难堪，一种不易觉察的要摆脱困境的企图，仿佛在那一刻害怕他们也许漫不经心地说了什么话，或做了什么事，引得我妈妈窃笑，而他们自己却不知何故。也许是她内敛的光华照人的美始终令这些克己的男人局促不安，使他们唯恐她会不喜欢他们，或者发现他们有点可憎。

而对于女人而言，我母亲介入谈话，在她们中搅起一种焦虑与希望互相交织的奇怪感受，有朝一日她终会失去立足点，或者也许失去对男人的挫败而产生的一点快感。

哈伊姆·托伦，作家兼作家协会官员，可能会这么说：

"确实大家都必须意识到，治理国家不像开杂货店或者管理某个偏僻小城镇。"

我父亲说：

"现在臆断可能为时过早，我亲爱的哈伊姆，但大凡头上长眼睛的人偶尔都会发现我们年轻国家之所以令人极度失望的明显原因。"

克洛赫玛尔，即玩具娃娃医生，羞答答地补了一句：

"还有，他们连便道都不修。我给市长写了两封信了，石沉大海。我不是说不同意克劳斯纳先生的说法，实质上是一样的。"

我父亲开始大胆使用他的希伯来双关语：

"在我们国家，唯一做的事情就是修路。"

阿布拉姆斯基先生引用《圣经》中的话：

"'杀人流血，接连不断，'先知何西阿说，'因此这地悲哀。'[1] 犹太民族的残余势力来到这里重建大卫和所罗门的王国，奠定第三圣殿的基础，我们全都落入了各种各样骄傲自大缺乏信念的基布兹会计或者其他心中没有受割礼[2]的红脸官员们那汗津津的手里，其世界如蚁穴般狭小。官长居心悖逆，与盗贼为伴[3]，相互一点一点

---

1 语出《圣经·何西阿书》第 4 章第 2 节。
2 指心地不纯。
3 语出《圣经·以西结书》第 27 章第 28 节。

分配民族留在我们手中的那微不足道的故乡的土地。先知以西结说道:'你掌舵的呼号之声一发,郊野都必震动。'[1] 委实说的就是他们,不是别人。"

妈妈嘴角挂着一丝微笑,似乎说些没有干系的事:

"也许等他们分配完了土地,也许就该修便道了? 那时他们会在克洛赫玛尔先生店铺前修便道。"

而今,在她死去五十年之后,我想象我能够听出她说这些话,或说类似的话时,里面蕴含着强烈的冷静、怀疑、尖锐微妙的嘲讽以及永不消逝的伤悲。

在那些日子,有些东西在一点点地消耗着她。她的动作已经开始让人感觉到一种缓慢,或是稍许的心不在焉。她不再做历史和文学课家教。有时,她给热哈维亚大街教授们用蹩脚的德式希伯来语写的文章修改语法和风格,将其编辑出版,以赢得微薄的收入。她还是包揽了全部家务,干练而敏捷:整个上午做饭,煎炒,烘烤,购物,切东西,搅拌,烘干,清洁,擦拭,洗衣服,晾晒,熨烫,折叠衣物,直至整个住宅锃光瓦亮,午饭后她坐在扶手椅里看书。

她看书时坐姿奇怪:总是把书放在膝头,身子和脖子朝书弯下去。坐在那里看书的她,就像一个年轻的姑娘羞羞答答朝膝盖垂下眼帘。她常常站在窗前,长时间地凝视着我们沉寂的大街。要么索性把鞋子一脱,仰面朝天,和衣躺在铺好的床上,睁大眼睛盯着屋顶某个特殊的位置出神。有时候她会突然一下子站起身,

---

1 语出《圣经·以西结书》第 27 章第 28 节。

焦虑不安地穿上外出的衣服，许诺说过一刻钟就回来，拉平裙子，背着镜子捋捋头发，肩背朴素的草编手包，急急忙忙走了出去，仿佛怕丢了什么东西。要是我要求跟她一起去，或者问她去哪里，妈妈会说：

"我需要独自一个人待一会儿。你为什么不也一个人待一会儿呢？"她接着又说，"我过一刻钟就回来。"

她一向信守诺言，她很快就会回来，眼睛里熠熠生辉，双颊红润，仿佛在严寒中冻过，仿佛她一直在奔跑，抑或仿佛她在路上碰到了什么激动人心的事。她回来时比离开的时候漂亮多了。

一次，我趁她不备跟着她出了家门。我远远地尾随着她，身子贴着墙壁和矮树丛，就像我跟福尔摩斯和电影里学的那样。天气并不算冷，妈妈也没有奔跑，她急急忙忙地走着，仿佛怕迟到似的。走到泽弗奈亚大街的尽头，她往右一拐，穿着白鞋子的双脚加快了步伐，健步如飞，直到马拉哈伊大街拐角，她在邮筒旁边停住，犹豫不决。尾随其后的年轻侦探此时已经得出结论：她出来是为了秘密寄信，我充满了好奇与模模糊糊的理解。但是妈妈并没有寄信。她在邮筒旁边站立片刻，陷入深深的思考，接着突然用手拍了一下脑门，转身回家。（多少年过去了，那个红邮筒仍然立在那里，嵌在混凝土墙壁里，上面刻着 GR 两个字母，以纪念乔治王五世。）于是我便穿过一个院子，从那里抄近路又穿过第二个院子，比她早一两分钟到家，有点气喘吁吁。她脸色红润，仿佛在冰天雪地里待过，敏锐的深褐色眸子里闪着顽皮深情的目光。那一刻，妈妈的样子酷似她的父亲，我的外公。她把我的头贴在她的肚子上，对我说了这样的话：

"在我所有的孩子中，我最喜欢的是你。你能原原本本地告诉我究竟喜欢你什么吗？"

还有：

"尤其是你的纯真。我今生从未遇到过像你这么纯真的人。即使你已经这么大岁数，即使你拥有了各种各样的经历，你的纯真没有离你而去。永远没有。你会永远保持纯真的本色。"

还有：

"有些女人会纯真耗尽，还有一些女人，我是其中之一，喜欢纯真的男人，感到一种内在的冲动，要张开羽翼呵护他们。"

还有：

"我认为你会长成某种唠唠叨叨的小狗，像你的父亲，你也会成为一个绝对安静、封闭的人，像村中遭到农民抛弃的一口水井。和我一样。你也可以兼备这两种人的特征。我绝对相信你。我们现在编故事，好不好？我们轮着来，各编一章。我可以开始吗？很久很久以前，有一个小村子，所有的居民都弃它而去。就连猫和狗，就连群鸟也抛弃了它。于是小村子年复一年保持沉寂与被弃的状态。风雨抽打着茅草屋顶，棚舍的墙壁在冰雹风雪的侵袭下噼啪作响，菜园子里植被蔓生，任凭树木和矮丛自由生长，无人修剪，越来越浓密。一个秋天的晚上，一个迷路的行人来到这个遭遗弃的小村庄。他犹豫着敲打第一间棚舍的门，好了……你接着往下讲好吗？"


在她去世前两年，在 1949 年和 1950 年之交的冬天，她开始经常头疼。她经常感冒，嗓子剧痛，即便病好了，也去不掉偏头疼的毛病。她把椅子放在窗户附近，身穿蓝色的法兰绒睡袍，在那里一坐就是几个小时，看雨，打开的书倒放在膝头，但与其说她在看书，不如说她在用手指嗒嗒地敲打着书的封面。她连续一两个小时一动不动地坐在那里看雨，或者看湿漉漉的鸟儿，十个手指不断地在书上敲击，仿佛在钢琴上一遍遍弹奏着同一段曲子。

逐渐，她不得不减轻家务。然而她仍然设法把餐具收拾停当，洗干净，扔掉所有的纸片和碎屑。她依旧每天打扫房间，每隔两三天擦拭一遍地板。但是她再也不多花心思做饭。她只做简单的饭菜：煮土豆，炒鸡蛋，凉拌蔬菜。偶尔鸡汤里漂着几块鸡。或者米饭加金枪鱼罐头。她有时会一连几天头疼，可几乎从未听到她叫苦。是父亲告诉我的。他悄悄地以男人和男人说话的方式把此事告诉了我，没当着她的面。他的胳膊绕过我的双肩，让我保证从今以后只要妈妈在家就要压低嗓门，不要大喊大叫或吵吵闹闹，尤其要保证别摔门，别摔打窗子或百叶窗。我必须小心翼翼，不要把茶壶、铁罐或者锅盖掉在地上，在家里不要击掌。

我下了保证，并信守诺言。他称我是个聪明伶俐的孩子，有那么一两次甚至叫我"小伙子"。

妈妈深情地向我微笑，可那却是没有微笑的微笑。那年冬天，她的眼角增加了许多皱纹。

串门的人不多。莉兰卡-莉莉亚·卡利什，即莉·巴-萨姆哈，两部风靡一时的儿童心理学著作的作者隔些日子来上一次。她和我妈妈面对面坐在那里，两人用俄语或波兰语交谈。我有一种感觉，她们正在谈论故乡罗夫诺，谈论她们在苏森基森林里被德国人枪杀的朋友和老师。因为他们偶尔会提到伊撒哈尔·莱斯，深受塔勒布特所有女孩爱恋颇具性格魅力的校长的名字，提到布斯里克、伯克夫斯基、范卡·塞德曼等老师的名字，以及她们童年时代一些街道和公园的名字。

施罗密特奶奶偶尔会来，察看冰柜和食品储藏柜，眉头紧锁，在走廊一头、狭小的卫生间兼厕所门外和我父亲简短地嘀咕几句，接着往妈妈休息的房间里偷偷张望，亲切地问：

"你需要什么吗，亲爱的？"

"不，谢谢。"

"那你干吗不躺着呢？"

"你冷吗？我把电热器给你打开？"

"不，谢谢。我不冷，谢谢。"

"医生呢？医生什么时候来的？"

"我不需要医生。"

"真的吗？嗯，你怎么有把握你不需要医生？"

父亲用俄语局促不安地向他母亲说些什么，随即向她们二人道歉。奶奶指责他说：

"安静，罗尼亚。你别管。我在和她说话，不是和你说话。对不起，你给孩子做什么表率？"

孩子立刻走开了，不过有那么一次，他确实想法子听到奶奶向陪她走向门口的爸爸低声说：

"就是。装模作样。就像该给她月亮似的。你别和我争。你可以认为只有她在这里过得艰难，你可以认为我们大家都在养尊处优。你应该给她开点窗子，人在里边真会憋死。"

尽管如此，还是请了医生。不久又请了一次。妈妈被送进诊所做全面检查，甚至到临时设在大卫迪卡的哈达萨医院住了两夜。什么也没有查出来。从医院回来两个星期后，她脸色苍白，浑身无力，于是又请了医生。一次甚至深更半夜把医生请来，他和父亲在走廊里开玩笑，和蔼的声音浑厚粗犷，像木胶一样，把我从梦中惊醒。沙发夜里打开，变成一张窄小的双人床，在妈妈那边，放着各种各样的药包和药瓶，维生素片，叫什么 APC 的治疗偏头疼的药片，等等。她不肯躺在床上，静静地在窗边的椅子上连续坐上几个小时。有时她显得情绪很好。那年冬天，她和父亲说话时声音轻柔而和蔼，仿佛生病的是他，仿佛如果有人提高嗓门，他就会发抖。她和他说话形成一种习惯，仿佛在跟孩子说话，甜美、深情，有时甚至像对婴儿讲话。而跟我说话时，她就像在对知己说话。

"请不要生我的气，阿摩司，"她说，那目光把我的心灵深深刺痛，"不要生我的气，我现在有点难受，你可以看出现在我要想把什么都做好，该有多么费劲。"

我早早地起来，扫地，而后再去上学，每星期用肥皂水冲洗两次地板，再擦干。我学会了切沙拉，往面包里夹黄油，煎鸡蛋，为自己准备晚餐，因为一般情况下，妈妈都是晚上有点犯病。

至于父亲，这些天突然显得兴高采烈的，原因并不明显，对此他竭力加以掩饰。他独自哼着小曲，没来由地咯咯直笑，一次，趁他不备，我看见他在院子里又蹦又跳，像突然被什么叮咬了似的。他晚上经常出去，等我睡着了以后才回来。他说，他需要出去，因为我的房间九点关灯，他们房间里开灯妈妈会受不了。每天晚上，她摸黑坐在窗前的椅子里。他努力和她坐在一起，坐在她身边，一言不发，好像在分担她的痛苦，但是活跃而缺乏耐性的天性使他无法一动不动地坐上三四分钟。

## 49

起初，父亲晚上退到了厨房。他试图读书，或把书和笔记卡片摊在破损的油布上，稍微工作一会儿。但是厨房又狭小又窄仄，他在里面感到压抑。他是个好热闹的人，喜欢争论逗趣，喜欢光，倘若让他夜复一夜坐在令人沮丧的厨房里，没有巧妙的文字游戏，没有历史或政治争论，他的眼睛里就会蒙上一层稚气的愠怒。

妈妈突然放声大笑对他说：

"去吧，去吧，到外面玩会儿吧。"

她加了一句：

"只是要多加小心。什么人都有。不是所有的人都像你那样善良直率。"

"你在说什么呢！"父亲生气了，"你疯了吗？孩子在呢！"

妈妈说：

"对不起。"

他每次出去之前，都要征得她的同意。每次出去之前都要做完所有家务：把买来的东西安排妥当，洗碗洗衣，把已经洗好的衣物晾起来，再把已经晾干的拿进屋。接着，他会擦鞋，洗澡，喷些他给自己新买的须后水，穿上一件干净的衬衫，仔细挑选一条合适的领带。已经拎起了西装外套时，他会弯下腰对我妈妈说：

"你真的不介意我出去会会朋友，跟他们聊聊政治形势、谈谈工作？跟我说实话。"

妈妈从来也不反对。可当他试图告诉她去什么地方时，她坚决不肯听：

"阿里耶，只是你回来时轻一点。"

"我会的。"

"再见。你走吧。"

"你真的不在乎我出去？我也许会在外面待到很晚呢？"

"我真的不介意。你愿意什么时候回来，就什么时候回来。"

"你还需要什么吗？"

"谢谢。我什么都不需要。阿摩司在这儿照顾我呢。"

"我会早点回来。"

又是一阵略带犹豫的沉默：

"那么好吧。行了吗？我就走了？再见。希望你感觉好点。尽量上床去睡，不要在椅子里睡觉。"

"我尽量。"

"那么晚安？再见了？我会早点回来，我保证回来时轻一点。"

"去吧。"

他抻抻西装，正正领带，走了，他经过我的窗前时哼着小曲，声音温和，但跑调跑得吓人："路漫漫，曲曲弯弯，你离我如此遥远，比明月还要遥远……"要么就是"你的眼睛，你的眼睛，在诉说什么？你的眼睛默默无语……"

偏头疼令她失眠。医生开了各种各样的安眠药和镇静剂，但都无济于事。她害怕上床睡觉，终夜在椅子上度过，身披一条毯子，一个靠垫放在头下，另一个靠垫挡住了她的脸。也许她试图那样睡觉。一丁点儿干扰便令她惊悸，无论害相思病的群猫们的哀嚎，还是远方谢赫贾拉或以萨维亚地区的枪声，抑或边界那边阿拉伯耶路撒冷光塔凌晨时分传来的宣礼员的唱颂。要是父亲关掉了所有的灯，她则害怕黑暗；要是他不关走廊里的灯，则会加剧偏头疼。显然他快半夜了才回来，情绪高涨，但羞愧难当，发现她依旧醒着坐在椅子里，干枯的眼睛凝视着黑暗的窗户。他会询问她是不是需要茶或者热牛奶，祈求她上床睡觉，索性建议让她坐在椅子里，也许这样可以使她最后还能睡上一会儿。有时，他感到十分愧疚，跪在那里给她穿上毛袜，万一她的脚着凉了呢。

他半夜回到家里，有时会痛痛快快地洗个澡，兴高采烈地小声唱歌，即使走调也不在乎。"我有一座花园，我有一口水井"，唱到一半突然自己止住，立刻沉默下来，充满了羞愧与困惑，他满怀内疚默默地脱下衣服，穿上他的条纹睡衣，轻轻地再次问她需不需要茶、牛奶或者冷饮料，也许再次引诱她躺在床上，躺在他的身边，或者躺在他睡觉的地方。祈求她驱除不好的想法，想些愉快的事情。他上床把自己裹在毯子里后，提出了她可以想的种种愉快想法，最后像个孩子似的带着这些愉快的想法进入梦乡。但是，我想象他会带着责任感，夜里醒上两三次，检查坐在椅子里的病人，给她拿药，倒杯水，给她盖盖毯子，再回去睡觉。

冬末，她几乎不再吃东西。有时她在茶里泡块面包干，说这已经足够了，她觉得有点恶心，没有食欲。别为我担心，阿里耶，我几乎动都不动。我要是吃东西，就会胖得像我妈妈一样，不要担心。

爸爸伤心地对我说：

"妈妈病了，医生们检查不出来她得了什么病。我想请些别的医生，可她不让。"

还有一次他对我说：

"你妈妈正在自己惩罚自己，就是为了惩罚我。"

亚历山大爷爷说：

"咳，那有什么。精神状态。抑郁症。总有一些怪念头。这证明心依旧年轻。"

莉兰卡阿姨对我说：

"你也不易啊。你是这么聪明伶俐、多愁善感的孩子，有朝一日你会成为作家。你妈妈对我说你是她生命中的一缕阳光。你真是一缕阳光。不像某人，幼稚的自私自利使得他此时到外面采摘玫瑰花蕊，未曾意识到他这样做只能把事情搞得更为糟糕。没有关系。我现在是和自己唠叨，不是和你。你是个有点孤单的孩子，也许现在比平时更加孤独了，因此不管什么时候你需要和我进行知心谈话，不要犹豫，请记住，莉兰卡不只是妈妈的一个朋友，只要你允许，我也是你的一个好朋友。一个不是用成年人看待儿童的方式来看待你的朋友，而是一个真正的志趣相投的朋友。"

我也许明白，莉兰卡阿姨说的"到外面采摘玫瑰花蕊"指的是父亲经常在晚上去看朋友，尽管我无法明白在鲁德尼基拥挤不堪的小房子里，挂着秃鸟和松果鸟，餐具柜后面的玻璃门后有一堆酒椰编的动物，或者在阿布拉姆斯基那可怜而失修——因为他们一直哀悼儿子，几乎顾不上打扫收拾的住宅里，她所指的玫瑰花蕊究竟是什么样子。也许，我猜测在莉兰卡阿姨所说的玫瑰花蕊中有些东西不可能。也许正因如此，我不想了解，不想与父亲一丝不苟地擦鞋或他新买的须后水联系起来。

　　记忆欺骗了我。我现在想起曾经完全忘却了的事情。我重又想起十六岁那年发生的事，而后又再次忘记。今天早晨，我想起的不是事件本身，而是事件发生之前的往事，离今天有四十多年了，仿佛一轮旧月映现到窗玻璃上，又从玻璃上映现到湖面，记忆从湖面撷取的不是映像本身，映像本身已经不复存在，剩下的只是一堆白骨。

　　是这样。现在，在这里，在阿拉德，在一个秋天早上六点半，我冷不丁看到轮廓极其分明的一幅画面：1950年或1951年冬日午饭时分，天空阴云密布，我和朋友鲁里克沿着雅法路走到锡安广场附近，鲁里克轻轻捅捅我的肋骨悄悄地说，嗨，你往那边看，坐在那儿的不是你爸爸吗？咱们赶紧溜吧，免得他看见并意识到我们逃了阿维沙的课。于是我们逃之夭夭，但是离开时，我透过西海尔咖啡馆前面的玻璃，看见父亲就坐在里面，放声大笑，一个女人背朝窗子和他坐在一起，父亲抓过她一只手——她戴着一只手镯——放在自己的嘴唇上。我从那里逃离，从鲁里克的眼前逃离，从那以后我从未完全停止逃离。

　　亚历山大爷爷总是亲吻年轻女士的手。父亲只是有时这么做，此外，他只是拿起她的手，弯腰看她的手表，与自己的进行比较，他几乎对每个人都那么做，手表是他的癖好。我只逃过这一次课，此次逃课专门去看在俄国大院里展出的烧毁了的埃及坦克。我永远不会再逃课了。永远不。

我恨了他两天。真丢脸。过了两天，我把恨转嫁到母亲身上，恨她患有偏头疼，装腔作势，总坐在窗前的椅子上，都怪她，因为是她自己迫使他去寻找生命迹象。而后，我恨我自己，因为我听任鲁里克的诱惑，就像《木偶奇遇记》里的狐狸和猫一样，逃阿维沙先生的课。我为什么就没有一点骨气？为什么这么容易受到影响？一个星期以后，我把此事忘得干干净净，只有十六岁那年，在胡尔达基布兹一个可怕的夜晚，我记起透过西海尔咖啡馆的玻璃窗看到的情形。我忘却了西海尔咖啡馆，就像完全忘却了我在上午提前放学回到家里，看见妈妈身穿法兰绒睡袍静静地坐在那里，不是坐在窗前，而是坐在外面的院子里，坐在光秃秃的石榴树下一把折叠帆布躺椅里，她静静地坐在那里，脸上露出似笑非笑的神情；她的书像平时一样打开倒放在膝头，暴雨正在袭击着她，她一定已在冷雨中待了一两个小时，因为当我把她拉起来拖进屋里时，她浑身湿透，人已经冻僵，就像一只透湿的鸟儿永远也飞不起来了。我把妈妈拖到浴室，从她的衣橱里给她拿出干衣服，我隔着浴室的门，像大人一样指派她，命令她怎么做，她没有回答我，但是完全照我的吩咐去做，只是一点没有停止那不是微笑的微笑。我对父亲只字未提，因为妈妈用眼神让我保守秘密。对莉莉亚阿姨，我只说了这样的话：

"莉莉亚阿姨，你完全错了。我永远不会成为作家或者诗人，也不会成为学者，无论如何也不会，因为我没有情感。情感令我厌恶。我要当个农民。我要住到基布兹里。也许有朝一日，我会当个毒狗的人。用装满砷的注射器。"

春天，她稍见好转。春天的节日——树木新年[1]那天，国家临时议会主席哈伊姆·魏茨曼在耶路撒冷宣布立宪会议——即第一届议会开幕，早晨，妈妈穿上她那条蓝裙子，建议父亲和我跟她到特里阿扎丛林小游。我觉得她穿这件衣服举止优雅，显得很漂亮。当我们终于离开装满图书的地下室，出门走进春光时，她的眼睛里闪烁着温暖慈爱的光。父亲和她手挽着手，我稍微跑到前面一点，像只小狗崽，因为我想让他们互相说说话，也许因为我太高兴了。

妈妈做了一些奶酪三明治，里面夹着西红柿片、煮鸡蛋、红青椒和鳀鱼，父亲自己榨了一瓶不冷不热的橘子汁。我们走到丛林边上，铺了一小块油布，伸开四肢躺在上面，吮吸饱尝冬雨的松林散发出的气息。嶙峋的山坡长出一层厚厚的绿茸毛，正透过松树窥视着我们呢。我们可以看见约旦边境那边阿拉伯小村淑阿法特的房屋，尼比萨姆维尔的纤细光塔耸立在地平线上。父亲说，在希伯来语中，"丛林"一词和"聋""安静""勤勉""耕耘"等词意义相近，又对语言之魅力发表了一小通演说。妈妈因为情绪特好，所以又给他说了一大串同义词。

接着她向我们讲起一位乌克兰邻居，一个机敏、英俊的男孩，他可以确切地预见哪天早晨黑麦会发芽，甜菜什么时候会吐出嫩叶。所有非犹太民族的姑娘都为斯蒂凡这个男孩发狂，他们管他叫斯蒂凡沙或者斯蒂欧帕，可他自己却疯狂地爱上了塔勒布特学校的一个犹太老师，他爱得如此深切，以至于曾经想在河中湍流

---

1 树木新年，时间为犹太历 5 月 15 日（约公历 1 月至 2 月），在犹太人传统中，指冬天过后，万物复苏伊始，犹太人要在树木新年这一天吃十五种不同的水果。"树木新年"同时又是"植树节"。

里结束自己的性命，但是他又是个出色的水手，沉不下去，他漂到了河畔的一个庄园，庄园的女主人引诱了他，几个月之后，她给他买了一个小酒店，也许他依旧待在那个地方，由于饮酒过度，沉湎女色，变得既丑陋又臃肿。

这一次妈妈使用"沉湎女色"一词时，父亲忘了要制止她，甚至也没有大喊"孩子在呢！"他头枕着她的膝头，伸开四肢躺在油布上，嘴里嚼着一片草叶。我也一样，四仰八叉地躺在油布上，头枕在妈妈的另一个膝头上，嘴里嚼一片草叶，让令人沉醉的温暖气息充盈肺腑，空气中充满了清新的芬芳，昆虫嗡嗡，在春意中陶醉，被冬天的风雨洗涤得干干净净。倘若时间就此定格，写作也就此定格，在她去世两年前，那个春天的树木新年，我们三人在特里阿扎丛林时的画面定格：我妈妈身穿蓝色连衣裙，脖子上优雅地系了条红丝巾，笔直地坐在那里，显得十分漂亮，而后倚在一棵树干上，一个膝头躺着我的父亲，另一个膝头躺着我，冰凉的手抚摸我们的脸颊和头发，头上，群鸟在洗过的松树上叽叽喳喳，那该有多好。

那年春天她确实好多了。她不再夜以继日地坐在椅子上面对玻璃窗，她不再看见光就退却，或听到任何响动就惊悸不已。她不再不管家务，连续几个小时看她自己所喜欢的书。她的偏头疼稍见好转，几乎恢复了食欲。她再次仅用五分钟就在镜子前梳妆完毕，轻轻敷上一层香粉，抹点口红和眼影，梳头，再用两分钟站在敞开的衣柜前挑选，出现在我们大家面前时神秘、漂亮、光彩照人。以往的客人重新出现在我们的房子里，巴-伊兹哈尔（伊萨勒维茨）夫妇，阿布拉姆斯基夫妇，对劳工运动深恶痛绝的虔诚的修正主义者，汉娜和哈伊姆·托伦、鲁德尼基夫妇，但泽城来的托西娅和古斯塔夫·克洛赫玛尔，他们在盖乌拉大街上开了一家玩偶医院。男人们有时迅速而不好意思地瞥一眼我的母亲，又急急忙忙地避开目光。

我们又在安息日晚上来到施罗密特奶奶和亚历山大爷爷的圆桌前，点蜡烛，吃鱼冻饼，或者吃两头用针线缝起来的八宝鸡脖。星期天上午，我们有时去拜访鲁德尼基夫妇，午饭后，几乎每个安息日，我们都从北向南穿过整个耶路撒冷，到塔拉皮尤特大街约瑟夫伯伯家里朝觐。

一次吃晚饭时，妈妈突然向我们讲起，她在布拉格读书时，在租住的房间里有盏落地电灯，放在扶手椅旁边。第二天爸爸下班回家的路上，来到乔治王大街的两家家具店和本-耶胡达大街的一家电器商店，他一一比较，又回到第一家店里，拿着一盏最漂亮的落地灯回到家里。那盏灯花掉了他近四分之一的月工资。妈妈吻了我们二人的前额，露出奇怪的微笑向我们保证，她离开很长时间后，那灯依旧能够给我们二人以光明。父亲陶醉在胜利中，没听见她说的这些话，因为他从来就不好好地听人说话，还因为他那奔涌不息的语言能量已经席卷着他去追寻原始闪米特语中光的词根 NWR，阿拉米语形式 menarta 和阿拉伯语中的同义词 manar。

我听到了，但是不明白。也许我明白了，但没有抓住其中的意义。

后来又开始下雨了。爸爸再次请求批示，在我安顿上床后，"出去看一些人"。他保证不会回来太晚，不会发出噪声，他给她端来一杯热牛奶，穿上他锃亮的皮鞋，西服上衣口袋里露出白色三角手绢，像他父亲一样，身后飘着须后水的芬芳，走出家门。

当他经过我的窗户时，我听到他啪的一声打开雨伞，哼着跑调的小曲，"她有多么温柔的小手，无人敢触摸"，或者"她的眼睛像北斗星，她的心像沙漠一样滚烫"。

但等他一转身，妈妈和我就骗他。尽管他给我规定了严格的熄灯时间，"九点整，一秒钟都不许晚"，等到他的脚步在湿漉漉的大街上远去，我就从床上一跃而起，奔她而去，听许许多多的故事。她坐在椅子上，房间里一排排书顺着墙壁排起，还有许多书堆在了地上，我穿着睡衣跪在她脚边的地毯上，头枕在她温暖的腿上，闭着眼睛倾听。房间里的灯已经关掉了，只剩下她椅子旁边的落地灯还亮着。风雨击打着百叶窗。偶尔，一阵阵沉闷的雷声从耶路撒冷上空滚滚而去。爸爸出去了，把我留给妈妈和她的故事。一次她告诉我，她在布拉格读书时租住的房间上面有一套空房子。一连两年也无人在那里居住，因此邻居们悄悄地说，那里只有两个死去的女孩子的鬼魂。房子里失了一场大火，爱米莉亚和亚娜两个姑娘没能营救出来。悲剧发生后，姑娘们的父母移民到了国外。熏得乌黑的房子上了锁，封得严严实实的。没有再装修，也没有再续租。有时，邻居们窃窃私语，听到了闷声闷气的调笑声和恶作剧声，要么就是半夜时分听到了哭声。我从来没有听到那样的声音，妈妈说，但是有时我几乎确信水管被人拧开，家具被人移动，有人光着脚啪嗒啪嗒从一个房间走进另一个房间。也许有人利用空房子秘密做爱，或干些见不得人的事。等你长大后，就会发现，你的耳朵在夜里听到的所有声音，几乎都可以用不止一种方式来解释。实际上，不只是在半夜，不只是你的耳朵，就连你的眼睛在光天化日下之所见，也几乎总能用不同的方式来加以理解。

还有一些夜晚，她向我讲述了欧律狄刻、冥王哈德斯和奥菲斯[1]。她向我讲述了一个八岁女孩的故事，其父是个大名鼎鼎的纳粹分子，战后被同盟国在纽伦堡绞死，只是因为有人看见小女孩用鲜花装饰其父亲的照片，就把她送进一个少年犯看守所。她向我讲述了罗夫诺附近某村，一个年轻的木材商在一个风雪交加的冬夜在森林里迷路，不见了踪影，但是六年以后，有人深更半夜悄悄地把他那双破靴子放到他遗孀的床头。她向我讲述了老托尔斯泰临终之前离家出走，在一个偏僻的火车站阿斯塔波沃站长家的棚屋里病逝。

在那些冬夜，我和妈妈就像培尔·金特和他的母亲奥斯：

> 我们曾经一道发过愁……
>
> 而我和培尔就待在家里
>
> 拼命摆脱烦恼，尽量不去想那些事……
>
> 我们呢，就编织了关于王子、山妖和奇禽异兽的神话，
>
> 也编过抢新娘的故事。
>
> 可谁会料到他竟把这种故事记在脑海里呢！[2]

我们那些夜晚经常做游戏，轮流编故事：妈妈说起一个故事，我接着讲，她讲一节我讲一节，以此类推。爸爸会在将近半夜或

---

1 欧律狄刻、冥王哈德斯和奥菲斯，希腊神话中的人物。

2 易卜生《培尔·金特》第二幕第二场，萧乾译，见《易卜生文集》第三卷，人民文学出版社，1995 年第一版，第 320—321 页。作家省略了诗剧中写父亲的话："你一定听说过我丈夫的坏名声：他怎样在这一带流浪，挥金如土，喝得烂醉，骂骂咧咧……"

半夜时回来，听到外面传来他的脚步声，我们立即关上灯，像两个淘气的孩子跳上床，假装老老实实地睡觉。我迷迷糊糊中，听见他在小房子里走动，脱掉衣服，从冰柜里拿牛奶喝，走进浴室，拧开水龙头，又关上，冲厕所，又拧开水龙头，又关上，屏住呼吸，哼一曲古老的爱情歌曲，又喝一点牛奶，光着脚轻轻走进书房，走向已经打开变成一张双人床的沙发，肯定是躺在假装睡着的我妈妈身旁，把小曲藏在心里，在心里哼上一两分钟，而后睡着了，睡得像个孩子，直睡到第二天早上六点。早上六点，他第一个醒来，刮脸，穿衣，系上妈妈的围裙给我们二人榨些橘子汁，像平时一样把果汁在开水锅里温热，因为谁都知道冰凉的果汁会让你打冷战，而后给我们二人把橘子汁端到床上。

在那些夜晚，有一次，妈妈又失眠了。她不愿意挨着爸爸躺在沙发上，父亲睡得很沉，眼镜静静地放在他身边的架子上，妈妈从床上起来，没有去她窗前的椅子上，也没有去阴郁的厨房，而是躺到了我的床上，搂抱我，亲吻我，直至我醒来。接着她凑近我的耳根，轻轻问我是否同意今天夜里说悄悄话。只有我们两人。很抱歉我吵醒了你，但是我今天夜里真想和你说话。这一次我在黑暗中确实听到她声音中含着微笑，那是真正的微笑，不是影子：

     当宙斯发现普罗米修斯设法给人类盗取了他拒不给予人类以示惩罚的火种，他几乎恼羞成怒。众神很少看到天父如此恼火。他每天让自己的炸雷不停地滚动，没有人敢接近他。在恼怒中，火冒三丈的天父决定让灾难化作奇妙的伪装降临人间。于是他命令儿子火神和锻冶之神赫淮斯托斯用泥土制作了一个漂亮的女人。智慧女神雅典娜教她织布缝衣，并给她穿上漂亮的衣裳。爱神阿佛洛狄特冠之以优雅迷人的魅力，骗取所有的男人，并激起他们的欲望。商贾偷窃之神赫耳墨斯教她撒谎不眨眼，巧言蛊惑与欺骗。这个美丽的妖妇名叫潘多拉，意思是"拥有一切优点的人"。后来，宙斯渴望复仇，命令将她许给普罗米修斯的蠢弟弟厄庇墨透斯做新娘。普罗米修斯告诫弟弟不要接受众神送给他的礼物，叮无济于事。弟弟看到这个美艳动人的女王时，欢跳着奔向潘多拉。潘多拉带来一盒嫁妆，里面装满了奥林匹斯山众神送的礼物。一天潘多拉打开礼物盒的盖子，从里面飞出疾病、孤独、不公道、残酷与死亡。因此我们就看到所有的痛苦来到这个世界上。要是你还没有睡着，我想告诉你，依我看来，在这之前，痛苦就已经存在了。普罗米修斯和宙斯有痛苦，潘多拉自己也有痛苦，更不用说我们这些芸芸众生了。痛苦并非来自潘多拉的盒子，正因为有痛苦才发明了潘多拉的盒子。打开它也是因为有痛苦。你明天放学后剪剪头发吧。瞧你的头发长得多长了。

# 50

　　有时，父母会带我进城，也就是去乔治王大街或者本-耶胡达大街喝咖啡，那里有三四家主要咖啡馆很像两次世界大战之间中欧城市里的咖啡馆。在这些咖啡馆里，客人可以随意阅读用长木条固定住的希伯来文和外文报纸，以及不同语言的周刊和月刊。外国人在黄铜和水晶枝形吊灯的光影里低声絮语，青烟袅袅，有股异域情调，在那个世界里，宁静的书斋生活与伴侣生活平稳地前行。

　　装扮入时的女士们和仪表堂堂的绅士们坐在桌旁轻轻地说话。身穿雪白工作装的男女侍者臂上搭着叠得整整齐齐的白茶巾，在桌间穿梭行走，给大家端上滚烫的咖啡，咖啡上漂着状如纯洁的鬈发天使的掼奶油，加香精的小瓷壶锡兰红茶，酒心油酥点心，羊角面包，奶油苹果馅饼，裹上一层香草霜的巧克力蛋糕，冬天晚上喝的香料酒，小杯的白兰地和樱桃白兰地。（在 1949 年和 1950 年，仍然只用代用咖啡，巧克力和奶油也许也是代用品。）

　　在这些咖啡馆里，我父母有时会碰到不同圈子的熟人，与他们平时交往的修玩偶匠或邮局职员圈子有天壤之别。我们在这里跟重要的老相识交换意见，比如说普费弗曼先生，他是父亲在图书馆报刊部的老板，偶尔从特拉维夫到耶路撒冷执行公务的出版商耶胡沙·查扎克，与父母年龄相仿已开始在大学里发展、大有可为的年轻语文学家和历史学家，还有其他年轻学者，包括前途似乎已有保障的大学助教。有时父母会碰到一小群耶路撒冷作家，父亲觉得认识他们是一种荣幸：多夫·吉姆西、施拉格·卡达里、伊扎克·申哈尔、耶胡达·亚阿里。而今，他们几乎已经被人遗忘，甚至就连他们的许多读者也离开了这个世界，但是那时，他们很有名，拥有广泛的读者。

父亲会为这些会面做准备，洗头，把皮鞋擦得像黑色大理石一样闪闪发光，系上他最喜欢的那条灰白条领带，别上一枚银色领带夹，不止一次地向我解释怎样才能做到彬彬有礼，我有义务简明扼要地回答问题，还有品位。有时，即使他在早晨已经刮过脸了，但在我们出门之前他还要刮一次。我妈妈为彰显这一时刻，戴上她的珊瑚项链，完美地衬托出她的橄榄色皮肤，给她恬静的美丽增添了几分异国情调，有些像意大利人，或许像希腊人。

父亲的敏锐与渊博给诸位名作家和学者留下了深刻印象。他们深知，每当字典或参考书令之大失所望时，他们始终可以依靠他渊博的学识。但是比利用我父亲及其学术专长更甚者，是他们对我母亲能够伴他而来而毫不掩饰地感到高兴。她深邃而鼓舞人心的关注，促使他们乐此不疲地追寻语词技艺。她沉思的神态，她突如其来的问话，她的目光，她的评论，会给正在讨论的话题增添几分珍贵的理解，使他们不住地说啊说，仿佛他们有点陶醉，谈论他们的工作，他们那充满创造性的斗争，他们的计划以及他们的成就。有时，我妈妈会用一种截然相反的方式引用说话人自己的创作，畅谈类似于托尔斯泰的思想，要么就是在所谈论的事情中识别出一种禁欲者（斯多葛派）的性质，要么就是稍微歪着头评论——在那一刻，她的声音会呈现某种深色葡萄酒般的性能——这里她的耳朵似乎在在座作家的创作中捕捉到了近似斯堪的纳维亚人的音符，捕捉到汉姆孙或斯特林堡甚至史威登堡神秘主义创作的回声。此后我母亲会像从前一样保持沉默，密切关注，像精确调试好音调的乐器。与此同时，他们如痴如醉慷慨地向她道出一切，也不管自己是不是这么想的，为的是引起她的注意。

多年过去后，我偶然碰到了他们当中的一两位，他们对我说，我母亲是位非常迷人的女子，一个真正受到神灵启迪的读者，每位作家孤独地在书房里艰苦劳作时都梦幻着拥有这样的读者。她没有留下自己的创作真是一件憾事，她过早的离世可能使我们失去了一位才华横溢的作家，而那时希伯来女性创作者屈指可数。

要是这些名人雅士在图书馆或街上碰到我的父亲，他们会和他简短聊聊教育部部长迪努致大学校长们的书信，或是扎尔曼·施奈欧尔在年事已高之际想成为沃尔特·惠特曼，或克劳斯纳教授退休后谁会接替他做系主任，而后他们会拍拍他的肩膀，眼睛放光，笑容可掬地说，请向你的太太致以温馨的问候，一个真正出色的女人，那么文雅而富有洞察力的女人！颇有艺术天赋！

他们深情地拍着他的肩膀，在内心深处却嫉妒他拥有那样一个妻子，不知她看上这个书呆子什么了，即使他渊博、勤奋甚至相对来说，不是一个微不足道的学者，但是在我们当中却是个学究气十足、完全没有创造力的学者。

在咖啡馆里的这些谈话中，我的角色别具一格。首先我得像个成年人一样，彬彬有礼聪颖机灵地回答这些难题，比如说我多大了，在学校里上几年级，我是否集邮，有没有剪贴簿，他们这些日子在地理课上教我们什么了，希伯来语课上教了什么，我是不是个好孩子，我读过多夫·吉姆西的哪些作品（或者亚阿里，或者卡达里，或者埃文·扎哈夫，或者申哈尔的哪些作品），所有的老师我都喜欢吗？偶尔也问：我开始对年轻女士感兴趣了吗？我长大以后会干什么——也做教授吗？还是做个拓荒者？还是在以色列军队里当个陆军元帅？（那时我在内心深处得出结论，作家们都有点虚假，甚至有点滑稽可笑。）

其次，我的任务是不许插嘴。

我不能让人意识到我的存在。

他们在咖啡馆里每次至少聊上七个小时，在这无穷无尽的时间里，我甚至比屋顶上发出轻轻声响的电扇表现得都更为安静。

如果在陌生人面前没有履行自己的义务，就要遭受惩罚：可能从放学后的那一刻就要待在家里，连续两个星期；或失去和朋友们玩耍的权利，或在接下来的二十天里不得在床上读书。

连续一百个小时独处会得大奖，奖励一个冰激凌，甚至奖励一根玉米棒。

他们几乎不怎么让我吃冰激凌，因为它对嗓子有害，让人着凉。至于玉米棒，街角有卖的，普莱默斯便携式汽化煤油炉上坐着开水锅，一个胡子邋遢的人从锅里拿出热乎乎香喷喷的煮玉米，用绿叶子给你包好，上面再撒些盐。几乎就不让我吃玉米棒子，因为胡子邋遢的人显然不干不净，他的水里也许都是细菌。"但是，要是殿下你今天在阿塔拉咖啡馆里的行为举止无可挑剔，就让你在回家的路上自由选择：是冰激凌还是玉米棒，随便你喜欢哪个。"

于是在咖啡馆，父母和他的朋友们无休无止地谈论政治、历史、哲学和文学，谈论教授们之间的权力斗争，编辑、出版商内部的错综复杂的关系，还有一些谈话我听不懂，在这样的背景下，我慢慢变成一个小间谍。

比如说，我研制了一个小小的秘密游戏，可以玩上几个小时，不用动，不用说，不用辅助道具，甚至不用铅笔不用纸。我会看着咖啡馆里的陌生人，试图从他们的衣着和手势上，从他们看的报纸或是点的饮料上，猜出他们是谁，他们是哪里人，他们是干什么的，他们来这里之前干了什么，之后他们会到哪里去。那边那个女人刚刚悄悄笑了两次——我试图从她的表情上推断出她在想些什么。那个身材瘦削戴帽子的年轻人目不转睛地盯着门口，每进来一个人都很失望，他在想些什么？他苦等的那个人长什么样子？我竖起耳朵，从空中窃取只言片语的谈话。我斜倚身子窥探大家在读什么，观察谁急急忙忙地离去，谁刚刚进来就座。

根据某种不确定的表面迹象，我为他们编织出错综复杂但激动人心的生活。比如，那个嘴唇流露出痛苦、连衣裙领口开得很低的女人，坐在角落里的一张桌子旁边，周围浓烟缭绕，柜台后面墙上的挂钟走了不到一个小时，她就站起来三次，进了女厕所，接着她又回来坐在已经空了的茶杯面前，用棕色的烟嘴一根接一根地抽烟，偶尔瞟一眼皮肤黝黑、身穿西装背心、坐在立式衣帽架附近的一张桌子旁的男子。一次她站起身，走向那个身穿西装背心的男子，弯下腰，对他说了两三个词，而他只点头称是，现在她又坐在那里抽烟去了。这里面得有多少可能性啊！从这些碎片，我能够编织出千变万化令人眼花缭乱的情节与故事！也许她只是询问，他看完报纸后能否把报纸拿给她看。

　　我的眼睛设法避开女人那硕大的胸脯侧影，但无济于事，我闭上眼睛，它却走近了我。我可以感觉到它的温暖，它几乎拥抱了我的脸庞。我的双膝开始颤抖。女人正在苦等她的情人，他答应前来，但是却忘记了，因此她坐在那里如此绝望地一口接一口地吸烟，一杯又一杯喝着清咖啡，来减轻嗓子眼里的苦痛。她一次又一次消失在厕所里，往脸上扑粉，掩饰泪痕。女招待给身穿西装背心的男子端来一高脚杯甜酒，以驱散他的忧伤，因为他的妻子离他而去，投向一个年轻的情人。也许，此时此刻，那对情侣正驾驭某爱情之舟，沐浴在洒向大海的月光下，在船长操办的舞会上跳贴面舞，爱迪生影院那令人魂牵梦萦的音乐悠扬婉转伴他们起舞，驶向某个顶呱呱的胜地：圣莫里兹、圣马力诺、旧金山、圣保罗、无忧宫。

　　我继续编织我的网络。我想象那个年轻情人，就像纳尔逊"纳维卡特"板烟烟盒上所描绘的那个骄傲而有男子汉气度的水手，实际上就是他答应了一根接一根抽烟的女人，今晚来与她会面，而现在他却远在千里之外。她徒然等待。"先生，你也被命运抛弃了吗？你也和我一样形单影只吗？"那就是她刚才走向那个身穿西服背心的男人，冲他弯腰，用古老浪漫故事的语言冲他所说的话，而他点头称是。不久，这一对被抛弃的人儿一起走出了咖啡馆，在外面大街上，他们手挽着手，无须多说一句话。

　　他们二人一起去哪里呢？

　　我在想象林荫大道和公园，月光迷离的长椅，通往石墙背后小房子的小巷，烛光，紧闭的百叶窗，音乐，故事到此变得对我来说过于甜美与恐怖，令我无法讲述，也无法忍受，我连忙避开。

接着，我把目光投向坐在我们桌子附近的两个中年男子，他们在下棋，操一口德国口音的希伯来语。其中一位正在吮吸并抚摸一根冰凉的红木烟斗，另一位偶尔用一块花格手绢擦去他高高的额头上那并不存在的汗水。一个女招待走过来，朝拿烟斗的男人轻轻说了些什么，他用带德国口音的希伯来语请求另一个人原谅，又向女招待道歉，走向取膳窗口旁边的电话机。说完话后，他挂上电话，站了一会儿，显得有点可怜与失落，接着跌跌撞撞回到桌边，显然再次请棋友原谅，接着他向他解释着什么，这次是用德语，急急忙忙在桌子上放了一些硬币，转身离去；他的朋友生气了，几乎强迫他把硬币放回兜里，但是另一个不肯，突然硬币滚到了地上几张桌子下，两位先生不再推让，跪在地上把硬币捡起来。

太迟了，我已经为他们做出决定，他们是一对堂兄弟，整个家族都被德国人杀光，只有他们二人幸存。我已经用一笔巨额遗产和一个怪里怪气的遗嘱来丰富了他们的故事，按照遗嘱条款，谁在对弈中获胜，他就能够得到三分之二的遗产，而输者只能得到三分之一。接着我又给故事引进一个与我年龄相仿的孤女，她与一些年轻移民被从欧洲送进基布兹，或受教育的机构，真正的遗产继承人是她，而不是那两个下棋的。在这里，我自己进入故事之中，充当身披闪光盔甲的骑士、孤儿保护者，将从没有资格获得遗产者的手中把遗产夺回，将其归还给真正的主人，我这样做并非一无所获，而是赢得了爱情。但是赢得爱情后，我再次闭上双眼，迫切需要掐断故事，开始监视另一张桌子。或者盯住眼睛深黑的跛脚女侍者。这似乎是我作家生涯的开始：在咖啡馆，苦苦等待冰激凌或者玉米棒。

直至今天，我一直用这种方式行窃。特别是从陌生人那里。特别是在人来人往的公共场所。比如说，在诊所排队时，或在某政府部门的等候室，火车站或飞机场。甚至有时在我开车堵车时也在偷看身边的车辆。偷看并编造故事。再偷看，再编造更多的故事。从她的衣着，她的表情，她补妆时的姿势可以断定她是哪里人吗？她家境如何？她的丈夫是个什么人？要么就是捕捉到那边那个留着并不时髦的连鬓胡了的小伙子，他左手拿着手机，另一只手则比画着切东西的动作，感叹号，紧急呼救信号：他为什么明天一定要飞往伦敦？他做什么生意做得不称心？谁在那里等着他？他的父母长什么样？他们是哪里人？他小时候是什么样子？他今天晚上，今天夜里，在伦敦着陆以后计划做什么？（现在我不再惊恐地停在卧室门口了，我悄悄地溜了进去。）

倘若陌生人与我满怀好奇的目光相遇，我则怀着歉意冲他们心不在焉地微微一笑，把目光转向别处。我没有什么不好意思的。我很怕在行动中被抓获，并让我做出解释。但不管怎么说，一两分钟后，我就不需要继续偷看我漫不经心编织的故事中的主人公了，我已经看够了。半分钟，他们就被逮进了我那专门偷拍名人照片的相机里。

在超市等候付钱，比如说，我前面的一个女人矮小而丰满，约莫四十五岁，非常吸引人，因为她的体态或表情显示，她什么都尝试过了，现在已经是处变不惊，就连最异乎寻常的体验也只是引起她顽皮的好奇心而已。而我身后的一个士兵，也就二十来岁，显得有些愁眉苦脸，正用渴求的双眼直勾勾地看着这个什么都懂的女人。我向旁边退出半步，以便不挡住他的视线，为他们准备一间铺着厚地毯的房间。我关上百叶窗，倚门站在那里，而现在幻觉本身充满了流动，非常具体，包括他在极度兴奋中羞答答带有喜剧色彩的触摸，以及她满怀同情慷慨大方的生动触摸。直到钱柜旁边的女子抬高了声音：下一个！那口音不能确定是俄罗斯口音，也许是中亚某个国家的口音？我已经到了撒马尔罕，到了美丽的布哈拉，双峰驼，粉石砌成的清真寺，穹顶撩人、地毯厚实柔软的圆形祈祷大厅，伴我和我买的东西一道走到大街上。

1961年我服过兵役后，基布兹胡尔达委员会将我送到耶路撒冷希伯来大学学习两年。我学习文学，因为基布兹急需文学老师，我学习哲学，因为是我坚持要学。每星期日下午四点到六点，百名学生聚集在梅塞尔楼的大报告厅里倾听施穆埃尔·雨果·伯格曼的讲座"从克尔恺郭尔到马丁·布伯的对话哲学"。我妈妈范妮娅在20世纪30年代也跟随伯格曼教授攻读哲学，当时大学依旧坐落在守望山上，她还没有嫁给我的父亲，每逢回忆起伯格曼教授，她都满怀深情。1961年，伯格曼教授已经退休，他是位荣退教授，但是他那清晰隽永的学识将我们深深吸引。更想到站在我们面前的这个人曾经在布拉格和卡夫卡一起上学，他有一次对我们说，他实际上连续两年和卡夫卡坐在同一条板凳上，直到马克斯·布罗德出现，取代了他在卡夫卡身边的位置。

那年冬天，伯格曼课后邀请了五六个他最喜欢的或最感兴趣的学生来他家里待上几个小时。每星期日晚上八点，我乘坐5路公共汽车从吉瓦特拉姆新校园去往热哈维亚大街伯格曼教授那简朴的公寓。房间里总是充满旧书、新鲜面包和天竺葵花散发出的淡淡的宜人气味。我们坐在沙发上，或者在大师，在卡夫卡和马丁·布伯童年时代的朋友，在为我们写下认识论史和逻辑学原理的作者脚下，席地而坐。我们静静地等候他开口。

施穆埃尔·雨果·伯格曼即使上了年纪，仍旧是个大块头。他雪白的头发不住抖动，眼角周围的皱纹既顽皮，又具有讽刺意味，富有穿透力的目光既满怀狐疑，又像一个充满好奇的孩子的目光那样天真无邪，与老年时代的阿尔伯特·爱因斯坦的照片非常相像。伯格曼操中欧口音，在用希伯来语行走时步态不太自然，仿佛他精通这门语言，但是有点得意扬扬，就像一个追求者为所爱之人接受了他而欣欣然，决定抬高自己，证明她没有看错人。

在这些聚会上，我们的老师几乎只关心一个题目，即灵魂生还问题，或者人死后是否还有机会生存。整整一冬天的星期日晚上，他就向我们讲述这些。雨打窗棂，花园里风在低吟。有时，他让我们谈自己的见解，他一丝不苟地听着，不像老师耐心地指导学生行路，而是像人倾听一个复杂乐章里的一个特殊音符，以便定夺它是对还是错。

"没什么，"一个星期日晚上他这样对我们说，我没有忘记，我确实没有忘记，我相信自己可以逐字逐句地重复，"没什么东西可以消失。从来没有。'消失'这个词的本意指宇宙，可以说是有限的，可以离开它。但是没——什么——东西（他故意把词语拖长）能够离开宇宙。什么也进入不了宇宙。就连一颗微尘也无法出现，也无法消失。物质变成能量，能量变成物质，原子聚集在一起，而后分散，一切都发生了变化与变形，但是没——什么——东西可以从有到无。即使长在某病毒尾巴上的最微小的毛发也不会。无限一词的概念确实非常广阔，无限地广阔，但与此同时，它也是封闭的，密封得严严实实：什么也没有离开，什么也没有进入。"

停顿。狡黠、天真的微笑宛如喷薄的日出洒满他表情丰富的迷人脸庞：“也许有人能够向我解释，在什么情况下，他们为什么执意告诉我唯一的例外，唯一注定要下地狱、化为乌有的事物，在一个原子也不可能被毁灭的广袤宇宙里唯一注定要停息的事物就是我可怜的灵魂？除了我的灵魂，一切事物，每粒尘埃，每滴水，都将继续生存，直至永远，尽管形式不同？”

“灵魂，”一个年轻聪颖的天才从房间角落里轻声说，“是任何人也看不到的。”

“就是，”伯格曼表示赞同，“你在咖啡馆里也碰不到物理定律或者数学规则。也碰不到智慧、愚笨、欲望与恐惧。尚未有人取些快乐或憧憬作为样品，放到试管里。但是谁，我年轻的朋友，谁现在在和你们说话呢？是伯格曼的幽默吗？是他的脾脏？也许是伯格曼的大肠在说话？是谁，要是你们原谅我说这种话，是谁在你们脸上洒下一点也不惬意的微笑？不是你们的灵魂吗？是你们的软骨吗？是你们的胃液吗？”

又有一次他说：

“死后等待我们的会是什么？没——有——人知道。无论如何，用可证明或论证的知识无法知道。要是我今天晚上告诉你们，我有时听到死人说话的声音，那声音比多数活人的声音要清晰，明白易懂，你们有理由会说，这个老头年老昏聩了。他在行将就木之时可怕地发了疯。因此我今天晚上不和你们谈论声音，今天晚上我将谈论数学：因为没—有—人知道在我们死亡的另一边是否存在着事物，还是不存在事物，我们可以从这种全然无知中推断出，那里存在事物的概率与不存在事物的概率完全等同。百分之五十休止，百分之五十幸存。对于像我这样的犹太人，一个中欧犹太人，与纳粹大屠杀受害者是同代人，如此珍惜幸存的机会一点也不坏。"

　　格肖姆·肖勒姆,伯格曼的朋友与竞争对手,也为死后的生活问题着魔,甚至可能是深受折磨。在他死去的那天早晨,广播中播报了他的死讯,我写道:

　　格肖姆·肖勒姆在深夜去世。现在他知道了。

　　伯格曼现在也知道了。卡夫卡也知道了。还有我的父母。还有他们的朋友和熟人还有这个咖啡馆里的众多男男女女,所有那些我在故事中讲述的人,以及那些被完全遗忘的人。他们现在都知道了。有朝一日我自己也会知道。与此同时,我们将采集各种不同的细节。以防万一。

# 51

我在塔赫凯莫尼学校读三四年级时是个具有强烈民族主义热情的孩子。我分期写了一部历史小说《犹大王国的终结》，还写了几首关于征服、关于民族辉煌的小诗，类似于亚历山大爷爷的爱国主义诗篇，目的在于模仿弗拉基米尔·杰伯廷斯基的民族主义进行曲，如《贝塔进行曲》[1]："……抛洒你的热血献出你的灵魂！高擎熊熊火炬，平静就像泥潭，我们为壮丽的事业而战！"我也深受波兰犹太游击队和隔离区起义之歌的影响："……抛洒热血又算哪般？英雄精神气冲霄汉！"还有父亲经常激动万分声音颤抖着给我读的沙乌尔·车尔尼霍夫斯基的诗歌"……血与火的旋律／登上高山，征服溪谷，不论你看到什么——拿获！"在所有诗歌中最令我振奋的就是《无名战士》这首诗，作者是亚伯拉罕·斯特恩，化名亚伊尔，斯特恩帮的首领。我经常在晚上熄灯后独自一人满怀深情地在床上小声背诵："我们是无名战士，要为自由而战；四周笼

---

1 贝塔是"特鲁姆佩尔道联盟"的缩写。原是纪念早期犹太军事指挥官特鲁姆佩尔道的团体，后发展为世界各地锡安主义修正派的青年组织，致力于文体活动和军事训练。杰伯廷斯基是该团体修正派主要领导人，《贝塔进行曲》的作者。

罩着死亡阴霾，我们用生命从戎，战斗到生命的最后一刻……在血光映红的岁月，在黑漆漆的绝望之夜，让我们的旗帜在村庄和城镇的上空飞扬，因为我们战斗捍卫的是正义之光！"

沸腾的热血、土壤、烈火与钢铁令我陶醉。我一遍又一遍想象自己在战场上英勇捐躯，我想象父母满怀忧伤与骄傲，与此同时，一点也不矛盾，在我英勇地战死后，在泪眼汪汪享受过本-古里安、贝京和尤里·兹维发布的那激动人心的悼词之后，在为自己伤心之后，在激动而哽咽地看到大理石雕像以及记忆中的赞美之诗后，我总是能够从暂时的死亡中健康而坚实地崛起，沉浸在自我欣赏中，将自己升为以色列军队的总司令，指挥我的军团在血与火中去解放敌人手中的一切，大流散中成长起来的缺乏阳刚之气、雅各似的可怜虫不敢将这一切夺回。

梅纳赫姆·贝京，富有传奇色彩的地下工作将领，在那时是我童年的主要偶像。甚至在这之前，在英国托管的最后一年，无名地下将领激起了我的想象。在我的脑海里，我看见他的形象披上了《圣经》的辉煌光晕，我想象他正待在朱迪亚沙漠的荒凉沟壑中的秘密司令部里，打着赤脚，扎着皮腰带，就像先知以利亚站在卡麦尔山的山石中一样熠熠生辉，他从偏僻的山洞里，脸上露出年轻人的那股天真，发布命令。他长长的胳膊夜复一夜伸入到英国占领军的心脏，炸毁司令部和巨石障碍，冲破一道道防御墙，轰炸弹药库，把满腔愤怒倾泻到敌人的大本营，在我父亲编写的传单上，称敌人为"盎格鲁-纳粹敌军""亚玛力"[1]"背信弃义的阿

---

1 在《圣经》中，亚玛力是以扫之孙，其后代便是亚玛力人（见《圣经·创世记》第36章第12节）。耶和华曾经对摩西说："耶和华已经起了誓，必世世代代和亚玛力人争战。"亚玛力人是以色列人最顽强、最冷酷无情的敌人。当以色列人要进入应许之地时，亚玛力人挡住他们的去路（见《圣经·出埃及记》第17章第8—16节）。

尔比恩"。(我妈妈曾经说到英国人："不管是不是亚玛力，天晓得我们会不会很快就会怀念他们。")

以色列国建立后，希伯来地下武装的最高首领终于浮出水面，一天他的照片出现在了报纸上，下面署着他的名字：不是像阿里·本-参孙或者伊弗利亚胡·本-凯都米姆那样的英雄，而是梅纳赫姆·贝京。我大为震惊：梅纳赫姆·贝京的名字或许适合泽弗奈亚大街上一个说意第绪语的零星服饰用品商，或者盖乌拉大街上一个镶着金牙制作假发与紧身胸衣的人。而且，令我大失所望，我童年时代的英雄在登在报纸的照片上竟然显得虚弱而瘦骨嶙峋，苍白的脸上架着一副大眼镜，只有胡须表明他具有一种内在的力量，但是几个月之后胡须竟然不见了。贝京先生的形象、声音、口音和发音并没有令我联想起《圣经》时期征服迦南地区的人或是犹大·马加比，而是联想到我在塔赫凯莫尼那些孱弱无力的老师，他们也洋溢着民族主义激情和义愤，但是在其英雄主义的背后，时时会爆发忐忑不安的自以为是以及某种不易察觉的酸腐。

有那么一天，由于梅纳赫姆·贝京之故，我突然不愿"献出我的热血与灵魂"，不愿"为壮丽的事业而战了"。我抛弃了"平静就像泥潭"的观点；过了一阵，我观点大变。

每隔几个星期，耶路撒冷有一半人会在星期六上午十一点钟聚集到耶路撒冷爱迪生礼堂，聆听梅纳赫姆·贝京先生在自由运动（西路特运动）集会上发表激情澎湃的演说。爱迪生礼堂当时是市里最大的礼堂，正面贴着海报，宣布即将上演由福德豪斯·本-齐兹指挥的以色列歌剧。爷爷经常为这一特殊时刻穿上笔挺的黑西装，系上浅蓝色的缎子领带，胸前衣袋里探出三角形的白手绢，像热浪中飞舞的一片雪花。我们走进礼堂时，离开始还有半个小时，他举起帽子朝四座打招呼，甚至朝他的朋友鞠躬。我走在爷爷旁边，神情庄重，梳洗整齐，身穿白色衬衣，鞋子亮晶晶的，径直走到第二排或第三排，那里给亚历山大爷爷那样的人留着贵宾席，他们是"民族军事组织伊尔贡创建的自由运动"的耶路撒冷委员会成员。我们会坐在约瑟夫·约珥·里夫林和埃里亚胡·梅里达中间，或坐在以色列·希伯－埃里达德博士和哈奴赫·卡来先生中间，或者坐在《自由》报编辑以撒克·莱姆巴身边。

大厅里始终坐满伊尔贡的支持者，以及富有传奇色彩的人物梅纳赫姆·贝京的崇拜对象，绝大多数是男人，我在塔赫凯莫尼许多同学的父亲都在里面。但是有一条不易察觉的纤细分界线，大厅前三四排贵宾席留给一些杰出人士：知识分子、民族阵线斗争中的老兵、修正主义运动中的活跃分子、前伊尔贡首领，多数人来自波兰、立陶宛、白俄罗斯和乌克兰，其余座位则坐满了一群群西班牙裔犹太人、布哈拉人、也门人、库尔德人以及阿勒颇犹太人。这些情绪激动的人充斥着走廊和通道，挤靠在墙壁上，拥满了门厅和爱迪生大厅前面的广场。在前排，他们谈论民族主义革命，渴望取得辉煌的胜利，并引用尼采和马志尼的话，但是主要是一副谦恭有礼的小资产阶级神态：帽子、西装领带、礼仪以及某种华而不实的沙龙程式，即使在那时，在50年代初期，这种程式已经散发出某种霉菌和樟脑球的气息。

在这个内部圈子之外却是激情澎湃信仰者构成的汪洋大海，一个由商人、小店主、工人组成的忠实人群，其中许多人头戴小帽，直接从犹太会堂赶来，倾听他们的英雄，他们的领袖贝京先生讲话，身穿破旧衣裳、工作勤勉的犹太人为理想主义震颤，他们热心，脾气火爆，易激动并产生共鸣。

在集会开始，他们高唱贝塔歌曲，在会议即将结束之际，他们唱运动进行曲和国歌《希望之歌》。讲台上装饰着一面面以色列国旗，挂有弗拉基米尔·杰伯廷斯基的一幅照片，齐刷刷的两排贝塔青年身穿制服，打着黑领带，令人瞩目——我多么希望长大一点后加入他们的行列之中呢——富有感召力的标语，比如说"约塔帕塔，马萨达，贝塔！"，"耶路撒冷啊，假如我忘记你，情愿我的右手忘记技巧！"，以及"朱迪亚在血与火中倒下去，朱迪亚将在血与火中站起来！"

耶路撒冷支部委员做了几个"热身"演说之后，大家突然离开了讲台。就连贝塔青年也走开了。爱迪生大厅陷入了深沉、虔诚的宁静中，仿佛机翼发出静静的嗡嗡声响。所有的目光都在注视着空空荡荡的舞台，所有的心都在等待。这种期待中的沉寂持续了很长时间，突然讲台背后有些动静，丝绒帘幕拉开一条缝，一个身材矮小单薄的男人独自优雅地走向麦克风，站在观众面前谦卑地低垂着头，仿佛被自己的羞怯所左右。那种充满敬畏的沉默大概持续了有几秒钟后，观众中才响起犹豫不决的掌声，仿佛人们不敢相信自己的眼睛，仿佛他们每次都会目瞪口呆地发现，贝京不是一个口中喷火的巨人，而是一个身材瘦小近乎脆弱的男人，但一旦他们开始鼓掌，来自后面的掌声与喝彩声很快就会变成激情澎湃的吼叫，这吼叫几乎从始至终伴随着贝京的演讲。

这个人一动不动地站上两秒钟，低垂着头，耷拉着肩膀，似乎在说："这样的荣誉让我承受不起。"或者是："我的灵魂在众人厚爱之下屈服。"接着他伸出双臂，似乎在向众人祝福，羞怯地微笑，请他们安静下来，像一个初出茅庐的怯场演员，犹犹豫豫地开始说话：

"兄弟姐妹们，犹太同胞们，我们永远的圣城——耶路撒冷的父老乡亲们，安息日快乐。"

他停下来，又突然平静、伤感、近乎悲悼地说：

"兄弟姐妹们，我们所热爱的年轻国家现在正面临艰难的岁月，极其艰难的岁月，令我们大家都感到可怕的岁月。"

逐渐，他克服了自己的伤感，集聚全部力量继续，他仍然平静，但是带有控制力，仿佛在宁静面纱的背后，潜伏着某种克制然而非常严肃的警告：

"我们的敌人再次在黑暗中咬牙切齿，因为我们在战场上使其遭受了可耻的失败而图谋报复我们。列强又在策划邪恶事端。没什么新鲜的。人们世世代代起来反对我们，企图将我们灭绝，但是我们，我的兄弟姐妹们，让我们再次勇敢地面对他们。过去，我们不止一次而是多次抵抗他们，我们要满怀勇气与忠诚去抵抗他们，高昂着我们的头。他们永远，永远也不会看到这个民族卑躬屈膝。永远不会，直到最后一代人！"

在说"永不，永不"等词时，他抬高声音，那是发自内心的响亮呐喊，充满痛苦的震颤。这一次观众们没有喊叫，而是发出怒吼。

"永久的以色列。"他声音平静而威严，仿佛他刚刚从永久以色列磐石的司令部军事行动会议上赶来，"以色列的磐石"[1] 将会再度崛起，把我们敌人的阴谋诡计挫败并粉碎！

现在群情激奋，他们用节奏铿锵的吟诵表达感激与爱戴之情："贝京！贝京！"我也跳起来，竭尽全力吼叫他的名字，声音已经

---

1 语出《圣经·创世记》第 49 章第 24 节。

变了调。

"只要满足一个条件。"说话人庄严地说，声音几近严厉，他举起手，接着停顿一下，仿佛仔细思量这一条件，不知是否该向观众和盘托出。整个大厅里一片死寂。"唯一关键性的至关重要的生死攸关的条件。"他再次停顿一下。他垂下头，好像可怕的条件压得他抬不起头。听众如此专心致志，我可以听到高高的大厅顶上传来电风扇的嗡嗡声响。

"只要我们的领袖，兄弟姐妹们，是民族领袖，而不是一群诚惶诚恐的隔离区犹太人，连自己的影子都怕，只要软弱无能、不堪一击的失败主义者、卑鄙的本-古里安政府立即给令人骄傲勇敢无畏的希伯来政府腾出地盘，希伯来政府是一个紧急政府，懂得如何让敌人闻风丧胆，就像我们的光荣军队，以色列军队，其英名令所有以色列的敌人心惊胆战！"

全体听众听到这里群情激愤，好像炸开了锅。提到"卑鄙的本-古里安政府"，哪一方都嗤之以鼻，义愤填膺，极度蔑视。有人从走廊里粗嘎地大喊"打死叛徒！"从大厅的角落里传来粗野的唱颂"贝京当总理，本-古里安回家去！"

但是讲话人让大家安静下来，就像一个严格的老师在指责自己的学生，缓慢而冷静地宣布：

"不，兄弟姐妹们，那不是办法。叫喊和暴力不是正确的途径，而是要通过和平、令人尊敬的、带有民主色彩的选举。不要用那些暴力的方式，不要用欺骗和流氓行径，而是要用我们从伟大导师弗拉基米尔·杰伯廷斯基那里学来的正直而尊严的方式。我们很快就会让他们卷铺盖走人，不是用兄弟相煎的恨，也不是用暴力动乱，而是用冷冰冰的蔑视。对，我们将让他们卷铺盖走人。那些贩卖我们故乡土地的人，那些出卖灵魂的人，那些自吹自擂的基布兹马弁，那些妄自尊大、优越感十足的布尔什维克以色列总工会暴虐之徒，所有的小日丹诺夫以及所有的江洋大盗，都让他们滚蛋！他们不是一直在自鸣得意喋喋不休地向我们讲述从事体力劳作、清除沼泽吗？好啊，非常好，我们非常尊重地送他们去从事一些体力劳作。他们早就忘记劳工一词是什么意思了，看看他们谁还拿得动锄头会很有意思！我们，我的兄弟姐妹们，我们将从事清除沼泽积水的伟大工作——很快，我的兄弟姐妹们，很快，要沉住气——我们要把劳工运动这片沼泽永永远远清除出去！永永远远，我的兄弟姐妹们！我们将不可改变地清除它，永远不能让它回归！现在，我的百姓，跟我一起，像一个人那样，清清楚楚地大声说出这庄严的誓言：永永远远！永永远远！永永远远！不得回归！不得回归！不得回归！"[1]

人群失去了控制，我也是，仿佛我们都成了一个庞大身体上的细胞，愤怒地冒火，愤怒地喧腾。

就在那时出了件事，我一落千丈，被逐出伊甸园。贝京先生继续讲述一触即发的战争，以及在整个中东愈演愈烈的军备竞赛。然而，贝京先生讲他那代人的希伯来语，显然没有意识到语言用法已经发生了变化。二十五岁左右在以色列成长起来的一代人和二十五岁以上的一代人或者是从书本上学希伯来语的那代人之间，具有明显的分界线。一个词，贝京先生与他那代人和党派成员认为指"武器"或者"装备"之意，在我们这些人看来则指男性性器官，此外别无他意。而"武器""装备"的动词形式，在我们看

---

1 贝京的演说按照记忆与体验重构。——原注

来则表明阳具进行的相应行动。

贝京先生抿了两小口水，仔细环顾一下听众，频频点了点头，仿佛对自己表示赞同，或者是为自己感到遗憾，他用一种刺耳、责难的声音，如同一个公诉人严厉地列举一系列无可辩驳的指控，开始了他的长篇激烈演说：

"艾森豪威尔总统正在装备纳赛尔政权！"

"布尔加宁正在装备纳赛尔！"

"盖伊·摩勒和安东尼·艾登正在装备纳赛尔！"

"整个世界正在夜以继日装备我们的阿拉伯敌人！"

停顿。他声音里充满了愤懑与蔑视：

"可是谁来装备本-古里安政府呢？"

大厅沉浸在令人目瞪口呆的沉默中，但是贝京先生没有注意到。他提高声音，满怀胜利的喜悦欢呼：

"如果今天我是总理——所有的人，所有的人都会装备我们！所——有——的人！"

坐在前排的上年纪的阿什肯纳兹稀稀拉拉拍了几下手，但是大多数人犹豫不决，显然无法相信自己的耳朵，也许他们大为吃惊。在那令人难堪的寂静时分，只有一个民族主义者孩子，一个十二岁的孩子，他在政治上一直坚定到头发根，他是贝京忠实的信徒，身穿白衬衣，鞋子擦得锃亮，再也控制不住自己，放声大笑。

这个孩子竭尽全力试图控制住笑声，他真想当场含羞死去，但是他那畸形而歇斯底里的笑声却遏制不住，那笑声哽咽，近乎在流泪，粗嘎中夹杂着刺耳的叫喊，近乎呜咽与窒息。

恐惧和惊愕的目光从四面八方投来，集中在孩子身上。四面八方的数百只手放在嘴唇上，好像在向他发出嘘的声响，要他不要出声。奇耻大辱！真丢脸！周围要人怒气冲冲谴责恐惧不已的亚历山大爷爷。孩子似乎听到，远在大厅后面传来难以驾驭的大笑，在呼应他的笑声，接着又是一阵。但是那些笑声，即便存在，也是在民族外围的边缘地带，而他自己却夹在第三排当中纵声大笑，那里尽是贝塔老兵和以色列工会的显贵要人，均为大名鼎鼎令人尊敬之人。

现在，说话人注意到他了，停止了演说，他耐心地等待着，脸上挂着宽容、老练的微笑，而亚历山大爷爷满脸通红，震惊无比，内心极度恼怒，仿佛周围的世界已经崩塌。他一把抓住孩子的耳朵，气急败坏地把他提拉起来，当着整个第三排人的面，当着耶路撒冷一大批热爱故乡人们的面，揪着他的耳朵，把他拽出来，一边使劲儿地拖拉，一边不顾一切地咆哮。（也许爷爷自己当年让令人生畏的奶奶揪着耳朵，拽到纽约的拉比面前就是这副模样，爷爷当时已经和奶奶订了婚，但是在去往美国的船上，他突然爱上了另一位女士。）

恼羞成怒的拽人者，边呜咽抽泣边纵声大笑的被拽者，还有那只现已经红得像甜菜根一样的可怜耳朵，三者一起来到了爱迪生大厅外，爷爷举起右手，朝我右脸扇了一记耳光，接着又举起左手，带着他对左派的全部愤恨扇了我另半边脸，因为他是个极右分子，不愿意打了左边就完事，于是他又往我的右脸扇了一记耳光，不是给我一记带有可怜虫雅各精神的、软弱无力卑躬屈膝的大流散耳光，而是一记大胆无畏"鹰派"爱国者的耳光，骄傲，壮观并愤然。

约塔帕塔、马萨达和围困中的贝塔已经失败，它们也许会在辉煌与力量中再度崛起，但是没有我。至于自由运动与利库德党派，他们那天上午失去了一个人，他也许有那么一天会成为一个小继承人，一个激烈雄辩的演说家，也许是一个能言善辩的国会议员，甚至一个不带公文包的副部长。

我再也不会高高兴兴地融入欣喜若狂的人群，或是成为巨型超人身体内一个盲目的分子，相反，我对人群产生了一种病态的恐惧。"平静就是泥潭"一句话现在在我眼里意味着一种流传甚广的危险疾病。在"血与火"这一短语中，我能够品尝到血腥，闻到烧焦的人肉味。就好像"六日战争"期间在西奈北部平原，"赎罪日战争"期间在戈兰高地熊熊燃烧的坦克里。

我在撰写克劳斯纳家族历史时，从克劳斯纳教授、约瑟夫伯伯的自传中撷取了许多材料，那本自传题为《我通往复活与救赎之路》。在那个星期六，当心地善良的亚历山大爷爷，约瑟夫伯伯的弟弟揪着我耳朵，把我拽到外面，发出酷似恐惧与疯狂的呜咽的强烈噪声，我似乎就开始逃避复活与救赎。而今仍然在逃避。

但是，我不仅仅逃避复活与救赎。那个地下室里令人窒息的生活，在父亲和母亲之间，在他们二人和那堆书之间，还有野心、压抑、拒绝承认的对罗夫诺和维尔纳的怀念，对欧洲的怀念，具体表现为黑色茶具车、闪闪发光的白餐巾，人生在世不称意给他造成的压力，她的伤痛、失败，我默默地承担起适时将其转化为胜利的责任，凡此种种压迫着我，我想逃避它。在有些时候，年轻人离开父母的家，前去寻找自我——或者丧失自我——在埃拉特或者西奈沙漠，之后到纽约或者巴黎，再后来——到印度高僧的静修处或者南美丛林，或者在喜马拉雅山（在我的书《一样的海》中，独生子里库在母亲去世后去了喜马拉雅山）。但是，在50年代初期，反对家长压迫的极点是去往基布兹。基布兹，离耶路撒冷非常遥远，"在黑黝黝的山岭那边"，在加利利，在沙龙平原，在内盖夫或者山谷——于是我们那时在耶路撒冷想象——一个能够吃苦耐劳的新型拓荒者阶层正在形成，他们强壮、执着但并不复杂，说话简洁，能够保守秘密，既能在疯狂的舞蹈中忘乎所以，也能独处、沉思，适应田野劳作，睡帐篷：坚强的青年男女，准备迎接任何艰难困苦，然而却具有丰富多彩的文化与精神生活，情绪敏感而从容。我愿意像他们那样，而不愿意像我父母或者充满整个耶路撒冷的那些忧郁苦闷的逃难学者。过了一段时间，我报名参加童子军运动，那时的童子军成员打算从学校毕业后，在边境一带参加专门创建新基布兹的军事部队"纳哈尔"，从事"体力劳动，保护并居住在基布兹内"。我的父亲不太高兴，但是因为他向往成为一名真正的自由主义者，便心满意足地对我说："童子军运动，好啊，行，加入吧。为什么不呢，但是基布兹？基布兹是给那些头脑简单、身强体壮的人建的，你既不简单，也不强壮。你是一个天资聪颖的孩子，一个个人主义者。你当然最好长大后用你的才华来建设我们亲爱的国家，而不是用你的肌肉。它并不那么发达。"

妈妈那时已经远离了我们。她已经背弃了我们。

我同意爸爸的说法。因此我强迫自己多吃一倍东西，通过跑步和锻炼来强健自己的体魄。


过了三四年，母亲去世、父亲再婚之后，我在胡尔达基布兹，在星期六早晨四点半钟，我把贝京和武器装备一事告诉埃弗拉姆·阿弗耐里。我们早早起来是因为被分派去摘苹果。我那时十五六岁。埃弗拉姆·阿弗耐里像胡尔达的其他创建者一样，四十五岁左右，但是我们称他和他的朋友为"老伙计"，就连他们自己也彼此这么称呼。

埃弗拉姆听了这个故事后微微一笑，但是那一刻他似乎难以理解事情的关键所在，因为他也属于把"装备"理解为坦克和枪支的那类人。过了一会儿，他说："啊，对了，我明白了。贝京说的是'装备'武器，而你却从俚语方面来理解。确实挺好笑的。但是听我说，我年轻的朋友——"我们正站在一棵树两旁的梯子上，一边摘苹果，一边说话，但是中间有树叶挡着，因此看不到对方。"在我看来你没有抓住问题的关键。贝京和他那伙瞎吵吵的人的可笑之处，不在于他们使用'装备'这个词，而在于他们用词的总体方式。他们把一切都划分成'卑躬屈膝的大流散犹太人'和'有男子汉气概的希伯来人'。他们没有注意到，大流散犹太人也在划分自己。他们幼稚地迷恋军事检阅、空洞的大男子汉气概和武器，完全是受隔离区影响。"

接着令我大为吃惊的是，他又补充说：

"那个贝京基本上是好人。他是个蛊惑人心的政客，一点不假，但他不是法西斯分子，也不是战争贩子，绝对不是，相反，他是个相当温和的人。比本-古里安要温和上千倍。本-古里安如花岗岩一样坚硬，而贝京则是用薄纸板做的。贝京，那么因循守旧，那么不合时宜，某种离经叛道的经学院学生，他相信，如果我们犹太人开始扯着嗓门叫喊，我们就和过去的犹太人不一样，我们不是待宰的绵羊，我们不是苍白无力的弱小动物，而是与之相反，我们现在是危险分子了，我们现在是令人害怕的群狼了，而后，所有真正的狩猎者将会惧怕我们，我们要什么有什么，他们会让我们拥有整个领土，他们会让我们掌管整个圣地，吞并外约旦，并且让整个文明世界尊重并羡慕我们。他们，贝京及其好友，一天从早到晚谈论武力，但是他们一点也不知道什么是武力，武力是怎么构成的，武力的弱点何在。毕竟，武力对于那些操纵它的人来说，也有着可怕的危险成分。那个斯大林不是曾说过宗教是麻醉人们的鸦片吗？嗯，听听我这个小老头怎么说吧：我告诉你，武力是统治阶级的鸦片。不光是统治阶级，武力是整个人类的鸦片。如果我相信恶魔，我要说，武力对恶魔具有诱惑力。实际上，我真有点相信。呢（那）个，我们说到哪里了？"（埃弗拉姆和他的一些加利西亚老乡在讲希伯来语时，有些词发音不准。）"我们正在谈论贝京，谈你笑个没完。那天你笑他的理由不对，我年轻的朋友。你笑他是因为'装备'一词还有不同的用法。呢个，那也罢了。你知道你真正应该笑什么吧？笑到地板坍塌？我告诉你为什么。你不应该笑'装备'，因为显然梅纳赫姆·贝京确实相信，如果他当总理，所有人，整个世界，会立即抛弃阿拉伯一方，站到他这边来。为什么呢？他们为什么会这么做呢？原因何在？因为他眼睛长得漂亮？因为他咬文嚼字？没准儿，是为了纪念杰伯廷斯基？你应该狂笑不已，因为那的确是政治，东欧犹太村落里那些游手好闲之徒颇为喜欢。他们习惯于终日坐在书房的火炉旁边，谈论那种政治。他们习惯于像塔木德老师那样挥动着大拇指：'朽（首）先嘛，我们向沙皇尼古拉派一个代表团，一个重要的代表团，和他友好会晤，向沙皇承诺，为他安排俄国最最需要的地中海通道。'而后，我们请求沙皇作为交换，他该为我们向他的朋友威廉皇帝说句好话，于是我们的沙皇该让这个威廉皇帝转告他的好友——土耳其苏丹立即，无须争论，把从幼发拉底河到尼罗河的整个巴勒斯坦全部交给犹太人。只有当我们一劳永逸地解决了全部救赎问题之后，我们才能根据感觉决定法尼亚（我们是这么称呼沙皇尼古拉的）值不值得我们信守诺言，让他拥有通往地中海的通道，嗯，咱们去把篮子里的苹果倒进箱子里，挪到下一棵树前。路上，我们可以看看埃里克或埃里尤什卡记没记住拿一罐水来，还是我们得前去向沙皇尼古拉投诉。"

一两年后，我们班已经在胡尔达轮流值夜班了，我们在准军事培训中学会了使用手枪。正值 1956 年"西奈战争"爆发前，埃及游击队在那些夜晚发动了报复性的袭击。几乎每天夜里，埃及游击队都要袭击一个小村子，一个基布兹，或一个城市郊区，炸掉有人住的房屋，朝人们的窗子里投掷手雷，在他们身后布设地雷。

每隔十天，轮到我看守基布兹的篱笆墙，离以色列—约旦在拉通的休战线只有三里远。我每隔一个小时都要偷偷潜入空无一人的俱乐部会所，听收音机广播。这是违规的。在一个遭围困的社会里，自以为是的英雄主义言论在那些广播中占据着支配地位，基布兹教育也是如此：称他们为"恐怖分子"、"阿拉伯突击队"、"敌人"或者是"渴望复仇的阿拉伯难民"。

一个冬天的晚上，碰巧我和埃弗拉姆·阿弗耐里一起执勤。我们脚蹬皮靴，身穿破旧的士兵工作服，头戴扎手的毛帽子。我们正踩着淤泥沿小卖部和牛棚后面的篱笆行走。发酵橘子皮被制成青贮饲料散发着臭气，与堆肥、烂草、羊圈里热气腾腾的气流、鸡笼里纷飞的鸡毛散发出的各种农业气息混杂在一起。我问埃弗拉姆他是否参加过"独立战争"，是否在 30 年代遇到过什么麻烦，是不是射杀过某个凶手。

我在暗中看不到埃弗拉姆的脸，但他沉吟片刻后回答时，声音中含有某种颠覆性的反讽，一种奇怪而挖苦的忧伤。

"凶手？可你又能期待他怎么样呢？从他们的角度来看，我们是天外来客，在他们的领土上着陆，并擅自进入他们的领土，逐渐接管了其中一部分，而我们却向他们保证，我们来到这里向他们慷慨施与各种精华——为他们治疗癣病和沙眼，将他们从落后、愚昧和封建压迫下解救出来——我们巧取豪夺攫得了他们越来越多的上地。这个，你是怎么想的呢？他们应该感谢我们？他们应该走出家门，敲锣打鼓来迎接我们？他们应该把整个土地的门户拱手让给我们，只是因为我们的先祖曾经在这里居住过？他们拿起武器反对我们又有什么大惊小怪的？现在我们狠狠地把他们打得落花流水，成千上万的人住在难民营——怎么，你希望他们和我们同庆，祝我们好运吗？"

我大吃一惊。即使我已经与"自由"派和克劳斯纳家族的辞令拉开了很大距离，但是我依然是犹太复国主义培育出来的温顺成果。在那年月，这种思想被视为大逆不道。我目瞪口呆，我含着挖苦的口吻问：

"如果真是那样，你在这里拿枪又为哪什么？你干吗不移民出去？或者拿着你的枪到他们那边去打仗？"

我在黑暗中可以听见他悲戚的笑：

"他们那边？但是他们那边并不要我，在这个世界上哪儿也不要我们，任何人也不要我们。这是整个问题的关键。似乎在哪个国家都有许许多多像我这样的人。就是因为这个原因，我来到这里，就是因为这个原因，我拿着一杆枪，因此他们不会像其他任何地方那样把我从这里赶走。但是你不会看到我用'凶手'一词去形容失去村庄的阿拉伯人。至少，不太容易。对于纳粹，我会说。对于所有偷窃他人领土的人，也会说。"

"你的意思是说我们也是窃取别人的土地？但是我们不是两千多年前就住在这里吗？我们不是被武力驱逐到这里的吗？"

"是这样，"埃弗拉姆说，"真的非常简单。如果这里不是犹太人的土地，哪里还是呢？在大海下？在月球上？还是犹太民族是世界上唯一不值得拥有一小块自己土地的民族？"

"我们从他们那里拿了什么呢？"

"这个，也许你碰巧忘了 1948 年他们试图把我们全部杀光？后来在 1948 年，发生了一场可怕的战争，他们自己为双方把问题简单化了，我们打赢了，从他们手中夺来了土地。没什么值得炫耀的！但要是他们在 1948 年把我们给打败了，更没有值得炫耀之处，他们不会让一个犹太人活下来。确实没有一个犹太人如今生活在他们的辖地上。但关键在于：因为我们 1948 年从他们那里得到了现在所拥有的一切，因为我们现在拥有了自己的一些东西，就什么也不能再从他们手中索取。就是这样。这就是我和你们贝京先生的整个区别：要是我们有朝一日从他们手里夺取更多，既然我们已经拥有，那就是极大的犯罪。"

"要是过一会儿，阿拉伯突击队员来了怎么办？"

"要是他们来，"埃弗拉姆叹了口气，"哎，我们只能卧倒在泥水里射击。我们会尽最大努力比他们射得又快又好。但是我们开枪，不是因为他们是一个杀人的民族，而只是因为我们有权生活在自己的土地上。不只是他们。因为你，我现在觉得自己像本-古里安了。要是你能原谅，我想到牛棚里赶快抽支烟，我不在时，你在这里好好放哨。为我们二人放哨。"

# 52

　　这次夜间谈话过去了几年，梅纳赫姆·贝京及其党羽在爱迪生礼堂失去我已经七八年之久，我与大卫·本-古里安见了面。那些年里，他是政府总理兼国防部部长，但许多人把他视为"那个时代的伟人"，以色列国开国元勋，"独立战争"和"西奈战争"中的大赢家。敌人恨他，嘲弄围绕他所进行的个人崇拜，而崇拜者已经将其视为"民族之父"，是奇迹般地将大卫王、犹大·马加比、乔治·华盛顿、加里波第、犹太人中的丘吉尔乃至上帝的弥赛亚等云集一身的人物。

　　本-古里安不仅把自己当成政治家，而且，也许主要，当成富有独创性的思想家和精神导师。他自学希腊语，为的是能够阅读柏拉图的原著，涉猎黑格尔和马克思学说，对佛教和远东思想感兴趣，深入研究斯宾诺莎学说，以至于把自己当成了一个斯宾诺莎主义者。（已经当上以色列总理的本-古里安，每次横扫牛津那些不错的书店寻找哲学书时，都常常让头脑敏锐的哲学家以赛亚·伯林相伴。有一次伯林对我说："本-古里安煞费苦心，把自己描绘成一个知识分子。这依据的是两个错误，他首先错误地相信哈伊姆·魏茨曼是知识分子；其次，他还错误地相信杰伯廷斯基是知识分子。"以赛亚·伯林就是用这种方式，用一颗聪明的石子，无情地击中三只飞鸟。）

本-古里安总理时不时在《达瓦尔》周末增刊上就哲学问题发表冗长的理论性反思。1961 年 1 月，有一次，他发表一篇评论，说明不可能实现人类平等，尽管他们可以达到一定程度的博爱。

鉴于我本人捍卫的是基布兹价值，我就给《达瓦尔》撰写了一个小小的回复，带着应有的谦恭与尊重，指出本-古里安先生大错特错了。[1] 我的文章发表时，在基布兹胡尔达引发众怒。基布兹成员对我的出言不逊大光其火："你胆敢不同意本-古里安的说法？"

然而，仅仅过了四天，天堂之门向我敞开：民族之父从高处降临，俯就发表一篇谦恭有礼洋洋洒洒的回复文章，占据了报纸的几个显著栏目，为"那个时代的伟人"辩护，抨击社会渣滓。[2]

同一拨基布兹人，就在两天前他们想送我去接受某种再教育，因为我出言不逊，现在却高兴得神采飞扬，忙不迭地和我握手，要么就拍拍我的后背："呢个，你成了！你流芳百世了！你的英名有朝一日会出现在本-古里安文集的索引里！胡尔达基布兹的名字也会出现在那里，谢谢你！"

但是，奇迹时代刚刚拉开序幕。

一两天后，又打来了电话。

---

1　大卫·本-古里安：《思考》，《达瓦尔》，1961 年 1 月 27 日；阿摩司·奥兹：《博爱不能代替平等》，《达瓦尔》，1961 年 2 月 20 日。《达瓦尔》是犹太人在巴勒斯坦办的第一份希伯来语报纸。希伯来语音译，字面意思为"事"。——原注
2　大卫·本-古里安：《进一步思考》，《达瓦尔》，1961 年 4 月 24 日。——原注

那电话没有打给我——我们的小房间尚无电话——电话打到了基布兹办公室。贝拉·皮，一个基布兹老成员那时碰巧在办公室，她跑来找我，苍白颤抖，就像一张纸，哆哆嗦嗦，就像刚刚看见众神的四轮马车被火舌包围，她告诉我，就像在颁布临终遗言：总——理和国防——部部长召我明天早晨晋见，六点半整，在特拉维夫国防部部长办公室，与总——理和国防——部部长进行私人会晤，应本-古里安个人邀请。她在说总——理和国防——部部长时，好像在说"当称颂的神"。

现在该轮到我苍白了。首先，我仍然穿着军装，我是一个正规军人，军队里的陆军上士，我险些害怕自己违反了某些规章制度，在报纸专栏上与我的最高统帅进行意识形态争论。其次，除笨重的铆钉军靴，我就没有一双鞋，我怎么去见总——理和国防——部部长呢？穿拖鞋吗？再次，我根本就无法在早晨六点半赶到特拉维夫，胡尔达基布兹的头班车要等到七点钟才发车，直到八点半才能赶到中心汽车站。

于是我彻夜默默地祈祷降临灾难：战争、地震、心脏病发作——无论是他还是我，都没关系。

四点半，我第三次擦拭我的铆钉军靴，穿上鞋子，牢牢系紧鞋带。我穿着熨得平平整整的便装，卡其布长裤，白衬衣，套头衫和风衣。我出门走上主路想搭车，竟然奇迹般地搭成了，晕晕乎乎，来到了国防部部长办公室。它不在骇人听闻、天线林立的国防部大楼里，而是在背后的一个院落里，在一个风光迷人具有田园情调的巴伐利亚式两层小楼里，小楼红瓦墁顶，爬满了青藤，它由一个德国圣殿骑士在 19 世纪建成，那个圣殿骑士在雅法北部的沙地上建立起一个宁静的农业聚居区，最后在第二次世界大战爆发之际被英国人驱逐出境。

风度翩翩的秘书未曾注意到我的身子在抖动，嗓子眼卡住了；他简要向我布置任务，带着某种近乎亲切的热情，好像和我一起背着隔壁房间里的神明，在策划着什么。

"老人，"他开始使用充满深情的昵称，从本－古里安五十多岁起人们一般就这么称呼他，"你知道，怎么说呢，这些天热衷于长篇哲学对话。但是，他的时间，我相信你可以想象，如同金粉一样。他实际上还在自己处理所有的国事，从战争准备到与大国的关系再到邮局工人罢工。你呢，当然过二十分钟就要借故退出，这样我们可以抢救一下今天的日程安排。"

在这个世界上，我最想做的莫过于"巧妙退出"了，不是二十分钟以后，而是马上，立即。一想到上帝自己就在这里，是他本人，就在灰门后边，再过一分钟我就在他的掌控之下，敬畏与恐惧让我险些昏厥。

秘书真是别无选择，只得轻轻从身后把我推进最为神圣的所在。

身后的门关上了，我站在那里一言不发，背靠着刚从那里走进来的那扇门，双膝发抖。大卫王的办公室非常普通，几乎没什么家具，比我们在基布兹住的简易房大不了多少，对面是个窗子，拉着有乡村气息的窗帘，给灯光补充了些许日光，窗子两旁分别放有金属文件柜。房间中央是一张玻璃面的大书桌，几乎占据了房间的四分之一。书桌上放有三四摞书、杂志和报纸，各种文件与文件夹，有的打开，有的合上。书桌两旁，放着两把带有官僚气的灰色金属椅，那些年你在任何管理部门或军事办公室都可以看到这种椅子，椅子下面始终刻有"以色列国有资产"的字样。房间里再没有别的椅子。一张囊括整个地中海流域和中东地区、从直布罗陀海峡到波斯湾的巨幅地图占据了整整一面墙，从上到下，从一个角落到另一个角落，只有邮票般大小的以色列下面，画了一条粗线。另一面墙放着三个书架，满满当当排着书，好像有人会突然在这里患上急性读书狂热症，刻不容缓。

在这间斯巴达式的屋子里，一个人迈着小碎步迅速踱来踱去，他双手背在身后，眼睛盯着地板，大脑袋前伸，仿佛要撞什么东西似的。这个人看上去和本－古里安一模一样，但是又无论如何也成不了真正的本－古里安。那时，以色列的每个孩子，即使是幼儿园小孩在睡梦中都知道本－古里安的样子，但因为那时还没有电视，显然在我看来，民族之父该是个头顶云天的巨人，可是这位冒名顶替者又矮又胖，身高不到五英尺三。

我大惊失色，几乎有些不快。

然而，在让人感到宛如无穷无尽的两三分钟持续不断的沉默里，我还是诚惶诚恐地背靠着门，尽情饱览这一身材壮实有力的小个子男人那怪异、易受催眠的仪表，介于坚韧不拔的山村老爷爷和精力旺盛的古代侏儒，他躁动不安、倒背着手不住地来回走动，脑袋前伸，像个攻城槌，陷入沉思，孤高超然，并不劳神做出一丝暗示，说明他意识到某人，某物，一粒浮尘，突然降临到他的办公室。大卫·本－古里安那时大约七十五岁，我只有二十岁。

在他圆形露天竞技场般的秃顶周围，散落着先知般乱蓬蓬的银发，巨大的额头下面是两道乱蓬蓬的灰色浓眉，浓眉下是一双敏锐的灰蓝色眼睛，明察秋毫。他长着宽大粗糙的鼻子，一个不知羞耻的丑陋鼻子，一个色眯眯的鼻子，似反犹主义漫画中的形象。他的嘴唇薄而冷漠，而下巴却像一个古代水手那样突出而桀骜不驯。他的皮肤如同生肉一般粗糙红润，短脖子下的肩膀宽大有力，胸脯宽阔，敞开的衬衣领口上露出手掌宽的毛茸茸前胸。他恬不知耻凸出的肚子，像海豚的隆峰，似乎显得很坚硬，仿佛混凝土垒就，但令我困惑的是，所有这些奇景竟以两条侏儒般的粗腿作结，如果不是不敬的话，可以说那双腿有些滑稽可笑了。

我尽量慢慢喘气。我肯定是嫉妒卡夫卡《变形记》中的格里高尔了，他自己缩成了一只甲虫。血液从手脚涌流到肝脏。

我们每天在收音机里，甚至在梦中听到的富有穿透力的硬邦邦的声音首先打破了沉寂。全能的人气哼哼地看了我一眼，说：

"怎么！你为什么不坐下！坐！"

我迅速坐在书桌旁的椅子上，对着书桌，笔直地坐着，但只是坐在椅子边，不可能朝后倚了。

沉默。民族之父继续来回踱步，步履又碎又快，像囚禁起来的雄狮，或者是万万不可迟到的人。过了无穷无尽长时间，他突然说：

"斯宾诺莎！"

他停住说话。他走到窗户旁边，突然转过身来说：

"你看过斯宾诺莎的东西吗？看过，但是也许你并不理解？很少有人了解斯宾诺莎，很少。"

之后，他依旧在门窗之间来回走动，并就斯宾诺莎的思想发表了长篇演讲。

在演讲当中，门犹犹豫豫开了一条缝，秘书怯生生地把脑袋伸进来，微笑，试图咕哝些什么，但是受伤的狮子朝他劈头盖脸地吼道：

"出去！别捣乱！你没看见我正在进行很长时间以来最为有意

思的谈话之一吗？你走开！"

那个可怜的人立即消失了。

直到现在我没有说一句话。没有出声。

可是这种情况表明本–古里安喜欢早晨七点钟之前讲述斯宾诺莎。他确实一刻不停地讲了几分钟。

突然，他一句话说到半截便停顿下来，我甚至感觉到他的气流吹在我僵硬的脖子上，但是我不敢左顾右盼。我僵直地坐在那里，绷紧的膝盖形成一个直角，臀部和紧张的后背也形成一个直角。本–古里安朝我气势汹汹地叫嚷，声音里没有一丝问询之意：

"你没有吃早饭！"

他没有等回答。我没有出声。

突然，本–古里安在书桌后面叹了口气，仿佛巨石投入水中，就连他的白发也从视野中消失了。

过了一会儿，他重新露面，一只手拿着两只杯子，另一只手拿着一瓶廉价水果饮料。他精神饱满地给自己倒了一杯饮料，接着又给我倒了一杯，宣布说：

"喝吧！"

我一口气把饮料全部喝光。一滴也没剩。

与此同时，大卫·本–古里安滋滋喝了三大口，像个渴极了的农民，开始继续讲述斯宾诺莎。

"身为斯宾诺莎主义者，我毫不怀疑地对你说，斯宾诺莎思想的精髓可以作如下归纳。人应该永远保持镇静！永远不应该失去冷静！其他都是诡辩与释义。镇静！在任何情况下都要保持冷静！其他——分文不值！"（本–古里安语调古怪，每个词总是强调最后一个元音，有点像在吼。）

但是，现在我再也不能玷污斯宾诺莎的名誉了。我保持沉默，就会玷污我所喜欢的哲学家，于是鼓足勇气，眨眨眼睛，竟然奇迹般地胆敢开口，在全能的上帝面前尖声尖气地小声说道：

"确实在斯宾诺莎思想里有冷静镇静的因素，但是把那说成是斯宾诺莎思想的精髓，不对吧？确实也有——"

之后，从火山口里向我迸发出火焰、硫黄和一道道熔岩：

"我一生一世都是斯宾诺莎主义者！我从年轻时候起就是一个斯宾诺莎主义者！镇静！冷静！那是整个斯宾诺莎思想的精髓！是他思想的核心！安宁！无论是顺境还是逆境，成功还是失败，一个人的头脑永远也不应该失去平和！永远也不！"

他那两只伐木工般强有力的拳头突然落到桌上的两只杯子上，我们二人的玻璃杯蹦起来，惊恐地哐当直响。

"人永远也不能发脾气！"这些话如同审判日里的惊雷恶狠狠地向我袭来，"永远也不！要是你不能看到这一点，就不配被称作斯宾诺莎主义者！"

说着，他平静下来，面露喜色。

他坐在我对面，把两只胳膊摊在书桌上，好像要把桌上所有的东西抱在胸前。当他突然朴实、欣喜地微笑时，身上闪烁着令人惬意、暖人肺腑的光，仿佛不但他的脸庞、他的眼睛在微笑，而且连整个拳头般的身体也放松了，和他一同微笑，整个房间也微笑了，甚至斯宾诺莎本人也微笑了。本-古里安的眼睛，从忧郁的灰变作明亮的蓝色，他从上到下仔仔细细打量着我，一点没有礼貌，好像用自己的手指在感知。他好像有点飘忽不定、躁动不安并令人生畏。他的论证就像拳击，然而当他没有警示便突然笑逐颜开时，就好像从一个复仇之神转变成一个喜气洋洋的爷爷，焕发出健康的容光与满足，一股富有诱惑力的热情从他那里汩汩而出，那种迷人的气质持续片刻，像个兴高采烈的孩子，带着永不满足的好奇。

"你是做什么的呢？你写诗吗？啊？"

他顽皮地眨眨眼睛。仿佛他给我设置了一个顽皮的陷阱，并且在游戏中获得胜利。

我再次大为吃惊。我那时只发表了两三首无价值的诗歌，发表在名不见经传的基布兹运动杂志上。（我希望它已经与我可怜的写诗尝试一道化作了尘泥。）但是本-古里安一定是看到了。据说他惯于仔细阅读各种出版的东西：园艺月刊，自然或博弈爱好者杂志，农业、工程、统计学研究期刊。他的求知欲望没有止境。

他显然记忆力惊人，过目不忘。

我咕哝着什么。

但是总理兼国防部部长不再听我说话了。他那不集中的精神已经转移。既然他已经一劳永逸，以毁灭性的一击，解释了斯宾诺莎思想中的存疑问题，他就开始满怀激情地谈论其他事由：我们青年人当中的犹太复国主义热情已经失去，或是希伯来语诗歌，它涉猎了各种危险的尝试，却没有睁开眼睛，歌颂每天在我们眼前所发生的一切——民族复兴，希伯来语言的复兴，内盖夫沙漠的再生。


突然，再次没有警示，他的独白只进行了一半，甚至一个句子只说了一半，就索性不想说了。

他从椅子上跳下来，好像遭到了枪击，也让我站起身来，当他把我推向门口时，推我的身体，就像他的秘书在三刻钟之前推我一样——他热情地说：

"聊聊挺好！非常好！你最近在读什么书呢？年轻人在读什么书？你什么时候进城，请来看我。只管来，别害怕！"

他一边把我，连同我的大头钉军鞋和我白色的安息日衬衣推出门外，一边兴高采烈地大喊：

"来啊！只管来，我的大门始终向你敞开着。"

从在本-古里安斯巴达式的办公室谈论斯宾诺莎迄今，已经过去了四十多年。我自那以后见过诸多名人，包括政治领袖，具有吸引力的人物，其中一些展现出巨大的个人魅力，但是没有人像他那样在身体外观和摄人魂魄的意志力上给我留下如此强烈的印象。本-古里安，至少在那天早晨，拥有使人着迷的精力。

以赛亚·伯林的冷峻观察是正确的：本-古里安尽管研读柏拉图和斯宾诺莎，但他不是知识分子，与知识分子相距甚远。我所看到的本-古里安，是一个喜好空想的农民。他身上具有几分原始的东西，有些不合时宜的东西。他简单的头脑几乎停留在《圣经》时代，他的意志力像一束激光。身为波兰东部普翁斯克一个犹太小村里的青年，他显而易见拥有两个简单的想法：犹太人必须在以色列重建自己的故乡；他是当之无愧领导他们的人。纵观其一生，他从没有改变年轻时代的两大决定，一切都服从于这两个决定。

他是个坦率正直、冷酷无情的人，像多数幻想家一样，未尝不考虑代价问题。也许，他一刻也没有停止考虑，并做出决定：随它去吧。

一个在克劳斯纳家族，在凯里姆亚伯拉罕的所有反左派人士当中长大的孩子，我一向接受的是这样的教育，犹太人的所有痛苦都应归咎于本-古里安。在我成长的地方，他被视为恶棍，堪称左派体制灾难的具体化体现。

然而，长大成人后，我则是从截然不同的角度，从左派角度来反对本-古里安。我和同时代的许多左派知识分子一样，认为他有近似暴君的品性，一想到他在"独立战争"期间对阿拉伯人的强硬方式和报复性的袭击，我就会不寒而栗。直到最近几年，我才开始阅读关于他的一些东西，不知道自己是对还是错。

突然，当我写下"强硬方式"几个字时，我可以再次清清楚楚地看到本-古里安抓着廉价水果饮料的杯子，先给他自己倒饮料的情形。杯子也是廉价的，是厚玻璃做的，他坚硬的手指又短又粗，紧紧握住如同手雷的杯子。我惊愕不已，倘若我脚跟错位，说了一些让他上火的话，本-古里安可能会把杯子里的饮料泼到我脸上，或者把杯子扔到墙上，或者会攥紧拳头，把杯子捏碎。他就是那样令人敬畏地抓住杯子，直至突然笑逐颜开，向我显示他知道我在尝试着写诗，看见我的窘态露出愉快的微笑，有那么一刻，他的样子几乎就像一个性情愉快爱开玩笑的人，刚刚略施小计，现正在询问：下一个节目呢？

# 53

　　1951 年将尽的那个秋天，妈妈的身体状况愈加恶化。她又开始偏头疼，失眠。她再次终日站在窗前，遍数天上的飞鸟流云，她夜里也坐在那里，睁大眼睛。

　　我和父亲分担了全部家务。我择蔬菜，他把蔬菜剁碎，做成精美的沙拉。他切面包，我在面包片上撒上人造黄油、奶酪或人造黄油和果酱。我打扫并清洗地板，把所有东西的表面都打扫一遍，我父亲倒垃圾，每隔两三天就要买三分之一块冰放进冰盒里。我到杂货店和蔬菜店买东西，而父亲则负责去肉铺和药店。我们在厨房门上别张小卡片当成购物单，两人都会填写所需物品。物品购买后，再把此项内容从购物单上画掉。每周六晚上，我们都开始填写新购物单：

　　　　西红柿。黄瓜。洋葱。土豆。萝卜。
　　　　面包。鸡蛋。奶酪。果酱。糖。
　　　　看看有没有小柑橘，橙子何时上市。
　　　　火柴。油。蜡烛，以防停电。

洗涤液。肥皂。牙膏。

煤油。四十瓦灯泡。修理熨斗。电池。

浴缸龙头的新垫圈。龙头流水不畅，要修理。

酸奶。人造黄油。橄榄。

给妈妈买毛袜。

　　那时，我的字体越来越像父亲的字体，因此几乎不能分辨是谁写的"煤油"，或者是谁加上"我们需要擦地布"。直到今天，我的笔迹也像父亲的，笔力遒劲，不是总能看得清楚，但总是精力充沛，棱角分明，不像我妈妈冷静、圆润的梨状字体，有些向后倾斜，好认，看着让人愉快，运笔轻柔而训练有素，每个字母都写得到位，像她的牙齿分布均匀。

　　我和爸爸那时非常亲近，像一对抬伤员攀登陡坡的担架手。我们给她端来一杯水，让她吃下两个不同的医生开的镇静药。我们也用一张爸爸的小卡片记载这些，我们写下每种药的药名和服用时间，她吃掉一颗，我们就打上钩，她不想吃的就打叉。她多数情况下都很听话，连感觉恶心时都吃药。有时，她强迫自己给我们点微笑，那笑甚至比她苍白的脸颊或出现在她眼下的半月形黑晕还要让人难过，因为那微笑很空，仿佛与她没有任何关联。有时，她示意我们偎依着她，用始终如一的圆周运动来抚摸我们。她抚摸了我们很长时间，直至父亲轻轻拿起她的手放在胸脯上。我也做同样的动作。

　　每天晚上，晚饭时分，我和爸爸在厨房里召开每日工作会议。我告诉他今天在学校里做了什么，他则给我讲述在国立图书馆上班时发生的事情，或者描述他给下一期《塔尔比茨》或《梅促达》

快要写完的文章。[1]

我们谈论政治，谈论国王阿卜杜拉遭暗杀，或谈论贝京和本-古里安，我们像两个平等的人。我心里对这个心力交瘁的男人充满了爱戴之情，他庄严地做出结论：

"我们之间似乎存在着巨大的分歧。因此到目前为止，我们得求同存异。"

接下来我们会谈论家务事。我们会在父亲的小卡片上匆匆写下还需要什么，把已经办理的事情画掉。父亲有时甚至会和我商量钱的问题：还有两个月才付款呢，我们已经花了这么这么多。每天晚上他会问我写作业的情况，我会把学校的作业单，还有已经写完作业的练习本递给他加以比较。有时，他会看看我做的功课，并做适当评价。对于每一学科，他了解得都比我的老师多。多数情况下他会说：

"不必检查你了。我知道对你，我可以绝对依靠，绝对信任。"

我听到这些话时，心中涌起一阵秘密的自豪与感激，有时也会油然产生一阵怜悯。

是对他，而不是对妈妈。那时我一点也不怜恤她，她只知道没完没了地让你每天履行责任，提各种要求，并且是难堪与耻辱之源，因为我有时得向朋友解释，他们为什么从来不能来我们家串门，我得回答杂货店里邻居们可爱的拷问，为什么他们总看不见她，她怎么了。即使对叔叔阿姨们，即使对爷爷奶奶，我和爸爸也不会把整个事实和盘托出，我们轻描淡写。我们说，她感冒了，即便她没有感冒。我们说，偏头疼。我们说，对夜晚特别敏感。

---

1 《塔尔比茨》和《梅促达》是两份犹太学研究期刊。

有时我们说，她也太累了。我们努力说出真相，但不是整个真相。

我们不知道整个真相。但我们又确实知道，即使没有相互串通，我们谁也没有向任何人透露我们二人所了解的一切；我们只让外界知道一些事实。我们二人从来没有商量她的状况。我们只谈论明天该做的事情，谈论日常生活琐事，谈论家里需要什么。我们从来没有谈到她有什么不适，只是父亲在没完没了地重复："那些医生，他们什么也不懂，一点不懂。"在她去世后，我们也不谈论。从母亲去世那天起到父亲去世，二十年间，我们一次也没有说起过她。只字未提。仿佛她从来没有生活过，仿佛她的人生只是经审查从苏联百科全书里撕去的一页。或者，我仿佛雅典娜，直接从宙斯的头颅里降生；我是某种倒生的耶稣，从一个童贞男子看不见的精神中托生出来。每天早晨，天将破晓之时，院里石榴树枝头的鸟儿把我唤醒，她用贝多芬《致爱丽丝》的最初五个音符来迎接白日的到来："啼—嗒—嘀—嗒—嘀！"接着，更为激动："啼—嗒—嘀—嗒—嘀！"躺在毯子下面的我，深情地将其完成："嗒—嘀—嗒—嗒！"我在心中，把鸟儿叫作爱丽丝。

我那时为父亲难受。仿佛他是倒下去的受难者，本身没有过错，却遭受某种旷日持久的伤害，好像我妈妈在故意虐待他。他非常劳累，伤心，即使他像平时一样总是在兴高采烈地谈天说地。他一向憎恨沉默，并为出现的任何沉默谴责自己。他那双眼睛，像母亲的眼睛，下面有半月形的黑晕。

有时，他白天得在上班时离开，带她去做检查。那几个月他们什么都检查过：她的心脏、肺部和脑电波，消化、激素、神经、妇科病和循环系统。没有效果。他不吝花钱，请过各种各样的大夫，带她去看私人医生；他甚至不得不从父母那里借些钱，尽管他憎恨借债，讨厌他母亲施罗密特奶奶的方式——喜欢"插手"，为他修理婚姻生活。

我爸爸每天早晨天不亮就起来，收拾厨房，整理已经洗好的衣服，榨水果汁，给我和妈妈端来温果汁，想让我们强健起来。上班前，他也设法草草回复编辑和学者们的来信，接着，他冲向公共汽车站，破损不堪的箱子里装着好几个叠好的购物袋，准时到塔拉桑塔楼上班，在"独立战争"期间，坐落于守望山上的大学被与城市其他部分隔离开来，国家图书馆报刊部就搬到了塔拉桑塔。

他五点钟会回到家里，路上已经在肉铺、电器商店或药店逗留，径直进门看看妈妈是否感觉好些，希望他不在家时她会睡上一会儿。他会用小勺喂她吃下一点土豆泥或米粥，我和爸爸不管怎么样都会熬粥了。接着，他把门反锁上，帮她换衣服，尽量和她说话。他甚至可以试着说说从报纸上看到或从图书馆里听来的笑话，逗她开心。天黑之前，他会急急忙忙再次出门去商店，挑选各种东西，马不停蹄，仔细阅读一些新药的说明书，甚至顾不上坐一会儿，试图吸引妈妈聊聊未来巴尔干的局势。

接着，他会来到我的房间，帮我换床单，或在我的衣柜里放上樟脑球，因为快过冬了，与此同时低声哼唱一些令人多愁善感的情歌，遗憾的是跑调了，要么就是试图把我拉进关于巴尔干未来的争论。


天擦黑之际，莉兰卡——莉莉亚阿姨，莉亚·卡利什-巴-萨姆哈——母亲最好的朋友会来看望我们，莉兰卡阿姨也是罗夫诺小镇人，和妈妈是塔勒布特的同班同学，撰写过两部儿童心理学著作。

莉莉亚阿姨带来一些水果和李子蛋糕。父亲端上茶和饼干，还有她的李子蛋糕，而我则把水果洗干净，连同小碟和刀子一同端上来，而后我们让她俩单独谈话。莉莉亚阿姨和我妈妈一起待上一两个小时，当她出现在我们面前时，眼睛红红的，而我妈妈却像平时一样冷静安详。爸爸克制住了对这个女人的极端厌恶之情，礼貌地邀请她共进晚餐。干吗不给我们机会宠宠你呢？范妮娅也会高兴的。但是她总是不好意思地表示歉意，仿佛是在让她参加某种不体面的行动。她不想妨碍我们，但愿此事不要发生，然而不管怎么说还是希望她到家里来，很快他们就会为她忧心忡忡。

有时，爷爷奶奶也会来，从穿着上看好像赴舞会。奶奶穿着高跟鞋，黑丝绒长裙，戴着白项链，先到厨房巡视一番，而后坐到妈妈身边。接着她便检查一包包药片和小药瓶，把父亲抓过来，看看他的领口，当检查过我的手指甲后，她厌恶地皱起眉头。她决定做出伤感的评论，现在的医学已能够查出大部分病症，只要病原是来自肉体，不是来自精神。与此同时，亚历山大爷爷总是像一只兴高采烈的幼犬一样迷人躁动，吻吻我妈妈的手，称赞她的美丽："即使生病也漂亮，痊愈后会更加漂亮，明天，即使不是今晚。嘿，怎么啦！你已经像花一样了。非常迷人！真可爱！"

我父亲仍然固执地坚持要我每天晚上九点准时关灯。他悄悄走进另一个房间——起居室、书房兼卧室，在我母亲肩膀上加一条披肩，因为已然秋天，夜晚正在变凉，他坐在她身边，把她冰凉的手放在自己一向温暖的手里，试图同她简单地聊上几句。他就像故事中的王子，试图唤醒睡美人，可即使他吻她，也无法将其唤醒：苹果咒语不会破。也许他吻她的方式不对，或者她在梦中等待的不是一个戴眼镜的话匣子，他精通百家学说，总在噼噼啪啪讲笑话，为巴尔干的未来担心，是某种全然不同的王子。

他摸黑坐在她身边，因为她那时受不了电灯灯光，每天早晨，我们上班、上学前都要关闭所有的百叶窗，拉上窗帘，好像妈妈变成了《简·爱》中阁楼上那个令人恐怖的可怜女人。他摸黑坐着，默默地抓过妈妈的一只手，一动也不动，不然就是用双手紧紧握住她的双手。

但是，他不能一动不动地坐上三四分钟，除了在放有卡片的书桌旁，无论在我生病的妈妈身旁，还是在任何地方，他都坐不了三四分钟。他是一个活跃的人，始终忙忙碌碌，忙着做事，忙着说话。

当无法继续忍受黑暗和沉默时，他就会把书和许多卡片拿到厨房里，在油布上给自己擦干净一块地方，坐在椅子上工作一段时间。但独自地囚禁在这个烟熏火燎的书房里，很快便让他神情沮丧。因此每星期总有那么一两次，他会站起身，叹口气，换上西装，梳头漱口，洒点须后水，轻轻来到我的房间看看我是否睡着（因他之故，我总是装睡），接着他走进妈妈的房间，总是那么几句话，总是同样的保证，她当然不会阻拦他，相反，她通常抚摸他的脑袋说，去吧，阿里耶，到外面玩去吧，那里的人可不像我这么死板。

他头上戴着亨弗莱·鲍嘉式的帽子，腋下夹着把雨伞以防万一，走了出去，快步经过我的窗前时，小声哼唱，那歌声可怕地跑了调，并带有浓重的阿什肯纳兹口音："……我头偎在你的胸口，我遥远的祝祷找到了归处。"或者："你可爱的眼睛像一对信鸽，你的声音像银铃般悦耳！"

我不知道他去哪里，然而却不知自明，然而却不想知道，然而却原谅爸爸。我希望他在那里稍许得到一丝快乐。我绝对不愿勾画那里发生了什么，在他自己的"那里"，但是我不想勾画的东西却在夜深人静之时发生在我身上，让我眩晕，让我无法入睡。我是个十二岁的小孩，我的身体已开始成为一个无情的敌人。

有时，我有一种感觉，家里没人时，妈妈实际上白天上床睡觉。有时，她起来在家里走来走去，总是光着脚，尽管父亲恳求她，给她买了拖鞋。我妈妈在走廊里来来回回、来来回回地走动，战争期间，走廊是我们的避难所，现在走廊里堆满了书，墙上挂着地图，成了作战室，我和父亲在那里指挥以色列安全部门和自由世界的防御工作。

即使白天，走廊也黑漆漆的，除非你打开电灯。我妈妈在黑暗中来回飘然走动，没有变化，走上半小时或一小时，就像犯人在监狱的院子里放风。有时她开始唱歌，好像要和我父亲比比高低，但调子把握得比他准多了。她唱歌时声音阴郁深情，仿佛冬夜品尝加香料的温酒。她唱歌时不用希伯来语，而是用声音甜美的俄语，富于梦幻的波兰语，或者偶尔用意第绪语，听上去像是抑制着眼泪。

爸爸夜晚出去，总是信守诺言，半夜之前回来。我能够听见他脱下衣服，接着给自己倒上一杯茶，坐在厨房里的凳子上，轻轻哼唱，把一块饼干蘸在茶里。接着他会洗个冷水澡。（要是用热水，你得提前四十五分钟用木头烧小锅炉，先要用煤油把木头点

557

燃。）而后，他会轻轻来到我房间确定我已经睡着，替我拉拉被子。只有那时，他才轻轻走进他们的房间。有时，我听见他们二人小声说话，听着听着便睡着了；有时那里一片死寂，仿佛没有生命。

爸爸开始害怕自己对妈妈失眠负有责任，因为他睡在大床上。有时，他执意把她安置在沙发床上，每天夜里沙发变成床，他自己睡在椅子上。（我小时候管它叫作"汪汪沙发"，因为你打开沙发，它的样子就像气势汹汹的狗张开大口。）他说，如果他睡在椅子上，她睡在床上，对大家真的都比较好，因为他不管睡在哪里都像根木头，"即便睡在滚烫的平底锅上"。实际上，如果知道她睡在床上，他在椅子上会睡得更好；反之，知道她在椅子上一连几个小时失眠，他即使睡在床上也睡不好。

一天夜里，快半夜了，我房间里的门轻轻打开，爸爸在暗中向我俯下身，我一如既往，赶紧装睡。他没有替我把被子盖好，而是掀开被子，钻到我被窝里。像那时一样，像 11 月 29 日建国决议通过后那样，我的手看到了他的眼泪。我惊恐万状，急忙把双膝蜷起紧紧贴到肚子上，希望并祈祷他不会注意到我为什么夜不成眠，要是他发现了，我会当即死掉。当爸爸钻到我被窝里时，我的血液凝固了，陷入极度恐慌之中，千万别发现我干脏事啊，良久，我意识到，溜进我床上的剪影并非父亲，恍然在噩梦中。

她把被子拉过我们二人的头顶，亲热地搂抱我，低声说，不要醒来。

早晨，她不在那里了。第二天夜里，她又来到我的房间，但是此次，她从"汪汪沙发"上搬来一个床垫，睡在我床边的地板上。接下来的又一个夜晚，我执意，尽量模仿爸爸不可一世的神态，要她睡到我床上，我睡在她脚下的床垫上。

仿佛我们都在玩随乐声抢椅子的游戏，它叫随乐声抢床。第一轮：普通形式——我父母睡在他们的双人床上，我睡在自己床上。接下来在第二轮里，妈妈睡在她的椅子上，爸爸睡在沙发上，我依然睡在自己床上，在第三轮里，妈妈和我睡在我的单人床上，而爸爸睡在双人床上。在第四轮里，爸爸没有改变，我又自己睡在自己的床上，而妈妈睡在我脚下的床垫上。接着她和我调换位置，她上床，我下地，父亲原地不动。

但是，我们没有就此结束。

因为几个夜晚过后，当我在自己房间睡在妈妈脚下的床垫上时，半夜时分，她发出一阵阵断断续续的声音，近似咳嗽，又不像咳嗽，吓了我一跳。接着她平静下来，我又继续睡去。但是过了一两个夜晚，我又被她似咳非咳的声音惊醒。我站起来，眼睛还没睁开，身上裹着毯子迷迷瞪瞪地走向走廊，爬上爸爸的双人床。我立刻又睡着了。接下来的夜晚我也睡在那里。

我妈妈在我的房间差不多睡到生命中的最后几天，我和父亲一起睡。过了两三天，她所有的药片、药瓶和镇静剂以及治疗偏头疼的药丸搬到了她的新地点。

我们只字未提新的睡觉安排。谁都没提。仿佛它是自行发生的。

确实自行发生。没做任何家庭决定。没说一个字。

但是，倒数第二个星期，妈妈没有在我床上过夜，而是回到她在窗子旁边的椅子上，只是，椅子从我们房间——我和爸爸的房间——搬到我的房间，现在那已经成了她的房间。

即使一切都已经结束，我也不愿意再回到那个房间。我想和父亲待在一起。我最终回到自己的旧屋后，根本无法入睡，仿佛她还在那里，冲我似笑非笑，似咳非咳，或者仿佛她把失眠传给了我，那失眠追随她到最后，现在又来追随我了。我回到自己床上的那个夜晚非常恐怖，接下来的几个夜晚，父亲不得不把我从"汪汪沙发"上拖到我自己的房间，和我一起睡在那里。有那么一两个星期，父亲睡在我脚下，之后，他回到自己的领地，她，或她的失眠症，追随着他。

仿佛，一个巨大的旋涡在席卷着我们三人，将我们抛出，聚聚分分，举起、颠摇、卷动，直至我们都被抛到不属于自己的陆地。我们都疲惫不堪，默默地接受着变化。不光父母眼睛下面出现了半月形的黑晕，那几个星期，我从镜子中看到自己的眼睛下面也出现了黑晕。

那年秋天，我们被绑缚在一起，像三个罪犯住在同一个号子里。然而，我们三人都有自己的意志。因为他们岂能知道我那些污秽不堪的夜晚？残酷的肉体那么猥琐？我父母怎么能够知道，我含垢蒙羞，咬牙切齿，一遍遍地警告自己，要是你今天不放弃，我会用性命起誓，吞下妈妈的所有药片，这样它就终止了。

我父母什么也没有怀疑。我们之间相隔一千光年。不是光年，是暗年。

但是我知道他们经历着怎样的痛苦吗？

他们二人呢？我父亲知道她的苦楚吗？母亲理解他的苦难吗？

一千暗年把大家全部隔开，即使同一号子间里的三个囚犯，即使特里阿扎那一天，那个星期六早晨，母亲背靠大树坐在那里，父亲和我枕着她的膝头，母亲抚摸着我们二人，即使那一刻，那是我童年时代最为宝贵的一刻，我们之间也隔着一千个无光之年。

# 54

在杰伯廷斯基的诗集里，排在"我们用热血与汗水提升一个人种""约旦河有两岸""从贝塔、锡安和西奈奇迹召唤我的那天起"之后的，是他翻译的节奏优美的世界诗歌，包括爱伦·坡的《乌鸦》和《安娜贝尔·李》、埃德蒙·罗斯唐的《公主远去了》，以及保尔·魏尔伦的《秋歌》。

很快，我便将这些诗歌烂熟于心，终日流连忘返，陶醉于诗中弥漫着的浪漫苦痛与可怕烦恼之中。

我在约瑟夫伯伯送的那个精美的黑皮笔记本里写下了带有军国主义色彩的爱国主义诗歌，同时，我也开始写下忧郁感伤的诗，充满着风暴、森林和大海。还写了一些爱情诗，那时我甚至不懂什么是爱情。或许已经知道，但是，尚在谁杀的印第安人多，谁就能赢得一个漂亮姑娘作奖品的西部电影与安娜贝尔·李、她的伴侣和他们二人的墓园之恋中徒劳地寻找某种调和。但调和二者绝非易事。更为艰难的，则是在所有这些以及校医讲授的包皮—卵子以及输卵管—管状器官迷宫之间实现某种安宁。夜间的脏事如此无情地折磨着我，以致让我想到了死，或者回到未被那些捉弄人的梦魇魔爪困住的自己。我打定主意，将其永远消灭，一夜又一夜，那些山鲁佐德向目瞪口呆的我显示如此狂放不羁的情节，我整天不耐烦地等待夜晚床上的时光。有时，我等不及了，便把自己关进塔赫凯莫尼操场臭烘烘的厕所或家里的卫生间，几分钟后出来，垂头丧气，像破布片一样可怜巴巴的。

女孩子们的爱，以及与此相关的一切，在我看来就是一场灾难，一个无法摆脱的陷阱，你开始梦游般漂到一个使人着魔的水晶宫，而醒来之际，浑身却在肮脏的粪坑里湿透。

我逃之夭夭，在描写神秘、冒险与战争的一本本书组成的神志清明的堡垒中寻找避难所：儒勒·凡尔纳、卡尔·迈、费尼莫尔·库柏、玛因·里德、福尔摩斯、《三剑客》、《哈特拉斯船长历险记》、《蒙德苏玛皇帝的女儿》、《曾达的囚徒》、《火与剑》、艾德蒙多·狄·亚米契斯的《爱的教育》、《金银岛》、《海底两万里》、《卡哈马尔卡的黄金》、《神秘岛》、《基督山伯爵》、《最后一个莫希干人》、《格兰特船长的儿女》、最黑暗的非洲深处、精锐士兵和印第安人、作恶多端的人、骑兵、偷牛贼、抢劫者、牛仔、海盗、群岛、一群嗜血成性头戴羽毛珠子涂着颜料的土著人、令人毛骨悚然的厮杀呐喊、充满魔力的咒语、巨龙骑士和手持短弯刀的撒拉森骑兵、妖怪、巫师、皇帝、坏蛋、鬼魂，尤其是讲述面色苍白的青少年，他们注定要成就大业，设法克服自身的苦恼。我想像他们那样，我想像描写他们的那些人一样。也许我尚未弄清楚写作与赢得胜利之间存在着何种区别。

儒勒·凡尔纳的《米哈伊尔·斯特洛果夫》赋予我的某种东西至今仍然伴随着我。俄国沙皇派斯特洛果夫执行一项秘密任务，把一至关重要的消息带到围困在最遥远的西伯利亚的俄国军队。路上，他得经过鞑靼人的统治地区。鞑靼卫队抓住了米哈伊尔·斯特洛果夫，将其带到首领大可汗面前，可汗命令用白热的剑烫瞎他的双眼，这样他就无法继续执行前往西伯利亚的任务。斯特洛果夫把至关重要的消息铭记在心，但是既然失明了，怎样才能溜出鞑靼士兵的重围，抵达西伯利亚？纵然滚烫的剑烫过了他的眼睛，但忠心耿耿的信使继续盲目探路向东行进，直至情节发展至一个关键时刻，读者得知，他根本就没有失明：滚烫的剑在碰到他眼睛时，被他的眼泪冷却！因为在那千钧一发之际，米哈伊尔·斯特洛果夫想到自己将永远看不到亲爱的家人，眼睛里顿时盈满了泪水，泪水冷却了剑身，挽救了他的视力，也挽救了他至关重要的使命，斯特洛果夫圆满完成了任务，使国家在抗敌斗争中取得了胜利。

因此，是斯特洛果夫的眼泪挽救了他和整个俄国。但是在我居住的地方男人不得流泪！眼泪乃奇耻大辱。只有女人和孩子才可以流泪。我甚至五岁时就以哭泣为耻，八九岁时，我学会了遏制哭泣，以配得上男人这一称号。正因如此，当我在 11 月 29 日的夜晚，左手在黑暗中偶然碰到父亲湿润的脸颊时，我感到大吃一惊。正因如此，我从来没说过此事，无论对父亲，还是对任何其他生灵。现在这里有个米哈伊尔·斯特洛果夫，一个无所畏惧的英雄，一个铁人，可以经受住任何艰难或痛苦，然而，当他突然想到爱时，他没有克制：他哭了。米哈伊尔·斯特洛果夫不是因恐惧而哭泣，不是因痛苦而哭泣，而是因强烈的情感而哭泣。

而且，米哈伊尔·斯特洛果夫的哭并没有把他降低到一个可怜虫，一个女人的位置上，也没有损害他的男子汉尊严；无论作家儒勒·凡尔纳，还是广大读者，都可以接受。仿佛突然接受一个男人哭泣，这个男人的眼泪拯救了自己和整个国家，还远远不够。因此这个最具男子汉气概的人中豪杰由于具备"阴柔"之气而战胜了所有的敌人，那阴柔之气在生死攸关之际从他灵魂深处涌出，没有减少或者削弱他的"阳刚"之气（那时候他们为我们洗脑时总说）：相反，它使阳刚之气趋于完美，并达到安宁。因此，也许那时可在令我痛苦的选择中，在儿女情长与英雄豪气之间，找到一种体面堂皇的方式？（十几年后，《我的米海尔》中的汉娜也许会被米哈伊尔·斯特洛果夫这一形象深深吸引。）

那时也有《海底两万里》中的船长尼摩，这是一个自负勇敢的印度人，憎恶剥削体制、民族压迫以及无情地恃强凌弱、自私自利的个体。他痛恨北欧国家傲慢自大的恩赐态度，令人想起爱德华·萨伊德，或者弗朗兹·法农，于是决定脱离这一切，在大海下面建造一个小型乌托邦。

这一点，显然最能令我的心跳荡不已，与犹太复国主义产生呼应。整个世界总是迫害我们，待我们不公，因此我们退到一边，建立我们自己的小型独立泡沫，我们在那里可以过上"纯洁自由的生活"，躲开迫害者的残忍无道。但是，像尼摩一样，我们不再做无助的受难者，而是要运用我们富有创造力的才智，我们会用精密的死光来装备我们的"鹦鹉螺号"，无人胆敢再次算计我们。若有必要，我们的长臂会抵达世界尽头。

在儒勒·凡尔纳的《神秘岛》，一伙在海难中幸存下来的人设法在一个荒无人烟的孤岛上创立一个小型文明地盘。幸存者都是欧洲人，都是男人，都是富有理性、心地善良、豁达的男人，他们拥有技术头脑，大胆而机敏，他们真正代表着19世纪所希冀的未来者形象，清醒，开明，强劲，借助于理性力量，按照进步的新教信条来解决任何问题。（残忍、卑劣的本能与邪恶显然被赶到了后来出现的另一个岛：威廉·戈尔丁笔下《蝇王》中所描写的岛。）

这一群体通过艰苦劳作、判断力和拓荒者的热情设法生存，白手起家，用双手在荒无人烟的岛屿上建立了一个繁荣的农庄。这些让我欣欣然，仿佛向我灌输了我从父亲那里接受来的犹太复国主义拓荒者的社会精神特质：不受宗教约束，开明，理性，进步，富有理想主义色彩和战斗性的乐观主义。

然而，《神秘岛》中的拓荒者也有遭受来自自然力灾难威胁的时刻，也有没有退路、其才智得不到应有发挥之际，在这样千钧一发的瞬间，总有一只神秘之手介入其中来斡旋，一位能够创造奇迹的全能上帝时时会将他们从某种毁灭中解救出来。"倘若有正义，让它即刻发光。"比阿里克写道。《神秘岛》中有正义，确实能够即刻发光，迅疾如闪电，在所有希望逝去的瞬间。

但是，那委实是另一种社会精神特质，恰恰与我父亲的理性主义大相径庭。那是我母亲常常在夜晚所讲述的故事以及神迹奇事，是把更古老之人收容在屋檐下的古人传说，关于邪恶的传说，是不可思议的事物与恩典，既是放出灾难但希望尚存的潘多拉盒子中所体现出的原理，也是杰尔达老师最初向我讲述的哈西德传说，以及在她离去后取而代之的我在塔赫凯莫尼的老师莫代海·米海埃里所讲的故事中，所体现出的那充满奇迹的原理。

就像在这里，在《神秘岛》中，在我人之初之际最早向我展示世界的两个截然不同的窗口之间终于达到某种和解：我父亲那注重实际、乐天达观的窗口，以及我母亲的窗口，面对冷酷狰狞的风光，怪异的超自然力量，那力量或充满邪恶，或充满同情与怜悯。

《神秘岛》的结尾，显示出上帝的力量，他一遍又一遍地营救海难幸存者的"犹太复国主义"事业，每当他们遭到毁灭的威胁时，实际上是尼摩船长、《海底两万里》中那个眼睛里露出愤怒的船长在慎重干预。但是，那绝对不会减少我从书中得到调停的快感，消除我幼稚地迷恋犹太复国主义以及我居然幼稚地迷恋哥特派小说之间的矛盾。

就连父亲和母亲也终于实现了安宁，一起生活在完美的和谐状态下。尽管不是在耶路撒冷，而是在某座荒岛上，但是，他们还是能够创造安宁。


心地善良的马尔库斯，在约拿大街出售新书和旧书，并在近盖乌拉大街拐角处开有租书图书馆，最后他允许我每天换书，有时一天换两次。开始，他并不相信我真的把整本书看完了，当我把一本只借了几个小时的书还回来时，他经常巧意设计各种问题来考我。逐渐，他化疑虑为惊奇，最后心悦诚服。他相信，凭借这种惊人的记忆力与如此快速的阅读能力，尤其是当我也学会一些大语种后，有朝一日我会成为我们某位伟大领袖理想的私人秘书。天晓得，也许许多年后我会成为本–古里安或者摩西·沙里特的秘书。结果，他决定值得对我进行长远投资，他应该把面包撒在水里，天晓得他有朝一日也许需要某种特批，他也许需要某种方便，或者是顺利从事正在筹划的出版业，那么，他与某位人中豪杰的私人秘书的友谊会比黄金还要宝贵。

马尔库斯先生有时骄傲地向他的优秀顾客出示我那张密密麻麻的借书证，仿佛在心满意足地凝视自己的投资成果。看看我们有什么吧！一个书呆子！一个杰出人才！一个每月不光读几本书，而是读整架子书的孩子!

于是,我从马尔库斯先生那里得到特许,自由自在享用他的图书馆。我可以一次借四本书,这样就不会在假期不开馆时饥肠辘辘了。我可以浏览——仔仔细细!——打算出售而不是借阅的热门书。我甚至可以看同龄人不宜阅读的书,像萨默塞特·毛姆、欧·亨利、斯蒂芬·茨威格甚至刺激痛快的莫泊桑的长篇小说。

冬天,我在黑暗中奔跑,顶着凛冽滂沱的冷雨和劲风,在马尔库斯先生的书店六点钟关门之前赶到那里。那年月的耶路撒冷非常寒冷,寒冷刺骨,12月末的夜晚,饥饿的北极熊从西伯利亚来到凯里姆亚伯拉罕地区的大街小巷游荡。我奔跑时没穿大衣,因此套头衫全部湿透,整个晚上散发出湿毛那令人沮丧的刺痒气息。

偶尔,碰巧我没东西可读,在那些漫长空虚的安息日,我在早上十点钟把从图书馆里带来的军火全部用光。我发狂似的随意从父亲书架上抓起史龙斯基翻译的《蒂尔·艾伦施皮戈尔的恶作剧》、瑞夫林翻译的《一千零一夜》、以色列·扎黑、门德勒·莫凯尔·塞法里姆、沙洛姆·阿雷哈伊姆、卡夫卡、别尔季切夫斯基的书,拉海尔的诗歌,巴尔扎克、汉姆孙、伊戈尔·莫辛松、费尔伯格、纳坦·沙哈姆、格涅辛、布伦纳、哈扎兹,甚至阿格农先生的作品。我几乎一点也读不懂,也许只能通过父亲的眼睛看到一些东西,即东欧犹太村落的生活可鄙、可憎,甚至滑稽可笑,在我愚蠢的内心深处,并不为它可怕的结局彻底震惊。

父亲拥有世界文学多数重要作品的原著,因此我几乎对它们看也不看。但是,只要那里有希伯来文版的书,我如果没有真正阅读,至少闻闻它。我会尽一切努力。

当然，我也阅读《达瓦尔》上每周一期的儿童栏目，以及每个人甜点单上都有的那些儿童文学作品：莉亚·格尔德伯格和范妮娅·伯格斯坦的诗歌、米拉·洛贝的《孩之岛》以及纳胡姆·古特曼的所有作品，罗本古拉的非洲、比阿特丽斯的巴黎、特拉维夫周围的沙丘、果园和大海，所有这些都是我最初游弋享乐世界的目的地。耶路撒冷和特拉维夫——已经成为大世界的组成部分——的差异，在我看来，就像我们寒冬般的黑白生活和充满色彩、夏日与光明的生活之间的区别。

茨维·里伯曼－里夫尼的《在废墟上》是部尤能抓住我想象力的作品，我读了一遍又一遍。很久以前，在第二圣殿时期，有一个偏远的犹太村庄，宁静地坐落在高山、山谷和葡萄园中间。一天，罗马军队来到此地，把所有的村民，男人、女人和老人全部杀光，抢夺他们的财产，纵火烧毁建筑物，继续向前赶路。但是，村民们在大屠杀发生之前便把小孩，尚未满十二岁无法参加保卫村子活动的小孩，藏进一个山洞里。

灾难发生后，孩子们从山洞里出来，看到村庄毁于一旦，他们没有绝望，而是召开类似基布兹举行的全体成员集会，经讨论决定，生活必须继续，他们必须重建满目疮痍的村庄。于是他们成立委员会，女孩子们也在内，因为这些孩子不但勇敢勤奋，而且进步开明，让人惊叹。他们一点一点，像蚂蚁一样劳动，设法治愈残存的牲畜，修理牲口圈和牛棚，修复烧毁的房屋，重新在田间开始劳作，建立起一个儿童模范社区，某种富有田园色彩的基布兹，鲁滨逊似的社区，里面没有一个礼拜五。

这些富于梦想的孩子过着均分与平等的生活，没有一丝阴影，既没有权力斗争，也没有你争我夺，嫉妒成性，既没有肮脏的两性关系，也没受死去父母冤魂的缠绕。不折不扣，与《蝇王》里孩子的遭遇截然相反。茨维·里夫尼当然打算给以色列儿童描绘出鼓舞人心的犹太复国主义寓意：荒漠上的一代人都已经死去，代之而起的是国土一代，大胆勇敢，凭借自己的力量提高自己的地位，从大屠杀到英雄主义，从黑暗到光明。在我自己的耶路撒冷版本中，在我脑海里的一连串臆想中，孩子们并非只挤牛奶、采摘橄榄和葡萄便可以心满意足，他们发现了一个武器秘密藏匿地点，或更好的是，他们设法设计并制造机枪、迫击炮和装甲车。要么就是"帕尔马赫"设法把百代以后出产的这些武器，偷运到《在废墟上》的孩子们伸出的双手中。茨维·里夫尼的（以及我的）孩子携带这些武器，急忙奔向马萨达，在千钧一发之际赶到那里。他们从背后发起强有力的拦阻射击，用命中率高的长管炮以及致命的迫击炮，他们出人意料地攻击了罗马军团——正是这支军队杀害了他们的父母，而现在又修筑斜坡，直捣马萨达的石筑堡垒。这样，正当埃里泽·本-亚伊尔[1] 就要结束他那令人难忘的告别演说，最后一批马萨达卫士就要拔剑自戕，不做罗马人的俘虏时，在这千钧一发之际，我和年轻的勇士突然来到山上，把他们从死亡线上解救出来，把民族从险遭失败的耻辱中解救出来。

而后，我们在敌人领土上作战，我们把迫击炮安置在罗马的七座山丘上，把凯旋门击得粉碎，使皇帝下跪。

或许这里隐藏着另一种病态的不正当的快感，茨维·里夫尼在写书时肯定从未想到过的一种阴暗、俄狄浦斯似的快感，因为

---

1 埃里泽·本-亚伊尔，马萨达卫士的领袖。

这里的孩子们埋葬了自己的父母，埋葬了所有的人。整个村庄没有留下一个成年人。没有父母，没有师长，没有邻居，没有叔叔，没有爷爷，没有奶奶，没有克洛赫玛尔先生，没有约瑟夫伯伯，没有玛拉和斯塔施克·鲁德尼基，没有阿布拉姆斯基夫妇，没有巴·伊兹哈尔夫妇，没有莉莉亚阿姨，没有贝京，也没有本-古里安。因此，犹太复国主义特质中备受压抑的愿望，以及我一个孩子备受压抑的愿望，奇迹般地得以实现，这个愿望就是他们必须死去。因为他们如此格格不入，如此难以承受，他们属于大流散，他们是荒漠中的一代人。他们一刻不停地要求你，命令你，不让你有喘息之机，只有当他们死去，我们才最终可以向他们展示我们自己什么都可以做。无论他们想要我们做什么，无论他们如何期待，我们都能圆满实现。我们耕耘，收割，建设，战斗，赢得胜利，但前提是他们不存在，因为新希伯来民族需要与之断绝联系，因为这里的一切都要年轻、健康和坚强，而他们老了，虚弱，复杂，有点令人反感，颇为滑稽可笑。

因此，在《在废墟上》，整个荒漠中的一代人蒸发了，留下的是快乐、步态轻盈的孤儿们，像蔚蓝色天空中的群鸟一样自由自在。没有人终日操着流散地口音找碴儿，高谈阔论，强调陈腐过时的礼仪，用各种各样的沮丧、创伤、命令和野心来破坏生活，他们谁都没活下来整天向我们进行道德说教——这个可以，那个禁止，那个令人讨厌，只有我们，独自生存在世界上。

在所有成人的死亡中，隐藏着一个神秘有力的咒语。因此，在十四岁半那年，在我母亲去世两年后，我站起来灭掉了父亲和整个耶路撒冷，更改姓氏，前往我的胡尔达基布兹，住到那里的废墟上。

# 55

我尤其通过改姓的方式来灭掉他。许多年来，我父亲生活在享有"世界声名"的伯伯的巨大阴影下。（我父亲在提到世界声名时声音里怀着虔诚的宁静。）许多年来，耶胡达·阿里耶·克劳斯纳梦想着追随约瑟夫·格达尔雅胡·克劳斯纳教授的脚步，克劳斯纳著有《拿撒勒的耶稣》、《从耶稣到保罗》、《第二圣殿时期的历史》、《希伯来文学史》和《当民族为自由而战》。我父亲在内心深处，甚至梦想有朝一日继承无子嗣教授的位子。因此他学的外语并不比伯伯掌握的外语少，因此他夜晚蜷缩在桌子旁边，周围堆起一堆堆小卡片。当他某天开始对做一位名教授感到绝望时，他开始在内心深处祈祷把火炬传给我，他会在那里观看。

我父亲有时开玩笑地把自己比作无关紧要的门德尔松，银行家亚伯拉罕·门德尔松，其命运就是充当著名的哲学家摩西·门德尔松的儿子和伟大的作曲家费里克斯·门德尔松-巴托尔迪的父亲。（"首先我是我父亲的儿子，接着我成为儿子的父亲。"亚伯拉罕·门德尔松曾经自嘲地说。）

尽管是在开玩笑，尽管他正出于某种发育不良的慈爱情感拿我打趣，但父亲从我很小时候起就叫我"殿下""阁下"。只是在很多年以后，在他去世的那天夜里，我突然意识到，在这一固定的、使人不快甚至令人恼怒的玩笑背后，隐藏着他自己失望的野心，不得不含悲甘于平庸，把愿望隐藏起来，委托我以他的名义去实现某种使命，一旦时机成熟，实现已经离他而去的目的。

我母亲，在孤独与阴郁中，给我讲光怪陆离的事件、恐惧和幽灵，也许与寡妇奥斯给小培尔·金特在冬夜里讲的故事大同小异。我父亲，以他特有的方式，做我母亲奥斯的约翰·金特，培尔的父亲，希望他成就"大业"。

"基布兹，"父亲伤心地说，"也许并非不足挂齿的现象，但是它需要智商一般、身强体壮的体力劳动者。你现在已经知道，你无疑不一般。我不想对基布兹恶语中伤，因为基布兹在国家生活中拥有明显优势，但是你在那里得不到发展。结果，恐怕我不能同意。无论如何。就这样吧，商量完了。"

自母亲去世，他一年左右后再婚以来，我和他几乎只谈论日常生活需要、政治、新科学发现或者伦理价值以及道德理论。（现在我们住进了一套新房，本梅蒙大街28号，在热哈维亚区，他多年梦寐以求的耶路撒冷的一个地区。）青春期的我焦躁不安，他的再婚，他的情感，我的情感，我母亲生命中的最后时光，她的死，她的缺失，这些话题我们从来不谈论。我们有时会发生冲突，彬彬有礼，但相互之间充满紧张的敌意，争论比阿里克、拿破仑、社会主义，社会主义对我具有强烈的吸引力，而我父亲将其视为"红色流行病"，一次，我们就卡夫卡大吵了一顿。然而，多数情况下，我们的举动就像同一屋檐下的两个房客。卫生间没有人了。

我们需要人造黄油和卫生纸。你不觉得天有点凉了，要我开暖气吗？

每逢我在周末和节假日去特拉维夫看望母亲的姐妹哈娅和索妮娅，或者去克里亚特莫兹金的外公家里，父亲给我车费，外加几块钱，"因此你用不着跟那边任何人要钱了""别忘了告诉那边什么人，你不能吃油炸食品"。或者说"请记着问问那边什么人，他们是不是想要我把她抽屉里的东西放进一个信封，让你下次带过去"。

"她的"一词掩盖了对我母亲的记忆，如同没有碑文的纪念碑。"那边任何人"或者"那边什么人"等词表明他与母亲的家庭割断联系，那联系永远没有恢复。他们责怪他。母亲在特拉维夫的姐妹们相信，他与其他女人的关系，给我母亲的生活布下了一层阴云。加上那些夜晚，他背对着她坐在书桌前，脑子里只有他的研究和他的小卡片。这一指责令父亲深为震惊，深深刺痛了他的心。对于我的特拉维夫和海法之行，他的态度就像阿拉伯国家在那个抵制拒绝的年代，对中立人士访问以色列的态度：我们不能阻拦你，你想去哪儿就去哪儿，但是请不要当着我们的面提起那地方，你回来以后什么也不要跟我们说。好坏都不要说。不要跟他们谈起我们。我们不想听，也没兴趣知道。总之，你要保证别让你的护照上盖上不受欢迎的印章。

我母亲自杀后三个月，该为我举行成人礼了。没有举行庆祝宴会。他们为应付此事，让我安息日上午在塔赫凯莫尼犹太会堂念《托拉》，我嘟嘟囔囔读上每周定期读的内容。整个穆斯曼家族从特拉维夫和克里亚特莫兹金来到此地，但是他们待在犹太会堂的一个角落，尽量远离克劳斯纳家族。两大阵营相互之间没有说一句话，只有茨维和布玛，我的姨父们，也许略微、几乎不被察觉地点点头。我像一个晕头晕脑的小狗，在两座军营之间来回奔跑，尽量让自己装出快乐孩子的样子，模仿父亲没完没了地说话，父亲始终憎恨沉默，为片刻沉默而责备自己，感到有责任驱逐沉默。

只有亚历山大爷爷毫不犹豫地穿过铁障，亲吻我从海法来的外婆和我妈妈两个姐妹的双颊，采用俄国的方式，左右左，共三下，使劲把我搂在他的体侧，高兴地大叫："咳，那什么，一个迷人的孩子，不是吗？一个挺不错的孩子！而且非常有才华！非常非常有才华！非常！"


我父亲再婚后，我的学习成绩一落千丈，以致遭到开除学籍的警告。（我母亲死后一年多，我被从塔赫凯莫尼转到热哈维亚中学。）我父亲将此视为奇耻大辱，勃然大怒，想尽各种办法惩罚我。逐渐，他开始觉察到，这是我发动的游击战争形式，直到迫使他让我到基布兹去，才会停止。他予以还击：我每次走进厨房，他都会起身离去，不说一句话。但是一个星期五，父亲超出常规陪我去雅法路中央的老埃格德公共汽车站。在我就要登上开往特拉维夫的汽车时，他突然说：

"要是你愿意，就问问他们对你想去基布兹有什么看法。不用说，他们的看法不会约束我们，不会让我们特别在意，但是这一次我不反对听听他们觉得这件事有没有可能性。"

早在母亲去世前，从她开始生病，甚至生病之前，我住在特拉维夫的姨妈就把我父亲视为一个自私自利、也许有点专横跋扈的男人。她们确信，自从她死后，我一直饱受他的奴役，在他的压迫下痛苦呻吟，自从他再婚后，继母也在虐待我。我一而再再而三地努力，就像故意惹我姨妈们生气，在她们耳边述说父亲和他妻子的好处，他们如何全心全意地照顾我，尽其最大努力确保我什么也不缺，姨妈们一个字也不听，她们生气，她们发火，仿佛我正在为阿卜杜拉·纳赛尔及其政权大唱赞歌，或者是为阿拉伯游击队员辩护。我一开始大肆赞扬父亲，她们二人就会让我闭嘴。哈娅姨妈说：

"够了。请不要说了。你让我心痛。他们好像给你好好洗过脑子了。"

索妮娅姨妈在这种时候不会谴责我，她只是一个劲儿地哭。

在她们审度的目光下，事实开始为自己说话：我看上去骨瘦如柴，面色苍白，紧张不安，没有清洗得干干净净。他们那边一定是不管我，如果不是更糟。脸上的伤口是怎么回事？他们没给你看医生吗？这件破套头衫，这是你唯一的行头？他们上次给你买内裤是什么时候？回去的路费呢？他们忘记给你了吗？没有？你为什么这么固执？你为什么不让我们给你兜里塞几块钱，为安全起见呢？

我一到达特拉维夫，姨妈们便扑向我度周末带来的行李包，拿出衬衣、睡衣、袜子、内衣、备用手帕，无言地啧啧不已，判处这些东西要全部清洗，用开水烫，在阳台上彻底晾晒两个小时，拼命熨烫，偶尔坚决予以毁灭，好像她们正在免除瘟疫之灾，或者是把我所有的个人财产送去接受再审查。第一件事总是让我去洗澡，第二件事是坐在阳台上晒半小时的太阳，你脸色煞白得像墙壁一样，你吃串葡萄吗？吃个苹果？吃些生胡萝卜？然后我们去给你买些新内衣，或一件体面的衬衫，或一些袜子。她们都给我吃鸡肝、鳕鱼肝油、果汁和许多新鲜蔬菜，仿佛我直接从隔离区来到此地。

关于我想去基布兹的问题，哈娅姨妈立即宣称：

"当然可以。你应该和他们拉开点距离。在基布兹，你会长得又高又壮，你会慢慢地过上比较健康的生活。"

索妮娅姨妈搂住我的肩膀，伤心地建议说：

"到基布兹试试看，对。要是——但愿不要这样——你在那里也不开心，只管搬来和我们一起住。"

九年级就要结束之际（热哈维亚学校五年级），我突然放弃了童子军，基本上不再去上学。我终日穿着内衣仰面躺在自己的房间，吞噬一本本书和一堆堆糖果，那时我除了糖果几乎什么也不吃。我那时已经恋爱，遏制着泪水，没有丝毫机会，爱上了某位班花。不是像在书中读到的年轻人那种又苦又甜的爱，书中描写道，灵魂因爱情而痛苦，但仍然振奋，生机勃勃，而我仿佛遭到当头一棒。更为糟糕的是，那一阵子，我的肉体贪得无厌，猥亵地在夜晚，甚至在白天，不停地折磨我。我想摆脱，永远从肉体与灵魂这两大敌人的束缚下解放出来。我想变成一片云，变成月球表面的一块石头。

我每天晚上起来，走出家门，在大街上，或在城外空旷的田野里游荡两三个小时。有时，将城市一分为二的带刺铁丝网和雷区吸引着我，一次，我在黑暗中大概闯进了某个无人区，冷不丁踩到一个空罐子，罐子发出的响声犹如山崩地裂，说时迟那时快，黑暗中响了两枪，近在咫尺，我拔腿就逃。然而，第二天晚上，以及接下来的夜晚，我又回到无人地带，仿佛一切已经让我厌倦。我甚至走到偏僻的干河谷，直到看不到任何亮光，只有影影绰绰的山形和稀稀落落的星星，还有无花果、橄榄树和夏日饥渴的土地散发出的气息。我十点钟，十一点钟，或半夜，回到家里，不肯说出我去了哪里，也不管就寝时间，尽管父亲已经把就寝时间从九点延迟到了十点。我对父亲的埋怨不予理睬，他犹犹豫豫用让人起腻的笑话努力打破我们之间的沉寂，而我则不做回应。

"如果允许，请问阁下在哪里度过这个夜晚，快半夜才回来？你去约会了吗？和某位年轻漂亮的女士？殿下没被邀请去参加示巴女王王宫里的狂欢吗？"

我的沉默比沾在身上的棘刺或者停学事实本身更令他惊恐。当他意识到，发火与惩罚不起作用时，他就使用小小的挖苦。他微微点了点头，咕哝着："要是殿下你愿意这么做，就这么做吧。"或者"我像你这个年龄时，都快从高级中学毕业了。不是你那样带有娱乐色彩的中学，经典的高级中学！具有铁一般的军事纪律！上古希腊文和拉丁文课！我读欧里庇得斯、奥维德和塞内加的原作！你在干什么？仰面朝天一躺就是十二个小时读垃圾文字！低级小报！下流杂志！《侏儒》和《战俘集中营》！这种令人作呕的读物，只有人渣才读呢！想想克劳斯纳教授的侄孙最终竟成了一个二流子，小混混！"

最后，这种挖苦转化为伤心。早餐桌旁，父亲那双忧伤、宛如狗样的棕色眼睛在我身上逗留片刻，立刻又转移视线，埋头看报。仿佛他迷失了方向，应该为自己感到惭愧。

终于，我父亲心情沉重，做出妥协。加利利斯代尼海米亚基布兹的一些朋友愿意让我到那里住上几个月，度过一个夏天，我可以亲手干农活，看看我这样的年轻人是否适合住集体宿舍。如果表明这种夏天体验我觉得够了，我就得答应回到学校，用应有的认真态度对待学业。但要是暑假结束时，我还没有幡然醒悟，那么我们二人会再次坐下来，进行一场真正的成人谈话，尽量想出我们二人都同意的解决方案。

约瑟夫伯伯本人，老教授，自由党那时提名他为国家总统候选人，与中间派和左派候选人哈伊姆·魏茨曼教授分庭抗礼，听说我要加入基布兹这一令人痛苦的打算，大为震惊。他把基布兹当成民族社会精神特质的威胁。于是他邀请我去他家进行一场严肃的私人谈话，面对面的谈话，不是在我们某次安息日朝觐时，而是我有生以来首次在工作日中谈。我忐忑不安，为这次谈话做准备，甚至匆匆写下了三四个要点。我会提醒约瑟夫伯伯，他始终声明：逆流而上。坚定的个人必须始终勇敢地维护他煞费苦心的信仰，甚至要面对来自那些最亲近之人的反对。但是约瑟夫伯伯被迫在最后一分钟取消邀请，因为突发了令其义愤填膺的紧急事件。

因此，没有他的祝福，没有大卫和歌利亚的交锋，我在暑假第一天早上五点钟起床，走向雅法路的中心汽车站。父亲比我早起了半个小时，我的闹钟响过之后，他已经给我做了两个厚奶酪夹西红柿三明治，连同一些削了皮的黄瓜，一个苹果和一片香肠用防油纸包好，外加一瓶水，瓶盖拧得紧紧的，这样就不会在旅途上漏水了。他在切面包时划破了手指，鲜血直流，所以我在出发前给他包扎。在门口，他犹豫着抱了我一下，接着又抱了一下，比较用力，低下头说：

"要是近来我伤害了你，我请你原谅。我也过得不易啊。"

突然，他改变主意，迅速穿上西装外套，系上领带，和我一起走向公共汽车站。我们二人抬着装有我尘世全部家当的行囊，穿过黎明前空空荡荡的耶路撒冷大街。一路上，父亲喋喋不休讲述一个个老笑话和诙谐的双关语。他谈到"基布兹"一词的哈西德教派词源，意思是"聚集"，基布兹理念与希腊的 koinonia，社区思想，源于 koinos，意思是"共同"，有近似之处。他指出，koinonia 是希伯来语"勾结"的词源，或许音乐术语"卡农"也源于此。他和我一起登上开往海法的汽车，和我争论该坐哪个座位，再次告别，他一定忘了这不是我到特拉维夫姨妈家里过安息日，因为他祝我安息日快乐，尽管这天是星期一。下车前，他和司机开玩笑，让他开车时尤为小心，因为他带着一个大宝贝。而后，他跑去买了一张报纸，站在站台上找我，朝另一辆车挥手告别。

# 56

那年夏末，我更换姓氏，从斯代尼海米亚带着行囊来到胡尔达。开始，我只是当地中等学校（谦称"继续教育班"）的一个外部寄膳宿生。服兵役前夕，我完成了学业，加入了基布兹。从1954年到1985年，胡尔达就是我的家。

妈妈去世一年后，父亲再婚，又过了一年，我住到基布兹以后，他和新夫人搬到伦敦。他在那里大约住了五年。我妹妹玛格尼塔和弟弟大卫在伦敦出生，他在那里费了九牛二虎之力终于学会了开车，并完成博士论文《伊·洛·佩雷茨的佚名手稿》，在伦敦大学获得博士学位。我们时而互通明信片。偶尔他把他文章的复印件寄给我。他有时给我寄书，寄些小物品，比如钢笔、笔筒、精巧的笔记本，以及装饰性的裁纸刀，意在和婉地提醒我记住自己的真正命运。

每年夏天他都要回国探访，看看我真正过得怎么样，看看基布兹生活是否真的适合我，与此同时检查一下老屋的状况，他的图书馆情形如何。在1956年初夏，父亲给我写了一封非常详细的信，向我宣布：

下星期三，假如不是特别麻烦你，我计划到胡尔达看望你。我已经打听并且确定每天中午十二点有一辆车从特拉维夫中心汽车站发车，大约一点二十抵达胡尔达。现在是我提问题：1. 你能来公共汽车站接我吗？（但是如果有问题，比如说你忙，我很容易打听到你在什么地方，自己找到你。）2. 我在特拉维夫乘车前该吃点东西，还是到达基布兹以后我们可以一起吃？当然，条件是不给你添任何麻烦。3. 我打听到，下午只有一班车从胡尔达开往雷霍沃特，我从那里可以换车去特拉维夫，再换车回耶路撒冷。但是那样，我们只有两个半小时可以支配。我们够吗？4. 或者，还有一个办法，也许我可以在胡尔达住一夜，乘第二天早晨七点钟的公共汽车离开胡尔达？那样，需要满足三个条件：a. 你不难给我找到住处（一张简易床甚至一个床垫足矣）；b. 基布兹不会对此不以为然；c. 你自己觉得此次相对较长的看望挺舒服的。请马上予以答复，采取哪种方式。5. 除了个人用品，我还应该带些什么？（毛巾？床单？我以前从未在基布兹待过！）自然，我们见面时我会给你讲所有的新闻（不是很多）。我给你讲我的设想，如果你感兴趣。如果你愿意，你可以告诉我你的设想。我希望你身体健康，精神愉快（二者之间有着必然联系！）。余见面再叙。爱你的父亲。

　　那个星期三我一点钟下课，请了两小时的假，午饭后就不去上班了（我那时在层架式鸡笼那里上班。）然而，上过最后一节课后，我急忙回去换上沾满泥土的蓝工作服和笨重的工作靴，接着我跑向拖拉机棚，找到藏在坐垫下的福格森拖拉机钥匙，发动引擎，一溜烟咆哮着开往公共汽车站，从特拉维夫开来的公共汽车两分钟前就已经到了。一年多没有见面的父亲已经等在那里，用手挡住刺眼的阳光，焦虑不安地等待帮他的那个人出现。令我万分惊奇的是，他穿的是卡其布裤，一件浅蓝色短袖衬衫，戴一顶基布兹风格的草帽，没有穿西装打领带。远远看去，他就像我们的某位"老伙计"。我想象得到，他经历一番苦思，才这般装束，对一种他感到有几分敬重的文明表示尊敬，即使它不符合他自己的精神品质与原则。他一只手拎着破旧的公文包，另一只手拿手绢抹去额上的汗水。我轰隆隆向他驶去，几乎就在他鼻子底下刹车，一只手放在方向盘上，另一只手则在前翼子板上摆出主人翁的架势，朝他探出身子说：你好。他抬眼看着我，镜片下的眼睛显得有些夸张，因此像个受惊吓的孩子，忙不迭地回应我的问候，尽管他并不完全确定我是谁。当他认出我来时，显得十分吃惊。

过了片刻，说：

"是你吗？"

又过了片刻：

"你长这么大了，健壮多了。"

最后，他恢复了正常：

"请允许我说，你的竞技表演，不太安全，险些从我身上轧过去。"

我让他在那里等着，站在背阴处，自己则把福格森开回棚子里，因为它已经演完了剧中角色。而后我带父亲去了食堂，我们在那里突然都意识到，我们已经一般高了。我们都有点不好意思，父亲就此开着玩笑。他好奇地摸摸我的肌肉，好像不知道是不是把我买下，他又开玩笑拿我黝黑的皮肤与他苍白的肤色进行比较：

"小黑人三宝！你黑得像也门人了！"

在餐厅里，多数餐桌已经收拾干净，只有一张没有清理。我给父亲端来一些鸡块炖胡萝卜土豆，一碗鸡汤加油炸面包块。他吃得很仔细，一丝不苟恪守餐桌礼仪，对我故意呷嘴的农民式吃法不理不睬。我们端着塑料杯喝甜茶时，父亲开始和与我们同桌吃饭的茨维·布德尼克、一个老基布兹交谈。父亲小心翼翼，不触及任何可能转化为意识形态争端的话题。他打听茨维来自哪个国家，当听说他来自罗马尼亚时，父亲的眼睛一亮，还讲起了罗马尼亚语，由于某种原因，茨维难以听懂父亲的说话方式。接着他话锋一转，谈沿海平原的美丽风光，《圣经》时代女先知胡尔达[1]，以及圣殿中的胡勒大门，这个话题在他看来不会有产生异议的危险。但是告别茨维前，父亲不禁问起他们觉得他的儿子在这里待得怎么样。他是否设法使自己适应这里？茨维·布德尼克对我是否适应胡尔达或怎样适应胡尔达一点也不知道，说：

"这是什么话？很好嘛！"

父亲回答说：

"我为此感谢你们大家。"

我们走出房间时，如某人去寄宿狗房接一只小狗，他没有照顾我的感受便对茨维说：

"来的时候，他的状况有点不好，现在显得状态极佳。"

我拖着他把整个胡尔达转了个遍。我没有费心询问他是否需要休息，我没有费心建议他洗个冷水澡，或者是问他上不上厕所，我像新兵训练基地的军士，催促我可怜的父亲，他涨红脸，气喘

---

1 胡尔达，即《圣经·列王纪下》第 22 章第 14 节中提及的户勒大。

吁吁，一直擦汗，从羊圈到鸡场再到牛棚，再到木工房、锁匠铺，以及山顶上的橄榄油厂，我不住地向他解释基布兹的准则、农业经济、社会主义的优越性、基布兹对以色列取得军事胜利做出的贡献，一丝细节也没有落下。一种报复性的、无法遏制的说教热情驱使着我，我不让他说一句话，断然阻遏他想说话的尝试，我不住地说啊说。

我从儿童之家住区，拖着只剩最后一丝气力的他参观老兵住区、卫生所和教室，直至最后来到文化馆和图书馆，我们在那里找到图书管理员谢夫特尔，他的女儿尼莉几年后成了我的妻子。心地善良、面带微笑的谢夫特尔正身穿蓝色工作服坐在那里，低声哼唱一支哈西德派犹太人的歌，正用两根手指往一张蜡纸上打着什么东西。如同一条奄奄一息的鱼在最后一刻被投入水中，在酷热与尘埃中上气不接下气并被粪肥气味呛得透不过气的父亲，振奋起来，看到书和图书管理员一下子让他复活了，他开始高谈阔论。

两个未来的亲家，大约聊了十来分钟图书管理员的行话，而后谢夫特尔非常腼腆，父亲离开他，开始审视图书馆的陈设，它的每一个角落与缝隙，像一个警惕的武官用专业性的眼睛考察外国军队演习。

接着我和父亲又四处走了走。我们在汉卡和奥伊扎尔·胡尔戴家里喝咖啡吃蛋糕，是这家人主动收养了我。父亲在此全面展示了他在波兰文学方面的造诣，他审视了一下书架后，甚至用波兰语和他们活跃地交谈起来，他引用朱立安·杜维姆的诗歌，汉卡引用斯沃瓦茨基，他提到密茨凯维奇，他们则用伊瓦什凯维奇呼应，他提到莱蒙特的名字，他们则以维斯皮安斯基应和。父亲在和基布兹人交谈时就像在踮着脚尖走路，好像非常小心翼翼，以免踩到什么可怕的东西后果不堪设想。他对他们说话时温文尔雅，仿佛他把他们的社会主义视为一种无可救药的疾病，不幸患有这种疾病的人没有意识到病症究竟有多么严重，而他，从外面来的访客，发现并了解了它，不得不小心翼翼，以免说漏了嘴，使其意识到其境况的严重性。

于是，他小心翼翼，对所看见的一切表示钦佩，流露出彬彬有礼的兴趣，问些问题（"庄稼长得怎么样？""牲畜养得好吗？"），一再重复他的钦佩。他没有卖弄自己的学识把他们压倒，也没有使用双关语，他控制住了自己，也许他怕伤害我。

但是夜幕即将降临之际，父亲的情绪低落下来，仿佛妙语突然用尽，趣闻逸事之泉已经枯干。他问是否可以一起坐到文化馆后面的背阴长椅上，等着看落日。太阳开始落山时，他不再说话，我们默不作声并肩坐在那里。我把已自豪地长出一层金色茸毛的古铜色前臂放在椅背上，旁边是他那长着黑毛的苍白手臂。这一次，父亲没有叫我殿下或者阁下，他甚至在行动上也好像不为消除任何沉默负责。他显得那么笨拙，黯然神伤，我差点去摸他的肩膀，但是我没有。我以为他试图对我说些什么，说些重要甚至紧急的事情，但是他开不了口。我有生以来，父亲似乎第一次怕我。我原本愿意帮他，甚至代他开口说话，但是我也像他一样受到阻碍。最后他突然说：

"那么这样。"

我重复着他的话：

"这样。"

我们又陷入了沉默。我突然想起当年一起在凯里姆亚伯拉罕后院坚如混凝土的地面开垦菜园的情形，我想起他用作农业器具的裁纸刀和家用榔头，他从拓荒妇女之家或劳动妇女农场里拿来幼苗，背着我在夜间栽好，弥补播种失败。

　　我父亲送给我他写的两本书。在《希伯来文学中的中篇小说》一书的扉页上，他写下这样的致辞："送给我正在养鸡的儿子，赠自父亲，（前）图书馆管理员。"而在《文学史》一书的赠言中，隐约含有责备："送给我的阿摩司，希望他将在我们的文学中为自己开辟一席之地。"

　　我们睡在一间没人住的宿舍里，宿舍里有两张儿童床，一个拉帘货柜，可以挂衣服。我们摸黑脱下衣服，摸黑说了十来分钟话，谈论北约同盟和冷战，而后互道晚安，背过身去。也许，父亲像我一样，难以入睡。我们已经有好几年没在同一个房间里睡觉了。他呼吸沉重，仿佛没有足够的空气，或仿佛他咬住牙关呼吸。自从母亲去世后，自从她在临终前几天搬到我的房间，我跑到另一个房间挨着他睡在双人床上，自从她死后的最初几个夜晚，因我惊恐万状，他不得不来睡在我房间地板上的床垫上，之后，我们从来没有睡在同一个房间。

　　这一次也有瞬间的恐惧。两三点钟时，我在恐慌中醒来，在月光中想象，父亲的床是空的，他默默地拉过一把椅子，坐在窗前，安安静静，一动也不动，睁大双眼，整夜注视着月亮，或数尽流云。我的血凝固了。

　　但实际上，他正深沉而平静地睡在我给他铺的床上，而酷似某人坐在椅子上、睁大眼睛凝视月亮的，不是我父亲，也不是幽灵，而是他的衣服，是他精心挑选的军裤和朴素的蓝衬衫，以便不要在基布兹人眼中显得高高在上，以便不伤害他们的感情，但愿不要这样。

20世纪60年代初期，我父亲携妻子儿女回到耶路撒冷。他们住在城边的贝特哈凯里姆区。我父亲再次每天到国家图书馆上班，不是在报刊部，而是在那时才成立的书目文献部。既然他终于获得了伦敦大学的博士学位，以及证明该事实的一张精美而小巧的名片，他就再次尝试着谋求一个教职，如果不是在他先伯父的王国耶路撒冷希伯来大学，那么也许至少在某个新建的大学：特拉维夫，海法，比尔谢巴。甚至有次到宗教大学巴伊兰大学碰运气，尽管他把自己视为公然的反教权主义者。

无济于事。

他现在五十多岁了，做助教或初级讲师年龄太大，竞争高级学术职位人家又觉得他不太合格。哪儿都不要他。（此时，约瑟夫·克劳斯纳教授的声名戏剧性地一落千丈。约瑟夫伯伯论希伯来文学的所有著述在60年代开始显得陈旧与幼稚。）正如阿格农在小说《千古事》中，描写一个人物时所说：

> 二十年来，阿迪尔·阿姆兹埃一直在研究古姆里达塔一城的历史，在哥特人将其化为灰烬，使其居民永远沦为奴隶之前，古姆里达塔曾经是一座伟大的都城，列邦列国引以为自豪的重地……在他研究撰写该书的这些年来，他既未与大学里的学者打过交道，亦未向他们的夫人与小姐致敬问候，如今有事要向他们求助，他们不但给他白眼，甚至连他们所戴的眼镜，似乎都扭曲了：请问阁下究系何人？我们以前似乎从未见过。

他耸耸肩头，泄气地走开。他虽明白，若要被人认知，必须先跟他们攀谈交情，但他却不知如何进行；多年的苦心钻研，已使他成为工作的奴隶，疏忽了人世间所有的人情世故。[1]

父亲从来没有学过"如何与人打交道"，尽管他始终通过开玩笑、说妙语、不计任何代价地要承担一切重任、展示自己博学多才，拥有驾驭辞藻的能力，竭尽全力而为之。他从来不懂得如何谄媚逢迎，他没有掌握依附学术权力帮派和小集团的艺术，不写任何吹捧文章，只有在人死后才颂扬他们。

最后，他似乎认命了。连续十余年，他终日坐在吉瓦特拉姆新国家图书馆楼内书目文献部的一间无窗小屋里做集注。下班回到家后，他坐在书桌旁，为当时正在成形的《希伯来百科全书》编纂条目。他主要撰写波兰和立陶宛文学。逐渐，他把关于佩雷茨的博士论文中的某些章节转化为文章，发表在希伯来文期刊上，有那么一两次甚至设法用法文发表。我在阿拉德的家里，从他印成铅字的文稿中，找到论沙乌尔·车尔尼霍夫斯基的文章（《身在故乡的诗人》）、罗马的伊曼纽尔、隆古斯[2]的《达佛尼斯和克洛伊》，其中一篇题为《门德勒研究》，父亲在献词中写道：

纪念我的妻子，一位分辨力强品位不俗的女人，她在提别月 5712 年 8 日[3] 离开了我。

1 施·约·阿格农，《千古事》，见《阿格农全集》第八卷，(耶路撒冷／特拉维夫，1962)，第315—316页。——原注。译文参考徐进夫译《千古事》，台湾商务印书馆，1977年版。
2 隆古斯，公元 3 世纪希腊小说家。
3 公历 1952 年 1 月 6 日。——原注

1960 年，在我和尼莉结婚前几天，父亲心脏病初次发作。他未能前来胡尔达参加婚礼，婚礼在四把干草叉搭起的华盖下举行。（在胡尔达，有个约定俗成的传统，用两支步枪和两支干草叉来支撑新娘的华盖，象征着工会、防御和基布兹。我和尼莉拒绝在步枪的阴影下成婚，因而引起人们的强烈愤慨。在基布兹全体大会上，扎尔曼·皮管我叫"虚情假意社会改革者"，而茨维·卡嘲弄地问，我所服役的部队是否允许我扛着十草叉或笤帚去巡逻。）

婚礼两三个星期后，父亲身体复原，但脸色全然不同：面色苍白倦怠。从 60 年代中期开始，他逐渐缺乏活力。他依然满怀热情早早起来，盼望工作，但午饭后，脑袋便开始无精打采地垂到胸前，后半晌他会躺在那里休息。后来，他中午就提不起精神。最后，就只有早上两三个小时了，其后他便脸色暗淡，没有了神采。

他依旧喜欢开玩笑，玩弄辞藻，他依旧乐于给你解释，比如说，希伯来语中的水管 berez 源于现代希腊文 vrisi，意为泉水，而希伯来语 mahsan，仓库，像英语单词杂志 magazine，源于阿拉伯语 mahzan 或许源自闪语词根 HSN，意为强壮。至于单词 balagan，混乱或杂乱，他说，许多人误以为是俄国单词，实际上源于波斯语 balakan，本意是不引人注目的游廊（阳台），上面扔着没人要的破衣烂衫，英语单词"阳台"即源于此。

他越来越重复自己。尽管他一度记忆力惊人，但是现在却在同一次谈话中重复一个玩笑或解释。他疲惫而沉默寡言，有时难以集中精力。1968 年，当我的第三本书《我的米海尔》面世后，他花了几天时间把书看完，而后给我打电话到胡尔达，说"其中有些极富说服力的描述，但总体上缺乏一种富有精神启迪的火花，缺乏中心思想"。当我把中篇小说《迟暮之爱》送给他时，他给我写信表示欣喜之情。

你们的两个女儿很棒，主要是我们很快就要见面了……至于小说，写得不错。然而，依我之见，除主要人物外，其他人物只是纸上漫画。可是，主要人物，不管他多么滑稽可笑缺乏感染力，总是栩栩如生。几点意见：1. 第三页，"整个银河系"。"银河"的单数形式源于希腊文 gala，牛奶，意思是"奶白色的路"（字面含义）。最好用单数形式。就我所知，复数形式没有依据。2. 第三页（别处还有），"柳芭·卡加诺夫斯卡"：乃为波兰文词形；在俄语中应为"卡加诺夫斯卡娅"。3. 第七页，你写的是 viazhma，应该是 vlazma（字母错了）。

凡此种种，一直写到第二十三条意见，那时他的纸上只剩一丁点空，写下了"此致我们大家的问候，爸爸"。

但几年后，哈伊姆·托伦对我说，你父亲曾在国家图书馆一个房间接一个房间地转，喜形于色，给我们看格尔绍恩·谢克德如何评价《胡狼嗥叫的地方》，亚伯拉罕·沙阿南怎样赞赏《何去何从》。一次他气愤地向我解释，瞎了眼的库尔茨维尔教授怎样诽谤《我的米海尔》。相信他甚至给阿格农打电话，专门向他抱怨库尔茨维尔的书评。你父亲用他自己的方式为你骄傲，尽管他当然不好意思告诉你，他大概也怕使你飘飘然。

在他生命的最后几年，他的肩膀佝偻了。他患有可怕的暴怒症，对周围的人横加指责与责备，把自己关在书房里，砰地把门关上。但是过了五分钟、十分钟，他会出来，为自己的冲动表示抱歉，将其归罪于身体不好，劳累，紧张，局促不安地请求我们原谅他说话时那么不讲理、不公平。

他经常使用"公平合理"等词，正像他使用"绝对"、"确实"、"无疑"、"板上钉钉"，以及"从这几点看来"。

当父亲身体状况不佳之际，而今已九十多岁的祖父亚历山大依然老当益壮，充满浪漫的青春活力。面庞如婴儿一样红润，像个年轻的新郎官一样生机勃勃，他整天出出进进，大呼小叫"咳，有什么呀！"要么就是"这么傻瓜！这么无赖！真没用！坏蛋！"要么就是"够了！已经够了！"女人们前呼后拥。即便在早晨，他也经常抿口白兰地，粉嘟嘟的面庞犹如晨光，红彤彤的。如果我父亲和祖父站在花园里说话，抑或在房前人行道上来回踱步，争论，至少祖父的身体语言显得比他年纪轻的儿子要年轻得多。他会比在维尔纳死于德国人之手的长子大卫和长孙丹尼尔·克劳斯纳多活四十年，比妻子多活二十年，比次子多活七年。

1970 年 10 月 11 日，六十岁生日过了四个月，我父亲像平时一样早早起床，比家里其他人早很多，刮脸，洒了一些花露水，把头发润湿后梳理，吃了一个小圆面包加黄油，喝了两杯茶，看报纸，叹几口气，看了一眼总是摊在书桌上的日程安排，以便把做过的事画掉，穿上西装，打上领带，为自己开一张小购物单，驱车上街开往丹麦广场，贝特哈凯里姆路和赫茨尔路在这里交会，书桌上一旦缺少什么文具，他就来这里的小型地下商店里购买。他停车，锁车，走下五六级台阶，排队，甚至彬彬有礼地给一个老太太让位，购买了写在单子上的所有物品，和小店的女主人开玩笑说"别针"一词既可用作名词，也可用作动词，跟她说市政会玩忽职守，付款，数钱，拎起购物袋，微笑着向店主道谢，要她想着向她亲爱的丈夫问好，祝她拥有美好成功的一天，朝排在身后的两个陌生人打招呼，然后转身走向门口，跌倒在地，死于心脏病。他把遗体捐献给科学事业，我继承了他的书桌。我写下这几页书稿时，没有眼泪，因为父亲从根本上反对流泪，尤其是男人流泪。

我看见，他在书桌的日程安排上写着："文具：1. 书写纸。2. 螺旋式装订笔记本。3. 信封。4. 回形针。5. 询问纸板文件夹。"所有这些物品，包括文件夹，都在购物袋里，袋子依然攥在他手上。因此，当我在一小时或一个半小时后赶到耶路撒冷父亲家里时，我拿起他的铅笔，画掉列在单子上的物品，就像父亲一样，一旦做了什么，就立即把它画掉。

57

　　十五岁离家住进基布兹时，我写下一些决心，将其定为自己非执行不可的标准。要是我真的开始一种全新的生活，就必须开始在两个星期内把自己晒得黑黝黝的，使我看上去像他们当中的一员；我必须永永远远不再做白日梦；我必须更换姓氏；我必须每天洗两三次冷水澡；我必须绝对强迫自己别在夜里做那种脏事；我必须不再写诗；我必须不再喋喋不休；我必须不再讲故事——我必须以一个沉默的人出现在新地方。

　　后来我把条子撕得粉碎。最初四五天，我确实设法不做脏事，不唠唠叨叨。当他们问我一条毯子是否足够，或者是否愿意坐到教室靠窗的角落里时，我动动脑袋作答。当问我，是否对政治感兴趣，是否考虑参加读报小组，我回答"呃哼"。如果问起我以前在耶路撒冷的生活，我的回答不超过十个字，我故意迟疑几秒钟，仿佛在做深入的思考，让他们知道我属于那种矜持寡言、讳莫如深的人，具备内涵。我甚至能洗冷水澡了，尽管在男孩子浴室里迫使自己脱得精光，是一种英雄主义壮举。甚至在最初几个星期，我好像可以设法不写东西。

但不能不读东西。

每天干完活上完课后，基布兹的孩子回父母家，而外面来的寄宿者则在俱乐部里放松一下，或打打篮球。晚上有各种各样的活动——比如跳舞，唱歌——我逃避这些活动，免得露怯。大家都离开后，我通常半裸着身子躺在宿舍前面的草地上，晒日光浴，读书读到天黑。（我十分小心，不待在空房间，不躺在空床上，因为肮脏之念，还有大量天方夜谭式的幻想在那里等待着我。）

每星期有那么一两次，我会在天黑之前对着镜子检查自己晒得怎么样，而后穿上衬衫，而后鼓起勇气，到老基布兹人的居住区，与我在基布兹的"父母"汉卡和奥伊扎尔·胡尔戴喝杯果汁，吃块蛋糕。这两位老师，都来自波兰的洛兹，年复一年主持基布兹内的文化教育生活。在小学任教的汉卡，是个漂亮丰满、精力充沛的女子，犹如发条一贯绷得紧紧的，强烈的奉献光环与香烟烟雾始终环绕在她周围。她一人肩负着诸多重任：组织犹太人过节、举行婚礼和周年纪念日、上演节目、培养质朴的无产阶级地方化传统。这一传统，按照汉卡所设想的，应融合《雅歌》风韵和新《圣经》时代土地耕作者所拥有的橄榄兼角豆荚的希伯来品位，兼济东欧的哈西德派犹太小村庄的格调，融进了东欧农民和其他自然之子粗犷豪爽的方式，后者直接从克努特·哈姆孙踩在赤脚下的"大地硕果"中撷取了天真纯洁的思想，以及神秘的生命乐趣。

至于奥扎尔或奥伊扎尔·胡尔戴，"继续教育班"或中学的负责人，则是个精干结实的男子，苦难和具有反讽意味的聪慧使他脸上布满了犹太人的皱纹。在这些痛苦的皱纹中，偶尔会悠然闪过一丝恣意顽皮的光。他身材瘦削、矮小，然而目光犀利冰冷，风度翩翩。他很有口才，擅长揶揄讽刺。他能够流露出一股脉脉温情，可以感化任何人，使之俯首帖耳，但是他也会动雷霆之怒，令周围的人产生世界末日时的恐惧。

奥伊扎尔融立陶宛《塔木德》学者的头脑敏锐与哈西德教徒充满激情唱颂的狂热于一身，突然眯起眼睛，唱起一首如醉如痴的歌，奋力冲破尘世的束缚。在另外的时间，另外的地点，奥伊扎尔·胡尔戴也许会变成一个令人敬畏的哈西德拉比，一位具有人格魅力的创造奇迹者，置身于众多着了迷的崇拜者中。如果他选择从政，做个保民官，肯定大有可为，身后会紧紧追着一批狂热的崇拜者，也不乏对其深恶痛绝之人。但是奥伊扎尔·胡尔戴选择了当基布兹中学校长的生活。他是位毫不妥协的硬汉，好斗，飞扬跋扈，甚至暴虐无道。他能精熟详尽地讲述许多题目，近乎带有情欲般的激情，像犹太小村庄里一个云游四方的布道者，《圣经》、生物学、巴洛克音乐、文艺复兴艺术、拉比思想、社会主义意识形态的原理、鸟类学、分类学、雷高德（装有舌簧的八孔直笛），以及诸如"历史上的拿破仑及其在 19 世纪欧洲文学与艺术中的表现"等各种课程。

我忐忑不安，走进老基布兹人居住区北边一套带有小门廊的一间半平房，房子对面是一排柏树，屋里墙上挂着莫迪里阿尼和保罗·克勒的赝品绘画，以及一幅酷似出于日本人之手的惟妙惟肖的杏花吐艳图，两把简朴的扶手椅之间有一张小型咖啡桌，桌上放着一只高高的花瓶，花瓶里几乎一向不放鲜花，而是插着格调高雅的小枝。风格朴素的浅色窗帘上绘有依稀的东方图案，令人想起德国—犹太作曲家谱写的、带有改装了的东方主义色彩的希伯来语民间歌曲，以期吸收中东那令人心醉神迷的阿拉伯或《圣经》精神。

奥伊扎尔，若不是背着双手在房前小道上快步来回行走，伸出下巴披斩眼前的空气，就会坐在角落里抽烟，口里小声哼唱，看书，要么就是一边通过放大镜观察一些植物花蕊，一边翻动植物手册。此时，汉卡甩开军人的步伐，精力充沛大踏步地在房间里走来走去，拉平床垫，倒烟灰缸，并把它清洗干净。她噘起嘴唇，整理床罩，或者用彩纸剪些装饰品。多利会汪汪两声向我表示欢迎，奥伊扎尔雷鸣般的呵斥吓住了它："你真不害臊，多利！看看你在朝谁叫唤！"或者有时："真是的！多利！我大吃一惊！真的大吃一惊！你怎么能这样？你的声音怎么不发抖呢？这样无耻的表现只能给你自己丢脸！"

这只母狗，听到先知这一连串的愤怒，像泄了气的气球缩了回去，绝望地四处探寻地方隐藏自己的耻辱，最后钻到了床底下。

汉卡·胡尔戴向我绽开笑脸，向一个看不见的观众宣布："瞧！看看谁来了！喝杯咖啡？蛋糕？还是一些水果？"这些选择刚一出口，仿佛魔杖一挥，咖啡、蛋糕和水果就放在了桌子上。我温顺听话，但内心里涌动着激情，我彬彬有礼地喝着咖啡，适度吃了一些水果，与汉卡和奥伊扎尔谈了一刻钟当下的一些急迫问题，如死刑，不然就是人之初确实性本善，只是被社会所毁坏，不然就是我们本来天性邪恶，只有教育能够将其改进到某种程度，或者在某种情况下改进它。"堕落"、"优雅"、"性格"、"价值"以及"改进"等词语经常充斥于放着白色书架的典雅房间，那书架与我父母耶路撒冷家里的书架如此不同，因为这里的书架分成绘画、小雕像、化石收藏、用野花压成的拼贴艺术、精心照管的盆栽植物，角落里还有一部留声机和许多唱片。

有时，在谈论优雅、堕落、价值、自由和压迫时，伴随着忧伤的小提琴曲或唱片发出的舒缓颤抖的声音，卷毛沙伊会站在那里拉琴，背对着我们。或者罗恩会对着他的小提琴嚅动着嘴唇，瘦骨嶙峋的罗恩[1]，他妈妈总叫他小不点儿，最好不要企图和他说话，连你好、怎么样都不要说，因为他一贯露出羞怯的微笑，鲜少和你说卜一个短句，如"很好"，或者一个长句子"没问题"。差不多就像藏在床下、等待主人怒气全消的母狗多利。

有时，我到那里时，发现胡尔戴家的三个男孩，奥伊扎尔、沙伊和罗恩坐在草地上，或坐在前廊的台阶上，像来自东欧犹太村庄里的克莱兹默小组，唱片那绵长、徘徊不去的乐音在晚间的空中飘拂，令我产生一种惬意的渴望，还有一阵令人心痛的哀愁，为自己无足轻重，为自己是他者，为世界上任何暴晒也不能把我变成他们当中真正的一员。我在他们餐桌旁永远只是乞丐，一个外来人，一个从耶路撒冷来的不安分的小人，如果不只是一个可怜的江湖骗子。（我在《沙海无澜》的阿扎赖亚这一人物身上赋予了这种情感。）

太阳落山之际，我拿着书来到赫茨尔之家，基布兹边上的文化中心。这里有间读报室，你每天晚上在这里都可以看到基布兹的几个老光棍，他们通过阅读日报、周刊来消磨人生，相互之间展开激烈的政治论争，令我有些想起在凯里姆亚伯拉罕时，斯塔施克·鲁德尼基、阿布拉姆斯基先生、克洛赫玛尔先生、巴·伊兹哈

---

[1] 罗恩·胡尔戴从 1998 年起任特拉维夫市市长。——原注

尔和伦伯格先生的争论。（我到胡尔达时，"基布兹的老光棍"都四十出头到四十五岁了。）

在读报室的后边，还有一个房间，几乎无人问津，叫作自习室，基布兹委员会的成员有时在那里开会，有时也在那里举行各种集体活动，但多数情况下那里是空的。在一个镶玻璃面的柜子里，摆放着一排排枯燥无味、令人生厌、沾满灰尘的《青年劳动者》《劳动妇女月刊》《田野》《时钟》，以及《达瓦尔年鉴》。

每天晚上，我就是去这里读书读至半夜时分，直至上下眼皮打架。也是在这里，我重新开始了创作，没有人看见，我感到羞愧，感到卑微与无足轻重，充满了自我厌恶。我离开耶路撒冷到基布兹，当然不是为了写诗写小说，而是为了获得新生，抛弃一堆堆语词，里里外外晒得黑黝黝的，成为一个农业劳动者，一个耕耘土地的人。

但很快我便明白，在胡尔达，即使最为农业（地地道道）的农业劳动者夜晚也读书，终日探讨书。当他们采摘橄榄时，他们不可开交地争论托尔斯泰、普列汉诺夫、巴枯宁，争论是实行永久革命还是在一个国家进行革命，争论在古斯塔夫·兰道尔的社会民主与平等价值和自由价值之间，以及二者与追求人的兄弟关系之间存在着的永恒冲突。在养鸡房里捡鸡蛋时，他们争论如何在乡村背景里恢复庆祝古老犹太节日的仪式。修剪一架架葡萄时，他们对现代艺术拥有不同见解。

更有甚者，他们当中有些人，尽管献身农业，全心全意忠诚于体力劳动，但写风格质朴的文章。他们多数描写日常争论的话题，但是在每两周一次发表在地方通讯上的一些文章里，他们偶尔允许自己在猛烈的论证与愈加猛烈的反证当中，加大抒情力度。

如同在家里一样无拘无束。

我确实试图一劳永逸抛弃学术世界，与自己的出身背景抗衡，我出了油锅，又跳入了烈火，"好像人躲开狮子又遇见熊"。应该承认，这里的辩论者要比坐在约瑟夫伯伯和琪波拉伯母桌旁的辩论者黝黑得多，他们头戴布帽，身着工作服和笨重的皮靴，他们讲的不是带有俄文腔的夸夸其谈的希伯来语，而是幽默诙谐的希伯来语，带有加利西亚或比萨拉比亚意第绪语那声情并茂的味道。

图书管理员谢夫特尔，与约拿大街书店和借阅图书馆老板马尔库斯先生一样，对我不可遏止的读书渴望心存怜悯。他让我想借多少书就借多少书，远远违背了他自己制定的图书馆规则。他在基布兹打字机上用醒目的字母打出规则，钉在他封地里几个显眼的地方，封地里那隐隐约约的尘土味儿、陈年胶水和海草味儿，吸引着我，犹如果酱吸引黄蜂。

那些年我在胡尔达什么没读过呢？我贪婪地阅读卡夫卡、伊戈尔·莫辛松、加缪、托尔斯泰、摩西·沙米尔、契诃夫、纳坦·沙哈姆、布伦纳、福克纳、聂鲁达、哈伊姆·古里、阿尔特曼、阿米尔·吉尔伯阿、莉亚·格尔德伯格、史龙斯基、欧·希勒里、伊兹哈尔、屠格涅夫、托马斯·曼、雅各布·瓦塞尔曼、海明威、《我，克劳迪乌斯》、温斯顿·丘吉尔的多卷本《第二次世界大战回忆录》、伯纳德·刘易斯论阿拉伯人与伊斯兰教、伊萨克·多依彻论苏维埃、赛珍珠、《纽伦堡审判》、《托尔斯泰传》、斯蒂芬·茨威格、犹太复国主义者定居以色列土地的历史、古代斯堪的纳维亚史诗的缘起、马克·吐温、克努特·汉姆生、希腊神话、《哈德良回忆录》，以及尤里·阿夫奈里。一切。除了那些尽管我再三请求，可谢夫特尔仍禁止我读的书，比如说，《裸者与死者》。（我想，只有在我结婚以后，谢夫特尔犹豫再三，才让我读诺曼·梅勒与亨利·米勒。）

埃里希·玛利亚·雷马克撰写的和平主义小说《凯旋门》将背景置于 20 世纪 30 年代，小说开篇描写一个孤独的女子在深夜时分倚靠在桥梁矮墙上，就要投河结束自己的生命。在那千钧一发之际，一个陌生人停下来和她说话，抓住她的胳膊，挽救了她的生命，并和她度过销魂之夜。那是我的幻想，我也会那样与爱不期而遇。她会在一个风雨交加的夜晚，独自站立在断桥上，我会在最后一刻出现，营救她，斩杀巨龙——不是我在年幼之际成打斩杀的那种有血有肉的巨龙，而是内在的绝望。

我要为我深爱的女人斩杀这条内在的巨龙，从她那里得到回报，于是幻想进一步发展，如此甜美，令人生畏，令我无法深思熟虑。那时，我并没有想到，桥上那个绝望的女子，一而再再而三出现的，那就是我死去的母亲，带着她的绝望，她自己的巨龙。

或者是海明威的《丧钟为谁而鸣》，我在那些年看了三四遍，里面云集着荡妇和形体强悍的男人，这些男人在粗犷的外表下隐藏着诗意般的情怀，我梦想有朝一日会像他们一样，声音沙哑，具有阳刚之气，体魄犹如斗牛士，脸上充满了蔑视与哀愁，也许有点像照片上的海明威。倘若有朝一日，我未能设法像他们那样，至少我也会写这样的男人：英勇无畏的男人，懂得如何嘲笑，如何憎恨，倘若需要懂得如何出拳痛打恶霸，他们确切地了解在酒吧里点什么，向女人、对手或者并肩战斗的同事说些什么，如何用枪，如何在做爱中达到极致。还有高贵的女人，易受伤害，然而难以诱惑，令人费解，充满神秘感的女人，慷慨地滥施"恩宠"，然而这种"恩宠"只施与那些精心挑选出的男人，他们懂得如何嘲笑与蔑视，痛饮威士忌，出手有力，等等。

每星期三在赫茨尔之家的墙上，或者在食堂外面草坪上支块白布，放映电影。这些电影明确地证明，在宽广的大世界里主要生活的是出自海明威或者克努特·哈姆孙笔下的那些男男女女。从基布兹头戴红色贝雷帽的士兵们所讲的故事中，也出现了这样的画面，这些在周末回家度假的士兵直接参与了赫赫有名的101部队的报复性袭击，强悍、沉默、冷峻的男子汉，身穿伞兵服，光彩照人，肩挎冲锋枪，"身穿普通的衣裳，脚踏沉重的皮靴，流淌着希伯来青年的汗水"。

我几乎在绝望中放弃。要像雷马克或海明威那样写作，你确实得离开这里，投身于真正的大世界，去往男人犹如拳头般强劲有力、女人宛若夜晚般柔情似水的所在，在那里桥梁横跨宽阔的河流，夜晚酒吧灯光摇曳，真正的生活真正开始。人若是缺乏那个世界的体验，得不到半点写短篇小说或长篇小说的临时许可。一个真正作家的生活所在不是这里，而是那里，在那广阔的大世界。直到我出去，住到那样一个真正的世界，才有机会找到东西写。

一个真正的所在，巴黎、马德里、纽约、蒙特卡罗、非洲沙漠或斯堪的纳维亚森林。必要时，也许可以在俄国写乡村小镇，甚至在加利西亚写犹太人村庄。但是，这里，在基布兹，这里有什么呢？鸡圈，牛棚，儿童之家，委员会，轮流值班，小供销社。疲惫不堪的男男女女每天早早起来去干活，争论不休，洗澡，喝茶，在床上看点书，十点钟之前便筋疲力尽进入梦乡。即使在我以前生活的凯里姆亚伯拉罕，也似乎没有什么值得写。除去迟钝的人们终日过着阴郁沉闷捉襟见肘的生活外，还有什么？与胡尔达这里有几分相像。我连"独立战争"都没赶上，我出生太晚，只赶上可怜的点点滴滴，装沙袋，捡空瓶子，从当地内务防御哨所跑到斯洛尼姆斯基房顶上的瞭望哨，传递情报，而后归来。

确实，在基布兹图书馆，我找到两三位雄浑有力的小说家，他们在反映基布兹题材时，设法写出类似海明威的短篇小说，纳坦·沙哈姆、伊戈尔·莫辛松、摩西·沙米尔。但是他们那一代人，偷偷运送移民，走私武器，爆炸英军司令部，抵御阿拉伯武装，他们的故事在我看来笼罩在白兰地、纸烟和火药味混合而成的迷雾中。他们住在特拉维夫，多多少少与真正的世界相连，在那座城市里，有咖啡馆，青年艺术家在那里喝酒，在那座城市里，有卡巴莱歌舞表演，种种丑闻，剧院，以及充满禁锢之爱与无助激情的波希米亚生活。不像耶路撒冷和胡尔达。

谁在胡尔达见过白兰地？谁在这里曾听说过大胆的女人与崇高的爱情？

如果我想像这些作家那样写作，我首先得去伦敦或米兰。但是怎么去呢？基布兹的普通农民不会突然去往伦敦或米兰汲取创作灵感。如果我想拥有去巴黎或罗马的机会，我首先得成为名人，我得像那些作家中的一位成功地写本书。但是为了写这本成功的书，我首先得住到伦敦或纽约。恶性循环。

是舍伍德·安德森使我走出了这一恶性循环，"使我的创作之手得到了自由"。我将永远感激他。

1959 年 9 月，阿姆奥维德出版社出版的流行丛书中，收入由阿哈龙·阿米尔翻译成希伯来文的舍伍德·安德森的《小镇畸人》[1]。在

---

1 译文参考吴岩译舍伍德·安德森《小镇畸人》，上海译文出版社，1983 年。

读这本书之前，我还不知道温士堡的存在，我从来没有听说过俄亥俄。或许我朦朦胧胧记得《汤姆·索亚历险记》和《哈克贝里·芬历险记》中有俄亥俄。而后，这部朴实无华的作品出现了，深深震撼了我，几乎整个夏天，我像喝醉酒一般在基布兹的小径上行走，直至凌晨三点半，自言自语，如同害相思病的乡村情郎颤抖不已，又唱又跳，带着敬畏、欢乐与狂喜悲泣——我找到了！

凌晨三点半，我穿上工作服和靴子，跑向拖拉机棚，我们从那里出发到一块叫作曼苏拉的地里，清除棉花地里的杂草，我拿起一把锄头，在一排排棉花苗里快速干到下午，把其他人都甩在后面，仿佛我长出了翅膀，幸福得晕晕乎乎，奔跑，锄草，咆哮，奔跑，锄草，自言自语，向山岭、微风窃窃私语，锄草，发誓，跑，心潮澎湃，泪流满面。

整个《小镇畸人》由一系列的故事与事件构成，故事套故事，故事与故事互为关联，尤其因为这些故事均发生在一个穷困偏僻的乡间小镇。书中净是无关紧要的小人物：老木匠、一个心不在焉的小伙子、某小店老板和一个年轻的女仆。这些故事互为关联，也是因为人物从一个故事走进另一个故事，一个故事中的中心人物，在另一个故事中再度出现时，则成为次要人物、背景人物。

《小镇畸人》中的故事都围绕日常生活琐事展开，以当地流言蜚语片段或者没有实现的梦想为基础。一个老木工和一个老作家谈论把床升高，而另一个名叫乔治·威拉德的年轻人是当地一家报社初出茅庐的记者，无意间听到了他们的谈话，突发奇想。一位名叫比德尔鲍姆的性情古怪的老人，绰号飞翼比德尔鲍姆。一个身材高大、黝黑的女子由于某种原因嫁给了一个名叫里费博士的男人，但一年后死去。一个名叫阿布纳·格罗夫的男人，小镇上的面包师，以及帕雪瓦尔医生，"一个身材魁梧的人，嘴巴下垂，唇上盖着一抹黄色胡髭。他老穿一件肮脏的白背心，口袋里露出许多叫作'斯都琪'的黑烟卷"，还有其他类似的人物类型，在那个夜晚之前，我认为他们在文学中没有位置，除非作为背景人物，向读者提供顶多半分钟的笑柄与怜悯。这里，在《小镇畸人》中，我认定有损于文学尊严、被拒之文学门外的人与事，占据了中心舞台。舍伍德·安德森笔下的女人并非大胆，她们不是神秘的妖妇。他笔下的男人也不强悍，属于那种笼罩在香烟烟雾与阳刚悲悯中的类型。

因此，舍伍德·安德森的小说把我离开耶路撒冷时就已经抛弃的东西，或者我整个童年时代一直脚踏，但从未劳神弯腰触摸的大地重新带回给我。我父母的困窘生活；修理玩具与娃娃的克洛赫玛尔夫妇家里总是飘着的淡淡的面团味儿与腌鳕鱼味儿；杰尔达老师暗淡阴郁的房子、表皮斑驳的柜子；心存不满的作家扎黑先生以及他深受慢性偏头疼困扰的妻子；杰尔塔·阿布拉姆斯基烟熏火燎的厨房；斯塔施克和玛拉·鲁德尼基养在笼子里的两只鸟，一只老秃鸟和另一只松果鸟；伊莎贝拉·纳哈里埃里满屋子的猫，还有她丈夫杰茨尔，合作社里目瞪口呆的收款员；还有斯塔赫，施罗密特奶奶那条伤心的老狗，圆眼睛里露出哀愁，他们经常用樟脑球给它消毒，狠劲抽打它，消除灰尘，直至某天，她不再需要它，用报纸把它一卷，扔进了垃圾箱。

我知道我来自那里，来自令人沮丧的诸多忧愁与虚伪、渴望、荒诞、自卑情结与乡野虚夸、多愁善感的教育和落伍过时的理想、备受压抑的创伤、无可奈何与绝望茫然，对国内种种苦涩的变化绝望茫然，一些微不足道的骗子伪装成危险的恐怖主义者和英勇的自由卫士，不幸的书籍装订者发明了带有普遍救赎色彩的配方，牙医们悄悄地告诉邻居他们同斯大林保持着旷日持久的私人通信，钢琴老师、幼儿园老师和家庭主妇向往充满激情的艺术生活的渴望遭到遏制，夜晚泪流满面辗转反侧，欲罢不能的作家们没完没了给《达瓦尔》的编辑们写信，发泄不满，老面包师在睡梦中看见了迈蒙尼德和善名之师[1]，紧张不安、自以为是的工会官员以职业政党工作人员的眼光盯着当地居民，电影院、合作社的出纳员在夜间作诗，编写小册子。

在这里，在基布兹胡尔达，也住着长于俄国无政府主义运动的牛倌，曾经被放进占据八十四个席位的工党候选人名单中竞选第二届议会议员的教书匠，一个喜欢古典音乐的漂亮女裁缝，晚上画留在记忆深处的故乡比萨拉比亚小村遭毁灭之前的风光。也有年事已高的光棍喜欢在凉风习习的晚上独自坐在长椅上凝视小姑娘，一个声音悦耳的卡车司机私下梦想成为歌剧演员，一对暴躁易怒的理论家，在过去的二十五年间，无论在口头上还是在文字中，均相互轻慢相互蔑视，一个当年在波兰曾是班上最可爱的姑娘甚至在无声电影里上过镜的女子，而今身材肥胖，满脸通红，没人照顾，每天系着脏兮兮的围裙坐在食品仓库后粗糙的凳子上，给一大堆一大堆的蔬菜削皮，偶尔用围裙擦擦脸，擦去眼泪、汗水，或二者兼而有之。

《小镇畸人》甚至在我没有与契诃夫本人相遇之前，就告知我契诃夫笔下的世界是什么模样：不再是陀思妥耶夫斯基、卡夫卡

---

1  迈蒙尼德 (1135—1204)，中世纪犹太神学家、哲学家。"善名之师"，又称"美名大师"，指托夫 (1700—1760)，犹太教哈西德教派运动的创始人。

或者是克努特·哈姆孙的世界，也不是海明威或者伊戈尔·莫辛松的世界。没有神秘的女子站在桥头，也没有竖起衣领的男子出现在烟雾缭绕的酒吧。

这部朴实无华的作品，对我的撞击恍如一场反方向的哥白尼革命。哥白尼表明，我们的世界不是宇宙中心，而只是太阳系中的一颗行星罢了，相形之下，舍伍德·安德森让我睁开双眼，描写周围发生的事。因他之故，我猛然意识到，写作的世界并非依赖米兰或伦敦，而是始终围绕着正在写作的那只手旋转，这只手就在你写作的地方：你身在哪里，哪里就是世界中心。[1]

于是我在无人光顾的自习室，给自己选择了角落里的一张桌子，每天晚上，我在这里打开自己的棕色练习本，上面印着"通用"和"四十页"的字样。我在旁边放了一支格鲁布斯圆珠笔，一支带橡皮头的铅笔，上面印着工会销售商店的名字，一只装满自来水的米色杯子。

这就是宇宙中心。

在只隔着层薄墙壁的读报室，摩伊谢·卡尔卡、奥尤什卡和阿里克正就摩西·达扬的演讲争得不亦乐乎，演讲犹如"从五楼的窗子抛出一块石头"（"五楼"是中心委员会成员在特拉维夫工会大楼里碰面的地方）。三个不再年轻英俊的男人，用经学院学生诵经

---

1　希伯来文版没有注释，但英文译者在此补加了一个注释。大意是，多年以后，作家趁机回报了安德森。安德森虽系福克纳的朋友与同代人，但在美国几乎为人们遗忘，只有屈指可数的英文系还在读他的短篇小说。一天，作家收到了安德森出版商（诺顿）的一封信，出版商正在筹划再版安德森的小说集《林中之死及其他》，听说作家崇拜安德森，询问能否美言几句放在书的封底。作家欣然允命。自嘲说，那感觉就像餐馆里一个谦卑的小提琴手，突然被人询问能否借他之名推广巴赫的音乐。

的腔调争论。阿里克，一个充满活力、精力充沛的人，总是试图充当老好人，喜欢平凡谈话，他的夫人祖施卡身体不好，但他多数夜晚都和单身汉混在一起。摩伊谢·卡尔卡、奥尤什卡说话时，他插不上嘴："等等，你们都说得不对。"或者："容我一会儿给你们说点什么，会消除你们的争执。"

奥尤什卡和摩伊谢·卡尔卡都是单身，他们几乎对任何事情都持有异议，尽管他们晚上谁也离不开谁，他们总是在食堂一起吃饭，而后一块散步，再一起去读报室。奥尤什卡像小孩子一样腼腆，为人谦逊，性情温和，长着一张笑脸，只是低垂的目光令人费解，仿佛他的生活本身就是耻辱与屈辱的事。但是，争论时，他总是慷慨激昂，开始迸射火花，眼睛几乎瞪出眼眶。接着，他那张和蔼稚气的脸庞流露的不是气恼，而是惊恐与冒犯，仿佛是他自己的观点让他丢脸。

而电工摩伊谢·卡尔卡是一个身材单薄、面部扭曲、表情嘲讽的人，他争论时，皱紧眉头，几乎是色眯眯地冲你眨着眼睛，他以一副顽皮、自鸣得意的架势冲你微笑，再次带着靡菲斯特的欢快朝你眨眨眼睛，仿佛他最终发现多年一直寻找的东西，某些不得自拔的困境，你瞒得过世人，却瞒不过他那双眼睛，那双眼睛可以穿透你的伪装，以发现你内在的困境为乐。大家都把你当作一个通情达理、令人尊敬的人，一个如此积极进取的人，但是我们二人都知道令人讨厌的真相，纵然多数情况下你设法将其藏在七十七层面纱之下。我可以看穿一切，我的朋友，包括你卑鄙的性情，一切都逃不过我的眼睛，我只是以此为乐。

阿里克和颜悦色，试图平息奥尤什卡和摩伊谢·卡尔卡之间的争论，但两个对手联手朝他叫嚷，因为在他们看来，他连争什么都没搞清楚。

奥尤什卡说:

"对不起,阿里克,但你说的和我们说的是两码事。"

摩伊谢·卡尔卡说:

"阿里克,当大家都吃罗宋汤时,你在唱国歌;当大家都在为阿布月斋日禁食时,你在庆贺普珥节。"

阿里克受到伤害,拔腿要走,但是两个单身汉,一如既往,一边坚持要陪他回家,一边不住地争论,而他一如既往,邀请他们进门,干吗不,祖施卡会非常高兴,我们喝点茶,但是他们彬彬有礼地拒绝。他们总是拒绝。他年复一年从读报室邀请他们二人到他家里喝茶,进来,进来待一会儿,我们喝杯茶,干吗不,祖施卡会非常高兴,但是年复一年他们总是彬彬有礼地拒绝邀请。直至有一次——

我在这里就这样写起了小说。

因为,外面已经夜静更深,离篱笆墙不远的胡狼饥饿地哀嚎,我也要把他们写进故事。干吗不呢,让他们在窗下悲泣吧。失去儿子的打更人也在进行报复性的袭击。被后人称作黑寡妇的嚼舌妇。狗狂吠不止,柏树在黑暗中瑟瑟抖动,冷不丁让我把它们当作一排低声祈祷的人们。

# 58

在胡尔达，有个幼儿园或小学老师，叫奥娜，她是外聘老师，年龄大约有三十五岁，住在一排旧房子末端的一个房间里。每星期四，她去丈夫那里，星期天早晨回来。一天晚上，她邀请我和班上两个女孩到她的房间，谈论纳坦·阿尔特曼的诗歌《外面的星》，听门德尔松的小提琴协奏曲和舒伯特的八重奏。房间角落里的柳条凳上放着留声机，房间里还放有一张床、一张桌子、两把椅子、一个电热咖啡壶、一个用作花瓶的炮弹壳，上面插着一束鳍蓟。

奥娜房间的墙壁上挂着两幅高更画的赝品，上面画着丰满、倦怠、半裸着身子的塔希提女人，还挂着她用铅笔画的一些自画像。她也许受高更影响，也画全裸女人，有躺在那里的，有斜靠在那里的。所有的女人，高更的和奥娜的女人，神态均满足懈怠，仿佛刚刚享受了某种快感。然而，从她们那诱人的姿势上可以看出，她们愿意给尚未满足的人以充分的感官享乐。

我在奥娜的床头书架上发现了奥玛尔·海亚姆的《鲁拜集》，加缪的《鼠疫》，《培尔·金特》，海明威、卡夫卡的作品，阿尔特曼、拉海尔、史龙斯基、莉亚·格尔德伯格、哈伊姆·古里、纳坦·约纳坦以及杰鲁鲍威尔·吉拉德的诗歌，伊兹哈尔的短篇小说，伊戈尔·莫辛松的《人之路》，阿米尔·吉尔伯阿的《早期诗歌》，欧·希勒里的《正午的土地》，还有拉宾德拉纳特·泰戈尔的两本书。（两个星期后，我用零花钱给她买了他的《萤火虫》，在扉页上写下热情奔放的献辞，包括"深为感动"一词。）

奥娜的眼睛充满了活力，她脖子细长，声音亲切悦耳、音色优美，两手小巧，手指纤细，但胸脯丰满、坚挺，两条大腿强健有力。只要一微笑，她那一向严肃、冷静的面庞就会改变，她的微笑可爱迷人，有几分妩媚，仿佛可以洞察你思想的秘密深处，但是谅解了你。她的腋窝已经刮过，但是参差不齐，仿佛用绘图铅笔给其中一个画上了阴影。她站在那里时，基本上把大部分重量放在左腿上，因此不知不觉拱起了右腿。她喜欢就艺术与灵感问题直抒己见，她发现我是个忠实的听众。


几天后，我鼓足勇气，带上哈尔金翻译的沃尔特·惠特曼的作品《草叶集》（我在第一天晚上曾和她说起过），晚上叩开她的房门——此次是独自一人，又走上了十年前我在泽弗尼亚大街奔向杰尔达老师的那条路。奥娜身穿一条长裙，裙子前身扣着一排大纽扣。裙子本是奶白色的，但灯光透过橘黄色的酒椰叶纤维灯罩，给它披上了一层红晕。她站在我面前，在灯光的映衬下，她大腿和衬裙的轮廓透过布料清晰可见。这一次，留声机里放的是格里格的《培尔·金特》。她和我并肩坐在铺着中东床罩的床沿，把每一乐章所唤起的感受解释给我。而我，则给她读《草叶集》中的诗句，开始揣摩沃尔特·惠特曼对欧·希勒里诗歌创作的影响。奥娜给我剥柑橘，从一个蒙着平纹细布的陶罐里倒出冷水，把手放在我的膝头，意思是我应该稍停片刻。她给我念尤里·茨维·格林伯格创作的忧郁诗歌，这诗不是收自父亲喜欢朗诵的《河道》集中，而是出于一个我不熟悉的薄本，标题奇怪，叫作《站在伤心地极的阿纳克利翁》。而后，她让我给她讲一些我自己的情况，我不知道说什么，我稀里糊涂谈了点美的观念，直至奥娜把手放在我的颈项上说，别再说了，我们安安静静坐会儿好吗？十点半钟，我站起身，说晚安，借着璀璨的星光到牛棚和鸡窝当中漫步，充满了幸福感，因为奥娜邀请我某天晚上再上来，后天，甚至明天。

过了一两个星期，基布兹里流言四起，人们管我叫"奥娜的新公牛"。她在基布兹有几个相好，或者说谈话伙伴，但是他们谁都不是只有十六岁，他们谁也不像我一样会背诵纳坦·阿尔特曼和莉亚·格尔德伯格的诗歌。偶尔，他们当中会有人摸黑偷偷潜伏在她房前的桉树林里，等着我离开。我嫉妒地在树篱旁边游来荡去，我想方设法看着他走进房间，她刚刚给我喝过浓浓的阿拉伯咖啡，称我"不同寻常"，让我和她一起抽烟，尽管我还是个上十一年级的小话篓子。我在那里站了约莫一刻钟，一个站在阴影中的模糊身影，直至他们关上了电灯。

那年秋天，我有一次在晚上八点走进奥娜的房间，可她不在。因为透过拉下的窗帘，可以看见昏暗的橘黄色灯光，因为她的房间没有上锁，所以我走了进去，躺在小地毯上等她。我等了很久，直至走廊里听不到男男女女的声音，夜之声泛起，胡狼嗥叫，犬吠声声，远处奶牛的哞哞叫唤，洒水车的噼啪水声，青蛙和蟋蟀的一片合奏，两只飞蛾正在灯泡和橘红色的灯罩之间打斗，炮弹壳花瓶里的鳍蓟在地板砖和地毯上投下了细碎的阴影，墙上高更画的女人，以及奥娜自己用铅笔画的裸体素描，突然让我产生一种朦胧的想法，在我走后，她在黑夜里赤身裸体躺在这张床上的样子，不是独自一人，而是和约阿夫或门迪在一起时的样子，纵然她在什么地方有个丈夫，是正规军军官。

我躺在小地毯上，撩起她的衣柜帘，看到洁白的、花里胡哨的各式内衣，还有件几近透明的桃红色睡衣。我仰面躺在小地毯上，手指摸索着去触摸这件桃红色的睡衣，另一只手伸到裤子里的隆起部位，我闭上眼睛，我知道自己应该打住，必须打住，但不是马上，再等等。最后，就要达到高潮了，我停下来，手指依然在触摸桃红色睡衣，手依然摸着裤子里的隆起部位，我睁开眼睛，看到奥娜神不知鬼不觉地回来了，站在小地毯边上看着我，重心放在左腿上，因此她的右半个屁股微微隆起，一只手放在屁股上，另一只手轻轻抚摸长发下的肩膀。于是她站在那里看着我，嘴角挂着热情顽皮的微笑，流盼的眸子露出笑意，仿佛在说我知道，我知道你想当场毙命，我知道如果窃贼站在这里端着冲锋枪指向你，你还不至于这么惊恐，我知道因我之故，你现在痛苦到了极点，但是你干吗要痛苦呢？看看我，我一点也不震惊，所以你别再痛苦了。

我非常恐惧与无助，闭上眼睛装睡，因此奥娜也许会想象什么也没有发生，或如果发生了什么，那不过是在梦中，倘若是在梦中，我的确会感到负疚与厌恶，但是这种负疚与厌恶远远少于在清醒时做此事。

奥娜说：我打搅你了。她说此话时没有哈哈大笑，可她继续说，对不起，而后屁股做了个复杂的动作，欢快地说不，她实际上并非真的抱歉，她享受着观看我时的乐趣，因为我脸上表情痛苦，同时又神采奕奕。她没有再多说什么，她开始解开裙扣，从顶上到腰间，站在我面前，因此我可以看见她，继续看她。但我怎能这样？我使劲闭上眼睛，继之张目而视，继之偷偷看她，她幸福的微笑祈求我不要害怕，这有什么，很正常，她坚挺的胸脯似乎也在祈求我。继之，她双膝跪在地毯上，我的右侧，把我放在裤子隆起部位的手拿开，把她的手放在那里，她的手一张一弛，一阵猛烈的火花犹如密集的陨石雨遍及我的全身，我再次闭上双眼，但那时已经看见她抬身前倾，继之她趴在我身上，躬身拉住我的双手引导它们，摸这儿摸那儿，她的嘴唇触到我的前额，继之又触我闭紧的双眼，继之她把手伸到下边，让我整个进入，刹那间，阵阵平缓的雷声在我体内滚动，继之便是尖利刺骨的电击，因为纤维隔板很薄，她不得不使劲用手指压住我的嘴，当她觉得那一阵已经结束时，便把手指拿开，让我喘口气，很快她又得把手指放回去，因为没有结束。这之后，她哈哈大笑，像抚摸小孩一样抚摸我，她再次亲吻我的前额，我的头给她的头发裹住，我眼中含泪，开始羞怯地亲吻她，她的脸庞、头发、手背，我想说点什么，但她不让，又一次用手堵住我的嘴，直至我放弃了说话的念头。

过了一两个小时，她又激起我的欲望，我的肉体再度向她索取，我万分羞愧难堪，可是她不肯罢手，她冲我窃窃私语，仿佛是在微笑，喂，拿好，她小声说，瞧，真是个小粗人，她的双腿黝黑发亮，两条大腿上隐约长着金色茸毛，她又一次用手扼住我急促的叫喊，之后，她拉我站起身，帮我扣上衣扣，从她蒙着细平纹布的陶罐里给我倒了杯凉水，抚摸我的头，把它贴到胸前，最后一次吻吻我的鼻尖，把我送进秋日凌晨三点那静谧的寒彻中。

但是，当我第二天赶来说对不起，或祈求奇迹再度发生时，她说：瞧你这样子，像白垩一样苍白。你来干什么，喝杯水吧。她让我坐在一把椅子上，说些诸如：瞧，没有伤害，但从现在开始，我希望一切像昨天之前，好吗？

　　我难以按照她的意愿行事，奥娜一定也感觉到了，于是我们晚上一起边读诗，边听褪色留声机里播放的舒伯特、格里格和勃拉姆斯乐曲，一两次后也停了，只是在我们擦肩而过时，她远远地冲我微笑，那微笑中流露出欢乐、自豪与喜爱，不像慈善者朝接受过她施舍的人那样微笑，而是更像一个艺术家，观赏自己的作品，纵然她已经在进行另外的创作了，但是仍然对自己的作品心满意足，想起它仍然很骄傲，愿意再看一遍——拉开距离。

　　从那以后，我很有女人缘，就像我的祖父亚历山大。纵然多年过去，我又学到了一些本领，偶尔也吃些苦头，但是我依旧有种感觉——就像在奥娜房间里度过的那个夜晚——女人拥有获得欢乐的钥匙。"她对他施加恩宠"这一习惯用语在我看来千真万确，比其他的习惯用语更容易击中要害，女人的恩宠不仅在我心里唤起欲望与惊叹，而且唤起一种孩提般的感激，想躬身致敬：我配不上所有这些奇迹；我会因受点水之恩而心存感激，更不用说这浩瀚的大海了。我总是像门口的乞丐，只有女人有力量选择是否施与。

　　也许女性的性也有某种模糊的妒意，一个女人极其富有、温柔、细腻，犹如琴类乐器有别于鼓；或是具有人之初的记忆回声：胸脯与刀。我一来到世界上，就有一个女人在等我，我惹得她痛苦万分，而她却用温柔相报，把她的胸脯给我；相比之下，男性的性早已经握住包皮环切手术刀埋伏在那里了。

那个夜晚，奥娜约三十五岁，比我大一倍。她把绛紫、深红和蔚蓝，还有许许多多珍珠撒满整条河，而小猪尚不知晓如何、怎样对待它们，只是一味抓取、吞咽，不加咀嚼，几乎噎得透不过气。几个月后，她不在基布兹工作了。我不知道她去了哪里。多年过去后，我听说她离了婚，又再婚，有一阵子在某家妇女杂志上撰写固定专栏。不久以前，在美国，我做完讲座，正要去参加一个招待会，奥娜突然穿过正在提问与辩论的拥挤人群，赫然出现在我眼前，流盼的眸子，神采奕奕，只是比我十几岁时见到的她老一点，身穿一件系扣浅色连衣裙，她的眼睛晶莹闪亮，露出会意、诱人、怜悯的微笑，那个夜晚的微笑，我仿佛被魔咒魅住，一句话没说完，便穿过人群，把挡道的人统统推开，甚至推开奥娜用轮椅推着的一个神情木然的老太太，奔向她，我抓住她，拥抱她，叫了她两遍，热情地亲吻她的嘴唇。她和蔼地挣脱身子，脸上仍然挂着那表示恩宠、让我像十几岁少年一样脸红的微笑，她指指轮椅，用英语说："那才是奥娜，我只是她的女儿。令人伤心的是，我母亲不能再说话了。她几乎不认识人了。"

# 59

母亲去世前一星期左右，身体突然大见好转。新大夫开的新安眠药一夜之间产生奇效。她晚上吃两片，七点半钟便在我床上，那时已经成了她的床，和衣睡去，大约睡了二十个小时，直到第二天下午五点她才起床，洗澡，喝些茶，一定是又吃了一两片安眠药，因为她在七点半又睡着了，一直睡到第二天早晨，当父亲起床，刮脸，榨了两杯新鲜橙汁，将其温热时，母亲也起床了，穿上家常便服，系上围裙，梳头，给我们二人做了顿真正的早餐，就像她没生病之前，两面煎得焦黄的鸡蛋、蔬菜沙拉、酸奶、面包片，妈妈切的面包片比爸爸切的薄多了，她含情脉脉地称父亲切的面包片为"木板"。

于是，我们又一次在早上七点，围坐在铺着花台布的餐桌旁的柳条凳上，妈妈给我们讲故事：在她的故乡罗夫诺，有个皮货富商，是温文尔雅的犹太人，遥远的巴黎和罗马都有买主来拜访他，因为他有一种举世罕见的银狐皮，在月夜里会像严霜一样闪闪发光。有一天，皮货商发誓不再吃肉，成了素食主义者。他把整个生意，包括所有分店，交给岳父和合伙人掌管。过了一段时间，他在森林里给自己造了一间小茅屋，住到了那里，因为他的猎人以他的名义捕杀了数千只狐狸，他为此感到抱歉。最后，这个人消失了，再也没有露面。她说，我和姐妹们想吓唬对方时，习惯于摸黑躺在地上，轮流讲述以前那个皮货富商，如今一丝不挂在森林中漫步，也许患了狂犬病，在下层灌木里发出令人毛骨悚然的狐鸣，倘若有人倒霉，在森林里碰到狐人，会立刻吓白了头发。

我父亲对此类故事嗤之以鼻，他做了一个鬼脸，说：

"对不起，那有什么意义呀！一个讽喻？一种迷信想法？还是某种不着边际的话？"但是，看到母亲好多了，他非常高兴，轻轻地挥挥手：

"没什么。"

母亲催促我们，以便父亲上班不要迟到，我不要误了上学。在门口，当父亲套上他的高筒橡皮套鞋，我穿自己的橡胶靴时，我突然发出一声令人毛骨悚然的长嗥，吓得他跳起来，浑身发抖，当缓过劲儿来后，他要打我，母亲出面干预，把我的头贴在她的胸脯上，使我们二人都平静下来，说："都是因为我，对不起。"那是她最后一次拥抱我。

我们大约七点半钟离开家，父亲和我没说一句话，他仍然因为我学狐狸大叫而生我的气。在家门口，他转身向左去往塔拉桑塔楼，我转身向右去往塔赫凯莫尼学校。

放学回到家里，看到母亲打扮停当，身穿双排扣的浅色裙子和海军蓝套头衫，显得漂亮而女孩子气。她脸色也很好，仿佛几个月的疾病一下子全然消失。她让我放下书包，穿上外套，她自己也穿上外套，并给了我一个惊喜。

"我们今天不在家里吃饭。我决定带我一生中的两个男人到饭馆吃午饭。你父亲对此还一无所知呢，我们给他个惊喜好吗？我们在城里走走，然后去塔拉桑塔楼，动手把他拉出来，就像从沾满灰尘的书堆里拖出一个瞎扑腾的书虫，而后我们到什么地方吃饭去，我甚至没打算告诉你，给你也留点悬念。"

母亲在我眼里成了陌生人。她说话的声音不同寻常，庄严而高亢，宛如在学校上演的剧目中扮演角色。当她说"我们出去走走"时，声音中充满了光明与温暖，但是说"瞎扑腾的书虫"和"沾满灰尘的书"时，声音却有点颤抖，那声音让我感到一种模糊的恐惧，但即刻便被惊喜、被母亲的快乐、被她回到我们当中的喜悦所带来的欢快替代。


我父母基本上不到外面吃饭，尽管我们经常和他们的朋友在雅法路或乔治王路的咖啡馆里会面。

1950年，也许1951年，有一次我们三人在特拉维夫和姨妈们相聚，在最后一天，也就是回耶路撒冷的头天，父亲难得宣布自己那天做东，邀请大家，我母亲的两姐妹和她们令人尊敬的丈夫以及她们的独生儿子，去沙洛姆阿雷哈伊姆大街拐角、本-耶胡达大街上的哈姆泽格餐馆吃饭。他们给我们九人安排了一张桌子，父亲坐在上座，我两个姨妈的中间，又给我们排了座次，三姐妹都没挨着自己的丈夫坐，我们小孩谁也没坐在父母当中，仿佛决意彻底洗牌。茨维姨父和布玛姨父有点疑惑，因为他们不知道他最终要干什么，他们坚决不肯和他一起喝啤酒，因为他们不习惯喝酒。他们决定不讲话，让父亲在舞台上大显身手。父亲显然觉得，最紧迫最激动人心的话题肯定是在朱迪亚沙漠里发现的死海古卷。于是乎，他发表了一通详尽的演说，从上汤到上主食，他一直讲述在库姆兰附近的山洞里发现这些古卷意义重大，很可能在沙漠沟壑里，越来越多埋藏在地下的无价之宝在等待发掘。终于，坐在茨维和布玛姨父中间的母亲温柔地说：

"也许这次就说到这儿吧，阿里耶？"

父亲懂了，就此打住，大家开始各谈各的，直到吃完晚饭。表哥伊戈尔问他能否带表弟埃弗莱姆去附近的海滩。几分钟以后，我也不想再待在大人堆里了，便离开哈姆泽格餐馆，找海滩去了。

但是，谁想得到母亲竟突然决定带我们出去吃午饭？我们已经习惯看她夜以继日地坐在窗前，一动也不动。就在几天前，我把床让给她，逃避她的默默无语，和父亲睡到双人床上。她身穿海军蓝套头衫和浅色裙子，后带接缝的尼龙长袜，高跟鞋，显得既漂亮，又文雅，陌生男人转过身来直看她。走路时，她一只胳膊挎着雨衣，另一只胳膊挎着我。

"你今天做我的卡瓦莱尔。"

她好像继承了父亲平时所承担的角色，补充说：

"卡瓦莱尔就是骑士，卡瓦在法文中是马的意思，卡瓦莱尔指骑马人或者骑士。"

接着又说：

"有许多女人对专横跋扈的男人感兴趣，犹如飞蛾扑火；也有一些女人，她们需要的不是英雄，甚至不需要性格暴躁的恋人，而是需要一个朋友。你长大后要记住：远离酷爱暴戾人士的女人，努力寻找把男人当作朋友的人，她们需要朋友不是因为自己觉得空虚，而是愿意让你充实。记住，女人和男人之间的友谊比爱情更为宝贵珍奇，与友情相比，爱情确实相当粗俗，甚至拙劣。友情也包括适度的感受、关心体贴、慷慨大方，以及精心调适出的适度。"

"好。"我说，因为我不想让她再说与我无关的东西，想让她说点别的。我们几个星期没说话了，浪费了只有我俩一起的走路时间岂不可惜。当我们快到城市中心时，她再次挽住我的胳膊，笑了一下，突然问道：

"你会对一个小弟弟或小妹妹说什么？"

没等我回答，她又伤心地调侃，或者说不是调侃，而是把忧伤隐藏在微笑里，我虽然看不到，但从她说的话音里可以听出来：

"有朝一日，当你结婚有了自己的家后，我非常希望你不要以我和你父亲作为婚姻生活的榜样。"

这些话，不是我根据记忆而进行的再创造，如同我前面写她讲爱情与友情那样（十二个句子之前），因为，不要以我父母的婚姻为榜样这一请求，我确实记得清清楚楚，字字句句。我还清楚记得她微笑说话时的声音。我们在乔治王大街，母亲和我，手挽着手经过塔里塔库米楼，在去往塔拉桑塔楼的路上，要把上班的父亲叫走。时间是下午一点半，一阵冷风夹杂着抽人的雨点从西面袭来。它非常强劲，行人收起雨伞，免得把伞吹得翻转过来。我们甚至都没有打开雨伞。我和妈妈手挽着手在雨中行走，走过当时是议会临时办公场所的塔里塔库米楼，而后经过哈马阿洛特大楼。那是 1952 年 1 月的第一周。在她去世前五天，或者四天。

雨越下越大，妈妈的声音里仍旧带着近乎调侃的口气：
"我们到咖啡馆喝点咖啡吗？我们的爸爸又跑不了。"

我们在一家德裔犹太人开的咖啡馆里坐了约莫半个小时，等雨停下来。咖啡馆坐落在热哈维亚入口，在 JNF 大街，对面是犹太代办处大楼，总理办公室那时也在那里。与此同时，妈妈从手提包里拿出一个小粉饼盒、一把梳子，梳头补妆。我的感情颇为复杂：为她的容颜自豪，为她身体好转快乐，并且有责任保护她免遭某种阴影的伤害，我只是通过猜测知道存在着阴影。实际上，我不是猜测，而只是似是而非，在我皮肤上感受到些微莫名其妙的不安。孩子有时就是这样，捕捉到，又没有真正捕捉到他无法理解的东西，意识到这种东西，莫名其妙地感到惊恐：

"你没事吧，妈妈？"

她自己点了味道浓烈的清咖啡，给我点了牛奶咖啡，纵然从来也不允许我喝咖啡，说是少儿不宜喝咖啡，还给我点了巧克力冰激凌，纵然我们都清楚地知道冰激凌会让你嗓子疼，尤其是在寒冷的冬日，而且就要吃午饭了。责任感驱使我只吃了两三勺冰激凌，便问妈妈她坐在这里冷不冷，她觉不觉得累，或者是头晕。毕竟，她大病初愈。妈妈，你上厕所时小心点，那里黑，有两级台阶。骄傲、热诚与理解充盈了我的心房，仿佛只要我们二人坐在罗什热哈维亚咖啡馆，她的角色就是一个无助的小姑娘，需要一位慷慨帮助的朋友，而我则是她的骑士，或者也许是她的父亲：

"你没事吧，妈妈？"

我们来到塔拉桑塔楼，"独立战争"时期，通往守望山校园的公路遭到封锁，希伯来大学的几个系重新搬到这里，我们打听报刊部在什么地方，顺着楼梯走上二楼。（也就是在类似的一个冬日，《我的米海尔》中的汉娜就在这些台阶上跌倒，大概扭伤了脚踝，学生米海尔·戈嫩一把抓住了她的胳膊肘，冷不丁地说他喜欢"脚脖子"一词。妈妈和我也许与米海尔和汉娜擦肩而过，没有在意他们。我和母亲在塔拉桑塔楼的冬日，与我开始撰写《我的米海尔》那个冬日，中间相隔了十三年。）

我们走进报刊部时，迎面看到和蔼、善良的主任普费弗曼博士，他从摊在书桌上的一堆报纸里抬起头，冲我们微笑，双手示意让我们进去。我们也看到了父亲，是背影。很长一阵我们才认出他，因为他身穿一件灰色的图书馆管理员工作服，免得让自己的衣服沾上灰尘。他正站在一个小梯凳上，背对着我们，注意力集中在正从高处架子上拿下来的一大盒卷宗上，翻看后又放回架子上，又把另一个盒子拿下来，接着又是一个，因为他显然没有找到所要寻找的东西。

善良的普费弗曼博士始终没有出声，而是悠然坐在书桌后面的椅子上，和蔼地微笑，笑得越来越厉害，乐不可支，两三个工作人员看到我们，又看到父亲的背影，停住手里的工作傻笑，什么话也没说，好像正和普费弗曼博士一起做小游戏，满怀乐趣，好奇地观望那个人何时才能注意到他的客人，他们正耐心地站在门口，注视着他的背影，漂亮女人把手放在小男孩的肩膀上。

爸爸站在梯凳顶层，朝部门领导转过身子说："对不起，普费弗曼博士，相信有些东西——"突然注意到主任咧嘴微笑，他一定很惊愕，因为他无法理解主任为什么微笑，普费弗曼博士用眼睛引导戴眼镜的父亲把目光从书桌转向门口。当他看到我们时，我相信他脸色煞白。他把双手举着的大盒子放回到它原来待的顶层架子上，小心翼翼地走下梯子，环顾四周，看见其他工作人员都在微笑，他好像别无选择，也想起了微笑，他对我们说："真想不到！真想不到！"他轻声询问，一切是否都好，是否出什么事了。

他面部表情僵硬，焦虑不安，就像一个小男孩正在聚会上和班里的孩子们玩接吻游戏，抬头突然看见父母正板着脸站在门口，天晓得他们在那里站了多久，默默地观看，天晓得他们看到了什么。

他先是和颜悦色，用两只手把我们赶到门外走廊里，回头对整个部门，尤其是刘普费弗曼博士说："对不起，耽误几分钟。"

但是过了一会儿，他改变主意，不再挤我们出去，而是把我们拉到里面，拉进主任办公室，开始引见我们，后来想起什么，说："普费弗曼博士，你已经认识我太太和儿子了。"他边说，边拉我们转过身，正式把我们介绍给报刊部的其他工作人员，用的词语是："请认识一下。这是我的太太范妮娅，这是我儿子阿摩司，学生，十二岁半了。"

当我们三人来到走廊时，父亲略带责备，焦虑地问：

"出什么事了吗？我父母好吧？你父母？大家都好吗？"

妈妈让他冷静，但是下馆子的想法令他恐惧，毕竟今天又不是什么人的生日。他踟蹰不决，开始说些什么，改变主意，片刻过后说：

"当然可以。当然可以。干吗不。我们去庆贺你身体康复了，范妮娅，或庆贺不管怎么说你身体一下子明显好转了，对，我们一定要庆贺。"

然而，他在说话时，脸上挂着忧虑，而不是快乐。

但后来，父亲突然兴高采烈起来，充满激情，双手搂住我们的肩膀，向略带责备神情的博士请假早点下班，向同事说再见，脱下沾满灰尘的工作服，招待我们把图书馆几个部门走了一遍，地下室、特藏部，他甚至带我们看新复印机，讲解怎么使用，每碰到人，就自豪地把我们介绍给大家，那激动的神态，就像一个十几岁的孩子把赫赫有名的父母介绍给学校里的教员。

餐馆是个惬意的地方，几乎没有顾客，而且是在本-古里安大街和沙麦或希勒里大街之间的一条小路上。我们刚到这里，又开始下雨，爸爸把此当作好兆头，好像雨一直在等待我们走进餐馆，好像上天今日正向我们绽开笑脸。

他立刻纠正自己：

"我是说，如果我相信征兆，如果我相信上天关心我们的话，我会这么讲。但是上天冷淡漠然。除人类外，整个宇宙都冷淡漠然。实际上大多数人也冷淡漠然。我相信，在整个现实世界里，冷淡漠然这一特征最为突出、最为显著。"

他再次纠正自己：

"不管怎么样，当天空如此黑沉，大雨滂沱，我岂能说上天正向我们绽开笑脸呢？"

妈妈说：

"不，你们两个先点，因为今天我请客。若是你们挑选菜单上最贵的菜，我会非常高兴。"

但是菜单很简朴，顺应的是那个匮乏节俭的年代。爸爸和我点了蔬菜汤、鸡肉饼和土豆泥。我玩弄阴谋，忍住不告诉爸爸，在去塔拉桑塔的路上，妈妈已经允许我平生第一次品尝咖啡的味道，午饭前还吃了巧克力冰激凌，尽管是在冬天。

妈妈久久地注视菜单，而后把它面朝下放在桌面上，直到爸爸再次提醒她，她最终点了一碗白米饭。爸爸和颜悦色，向女服务员表示歉意，含糊地解释说妈妈尚未完全康复。当我和爸爸津津有味大吃大嚼时，妈妈勉强小口吃了一点米饭，仿佛正在强迫自己，而后她停下来，点了一杯不加牛奶的浓咖啡。

"你没事吧，妈妈？"

女服务员给我妈妈端回一杯不加牛奶的咖啡，给爸爸端来一杯茶，在我面前放了一碗颤动的黄果冻。爸爸立刻焦躁地从夹克内兜拿出钱包，但是妈妈坚持自己的权利：请把钱包收回去，今天，你们俩都是我的客人。爸爸先是说了个很是牵强的笑话，说她显然继承了一口油井，因此才成为新富，才这么奢侈，便没有和她再争。我们等候雨停下来。我父亲和我面对厨房坐在那里，妈妈坐在对面，正透过我们的肩膀，看临街窗外顽固执拗的雨。不记得我们说了什么，但大概是父亲驱除了沉寂。他可能向我们说起基督教会和犹太人的关系，要么就是向我们全面描述历史上爆发的一场激烈争端，18世纪中叶，雅各·埃姆丹拉比与沙巴特·茨维的追随者，特别被怀疑持沙巴特学说的约拿单·阿伊巴舒茨拉比争论得不亦乐乎。[1]

在那个阴雨绵绵的午饭时分，除我们外，饭馆里只有两个上了年纪的女人，她们正在用非常典雅的德文小声而彬彬有礼地交谈。她们长得很像，铁灰色的头发，脸型像鸟，突出的喉结更加强化了这种特征。上了年纪的一位好像有八十多岁了，我看了她们两眼，便假定她是另一个人的母亲。我认定母女二人都是寡妇，她们相依为命，在这个广阔的世界里，她们再没别的亲人。我在

---

1 沙巴特学说是17世纪欧洲历史上出现的一次犹太救世运动，被称作假救世运动。运动领导人沙巴特·茨维最终皈依了伊斯兰教。拉比犹太教把救世运动看成异端。塔木德学者雅各·埃姆丹拉比便反对沙巴特学说，与阿伊巴舒茨拉比争论得不亦乐乎。

意念里称她们为格特鲁德夫人和马格达夫人，我试图想象她们住在整洁干净的小房子里，大概就在城里的某个地方，大约在艾登酒店的对面。

突然，马格达夫人，二人中年纪较轻的一位，抬高声音向对面的老太太气势汹汹地说了一个德文单词。她说这个词时，满怀怨恨，义愤填膺，像兀鹫猛扑向捕获物，接着她把杯子扔到墙上。

泪水开始顺着镂刻在我称之为格特鲁德老夫人双颊上的深深皱纹流淌。她无声地啜泣，面孔没有抽搐。她垂着脸哭泣，女服务员弯腰默默地捡起碎玻璃离去。叫喊之后没说一个字。两个女人继续面对面坐在那里，一声不吭。她们都形销骨立，都是一头拳曲的灰发，头发长得非常靠后，离额头很远，像男人脱发后的发际线。年长的寡妇仍然无声地流泪，脸没有抽搐，泪水流到她突起的下颚，又滴落到胸脯上，如同山洞里的钟乳石。她没有控制哭泣或擦干眼泪的企图，尽管她表情残酷的女儿默默地递过一块熨烫得整整齐齐的白手帕，如果那真是她女儿的话。她把手伸到面前的桌子上，托着那块熨烫得平平整整的手帕，没有缩回。整幅画面凝固了良久，仿佛母女只是某个沾满灰尘的相册里的一张褪色的深褐色旧照片。我冷不丁地问：

"妈妈，你没事吧？"

那是因为我妈妈忘了礼数，稍微歪过凳子，目不转睛地看着这两个女人。那一刻，我印象中妈妈再次变得苍白起来，像她一直在病中那样。过了一小会儿，她说她非常抱歉，她感觉有点累，想回家躺躺。爸爸点头称是，起身问女服务员附近哪里有电话亭，去打电话叫出租。我们离开饭馆时，妈妈不得不倚住父亲的胳膊和肩膀，我给他们开门，告诉他们小心台阶。我们把妈妈安顿在后排座位上，爸爸回饭馆付账，她直挺挺地坐在出租车里，深褐色的眼睛睁得大大的，太大了。

那天晚上，请来了一位新大夫，他走后，爸爸把原来的大夫也请来了。他们二人没有异议，两位大夫都建议好好休息。因此爸爸把妈妈安顿到我的床上，那床已经成了她的，给她端来一杯热乎乎的蜂蜜牛奶，求她就着新开的安眠药喝几口，还问她留几个灯。一刻钟以后，我被派去隔着门缝侦察，我看到她睡着了。她一直睡到第二天早晨，再度醒来时，她帮我和爸爸做各种早上的杂务。她给我们煎鸡蛋，我布置桌子，爸爸把各种蔬菜切得非常精细做沙拉。就要出门时，爸爸去塔拉桑塔楼，我去塔赫凯莫尼学校，妈妈突然决定也要出去，和我一起走到学校，因为她的好朋友莉兰卡，莉莉亚·巴-萨姆哈，住在塔赫凯莫尼附近。

后来，我们发现莉兰卡不在家，她便去看另一个朋友范妮娅·魏茨曼，她在罗夫诺塔勒布特高级中学与妈妈是同学。将近中午，妈妈从范妮娅·魏茨曼家里走到海法路中央的埃格德中心汽车站，登上开往特拉维夫的公共汽车，去探望她的姐妹，或打算在特拉维夫换车到海法和克里亚特莫兹金，光顾父母的棚屋。但是，当妈妈抵达特拉维夫中心汽车站时，她显然改变了主意，她在一家咖啡馆喝清咖啡，天黑之前赶回了耶路撒冷。

到家后，她抱怨说非常疲倦。她又吃了两三片新安眠药。也许这次她试着再吃原来的安眠药。但是那天夜里她睡不着觉，又犯了偏头疼，她和衣坐在窗前。凌晨两点钟，我母亲决定熨些衣物。她打开我房间里的电灯，现在那个房间成她的了，她支上烫衣板，灌瓶水洒在衣服上，一连熨了几个小时，直到天将破晓。她把衣服熨光后，便从衣柜里拿出床单和枕套，把它们又熨了一遍。这些东西熨完后，她甚至连我的床罩也熨了，但是她太累，或者太疲倦了，把床罩给烧煳了，焦煳味把父亲唤醒，他把我也叫醒，我们二人惊愕地发现，妈妈把家里所有的袜子、手帕、餐巾和桌布都熨了个遍。我们冲过去，把燃烧的床罩拿到卫生间熄灭，而后我们把妈妈按在椅子上，跪下来给她脱鞋，爸爸脱一只，我脱一只。而后爸爸让我出去一会儿，在我出门后和蔼地把门关上。我关上门，但是这一次，我紧紧地贴在门上，因为我想听。他们用俄语交谈了大约半小时，而后爸爸让我照顾一会儿妈妈，他到药店买些药或者糖浆，在药店打电话给在雅法茨阿哈龙医院办公室里的茨维姨父，还打电话给在特拉维夫扎蒙豪夫诊所上班的布玛姨父。打完这些电话后，爸爸妈妈达成协议，她星期四早晨去往特拉维夫的一个姐妹家，休息休息，换换空气，或者换换环境。她想在那里待多长时间都行，星期天甚至星期一上午回来，因为星期一下午，莉莉亚·巴-萨姆哈已经设法在先知街的哈达萨医院给她预约检查身体，如果不是因为莉兰卡阿姨有硬关系，我们得等上几个月才能约成。

因为妈妈身体虚弱，诉苦说头晕，爸爸这一次执意不让她一人前往特拉维夫，而是要陪她一起去，把她送到哈娅姨妈和茨维姨父家里，他甚至可以在那里住一夜，要是他第二天早晨即星期五坐头班车回到耶路撒冷，至少可以上几个小时的班。他没有理会妈妈反对他这么做，没有必要陪同她去特拉维夫而耽误一天工作，她自己完全能够乘坐公共汽车去往特拉维夫，找到姐妹的家，她丢不了。

但是爸爸不肯听。这一次他脸色苍白，固执己见，绝对坚持。

我答应他，放学后直接到住在布拉格巷的施罗密特奶奶和亚历山大爷爷家，解释出了什么事，和他们住一夜，等爸爸回来。只是不要让爷爷奶奶讨厌，好好地给他们帮忙，晚饭后收拾桌子，主动倒垃圾。完成作业，不要把作业留到周末。他叫我聪明儿子，大概还叫我小伙子。那时，爱丽丝鸟从外面加入我们当中，它带着明媚而无忧无虑的欢乐，为我们啭鸣三四遍清晨的贝多芬片段："啼—喈—嘀—喈—嘀……"鸟儿在惊奇、敬畏、感激、兴奋中歌唱，仿佛在这之前黑夜从未结束过，仿佛今天早晨是宇宙第一晨，晨光乃是令人惊叹的光，从未有这样的光喷薄而出，穿越无边无垠的黑暗。

# 60

　　我去胡尔达时大约十五岁，那时母亲已经去世两年半了，我是黝黑人群中的一个白脸小丑，魁梧巨人中一个瘦骨嶙峋的年轻人，沉默寡言人中一个喋喋不休的话匣子，农业劳动者中的一个蹩脚诗人。我所有的新同学都拥有健康的头脑与体魄，只有我，在几近透明的身子上长着一个富于梦幻的头脑。更为糟糕的是，有那么几次，他们撞见我坐在基布兹偏僻的角落画水彩画，或者是躲在赫茨尔之家一楼读报室后面的自习室里写写涂涂。麦卡锡主义谣言开始传播，说我和自由党有些联系，我成长在一个修正主义家庭，怀疑我和可恨的蛊惑人心的贝京、劳工运动的主要敌人不清不楚。总之，接受扭曲教育，遗传基因混乱，不可救药。

　　我来胡尔达，实则因为我反叛父亲，他的家人也不帮我。我没有因背叛自由党受到表扬，没有因在爱迪生礼堂听梅纳赫姆·贝京演讲时不能自控地哈哈大笑得到赞赏，《皇帝的新装》众人当中那个勇敢的小男孩，在胡尔达这里遭到怀疑，人们认为他被刁滑的裁缝收买了。

　　我白白地在干农活时努力表现突出，读不好书。我白白地努力像烤牛排一样烤炙自己，像其他人那样晒得棕红。在参加时事讨论时，我白白地把自己展示为胡尔达最坚定的社会主义者，如果不是整个劳动者阶级中最坚定的社会主义者的话。什么也帮不了我，在他们眼里，我是某种外星人，于是同班同学无情地侵扰我，让我放弃奇怪的生活方式，变成他们那样的普通人。一次，他们派我深夜不拿火把跑步赶到牛棚检查，回来汇报是否有奶牛发情，需要公牛紧急关照。还有一次，他们让我值班清洗厕所。还有一次派我到儿童农场为雏鸭鉴定雌雄。我绝对没有忘记自己来自何方，我不会误解我身在何处。

至于我，我毕恭毕敬地接受一切，因为我知道，摆脱耶路撒冷并痛苦地渴望再生，这一进程本身理应承担苦痛。我认为这些日常活动中的恶作剧和屈辱是正义的，这并非因为我受到自卑情结的困扰，而是因为我本来就低人一等。他们，这些经历尘土与烈日洗礼、身强体壮的男孩，还有那些昂首挺胸的女孩，是大地之盐，大地的主人，宛如半人半神一样美丽，宛如迦南之夜一样美丽。

除我之外。

人们没有因为我晒得黝黑而受蒙骗，他们一清二楚——我自己也清楚——即使我的皮肤最后晒成了深褐色，但内心依然苍白。尽管我学会了用软管灌溉草田，开拖拉机，用老式捷克步枪打靶，但我仍未成功地去掉污点，透过我披在身上的所有伪装，你仍然可以看到那个软弱、温柔、多话的城里孩子，他富于幻想，编造千奇百怪的故事，那些故事从来没有发生，也从来不会发生，不会让这里的人感兴趣。

然而，在我看来，他们都值得称道，这些大男孩可站在二十米外用左脚把球踢进，眼睛眨也不眨便把鸡脖子拧下来，夜里闯入店铺小偷小摸一些供应品，举行午夜盛宴，那些勇敢的女孩子可以背着三十公斤的背包行军三十公里，之后仍然留有充足的精力跳舞跳到深夜，蓝裙子急速旋转，仿佛重力本身满怀敬意停了下来，而后和我们围坐在一起，直至天明，顶着满天星斗，为我们歌唱，唱令人心碎的歌，轮唱两部、三部，背对着背唱，在唱歌时露出天真无邪的热情，的确可以让你神魂颠倒，因为那么纯真，那么超凡脱俗，犹如合唱中的天使那么纯洁。

是啊，确实，我知道自己的位置。不要太自以为是，不要好高骛远，不要插手注定比你强的人的事。确实，人生来就是平等的，这是基布兹生活的基本原则，但是爱情领域属于自然界，不属于主张人人平等的基布兹委员会。爱情领域属于强劲的雪松，不属于小草。

然而，俗话说即使一只猫也可以看国王。于是我终日看他们，夜晚躺在床上也看他们，当我闭上双眼时，我从未停止看他们，那些头发蓬乱的美人。[1] 我尤其要看女孩子。怎么看呢？目不转睛，目光火辣。甚至在睡觉时，我瞪大两只依依不舍的牛眼无助地看她们。不是因为我怀揣错误的希望，我知道她们注定不属于我。那些男孩是高贵健美的牡鹿，而我则是一条可怜虫，女孩子们都是仪态优雅的瞪羚，我则是在篱笆后嗥叫的迷途胡狼。在他们当中——如编钟上的钟锤——是尼莉。

这些女孩个个像太阳光芒万丈，个个如此，但是尼莉——始终

---

1 出自一首描写阵亡战士的歌词。

为抖动的欢乐之环萦绕。尼莉走在小路上，草坪上，丛林里，花圃间，总是不住地唱歌，在走路时为自己歌唱。即使她走路时没有唱歌，但样子也像在歌唱。她怎么了，有时我在饱经磨难的十六岁少年的心灵深处问自己，她为什么总是歌唱？这世界究竟好在哪里？如何"从如此残酷的命运／从贫穷与忧伤／从陌生的昨天／和无法预见的明天"，一个人竟能汲取如此的"生命乐趣"？她是否听说"以法莲山[1]／收到新的年轻受难者／……正像你一样／我们为民族奉献生命……"？这是个奇迹。它险些将我激怒，又令我为之着迷：像只萤火虫。

胡尔达基布兹笼罩在黑暗深处。每天夜里，离基布兹外围篱笆墙上昏黄的灯光两米远，便是黑幽幽的深渊。它伸向夜之尽头，伸向遥远的星际。在带刺铁丝网那边，蛰居着空旷的田野、废弃的果园、不见人烟的山峦、在夜风中荒芜了的种植园、阿拉伯村庄的废墟——不像今天，你可以看到周围密密匝匝的一簇簇灯光。在20世纪50年代，胡尔达外的夜晚依然一片空空荡荡。在这片太空世界里，渗透者、阿拉伯突击队员蹑手蹑脚来到黑暗深处。在这片太空世界里，有山上丛林、橄榄树园、庄稼田，垂涎三尺的胡狼不断出没其中，那疯狂可怖的嗥叫弥漫在我们的睡眠中，令我们毛骨悚然，直至天明。

即使在护栏内部有人把守的基布兹大院，夜间也没有多少灯光。无精打采的电灯偶尔抛下一汪微弱的光，接下去便是浓重的黑暗，而后又是一盏灯。裹得严严实实的夜间警卫在养鸡房和牛

---

1 法莲山，《圣经》中地名，见《圣经·士师记》第4章第5节。

棚来回巡逻，每隔半小时到一个小时，在幼儿区值班的女子放下毛活，从托儿所走到儿童之家，再返回来。

我们每天晚上不得不折腾，免得陷入空虚与忧愁中。我们每天晚上聚在一起，做些吵吵闹闹、近乎野蛮的事情，直至半夜或更晚，以免黑暗潜入我们的房间，沁入我们的骨髓，熄灭我们的灵魂之光。我们歌唱，叫嚷，大吃大嚼，辩论，宣誓，谈论他人长短，嬉戏，所有这一切都是为了驱逐黑暗、沉寂，以及胡狼的嗥叫。在那年月，没有电视机，没有录像机，没有音响，不能上网，没有电脑游戏，甚至没有迪斯科舞会，没有酒吧，没有迪斯科舞曲，只有每周三在赫茨尔之家放映的一场电影。

我们每天晚上不得不聚在一起，尽量为自己创造一些光明和乐趣。

我们把基布兹里上年纪的人叫老伙计，尽管许多人只有四十岁，由于过多的职责、义务、失望、集会、委员会、采摘任务、讨论、值班、学习日和党内活动，过多的文化主义和日常生活琐事的摩擦，许多人的内在生命之光已经熄灭。晚上九点半，或差一刻十点，老基布兹人住区小公寓窗子里的灯相继熄灭，明天他们得在早上四点半再次起床，摘水果，挤牛奶，在田野或公共食堂劳作。在那些夜晚，光成了胡尔达宝贵稀有的物品。

尼莉是只萤火虫。不只是一只萤火虫，是一台发电机，整座发电站。

尼莉身上散发出大量的生命乐趣。她的欢乐无拘无束，没有道理，没有根据，没有缘由，无须发生什么事情就能让她洋溢着欢乐。当然，我有时也看到她刹那间的忧愁，当她觉得有人错待或伤害了她，不管对错，都会不加掩饰地哭泣。要么就是看到伤感影片，不顾体面地哭泣，要么就是读某页辛酸小说挥泪不止。但是她的忧愁，总是让强有力的生命乐趣环绕，如同灼热的春泉，无论雪与冰都无法将其冷却，因为其热量直接源于地核。

这也许是因为受父母影响。她的母亲利娃具有音乐天赋，即便周围没有音乐；图书管理员谢夫特尔身穿灰衬衫在基布兹来回行走时会唱歌，他在花园里干活时会唱歌，当沉重的口袋压得他直不起腰板时也在唱歌，当他对你说"会好起来的"，他始终相信这是真的，没有丝毫怀疑，没有任何异议：不要着急，很快就会好的。

身为基布兹一个十五六岁的寄宿生，我用人们观看满月的方式来观看洋溢在尼莉身上的欢乐，远远的，不可企及，然而令人着迷而欣喜。

当然，只是远远地拉开距离，我不配如此光彩夺目的光，我这样的人只能观看。在读书的最后两年和服兵役期间，我有个女朋友，不是胡尔达人，而尼莉拥有一大串光彩照人、气宇轩昂的追求者，环绕在这群追求者周围的是第二圈晕晕乎乎、如醉如痴的追随者，接着是第三圈胆怯、谦卑的信徒，第四圈站在远处的崇拜者，第五六圈里包括我，一棵小草，偶尔一束奢侈的光不经意地触摸它，想象不到那转瞬即逝的触摸会是什么。

当人们发现我在胡尔达文化之家蹩脚的后屋写诗时，大家终于清楚我是无可救药了。然而，尽力使坏事变成好事，他们决定给我分派任务，为不同场合创作合适的韵文、庆典、家庭庆祝活动、婚宴节庆，还有，如果需要，也包括葬礼祷文，还有纪念册中的诗行。至于我写的那些情真意切的诗歌，我设法将其藏匿起来（深深藏进旧垫子的稻草中），但有时我控制不住自己，把它们拿给尼莉看。

为什么在所有人中只给她看？

也许，我需要检查一下，我那些描写黑暗的诗歌暴露在光天化日之下时如何化为乌有，如果幸存下来情形又会如何。直至今日，尼莉仍是我第一个读者。她若发现草稿中有不当之处，就说，这样不行，把它删掉，坐下来重写。要么就是：我们以前听过了，你已经在什么地方写过了，不需要重复自己。但是当她觉得什么东西写得好时，她就会从书稿中抬起头，以别样的目光看着我，于是房间变得宽敞起来。当遇到悲悯之事，她就说，这部分内容让我落泪。要是读到滑稽可笑的东西，她便放声大笑。她之后，我两个女儿和儿子都会读，他们都目光敏锐，听觉灵敏。而后几位朋友会读，再而后是读者，而后是文学专家、学者、批评家以及行刑队。可那时已经找不到我了。


在那些年，尼莉和大地主人出入，我没有奢求。如果公主在一群群追求者的簇拥之下，经过农奴寒舍，他顶多抬眼看她一下，为她的时运赞叹，祈祷。因此，当有朝一日，太阳突然把月亮的阴暗面照亮，这在胡尔达，甚至在周围村庄里引起了轰动。那天，在胡尔达，奶牛下蛋，母羊奶子流出了美酒，桉树挂着蜜和奶摇摆，北极熊出现在羊圈后，日本天皇在洗衣房旁游荡，朗诵 A.D. 戈登的作品，高山美酒流淌，峻岭逐渐融化，太阳连续七十七个小时停在柏树上，不肯下落。我去了空无一人的男孩浴室，把自己锁在里面，站在镜子面前，大声询问，镜子啊镜子，你告诉我，怎么会有这样的事？我究竟做了什么，竟蒙如此报偿？

# 61

我妈妈去世时三十八岁。以我现在的年龄，我可以做她的
父亲。

在她的葬礼之后，爸爸和我在家里待了几天。他没有上班，我
没有上学。家里的房门整天敞着，我们接待了一批又一批的邻居、
熟人和亲戚。好心的邻居们主动询问客人们是否有足够的软饮料、
咖啡、蛋糕和茶，时不时邀请我到他们家里待上一会儿，吃顿热
乎乎的饭菜。我彬彬有礼，小口小口抿着一勺勺汤，吃下半块炸
肉饼，而后急急忙忙跑到父亲身边。我不愿意让他孤零零地待在
那里。然而他并不孤单，从早晨到晚上十点或十点半，我们的小
房子里挤满了慰问者。邻居们凑集一些椅子，靠着书房的墙壁围
坐成一圈。我父母的床上整天堆着不认识的外衣。

应爸爸请求，爷爷奶奶多数时间要待在另一个房间，因为爸
爸觉得他们的出现加重了他的负担。亚历山大爷爷会冷不丁地像
俄国人那样放声大哭，还不时打嗝，而施罗密特奶奶总是不住地
穿梭于客人和厨房之间，几乎强行夺走他们手中的茶杯和蛋糕碟，
用洗涤剂小心翼翼地清洗，用清水好好冲洗，擦干，放回到客人

待的房间。用毕而没有立即清洗的茶勺在奶奶眼里都是可导致灾难的危险力量。

于是，爷爷奶奶坐在另一个房间，那里的客人已经与我和爸爸坐过，然而觉得多待一会儿比较合适。亚历山大爷爷一向疼爱自己的儿媳，一向为她愁眉不展而忧心忡忡，他在房间里来回走动，带着某种强烈的嘲讽，摇摇脑袋，偶尔大哭起来：

"怎么会这样！怎么会这样！这么美丽！这么年轻！这么聪颖！才华横溢！怎么会这样！告诉我怎么会这样！"

他站在屋子的一角，背对着大家，大声抽噎，好像在打嗝，双肩剧烈地抖动。

奶奶指责他说：

"祖西亚，请别那样，够了。你如果这样，罗尼亚和孩子会受不了的。打住！控制一下自己！真的！跟罗尼亚和孩子学学怎么做！真的！"

爷爷立刻听从了她的建议，坐在那里，双手抱头。但是一刻钟以后，又是一阵无助的咆哮从心头涌起：

"这么年轻！这么美丽！像个天使！这么年轻！这么有才华！怎么会这样！告诉我怎么会这样？"

妈妈的朋友们来了，莉莉亚·巴-萨姆哈、鲁谢莉·恩格尔、伊斯塔卡·韦纳、范妮娅·魏茨曼和另外一两个女人，塔勒布特高等中学的同年伙伴。她们呷着热茶，谈论她们的学校。她们缅怀我妈妈少女时的样子，缅怀她们的校长伊撒哈尔·莱斯，每个女孩都在暗地里钟情于他，而他的婚姻很不成功。她们也谈论其他的老师。后来莉兰卡阿姨考虑再三，体谅地问爸爸，她们这样说话、回忆、讲故事，他是否介意，也许说点别的对他来说好一些？

　　但是，我爸爸终日萎靡不振，胡子拉碴，坐在妈妈度过无眠之夜的那把椅子里，只是漠然地点点头，示意她们说下去。

　　莉莉亚阿姨，莉莉亚·巴-萨姆哈博士，执意要和我谈心，然而我试图礼貌地逃避。因为爷爷奶奶和爸爸家族里的另一些人占据了另一个房间，厨房里尽是好心的邻居们，施罗密特奶奶不断来回走动，擦洗碗碟和茶勺，莉莉亚阿姨拉着我的手走进卫生间，把卫生间的门反锁上。和这个女人在反锁上的卫生间里靠得这么近，感觉怪怪的，令人反感。但是莉莉亚阿姨冲我满脸堆笑，坐在马桶盖上，把我按坐在她对面的浴缸边上。她默默地看了我一两分钟，充满同情，泪水涌上眼眶，而后她开始说话，讲的不是我妈妈，也不是罗夫诺的学校，而是艺术的伟大力量，以及艺术与内在心灵生活的关系。她所说的话令我退缩。

　　而后，她换了一副腔调，向我讲起我的新责任，一个成年人的责任，从今以后要照顾爸爸，给他黑暗的生活带来某种光明，至少给他一些乐趣，比如说，尤其要好好读书。而后，她继续谈论我的感受，她得知道，我听到出事时是怎么想的。那一刻我有何种感受，我现在有何种感受，跟我说说。她开始罗列各种各样的情感名称，好像让我做选择，抑或勾掉不适用的词语。伤心？害怕？焦虑？渴望？大概有点生气？吃惊？负疚？因为你也许听说过或者读到过，在这种情况下有时会产生负疚感？没有？有没有怀疑的感受？痛苦？还是拒绝接受新的现实？

　　我得体地表示歉意，起身要走。那一刻我很怕她锁门时把钥匙藏在了衣兜里，只有在我回答了全部问题之后，才让我出去。但是钥匙就插在钥匙孔里。我走出卫生间时，听到她在我身后关切地说：

"也许跟你做这个谈话有些为时过早。记住，一旦你认为自己准备好了，就一刻也不要犹豫，来跟我说。我相信，范妮娅，你可怜的妈妈，非常想让你我之间继续保持深深的联系。"

我逃之夭夭。

耶路撒冷三四个著名的自由党人士和我爸爸坐在一起，他们偕夫人预先在咖啡馆会面，一起来到这里，像一个小型代表团，向我们表达哀悼之情。他们事先定好，试图用谈论政治来转移父亲的注意力，当时议会正要就本-古里安总理与西德总理阿登纳签署的赔偿协议展开辩论，自由党把协议当成令国家蒙受耻辱的恶劣行为，是对纪念遭纳粹残害的牺牲者这一举动的玷污，是年轻的国家在良心深处无法驱除的污点。我们的一些慰问者认为，我们有责任不惜任何代价摧毁这一协议，甚至是流血。

我爸爸几乎无法加入谈话，只是点几次头，但我却鼓起勇气，向这些耶路撒冷的显赫人物说了几句话，以此祛除卫生间谈话之后产生的痛苦。莉莉亚阿姨的话让我觉得非常刺耳，犹如用粉笔在黑板上写字。在接下来的几年间，每当我想起卫生间里的那次谈话，脸都会不由自主地抽搐。直到今天，我想起它时，那感觉就像咬到了烂水果。

而后，自由党领袖怀着对赔偿协定的义愤，到另一个房间去向亚历山大爷爷表示慰问。我跟着他们过去，因为我想继续参加讨论突然而巧妙的行动计划，旨在挫败与屠杀我们的刽子手们签订什么讨厌的协议，最终推翻本-古里安的红色政权。我之所以陪伴他们，还有另一个原因：莉莉亚阿姨已经从卫生间赶到此处，指导我爸爸吃下她带来的疗效甚佳的镇静药，那对他有好处。爸爸拉着脸拒绝了。这次他甚至忘记要向她致谢。

托伦夫妇来了，伦伯格夫妇、罗森多夫夫妇和巴－伊兹哈尔夫妇，以及儿童王国的杰茨尔和伊莎贝拉·纳哈里埃里来了，还有凯里姆亚伯拉罕区的其他老熟人和邻居们也来了，警察局局长杜戴克伯伯和他那可人的太太托西娅来了，普费弗曼与报刊部的工作人员、国家图书馆所有部门的图书管理员来了。斯塔施克和玛拉·鲁德尼基来了，还有各类学者、书商，以及父亲在特拉维夫的出版商约书亚·查持克，甚至爸爸的伯父克劳斯纳教授也在某天晚上光临，非常苦恼动容，他默默地把一个老年人的泪水洒在爸爸肩头，悄声说些正式的悼词。我们在咖啡馆里的熟人们来了，还有耶路撒冷的作家们，耶胡达·亚阿里、舒拉加·卡德里、多夫·吉姆西，还有伊扎克·申哈尔、哈尔金教授和夫人、伊斯兰教史专家本内特教授，以及研究犹太人在基督教西班牙历史的专家伊扎克（·弗里兹）·贝尔教授。正在高校天空中冉冉升起的新星，三四位年轻讲师也来了。我在塔赫凯莫尼学校的两个老师来了，还有我的同学，以及克洛赫玛尔夫妇，托西娅和古斯塔夫·克洛赫玛尔，修理破玩具与娃娃的人，他们的小店被重新命名为玩偶医院。杰尔塔和雅考夫－大卫·阿布拉姆斯基来了，他们的长子约尼在"独立战争"结束之际死于约旦狙击手的枪弹之下。几年前一个安息日的早晨，约尼正在院子里玩耍，狙击手的子弹打中了他的脑门，那时他的父母正和我们一起喝茶吃蛋糕。救护车在我们的街道上呼啸奔驰，前去把他救起，几分钟后又开回来，响起凄厉的笛声驶往医院，当妈妈听到救护车的笛声时，她说，我们花时间制订计划，然而有人躲在暗处嘲笑我们，嘲笑我们的计划。杰尔塔·阿布拉姆斯基说，正确，生活就是那样，然而人们永远制订计划，否则将无限绝望。十分钟后，一个邻居赶来，轻轻把阿布拉姆斯基夫妇叫到院子里，只轻描淡写地告诉他们一些情况，他们急忙随他而去，杰尔塔阿姨把装有钱包和报纸的手提包忘了。第二天我们去看望他们，并表示哀悼，爸爸拥抱过她和阿布拉姆斯基先生后，默默地把手提包递给她。现在他们泪流满面，拥抱我和爸爸，但是他们没给我们带手提包。

爸爸忍住泪水。无论如何，他不能当着我的面流泪。他终日坐在妈妈的旧椅子上，脸一天比一天阴暗，从守丧期的第一天起，他就没有刮脸，他点头迎接客人，等客人走时又点头与之告别。那些天，他几乎不说话，仿佛妈妈的死疗治了他打破沉寂的积习。现在他一连几天默默地坐着，任他人说话，谈论我妈妈，谈论书和书评，谈论政治转折。我试图坐在他的对面，目光几乎终日不离开他。每当我从他椅子旁边经过时，他就疲惫地拍拍我的胳膊或后背，除此之外，我们谁也不跟谁说话。


守丧期间及其后，妈妈的父母和姐妹没来耶路撒冷，他们在特拉维夫哈娅姨妈家里单独守丧，因为他们把灾难归咎于我的父亲，无法忍受看到他的面孔。我听说甚至在葬礼上，父亲和他父母一起走，妈妈的姐妹和她们的父母一起走，两大阵营没说一句话。

我没有参加妈妈的葬礼。莉莉亚阿姨，莉亚·卡利什-巴-萨姆哈，被视为研究一般情感尤以研究儿童教育见长的专家，害怕埋葬会对儿童心理产生不利影响。从那以后，穆斯曼家族的人们从未光顾过我们在耶路撒冷的家，父亲这边也没有去看过他们，或是建立任何联系，因为穆斯曼家族的怀疑令父亲受到了严重伤害。在那些年，我成了中间人。第一个星期，我甚至就如何处理妈妈的私人物品一事拐弯抹角地在中间传话，还有几次，我转交她的私人物品。在接下去的几年里，姨妈们经常小心盘问家里的日常生活情形，爸爸和爷爷奶奶的健康状况，爸爸的新妻子，乃至我们的物质生活状况，但是她们执意让我长话短说：我没兴趣听。或者：够了，我们听得已经够多了。

父亲一方有时也作一两个暗示，询问姨妈，她们的家人，或者克里亚特莫兹金的外公外婆，但我开始回答两分钟后，他就脸色蜡黄，十分痛苦，示意我就此打住，不要再继续详述了。当施罗密特奶奶在1958年去世时，姨妈和外公外婆让我转达对亚历山大爷爷的慰问，穆斯曼家族认为爷爷是整个克劳斯纳家族唯一心地善良的人。十五年后，当我把外公去世的消息告诉亚历山大爷爷时，他握紧双手，接着双手堵住耳朵，提高声音，与其说伤心，不如说愤怒，说："上帝啊！他还年轻着呢！一个心地单纯的人，但是很有情趣！深沉！你呢，告诉那边所有的人，我的心为他哭泣！请你一定要这样告诉他们：亚历山大·克劳斯纳的心在为亲爱的赫尔茨·穆斯曼先生的早逝而哭泣！"

甚至在守丧期结束，房子终于清静下来，爸爸和我把门关上，只剩下他和我两个人时，我们之间也几乎没话，除了某些最为基本的事情：厨房门卡住了，今天没有邮件，可以用卫生间了，但没有手纸了。我们也避免目光相遇，仿佛我们都为做过的事情而惭愧：如果不那样，情形可能会好得多，如果我们能默默地惭愧，同伴对你一无所知，你对他也一无所知，至少会好一些。

我们从来没有谈起妈妈。只字未提，也没有谈起自己，也没有谈起丝毫与感情有关的事情。我们谈论冷战，我们谈论阿卜杜拉国王遭到暗杀、第二轮战争的威胁。父亲向我解释象征、寓言、寓意的区别，英雄传奇与神话传说的区别。他也向我清晰而准确地讲述了自由主义与社会民主的区别。每天早晨，即使在这些灰暗、阴沉、迷蒙的1月早晨，伴随着第一缕晨光，外面湿漉漉光秃秃的树枝枝头传来呆鸟爱丽丝可怜的歌吟："嘀—嗒—嘀—嗒—嘀"，但是，这个严冬，它没有像在夏季那样把该旋律重复三四次，而是只叫一次便默然无语。直至如今，直至我写下这些文字之前，我几乎就没有谈起过我的母亲，没和爸爸谈起，没和夫人谈起，没和子女谈起，没和任何人谈起。爸爸死后，我几乎也没有谈起他。仿佛我是个弃婴。

灾难过后几星期，家里乱得一塌糊涂。我和父亲谁也不收拾铺着油布的厨房餐桌上的残羹剩饭，我们把碗碟泡在洗涤槽的污水里，碰都不碰，直到连一个干净的都没了，我们才从里面掏出几只盘子、几把刀叉，在水管下冲洗干净，用完后放回已经开始发臭的一堆餐具上。垃圾箱塞满，味道难闻，因为我们谁都不愿倒垃圾。我们把衣服就近扔到椅子上，如果要用椅子，我们就干脆把椅子上的东西统统扔到地上，地上早已堆积着许多书、纸张、果皮、脏手绢和发黄的报纸。地板四周蒙上了一圈圈灰尘。即使厕所堵了，我们也不愿尽举手之劳。一堆堆污垢从卫生间流到走廊里，与乱七八糟的空瓶子、卡片盒、旧信封和包装纸混在一起（在《费玛》一书中，我多多少少这样描述过费玛的房间。）

然而，透过这层混乱，一种深深的相互体谅之情弥漫着我们冷清的家。父亲终于不再坚持给我规定作息时间，让我自己决定何时熄灯。而我呢，从学校回到空无一人、无人照管的房子，自己给自己简单弄点吃的：煮鸡蛋、奶酪、面包、蔬菜，还有什么沙丁鱼或金枪鱼罐头。我还给爸爸切两片面包，里面夹进鸡蛋和西红柿，尽管他一般早就在塔拉桑塔的食堂吃过了。

尽管沉默与惭愧，可父亲和我那时很亲近，正如上年冬天，一年零一个月之前，母亲的身体状况急剧恶化，我和父亲犹如一对担架手，抬伤员攀上陡坡。

这一次我们相互扶持。

整整一个冬天，我们也没有开窗。好像我们怕失去房间里特别的气味，仿佛我们对彼此的气味感到舒适，即使气味变得非常浓烈。父亲一双眼睛下面出现了半月形的黑色晕圈，像妈妈失眠时那样。我会在夜间醒来，惊恐万状，窥视他的房间，看看他是否像她那样坐着，忧愁地凝视着窗子。但是父亲没有凭窗而坐凝视乌云或明月，他给自己买了台飞利浦牌小型收音机，带有绿灯，他把收音机放在床头，躺在黑暗中收听各种广播。半夜，以色列之音停止播音，收音机里发出单调的嗡嗡声响，他伸手调到了伦敦英国广播公司世界服务节目。


一天傍晚，施罗密特奶奶不期而至，带来了两盘特意给我们做的食物。我一开门，迎面所看到的一切，或扑入鼻孔的恶臭，令她惊骇不已。她几乎没说一句话，转身便逃。但是第二天早晨七点钟，她又返回来，这次带着两个清洁女工、大量清洁物品和消毒剂。她把作战指挥部设在院里的一条长椅上，对着屋门，从那里指挥大扫除行动，一连持续了三天。

就这样，家里变得井然有序，父亲和我再也不对家务活不闻不问了。雇了一个清洁工，每周来上两次。房子整个通风，打扫得干干净净，又过了两个月，我们甚至决定重新装修。

　　但是，从那混乱的几星期起，我患上了某种洁癖，使我周围的生命境遇悲惨。任何没有放好的纸片，没有折好的报纸，或者没有清洗的茶杯均会令我心里不得安宁，即便不是神志不清。直至今天，我像某种秘密警察，或者像《弗兰肯斯坦》中的怪物，或者像施罗密特奶奶那样耽于整洁，每隔几个小时就擦一遍房间，无情地将那些不幸出现在表面的可怜物品流放到西伯利亚深处，要么就是把某人因打电话留在桌上的书信或散页印刷品藏到被上帝遗弃的抽屉里，某位可怜的受难者把一杯咖啡放在那里晾凉，而我却把它倒掉，冲洗杯子，口朝下放进洗碟机，残忍地收起钥匙、眼镜、便条、药品、某人稍不留神没有看住的蛋糕，所有的东西都落入这个贪婪妖魔的血盆大口，于是乎，乱七八糟的房子终于有点整齐了。因此这个家不会有很多痕迹，令人想起那时我和父亲的住处，我们达成一种默契，我们应该坐在炉灰中，拿瓦片刮身体[1]，只要她知道。

　　后来，父亲有天狂暴地袭击了妈妈的抽屉，以及二人衣柜中妈妈的那一边，在他的愤怒中，只有几件物品幸存下来，她姐妹和父母通过我要这些东西留作纪念，事实上，它们被放在薄纸板箱里，用绳子捆得结结实实，在我某次去特拉维夫时带去。其他所有的东西，衣服、裙子、鞋、内衣、笔记本、长筒袜、头巾、围

---

1　见《圣经·约伯记》第 2 章第 8 节。

巾，甚至装满她童年时代照片的信封，都被他塞进从国家图书馆拿回来的防水袋里。我像只小狗，跟着他从一个房间到另一个房间，看他疯狂地行动，我既不帮忙，也不阻止。看爸爸怒不可遏地拉开她床头柜的抽屉，把所有的东西，廉价珠宝、笔记本、药片盒、一本书、一块手绢、一只眼罩和一些零花钱统统倒进一个袋子里。我一句话也没说。还有妈妈的粉饼、发刷、卫生用品和牙刷，一切。我站在那里，目瞪口呆，斜倚门框，看爸爸一把扯下她挂在卫生间的蓝围裙，刺啦一声，塞进一个口袋里。也许当犹太邻居被强行带走塞进闷罐车里时，笃信基督教的邻居就这样站在那里观望，目瞪口呆，因为情绪激动，不知道心中想些什么。他把这些袋子送到哪里去，是捐献给临时难民营里的穷人，还是捐给那年冬天遭受水灾的受难者，他从未跟我说过。傍晚，她的任何痕迹都不见了。只是在一年以后，爸爸的新夫人住进来时，出现了六只朴素的发夹，这包发夹，不知何故设法在床头柜和衣橱间的狭小缝隙里留存下来，并藏匿一年。爸爸噘起嘴唇，把它也扔了。

清洁工来了几个星期之后，房子整理得干干净净，爸爸和我逐渐每天晚上在厨房举行日常工作会议。我开始简要地告诉他我在学校里的一天，他给我讲那天站在书架当中和戈伊坦教授或罗滕斯特莱恩进行的有趣谈话。我们就政治形势、贝京和本-古里安或是穆罕默德·纳吉布将军在埃及发动的军事政变交换意见。我们又在厨房挂起了卡片，写下——现在笔迹已经不相似了——需要在食品杂货店或蔬菜水果店买些什么，我们都得在星期一下午理发，或者是给莉兰卡阿姨买小礼物祝贺她获得了新文凭，或者给施罗密特奶奶买小礼物祝贺她过生日，具体数字一向是牢牢保守的秘密。

几个月之后，爸爸重新恢复了擦鞋的习惯，皮鞋在电灯光的照射下直至闪闪发光，而且晚上七点钟刮脸，穿上浆过的衬衫，系上丝绸领带，把头发润湿后向后梳，喷洒须后水，出去"和朋友们聊天"或"讨论工作"。

我孤零零一个人待在家里，读书，耽于梦幻，写作，涂掉，再写。要么我就出去，在干河床里来回游荡，摸黑检查把耶路撒冷一分为二的约以停火线沿线无人区和雷区周围的隔离墙。当我在黑暗中行走时，我低声哼唱，嘀—嗒—嘀—嗒—嘀。我不再渴望"去死，或征服高山"。我想让一切都停止，或者至少，我想永远离开家，离开耶路撒冷，到一个基布兹生活，把所有书和情感都甩在脑后，过简朴的乡村生活，过与大家情同手足的体力劳动者的生活。

# 62

1952年1月6日，周六和周日之交的夜晚，母亲在特拉维夫的本-耶胡达大街她姐姐的家中结束了自己的生命。当时，全国正就以色列针对纳粹时期遇难犹太人财产损失是否应该索赔或接受德国赔偿争论。一些人赞同大卫·本-古里安，不允许杀人犯继承掠去的犹太人财产，当然要以货币形式全部归还以色列，帮助接纳大屠杀幸存者。另一批人，以反对党领袖贝京为首，痛苦并愤怒地宣称，受难者的唯一国家廉价地向德国出售赦免券，以换取带有血腥气的金钱，是一种不道德的行径，玷污了死者的人格。

1951年到1952年的冬天，整个以色列暴雨滂沱，几乎不见停歇。阿亚龙河，穆斯拉拉河谷，水流扑岸，淹没了特拉维夫的莫提费奥地区，并有即将淹没其他地区的危险。滔滔洪水给临时难民营造成了极大破坏，帐篷、瓦楞铁或帆布棚屋里挤满了从阿拉伯国家逃来的一无所有的犹太难民，还有逃脱希特勒魔爪从东欧、巴尔干来的犹太难民。有些难民营已经遭洪水阻隔，濒临饥饿与瘟疫的危险。以色列国家还不到四岁，只有一百万多一点的人居住其中，其中三分之一是身无分文的难民。以色列由于在防卫中付出了沉重的代价，加上接纳难民，还由于官僚政治恶性膨胀、管理体制笨拙，因此国库空虚，教育、健康和福利服务濒临崩溃边缘。那周周初，财政部部长大卫·霍洛维茨肩负紧急使命飞往美国，希望一两天之内得到一千万美金的短期贷款以战胜灾难。父亲从特拉维夫回来后，和我讨论了所有问题。他星期四把母亲送到了哈娅姨妈和茨维姨父家，在那里过了一夜，星期五回来后，从施罗密特奶奶和亚历山大爷爷那里得知，我可能感冒了，但坚持爬起来上学。奶奶建议我们留在那里，和他们一起过安息日，她认为我们看上去都像染上了某种病毒。但是我们愿意回家。从爷爷奶奶家回去的路上，走到了布拉格小巷，父亲决定真诚地、如成年人对成年人那样向我汇报说，一到哈娅姨妈家，母亲的精神状态就有所好转，星期四晚上他们四人一起到迪赞高夫大街和杰伯廷斯基大街交界处的一个小咖啡馆，离哈娅和茨维的家只有几步路。他们只打算待一会儿，可一直在那里坐到打烊。茨维详细叙述各种各样生动有趣的医院生活，妈妈脸色见好，加入谈话，那天夜里，她睡了几个小时，然而到后半夜，她显然醒来，坐到厨房里，以免打搅大家。早晨，当父亲和她告别回耶路撒冷去上几小时的班时，母亲许诺，没必要为她担心，最坏的时候已经过去了，要他好好照顾孩子，昨天他们来特拉维夫时，她觉得孩子感冒了。

父亲说：

"母亲说你感冒非常正确，我们希望，她说最坏的时候已经过去，也很正确。"

我说：

"我只剩一点作业没做了。我做完作业，你有时间跟我往集邮册里粘些新邮票吗？"

星期六，几乎整天都在下雨。雨下啊下啊，没有停歇。父亲和我一连几个小时专注于集邮。我们有时头碰头。我们把邮票同大厚本不列颠目录上的图片一一比较，父亲给它在集邮册里找到合适的位置，或者与以前的邮票放在一起，或者另起一页。星期六下午，我们躺下休息，他躺在他的床上，我回到自己的房间，躺在近来成为妈妈病床的床上。爷爷奶奶邀请我们休息之后去他们家，吃浸泡在金黄色调味汁里的鱼饼冻，周围撒上一圈煮胡萝卜片，但是我们都流鼻涕、咳嗽，外面又下着瓢泼大雨，因此决定最好待在家里。天空阴霾，我们四点钟就得开灯。父亲坐在书桌旁，为写一篇已经二度延期的文章工作了两个小时，眼镜顺着鼻子滑落下来，埋头于书籍和卡片中。他工作时，我躺在他脚下的地毯上看一本书。后来，我们玩国际跳棋：父亲赢了一盘，我赢了一盘，第三盘我们打平了。很难说是父亲打算要这种结果，还是听其自然。我们吃了一点甜点，喝些热茶，我们都从妈妈的药堆里拿了两片药来帮助抗击感冒。后来我上床睡觉，我们都在早晨六点钟起来，七点钟，药店老板的女儿茨皮来告诉我们，有人从特拉维夫给我们打电话，他们过十分钟再打来，请克劳斯纳先生立即赶到药店里，她爸爸让她说，可能有急事。

哈娅姨妈告诉我，在茨阿哈龙医院任行政主管的茨维姨父，星期五从医院里请了一位专家，他主动下班后专程赶来。专家不慌不忙给妈妈做全面检查，停下来和她聊天，接着又继续检查，检查完毕后，他说她疲倦、紧张，身体有点透支。除失眠外，他没有发现她有什么特别的毛病。心理经常是身体之大敌，它不让身体生存，在身体要享受时不让它享受，在身体要休息时不让它休息。

倘若我们能像取出扁桃体与阑尾那样把它取出，就可以健康而心满意足地生活上千年。他认为，星期一到耶路撒冷哈达萨医院做检查没多大必要，但是也不会有坏处。他建议彻底休息，避免任何情绪激动。尤其重要的是，他说，病人应该每天至少出去一个甚至两个小时，她甚至可以穿得暖暖和和的，带上伞，就在城里转转，看看商店的橱窗，或者看看英俊的小伙，看什么并不重要，重要的是呼吸一些新鲜空气。他也给她开了些强度很大的新安眠药，甚至比耶路撒冷的新医生开的新药更新，强度更大。茨维姨父急忙赶到布格拉绍夫大街的药房里买药，因为那是星期五下午，其他所有的药房都因过安息日已经关门了。

　　星期五晚上，索妮娅姨妈和布玛拿来一只带把的马口铁食盒，里面装着给大家做的汤和水果蜜饯。三姐妹挤到小厨房里，大约花了一个小时准备晚饭。索妮娅姨妈建议母亲跟她住到维塞利大街，让哈娅稍微休息一下，但是哈娅姨妈不听，甚至告诉小妹妹打消这种怪念头。索妮娅对这样的呵斥有些恼火，但什么也没说。索妮娅姨妈的不快使安息日餐桌的气氛有些沉郁。妈妈似乎充当起爸爸平时充当的角色，试图把谈话继续下去。晚饭后，她抱怨说累了，为自己无力帮忙收拾餐桌洗碗向茨维和哈娅致歉。她吃了特拉维夫专家开的新药，为稳妥起见，又吃了耶路撒冷专家给她开的新药。她十点钟沉沉入睡，但两个小时后便醒来，在厨房给自己弄了杯浓咖啡，坐在厨房凳子上，度过余下的夜晚。就在"独立战争"前，我母亲待的房间租给了哈加纳情报机构首领伊戈尔·亚丁，后来以色列建国后，亚丁成了大将军亚丁，以色列国防军的副总参谋长和军事行动指挥，但仍然租赁那个房间。因此，我母亲那天晚上待的厨房，还有头天晚上待的厨房，是个具有历史意义的厨房，因为在战争中，那里举行过几次非正式会议，对战争格局产生了至关重要的影响。母亲在那个漫漫长夜，一杯又一杯地喝咖啡时是否想到这些，或即使她想到了是否对它感兴趣，还是个疑问。

安息日早晨她告诉哈娅和茨维，她决定接受专家的建议，散散步，看看年轻英俊的小伙，听医生的话。她跟姐姐借了把雨伞，一双胶鞋，冒雨出去散步。那个阴湿风疾的安息日早晨，特拉维夫北部的街道上肯定人不多。1952 年 1 月 5 日那天早晨，特拉维夫的气温是五到六摄氏度。母亲早上八点或八点半离开本-耶胡达大街她姐姐家，她也许横穿本-耶胡达大街左转，或北上朝诺尔道大街走去。在走路时，她几乎没看见任何商店橱窗，只看到特努瓦乳牛奶公司暗淡无光的橱窗，玻璃板内是一份用四条棕色胶纸固定住的淡绿色的海报，一个丰满的农村姑娘站在绿茵前面，头顶上，与明亮蓝天相得益彰的是令人快乐的词语："早一杯奶，晚一杯奶，生活健康欢快。"那年冬天，本-耶胡达大街的住宅楼与住宅楼之间还有许多空地，还有残存的沙丘，到处是死去的蓟草、海葱，上面密密麻麻一层白蜗牛，还有碎铁和雨水浸泡的垃圾。母亲看到一排排涂抹了灰泥的建筑，这些建筑只盖了三四年，已经露出坍塌的迹象：油漆剥落，碎裂的灰泥随霉菌变绿，铁护栏在咸海风的侵蚀下生锈，硬纸板、胶合板封住的阳台犹如难民营，商店招牌已经脱链，花园里的树木因得不到关爱正在死去，用旧木板、瓦楞铁和柏油帆布在楼与楼之间搭建的储藏棚舍，破败不堪。一排排垃圾箱，有些已经被野猫掀了个底儿掉，垃圾散落到灰沉沉的混凝土石头上。晾衣绳从一个阳台拴到另一个阳台，横穿街道。不时，被雨水打湿的白色和彩色内衣无助地卷动，在绳上任劲风吹打。我母亲那天上午很累，她一定因缺乏睡眠、饥饿、喝清咖啡、吃安眠药而头重脚轻，因此走起路来缓慢，像梦游者。她可能离开了本–耶胡达大街，而后来到诺尔道林荫大道，而后右转走进秀色丽人小巷，它徒有虚名，看不到景观，只有用混凝土建造而成的低层灰泥建筑，加有生锈的铁栅栏，这条小巷通往莫茨金大街，那实则不是大街，而是又短又宽的空旷街道，只建了一半，还有一部分没有铺设柏油路，疲惫的双脚把她从莫茨金引到塔汗小巷，走上迪赞高夫大街，开始下起了瓢泼大雨，可她竟然把搭在胳膊上的雨伞给忘了，光着头走在雨中，漂亮的手提包就在雨衣肩部晃荡，她穿过迪赞高夫，任疲惫的双脚把自己拖到任何地方，也许去了赞格维尔大街，或赞格维尔小巷，现在她真迷路了，她一点也不知道怎样回姐姐家，也不知道为什么要回去，她不知道自己为什么出来，只是要遵照专家建议？专家告诉她到特拉维夫的大街上散步，看英俊的年轻小伙，但是在这个阴雨绵绵的安息日早晨，无论在赞格维尔大街还是在赞格维尔小巷，还是在索克罗夫大街，她从那里来到巴兹尔大街，或许在巴兹尔大街，还是任何其他地方，也许她想到了罗夫诺父母家后面枝丫繁茂成荫的果园，或者想到了伊拉，罗夫诺工程师的妻子，她在马车夫菲利普之子安东的一间废弃了的棚屋里把自己活活烧死，或者想到了塔勒布特高级中学，还有河流与森林的景色，或者是布拉格小巷以及她在那里度过的学生时代，想到母亲显然从未向我们说起的某个人，或者是姐妹，或者她最好的朋友，莉兰卡。偶尔，有人从身边跑过，匆匆躲雨。偶尔，一只猫从路上经过，我妈妈也许叫它，试图问点什么，交流想法，或交流情感，问问猫的简单建议，但是她叫的每只猫都在恐慌中逃避她，仿佛从老远就可以闻到她的命运已成定数。

中午时分，她回到姐姐家里，他们看见她的模样大吃一惊，因为她浑身透湿，冻得僵硬，因为她开玩笑似的抱怨说特拉维夫大街上没有英俊的年轻小伙，要是她发现了，就会引诱他们，男人看她时目光里总是具有某种渴望，但很快很快这渴望就会寥寥无几。她姐姐哈娅急忙给她放了热乎乎的洗澡水，我妈妈洗了个热水澡。她一点食物都不沾，因为任何吃的东西都让她反胃。她睡了两个小时，后半晌她穿戴整齐，穿上上午走路时弄得潮湿冰冷的雨衣和雨鞋，再次出门，遵从医生建议，到特拉维夫大街上寻找年轻英俊的小伙。这天下午，因为雨小停一阵，大街不那么空旷了，我母亲没有漫无目的地瞎逛，她走到迪赞高夫大街和 JNF 林荫大道的拐角，从那里走过迪赞高夫和戈登大街与弗里西曼大街的交界处，漂亮的黑手提包在雨衣肩部晃荡，她观看漂亮的商店橱窗和咖啡馆，并且浏览了一下特拉维夫人眼中的波希米亚生活，然而这一切在她看来俗丽而廉价，都不是原汁原味的，犹如模仿之模仿，令她觉得乏味沮丧。一切似乎值得并需要怜悯，但是她的怜悯已经用尽。傍晚，她回到家里，还是什么东西也不吃，喝了一杯清咖啡，接着又是一杯，坐下来盯着一本书，书倒着落到地上，她闭上眼睛，约有十来分钟，茨维姨父和哈娅姨妈以为听到了轻微而不均匀的鼾声。后来，她醒了，说需要休息，说觉得专家告诉她每天在城里走上几个小时，非常正确，她觉得今天晚上她会早点睡着，终于能够设法睡得安稳了。八点半，她姐姐又给她换了床单，往被子里放了一个热水袋，因为夜里非常寒冷，雨又开始下了起来，又敲打着百叶窗。母亲决定和衣而睡，坚信她不会再醒来，在厨房度过难熬的夜晚。她从姐姐放在床边的保温瓶里给自己倒了一杯茶，等着它稍微凉一些，喝茶时把安眠药一同咽了下去。要是我在那一刻，在星期六晚上八点半或八点四十五分，和她一起在哈娅和茨维家可俯瞰后院的那间屋子里，我肯定会竭尽全力，向她解释为什么不能这样。如果解释不成功，我会尽可能唤起她的怜悯之情，让她可怜她唯一的孩子。我会哭，我会不顾羞耻地恳求，我会抱住她的双膝，我甚至可以假装晕倒，或者殴打抓挠自己，直至涌出鲜血，像我看到她在绝望时刻所做的那样。或者我可以像凶手一样打她，毫不犹豫用花瓶砸她的头，花瓶粉碎。或者用放在房间角落架子上的熨斗打她，或者利用她身体不好，骑到她身上，把她的双手捆在背后，把那些药丸、药片、药口袋、药水、饮剂以及糖浆统统拿走，全部毁掉。然而不允许我在那里，甚至不允许我参加她的葬礼。我妈妈睡着了，这一次她不再噩梦缠身，不再失眠，凌晨时分，她吐了，随之又睡着了，依然是和衣而眠，因为茨维和哈娅开始产生疑虑，在日出之前叫了辆救护车，两个担架手小心翼翼地抬着她，免得惊扰她的睡眠，在医院，她也不听他们说话，尽管他们想尽办法，惊扰她的安眠，但她对他们不予理会，甚至对那位跟她说心理是身体之大敌的专家也不予理会，她早晨依旧没有醒来，天光明媚时也没有醒来，医院花园的榕树枝头，鸟儿爱丽丝惊异地呼唤着她，一遍又一遍地呼唤她，无济于事，然而它一遍又一遍地尝试，现在依然时时在尝试。

2001 年 12 月于阿拉德

# 译后记

　　已故以色列著名文学批评家谢克德教授（Prof. Gershon Shaked）讲过，奥兹（Prof. Amos Oz）对现代希伯来文学的最大贡献之一在于充满诗意与张力的语言。正因为这种诗意与张力，造成翻译的极大难度。尽管笔者在翻译过程中曾经抱定一个信念：依赖希伯来文，力求表意精当；借助英文，力求理解准确；得力于中文，力求传达或切近原作之辞彩与精神。但不时感受到驾驭奥兹在年逾花甲之际完成的这部恢宏之作的艰难，无论在文字上还是在思想上，均不同于以前翻译奥兹《我的米海尔》和《黑匣子》时的体验。我不禁感叹，任何一部伟大的作品，均是作家经历、智慧、学养、思想等诸多因素的结晶，而我已经过了"无知者无畏"的年龄，已经可以坦然面对自己与奥兹之间的差距了。

　　我的博士导师之一浦安迪教授（Prof. Andrew H. Plaks）称这些挑战正是对翻译工作者的最好考验，也是在迎接这些挑战的几百个日日夜夜中，我慢慢地感受到奥兹，一位十多年前便已经相识、并在同一个系工作四年、曾抽出多少个清晨课前一小时帮我解决《黑匣子》中翻译难点的师长，慢慢向我走来，通过我，向他所向往的中国大陆的读者倾诉心声。感谢奥兹在我翻译此书时的鼓励与帮助：慷慨地允许我随时参考他和剑桥大学德朗士教授（Prof. Nicolas de Lange）密切合作翻译而就的英文译本（Chatto & Windus, 2004），并把一份近半尺厚的希伯来文复印书稿赠送给我（在此之前笔者曾经从他那里得到过一本希伯来文原版《爱与黑暗的故事》，Keter，2002），上面有他给英译者的眉批手迹，包括难点解释、翻译建议与删节提示，而我在翻译时主要依据的就是这部复印读本。笔者在翻译过程中，对书中原始注文一一予以标示，未加标示者均为译注。译文与注文中有任何错误或不妥之处，请大家不吝赐教并海涵。此外，笔者在翻译过程中曾经参考大量历史文献，对书中所涉猎的文学作品一并参考了相关中文译本，谨向相关作者与译者致以诚挚的谢意。

最初和奥兹谈起接受译林出版社邀请决定翻译其作品时，奥兹曾经许下一个美好的承诺："等《爱与黑暗的故事》中文版付梓之际，我将赴中国和你一起庆祝。"感谢中国社会科学院外文所的邀请，奥兹终于在 2007 年 8 月踏上他所向往的中国大地。诺贝尔文学奖得主莫言先生在社科院外文所主办的奥兹作品研讨会上指出：在这部长达六百多页的巨著中，奥兹先生不仅写了他的富有传奇色彩的家庭的日常生活和百年历史，而且始终把这个家庭——犹太民族社会的细胞——置于犹太民族和以色列国家的历史与现实之中，产生了"窥一斑而知全豹"的惊人效果。这种以小见大的写法，显示了奥兹先生作为小说家的卓越才华，也为世界文学的同行们提供了可资借鉴的光辉样本。奥兹先生不仅仅是个杰出的作家，也是一个优秀的社会问题专家，尽管他没有刻意地表现小说之外的才华，但这部书还是让我们看到了他在民族问题上、语言科学上、国际政治方面的学养和眼光。译林出版社与外文所在涵芬楼主办了《爱与黑暗的故事》的首发式，多家媒体竞相采访，一时间文坛上掀起了不大不小的奥兹热。

大凡优秀的作品，均经得起时间的检验。十几年过去了，中国读者对奥兹的这种热诚没有因时间的流逝而减退，他们不间断地发表对《爱与黑暗的故事》的看法与评论，对译文予以多方鼓励与建议，并以各种方式呼唤这部巨著的再版。作为译者和希伯来文学研究者，我深为广大读者的热诚感动。在新版《爱与黑暗的故事》即将付梓之际，请允许我借此机会感谢读者厚爱，感谢译林出版社的旧友新知多年来执着地坚持在华语世界推介奥兹所付出的所有心血与努力，再次希望我与译林出版社和奥兹的书缘能够继续下去。

钟志清

**图书在版编目（CIP）数据**

爱与黑暗的故事 ／（以）阿摩司·奥兹（Amos Oz）
著；钟志清译. —南京：译林出版社，2023.9
（阿摩司·奥兹作品）
ISBN 978-7-5447-9566-1

Ⅰ.爱… Ⅱ.①阿…②钟… Ⅲ.①长篇小说－以
色列－现代 Ⅳ.①I382.45

中国国家版本馆 CIP 数据核字 (2023) 第 001568 号

*A Tale of Love and Darkness* by Amos Oz
Copyright © 2002 by Amos Oz
Chinese ( simplified characters) copyright © 2023 by Yilin Press, Ltd
All rights reserved.

著作权合同登记号　图字：10-2017-716 号

**爱与黑暗的故事**　　[以色列] 阿摩司·奥兹 / 著　钟志清 / 译

| | |
|---|---|
| 责任编辑 | 宗育忍 |
| 装帧设计 | 韦 枫 |
| 校　对 | 戴小娥 |
| 责任印制 | 闻媛媛 |

| | |
|---|---|
| 原文出版 | Keter, 2002 |
| 出版发行 | 译林出版社 |
| 地　址 | 南京市湖南路 1 号 A 楼 |
| 邮　箱 | yilin@yilin.com |
| 网　址 | www.yilin.com |
| 市场热线 | 025-86633278 |
| 排　版 | 南京展望文化发展有限公司 |
| 印　刷 | 南京爱德印刷有限公司 |
| 开　本 | 850 毫米 ×1168 毫米 1/32 |
| 印　张 | 21.25 |
| 插　页 | 4 |
| 版　次 | 2023 年 9 月第 1 版 |
| 印　次 | 2023 年 9 月第 1 次印刷 |
| 书　号 | ISBN 978-7-5447-9566-1 |
| 定　价 | 88.00 元 |